Abraham B. Jehoschua
Die Reise ins Jahr Tausend

SERIE PIPER

Zu diesem Buch

Jedes Jahr, wenn sich der Sommer dem Ende neigt, fährt das herrliche Schiff des Ben Atar von Marokko aus nach Nordspanien, beladen mit kostbarsten Seidenstoffen und Gewürzen, mit Tigerhäuten und juwelengeschmückten Dolchen. In einem kleinen Dorf in den Pyrenäen trifft der arabisch-jüdische Kaufmann seinen geliebten Neffen Abulafia, der die wertvollen Güter im christlichen Mitteleuropa verkaufen soll. Als sich jedoch Abulafia in die blonde Esther-Minna aus Worms verliebt, geraten die blühenden Geschäfte der beiden Männer ins Wanken. Esther-Minna willigt in die Hochzeit mit Abulafia nämlich nur ein, wenn dieser sich von seinem Onkel distanziert. Schließlich lebt Ben Atar ganz offen mit zwei Frauen zusammen. Nun gilt es, die selbstbewußte Esther-Minna vom Lebensprinzip der Bigamie zu überzeugen. »Jehoschua erweist sich auch hier wieder einmal als brillanter, sprachlich wie psychologisch gleichermaßen gewandter Erzähler.« (Neue Zürcher Zeitung)

Abraham B. Jehoschua, geboren 1936 in Jerusalem, gehört zu den meistgelesenen Schriftstellern Israels. Von ihm liegen auf deutsch unter anderem vor: »Der Liebhaber«, »Späte Scheidung«, »Die Manis« und »Die Rückkehr aus Indien«.

Abraham B. Jehoschua
Die Reise ins Jahr Tausend

Roman

Aus dem Hebräischen von
Ruth Achlama

Piper München Zürich

Von Abraham B. Jehoschua liegen in der Serie Piper außerdem vor:
Die fünf Jahreszeiten des Molcho (1556)
Angesichts der Wälder (1664)
Späte Scheidung (1723)
Der Liebhaber (1769)
Die Manis (2140)
Die Rückkehr aus Indien (2724)

Für Ika

Ungekürzte Taschenbuchausgabe
April 2001

Titel der hebräischen Originalausgabe:
»Masa el tom ha-elef: Roman bi-shlosha halakim«,
Hakibutz ha-Me'uhad, Tel Aviv

Umschlag: Büro Hamburg
Stefanie Oberbeck, Isabel Bünermann
Umschlagabbildung: Stanislas de Lubienetski
(»Theatrum cometicum«)
Foto Umschlagrückseite: Isolde Ohlbaum
Satz: Uhl + Massopust, Aalen
Druck und Bindung: Clausen & Bosse, Leck
Printed in Germany ISBN 3-492-23308-2

**** Erste Reise
○○○○○ Zweite Reise
ATLANTISCHER OZEAN
NORDSEE
ENGLAND
WALES
London
Hastings
Brest
BRETAGNE
Rouen
Paris
Reims
Verdun
Châlons
Metz
Worms
Orléans
FRANCE
Tours
Dijon
Seine
Loire
Genf
Bern
Straßburg
Bordeaux
Toulouse
Lyon
Rhône
Arles
Marseille
FRIESLAND
Bremen
Utrecht
Münster
Rhein
Köln
Frankfurt
SACHSEN
Elbe
Dresden
POLEN
Danzig
Prag
Donau
Ulm
Wien
Salzburg
UNGARN
LOMBARDEI
Mailand
Venedig
Belgrad
Arno
Tiber
Spoleto
Rom
ADRIATISCHES MEER
KORSIKA
SARDINIEN
SIZILIEN
BALEAREN
MITTELLÄNDISCHES MEER
ARAGON
Barcelona
Valencia
Alicante
PORTUGAL
Porto
Lissabon
Toledo
SPANIEN
Sevilla
Granada
Cádiz
Tanger

Aber wird sich in tausend Jahren noch irgend jemand an uns erinnern? Wird jene uralte Seele, in deren feuchtem, privatem Schoß der flüchtige Schatten unserer Taten und Träume blinkt, noch existieren? Wird dann, ohne innere Organe, prall angefüllt mit computergesteuerten Flüssigkeiten, auf Glück und Weisheit reduziert, auch in ihm, wie immer er dann heißen mag, Wille oder Sehnsucht aufsteigen, tausend Jahre zurückzugehen, um uns zu suchen, wie du jetzt deine Helden suchst? Ja, wird denn überhaupt etwas zu finden sein? Das Gewicht von tausend Jahren, das ihn von uns scheidet, wird ja dem Gewicht von heutigen Jahrtausenden gleichkommen. Denn wer weiß, ob der klare, gänzlich aufgeklärte Verstand in tausend Jahren nicht bereits die letzten Reste unserer verwirrend dunklen Geschichte ad acta gelegt hat, so wie wir die »Geschichte« der Höhlenmenschen überwunden haben. Trotzdem werden wir nicht einfach so dem Vergessen anheim gegeben sein. Ein Molekül von Erinnerung an uns muß doch wenigstens erhalten bleiben, gleich einer vergilbten Handschrift tief in einer vergessenen Schublade, die durch Katalogisierung Ewigkeit gewinnt, selbst wenn sie niemals auch nur einen einzigen Leser findet. Aber wird denn der Katalog überdauern? Oder wird ein gänzlich anderer Kode alles Vergangene vermengen und verschmelzen, so daß sich unsere Gestalt niemals mehr so rekonstruieren läßt, wie wir sie uns vorstellen?

Denn jetzt, da der Morgennebel sich langsam über der Seinebucht hebt und du durch das Prisma der vergangenen tausend Jahre das bauchige dunkelbraune Segelschiff zu verfolgen beginnst, das gemächlich in die Flußmündung gleitet, spürst du doch bei aller Distanz ein warmes Gefühl für die Helden, denen du den Staub der Vergangenheit abgeklopft hast. Stimmt, sie sind kleinwüchsiger als angenommen, Haar und Bart wirken länger und struppiger, und obwohl sie noch jung sind, fehlen ihnen schon mehrere Zähne im Mund, was dich vielleicht daran erinnern sollte, daß der Tod, auch der als »natürlich« bezeichnete, für sie näher ist, als du gedacht hättest. Tatsächlich sind ihre Gewänder, besonders die der Frauen, dir noch rätselhaft, du begreifst nicht recht, wie sie geschlungen und gehalten werden. Doch trotz alledem glaubst du nicht nur, sondern weißt, daß ihr vages Bewußtsein, bei all seinen wirren Gedankengängen und schwarzen Löchern, ihren geringen Kenntnissen und vielen Wahnvorstellungen doch jener alten Uhr gleicht, die ungeachtet ihres einfachen, kruden Werks und ihres schweren Pendels ebenso die genaue Stunde zu schlagen weiß wie die raffinierteste elektronische Uhr.

Wird das Werk gelingen? Wirst du imstande sein, nicht nur Äußeres zu schildern, sondern auch in die Seele desjenigen einzudringen, den achthundert Jahre von Mozarts Musik trennen und dem sogar die ruhige Monotonie eines gregorianischen Chorals zu kompliziert ist? Wirst du deine Phantasie für die Gefühle derer erwärmen können, deren Antlitz auf den recht blassen Gemälden ihrer Zeit so starr und schematisch aussieht, Menschen, denen noch fünfhundert lange Jahre voller Kriege und Pestilenz folgen müssen, ehe das Licht der Renaissance über ihnen erstrahlt? Richtig, im Gegensatz zu uns denken sie überhaupt nicht an Veränderung, sind vielmehr felsenfest überzeugt, daß du und deine Zeitgenossen in weiteren tausend Jahren ihnen aufs Haar gleichen werden. Aber genügt dir diese naive Gewißheit, um ihnen aus der Distanz die Hand zu reichen?

Erster Teil

Die Reise nach Paris oder Die neue Frau

I

Zur Zeit der zweiten Nachtwache erwacht Ben Atar von einem Streicheln, in dem Glauben, auch im Schlaf vergesse die erste Frau nicht, ihm für die Wonne zu danken, die er ihr zuvor bereitet. In der Dunkelheit sanft gewiegt, führt er die streichelnde Hand an den Mund, ihr einen weiteren Kuß aufzudrücken. Doch die trockene Glut, die seinen Lippen entgegenstrahlt, läßt ihn seinen Irrtum augenblicklich erkennen, und angewidert stößt er die Hand des schwarzen Sklaven zurück, der den Abscheu seines Herrn spürt und verschwindet. Noch im Liegen, nackt und sehr verschlafen, bedrängen doch die Sorgen der Reise schon erneut seine Seele. Tastend prüft er, ob der Jüngling, der es wagte, dergestalt in die Tiefen seines Lagers vorzudringen, um ihn zu wecken, die Hand womöglich auch nach dem edelsteingefüllten Gürtel ausgestreckt, den er eiligst wieder umschnallt, ehe er sein Gewand anlegt. Leise, ohne ein Wort des Abschieds, schlüpft er aus der kleinen Kabine und erklimmt die Strickleiter zum Deck. Und obwohl ihm klar ist, daß sein Scheiden, so leise es auch sein mag, die Frau wecken muß, ist er sicher, daß sie sich beherrschen und ihn nicht aufhalten wird, denn sie kennt ja die Pflicht, die ihm nun obliegt, ja hofft womöglich mit ihm, daß er sie noch vor Tagesanbruch zu erfüllen vermöge.

Doch nach dem klaren Glitzern der Sommersterne am Firmament zu schließen, ist der Morgen noch weit. Und auch die Brise, die jetzt dem Emporkletternden sanft die Schlafgespinste aus den Augen löst, ist nicht die, die zur dritten Nachtwache jäh aufzufrischen pflegt, sondern nur ein leises Lüftchen, das wieder in den offenen Raum verweht, den schon am Tag zuvor alle an Hand von Winden und Wassergeruch als die Bucht von Rouen erkannten, der sie seit ihrem Aufbruch vom Maghreb vor über vierzig Tagen entgegenfiebern. Um nicht die genaue Einmündung des Flusses zu verfehlen, der sie ins Herz des Frankenlandes führen soll, hatte der Kapitän noch vor Sonnenuntergang Weisung erhalten, das Schiff zu stoppen, Anker zu werfen, die beiden Steuerruder zu hieven und zu vertäuen und das große Segel um die lange Besanrute zu wickeln, die in sanfter Schräge am Besanmast schwebt. An Deck, nun vom erstickenden Blähen des großen Tuchdreiecks befreit, dienen die Strickleitern als Hängematten für die Matrosen, die selbst zu dieser tiefen Nachtstunde nicht ihre Neugier fahren lassen, sondern aus schläfrigen Augenschlitzen verfolgen, wie der jüdische Schiffsherr erneut seine Leidenschaft entfacht, besorgt, womöglich zu versagen und die zweite Frau zu enttäuschen, die ihn im Bauch des Schiffes erwartet.

Unterdessen ertönt ein schwacher Schellenklang, und zwischen den Frachtkörben hervor kommt der schlanke Schatten eben jenes Sklaven, der seinen Herrn zuvor mit gewagtem, anhaltendem Streicheln weckte und ihm nun mit verschlossener Miene eine Schale voll reinen Wassers reicht. Er hätte sich doch mit dem zarten Klang der Schellen an seinem Gewand begnügen können, statt solcherart an meine Lagerstatt vorzudringen, um einen Blick auf meine und meiner Frau Blöße zu ergattern, denkt Ben Atar grimmig, während er sich mit dem kühlen Wasser das Gesicht erfrischt. Und ohne ein einziges Wort der Warnung oder Rüge schlägt er plötzlich mit aller Kraft in das schwarze Gesicht des Sklaven, der von der harten Ohrfeige ins Wanken gerät, aber weder überrascht wirkt noch Erklärung erbittet. Seit Beginn dieser Reise hat er sich daran gewöhnt, daß kein Mann an Bord ihm die Rute erspart, und sei es nur, um diesen Wüstensohn zu zügeln, der bei der Ausfahrt aufs weite Meer aus dem Gleichgewicht geriet und seither gleich einem flinken kleinen Raubtier, das bei seiner Gefangennahme von Grauen befallen wird, Tag und Nacht in den Nischen und Gängen des Schiffs umherstreunt, um sich an alles zu schmiegen, was ihm vor die Nase kommt, Mensch oder Tier. Tatsächlich hatten Abu Lutfi und der Kapitän, Abd el-Schafi, seiner schon redlich überdrüssig, bereits beschlossen, ihn in einem Hafen abzusetzen und erst bei der Rückreise wieder mitzunehmen, doch der gute Wind, der die ersten beiden Wochen ihre Segel blähte, hatte sie weit über die Grenze des rechten Glaubens auf der Iberischen Halbinsel hinausgleiten lassen, und in dem Fischerdorf bei Santiago de Compostela, in dem sie frisches Wasser an Bord nahmen, hatte sich kein Moslem mehr gefunden, dem man den verschreckten Knaben auch nur vorübergehend in Obhut hätte geben können. Bei Christen aber wollten die Araber ihn nicht lassen, wohl wissend, daß sie beim Näherrücken des Jahres 1000 nicht den Anvertrauten wiedererhalten würden, sondern einen bedrückten kleinen Neuchristen.

Wegen derlei Gerüchten, die im letzten Jahr Andalusien und den Maghreb überschwemmten – von Glaubensängsten und neuem Eiferertum, die in den Königreichen und Fürstentümern der Christen grassieren sollten –, hatten der jüdische Kaufmann Ben Atar und sein arabischer Partner Abu Lutfi ja die Reise zu Lande auf ein Minimum verkürzt, um sich und ihre Waren nicht in Gefahr zu bringen, unterwegs zwischen Burgen und Dörfern, Landsitzen und Klöstern, die allesamt von Kreuzesgläubigen wimmelten, deren Seelen zwar glühend dem wundenreichen Messias entgegenfieberten, der vom Himmel herabsteigen würde, um mit ihnen das tausendste Jahr seiner Geburt zu feiern, aber auch fürchteten, bei dieser günstigen Gelegenheit könnte Gericht über ihre angehäuften Sünden gehalten werden, insbesondere darob, daß immer noch verstockte Juden und Moslems frei und gelassen in ihrer Mitte wandelten, die die gekreuzigte Gottheit weder bekannten noch sich von ihr Erlösung erhofften. Daher war es in diesen Dämmerzeiten, in denen die Religionen sich an der Nahtstelle von einem Jahrtausend zum andern wappneten, schon ratsamer, die Begegnung mit Andersgläubigen einzuschränken und es, zumindest den

Großteil des Weges, allein bei der Begegnung mit der Natur zu belassen, wie etwa mit dem Meer, das, wenn auch zuweilen von Wankelmut und Bosheit durchwallt, doch keinem außerhalb seiner Reichweite etwas schuldete. Statt sich also ostwärts zu wenden, an den Felsen Gibraltars vorbei über das Mittelmeer die Rhonemündung anzusteuern und den großen, von einheimischen Schiffen wimmelnden Strom hinaufzusegeln, um von dort auf beschwerlichen Wegen, an denen Sühne und Opfer suchende Eiferer ihr Unwesen trieben, die ferne Hafenstadt anzusteuern, hatten sie den Rat eines erfahrenen alten Seefahrers beherzigt, der ihnen einen anderen Weg befahl, ruhig, aber gewagt. Denn dieser Abd el-Schafi, dessen Urgroßvater bei einem der letzten Wikingerüberfälle auf Andalusien in Gefangenschaft geraten war und hinfort mit seinen Häschern lange Jahre die Meere und Flüsse Europas befahren mußte, hatte ihnen zwei farbige alte Landkarten aus Pergament gebracht, mit grünen Meeren und gelblichen Landflächen voll roter Buchten und blauer Flußläufe, auf denen man schier überallhin vordringen konnte. Bei prüfendem Blick wichen die beiden Landkarten allerdings nicht wenig voneinander ab – das Land der Schotten beispielsweise, das auf der einen Karte verzeichnet war, fehlte auf der anderen, die an seiner Stelle nur Meer aufwies –, doch sie verzeichneten übereinstimmend einen gewundenen nördlichen Fluß, wenn auch mit leicht abweichender Namensgebung, der geeignet war, die nordafrikanischen Kaufleute, ohne daß sie seit dem Auslaufen aus dem Hafen von Tanger einen Fuß aufs Festland hätten setzen müssen, geradewegs in das ferne Städtchen Paris zu befördern, wohin sich ein Jahr zuvor ihr dritter Partner, Rafael Abulafia, vor ihnen zurückgezogen hatte.

Auf Anraten dieses alten Seebärs, der von einem Seeräubergefangenen abstammte und lebendiges Interesse an ihrer Reise nahm, hatte man also im Hafen von Salé ein großes Schiff erworben, uralt, aber aus erstklassigem Holz gebaut, das in fernen Zeiten einmal als Wachschiff in der Flotte des Kalifen Haschem I. gedient hatte. Und ohne die martialische

Kommandobrücke am Bug oder die Reihe bemooster, rostiger Schutzplanken entlang der Seitenwände abzunehmen, wurde sie für ihren zivilen Zweck umgerüstet. Im Herzstück teilte man Kammern ab, erweiterte den Schiffsbauch, stabilisierte die Balken mit großen Holznägeln, erhöhte den Mast und vergrößerte das dreieckige Lateinersegel. Danach wartete man, bis der Sommer eindeutig angebrochen war, und beauftragte alsdann Abd el-Schafi, sechs erfahrene Seeleute anzuheuern, die mit dem Schiff probeweise vor den Felsen Gibraltars segeln sollten. Nachdem das Schiff die Probe bestanden hatte, belud man es mit der vielen Ware, die zwei Jahre in den Lagerhäusern verblieben war, und noch weiteren Gütern, darunter: Krüge voll eingelegter Fischbacken und Olivenöl, Kamel- und Leopardenhäute, bestickte Stoffe und kunstvoll gehämmertes Kupfergerät. Dazu Säcke mit Gewürzen, Zukkerrohr und versiegelte Körbe voll Feigen, Datteln und Honigwaben, und auch Schläuche, gefüllt mit Wüstensalz, die tief drinnen edelsteinbesetzte Schwerter und Phiolen mit kostbaren Spezereien bargen. An der Wende zwischen den Monden Siwan und Tammus stachen sie dann in See, kehrten erstmals in ihrem Leben dem Orient den Rücken und steuerten gen Westen in die Weiten des großen Ozeans hinaus. Und so, in vorsichtiger Fahrt, die sich an der Küstenlinie Südandalusiens orientierte, nahmen sie stetig nördlichen Kurs entlang dem Kalifat Cordoba und dem Königreich Leon und hielten danach wieder ein wenig gen Osten, an der Nordküste Kastiliens und Navarras vorbei bis zum Hafen Bayonne. Von dort segelten sie, nach kurzem Zwischenhalt, die Küste Aquitaniens hinauf, vorbei an den Herzogtümern Gascogne und Guyenne, berührten die Belle-Île und steuerten gen Nordwest, in den Ozean hinaus, um in sicherem Abstand die wild zerklüfteten Buchten der kargen Bretagne zu umschiffen. Erschöpft von der langen Reise, hatten sie die Karten der alten Seeräuber vorschnell in Zweifel gezogen und die ersehnte Flußmündung schon in der großen Bucht gesucht, die sich ihren Augen darbot, doch alsbald erkannten sie ihre Voreile und fuhren weitere sieben lange Tage gen Norden, das große Herzogtum Normandie zu umrunden, bis sie endlich ostwärts in den Krokodilsrachen der neuen Bucht einbiegen konnten, die sich ihnen bei Morgenanbruch in ihrer ganzen Pracht darbot – die Mündung des Flusses mit Namen Seine, der sie in gewundenem, aber sicherem Lauf an den Ort führen sollte, an dem ihr dritter Partner verschwunden war, nachdem er sich dem *Abscheu* seiner Frau gegen sie gebeugt hatte.

Obwohl das Jahr 1000 christlicher Zeitrechnung Juden oder Moslems, die allein auf dem großen Ozean segeln, eigentlich nicht kümmern sollte, scheint das maghrebinische Schiff, das mit der Geschwindigkeit eines flinken Pferdes voran kommt, die neue religiöse Furcht aufzufangen, die von den nahen christlichen Gestaden herüberstrahlt, denn wie sonst sollten wir die Eifersucht erklären, mit der die Matrosen den schwarzen Jüngling verfolgen, sobald er einmal seinen alten Göttern huldigen möchte, die ob der furchterregenden Weiten des Ozeans wieder aus seiner heidnischen Kindheit emporsteigen. Dabei könnte dieser verwirrte Knabe doch in seinen fremdartigen Gebeten Ruhe finden und diese Ruhe auch auf andere übertragen, grübelt Ben Atar zuweilen. Anders jedoch die arabischen Matrosen, die – wann immer sie den Jungen inbrünstig auf Knien Sonne, Mond und Sterne anflehen oder angesichts der geschnitzten Tierköpfe an den Mastspitzen vor der alten Kommandobrücke aufs Gesicht fallen sehen – ihn eiligst hochreißen und dafür geißeln, daß er mit seinem Götzendienst den Glauben an den einen unsichtbaren Gott besudele, der seinen Anhängern hier in den Weiten des Ozeans nicht nur wichtig und unabdingbar, sondern auch die einzig logische Gottheit zu sein scheint. Und da sie ständig fürchten, der junge Afrikaner könnte ihnen insgeheim ein Schnippchen schlagen, haben sie ihm kleine Messingschellen an den Schafpelzmantel genäht, damit man sein Tun verfolgen könne, und auch jetzt, da er aus dem Schiffsbauch das Nachtmahl heraufträgt, das er Ben Atar gekocht hat, durchbrechen die zarten Schellenklänge die Stille der Nacht.

Er hält ein rundes Messingtablett, darauf ein irdener Napf randvoll mit einem gelblichen Eintopf, in dem weiße Käsestücke schwimmen. Daneben ein feines Silberkörbchen, belegt mit Feigen, die gleich nach dem Pflücken in Sevillas Kellern getrocknet worden sind, und darauf ein gegrillter Fisch, der zu Beginn der Nacht ins Netz gegangen ist, sein eines Auge blinkt noch im Dunkel, als habe es sich nicht mit seinem Tod abgefunden. Zwar steht zu dieser tiefen Nachtzeit Ben Atar der Sinn nicht nach einem richtigen Mahl, aber er zwingt sich, den glühendheißen Eintopf zu kosten und in dem weißen Fleisch des Fisches zu stochern, damit der Wein, den der junge Sklave ihm ungeachtet des religiösen Verbots einschenkt, nicht auf leeren Magen treffe. Denn obwohl er das Gemüt sanft benebeln möchte, um es in jenen sorglosen Dämmerzustand zu versetzen, aus dem richtiges Begehren erwächst – wohlausgewogen zwischen Zärtlichkeit und Ungestüm, wie das, das ihn bei seinem Beischlaf zu Beginn der Nacht geleitet hat –, so muß er sich doch vorsehen mit diesem unbekannten Wein, dessen geheimes Wirken nicht völlig erprobt ist.

Zuerst hatte er aus Rücksicht auf den Glauben seiner Reisegefährten den großen Krug Wein zurückweisen wollen, den man ihm vor zwanzig Tagen im Hafen von Bordeaux im Tausch gegen einen Krug Olivenöl anbot, wollte es bei einigen Schlucken aus der Kanne süßen Rosinenweins bewenden lassen, die er für den Weinsegen zu Beginn und Ende des Sabbats von daheim mitführte. Doch gerade der Kapitän hatte ihm zugeredet, nicht auf den Frankenwein zu verzichten, dessen Blume und Geschmack äußerst verführerisch wirkten. Für Seefahrer, und seien sie auch Mohammedaner, sei der Weingenuß kein Vergehen, hatte Abd el-Schafi erklärt, der nach den vielen Jahren auf dem Meer nicht nur ein gestrenger Schiffsführer, sondern auch eine Autorität in allen Seefahrtsfragen geworden war. Zerfiele die Menschheit nämlich tatsächlich in drei Gruppen – die Lebenden, die Toten und die auf hoher See Befindlichen, die weder Lebende noch Tote, sondern lediglich Hoffende sind –, dann gebe es doch nichts besseres als den Wein, um Hoffnung zu wecken. Deshalb klettert der Kapitän auch jetzt, da er den Juden in der nächtlichen Stille Wein trinken sieht, flink von seiner luftigen Hängematte am obersten Quermast herab und macht sich daran, ebenfalls ein wenig Hoffnung zu wecken, allerdings nicht auf eine wartende Frau, sondern auf die Mündung eines Flusses, von dem er hofft, der Sommer möge ihn tief und breit genug belassen haben, um das behäbige Schiff ohne Fehl und Tadel passieren zu lassen.

Zwar wagt er nicht, sich selbst zu bedienen, ohne zuvor den Schiffsherrn um Erlaubnis zu bitten, aber wenn er erst mal ansetzt, trinkt er schnell und fast pausenlos, als schlucke er Luft, weswegen es nicht verwundert, daß der junge Sklave wieder und wieder zu dem Krug im Bauch des Schiffes geschickt wird, um die Kanne nachzufüllen, bis auch Abu Lutfi, der, eingelullt in redlichen Schlaf, zwischen Gewürzsäcken und Kamelhäuten liegt, um die vergrabenen Schwerter und Dolche zu hüten, vom Gluckern des Weines erwacht und aus den Tiefen emporklimmt, nicht etwa, um, Gott behüte, des Propheten Gebot zu übertreten, sondern um sich mit dem Betrachten des tiefroten Nasses zu bescheiden und vielleicht auch etwas von seinem ungewohnten Duft einzusaugen. Doch beim Anblick Abd el-Schafis, der da so leichtsinnig und gelassen trinkt, kann er sich nicht mehr beherrschen und hebt den Blick zum dunklen Himmel, um zu sehen, ob es auch fern seines Heimatlands beim furchteinflößenden Einzug ins Herz eines rückständigen christlichen Landes mit unstabiler Regierung und aufwallendem Irrglauben noch einen gebe, der es ihm verübeln würde, wenn er von dem beliebten Getränk der Einheimischen kostete, Gott bewahre nicht um des Genusses willen, sondern um das Wesen des Tranks beurteilen zu können, der die Gedanken und Gefühle jener beseelte, mit denen er es alsbald würde aufnehmen müssen. So schließt er die Augen, nimmt den Kelch, setzt ihn an die Lippen, nippt den kühlen Wein und erbleicht, denn jetzt weiß er, wie köstlich dieses verbotene Naß mundet, dem man nur zu leicht verfällt. Deshalb beschließt er auf der Stelle, sich des unerlaubten Tranks zu enthalten, möchte den herrlichen Wein jedoch nicht einfach ins Meer schütten und reicht ihn daher dem Kapitän weiter, der sogleich begierig austrinkt und zum Zeichen des Dankes auf zwei unbekannte neue Sterne deutet, die sich letzte Nacht am nördlichen Horizont hinzugesellt haben und den Reisenden bestätigen, wie weit sie bereits unterm Himmelszelt gereist sind.

Unterdessen beseitigt der junge Sklave die Reste des Fisches, den der Jude gegessen hat, doch ehe er sie ins Meer wirft, fällt er auf die Knie, um insgeheim die auf dem Silberkörbchen ruhenden Gräten anzubeten, auf daß sie Mitleid mit ihm haben mögen, nachdem sie den absoluten Tod geschaut haben. Bei jeder Bewegung seines geschmeidigen Körpers verrät ihn der zarte Schellenklang den an Deck Sitzenden. Aber alle sind schon zu müde, um aufzustehen und das verbotene Gebet zu unterbinden, vielleicht auch, weil es jetzt, da die Stunde des Eintritts in das Reich der Franken naht, ungeraten erscheint, jedwede Quelle der Erlösung geringzuschätzen, und trete sie auch in Gestalt einer dünnen abgenagten Fischgräte auf. Geradeaus, nahe der Stelle, an der sich die Flußmündung befinden müßte, brennt bereits seit Nachteinbruch eine Feuerstelle, als habe am Strand schon jemand das fremde Schiff ausgemacht und sich in Erwartung des Zusammentreffens eiligst mit Feuer umgeben.

Welcher Art würde diese Begegnung sein? Die Blicke der an Deck Sitzenden lassen nicht von dem flammend roten Fanal. Bisher ist die Seereise sicher und angenehm verlaufen, als hätten sich der Gott der Juden und der Gott der Moslems über dem Meer angefreundet, und was der eine mangeln ließ, hätte der andere ergänzt. Die Natur hatte sich freundlich gezeigt, und wenn der Himmel einmal eintrübte und das Deck mit Regengüssen überspülte, waren sie kurz und erfrischend gewesen und hatten den Kapitän nicht gehindert, das große Segel stetig in die günstigen Winde zu richten und deren vollen Segen zu ernten. Auch die Neugier vorbeifahrender Schiffe hatte ihnen keine Sorge bereitet. Denn trotz der seltsamen Aufmachung ihres Schiffes erkannte man sofort, daß es in seiner Art einzig und in seiner Fremdartigkeit harmlos war. Und mochten die einstigen Rüstungsmerkmale auch noch erkennbar sein, zeugte der behäbige Bauch von Friedfertigkeit. Doch auch wer, von bleibendem Zweifel getrieben, darauf bestehen wollte, an Bord zu gehen und zu prüfen, was nun wirklich im Innern dieses Schiffes verborgen liege, würde nichts Bedrohliches finden, weder an den Kamelhäuten noch an den Messinggeräten oder gar an den getrockneten Feigen oder dem Johannisbrot, das man ihm eilfertig anböte. Und nachdem er die Prise Salz genommen, die Abu Lutfi in ein dünnes Blatt Papier gewickelt und ihm überreicht hätte, ginge der fremde Besucher dankend fort, ohne etwas von den versteckten Krummdolchen mit ihren sorgfältig geschärften Klingen zu ahnen. Allerdings war der Anblick einer oder zweier Frauen, die mit ihren farbigen Gewändern und dünnen Schleiern an Deck spazierengingen oder auf der alten Kommandobrücke saßen, geeignet, eine gewisse Unruhe in einem neugierigen Herzen zu wecken, aber es war immer noch eine rein seelische, keine religiöse oder militärische Unruhe.

Doch jetzt, da sie das offene Meer verlassen, um flußaufwärts ins Herz des Kontinents zu segeln, werden sie zur Rechten und zur Linken die durchdringenden Blicke Einheimischer auf sich lenken. Wie sollen sie sich verhalten? Sollen sie bewußt alle Schiffsreisenden an Deck den Blicken aussetzen, um dem Handelszweck auch den gemächlich mitsegelnden Familiensinn zur Seite zu stellen? Oder sollen sie umgekehrt gerade das sanfte Wesen der reichen, leibhaftigen menschlichen und materiellen Fracht zu vertuschen suchen, die sie vom florierenden Süden des Maghreb mitführen, und an Deck nur ein paar hartgesottene Matrosen belassen, die, finsteren Affen gleich, in den Wanten hängen, um jeden abzuschrecken, der mit ihnen Händel anfangen wollte? Darüber beraten sich jetzt Ben Atar und Abu Lutfi mit ihrem Kapitän, denn bei all ihrer Erfahrung sind sie gen Norden nie über die Bucht von Barcelona hinausgelangt.

Diese Bucht hatten sie in den letzten zehn Jahren jeden Sommer, zu Beginn des Monats Aw, mit reich beladenen Segelschiffen angelaufen, um sich mit Abulafia, dem Neffen Ben Atars und eifrigen Agenten, zu treffen, der ihnen von Toulouse entgegenreiste und dabei allein die Pyrenäen überquerte, mal als Mönch, mal als Aussätziger verkleidet, denn in solch wallenden Gewändern ließen sich die Münzen und Edelsteine – der Jahreserlös für die in der Provence und in Aquitanien abgesetzten Waren – bestens verbergen, sei es vor räuberischen Zöllnern der kleinen Fürstentümer am Wege, sei es vor echten Räubern.

Dies waren glückliche Begegnungen für Ben Atar, denn die Freude über das Wiedersehen mit seinem geliebten Neffen mischte sich mit dem Glitzern der Gold- und Silbermünzen, die aus den christlichen Fürstentümern im Norden heranrollten. Auch Abu Lutfi war jedesmal wieder freudig erregt, daß die von ihm in den Dörfern und Städtchen des mittleren Atlas so emsig zusammengetragenen Kupfergeräte, Olivenölkrüge, Kamelhäute, Spezereien und Gewürzsäcke sich übers Jahr in grünlich schimmernde Gold- und Silbermünzen verwandelt hatten. Da nimmt es nicht wunder, daß die Unruhe der beiden Partner von Jahr zu Jahr wuchs, so daß sie sogar wegen jeder Minute bangten, die Abulafia mit seinen verborgenen Schätzen in der Herberge allein bleiben könnte. Deshalb machten sie sich frühzeitig auf den Weg, verließen Tanger schon Ende des Monats Tammus und überwanden in sechs bis sieben Tagesetappen mit kurzen nächtlichen Zwischenhalten in einsamen Buchten längs der Ostküste der Iberischen Halbinsel die Entfernung zwischen Tanger und der Bucht von Barcelona, deponierten dann sofort die neue Ware in dem Pferdestall beim Gasthaus eines ortsansässigen jüdischen Händlers namens Rafael Benvenisti und entlohnten die Matrosen mit einer Ladung Holz, die die zurückgesandten Schiffe füllte. Denn aus Angst vor Verrat hüteten sich die Partner nicht nur, denselben Seeleuten abermals zu vertrauen, sondern überhaupt den Seeweg zurück zu nehmen. Wendig und ihrer Waren ledig, erwarben sie zwei gute Pferde, mit denen sie einen nahen Hügel hinaufritten. Dort, in einem hübschen, abgeschiedenen Gehölz, hatte sich eine alte, verfallene Herberge erhalten, in der angeblich rund sechshundert Jahre zuvor die letzten römischen Kaiser den Herbst verbrachten. Und im Dunkel dieser großen, modrigen Hallen versuchten die beiden Kaufleute erst einmal, sich in tiefem Schlaf von der Sonnenglut zu erholen, die ihnen in den vielen Stunden unterwegs von Azur zu Azur die Augen geblendet und den Leib versengt hatte. Doch der Schlaf währte nicht lange, denn alsbald weckte die Sorge um den dritten Partner sie auf, linderte ihre Müdigkeit und trieb die beiden auf die umliegenden Pfade hinaus, wo sie versuchten, ein ums andere Mal die Route des warmherzigen Mannes zu ergründen, der sich in den letzten zwei Jahren nicht nur ein bis zwei, sondern auch drei oder vier Tage verspätet hatte, was er mit wirklichen und eingebildeten Ängsten erklärte, die ihn gezwungen hätten, sich zu verstecken und immer wieder die Verkleidung zu wechseln, um jemanden irrezuleiten, der ihm vermeintlich etwas antun wollte.

Jener Hang zur Verkleidung nahm derart zu, daß Abulafia alsbald nicht nur böswillige Fremde irreleitete, sondern auch seine beiden sehnsüchtig wartenden Partner. Und nicht durch Verkleidung allein täuschte er sie, sondern auch mit der Richtung, aus der er eintraf. Denn mochten Ben Atar und Abu Lutfi auch jeden nur möglichen Pfad absuchen, um ihren Partner willkommen zu heißen, gelang es ihm doch, unerkannt an ihnen vorbeizuschlüpfen, und erst wenn sie dann abends enttäuscht in die Herberge zurückkehrten, den Kopf dumpf vor Angst um ihn sowie um das Gold und Silber, das er mitbringen sollte, stellten sie zu ihrer Überraschung fest, daß der Erwartete schon eingetroffen war, sogar sein Mahl verzehrt hatte und sich nun in tiefem Schlaf von seinen Trugspielen erholte. Dann aber konnte Ben Atar nicht mehr an sich halten, er schlich vielmehr zur Zeit der zweiten Nachtwache in das Zimmer des Schlafenden, betrachtete schmunzelnd die um sein Lager verstreuten Kostümierungen und legte ihm wortlos sanft die Hand auf die Locken, die ihn stark an die seines seligen Vaters erinnerten, bis der Schläfer aufhörte, sich schlafend zu stellen, lächelnd die Augen aufschlug und zu erzählen begann.

Fortan sprudelten die Geschichten wie ein lebendiger Quell. Zuerst schilderte Abulafia beredt die Abenteuer, die er auf dem Weg von Toulouse nach Barcelona erlebt hatte, ja er brüstete sich besonders damit, die Wachen der kleinen Grafschaften und Herzogtümer übertölpelt zu haben, die den Ein- und Ausreisenden hohe Steuern auferlegen, um die Einwohner zu ernähren. Abu Lutfi, vom Jubel seines Partners aus dem Norden aufgeschreckt, eilte dann flugs zu seinen beiden jüdischen Gefährten und bat Abulafia trotz der späten Nachtstunde, sogleich das mitgebrachte Gold und Silber herzuzeigen und ihm die Geschichte jeder einzelnen Münze zu erzählen, welchen Wert sie habe, wie sie ihm in die Hände gelangt sei und was er dafür hingegeben habe. Und da der Araber genauestens wußte, welche Waren er Abulafia das Jahr zuvor übergeben hatte, war er nun auf der Hut und verlangte genauesten Beleg, wobei man sich außerordentlich konzentrieren mußte, um dem Verbleib der Waren nachzugehen, die zum Großteil nicht direkt abgesetzt, sondern bei verschlungenen Tauschgeschäften wieder und wieder umgesetzt worden waren, bis sich schließlich Käufer fanden, die harte, kompakte Gegenleistung gaben, die sich leicht an die Partner aus dem Süden überbringen ließ. Wegen Abu Lutfis unermüdlicher Wißbegier erinnerte sich Abulafia gewissenhaft all dieser Käufer, nannte ihre Namen, erzählte, wo sie wohnten, welches ihr Gewerbe war, wie sie gefeilscht und worauf sie sich geeinigt hatten, skizzierte im Fluß der Erzählung ihre Kleidung und Gesichter, ja verriet zuweilen auch ihre Überzeugungen und Anschauungen. Bei Tagesanbruch hatten sich die Handelserlebnisse des vergangenen Jahres bereits mit den Weltereignissen verwoben. Auf die Weise erfuhren die Leute aus Tanger, was in der Gascogne, in Toulouse und im Tal der Loire geschah: welcher Graf gestorben und welcher Herzog geboren war; wer sich aufs

Kämpfen versteifte und wer, des Fechtens müde, Frieden geschlossen hatte; welcher Fluß im vergangenen Winter über die Ufer getreten und welche Seuche im Frühling ausgebrochen war; was die Mönche dachten, wie die Adligen handelten und wohin die Juden wanderten. Und vor allem, inwiefern sich der Geschmack der Menschen und die Kapricen der Frauen geändert hatten, damit man wüßte, was man fürs nächste Jahr aussuchen und anbieten sollte.

Am nächsten Tag, da das vergangene Jahr abschließend geprüft war und vorsichtige Hoffnungen für die kommenden Jahre aufkeimten, brach für Ben Atar die heikle Stunde an, zu entscheiden, wie er den Gewinn auf die drei Partner verteilen sollte. Um seine Gedanken von jeder fremden Erwägung zu reinigen, schickte er seine beiden Partner zurück zu dem Pferdestall neben Benvenistis Gasthaus, auf daß der Mann des Südens dem Mann des Nordens das Wesen der neubeschafften Ware erkläre, deren Auswahl begründe und den zu fordernden Verkaufspreis erörtere. Er selber indes schloß die Tür, klappte den Fensterladen zu, zündete zwei große Kerzen an, verstreute die Münzen, Goldbarren und Edelsteine, die aus dem Land der Franken herbeigebracht worden waren, auf dem Tisch und ließ das vergangene Jahr im Geist vorüberziehen, um ehrlich zu prüfen, welchen Anteil jedem Partner an der geleisteten Arbeit und dem erzielten Gewinn zukäme. So saß er dann in der alten Römerherberge, inmitten eines dichten Gehölzes, und folgte zunächst den Spuren des Arabers, der die Volksstämme an der Grenze zur Sahara aufsuchte, um Spezereien und Gewürze, Kamelhäute und Dolche einzukaufen. Und je mehr der Jude im Geist die Sonne brennen fühlt und je wilder ihm die Wüstenoasen aussehen, desto mehr wächst sein Mitgefühl mit dem Ismaeliten, und er fügt seinem Häuflein noch und noch Münzen und Edelsteine hinzu, so daß es immer höher wird. Nun erbost sich jedoch schon Abulafias Geist und zwingt die Gedanken seines Seniorpartners, bei Wind und Regen über schlammige Wege gen Norden zu ziehen. Und nachdem er einige große Goldmünzen zu dem Teil jenes Handelsreisenden geschoben hat, der zwischen den Landsitzen und Burgen der Kreuzgläubigen im Touraine-Becken umherzieht, fügt er ihm noch ein paar kleine Silbermünzen hinzu für sein Geschäfts- und Verkleidungstalent, seine Sprachkenntnisse und sein flinkes Handeln. Damit nicht genug, wächst sein Mitgefühl mit dem Juden, der allein zwischen haßerfüllten, schmähenden Gojim einherwandert, und er streckt die Hand aus und schiebt ihm zwei schimmernde Edelsteine vom Haufen des Moslems hinüber.

Doch bei Verlöschen der Kerzen auf dem Tisch entdeckt er, daß er bei seiner herzlichen Zuneigung zu seinen Vertrauten sich selber benachteiligt hat. Dabei darf er doch nicht vergessen, daß all dieser Reichtum nicht nur seinem Kapital, sondern auch seiner Initiative entspringt, seinen passenden Verbindungen und geräumigen Lagern. Bereist er auch nicht selbst die Wege, so bewahrt seine weitreichende Vorsorge doch seine Partner vor jeder Gefahr. Schon beginnt er auch an seine Frauen und Kinder zu denken, an seine vielen Diener und die großen Häuser, die nicht nur notdürftig, sondern in Wohlstand und Schönheit erhalten werden wollen, und er wägt all das gegen Abu Lutfis einfache Lebensweise und Abulafias tragische Einsamkeit, mindert also im ersterbenden Flackern der Kerzen die beiden Häufchen, die er seinen Partnern errichtet, und erhöht sein eigenes. Als dann die letzte Flamme verlischt und völlige Dunkelheit das letzte Aufflackern verschlingt, liegen bereits drei verschnürte Leopardenfellbeutel vor ihm, von denen er zwei in den Sachen seiner Partner versteckt, die er insgeheim immer noch als bloße Handelsreisende, nicht als echte Partner betrachtet. Erst jetzt ist er's zufrieden, öffnet die Eisentür, löst die Riegel des Fensterladens, labt die Augen an dem milden Nachmittagslicht, das zwischen den Bäumen tanzt, und läßt seine erregte Seele ein wenig ruhen von dem stürmischen Kampf, den sie um die eigene Gerechtigkeit mit sich ausgefochten hat.

Schon hört man auch den Hufschlag der von der Bucht herauftrabenden Pferde. Die beiden Rückkehrer wirken ein bißchen erschöpft von einem Disput unter sich, und Abu Lutfi schaut zornig drein wegen Abulafias leichter Geringschätzung gegenüber der neuen Ware und seiner niedrigen Gewinnprognose. Doch aus Stolz und Edelmut und um seinen Ärger nicht noch zu schüren, unterläßt es der Ismaelit, die Geldkatze zu prüfen, die in seinen Sachen steckt, wägt sie auch nicht gegen Abulafias oder Ben Atars, um nicht etwa den geringsten Verdacht auf Benachteiligung erkennen zu lassen, der ihn in Abrechnungen verwickeln würde, bei denen er es an Geschwindigkeit nie und nimmer mit den beiden Juden würde aufnehmen können; er zieht es deshalb vor, schon jetzt von ihnen Abschied zu nehmen und seines Weges zu ziehen, denn Ben Atar und er pflegen ohnehin nie gemeinsam heimzukehren, damit der Teufel nicht etwa versucht wäre, höchstpersönlich über sie herzufallen. Er verschnürt seine Habe auf dem Pferd, verbirgt das Leopardenfellsäckchen nahe seinem Hodensack und kostet noch von dem koscheren Abendessen, das Benvenistis Frau ihnen mitgegeben hat. Dann tritt er zur Seite, prüft sorgfältig die Himmelsrichtung, kniet gen Mekka, der fernen heiligen Wüstenstadt, legt die Handflächen an die Ohren, um klar und laut Gott und seinen Propheten zu preisen, und beschließt das Gebet mit einem scharfen Fluch gegen jeden, der ihm geschadet hat oder schaden möchte. Danach klopft er den beiden Juden kräftig auf die Schulter, und da er es im Gegensatz zu Abulafia verabscheut, sich für jemand anderen auszugeben, und sei es zu seinem eigenen Schutz, begnügt er sich damit, seinen Kopf mit dem traditionellen Tuch seiner Wüstenvorfahren zu verhüllen, damit ein Wegelagerer ihn nicht erkennen und ein Verfolger nicht wissen möge, wen er verfolgt. Bei einsetzender Dämmerung besteigt er dann sein Pferd und galoppiert gen Granada auf eine Reise, die nur im Dunkel der Nächte vonstatten gehen wird.

Obwohl Ben Atar seinem ismaelitischen Partner nicht nur Vertrauen, sondern auch Freundschaft und Zuneigung entgegenbringt, ist er erleichtert, sobald der Hufschlag des Pferdes sich im verlöschenden Abendrot verliert, denn erst jetzt fühlt er sich frei, Waren, Münzen und Tagesereignisse beiseite zu lassen und dem zu lauschen, was im letzten Jahr seinem geliebten Neffen widerfahren ist, den ein bitteres Schicksal von Heimat und Familie trennte. Und mag es für zwei Fremde, gar noch Juden, auch nicht ratsam sein, sich im Dunkeln von der Herberge zu entfernen, können es die beiden nicht lassen, begeben sich also, nachdem jeder seinen verschlossenen Leopardenfellbeutel gut versteckt hat, in das dichte Gehölz zu einem Fleckchen, das ihnen schon bei ihrem ersten Treffen lieb geworden war. Dort zwischen den Felsspalten am Eingang einer Höhle, vor Urzeiten durch ein Erdbeben entstanden, zünden sie ein Feuer an, nicht nur, um einen heimischen Wolf oder neugierigen Fuchs fernzuhalten, sondern auch, um duftende Kräuter in die Glut zu streuen, auf daß deren kräuselnder Rauch Freud und Leid des vergangenen Jahres würzen möge. Und obwohl er begierig ist zu hören, was im Privatleben des Exilanten vorgefallen ist, der vor Jahren die sonnigen Gestade Nordafrikas zugunsten der Einsamkeit und Rückständigkeit christlicher Länder verlassen hatte, weiß Ben Atar sehr wohl, daß sein glückliches Alter ihn verpflichtet, als erster zu sprechen, schon eingedenk seiner Aufgabe, von der Familie zu berichten, von Gattinnen und Müttern, Söhnen und Töchtern, Brüdern und Schwestern und den sonstigen Verwandten und Freunden, über die Abulafia gerade wegen ihrer Untreue alles bis ins einzelne erfahren möchte, aber auch zu dem Ziel, daß der Neffe durch die Geschichten des Onkels sein Verlangen nach der Heimatstadt zu stillen vermöge, nach den weißgekalkten Häusern und schmalen Gäßchen, den Ölbäumen, Palmen und Gemüsebeeten, dem goldenen Strand und dem rosafarbenen Hafen, ja daß er aus der Distanz der Jahre auch wieder seine hübsche junge Frau beweinen möge, die sich ob des verhexten, geistesschwachen Töchterchens, das sie zur Welt gebracht, ertränkt und durch dieses skandalöse Hinscheiden ihrem Gatten nur noch doppelt und dreifach Schmach bereitet hatte, so daß er gezwungen war, in die Verbannung zu gehen.

Dergestalt, in traurig-süßer Erinnerung an vergangene Tage, verbringen sie einen wunderbaren Sommerabend an der Grenze der Spanischen Mark, die deutlich die beiden großen Weltreligionen trennt. Und obwohl ihnen von Zeit zu Zeit das Schicksal des dritten Partners leichte Sorge bereitet, der jetzt mit seinem baumelnden Leopardenfellsäckchen neben den Hoden in die Tiefe der Nacht hineingaloppiert, sind sie auch froh, daß der Moslem nicht mehr bei ihnen ist, denn nun dürfen sie ihr Gespräch mit der heiligen Sprache würzen und sich in deren uralten Worten üben, und wenn anderntags, am Vorabend des Neunten Aw, Benvenisti in Begleitung einer Zehnergemeinschaft von Juden heraufkommt, die er eigens für Gebet und Wehklage über die Zerstörung des Tempels bestellt und bezahlt hat, werden sie die Goldsäckchen und Handelskniffe vergessen können, werden Asche von der Feuerstelle nehmen, sie über ihre Stirnen streichen und sich alsdann der ewigwährenden Furcht und Trauer ihres Volkes anschließen.

2

Schon sinkt in Abd el-Schafis stets aufmerksame Ohren das feine Summen der dritten Nachtwache, welche die jetzt über der Bucht vergehende ablösen kommt. Am östlichen Horizont senkt sich das Firmament ein Stückchen, der Mond gleitet auf Menschenhöhe herab. Obgleich der Kapitän keine andere Verantwortung trägt, als das Schiff auf dem richtigen Kurs zu steuern, sorgt er sich auch um die verborgene, nicht kommerzielle Mission der Reise, und so weckt er den allein schon vom Duft des Weines eingeschlummerten Abu Lutfi, damit er den Schiffsherrn, der weinselig auf den Deckplanken liegt, animiere, die Frau zu besuchen, die ihn am Heck erwartet. Bald wird ja der anbrechende Tag die letzte Nacht auf offener See beenden – und damit die Anonymität der Reisenden, denn auf beiden Seineufern werden die Anwohner, vom Schrecken des heranrückenden Jahres 1000 gepackt, argwöhnische Blicke herüberschicken und zuweilen gewiß auch versuchen, an Bord des so nah an ihren Häusern vorübersegelnden fremden Schiffes zu steigen, um das Tun und Treiben dort zu erkunden. Langsam aus tiefem Schlaf erwachend, spürt Ben Atar daher nicht nur den belebend kühlen Wind der letzten Nachtstunden im Gesicht, sondern sieht auch die besorgten Augen seines Partners, der ihn da heftig wachrüttelt, und bedenkt schmerzlich, wie faltig das Gesicht dieses Ismaeliten in den letzten Jahren doch geworden war, vielleicht wegen der Verwirrung, die die *Abneigung* des Partners aus dem Norden ihm bereitete.

Obwohl Ben Atar unsicher ist, wie weit sich seine Leidenschaft erneut wird aufschwingen können, erhebt er sich hastig, wankt zunächst zur stützenden Reling, um über die schwarzen Wellen zu blicken, die das festvertäute Schiff lekken. Und während seine Hände noch insgeheim das blanke Eisen einer Schutzplanke streicheln, die an der Schiffswand verblieben ist, versucht er, vollends wach zu werden, ja Schwere und Schlummer zu tilgen, damit sie sich wieder in jene frischen, reifen Trauben verwandeln möchten, aus denen glatte, bloße Füße den Most des Beaujolais gestampft. Noch immer brennt das Feuer dort, wo die Flußmündung zu vermuten ist, und auf der blinkenden Wasserfläche zeichnet sich der Zauberschatten eines Riesenvogels ab. Alle Sinne des Juden öffnen sich der Nacht, die sich mit neuen Zeichen füllt, ja fast wäre er auf die Knie gefallen, scheinbar mitgerissen vom heidnischen Geist des jungen Sklaven, der, hellwach wie immer, schon bei ihm steht – die kleinen Schellen wispern im Luftzug – und jederzeit bereit ist, die Öllampe zu schwenken und dem Mann zu leuchten, der sich sputen muß, seiner zweiten Frau beizuwohnen, ehe der Tag anbricht.

Hier im Heck bedarf er sehr des weisenden Lichts, denn die Breite des hinteren Endes mehrt das Durcheinander und vertieft das Dunkel. Man muß nicht nur Stoffballen, prallen Gewürzsäcken und großen Ölkrügen ausweichen, die wie Gefangene aneinandergekettet sind, sondern auch Tieren, die sich beim Näherkommen von ihrem Lager erheben, wobei ihre Augen im Finstern trübselig funkeln. Der Raum, der im Bauch des alten Wachschiffs entstanden war, als man die Pritschen der Soldaten entfernte, hatte Abu Lutfi nämlich verlockt, den Schafen und Hühnern, die zum Verzehr bestimmt waren, noch zwei Jungkamele zuzugesellen, ein männliches und ein weibliches, mit weichen Hanfseilen aneinander gebunden, in der Absicht, sie Abulafias neuer Frau zum Geschenk zu machen, um diese versöhnlich zu stimmen und sie aus nächster Nähe das Wesen Afrikas, dem ihr junger Mann entstammte, fühlen und riechen zu lassen. Zunächst war Ben Atar dem Gedanken mit Abscheu begegnet, aber letzten Endes hatte er zugestimmt, nicht unbedingt in dem Glauben, die blauäugige Frau könnte es nach jungen

Kamelen gelüsten, sondern in der stillen Hoffnung, die seltenen, exotischen Tiere möchten ihnen das Wohlwollen hoher Persönlichkeiten verschaffen, die ihren Adel gern durch Kurioses aufpolieren. Werden diese Jungkamele jedoch bis ans Ende der Reise durchhalten? überlegt Ben Atar, noch den schwarzen Sklaven beobachtend, der nicht umhin kann, stehenzubleiben, sei es, um sich vor den feinen Köpfchen zu verneigen oder sie hingebungsvoll zu umarmen. Zwar vergißt Abu Lutfi nicht, sie jede Woche mit einem kleinen Strohballen zu füttern, dem er hin und wieder grünliche, ranzig stinkende Scheiben der noch vor Abfahrt hergestellten Butter beigibt, aber die schwellenden feinen Äderchen in ihren Augen und das ständige Zittern ihrer kleinen Höcker verheißen nichts Gutes. »Und wann wird das Ende der Reise kommen?« entfährt es seufzend dem Schiffsherrn, der Stufe um Stufe hinabsteigt. Würde es ihm vergönnt sein, heil in seine Heimatstadt Tanger zurückzukehren und seine Kinder zu herzen und zu küssen?

Als er in die Kammer seiner zweiten Frau tritt, versucht er, den kleinen Rabbinerssohn zu wecken und wegzuschicken, der seit einigen Tagen nicht bei seinem Vater im Bug nächtigt, sondern gerade hier schlafen möchte, an dem Wandschirm aus schwarzem Stoff, vor dem Ben Atar etwas besorgt stehenbleibt. Doch der Junge, der die meisten Stunden des Tages damit verbringt, den Matrosen zur Hand zu gehen, etwa den Mast erklimmt, um über das weite Meer zu spähen, oder eindringendes Wasser ausschöpft, schläft dermaßen tief und ruhig, daß Ben Atar ihn nicht fortjagen mag. Er nimmt dem schwarzen Sklaven die Lampe ab und schickt ihn zurück an Deck. Erst als er sicher ist, daß die Schritte des Sklaven in dem Raum über ihm verhallen, schiebt er den Wandschirm, dem ein weiterer folgt, ein wenig beiseite und begibt sich tief gebeugt, fast kriechend zum Lager seiner zweiten Frau.

Hier nun an diesem Ort, den sie sich ausgesucht hat, so nahe dem Schiffsboden, daß man die Wellen plätschern hört, überflutet ihn schon jener besondere Duft nicht nur ihres

Leibes, sondern aller Räume ihrer Tausende von Meilen entfernt liegenden Behausung. Als vermöchte sie selbst in diesem Kämmerlein weiterhin ihre Speisen zuzubereiten, ihr Bettzeug zu lüften, die Blumenbeete zu gießen. Und im schemenhaften Lampenlicht an den rußigen alten Balken des Wachschiffes, das einst bei einem Gefecht des großen Kalifen beinah in Flammen aufgegangen wäre, fällt ihm zwischen zerwühlten Laken, verstreuten Kleidern und niedergebrannten Kerzenstummeln ein, daß diese Frau sich wahrscheinlich seit Beginn der Nacht, seiner harrend, in den Laken wälzt. Und es bedrückt ihn der Gedanke, sie könnte während des langen glühenden Wartens spitzen Ärger und Unwillen entwickelt haben, die seine Leidenschaft nur verschrecken würden. Er hatte ja unbemerkt eintreten und blind und benommen zwischen ihre Laken schlüpfen wollen, um sich ihrem Schlaf anzuschließen, ehe er sich noch ihrem Körper anschloß, auf daß sie ihn träumen möge, bevor sie ihn fühlte, denn nur so könnte sie ihm vergeben, daß er ihr diese Nacht den Körperhauch der ersten Frau mitbrachte, was er sonst stets sorgsam vermied.

Aber sie ist wach. Ihre bernsteinfarbenen Augen, flossengleich schmal und länglich, von langer schlafloser Nacht gerötet, ähneln den Augen eines eben gefangenen Raubtiers. Daheim trennt ein Gassengewirr seine beiden Häuser, so daß jede Frau in ihrer ureigenen Welt leben kann, während er, der zwischen den beiden Häusern wechselt, sehr wohl weiß, daß der Abstand nicht so groß ist, wie die beiden meinen, ja manchmal sogar verblüffend gering. Denn in manchen Nächten steigt er, von der Unrast süßen Verlangens befallen, aufs Dach hinauf und entschwebt im Geist über die Kuppeln der weißen Stadt, die im Mondlicht einem erstarrten See bleicher Mädchenbrüste gleicht, zum Dach des anderen Hauses, wie ein Matrose, der zwischen Bug und Heck pendelt. Als zu Frühlingsbeginn der erst verzweifelte, dann erregende Gedanke aufkeimte, die beinah zwei Jahre liegengebliebene Ware einzusammeln und damit in jenes ferne Städtchen namens Paris zu dem vor ihnen zurückgescheuten dritten Partner zu reisen, war es ihm deshalb nicht seltsam erschienen, seine beiden Frauen auf die Reise mitzunehmen, glaubte er doch, gerade das ruhige, harmonische Nebeneinander der beiden werde Abulafias kluger neuer Frau besser als jede umständliche Rede beweisen, wie wenig sie das Wesen der Liebe verstand, die an den südlichen Gestaden des Mittelmeers so üppig blühte.

Denn dessen war Ben Atar sich ja stets sicher: seines tiefen, präzisen Wissens um die Art der Liebe und Fürsorge, die seinen Frauen Ruhe und Sicherheit gewährte. In jeden Liebesakt mit der einen mischte sich bei ihm der fürsorgliche Gedanke an die andere. Hätte er ihnen sonst zuzumuten gewagt, sich von ihren Kindern zu trennen, auf ihre Diener zu verzichten, aus der duftgeschwängerten Wärme geräumiger Häuser voll schönen Geschirrs und eleganter Bettwäsche herauszutreten und sich wie Flüchtlinge in die engen schwankenden Kabinen eines Schiffes zu zwängen, das auf unbekannten Wegen nordwärts statt ostwärts steuerte? Doch wenn er selbst, der das vierzigste Jahr überschritten hatte und daher aufgrund seines Alters ernsthaft den nahen Tod bedenken durfte, bereit war, die Strapazen einer solch langen Reise auf sich zu nehmen, durften dann sie als jüngere ablehnen? Sie wußten ja, daß er auch ihretwegen diese kühne Reise unternahm. Und hegten sie Bedenken hinsichtlich ihrer eigenen Fähigkeit, die Strapazen zu überstehen, so durfte es sie doch nicht weniger bedenklich dünken, einen Mann allein reisen zu lassen, der viele lange Tage nicht nur ohne Bettgefährtin auskommen müßte, sondern auch ohne ein zärtliches Wort, das seine sorgenumwölkte Stirn zu glätten vermöchte. Hätte er wiederum, Gott behüte, nur die erste Frau mitgenommen, deren beide Söhne bereits auf eigenen Füßen standen, die zweite aber, deren einziger Sohn mit seinen fünf Jahren ihr noch am Rockzipfel hing, geschont, so hätte er ja eigenhändig den schlagenden, lebenden Beweis für die beständige Gleichheit seines Doppels zunichte gemacht, mit der er jene holde Frau seines Neffen überraschen wollte, die selbst jetzt, am Morgen der Einfahrt in den

Fluß, nicht ahnte, daß er in wenigen Tagen mit einem merkwürdigen Wachschiff bis vor ihre Haustür gleiten würde, um ihr eben diesen lebenden Beweis zu erbringen.

Allerdings war Ben Atars großer Onkel, der Weise Ben Ghiyyat, wenig begeistert gewesen über seine gewagte Absicht, die beiden Frauen, die im Alltag fast nie aufeinanderstießen, nun auf lange Dauer in der drangvollen Enge eines kleinen Schiffs zusammenzupferchen. Das werde doch, mit Wind und Wellen nicht genug, zusätzlich Sturm und Unheil bringen. Um seinen Neffen aber nicht allein unter Seeleuten zu lassen, die in jedem Hafen Sünde suchten, beabsichtigte der gute Onkel, seine Freunde in Andalusien per Boten zu ersuchen, dem ehrbaren Reisenden schon bei seiner ersten Station im Hafen von Cadiz eine dritte Frau auf Zeit zu besorgen, allein für den Zweck der Reise. Eine Frau, deren Haus das Schiff, deren Wohnort das Meer und deren Freunde die Wellen wären. Eine Frau, deren Scheidungsbrief – gleich mit der Heiratsurkunde ausgestellt – sie bei der Rückreise in just dem Hafen erwarten würde, in dem ihr Eheleben begonnen hatte. Doch respektvoll, ohne die Ehre des großen Onkels zu verletzen, dessen weißes Kopf- und Barthaar ihm große Ehrfurcht einflößten, wies Ben Atar umgehend das wohlmeinende Vorhaben zurück, das nur noch Öl in das Feuer gegossen hätte, das in der Ferne gegen ihn brannte. Er war sich doch absolut sicher, daß die Vernunft seiner Liebe jeden Sturm zu beschwichtigen vermöge, der schmerzlich eifersüchtiger Einsamkeit entspränge, gleich jener, die jetzt mächtig und stickig den engen Kabinenraum erfüllt, in den er sich nun am zuckenden Schwanzende der Nacht hineinzwängt.

Zu Hause hatte er es stets vermieden, sich neben die zweite Frau zu legen oder sie gar zu berühren, solange er ihrer völligen Versöhnlichkeit nicht sicher war. Denn selbst ein Quentchen Unmut kann ja Lust in unersättliche Gier abstürzen lassen. Betrat er in Tanger das hübsche Schlafgemach mit der hohen bläulichen Decke und dem Fenster zum Meer, musterte er daher zunächst eingehend ihr schönes ovales Gesicht, dessen Schmalheit ihn zuweilen an die spitzen Züge eines traurigen Mannes erinnerte, und bemerkte er darauf den leisesten Schatten um Augen oder Mund, näherte er sich ihr lieber selbst dann nicht, wenn schon der süße Schmerz der Leidenschaft in seinen Lenden keimte. Erst trat er ans Fenster, um die Boote zu betrachten, die im Wasser der Bucht dümpelten, dann umkreiste er langsam das Bett mit den prächtigen bunten Überwürfen, die Abu Lutfi eigens für sie bei den Nomadenstämmen der nördlichen Sahara auszusuchen pflegte, und begann leise wie nebenbei über neue Nöte und Schmerzen von Verwandten und Freunden zu erzählen, damit das Elend der Welt in sie dringe und jeden Unmut oder Kummer hinschmelzen ließe, den sie gegen ihn hegen mochte. Erst wenn er sah, daß der matte Bernsteinton ihrer Augen tränennaß glänzte, wie es das Gebot der Barmherzigkeit verlangte, setzte er sich auf den Rand ihres Bettes, das auch sein Bett war, zog zitternd vor Erregung, als sei es wieder seine Hochzeitsnacht, mit zarter Hand erst das eine, dann das andere ihrer duftenden Beine aus den wirren Decken hervor, die Härchen von heißem Honig weich und geglättet, und brachte sie an sein Gesicht, als wollte er mit den Lippen die Beine jenes jungen Mädchens erkennen, das im kleinen Hof ihres Hauses durch den Staub gestapft war, als er ihren Vater aufgesucht hatte, um ihm mitzuteilen, daß er sie heiraten wolle. Dann erst erlaubte er sich, sie von den langen Oberschenkeln bis zu den Zehenspitzen zu streicheln, sprach dabei leise und gemessen von seinem Tod, der bei einem Mann wie ihm, schon über das vierzigste Jahr hinaus, nicht nur möglich, sondern durchaus natürlich war. Und nur so, indem er ihr erlaubte, ohne Gewissensbisse an den jungen neuen Gatten zu denken, der sie nach seinem baldigen Heimgang ehelichen würde, setzte ihre versöhnliche Regung ein, und er spürte wie ihr kleiner Fuß sich lustvoll gegen seine Hände preßte. Denn im Gegensatz zu seiner ersten Frau, bei der jede Erwähnung von Tod oder Verlust, sei es ihn oder andere betreffend, tiefe Bestürzung auslöste, lauschte die jüngere und traurigere der beiden gern den

Reden über seinen Tod, die bei ihr neben Neugier und Hoffnung in eigener Sache auch mitleidiges Begehren nach ihm weckte, das er eilends ergriff und über sich streute wie frisches würziges Knoblauchpulver.

Doch jetzt hat er Angst, auch nur leichthin die verheißungsvolle Aussicht seines Todes zu erwähnen, die in Tanger am Fenster zur Meeresbucht vielleicht licht und voll süßer Trauer erscheinen mag, hier in der stickigen Luft der düsteren kleinen Kabine am Boden des vor Anker knarrenden Schiffes jedoch selbst ihm Grauen bereitet. Deshalb hängt er, ohne ein überflüssiges Wort der Erklärung, gleich beim Eintreten die Lampe an den Eisenhaken über ihrer Lagerstatt, schnallt den Juwelengürtel von den Lenden und legt ihn ihr zu Häupten, zieht auch energisch alle Kleider aus, steckt aber, ehe er sich nackt neben seine Frau legt, noch seine Fesseln in die Schlingen der gelblichen Stricke, mit denen der Admiral des Kalifen die Balken des Schiffes zu festigen befohlen hatte, nimmt dann die schwere Silberkette vom Hals und bindet damit seine Handgelenke eins ans andere, damit die junge Frau vollends begreift, daß nichts die ihr gegebene Erlaubnis beeinträchtigt, sich von seinem Leib und seiner Seele zu nehmen, wessen sie bedarf. Vielleicht kann sie nun, wenn nicht vergeben, so doch wenigstens hinnehmen, daß er sie an zweiter, nicht erster Stelle geheiratet hat.

Obwohl es sie überrascht, daß er sich ihr so bedingungslos hingibt, gefesselt und bloß wie nie zuvor, schreckt sie doch noch vor ihm zurück und hat es nicht eilig, das Hemd abzulegen, sondern steht nur auf, um die Lampe abzuhängen und die liegende Gestalt vor sich klarer zu beleuchten, um zu sehen, ob seit ihrem letzten Beischlaf neue Haarkringel auf seiner Brust jenen Silberton angenommen hätten, der sie jedesmal erregt, weil so wenige Menschen es erleben dürfen, daß ihr Haar weiß wird, ehe der Tod sie dahinrafft oder heimholt. Schon findet sie auch das Vorhergesehene bestätigt. Jene blauen Sonnentage, die ihre Haut erbarmungslos bräunen, bleichen Kopf- und Brusthaar ihres Mannes, so daß man nicht weiß, ob man die neuen Vorzeichen baldigen Hinscheidens beklagen oder lieber das begrüßen soll, was ihm zusätzliche Schönheit und geheimen Zauber verleiht. Süße Trauer überflutet ihr Gemüt, so daß sie nicht länger umhin kann, ihren Lockenkopf an die Brust des Mannes zu werfen, der sie heute nacht so spät noch aufgesucht hat.

Jetzt, in der Stille ringsum, vermag sie nicht, wie erhofft, die Herzschläge ihres Mannes zu spüren, fühlt nur schmerzhaft seine ungewöhnlich hervortretenden Rippen. Und mit merkwürdig prickelnder Schadenfreude bedenkt sie, daß nicht nur ihre eigene Schönheit unter der Abmagerung durch Seekrankheit und verdorbene Nahrungsmittel leidet, sondern daß auch der robuste Körper ihres Mannes darbt, wegen der ständigen Sorge um die Ware, deren Schicksal vornehmlich durch ihre eigene Ehe bedroht ist. In ihren hübschen, etwas kurzsichtigen Bernsteinaugen, eben noch bis auf einen schmalen Schlitz geschlossen, blitzt ein giftiger Funke auf, und sie öffnen sich nun tief gekränkt, suchen und fixieren in aller Ruhe das, was im heimischen Schlafzimmer nur schlangenhaft aufglänzt und dann zwischen ihrem Körper und den Laken verschwindet, während es hier ganz und gar offenbar ist, eingeschrumpft, schwärzlich und schlaff, als habe es sich in eine Maus verwandelt, die von der Schlange verschlungen werden soll. Ja, so leid ist es ihr um diesen Teil seines Körpers und um sich selbst, daß sie ein wenig den Kopf hebt, und – ohne dem Mann, der sich vor ihr gefesselt hat, ins Gesicht zu sehen – anhebt, von der ersten Frau zu sprechen, was sie bisher noch nie zu tun gewagt hat.

Ein leichter Schauder der Angst überläuft Ben Atar; seine Augen schließen sich. Allerdings ist er inzwischen schon daran gewöhnt, im Abenddämmer, wenn die Wellen das letzte Sonnenlicht brechen, die beiden Frauen, die einander zuvor kaum je gesehen hatten, gemeinsam auf der Kommandobrücke sitzen zu sehen, von der einst Gefechte befehligt wurden. Ihre bunten Schleier spielen in der Seebrise, und sie selbst wechseln Worte, ohne sich anzublicken, mit undurchdringlichen Gesichtern, wie zwei Kundschafterinnen.

Er spürt, daß sie während dieser langen Reise einander seine eigenen intimsten Geheimnisse erzählen, und das Herz wird ihm weit vor Angst, aber auch vor Erregung bei dem Gedanken an den Horizont der Leidenschaft, der sich vor ihnen dreien auftut, ja manchmal meint er sogar insgeheim, er werde der neuen Frau in Paris, die gegen ihn agiert, nicht nur lebenden Beweis erbringen können, um ihren Widerstand zu überwinden, sondern auch eine starke neue Verlockung, gegen die sie sich nicht würde schützen können, eben diejenige, die er jetzt am eigenen Leibe in den Lenden verspürt, hier im Dunkel der schwankenden Kabine, begleitet von Wellenklang, Gewürzdüften und dem leisen Grummeln der jungen Kamele, jetzt, da die junge Frau ihn über den Beischlaf zu Beginn der Nacht befragt und ihre Fragen sogleich selbst beantwortet.

Ja ihre Antworten skizzieren derart präzise Bild und Gefühl, als habe sie sich vom Schiffsheck aus in den Akt eingeschlichen, der zu Beginn der Nacht im Bug stattfand, und selbst jetzt, da sie allein mit ihm ist, will sie, zumindest gesprächsweise, nicht von dem lassen, was er der ersten Frau geschenkt. Schreckerfüllt versucht er seine Hände aus den Schlingen der Silberkette zu befreien, ihr Gesicht zu packen und ihr den Mund zu stopfen. Aber die Fesselung, die nur symbolisch gedacht war, wird echt, und sobald die Frau seine Absicht erkennt, beginnt auch sie, mit ihm zu ringen, ja ringt derart ungestüm und verzweifelt in diesem Gefecht, als sei er aufgerufen, jetzt nicht nur für das zu Beginn der Nacht mit der ersten Frau Getane zu büßen, sondern auch für all die vergebliche Leidenschaft, die sie beim Anblick der halbnackt an Deck herumlaufenden Matrosen überkommen hatte.

Erbost greift sie nach der schlaffen Maus, als wolle sie sie erwürgen oder gar abreißen, doch die Maus verschwindet, und an ihrer Stelle reckt sich ihr eine junge, weiche Schlange entgegen, die sich alsbald zu einem kühnen, glühenden Schleuderschwanz versteift, der zwischen ihren Fingern hervorschnellen und seine feinen umgestülpten Lippen auf ihre Augäpfel legen möchte. Und da erkennt sie an dem schmerzlich zuckenden Verlangen vor sich, daß ihr Mann es schon bereut, sich so vor ihr gebunden zu haben, und ihre Stimmung wird versöhnlich, denn jetzt, da er zwangsweise und nicht aus Großzügigkeit gefesselt ist, kann sie ihr Hemd ausziehen und langsam bis zum Schluß all das von ihm nehmen, was er ihr schuldig ist, nicht nur seit Antritt dieser Reise, sondern von dem Tag an, an dem ihr Vater sie ihm zur Frau gegeben, selbst wenn sie am Ende diesen wilden Seufzer ausstieße, der das Kind hinter dem Wandschirm aus dem Schlaf reißen könnte.

Doch das laute Stöhnen, das ob der mächtigen Lust fast in einen Schrei umschlägt, kratzt nicht einmal die Wände des Bewußtseins von Rabbi Elbaz' Sohn, der in jugendlichem Schlaf befangen ist. Statt dessen schreckt es den jungen Götzendiener auf, der sich erneut eingeschlichen hat, um sich an den edlen Leibern der jungen Kamele zu wärmen und den Duft der Wüste zu atmen, aus der man ihn entführt hat. Denn trotz seiner Jungfräulichkeit begreift er sehr wohl die Bedeutung des Stöhnens, das sein Herz durchpulst, als sei es dem Glied seines Herrn gelungen, durch zwei Wandschirme auch zu ihm vorzudringen. Er streichelt die Hinterteile der beiden Jungkamele, die, nach ihren halbgeschlossenen Augen zu schließen, ebenfalls begreifen, was um sie her tönt. Wer weiß, schießt es ihm durch den Kopf, womöglich wird man auch sie schlachten, bevor das Schiff die flußaufwärts liegende Stadt erreicht. Schon möchte er den Kopf neigen und für die Heiligkeit der duftenden Gebeine beten, die der Tod freilegen würde, doch dann erklimmt er lieber schleunigst die Strickleiter, um zu verschwinden, ehe der Jude herauskäme und ihn geißele, obwohl er diesmal nur mit den Ohren, nicht mit den Augen gesündigt hat. Plötzlich packt ihn das Verlangen, die kleine Kabine am Bug des Schiffes zu betreten und das Lächeln der ersten Frau zu sehen, deren weißer Leib sich zu Beginn der Nacht seinen Augen dargeboten hatte. Gerade jetzt könnte er doch mit Leichtigkeit überall eindringen, da das Schiff ruhig liegt und außer ihm kein einziger Matrose wacht, war er doch die ganze Nacht hellwach und angespannt von der ihm allenthalben entgegenstrahlenden Gottheit geblieben, so daß er in diesen letzten Nachtminuten zum wahren Herrn des Schiffes wurde, denn nach Belieben könnte er eigenhändig den Anker lichten, das dreieckige Segel setzen und statt ostwärts auf dem Fluß ins Herz Europas zu segeln, die Gegenrichtung gen Westen einschlagen, um über den Horizont hinweg in eine neue Welt aufzubrechen.

Aber ein kleiner Vogel, der auf der Reling mit den Flügeln schlägt, kündigt den nahen Morgen an. Und ehe der Junge noch auf die Knie fallen kann, die winzige Heiligkeit anzubeten, schwirrt diese schon mit kurzem Zwitschern auf ein frisches Lichtstäubchen zu, das auf den Horizont des neuen Kontinents zuschwebt. Obwohl es nur ein Stäubchen ist, vermag es Rabbi Elbaz zu wecken, dem die rhythmischen Verse, die nachts zwischen seinen Gedanken und Träumen gaukelten, logische Ordnung abverlangen. Da die schmalen Lichtstreifen, die nach und nach vom Festland herüberziehen, jedoch noch zu schwach sind, um die Zeilen auf dem raschelnden Papier zu erhellen, das zwischen den Schaffellen seiner Lagerstatt steckt, nimmt er den Federkiel mit an Deck, damit er, sobald das Licht stärker würde, das Ende anspitzen, den Kiel in die Tinte tauchen und das richtige Wort an der leeren Stelle einfügen könnte, die dessen schon einige Tage harrt. Schamhaft dankend nickt er dem schwarzen Sklaven zu, der ihm die morgendliche Schale reicht, große Oliven in einer fettigen Brühe, in die man die daneben liegenden Brotstücke tunkt. Schon vierzig Tage fährt er auf diesem Schiff, und noch immer wird er verlegen, wenn der Sklave ihn bedient, als sei er dieses Aufwandes nicht würdig. Nach der Geburt seines einzigen Sohns war seine Frau derart geschwächt gewesen, daß alle Hausarbeit ihm zufiel. Und diese Tätigkeiten, die er offen oder heimlich an ihrer Stelle verrichten mußte, waren ihm so lieb geworden, daß es ihm nach ihrem Tode schwerfiel, den Witwerstand aufzugeben, denn wie sollte er eine gesunde Frau finden, die sich bereitwillig dergestalt von ihm umsorgen ließe?

Deswegen speist er jetzt, da hellgraue Nebelfetzen durch die Luft ziehen, mit gebeugtem Kopf, den Napf in beiden Händen, sorgsam bemüht, jedes Tun und Sagen zu vermeiden, das den jungen Sklaven veranlassen könnte, ihn weiter zu bedienen und dabei womöglich erneut auf die Knie zu fallen und den Saum seines alten abgewetzten Gewandes zu küssen, wie er es eines Abends mit solch götzendienerischer Inbrunst getan hatte, daß er, Rabbi Elbaz, sich gezwungen sah, Beschwerde bei Abu Lutfi zu äußern, der seinen Schützling prompt gründlich verprügelte. Nein, diesmal scheint der Junge nicht wieder in seine alte Unart verfallen zu wollen. Nach der langen Nacht mit den zwei Beiwohnungen des Herrn und dem immer noch an Deck hängenden Weingeruch befällt ihn im dichter werdenden Morgennebel solch ungeheure Müdigkeit, daß er nun, trotz seines jugendlichen Alters, vielleicht am liebsten tot auf dem aufgerollten Segel zu seinen Füßen niedergesunken wäre. Doch vorerst muß er noch Ben Atars Weisung gemäß aufpassen, daß der Rabbiner nicht alle Olivenkerne ins Meer spuckt, sondern einen Kern in das umgehängte Brustsäckchen steckt, um die Tage zu zählen, denn die Juden hatten auch schon mal den ihnen heiligen siebten Tag verpaßt. Diesen Morgen vergißt der Rabbi aber nicht seine Aufgabe als Hüter der Zeit, sondern steckt, nachdem er das saftige Fruchtfleisch der letzten Olive verspeist hat, den Kern zu den anderen fünf und lächelt freundlich dem jungen Sklaven zu, der vor Erschöpfung kaum noch auf die erste Frau zuzuwanken vermag, die eben gerade, den fülligen Leib in ein rotes besticktes Gewand gehüllt, die alte Kommandobrücke erklommen und dort so prächtig Aufstellung genommen hat, als sei sie der Kalif höchstpersönlich. Er weiß nicht, ob sie schon jetzt den Honigtrank wünscht, den er ihr allmorgendlich braut, oder ob sie zunächst wissen möchte, ob alles gut gegangen ist dort im Heck. Einen Augenblick verharrt er wie versteinert ob dieses Widerstreits, der seine junge müde Seele zu zerreißen droht. Aber die strenge Stimme Abu Lutfis, der gekommen ist, den Kapitän zu wecken, macht ihm Beine, zu der majestätischen Frau zu eilen, die der dichter werdende Nebel im Morgenlicht wie Weihrauch umwogt. Schon sieht er, wie ein unvertrauter Sorgenschimmer ihr reines, rundes Gesicht umwölkt, auf dem stets ein Lächeln leuchtet; er möchte sie so gern beruhigen, doch er weiß nicht, was er sagen soll, schließt deshalb die Augen und hebt an zu seufzen, tut einen tiefen Seufzer, einen und noch einen, als wollte er ihr die Lustschreie und Seufzer der zweiten Frau sämtlich zurückhauchen.

3

Wohin wird sich dieses Gedicht denn noch aufschwingen? grübelt er, während die Matrosen im Morgennebel umhertappen, um das nachtsüber gestrichene Segel wieder zu setzen für die baldige vorsichtige Fahrt den Fluß hinauf. Allein schon das Verfassen eines Gedichts erscheint Rabbi Elbaz ja als eine Wundertat, von der er nie geglaubt hätte, daß er sie einmal würde vollbringen können und wollen. Und nun hatten sich in der letzten Woche sechs Strophen hinzugesellt, allesamt auf hebräisch, mit Reim und Metrik nach der erfrischend neuen Form, die Dunasch Ben Labrat aus dem Orient nach Andalusien mitgebracht hatte. Gleich als er mit seinem Sohn Ben Atars Schiff bestiegen hatte, das, eigens um ihn abzuholen, in den Hafen von Cadiz eingelaufen war, hatte er die große Wandlung in seinem Innern gespürt. Zuerst war Kummer und Bedrückung über ihn gekommen, angesichts der stickigen kleinen Kabinen, des schwankenden Segeldecks und der vertäuten Gewürzsäcke und Vorratskrüge im dämmrigen Schiffsbauch, die allerlei starke unvertraute afrikanische Gerüche verbreiteten. An die lichte Schönheit seiner Heimatstadt Sevilla und die höflichen Umgangsformen ihrer Bewohner gewöhnt, grauste ihm angesichts der halbnackten arabischen Seeleute, die sich gelbliche Hanfseile um den Leib schlangen, einander laute Befehle zuriefen und den schwarzen Sklaven peitschten, der zwischen ihnen umherlief. Auch die beiden verschleierten Frauen, die barfüßig in farbenprächtigen Gewändern auf der alten Kommandobrücke saßen, beruhigten nicht das Gemüt des neuen Passagiers, der vergeblich seinen Sohn davon abzuhalten suchte, glücklich wie ein junges Äffchen die Strickkleitern emporzuklimmen. Als das Schiff in der Abenddämmerung langsam auf den weiten Ozean hinausfuhr, den er noch nie befahren hatte, nun überhaupt zum erstenmal sah, und gischtender Wellenschlag ihn pausenlos zu wiegen begann, befielen ihn Schwindel und Übelkeit. Schamhaft versteckt, spuckte er aus einer kleinen Luke das Frühstück, das ihm die Beter des Lehrhauses in Cadiz als Dank für seine morgendliche Thoralesung spendiert hatten, in die vom Abendrot erleuchteten Wasser, und gegen Mitternacht erbrach er auch aus tiefstem Leib das Abschiedsmahl, das ihm die Familie seiner seligen Frau in Sevilla ausgerichtet hatte. Bei Tagesanbruch, zerschlagen von der unruhigen Nacht, meinte er schon, sich vielleicht mit dem Meer ausgesöhnt zu haben, aber beim Anblick der leeren Augenhöhlen des gebratenen Fisches, den ihm der junge Schwarze darreichte, wurde ihm erneut speiübel. Sofort erlegte er sich Fasten auf, denn seit der Krankheit seiner Frau war er ja an Fasten und Gelübde gewöhnt, aber die Übelkeit blieb. Schwach und bleich, die Augen tief eingesunken, versuchte er nicht mehr, sein Leid zu verbergen, sondern lehnte sich offen in die Wanten, den Mund aufgerissen, die Augen flackernd, einem Fisch auf dem Trocknen gleich, und den baldigen Tag herbeisehnend, an dem sie den Hafen von Lissabon anlaufen würden, wo er das Seeabenteuer aufgeben könnte, für das er nicht geschaffen schien. Wie der Prophet Jona versuchte er, sich vor dem Schiffsherrn zu rechtfertigen, der ihn hoffnungsvoll angeheuert hatte: das Meer sei ihm nicht gewogen, und Gott habe ihm auch keinen großen Fisch bestellt, der ihn verschlingen würde, ohne ihn zu verzehren.

Als Ben Atar sich schon an den Gedanken gewöhnte, in seinem Streit mit der neuen Frau und deren gelehrten Beiständen auf rabbinische Hilfe verzichten zu müssen – denn würde er den Rabbiner von Lissabon auf dem Landweg nach Paris schicken, käme dieser erst im Herbst dort an, wenn sie bereits auf der Rückreise wären –, mischte sich zu seiner Überraschung Abd el-Schafi ein, der, ohne eine Ahnung von des Rabbiners Aufgabe auf dieser Reise zu haben, als Kapitän Verantwortung für die Leiden empfand, die sein Schiff dem neuen Passagier bereitete. Zunächst mäßigte er eigenmächtig die Geschwindigkeit des Seglers, doch als er sah, daß der Rabbiner sich weiterhin an Deck quälte, holte er Ben Atars Erlaubnis ein, die Reise für einen ganzen Tag zu unterbrechen. So steuerte er eine ruhige Bucht an, strich das Segel, damit auch nicht das leiseste Lüftchen ein Schwanken auslöste, warf Anker und richtete die Steuerruder quer zueinander, so daß sie vollständig bremsten. Auf der alten Kommandobrücke, von der die Offiziere des Kalifen einst die Schiffe der Christen beobachtet hatten, auf daß sie nicht etwa die imaginäre Grenze überschritten, die das Mittelmeer zwischen den beiden gegnerischen Religionen aufteilte, ließ Abd el-Schafi dem dreiunddreißigjährigen Rabbiner, den, wie er fand, eine feine Aura von Heiligkeit umgab, ein weiches Lager aus Wolle und Stroh herrichten, abgedeckt mit weichen Teppichen in angenehmen Farben. Darauf betteten sie den maladen Passagier, dem sogar schon der Bart grün wurde. Und nun kochte der Kapitän ihm eine besondere Speise, mit der die Wikinger einst die Panik nicht getöteter Gefangener linderten. Es war ein Flossenragout, gewürzt mit fein zerstoßenen Fischschuppen, getränkt in Zitronensaft und angereichert mit grünen Algen, nach denen ein Matrose bis auf den Grund der Bucht tauchte. Als das Gericht fertig war, band man dem Kranken die Hände, und Abd el-Schafi ließ es sich nicht nehmen, dem widerstrebenden Rabbiner eigenhändig und mit seinem höchsteigenen Holzlöffel den dampfenden, übelriechenden Brei in den Rachen zu stopfen. Gegen Abend legte sich tatsächlich der Brechreiz, und Sohn Samuel, dem der Dämmerzustand seines Vaters günstige Gelegenheit geboten hatte, bis zur Mastspitze emporzuklettern, konnte aus luftiger Höhe verfolgen, wie die rosige Farbe langsam auf die breite Stirn seines Vaters zurückkehrte, der sich später von dem eingeflößten Wikingermahl sogar auch geistig gereinigt fühlte.

Auf dem stilliegenden Schiff, unweit des Hafens von Lissabon, verfiel Rabbi Elbaz dann in tiefen Schlaf, ja schlummerte so ruhig, daß der Kapitän nicht das Tageslicht abwartete, sondern die Matrosen anwies, die Segel zu setzen, die Anker zu lichten und langsam wieder volle Geschwindigkeit aufzunehmen, damit der Rabbiner, sobald er nach Ablauf eines Tages wieder erwachte, das Wiegen der Wellen unter sich als natürlichen oder gar notwendigen Teil des Weltengangs empfände.

Tatsächlich wurde der Rabbiner aus Sevilla selbst bei stürmischen Winden nicht mehr von Übelkeit befallen, ja er lernte fortan, der Seefahrt Genuß abzugewinnen, und blieb selbst nachts gern an Deck, um nicht die funkelnden Himmelsläufe zu verpassen, die das Schiff leiteten. Zog sich Abd el-Schafi dann gegen Mitternacht in seine Hängematte zurück und überließ einem oder zwei Matrosen die Sorge um die Sterne, die den Kurs anzeigten, nahm der Rabbiner einen Leopardenpelz und ein Schafsfell, breitete sie übereinander auf die alte Kommandobrücke, die tagsüber von den beiden barfüßig hockenden Frauen erwärmt worden war, und verfiel dort draußen in einen Schlummer, der einen Traum suchte. Einen wahren Traum, so er kam, und falls nicht – so doch wenigstens einen Phantasietraum, der Erinnerungsfetzen und Wunschflitter verknüpfte. Unwillkürlich begann sich sein Geist Schicht für Schicht zu entblättern, verlor seine Wißbegier und gelehrte Klarheit zugunsten einer neuen philosophischen und leicht sentimentalen Verträumtheit. Der scharfäugige Schiffsherr erkannte bereits die Anzeichen der Trägheit und Schwäche, wann immer er Weisung erhielt, dem Rabbiner das Beweiskästchen hinaufzubringen, nämlich ein Elfenbeinkästchen, randvoll mit Gelehrtenworten und Sprüchen örtlicher Heiliger auf Pergamentblättern, die der große Onkel Ben Ghiyyat eigens für ihn gesammelt hatte, um die andalusische Weisheit und Gelehrsamkeit mit nordafrikanischer Mystik und Scharfsinnigkeit zu würzen und zu untermauern.

Doch der Rabbiner schien nicht interessiert, etwas Neues in der Sache zu lesen oder zu lernen, die zu vertreten er bestellt war. Die Argumente, die er noch in Sevilla vorbereitet hatte, erschienen ihm erschöpfend und präsent, und sollten sie doch noch der Festigung und Verankerung bedürfen, dann weniger durch schriftliche Lehre denn durch mündliche, die zunächst in Gedanken Gestalt annahm, dann zuweilen in zufällige, aber anhaltende Gespräche mit Ben Atar mündete, der mit einer Offenheit von sich und seinem Leben erzählte, wie sie vielleicht nur der gelangweilte Passagier auf hoher See aufbringt. Und was Ben Atar nicht erzählt oder zu erzählen weiß, erzählen hie und da seine beiden Frauen, besonders die erste, aber auch die zweite, die dem nur sieben Jahre älteren Rabbiner seltsamerweise immer noch ein wenig mißtraut. Was die Frauen nicht begreifen oder sehen können, vermag wiederum der Partner, Abu Lutfi, aus seinem ismaelitischen Blickwinkel zu ergänzen. Und selbst wo er, vielleicht aus übertriebener Treue, abstreicht und unterschlägt, kann der Kapitän oder ein einfacher scharfsichtiger Matrose seinen gesunden Menschenverstand einbringen, denn jeder Mensch ist doch notfalls imstande, seine Schlüsse zu ziehen. Selbst der schwarze Götzendiener gälte dem Rabbiner als zeugnisfähig, würde er nur ablassen, mitten in der Nacht vor ihm auf die Knie zu fallen.

Doch schon als das Schiff zehn Tage zuvor die zerklüfteten Buchten der Bretagne zu passieren begann, hatte Ben Atar in den Fingern des Rabbiners eine Gänsefeder wippen sehen, die er unermüdlich mit einem Messerchen spitzte und dann an der scharfen Spitze anleckte, wobei seine Züge einen pfiffigen Ausdruck annahmen, als hege er wahrlich schon eine Idee. Kaum einen Tag später bemerkte Ben Atar, daß die Gans bereits die Flügel gespreizt hatte und ein unbekanntes Stück Pergament unter den Fingern des Rabbiners flatterte, der nun ein Wort nach dem anderen darauf setzte. Doch das langsame Fortkommen des Schreibens und die Eile, mit der er das Pergament verbarg, wann immer Ben Atar nahte, waren klarer Beweis, daß hier kein neues Wort der Lehre verfaßt wurde, keine Erläuterung einer schwierigen Textstelle noch Ausführungen zu einem sittlichen Prinzip, sondern etwas anderes. Ben Atar beobachtete weiter von fern, wie eine Zeile entstand, gestrichen und durch eine andere ersetzt wurde, die letztlich ebensowenig stehenblieb. Schließlich hielt er es nicht länger aus und beauftragte den Wüstensohn, sich nachts an des Rabbiners Lager zu schleichen und das Schriftstück hervorzuziehen. Wie befürchtet, entdeckte er die kurzen Zeilen eines Liedes oder Gedichts, das in arabisch begann und dann unvermittelt in die heilige Sprache überwechselte.

Heimlich, beim Schein der Kerze, versuchte Ben Atar die Schrift zu entziffern, erst Wort für Wort, dann in fortlaufenden Zeilen, die ihm Kummer bereiteten. Das in den letzten zwei Zeilen angedeutete Verlangen des Rabbiners nach seinen beiden Frauen verletzte seine Ehre, doch obwohl er das Gedicht gern zerrissen und über die Wellen verstreut hätte, sagte er sich, daß dermaßen mühevoll geschmiedete Verse gewiß auch im Hirn des Verfassers verankert säßen, der fortan die Früchte seines Geistes nur noch sorgfältiger verbergen würde. Daher gab er Anweisung, das Pergament an seinen Platz zurückzulegen, damit er es im geheimen überwachen könne. Während der schwarze Sklave also erneut das Gewand des schlummernden Dichters löst, um mit sanfter Hand das Gedicht in die Innentasche zurückzuschieben und dabei vielleicht ein wenig von der Wärme zu erbeuten, die der unsichtbare Gott seinen Gläubigen schenkte, grübelt der Schiffsherr erneut über das Wesen des Rabbiners, den sein Onkel ihm bestellt hatte. Würde er ihm wirklich Nutzen bringen? Schließlich wollte er ihm seinen Lohn ja nicht für sehnsuchtsvolle Verse zahlen, sondern für scharfsinnige, überzeugende Thoraworte gegen die neue Frau seines Partners Abulafia, die eine Kluft zwischen ihnen beiden geschaffen und ihn plötzlich mit unverkäuflicher Ware hatte sitzen lassen. Wieder tut es Ben Atar um seine abgewiesene Ware leid, und es drängt ihn, unter dem dreieckigen Segel hinwegzutauchen und in den Schiffsbauch zu spähen. Hier in der duftschwangeren Finsternis, gesprenkelt mit durch die Planken gefiltertem Mondflimmern, schwinden scheinbar die Vertäuungen der großen Krüge und Säcke, die nun wie ein Trupp Menschen vor ihm stehen, welche sich in Notbrüderschaft aneinander halten und ihren Herrn alsbald zur Rechenschaft ziehen würden. Da richtet sich auch schon einer der großen Säcke auf und schreitet auf den schlotternden Juden zu, der einen Schrei in der Kehle erstickt. Aber es ist nur Abu Lutfi, der sich gern nahe des Schatzes edelsteinbesetzter Dolche niederlegt. Auch er kann nicht einschlafen, wie einst in der Römerherberge auf dem Hügel bei Barcelona, in jenen Sommernächten der Jahre 4756 und 4757, als Abulafia zu Beginn des Monats Aw immer länger mit seinem Kommen säumte.

Erst nach zwei Jahren hatte Ben Atar gemerkt, daß er, wäre er nur früher diesen Verspätungen nachgegangen, womöglich noch rechtzeitig den Widerwillen erkannt hätte, der sich im Norden gegen ihn abzuzeichnen begann. Denn in jenen Jahren war ja schon das erste Band zu jener Witwe geknüpft, eben der neuen Frau, die aus einer kleinen Stadt am Rhein nach Franzien gelangt war. Zwar hatte Abulafia sie vorerst nur als treue Kundin, nicht als potentielle Braut erwähnt, aber bei einigem Scharfsinn wäre zu erraten gewesen, daß bei den von Jahr zu Jahr zunehmenden Verspätungen bewußt oder unbewußt eine neue Hand mitmischte. Abu Lutfi, das sei zu seiner Ehre gesagt, hatte sich keine Illusionen gemacht, sondern schon seinerzeit Abulafias Ausreden und Erklärungen in Zweifel gezogen. Bereits zu Beginn ihrer Partnerschaft hatte er gedacht, Abulafia würde früher oder später einmal mit der Ware verschwinden. Ja, in dieser festen Überzeugung waren die Verspätungen der letzten Jahre ihm nur als Vorgeplänkel jenes endgültigen Verschwindens erschienen, das der nördliche Partner im Schilde führte. Während Abulafia die Unbilden des Weges beschrieb, begründet durch erneute Streitigkeiten zwischen zerfallenden und sich spaltenden Fürstentümern, die dauernd lästige neue Grenzen festsetzten, pflegte Abu Lutfis Blick daher von dem Sprechenden zum Lagerfeuer zu wandern, auf daß dieses die Lügen vertilge, die seine Augäpfel besudelten. Fuhr Abulafia aber stur mit seinen Erklärungen fort, schlang sich der Ismaelit das Tuch um Kopf und Ohren und rückte noch näher an die Flamme, so daß sie ihm beinah die Kleidung versengte, als wollte er sagen: Bis hierher, Partner! Von nun an geh zu dem, der dir alles abnimmt, was du sagst. Ben Atar, freudig erregt über das Eintreffen des lieben Neffen, den er in seiner ängstlichen Sorge im Geist schon, Gott behüte, tot, verletzt oder gefangen gesehen hatte, verschloß nämlich seine Ohren und war mit ganzer Kraft bemüht, ihm jedes Wort zu glauben. Zur Bestärkung fragte er immer wieder nach, erkundigte sich ein ums andere Mal nach den Vorzeichen des berühmt-berüchtigten Jahres 1000, das nach Abulafias Worten schon als große Wolke am Horizont hing, darin ein hohes tiefrotes Kreuz blinkte. Ja obwohl bis dahin noch einige Jahre fehlten, verwirrte schon der Gedanke daran die Köpfe der Menschen. Allerdings hätte auch Abulafia wissen sollen, daß der, der vor tausend Jahren nicht auferstanden war, wohl kaum tausend Jahre später plötzlich auf Besuch kommen würde. Und überhaupt brauchten die Juden sich nicht vor Blitzen und Donnern am Himmel zu fürchten, da ihnen schließlich vor Urzeiten verheißen war, daß der Himmel ihnen immer zur Seite stünde. Doch noch war nicht sicher, ob sie auf Erden den Zorn jener Eiferer würden beschwichtigen können, denen es nicht vergönnt sein würde, an dem Messiasmahl teilzuhaben, dessen Leckerbissen sie bereits seit etlichen Jahren kontemplierten.

Während Abulafia seinen Partnern von dem wachsenden Grauen der Christen ob des Jahres 1000 erzählte, legte Ben Atar eine Hand leichthin auf den Rücken Abu Lutfis, der schier auf glühenden Kohlen saß, und überlegte, wieviel leichter wir es doch mit den Ismaeliten hätten. Ehe sich die Geburt ihres Propheten zum tausendsten Mal jährte, würden ihm längst der Messias aus dem Hause Josef und der Messias aus dem Hause David zuvorgekommen sein und jedweden zweifelhaften Propheten auf seinen Platz verwiesen haben. Und zu Abulafias Sicherheit riet er ihm, vor dem Jahr 1000 wieder über die Grenze zwischen den beiden großen Religionen herüberzukommen und ein Haus neben Benvenistis Herberge zu beziehen, in dem er vorerst auch seine arme Tochter und deren Pflegerin unterbringen könne, damit sie das Jahr 1000 bei Menschen verbrächten, die die Jahre anders zählten. Denn wer weiß, ob die sonderbare Art des Mädchens, dessen Ben Atar allerdings über sieben Jahre nicht ansichtig geworden war, womöglich ungute Gedanken bei denjenigen wecken könnte, die die Welt im heiligen Jahr von all seinen Dämonen und Dämoninnen säubern wollten. Ben Atar drückte seine Gedanken vorsichtig aus, um seinem geliebten Neffen nicht wehzutun. Denn obwohl er vielleicht als erster das »nicht richtige« Gesicht der Kleinen erkannt hatte, die seinem Neffen dreizehn Jahre vor dem bedrohlichen Jahr 1000 geboren worden war, hätte er niemals gewagt, sie aus eigenem Antrieb auch nur andeutungsweise mit der Welt der Dämonen in Verbindung zu bringen, während ihre schöne Mutter, Abulafias verstorbene Frau, mit dem Mut der Verzweiflung ihr neugeborenes Kind gleich »meine Dämonin« oder »kleine Hexe« genannt hatte, um den bösen Gedanken anderer zuvorzukommen und jene dadurch vielleicht zu annullieren. Denn die Ärmste glaubte, allen Verwandten und Freunden beweisen zu können, daß sie sich nicht vor ihrem Kind fürchtete, ja sogar bereit war, in dessen Fremdartigkeit ein Narrengeschenk zu erblicken, das man ihr vom Himmel gesandt habe, sie zu erproben.

Daher bemühte sie sich keineswegs, das Mädchen mit den hervorquellenden Augen und der schmalen Stirn zu verbergen, sondern kleidete es sogar in blanke Seide, mit bunten Schleifen verschnürt, und trug es häufig herum, in dem Wunsch, Angehörige und Freundinnen an der gottgeschickten Prüfung zu beteiligen. Aber selbst bei allerbestem Willen wird kaum jemand Freude an einem Kind haben, das herzerschütternd laut und unerklärlich weint. Und am wenigsten erfreut war ihre Schwiegermutter, Abulafias Mutter und Ben Atars ältere Schwester, die in Schwermut versank angesichts der dämonischen Enkelin, die die Schwiegertochter ihr Tag für Tag brachte, um ihr zu zeigen, wie sie wuchs und sich entwickelte. Bald mußte Abulafia seine erregte Frau eindringlich davon abhalten, das bedauernswerte Kind zum einzigen Maßstab für die Menschlichkeit der Welt zu machen. Und als es ihm schwerfiel, sich gegen seine Frau durchzusetzen und ihr ihre ausgedehnten Wanderungen und vor allem die täglichen Besuche bei seiner Mutter auszureden, schloß er eines Tages die Eisentür des Hauses von außen ab, als er in Ben Ghiyyats kleines Bethaus ging, wo seine angenehme Stimme das Morgengebet zu schmücken pflegte, ehe er sich zur Arbeit in Ben Atars großes Ladengeschäft begab. Anfangs verspürte er Gewissensbisse wegen seines Tuns, dann glaubte er, seine Frau werde sich aus der Zwangshaft zu befreien wissen, und zum Schluß vergaß er über den Tagesgeschäften die ganze Angelegenheit. Doch als er am Abend zurückkehrte, fand er das Haus verschlossen wie zuvor, das Kind in der Wiege schlafen und die schönen Züge seiner Frau blaß und eingefallen in stiller Trauer. Nachts fiel sie vor ihm auf die Knie und versprach, das Kind nicht mehr gegen sein Geheiß zu seiner Mutter bringen zu wollen, solange er nur schwöre, sie nie mehr allein mit dem Säugling einzuschließen, was er ihr zugestand.

Deshalb schöpfte niemand Verdacht, als sie am nächsten Tag, vor dem Nachmittagsgebet, mit dem Kind in Ben Atars Laden auftauchte und ihren Mann bat, ein Weilchen auf seine Tochter aufzupassen, damit sie leichter über den Marktplatz streifen könne, um bei den Wüstennomaden neue Amulette zu suchen, die den Hexenbann, der über dem Mädchen lag, womöglich zu lindern vermöchten. Da Abulafia jedoch, wie gewohnt, Ben Ghiyyats Betenden den Nachmittags- und Abendgottesdienst verschönen wollte, bat er den Onkel, Ben Atar, auf das zwischen den Stoffballen abgelegte Bündel aufzupassen, bis die Mutter zurückkäme. Aber sie hatte es mit der Rückkehr nicht eilig. Zunächst ging sie tatsächlich zum Stadttor und lief die Stände der Nomaden aus der fernen Sahara ab, scheute jedoch zurück angesichts der bizarren haarigen Amulette der Götzendiener, die sie nicht einmal anzufassen und zu befühlen wagte. Seltsamerweise fand sie dagegen Gefallen an einer alten Angelrute, die aus einem Elefantenschwanz gefertigt war, kaufte sie und eilte damit durch das Stadttor hinaus zum Meeresstrand, um womöglich einen echten Fisch zu angeln. Jetzt in der Abenddämmerung befand sich niemand am Strand außer einem moslemischen Fischer, der bei ihrem Anblick erschrak, denn am Strand von Tanger sieht man kaum je eine junge Frau, und gewiß keine Jüdin, allein umherstreifen, noch dazu mit einer Angel in der Hand. Deshalb hatte er auf ihre Bitte, er möchte ihr beibringen, wie man die Angel aufzog und auswarf, zunächst Bedenken vor dem Kontakt mit ihr, aber sie war zu hübsch und anrührend, als daß man ihr etwas hätte abschlagen können, und nachdem sie das Gewünschte gelernt hatte, streifte sie die Sandalen ab, schürzte ihr Gewand, erklomm einen Felsen und setzte sich dort nieder, um ihre Angel in die Wellen zu tauchen, die sich hin und wieder mit Macht brachen und sie mit Gischt bespritzten. Wie es das Glück wollte, bekam sie schon in den ersten Minuten einen größeren Fisch an die Angel. Begeistert über ihren unverhofften Erfolg wollte sie den vom letzten Widerschein der Sonne überfluteten Strand nicht verlassen, und der Fischer, der einen unguten Ausgang zu fürchten begann, zögerte, ob er dableiben und aufpassen sollte, daß die Wellen sie nicht mitrissen, oder besser daran täte, schnellstens jemanden zu benachrichtigen, da man gewiß bereits nach ihr suchte. Als sich jedoch nach Einbruch der Dunkelheit die Silhouette auf dem Felsen verwischte, bekam der Fischer Angst, man werde ihn beschuldigen, falls ihr etwas zustieße, und so rannte er in die Stadt, um einen Juden zu verständigen. Gleich am Stadttor traf er auf Abulafia und Ben Atar mit Juden aus dem Bethaus, die nach ihr suchten, aber als sie zu dem Felsen hasteten, auf dem sie angeblich sitzen sollte, fanden sie nur noch die Angel in einer Spalte stecken. Zuerst wollte Abulafia über den Fischer herfallen, dann ihn festnehmen lassen, um die Wahrheit aus ihm herauszuholen, doch als das Meer bei steigender Flut den Leichnam seiner Frau anspülte, an Händen und Füßen mit den bunten Schleifen gebunden, mit denen sie die Kleider ihres Töchterchens zu verzieren pflegte, wußten alle sofort, daß sie allein ihr Leben genommen und keiner ihr ein Leid angetan hatte.

Nicht nur die Schmach über diese schwere Sünde seiner Frau und das Schuldgefühl ob der eigenen Gleichgültigkeit und Strenge, die diese Sünde ausgelöst hatten, sondern auch ein furchtbarer Zorn auf seine Mutter nährten Abulafias Wunsch, aus seiner Geburtsstadt in die Verbannung zu gehen. Zuerst gedachte er, seine Mutter zu bestrafen, nämlich insgeheim den verfluchten Säugling bei ihr abzulegen und dann selbst ins Land Israel zu ziehen, dessen Heiligkeit die Vergehen aller sühnen würde. Doch Ben Atar, der seine Absichten erriet, fand den Ärmsten im Bauch eines ägyptischen Schiffes versteckt und nötigte ihn im letzten Augenblick mit Ben Ghiyyats Unterstützung, an Land zurückzukehren. Um ihn über die mißlungene Flucht hinwegzutrösten und einem baldigen weiteren Fluchtversuch zuvorzukommen, bot er ihm eine kleine Geschäftsreise an: er sollte die Häute von Kamelen und Wüstenraubtieren zu Händlern nach Granada bringen. Und was die verhexte Kleine betraf, so würde, falls Abulafias Mutter sich weigern sollte, sie bei sich aufzunehmen, Ben Atar vorläufig für sie sorgen. Statt gen Osten ins Heilige Land aufzubrechen, das vermutlich gar nichts gesühnt, sondern mit seiner Heiligkeit den Sünder erst noch in weitere Sünden verstrickt hätte, zog der trauernde Witwer also gen Andalusien, zwar mit einer großen schweren Last an Fellen, aber frei der Bürde von Rügen und Vorwürfen seiner Verwandten und Freunde. Und da Ben Atars erste und damals noch einzige Frau Angst hatte, die entstellte Kleine bei sich zu haben, in dem Gedanken, der neue Embryo, der in ihrem Schoß war oder sein würde, könnte hinauslugen und sehen, wer ihm auf der Welt zur Gespielin ausersehen war, und sich daraufhin weigern, ans Licht der Welt zu kommen, ging Abu Lutfi in ein nahegelegenes Dorf und brachte Ben Atar eine entfernte Verwandte, eine alte erfahrene ismaelitische Amme, die das Kind in Abulafias leerem Haus versorgen sollte, bis der verwitwete Vater von seiner Mission zurückkehren würde.

Doch Abulafia hatte es nicht eilig, von seiner Mission zurückzukehren, dehnte sie vielmehr aus eigenem Antrieb glänzend aus. Auf die Kunde, daß die Einwohner der christlichen Markgrafschaft Kastilien ganz wild auf die Felle aus der Wüste seien, verkaufte er sie nicht schon in Granada, sondern zog über die Religionsgrenze bei Barcelona hinweg nach Norden, um christliche Kaufleute zu treffen, die sich auf die Ware stürzten und den Gewinn verdoppelten. Und statt darauf sofort nach Tanger zurückzukehren, beschloß der junge Handlungsreisende, den selbstgeschaffenen Durchbruch zu nutzen. Durch zwei vertrauenswürdige Juden aus Tarragona schickte er den Erlös an seinen Onkel und forderte neue Ware an, während er selbst unter dem Schutz eines gerade unterzeichneten »Gottesfriedens«, der Kaufleuten und Reisenden in christlichen Landen Sicherheit versprach, weiter nordwärts zu den Dörfern und Landsitzen der südlichen Provence zog, um die Wünsche und Eigenschaften neuer Käufer zu erkunden. Nach der zurückgelassenen Tochter fragte er nicht, als sei sie nie gewesen.

Vielleicht war das der verborgene Grund für die ebenso rasche wie erfolgreiche Ausdehnung des Handelsdreiecks, dessen Spitze in Tanger lag, während die Schenkel im Süden das Atlasgebirge und im Norden die Provence und die Gascogne umschlossen. Denn vor Angst und Scham, in seine Heimatstadt zurückzukehren, und aus Dankbarkeit wegen der Sorge für das Kind, hatte Abulafia beschlossen, seinen Onkel, Wohltäter und Patron durch fieberhaften Fleiß, Einfallsreichtum und Fingerspitzengefühl zu entschädigen, dank derer er Jahr für Jahr Kundenkreis und Warenangebot erweiterte. Schon konnte es Abu Lutfi nicht mehr mit dem traditionellen Frühjahrsbesuch in den nördlichen Regionen des Atlas bewenden lassen, sondern war gehalten, tiefer in Wadis und Dörfer zu wandern, ja in die Zelte selbst vorzudringen, auf der Suche nach gehämmertem Messinggerät, krummen Dolchen und scharfen Gewürzen, denn allein schon der Wüstengeruch begeisterte die neuen christlichen Kunden, die sich in Anbetracht des nahenden Jahres 1000 daran erinnerten, daß auch ihr Gekreuzigter aus der Wüste zu ihnen gekommen war. Unterdessen weilte die ismaelitische Kindermagd bei dem verhexten Kind, das längst von allen außer Ben Atar vergessen war, der gelegentlich vorbeischaute, um sicherzugehen, daß es noch existierte und er kein Gespenst ernährte.

Die Kleine schien sich jedoch, bei all ihren Gebrechen, keineswegs in ein Gespenst verwandeln zu wollen, sondern beharrlich entschlossen zu sein, auf ihre Art real zu bleiben. Obwohl sie in der Entwicklung sehr langsam und in ihren Bewegungen eingeschränkt war und ihre Augen starr und hervorquellend blieben, als gehöre sie einer anderen Rasse an, erweiterte sie doch ein wenig ihren Aktionsradius, und die streng blickende Ismaelitin mußte gut aufpassen, damit sich im Haus keine Öffnung fand, durch die ihre Schutzbefohlene irrtümlich in die Welt hinausstreben könnte, die ihrer nicht harrte. Bald griff jedoch des Onkels Onkel, der weise Ben Ghiyyat ein, der Anfang des Frühlings kam, um Abulafias Haus für das Passahfest zu reinigen. Was immer der Schöpfer mit der Erschaffung eines solchen Geschöpfs beabsichtigt haben mochte, der heilige Sinaibund schloß auch dieses ein, und so konnte man ihren Vater und Erzeuger nicht durch eine ismaelitische Amme ersetzen, die dem Gott Israels nichts schuldete als ihre Minderwertigkeit. Obwohl Ben Atar sich bereits an die einmal übernommene Aufgabe gewöhnt hatte und befürchtete, sobald er Abulafia nötige, sein Kind zurückzunehmen, würde dieser weniger Schuld empfinden und sich daher auch weniger zu eben jenem Fleiß und Einfallsreichtum gedrängt fühlen, die Ben Atar in den letzten Jahren zu einem der reichsten Männer der Stadt gemacht hatten, wollte er doch auch nicht seinem großen Onkel widersprechen, der mit seinen fünfundfünfzig Jahren aussah, als habe er sogar den Tod das Fürchten gelehrt. Und da man Abulafia nicht zwingen konnte, nach Tanger zu kommen und seine Tochter zu übernehmen, beschloß Ben Atar, sie ihrem Vater zu bringen, eigenhändig und ohne vorherige Warnung.

So traten denn, ein Jahrzehnt vor dem Jahr 1000, Ben Atar und Abu Lutfi die erste Reise von Tanger zum Hafen von Barcelona an. Und obwohl sie seither Sommer für Sommer diese Fahrt wiederholten und von Jahr zu Jahr auch die Zahl der Schiffe vergrößerten, hatte sich die erste Reise doch tief in Ben Atars Gedächtnis eingeprägt, nicht nur, weil es die Jungfernfahrt war, die ihn aus nächster Nähe mit den Naturgewalten vertraut gemacht hatte – mit Sonne, Mond und Sternenrund, sowie Wind und Wellen –, die stumm an dem langsam dahingleitenden Küstenstreifen miteinander rangen, sondern vor allem wegen der Nähe, die im beengten Schiffsraum unter den Mitreisenden entstand, besonders zu dem sonderbaren stummen Kind, das zwar mit einer Kordel an die mitfahrende Kinderfrau gebunden war, aber nicht so kurz, daß es die Kleine gehindert hätte, hin und wieder zu ihm zu krabbeln und zu versuchen, ihm die Fingerchen in die Augen zu bohren. Zwischen Stoffballen, Fellstapeln und sanft schwappenden Ölkrügen und unter dem eintönigen Palaver des jüdischen Schiffsführers aus Barcelona war so eine Bindung zu Abulafias kleiner Tochter entstanden, der er manchmal sogar erlaubte, sich auf seinen Schoß zu setzen und, stumm wie er, auf die Rücken der beiden ismaelitischen Matrosen zu starren, die in der Mittagshitze ihre Kleider auszogen und sich splitternackt wie am Tage ihrer Geburt an die Bugspitze stellten. Legten sie unterwegs in stillen Buchten an und sah er die Kleine im Abenddämmer langsam am Strand dahintrotten, mußte er an ihre Mutter denken, die dem geschädigten Kind doch ein wenig ihrer Schönheit vererbt hatte, den weichen Schwung der Wangen, den Ton der Haut, die Wölbung des Schenkels. Tatsächlich grübelte Ben Atar bei dieser Reise viel über Abulafias Selbstmörderin, als träfe auch ihn eine gewisse Schuld, bis sie dann eines Nachts auf See mit schmerzlicher Leidenschaft in seinen Traum einbrach.

Allerdings hütete er sich, auch nur das geringste von diesem Traum verlauten zu lassen, gerade weil das Treffen mit Abulafia so bewegend, so von Liebe und Freundschaft geprägt war, daß allen dreien die Tränen kamen. Ja, allen dreien. Abu Lutfi war der erste, der rückhaltlos in Tränen ausbrach, als er seinen wuschelköpfigen Freund umarmte, der sie, im neuen schwarzen Christengewand, in der Tür der römischen Herberge willkommen hieß, zu der der Jude aus Barcelona sie hinaufgeführt hatte. Dermaßen überraschend kam das Schluchzen des stämmigen Ismaeliten, daß es Abulafia mitriß. Und da würgte es auch Ben Atar in der Kehle, allerdings nicht so, daß er vergessen hätte, die Kleine endgültig der Obhut ihres Vaters zu übergeben. Auf sein Zeichen zog die stattliche Kindermagd, die ein paar Schritte entfernt stand, die versteckte Kleine zwischen ihren Kleiderfalten hervor und schwang sie vor ihrem Vater hoch, der beim Anblick des sonderbaren Vogels, der da vor ihm zappelte, zunächst einen Schreckensschrei ausstieß, dann aber sogleich schmerzlich die Augen schloß und seine Tochter fest und herzlich in die Arme nahm, als begreife er erst jetzt, daß seine Seele sich in ihrer Einsamkeit auch nach ihr gesehnt hatte. Doch anderntags, beim Reden über Waren und Wechselkurse, Kaufmannshoffnungen und Kundenlaunen, merkte Ben Atar plötzlich, daß Abulafia irrig meinte, man habe ihm die Kleine nur zu einem Wiedersehen mitgebracht und werde sie letzten Endes wieder mitnehmen. Deshalb mußte er ihn sanft, aber entschieden an seine Vaterpflichten erinnern und seine Worte mit Versen aus der Schrift bekräftigen, die der weise Ben Ghiyyat für ihn zusammengestellt hatte. Abulafia hörte wortlos zu, las kopfnickend die Schriftstellen und nahm nach kurzem Bedenken das zurückgebrachte Kind ergeben an. Tat er es allein aus schlichter Vaterpflicht oder auch deswegen, weil Ben Atar ihn klugerweise um eine Stufe beförderte, vom Handelsvertreter zum Handelspartner, der an jedem selbsterzielten Gewinn beteiligt war? Jedenfalls hatte die Bereitschaft der alten Ismaelitin, Abulafia in sein Toulouser Haus zu folgen und dort weiter für das Kind zu sorgen, bis Ersatz gefunden wäre, dem verwitweten Vater zweifellos seine positive Entscheidung erleichtert.

So wurde jedoch auch gleich der Vorwand für ein weiteres Treffen geboren, denn Ben Atar und Abu Lutfi versprachen der Ismaelitin, sie im nächsten Sommer persönlich abzuholen und nach Nordafrika zurückzubringen. Und diesem Versprechen lagen gewiß auch die Begeisterung und Zufriedenheit über die vergangene Begegnung zugrunde. Denn nach zweijähriger spannender neuer Geschäftstätigkeit, die bisher durch wechselnde Abgesandte und unsicheren Briefverkehr aufgrund zweifelhafter Gerüchte geführt worden war, hatte Ben Atar eingesehen, daß es keinen Ersatz für Abulafias lebendige, fließende Rede gab, die den Verbleib jedes farbigen Stoffballens, jedes seltenen Gewürzsacks und jedes eingelegten Dolches nachzeichnete und so den ganzen dramatisch verschlungenen Tauschhandel verfolgte, bis hin zu seinem Endziel – einer harten Gold- oder Silbermünze oder einem gewichtigen Edelstein. Selbst der wohlgeordnete Bericht eines treuen und klugen Abgesandten bot keinen Ersatz für das lange, gemächliche Zwiegespräch mit dem Handelsvertreter, dessen Geschichten feine Beobachtungen, Einschätzungen und Hoffnungen wie zarte Küken aus dem Ei schlüpfen ließen und dem Kaufmann aus Tanger illustrierten, daß tatsächlich ein Wandel im Gange war, da die dunklen armen Christenseelen jenseits der Berge sich dieser Tage dem Osten und Süden mittels deren Fellen, Stoffen und Geräten zu verbinden wünschten. Diesen praktischen Gründen zuzurechnen wäre natürlich noch die wonnevolle Begegnung mit Angehörigen und Freunden an diesem strahlend schönen Ort an der azurblauen Bucht von Barcelona, die sie in ruhiger, glatter Segelfahrt erreichten. Als Onkel und Neffe dann auch – allerdings noch nicht ganz gleichberechtigte – Partner wurden, schien die sommerliche Begegnung von Angehörigen einer kleinen, aber altehrwürdigen Religion an der Nahtstelle zweier großer Religionen, die einander ständig verschlingen wollten, hinfort fester Brauch zu werden.

Auf der Rückfahrt von Barcelona nach Tanger, mit dem nun seiner Ladung ledigen Schiff, wurde Ben Atar allerdings von jäher Angst befallen. Er fühlte sich irgendwie nackt und bloß. Ihm fehlten seine Stoffballen und Gewürzsäcke um sich herum, die ihm stets ein herzerwärmendes Gefühl der Sicherheit verliehen hatten, das er besonders jetzt hätte brauchen können, da sein Lendengürtel und die Taschen seines Gewandes mit den Münzen und Edelsteinen gefüllt waren, die Abulafia ihm überbracht hatte. Abu Lutfi war zwar bei ihm, aber seit sie an Bord waren, wirkte sein alter Gehilfe aus irgendeinem Grund abweisend und verdrossen, tuschelte auch viel mit den beiden ismaelitischen Matrosen, die auf dem Rückweg plötzlich ungewohnte Frömmigkeit zu entfalten schienen, denn statt nackt auf dem Bug herumzutanzen, knieten sie nun fünfmal am Tag zum Gebet nieder. Kein Wunder also, daß Ben Atar das lästige Gerede des Juden, der sie nach Barcelona gelotst hatte, längst entfallen war und ihm jetzt nur dessen jüdische Gesellschaft fehlte. Ja in seiner neuerlichen Einsamkeit verspürte er sogar Sehnsucht nach der beschränkten Kleinen, erinnerte sich wehen Herzens, wie sie, an ihrer Kordel angebunden, auf ihn zugekrabbelt war, um ihm in die Augen zu starren. Jetzt deuchte ihn, wenn die Kleine wieder auf seinem Schoße säße, würden die ismaelitischen Seeleute davor zurückscheuen, ihn im Schlaf zu überfallen, seines Geldes zu berauben und ins Meer zu werfen. Aber die Kleine war nun jenseits der Pyrenäen, und Ben Atar konnte nur den Matrosen befehlen, näher an der Küste zu segeln, auf daß sich ein Mensch fände, der gegen sie aussagen könnte, falls sie ihm etwas antäten. Doch sie weigerten sich entschieden, angeblich aus Furcht, auf Grund zu laufen, während Abu Lutfi ihnen nicht etwa widersprach, sondern ihren Beschluß auch noch wütend unterstützte. Hatte der Ismaelit womöglich etwas von seiner hebräischen Unterredung mit Abulafia aufschnappen können, in der er den Neffen zum Partner erhoben hatte, während es dem Ismaeliten überlassen blieb, die Brosamen aufzulesen? Ben Atars Furcht nahm ständig zu, und bei Einbruch der Dunkelheit bereute er schon die ganze Fahrt. So saß er zusammengekauert am Heck, einen Dolch in den Falten seines Gewandes verborgen, riß mit Gewalt die Augen auf und harrte des Überfalls.

Abu Lutfi spürte die ungewohnte Furcht, die seinen jüdischen Herrn ergriffen hatte, versuchte aber nicht, sie zu lindern. Waren ihm die hebräischen Worte, die in der alten römischen Herberge am Feuer gefallen waren, auch unverständlich geblieben, hatte er mit seinem feinen Gespür doch sehr wohl erfaßt, daß sein Herr, da er neuerdings nicht nur die Matrosen, sondern auch ihn selbst fürchtete, sich ihm gegenüber schuldig fühlen müsse, und als Ben Atar ihn dann nach einer schlaflosen Nacht herbeirief, um ihm eine große Goldmünze auszuhändigen, wies er sie zurück in der Annahme, daß sie die Vergebung einer unklaren Schuld nicht wert sei. Diese Weigerung seines langjährigen Dienstmanns versetzte Ben Atar vollends in Panik, so daß er nun schon sicher war, bei dem bevorstehenden Überfall werde Abu Lutfi ihn seinem Schicksal überlassen. Daher beschloß er – nach einer zweiten Nacht ohne Schlaf gewärtig, daß seine Kräfte zu Ende gingen –, auch den Ismaeliten zum Partner zu machen, damit das Gold und Silber ihm künftig so teuer wie sein Augapfel wäre.

Obwohl Ben Atar auf jener Reise zwei Partner dazubekam, mit denen er fortan den Gewinn teilen mußte, hatte er nicht das Gefühl, klein und gemindert nach Tanger zurückzukehren, sondern fühlte sich im Gegenteil groß und gestärkt. Als das schnelle Segelschiff die Meerenge von Gibraltar passierte, wo sich dem ruhigen, steten Blau der Mittelmeerwasser das schwellende, traumhafte Grün des großen Ozeans zugesellte, der die Mauern seiner rasch näherrückenden Heimatstadt netzte, erfaßte er, welch langen Arm er bis zum fernen nördlichen Horizont ausgestreckt hatte, und als ihm nun Abulafias neugewonnene Sicherheit und Ernsthaftigkeit einfielen, wußte er auch, daß der neue Partner im Norden fortan den neuen Partner im Süden beleben und der neue Partner im Süden den neuen Partner im

Norden anfeuern würde, während der ortsfeste Patron seinen Schutz über beide breitete, wohlbedacht die Zügel führte und seinen Anteil nahm. Noch blinkt die Silhouette des mächtigen Felsens, einem sonnenbraunen Standbild gleich, hinter ihnen, da werden sie schon vom gelblichen afrikanischen Mittagslicht überflutet, das seine angenehme Wärme über die weißschimmernden Mauern der Stadt ergießt. Bald umringen Tangers Fischerboote das Schiff, die Fischer und Angler erkennen die Ankommenden und grüßen freudig die heil von langer Fahrt Zurückgekehrten. Ben Atar geht an Land, küßt den Sand und dankt seinem Gott, daß er ihn unversehrt heimgebracht hat, doch statt seine Schritte geradewegs nach Hause zu lenken, übergibt er sein Gepäck einem Jüngling, auf daß er seiner Frau und der Dienerschaft ausrichte, sie möchten das Freudenmahl ob seiner Heimkehr vorbereiten, während seine eigenen Füße ihn merkwürdigerweise zu Abulafias Haus tragen, das nun auch des letzten Angehörigen beraubt ist. Während er die Eisentür mit dem Schlüssel öffnet, den er bei sich trägt, überlegt er, daß der schwarz gekleidete Abulafia vielleicht in eben diesem Moment dort im fernen Norden seine verhexte kleine Tochter mit ihrer großen Amme in ein dunkles, trübseliges Haus in Toulouse einläßt, gewiß von furchterregenden Kreuzen umstanden, und bekommt Mitleid mit ihnen, denn das Haus, in dem er nun steht, ist von Sonne und Wärme durchflutet, der Boden rein, und in einer Ecke liegen, gefaltet und verschnürt, Bettsachen und Kleider der alten Kindermagd, die noch nicht weiß, daß sie nie mehr hierher zurückkehren würde. Nur von den Sachen des Mädchens ist nichts mehr da, als sei es nie geboren.

Er wandert durch die Zimmer und blickt auf die Arkaden des kleinen Innenhofs, dessen Blumen fast alle verwelkt sind, weil niemand da war, sie zu gießen. Und wieder muß er an Abulafias verstorbene Frau denken und an die Kleine, die hier ihre sonderbaren Schreie ausstieß. Er hält eine von Abulafia unterzeichnete Vollmacht in Händen, dieses Haus zu verkaufen, auf dem Fluch und Verhängnis lasten, doch es tut ihm plötzlich leid um das leere Haus, in dem er zu dieser lieblichen Sommerstunde nur süßen Charme in jeder Ecke findet. Er betastet die Gold- und Silbersäckchen, die er, unter seinem Gewand verborgen, am Gürtel trägt, und überlegt, was er mit diesem Vermögen wohl machen sollte. Da kommt ihm der jähe Einfall, dieses Haus nicht an einen Fremden zu verkaufen, sondern es selbst zu erwerben. Aber was sollte er mit einem weiteren Haus anfangen, das zu schön und wohnlich war, um darin die neue Ware zu lagern, die Abu Lutfi ihm im nächsten Jahr aus dem Süden schicken würde? Vielleicht sollte er es seinem großen Onkel als Versammlungsort für seine Schüler zur Verfügung stellen und damit eine gottgefällige Tat vollbringen. Doch Ben Atar weiß sehr wohl, daß Ben Ghiyyat manchmal kaum die zehn Männer für den Gottesdienst zusammenbrachte, wie sollte er dann plötzlich Schüler für ein zweites Bethaus finden? Und als er noch so ruhig und allein in dem von süßem Spätsommerlicht durchglühten Innenhof steht und den leise plätschernden Springbrunnen anblickt, spürt er, daß die Angst der eben beendeten Reise in seinem Innern bereits in sanftes Begehren umgeschlagen ist. Warum sollte er nicht eine weitere Frau heiraten und sie in diesem Hause unterbringen? Der Gedanke an eine zweite Frau war ihm von Zeit zu Zeit durch den Kopf gegangen, und zuweilen hatte er sich sogar die eine oder andere Frau ausgemalt, die er von flüchtigem Sehen oder vom Hörensagen kannte. Doch jetzt spürt er, daß die Entscheidung in seinem Innern gereift ist. Sein Reichtum würde gewiß weiter wachsen, er hatte noch Kraft in den Lenden, und seine Frau war etwas schwächer geworden. Manche seiner jüdischen Verwandten und Freunde und auch seiner moslemischen Bekannten hatten ja zwei, zuweilen auch drei Frauen, und das sogar in ein und demselben Haus. Er war jetzt fünfunddreißig Jahre alt, und falls er seinen Vater, der mit vierzig gestorben war, an Alter zu übertreffen vermöchte, hätte er noch zehn oder mehr Jahre vor sich. Das war der richtige Zeitpunkt, die Welt zu erweitern. Und käme dann der Tag, an dem seine Söhne sein Totenbett umständen, würde ihnen das Scheiden leichter fallen, denn das große Vermögen, das sich bis dahin gesammelt hätte, würde es ihnen ermöglichen, sich leicht und großzügig voneinander zu trennen. Ja, der jähe Einfall packt ihn derart, daß er, nachdem er die Tür hinter sich abgeschlossen hat, nicht nach Hause eilt, sondern ins Bethaus zu Ben Ghiyyat, der sein Mahl unterbricht, um ihn willkommen zu heißen. Ben Atar neigt den Kopf und küßt seinem großen Onkel die Hand, um seinen Segen zu erhalten, will auch schon einige Münzen aus der Tasche ziehen, um sie für das Thorastudium der Armen zu spenden, die um den Tisch sitzen, beschließt jedoch auf einmal, Ben Ghiyyat zuerst von seinem neu aufkeimenden Verlangen zu erzählen und dann die Spendenhöhe an seiner Reaktion auszurichten. Der Weise hört ihm freundlich zu, nickt bestätigend und fragt nur, ob Ben Atar bereits mit der ersten Frau über die zweite gesprochen habe. Auf die verneinende Antwort hin erbietet er sich auf der Stelle, es ihr selbst vorzutragen und ihre Einwilligung einzuholen, damit die neue Nachricht ihr nicht drückender Zwang, sondern frommes Gebot sei. Und wer weiß, vielleicht würde sie sogar bei der Wahl einer passenden Frau mithelfen wollen, so daß es allen zur doppelten Freude gereichte.

4

Sacht brach der Morgen an, und das europäische Festland, das sich vor ihnen auftat, sog die Nebelfetzen ein und entzückte die Passagiere des alten Wachschiffs mit üppigem Grün an den Gestaden der Seine, die sich träge in den Ozean ergoß. Unbekannte buntgefiederte kleine Vögel erfüllten die Luft mit einem Tschilpen und Zwitschern, als hätten sie just auf dieses Schiff gewartet. Alles, was des Nachts abweisend und verschlossen ausgesehen hatte, wurde mit der zunehmenden Helligkeit klar und friedlich. Die Flamme, die nachts mit bedrohlicher Stetigkeit brannte, war nun zartes hellgraues Rauchgekräusel, und der schemenhafte Riesenvogel, der im Dunkeln über dem Wasser zu schweben schien, entpuppte sich als das Wrack eines gekenterten Schiffes, das nach den Algen zu schließen, die aus seinem Bauche wuchsen, schon viele Jahre in der Flußmündung stecken mußte. Obwohl Abd el-Schafi sein Schiff auf Abstand zu halten trachtete, um nicht auf unsichtbare Wrackteile aufzulaufen, lockte sein Herz ihn, näherzukommen, denn sein scharfes Auge hatte fasziniert das hübsche Schnitzwerk der verwegenen Wikinger erspäht. Zwar hätte er auch ohne das gekenterte Schiff nicht bezweifelt, daß er die richtige Bucht angesteuert hatte, aber das Vorhandensein eines altersgrünen, schlagenden Beweises bereicherte die Wahrheit der ganzen Reise um die Süße absoluter Gewißheit. Beinah hätte er dem Schiffsherrn diesbezüglich etwas zugerufen, doch im letzten Augenblick bremste er sich, um nicht die Erinnerung an den Urgroßvater, den gefangenen Seeräuber, wachzurufen und damit womöglich dem Vertrauen zu schaden, das er sich im Lauf der Reise auch bei den beiden Frauen erworben hatte, die jetzt – ruhig und nachdenklich nach der doppelten Nacht – auf der alten Kommandobrücke saßen, und mit wacher Neugier nicht nur einander, sondern auch die näherkommende erste Flußbiegung beobachteten.

Eben jetzt, da das Schiff in die Seine eindringt und feierlicher Ernst die Seelen der Passagiere und Seeleute erfüllt, erstirbt der Schellenklang des schwarzen Götzendieners, der nach einer tatenreichen Nacht in Schlummer gesunken ist und wie ein schwarzer Polyp im Bauch des Schiffes zwischen Ölkrügen, Gewürzsäcken und Schafwollballen hingegossen liegt, neben den beiden Jungkamelen, die ihren jungen Liebhaber sorgenvoll beäugen. Mit dem rhythmischen Auf und Ab seines Atems wird er nun heimlicher Mittelpunkt des moslemischen Wachschiffes, das aus der Ferne gekommen ist und in langsamer Fahrt durch christliches Land segelt. Denn Abd el-Schafi, der sich schon tagelang Sorgen über die Stärke der erwarteten Gegenströmung des Flusses gemacht hat, ist jetzt nicht nur über die sommerliche Milde der Strömung überrascht, sondern auch über den ungeahnt günstigen Nordwestwind, der ihnen in den Rücken bläst und ihm, Abd el-Schafi, bereits durch sanftes Streicheln seines nackten Oberkörpers Gutwilligkeit signalisiert hat. Wenn es diesen Ungläubigen derart gelingt, Strömungen und Winde in Einklang zu bringen, um die Fortbewegung der Menschen auf diesem Fluß zu erleichtern, grübelt er mit dem typischen Neid eines alten Seebären, dann haben sie, ungeachtet ihres Fehlglaubens an eine Gottheit, die aus ihrem Grab verschwunden ist, doch einen leichten Vorteil vor den Moslems, die auf Schicksal und Bestimmung setzen. Trotz der Hoffnung, die der nordwestliche Wind ihm eingehaucht hat, läßt ihn die Sorge jedoch nicht gleich los, denn noch nie hatte er ein so ausladendes Segelschiff durch eine so schmale Wasserrinne gesteuert, und zu allem Übel hat das nächtliche Weingelage seinen Kopf in eine eiserne Bandage gelegt, und jeder Becher Bordeaux, den er nachts bedenkenlos gekippt, ist zur bohrenden Nadel in seinem Hirn geworden. Deshalb beschließt er, hirnerschütterndes Reden oder Schreien soweit wie möglich einzuschränken und sich auf stummes Kommando zu verlegen. Mit Hilfe seiner Matrosen bindet er sich mitten am Großmast an, um das Segel am eigenen Leib zu spüren, die genaue Windrichtung zu wittern und aus der Höhe auch besser sicheren Abstand von beiden Ufern halten zu können. Um nun aber in seiner luftigen Höhe nicht den Kontakt zu den Matrosen zu verlieren, legt er ihnen dünne Stricke als Zügel um den Leib und übermittelt ihnen durch leichtes, sanftes Ziehen seine Anweisungen, als fahre er an Stelle des Schiffes eine riesige Kutsche, deren Pferde im Innern verborgen sind. Sanft und ruhig nimmt das Schiff so die ersten fünf Biegungen.

Ben Atar und Abu Lutfi sorgten sich jedoch weder um Fluß noch Biegungen. Nach vierzig Tagen sicherer Fahrt auf dem Ozean vertrauten sie völlig dem Können ihres Kapitäns, ja glaubten womöglich sogar, er sei auf Verlangen imstande, das Schiff auch sicher Abulafias Haustürstufen hinaufzusteuern. Andererseits sahen sie gespannt der ersten Begegnung mit den Franken entgegen, und sei es nur, um sich zu vergewissern, ob auch an derart wilden, abgelegenen Orten Zoll auf Waren aus fernen Landen erhoben würde oder ob hier großzügige Gastfreundschaft herrschte. Doch bis in die Nachmittagsstunden war nur tiefe Stille ringsum, und außer fröhlich schwirrenden Vögeln ließ sich kein lebendes Wesen blicken, als errege das durch Franziens Wasseradern treibende maghrebinische Schiff bei keinem Einheimischen genug Neugier, sie nach ihren Absichten zu fragen. Wo steckten denn all die neuen Kunden, von denen Abulafia hoffnungsvoll geredet hatte? Der kleine Samuel Elbaz, der schon bei Tagesanbruch in seinen Lieblingsausguck an der Spitze des Masts, hoch über Abd el-Schafis Kopf, geklettert war und über die Wand der Bäume und Büsche hinwegsehen konnte, erspähte zwar dauernd Dinge, die den anderen verborgen blieben, etwa die Flügel einer Schöpfmühle oder eine Gänsehirtin, die ihre Schar einen kleinen Abhang hinabführte, oder einen pflügenden Bauern oder spielende Kinder vor einer strohgedeckten Hütte. Aber vorerst schwieg er, denn kein Anwohner schien das fremde Schiff wahrzunehmen, das so nahe den Häusern im verborgenen vorbeifuhr. Doch auch wenn jemand zufällig den Kopf gehoben und durch Bäume und Uferdickicht das schwankende Ende eines weißen Dreiecks gesehen hätte, über dem ein Knabe zu schweben schien, dessen Nacktheit mit der rosigen Luft verschwamm, wäre er nicht herbeigeeilt, um zu prüfen, was es mit dieser Vision auf sich habe, sondern wäre schlicht und einfach auf die Knie gefallen, hätte sich bekreuzigt und bewegt den Kopf zum Dank gebeugt ob des nahenden Jahres 1000, das seine Gnadenwunder vorausschickte.

So verhielten sich anfangs auch zwei einheimische Liebende, die – obwohl ihr Boot beinah vom Bug des fremden Schiffs zermalmt worden wäre – nicht überrascht schienen über die jähe Begegnung mitten auf dem Fluß. Als sei es völlig alltäglich, daß ein sonderbar bauchiges Schiff mit Dreieckssegel und halbnackten Ismaeliten in den Wanten auftauchte. Jedenfalls scheuten sie nicht vor ihm zurück, blieben nur mit staunendem Lächeln stehen, als hätten sie kein wirkliches Schiff vor sich, sondern ein wechselndes Bild auf der Leinwand eines Traums, der seine wilden Phantasien zum eigenen Vergnügen selbst produzierte. Aber als Ben Atar sie von Deck aus anrief, ergriff das junge Paar Entsetzen, als hätte seine Stimme den Traum gebrochen und eine furchterregende Wirklichkeit daraus hervorschnellen lassen. Zuerst versuchten sie zu entweichen, aber das große Schiff versperrte ihnen bereits den Weg. Deshalb nahmen sie eilig die Hüte ab, fielen auf die Knie und flehten in einer melodischen fremden Sprache um ihr Leben. Da jedoch keiner an Bord wußte, wie ihnen antworten, um sie zu beruhigen, bat man die beiden Frauen, vom Deck aus Friedensgrüße zu winken, auf daß die jungen Leute merken sollten, daß Angst und Grauen nur ihrem eigenen Denken entstammten und nichts mit der friedlichen Wirklichkeit der Schiffahrer zu tun hatten. Doch der Anblick der winkenden barfüßigen Frauen in ihren farbenfrohen Gewändern erhöhte das Entsetzen der beiden, statt es zu mindern, und so mußte man Rabbi Elbaz holen, damit er ihnen ein paar gebrochene lateinische Bibelworte hinzuwerfen versuche, die er von den Gebeten befreundeter Christen in der kleinen Kirche von Sevilla aufgeschnappt hatte, und den beiden Verängstigten damit anzuzeigen, daß dies zwar kein christliches, aber auch kein antichristliches Schiff sei. Tatsächlich beruhigten sich die Liebenden nach und nach. Sie lächelten wieder, standen auf, bekreuzigten sich anmutig und sangen mit wohltönender Melodie eines ihrer lateinischen Gebete, worauf Ben Atar es sich nicht nehmen ließ, sie an Bord einzuladen. Anfangs zauderten sie, fürchteten, die Fremden könnten sie entführen und vielleicht sogar, wer weiß, kochen und auffressen wollen, aber die Neugier siegte über ihre Bedenken, und sie kletterten an Deck, ängstlich bedacht, nicht getrennt zu werden. Jetzt, aus der Nähe betrachtet, staunten die Schiffsleute über das zarte Alter der beiden, und Rabbi Elbaz versuchte emsig mit Zeichensprache herauszubekommen, ob die Liebe auf diesem Kontinent wohl stets so früh erwachte, aber die beiden schienen seiner Frage nicht auf den Grund zu kommen, wußten vielleicht auch gar nichts von einem Zusammenhang zwischen den Lebensjahren eines Menschen und seiner Fähigkeit zu lieben. Zum Schluß ließ man die beiden auf der alten Kommandobrücke Platz nehmen und reichte ihnen einen grünlichen Kräutertrank, den sie trotz seines eigenartigen Geschmacks mit höflichem Schweigen tranken. Danach gab man ihnen andalusische Trockenfeigen und kandierte Zitronen, die sie begierig aufaßen, während Seeleute und Passagiere sie umringten und sich an ihrem Genuß freuten. Besonders war es Rabbi Elbaz um sie zu tun, nicht nur, weil er immer noch hoffte, mit einem seiner lateinischen Worte oder Sätze Widerhall bei ihnen zu erregen, sondern auch, weil die offensichtliche Liebe der beiden sein Herz anrührte und ihn an die verlorenen Tage seiner eigenen Liebe erinnerten. Deswegen versuchte er, ihren Aufenthalt an Bord auszudehnen, und schlug vor, sie in den Schiffsbauch hinabzuführen, damit sie sich am Anblick der beiden Jungkamele erfreuen möchten. Aber Ben Atar verweigerte es. Er fürchtete, die beiden könnten das Gerücht von der reichen Ladung im Schiffsbauch an Zöllner weitertragen, die ihnen dann womöglich flußaufwärts auflauerten. Um die beiden netten jungen Leute jedoch nicht ohne alles gehen zu lassen, legte er ihnen ein paar bestickte Stoffe vor, um ihre Reaktion als potentielle Kunden zu testen. So vergnügten sich die Schiffsinsassen ein Weilchen mit ihnen, schnürten ihnen schließlich kleine Salzpäckchen in dünnem Papier und versuchten herauszubekommen, wie weit es bis Rouen sei und wie die Stadt aussehe. Nach ihren Antworten und Gesten schien die Entfernung nicht groß zu sein. Nun trat Abu Lutfi, der die ganze Zeit düster und ernst abseits gestanden hatte, näher und bat Elbaz, er solle sie jetzt auch fragen, wie weit es nach Paris sei. Obwohl der Rabbiner zunächst zögerte, ob es richtig sei, blutjunge Menschen nach einem derart fernen Ort zu fragen, nannte er doch den Namen der Stadt. Die Gesichter der beiden leuchteten augenblicklich auf. Paris, wiederholten sie wieder und wieder in charmantem Ton und deuteten lächelnd ehrfurchtsvoll gen Osten, als liege dort ihr Jerusalem oder Mekka. Sie wußten nicht nur die Entfernung dorthin, obwohl sie noch nie dort gewesen waren, sondern freuten sich offensichtlich über die unverhoffte Gelegenheit, mit ihrer flinken Zunge den Namen eines Ortes auszusprechen, dessen Zauber sogar jene erreicht, die nie dorthin gelangen werden. Während Ben Atar und der Rabbiner sich über die erhaltene Antwort freuten und die beiden jungen Leute anlächelten, musterte Abu Lutfi sie weiterhin finster und ungläubig. Als hoffte er, trotz der vielen schweren Tage und Nächte, die er für die Reise in jene ferne Stadt aufgebracht hatte, irgendwie immer noch auf die Nachricht, daß es sie nie gegeben hätte.

Gewiß, zunächst hatte Ben Atar selbst nicht begriffen, was sein Neffe anstrebte, als er immer wieder begeistert den Namen der Stadt Paris erwähnte, ehe er sie überhaupt besucht hatte. Erstmals war der Name schon beim zweiten Sommertreffen in der Spanischen Mark gefallen, ein Jahr nachdem das verhexte Mädchen in die Obhut ihres leiblichen Vaters zurückgekehrt war. Die Maghrebiner hatten die Bucht von Barcelona am ersten Tag des Monats Aw erreicht, und nachdem sie ihre Waren bei Benvenistis Wirtshaus deponiert und die beiden Schiffe, mit Holzbalken beladen, nach Nordafrika zurückgeschickt hatten, nahmen sie drei Pferde und ritten zu der alten römischen Herberge hinauf, getreu des im Sommer zuvor gegebenen Versprechens, die Amme in ihre Heimat zurückzubringen. Zu ihrer Verwunderung kam Abulafia jedoch allein. Die Kindermagd hatte eingewilligt, ein weiteres Jahr in Toulouse zu bleiben, da jeder Versuch, sie durch eine einheimische Frau, Jüdin oder nicht, zu ersetzen, den gepeinigten Widerstand des armen Mädchens weckte, das im Dunkel seiner Seele das tätowierte Gesicht der Amme wohl mit dem Geist der Mutter verband, von der es im Stich gelassen worden war.

Allerdings hatte Abulafia die alte Kindermagd anfangs nur schwer überreden können, das Rauschen der Meereswellen, den Duft der Zitrushaine und das klare Kupferlicht der nordafrikanischen Küste zu entbehren, um in der fremden Christenstadt mit einer Kreatur eingesperrt zu bleiben, deren unergründliches Trachten nur durch Trauer und Mitgefühl aufzuwiegen war. Wann immer die Ismaelitin in dem weißen Gewand, das Abu Lutfi ihr mitgebracht hatte, und mit dem dünnen Schleier aus bläulicher Seide, der ihren großen Nasenring nur notdürftig verbarg, mit der Kleinen auf die Gassen rings um die Festung von Toulouse hinausging, schlossen die Einheimischen fest die Augen und murmelten passende Verse der Tugendhaftigkeit und Ermahnung aus den Evangelien, um bei dem sonderbaren Anblick der beiden duldsam zu bleiben. Daher hatte Abulafia der Kindermagd, um sie zum Ausharren zu bewegen, den Lohn erhöhen und sie zu einer Art weiteren Juniorpartnerin machen müssen, die bei jedem vollen Mond eine große und vor jedem Sabbatbeginn eine kleine Münze erhielt, ja, er mußte auch seinen Wohnsitz von der Festungsmauer in die Judengasse im Herzen der Stadt verlegen, und das nicht nur, weil es in Toulouse keine Gasse für Ismaeliten gab, sondern auch, weil nach Meinung der Kindermagd gerade die Juden, die von frühester Jugend an mit Asmodi vertraut und in seiner Lehre bewandert seien, Verständnis für von ihm Verwünschte aufbringen müßten.

Letzten Endes nützte Abulafias besonderes Bemühen um den Verbleib der Kindermagd nicht nur seiner Gemütsruhe, sondern auch der Partnerschaft. Denn nur so konnte er sich die langen Zeiten der Abwesenheit von zu Hause erlauben, die er brauchte, weil das hoffnungslose Dasein seiner Tochter ihn bedrückte und seine reiche Phantasie und unruhige Natur ihn drängten, anspruchsvolle neue Kunden aufzutun, die feine Waren von geringem Gewicht und hohem Wert verlangten, wie etwa edelsteinbesetzte kleine Dolche, Schlangenhäute oder schlohweiße Perlenschnüre aus Elefantenzähnen. Er war es nämlich leid, mit Karren umherzuziehen, die unter der Last der großen Säcke und Krüge, die Abu Lutfi aus der Wüste holte, im Schlamm steckenblieben. Nachdem er also die ismaelitische Amme beschwichtigt und in jüdische Gesellschaft verbracht hatte, machte er sich gen Norden auf den Weg, zunächst in leicht östlicher Richtung, zum Königreich Burgund, auf der Straße von Rodez nach Lyon, dann über Viviers zur Handelsroute des Rhonetals. Doch er erkannte bald, daß er hier keinen Ruhm ernten würde. Das Gedränge war zu groß, und wendige byzantinische Kaufleute, die über Toulon aus Italien heraufkamen, brachten reiche Kostbarkeiten aus dem wahren, dem asiatischen Orient, funkelnde Schätze, neben denen seine afrikanischen Waren sich matt und schäbig ausnahmen. Deshalb schwenkte er nach Nordwesten um, zu den entlegenen Orten im Herzen Aquitaniens, dem Herzogtum Guyenne und den Städtchen Agen, Angoulême und Périgueux, dann über Poitiers und Bourges weiter nach Lusignan, bis Limoges, wo man ihm den Weg ins Loiretal erklärte und die Grenze zum Kapetingerreich bezeichnete, in dem neben Paris weitere aufstrebende Städte wie Tours, Orléans und Chartres lagen, die ihn zu interessieren begannen.

Wenn Abu Lutfi bei den sommerlichen Treffen Abulafia

immer wieder bat, seine neue Handelsroute und die ungefähre Lage der Orte aufzuzeichnen, die in Zukunft so begierig jene andere, leichtere und kostbarere Ware aufnehmen würden, geriet Abulafia durcheinander und skizzierte Abu Lutfi jedesmal eine andere Karte. Vor allem hatte er Mühe, die genaue, definitive Lage von Paris zu bestimmen, der Hafenstadt inmitten des Flusses, die ihn anzog und begeisterte, obwohl er noch nie dort gewesen war. Dabei nahm es nicht wunder, daß gerade diese augenfällige Verwirrung den moslemischen Partner dieser Stadt und ihrer Umgebung gegenüber eher feindselig und mißtrauisch stimmte. Denn mit seinen feinen Sinnen erkannte er: Je nördlicher der Jude zog, desto tiefer würde er, der Moslem, in die Wüste vordringen müssen, um ihm jene andere, leichte, aber wertvolle Ware zu beschaffen, die das Herz der neuen Kunden erobern sollte. Auch Ben Atar, der ständig zwischen seinen beiden Partnern zu vermitteln suchte, fragte sich, wohin Abulafias Abenteuergeist sie wohl noch führen mochte. Zwar hatte er, im Gegensatz zu Abu Lutfi, nichts gegen die neue Neigung seines Partners, sich nach Norden zu wenden, weniger aus kaufmännischen Erwägungen – der Erfolg war ja noch zweifelhaft – als in der Hoffnung, Abulafia werde, je weiter er sich von Nordafrika entferne, desto leichter endlich die eigenartige kindische Phantasie aufgeben, die ihm auf der Seele brannte, seit er aus seiner Heimatstadt in die Verbannung gezogen war – nämlich ein Vermögen anzuhäufen, das ihm Kraft und Mut verliehe, in seine Stadt zurückzukehren und jedem Leid zuzufügen, der ihn wegen seiner Frau verspottet hatte, vor allem seiner Mutter. Deswegen auch hatte er sich ja, selbst nachdem er jenseits der Pyrenäen in einer anderen Welt angekommen war, von Juden ferngehalten, damit diese ihn nicht etwa zu einer neuen ehelichen Verbindung verleiteten, die den Traum von seiner Heimkehr als Rächer vereiteln könnte. Im ersten Jahr hatte Ben Atar allen Ernstes gefürchtet, der junge Witwer könnte eines Tages nicht vor Kummer oder aus Sehnsucht nach dem allein gebliebenen Töchterchen zurückkehren, sondern um denen an die Ehre zu gehen, die ihn gezwungen hatten, seine geliebte Frau außerhalb des Friedhofszauns zu begraben. Deshalb war Ben Atar im nachhinein froh, daß er den Rat seines weisen Onkels, nach Barcelona zu fahren und die Kleine ihrem Vater zurückzubringen, so eilfertig befolgt hatte, denn abgesehen davon, daß er die Annehmlichkeit der sommerlichen Schiffahrt entdeckt und gesehen hatte, wie wichtig es war, den Mann, der seine Waren vertrieb, persönlich zu treffen, hoffte er auch, das Band zwischen Vater und Kind werde Abulafia lehren, den Tatsachen ins Auge zu sehen, und vielleicht auch die sinnlose Wahnvorstellung, als Rachegeist in seine Heimat zurückzukehren, mildern und abschwächen.

Abschwächen schon, sagte er sich, aber mehr auch nicht. Daher hatte es Ben Atar bei der plötzlichen Erkrankung seiner älteren Schwester, Abulafias Mutter, auch nicht eilig, ihren Sohn zu benachrichtigen, und vertuschte beim sommerlichen Treffen in der römischen Herberge die Schwere ihrer Krankheit, damit der grimmige Sohn nicht etwa an ihr Sterbebett haste, um ihr Siechtum durch schroffe Reden zu vergiften. Erst nach ihrer Beisetzung entsandte er einen Sonderboten, der dem Frischverwaisten tagelang auf den Wegen der Provence nachjagte, um ihm die Todesnachricht zu überbringen, die erwartungsgemäß ohne eine einzige Träne, ja sogar mit leisem Lächeln aufgenommen wurde. Jetzt hätte Ben Atar Abulafia gern zurückkehren sehen, und sei es nur für einen kurzen Besuch, um über seinen Teil am mütterlichen Erbe zu verfügen und sich womöglich auch mit seinen Verwandten auszusöhnen, denen er in seiner Blindheit die eigene Schuld mit anlastete. Doch Abulafia, der nun zwar den süßen Kern seiner großen Rachephantasie eingebüßt hatte, aber weit davon entfernt war, sich mit allen anderen auszusöhnen, ließ den Boten seinem Onkel ausrichten, er möge seinen, Abulafias, Anteil am mütterlichen Erbe veräußern und das Entgelt beim nächsten Sommertreffen mitbringen.

Jetzt bedauerte Ben Atar zutiefst die Einsamkeit seines

Verwandten, der in dem Wirrsal von Schuld und Liebe gegenüber seiner Frau nicht mehr klar denken konnte. Ja, ihm kamen sogar Zweifel, ob er recht daran getan hatte, seinen Neffen aus dem Bauch des Schiffes herauszuholen, das ins Land Israel auslaufen sollte, denn die Heiligkeit des Landes der Väter hätte womöglich etwas von dem Gift in seinem Innern aufgesogen und Ordnung in das Chaos gebracht. Und erst recht bereute er nun, so eilfertig dem Gebot seines großen Onkels gefolgt zu sein und das Mädchen ihrem Vater zurückgebracht zu haben, denn seine entstellte Gegenwart verscheuchte die Heiratsvermittler und hielt zudem die schmerzliche Erinnerung an die Frau wach, die – an Händen und Füßen gebunden – sogar anderen im Gedächtnis haftete, darunter Ben Atar selbst, der in jener Schreckensnacht am Strand beim besten Willen nicht fähig gewesen war, den Blick von der nackten Frau zu wenden, die wundersam schön auf dem Sande lag. Seither grübelte Ben Atar zuweilen im stillen: Wenn ich, der ich sie so in ihrer Schmach gesehen habe, ihre Schönheit bis heute nicht zu vergessen vermag, wie soll es dann ihr Ehemann können?

Allerdings erkannte Ben Atar auch, daß sich die Einsamkeit seines verwitweten Partners vorteilhaft auf das Geschäft auswirkte, denn ein Handelsvertreter, der keine Frau besitzt, die ihn heimwärts zieht, dafür aber von jedem noch so entlegenen Ort verlockt wird, in der Hoffnung, dort vielleicht das Abbild der geliebten Gestalt zu finden, zieht in Landstriche, in die so schnell kein anderer Kaufmann gelangt, und mag die Ware, die er feilhält, auch fremd und unnötig sein, verleitet sie allein durch ihr Auftauchen am Ort zum Kauf. Tatsächlich stieg die Nachfrage nach maghrebinischen Gütern in der Provence stetig an, so daß man die aus Tanger auslaufende Flotte jeden Sommer um ein Schiff vergrößern mußte, und hatte acht Jahre vor dem Jahr 1000, bei dem ersten Treffen, zu dem das Kind und seine Amme mitgekommen waren, noch ein Schiff alles fassen können, reichten jetzt, vier Jahre vor Jahrtausendbeginn, kaum fünf seiner Art. Allerdings war dies nicht allein Abulafias Eifer und

Wendigkeit zuzuschreiben, sondern auch dem Wachstum der christlichen Bevölkerung, denn im Anblick der nahenden Jahrtausendwende versuchten die Sterbenden, ihren Tod hinauszuzögern, und die Ungeborenen, ihre Geburt zu beschleunigen, um sich von vornherein ihren Platz in dem Jahr zu sichern, das eine Flut von Totenauferstehungen verhieß.

Trotz – oder womöglich auch wegen – des rasch wachsenden Wohlstands der drei Partner, schmerzte Ben Atar die Einsamkeit seines Neffen. Und ebenso unverzagt wie ausdauernd horchte er in dessen Wust von Geschichten und Plänen auf das Röckerascheln einer nahenden Frau. Als nun der Vorabend des Neunten Aw heranrückte, Abu Lutfi sich das Leopardenfellsäckchen zwischen die Beine band und das Kordelende neben die Hoden legte, alsdann seinen Kopf gegen ihm womöglich Übelwollende verhüllte und niederkniete, um sich feierlich gen Mekka zu verneigen – gewissermaßen frei nach Jehuda Halevis Motto, »mein Herz ist im Osten, doch ich bin im fernen Westen«, aber ohne dessen Trauer und Schuldgefühl –, und sich schließlich aufs Pferd schwang und in der funkelnden Dämmerung auf dem langen Bergpfad verschwand, der sich bis Granada schlängelte, da begann Ben Atar seinem geliebten Neffen und Partner sanft und behutsam – beredt zwei Sprachen verquickend – die furchtbare Wüstenei auszumalen, in die sein beharrliches Witwertum ihn zerren würde. Doch im Sommer jenes Jahres 4755 seit der Erschaffung der Welt nach jüdischer Zeitrechnung, dem Jahr 385 der Hedschra der Mohammedaner, fünf Jahre vor dem Jahr 1000 der Kreuzschläger, geschah es, nachdem die Klagen über die Zerstörung beider Tempel die Seelen der beiden Juden sanft und weich gemacht hatten und das schwelende, aus trockenem Spätsommergras gespeiste Feuer zu ihren Füßen zum duftenden Zyklopenauge gewandelt war, daß Abulafia sich ein Tuch um den Kopf schlang, ihn auf einen glatten Stein bettete, beide Beine von sich streckte und, während er noch leicht das verschlossene Münzsäckchen betastete, das er einige Stunden zuvor zum Lohn für die Mühe des vergangenen Jahres erhalten, die

Augen auf das glitzernde Funkenmeer über sich richtete und wieder von Paris zu sprechen begann, diesmal jedoch nicht nur von der Stadt, in der er noch gar nicht gewesen war, sondern auch von einer neuen Frau, die dort wohne.

Nicht umsonst also hatte die Amme in ihrer schlichten, geraden Denkweise Abulafia hartnäckig aufgefordert, seinen Wohnsitz in die Straße der Juden zu verlegen, denen er nach Abstammung und Glauben zugehörte. Nur dort konnte er schließlich die Fähigkeit entfalten, sich auch in anderen Judengassen zu bewegen, in Tours und Limoges, Angoulême und Orléans, Chartres und vielleicht auch Paris. Nicht immer waren es richtige Straßen, manchmal nur enge Gäßchen, mal auch nur ein Gassenabschnitt oder ein einziges Haus oder sogar nur eine Kammer, in der ein einzelner Jude lebte. So lernten Abulafias Augen, seine Umgebung nicht nur nach den jeweils herrschenden Königen, Herzögen oder Grafen zu betrachten, sondern auch nach den Orten, in denen die Juden verstreut lebten.

Nach und nach zog es Abulafia zu den Angehörigen seines Volkes zurück, von denen er sich die ersten Jahre ferngehalten hatte, aus Angst, sie könnten ihn verheiraten wollen und damit die Phantasie von der Rückkehr in seine Heimatstadt vereiteln. Nun hatte er sich jedoch bereits eingestanden, daß hier statt eines Planes nur schiere Phantasterei vorlag und daher auch keine Vereitelung zu befürchten stand, denn es lag ja in der Natur einer Phantasie, ganz und gar der Kontrolle des Phantasten unterstellt zu sein. Nachdem er in Toulouse in die Straße der Juden übersiedelt war und dort gewahrte, daß manche ein, zwei arabische Worte mit der Amme wechselten oder auch ein freundliches Lächeln oder gar ein Streicheln für die verhexte Kleine übrig hatten, erweichte sich sein Herz, und war er von seinen Reisen zurück, schloß er sich einer Betgemeinschaft an, nicht nur, um, immer noch glühenden Herzens, das Gedenkgebet für seine Frau zu sprechen, sondern auch, um sich bei den anwesenden Juden nach den Wegen gen Norden zu erkundigen.

Denn Juden – selbst solche, die im Leben noch nicht aus ihrer Stadt herausgekommen sind – wissen immer etwas über Juden anderswo, ebenso wie sie immer etwas mehr über die Gojim wissen, als diese selbst. Zum Beispiel, daß die Verehrer des nahenden Jahres 1000 Waren begehren würden, die aus der Wüste stammten, allerlei große und kleine Dinge, wie sie tausend Jahre zuvor gewiß Jesus und seinen Anhängern gedient hatten. Die guten Gläubigen wollten nämlich eine heimelige Atmosphäre für den Gottessohn schaffen, der alsbald mit seinen Aposteln vom Himmel herabsteigen würde. Deshalb zog Abulafia vorausschauenderweise jetzt nicht mehr einfach von Toulouse nach Périgueux oder von Limoges nach Bourges, sondern ließ sich von einem Juden zum nächsten schicken, wobei jeder nicht nur Ratschläge erteilte, wie die neue Ware beschaffen sein sollte, sondern auch Ideen beisteuerte, wie sich der Preis der alten Ware heben ließe. Und bei diesen Wanderungen von einem jüdischen Ratgeber zum andern lernte er in einem Wirtshaus in Orléans die bewußte Frau kennen, Esther-Minna mit Namen, die kinderlose Witwe eines Thoragelehrten, der vor Jahren in Worms gestorben war, einer kleinen Stadt am Rhein, im Lande Aschkenas gelegen, die bei den Juden Wormaisa hieß. Nach ihrer Verwitwung hatte ihr Bruder, Herr Jechiel Levitas, ein Schmuck- und Juwelenhändler, sie eingeladen, bei seiner Familie in Paris zu wohnen, einmal, um ihre Einsamkeit zu lindern, zum andern aber auch, damit sie ihm von Zeit zu Zeit mit ihrem wachen Verstand bei Geheimaufträgen in den umliegenden Dörfern und Städtchen zur Hand gehen möge.

Und wohl nicht nur, weil sie eine kinderlose Witwe war und Abulafia sie in der etwas lockeren Atmosphäre eines Wirtshauses kennenlernte, sondern vor allem, weil sie rund zehn Jahre älter war, hatte er sich leichthin auf eine lange Unterhaltung eingelassen, die eine tiefe Bindung entstehen ließ, deren er sich gar nicht mehr für fähig gehalten hatte. Aus einem zufälligen Wortgeplänkel zur Dämmerstunde vor dem Abendessen, angefangen mit dem Bemühen der zierlichen, respektablen Frau, Witwe eines berühmten Thoragelehrten, sich mit einem Wort oder Schriftvers aus der heiligen Sprache zu schmücken, den sie von ihrem seligen Gatten gelernt hatte, und hier und da kluge kaufmännische Bemerkungen einzuflechten, entwickelte sich ein eindringliches Gespräch, das bis Mitternacht dauerte. War es religionsrechtlich betrachtet auch unbedenklich, da die einander noch unbekannten Gesprächspartner beide verwitwet waren, hatte es doch etwas Keckes und Gewagtes an sich. Und als das Kreuz auf dem Glockenturm ins Fleisch des Mondes stach – dessen Farbe an die großen Käselaibe erinnerte, für die die Dörfler der Umgebung berühmt waren – und ihn dann langsam drehte und hinter die Kirche rutschen ließ, so daß es in der Stube, in der die beiden saßen, völlig dunkel wurde, spürte Abulafia angenehme Wärme in seinen Gliedern pulsen. Zum ersten Mal war ihm ein Mensch begegnet, der seine alte Geschichte von Kränkung und Schmerz ernst und wichtig nahm, mit offener Sympathie die Rachegelüste, die noch immer in ihm brodelten, nachempfand, aber auch jede noch so vage Rede von einer möglichen Verhexung oder Verfluchung seines Kindes vehement zurückwies.

Weder Hexenwerk noch Fluch, aber was dann? grübelte Ben Atar, doch auch Abulafia wußte noch nicht, was er darauf antworten sollte. Vorerst wußte er nur von der Bewunderung und Dankbarkeit zu erzählen, die ihn am Ende jenes Gesprächs durchströmt hatten. Hier ist endlich jemand, der meiner Seele Ruhe schenkt, hatte er bei sich gedacht und den fremden Parfümduft der Frau eingesogen, der ihm bereits vertraut und sogar lieb zu werden begann. Und da er wie ein Kleinkind, das die Lippen seiner Mutter liest, dem genauen Sinn der Worte dieser kleinen, schlanken Frau nachspürte, die zwar in der Sprache der Franken sprach, aber langsam und deutlich artikulierend, durchsetzt mit Zitaten aus den biblischen Geschichten und den Sprüchen der Weisen, entledigte sie sich vor ihm gewissermaßen ihrer weiblichen Hülle, nicht etwa, Gott bewahre, zugunsten einer männlichen, sondern um schlicht in ihrer bloßen ursprünglichen

Menschlichkeit zu verharren, die auch die wahre Quelle sinnlicher Erregung ist.

Aber hätte er denn in seiner Zufriedenheit und Hochstimmung ahnen können, daß diese vernünftige, bedächtige Frau Esther-Minna, Tochter des Kalonymos, die ihm in ihrer feinen Klugheit den Stachel des Hasses auf seine Mutter gezogen hatte, um ihn mit schmalem weißen Finger zu streicheln, nun ihrerseits beim Zuhören und Reden eine starke Zuneigung zu dem Mann ihr gegenüber zu entwickeln begann, so daß die Wärme, die sich stetig in seinen Gliedern ausbreitete, vielleicht doch nicht nur dem Inhalt ihrer verständigen Worte entstammte, sondern auch der sprühenden Glut dieser Frau, die sich an einem Fünkchen ihrer Leidenschaft entzündete? Schon drei oder vier Mal war sie in den zehn Jahren ihres Witwendaseins von solch jähem Gefühl befallen worden, hatte es jedoch jedesmal energisch zu unterdrücken vermocht, und sei es nur, weil die Männer, in die sie sich verliebte, nicht nur Ehrenmänner, sondern auch Ehemänner waren. Diesmal war sie überrascht über das junge Alter des Mannes, der ihr Interesse weckte, als sei ihr Verlangen hier nicht nach einem fremden Mann entbrannt, sondern nach all den Kindern, die sie nicht zu gebären vermocht hatte, die nun aber gewissermaßen aus eigener Kraft in die Welt gestoben waren, vereinigt in diesem jungen Mann, einem südlichen Juden mit dunklen Locken und sonnenbrauner Haut, den die zwischen Mondschein und Kerzenschimmer tanzenden Schemen des Zimmers an jenem Abend lebhaft und anziehend gemacht hatten.

Nun war Abulafia in den letzten Jahren an flüchtige Techtelmechtel mit Frauen, meist Nichtjüdinnen, gewohnt gewesen, die sich in Wirtshäusern, auf Märkten und gelegentlich sogar auf offener Straße in ihn verliebten. Denn obwohl er aus dem Süden stammte, spürten die Frauen in seinem Kummer auch den Hauch des Ostens, denn im Osten hatte der geliebte Gottessohn ja gelitten. Obwohl Abulafia sich während seines jahrelangen Aufenthalts im christlichen Europa sicherheitshalber bemüht hatte, sein Äußeres der Umgebung, in der er Handel trieb, anzupassen, fanden sich doch Spuren seines Fremdseins in der Art, wie er seine Locken kämmte, den Bart stutzte, die Farben seiner Kleidung wählte und zusammenstellte oder auch seinen Schafspelz schloß. Und da man an der Güte seiner Kleider und Sachen seinen Wohlstand ablesen konnte, flammten jene Liebeleien besonders heftig auf. Doch es blieben kurze Affären, da Abulafia sie jedesmal beizeiten abbrach, um kein unnötiges Feuer um sich zu schüren. Allerdings nicht, ohne vorher Waren abzusetzen, die selbst seine Liebhaberinnen nicht bei ihm zu kaufen gedacht hatten. So häuften sich in nicht wenigen Häusern der Provence und Aquitaniens gelbliche Kräutersäcke, die ausreichten, nicht nur das letzte Mahl ihrer Eigentümer zu würzen, sondern auch noch die Speisen ihrer Erbeserben.

Doch in jener Winternacht in Orléans, verblüfft über die klugen Fragen und feinen Differenzierungen der ihn an Alter übertreffenden Frau, hatte es Abulafia noch vermieden, ihr eingehendes Interesse an seinem Denken und Tun als Verliebtheit zu werten, dieses Forschen und Fragen, das auch die Wesensart seiner Partner und Freunde umfaßte. »*Auch mich?*« fragte Ben Atar flüsternd, mit gesenktem Kopf und verwundertem Lachen, während seine Augen das ganze schimmernde Sternenrund über seinem Kopf mit dem Holzscheit verglichen, das noch funkenglühend im Feuer glomm. Ja nicht nur nach Ben Atar hatte die Frau sich angelegentlich erkundigt, sondern auch nach Abu Lutfi und sogar nach Benvenisti und ihren sommerlichen Treffen. So hatte sie zum Beispiel atemlos der Mitteilung gelauscht, daß sowohl Abulafia als auch Abu Lutfi volles Vertrauen in Ben Atar setzten und ihn allein über die Verteilung der Jahreseinnahmen entscheiden ließen.

Dergestalt also erfuhr Ben Atar an diesem Abend des Neunten Aw zum erstenmal von der Begegnung mit der weisen neuen Frau, konnte jedoch nicht ahnen, daß sie derart entscheidend und schicksalhaft für ihn werden sollte, er nämlich eines Tages gezwungen sein würde, ein großes altes Wachschiff zu erwerben, es mit zwei Jahre lang verschmähter Ware zu beladen, seine Frauen von Haus und Kindern wegzureißen, um sie auf die anstrengende und gefährliche Reise von Nordafrika ins Herz Europas mitzuschleppen, und nicht allein in Gesellschaft seines Partners, sondern auch eines Rabbiners aus Sevilla, der eigens engagiert war, seine Weisheit der dieser Frau entgegenzusetzen. Denn als er in jenem Sommer, nur fünf Jahre vor der Jahrtausendwende, von Abulafia erstmals über die Begegnung mit Frau Esther-Minna hörte, erkundigte er sich nach ihren Reden und Fragen, aber nicht nach ihrer Figur und der Art ihrer Weiblichkeit. Doch als zweifelsfrei die eigentümliche Begeisterung im Ton seines Partners zutage trat, der auch nicht seine Absicht verhehlte, die Einladung der neuen Frau ins Haus ihrer Familie in Paris anzunehmen, begann Ben Atar sich auch für das Aussehen der Frau vom Rhein zu interessieren, baß erstaunt, daß sie klein und zierlich sei und das Haar in einer schwarzen Haube hinten zusammengefaßt trüge, vielleicht um ihr kluges Gesicht und die hellen Augen hervorzuheben.

»*Hell? Wie hell?*« fragte Ben Atar staunend. Als Abulafia ihm darauf die blauschimmernde Augenfarbe der Witwe und das Gelb ihrer Haare schilderte und sie poetisch mit der Farbe des Ozeans verglich, der den gelben Sand des nordafrikanischen Gestades netze, erbebte Ben Atars Seele, denn nun spürte er nicht nur Abulafias hingebungsvolle Liebe für die neue Frau, sondern begriff auch zum erstenmal, daß es auf der Welt Juden gab, bei denen nicht einmal die entferntesten Vorfahren je im Lande Israel gewesen waren.

Wer weiß, ob nicht die Neugier auf diese Juden, die womöglich mit Wikingern und Sachsen verschwägert waren, unbewußt mit Ausschlag für diese Reise gegeben hatten, die beim Einlaufen in den Fluß, dort, wo Meer und Land sich vermählten, besondere Süße gewonnen hatte.

Die Seine nahm das aus der Ferne kommende Schiff freundlich auf, trug es sanft, wie ein Vater sein Kind. Gewiß, es war mitten im Sommer, man konnte nicht sagen, wie tief der Fluß ging und ob keine Gefahr bestand, auf Grund zu laufen, aber die Klarheit und Wärme ringsum atmeten nur

Freundlichkeit und Hoffnung, und unmerklich hatten sie seit Sonnenaufgang, trotz der vielen Biegungen, schon eine beträchtliche Strecke zurückgelegt. Noch immer malte der Abend langsam verblassende Röte ringsum. In ihrer Heimat senkte sich der Abend schnell, doch hier hielt der Sonnenuntergang lange an, und die Dämmerung rang zäh um ihr Leben. Schon zwei Wochen zuvor hatte Abd el-Schafi die Verlängerung der Dämmerstunde festgestellt, doch auf dem weiten Meer ist sie nicht so berückend wie zu Lande, im Dickicht der Bäume, die rosige Schatten aufs Wasser werfen. Seit dem Morgen ist der Kapitän an den Hauptmast gebunden, und trotz aller Besorgnis genießt er diese eigenwillige Navigationsweise, bei der er mit feinen Zügeln lenkt. Obwohl es nach Ben Atars und Abu Lutfis Auffassung schon Zeit zum Anlegen wäre, siegt bei dem Kapitän die Segellust über seine Bedenken, und er führt das Schiff bis in die Dunkelheit flußaufwärts, im Vertrauen auf die jungen Augen des Rabbinerssohns, der beständig an der Spitze des Mastes ausharrt, um als erster Rouen ausrufen zu können.

Während die Dunkelheit sich ringsum verdichtet und die Sichtweite des Jungen einschränkt, entlockt sie dem Fluß unbekannte neue Töne. Und als in der Ferne dumpf die Kirchenglocke von Rouen erschallt, erkennen sie, daß die beiden jungen Liebenden, die vor einigen Stunden von Bord gegangen waren, ihr Kommen schon eiligst angekündigt haben mußten, denn unbemerkt hat der Fluß sich mit Booten gefüllt, die das Schiff umringen, als wollten sie es in ihrer Mitte festsetzen.

5

Nachtsüber entstand noch keinerlei Kontakt zwischen den Booten aus Rouen und dem fremden Schiff, als täte es Gastgebern wie Gästen leid, die Erregung des Zusammentreffens im Dunkeln zu verschwenden. Still verharrten die Boote auf der Stelle, das arabische Segelschiff im Halbkreis umgebend, sei es, um ihm den Weg abzuschneiden, sei es zu seinem Schutz. Hin und wieder wechselte ein Boot grundlos seinen Platz, der Ruderschlag im Wasser klang klar und weich in der lauen Wärme. Gegen Mitternacht versuchte Ben Atar seinen Gedankenstrom anzuhalten, ging in die Kabine der ersten Frau und legte den Kopf zwischen ihre Beine, um auf den Schlaf zu warten, der ihm die Sorge von der Seele lösen sollte, aber die Sorge wollte nicht weichen, trieb ihn vielmehr erneut an Deck, zu Abd el-Schafi und Abu Lutfi, die seelenruhig auf dem eingeholten Hauptsegel schlummerten, während der schwarze Götzendiener ihnen zu Füßen saß und ihren Schlaf bewachte. Neidvoll musterte er die Schlafenden. Seine Sorge war nicht ihre Sorge, grübelte er und lauschte angestrengt auf die Boote, die das Schiff umgaben, bemüht, die Absicht ihrer Besatzung aus dem Klang ihrer melodischen Sprache herauszuhören.

Schließlich weckte er die beiden Araber, um ihnen in ruhigem Ton seine Entscheidung mitzuteilen. Solange die wahren Absichten der Einwohner Rouens noch unklar waren, und um diesen Leuten auch nicht zu viel zu denken zu geben, wäre es besser, alle an Bord gälten als Angehörige ein und derselben Religion. Leises Lachen ließ die weißen Zähne des Kapitäns aufblitzen. Könnten die Mohammedaner sich denn über Nacht in Juden verwandeln? Nicht über Nacht und nicht bis zum jüngsten Tag, murmelte Ben Atar bei sich, erklärte seinen Partnern aber geduldig, solange der Omaijadenkalif Haschem II., dessen Patronat sie nominell unterstanden, hartnäckig am Islam festhielte, müßten all seine Untertanen in schweren Zeiten ihren Glauben mit seinem Glauben bemänteln. Sogar Rabbi Elbaz? fragte Abu Lutfi. Gewiß, lautete die entschiedene Antwort, sogar der Rabbiner und auch der Rabbinerssohn.

Bei dem jungen Elbaz, dem Sohn des Rabbiners, schien dieser Wandel längst eingetreten zu sein. Denn kaum war er im Hafen von Cadiz mit seinem Vater an Bord gekommen und hatte das Wiegen des Schiffes gespürt, war ihm aufgegangen, daß er hier all das Schaukeln und Wippen nachholen könnte, das seine selige Mutter ihm vorenthalten hatte. Deshalb hatte er sich begeistert auf das Schiff gestürzt, als sei es seine verlorene Kinderschaukel. Da sein Vater anfangs der Seekrankheit anheim fiel und bei deren verheerenden Auswirkungen die Verbindung zu seinem Sohn verlor, verstand es sich von selbst, daß der verängstigte Knabe bei den Matrosen Schutz suchte, die ihn ohne Zögern den Mast erklimmen ließen, um ihn zu beschäftigen und seine Kraft zu testen. Und hier, am Mast, begann der junge Passagier zu wachsen. Denn hoch droben kam es dem Jungen manchmal vor, als rühre sich die männlich aufragende Mastspitze des Schiffes zwischen seinen mageren nackten Beinen, so daß er fast zwangsläufig der Phantasie nachhing, er sei der eigentliche Kapitän und die, die dort an Deck herumliefen, seien seine Bediensteten. Gerade dadurch erwarb er sich rasch die Zuneigung und den Respekt der Matrosen, die ihn als Schiffsjungen adoptierten.

Und da er wiederum schleunigst seine Adoptivväter adoptierte, verfiel der Junge in die Gewohnheiten der Seeleute, lernte die Feinheiten ihrer Sprache und imitierte ihre Art, so daß er mit seinen kurzen Hosen und dem roten Turban auf dem Kopf alsbald aussah, als sei er nicht dem mütterlichen Schoß in Sevilla entsprungen, sondern dem Bauch des uralten Wachschiffes. Trotzdem war der Rabbiner zufrieden mit ihm. Noch hatte er die Vorhaltungen seiner Angehörigen im Kopf, die ihn angefleht hatten, den zarten Halbwaisenknaben zurückzulassen, statt ihn der Langeweile und Gefahr einer langen Reise auszusetzen. Aber der Rabbiner war hart geblieben. Nachdem er seine Frau verloren hatte, war er zu keiner weiteren Trennung mehr bereit. Und als er sah, wie sich die Glieder des Jungen bei Sonnenschein und blauem Himmel kräftigten, seine Haut glatt und sonnengebräunt wurde und er mit freudiger Begeisterung bei den Arbeiten an Deck anpackte, wußte er, daß er recht daran getan hatte, seinem eigenen Gefühl und nicht dem seiner Verwandten und Freunde zu folgen. Aber einmal pro Tag, zur Stunde des Abendgebets, holte er den kleinen Matrosen entschlossen aus den Wanten oder vom Steuerruder weg, ließ ihn auf der alten Kommandobrücke zwischen Ben Atars beiden Frauen niedersitzen, das Gesicht dem Bug zugewandt, der das rotschimmernde Wasser des Ozeans durchpflügte, und lernte zwei, drei Psalmen mit ihm, damit er nicht vergaß, daß es jenseits des großen Ozeans noch Festland gab.

Anfangs hatte der Rabbiner vorgehabt, auch Mischnaabschnitte oder ein leichtes talmudisches Problem mit seinem Sohn durchzunehmen, aber da die Seereise starke poetische Gefühle bei ihm erregte, hatte er das rationale Studium vertagt bis zur Rückkehr aufs Festland, weshalb es nicht wunder nimmt, daß der Rabbiner – von Ben Atar aus dem Schlaf geweckt, mit der Bitte, er möge gegen Morgen sein natürliches Wesen vertuschen, um das Gemüt der Einheimischen nicht durch eine Begegnung mit zwei fremden, einander womöglich widersprechenden Religionen auf ein und demselben Schiff zu verwirren – ob des überraschenden Ansinnens nicht erschrak. Durch die Verse, die er in den letzten Tagen verfaßt hatte, war sein Inneres weicher und flexibler geworden, und solange er, Gott behüte, nicht aufgefordert war, verbotene Speisen zu sich zu nehmen, war er bereit, seinen Kopf nach Abu Lutfis Art zu umhüllen und das Äußere eines Moslems anzunehmen, bis sich herausstellte, was die Einwohner Rouens mit ihnen vorhatten.

Doch beim ersten Morgenlicht hatte es nicht den Anschein, als erwarte sie in Rouen irgend etwas außer anhaltendem, festlichem Glockengeläut, das mit seinem vollen Klang den ganzen kleinen Hafen erfüllte. War das Läuten nur bestimmt, die Gläubigen zur Sonntagsmesse zu rufen, oder sollte es auch den Bootsleuten Mut machen, das fremde Schiff zu besteigen und zu erkunden, was es damit auf sich habe? Jedenfalls gab Abd el-Schafi Anweisung, den Großmast mit einigen farbigen Fähnchen zu schmücken, die dem Schiff einst in den Kämpfen gegen die Christen gedient hatten, ließ aber zum Zeichen des Friedens auch gleich eine große Strickleiter hinab, um die nächtlichen Kerkermeister des Schiffes zu ermuntern, am Morgen seine Gäste zu werden. Tatsächlich kamen schließlich bewaffnete Männer an Bord, geführt von einem Stadtrat, der nicht nur über den langen Weg staunte, den das Schiff aus dem Maghreb zurückgelegt hatte, sondern auch über seine ausgefallene Form. Man merkte sofort, daß es hier im Hafen von Rouen Leute gab, die etwas von Schiffen verstanden, denn wie sonst hätte man die lange, genaue Nachfrage des Ratsherrn nach Art und Funktion des großen dreieckigen Lateinersegels arabischer Herkunft verstehen sollen, das allein mehr schaffte als viele kleine Segel auf einem christlichen Schiff. Zum Schluß stieg der Mann mit seinen Leuten zur Kontrolle in den Bauch des Schiffes hinab und bestaunte die beiden Jungkamele, die unter der Hand der Christen derart zitterten, daß der Sklave sie mit energischen gurgelnden Geräuschen beruhigen mußte. Da diese Christen noch nie ein leibhaftiges Kamel gesehen hatten, erhielten sie eine Aufstellung seiner Vorzüge, darunter vor allem seine Genügsamkeit in bezug auf Wasser und Futter. Dann lud man sie zu der üblichen Gästetour ein: Gewürze beschnuppern, Häute und Stoffe befühlen und immer wieder die Schärfe des Dolchs mit den Daumenspitzen prüfen, die anschließend noch in den Olivenölkrug getaucht wurden, und danach kosteten die Leute bereitwillig Feigen, Datteln, Rosinen und Johannisbrot und nahmen zum Abschluß eine Prise weißes Salz, von dem man ihnen auch ein wenig, in dünnes Papier verschnürt, als Geschenk überreichte.

Erst als sie wieder an Deck kletterten und überlegten, ob es noch etwas auf dem wundersamen Schiff zu prüfen gäbe, warfen sie vorsichtige Blicke zu den zwei Frauen hinüber, die eilig die Schleier vors Gesicht zogen, um ihr Lächeln und Erröten zu verbergen. Der Ratsherr verbeugte sich tief, worauf der jüdische Kaufmann den Rabbiner, der als Dolmetscher vom Arabischen in das lateinisch-fränkische Kauderwelsch der Rouener diente, unerschrocken bat, er möge die Gäste animieren, eine Auswahl an Stoffen zu begutachten, aus denen auch die Gewänder der Frauen genäht seien. Doch der Ratsherr bewunderte wohl mehr die Frauen selbst als ihre stofflichen Hüllen, weshalb das Handelsangebot höflich abgelehnt wurde mit der Begründung, man müsse sich alsbald zur Messe begeben, aber zuvor möge der Mann, der Rabbi Elbaz war, auf ein Stück Pergament in lateinischen Buchstaben die Namen aller Menschen und Tiere an Bord nebst ihren Verwandtschaftsbeziehungen untereinander verzeichnen.

Erst nachdem der Ratsherr das Schiff verlassen hatte – nicht ohne zuvor die Seefahrer ebenso herzlich wie energisch aufgefordert zu haben, ihn und seine Leute mit einem Besuch der Stadt und ihrer Kirche zu beehren –, flüsterte Elbaz Ben Atar zu, daß er eigenmächtig die zweite Frau als Schwester der ersten angeführt habe, um müßige Gedanken bei den Christen zu vermeiden, die vom nahenden Jahr 1000 zu höchster Frömmigkeit getrieben würden. Zuerst erschrak Ben Atar. Bedeutete das nicht Rückzug oder gar Verrat an der Idee, aus der diese ganze Reise geboren war? Doch als er die weise Voraussicht des Rabbiners gewahrte, sagte er sich, man solle trotzdem noch nicht an ihm verzweifeln. Hatte das Meer auch einen Dichter aus ihm gemacht, das Festland würde ihn wieder zu Verstand bringen.

In solch persönlichem und religiösem Sonderstatus zum Zweck des Besuchs der fremden Stadt und vor allem zwecks Teilnahme an der Messe eines fremden Glaubens gingen also zwölf Leute an Land; nur ein Matrose blieb mit Abu Lutfi an Deck, um das Schiff zu bewachen. Denn zur Sicherheit der Juden, die ihr Judentum verbergen wollten, hatte Abd el-Schafi darauf bestanden, sie an Land zu begleiten und ihre Tarnung noch durch vier weitere Matrosen zu verstärken. Selbst den jungen Sklaven nahmen sie mit, damit er in ihrer Abwesenheit nicht womöglich auf das Festland floh, nach dem seine Seele lechzte. Man nahm ihm seine Kleiderfetzen ab und steckte ihn in einen weißen Schafspelz, der die Schwärze von Gesicht, Händen und Füßen unterstrich.

Nach den vielen Tagen im Wellengewoge schwindelte es den Seefahrern ein wenig auf den festen Pflastersteinen, über die sie schritten, weshalb sie anfangs Halt aneinander suchten, vielleicht auch, um die Angst ob jenes Glockengeläuts zu lindern, das fern auf dem Schiff beruhigend großmütig geklungen hatte, hier in Rouens schmalen Gäßchen die graue Luft jedoch mit dräuendem Dröhnen erfüllte. Ja, Rouens Straßen waren schmal und gewunden, und die Häuser wirkten klein und armselig in den Augen der Nordafrikaner, die sich nicht nur über den rohen grauen Stein, weder gestrichen noch verputzt, wunderten, sondern auch über das Fehlen von Blumenbeeten und Zierbäumen. Nur hier und da hielten sie inne, um ihre Augen an einem dicken schwarzen Holzbalken zu weiden, der über einer kleinen Tür eingelassen war, um dem dürftigen Haus ein wenig Halt und Zierde zu verleihen.

Da die meisten Einwohner Rouens schon beim Morgengottesdienst weilten, verirrten sich die Gäste beinahe in den leeren Straßen, aber ein einheimischer Knabe, der angesichts der Fremden zunächst wie angewurzelt stehengeblieben war, fing sich wieder und rannte los, ihre Ankunft zu verkünden. Sogleich eilten zwei Mönche zu ihnen hinaus und sprachen in klarem, reinem Latein freundlich auf sie ein. Es sei doch zu Christi Ehre und Freude, wenn vornehme Ungläubige an ihrem Gottesdienst teilnähmen, erklärten sie den Ankömmlingen und öffneten ihnen die große schwere Kirchentür.

Im Vergleich zu den weiträumigen Moscheen, die die Gäste aus Nordafrika und Andalusien kannten, mit weichen Diwanen und blauschimmerndem Arabeskenschmuck an den Wänden, wirkte die Kirche von Rouen eng und armselig in ihrer düsteren Strenge, zumal es darin süßsäuerlich nach Weihrauch und dem Schweiß der Betenden roch, die auch an diesem Sommertag eng anliegende dunkle Kleidung trugen. Einen Moment zauderten die Frauen am Eingang, aber es war schon zu spät, aller Augen wandten sich ihnen zu, und der Gottesdienst wurde kurz unterbrochen, um das überraschte Gemurmel abklingen zu lassen, das durch die Reihen lief, als die weich fließenden Gewänder der Frauen und die Pluderhosen der Männer vorbeiwallten. Beim Anblick des schwarzen Heiden im weißen Schafspelz und den farbenfrohen orientalischen Seidenstoffen schien es ihnen vermutlich, als seien die mythischen Gestalten von den Wandfresken herabgestiegen und hätten sich in ihrer Mitte in lebendige Wirklichkeit verwandelt.

Womöglich erkannte der Rabbiner schon damals, in der düsteren Kirche von Rouen, welch besonderes Interesse Frauen im Reich der Franken erregen, zumal solch blühende Exotinnen wie Ben Atars Ehefrauen, bei denen man nicht wußte, ob ihre duftig-dünnen bunten Schleier züchtiger Verhüllung oder raffinierter Verführung dienen sollten. Als die Eingetretenen dann die Plätze einnahmen, die die Mönche ihnen an der Seite anwiesen, und ein unsichtbarer Chor mächtig einen männlichen, aber doch zarten Gesang anstimmte, begleitet von einem gänzlich neu klingenden Instrument, reckten die Nordafrikaner die Hälse, um den Ursprung des unvertrauten Singens und Klingens zu suchen, und erfaßten dabei, daß in dieser Kirche, trotz ihrer düsteren Schlichtheit, ein komplexes Kunstwerk entstehen konnte, da sich die klaren, eintönigen Stimmen des Liedes mit den strenggesichtigen, feingliedrigen Figuren verbanden, die in tiefer, ewiger Melancholie von den Wandgemälden auf den prächtig gekleideten großen Pfarrer blickten, der sich mit einem Glöckchen umwandte, niederkniete, aufstand und läutete, niederkniete, aufstand und läutete, immerfort.

Der hat auch eine Schelle, überlegte der schwarze Sklave, die Augen andächtig auf den Priester gerichtet, der seine zahlreichen Kniefälle beendete, die goldverzierte Stola ablegte und eine kleine Kanzel bestieg, um der Gemeinde zu predigen. Er sprach lateinisch, doch sobald er merkte, daß die Zuhörer seinen Worten nicht recht auf den Grund kamen, warf er ein Wort oder einen Satz in der Landessprache ein, und dann seufzten die Menschen vor Freude über den ihnen plötzlich erhellten Sinn. Anfangs versuchte der Rabbiner der Predigt zu folgen, um zu wissen, ob sie drohende oder warnende Worte über die Seefahrer enthielt, die starr auf ihren Plätzen saßen, abgesehen von dem jungen Heiden, der – von tiefstem götzendienerischem Seelendrang überkommen – bereits vor dem Bildnis eines güldenen Mannes, der seine langen Arme wie Fledermausflügel hinter dem Altar ausbreitete, auf die Knie gefallen war.

Der Priester war sehr gerührt über den ebenso spontanen wie natürlichen Kniefall des schwarzen Jünglings, unterließ es jedoch mit Rücksicht auf die Ehre der Gäste, dies als himmlisches Zeichen oder Omen für sie auszulegen. Er lächelte nur zufrieden, rieb sich die Hände und hielt eine Begrüßungsrede auf die Gäste, die er in jedem Satz anders bezeichnete – als Afrikaner und Araber, Moslems, Mohammedaner und Ismaeliten, Südländer, Farbige und Schwarze, Seeleute, Kaufleute und Reisende, Pilger, Fremde und Ungläubige –, so daß es der Gemeinde schließlich vorkommen mußte, als hätten an diesem Morgen nicht zwölf reisemüde Menschen ihre Kirche betreten, sondern Vertreter aus aller Herren Länder.

Bei dem Empfang, den man ihnen nachher in dem großen Raum hinter dem Altar bereitete, bestanden die Mönche darauf, daß ihre Gäste kleine Scheibchen von einem merkwürdig schmalen Brot kosteten, das wunderbar schmeckte. Doch als sie dann auch noch aus einem großen Kelch Wein trinken sollten, geboten Ben Atar und der Rabbiner ihnen eiligst Einhalt. Das Gebot des Propheten verbiete ihnen den Weingenuß, erklärten sie und machten Abd el-Schafi und den Seeleuten vorsichtig Zeichen, ihre kleinen Becher ebenfalls stehenzulassen. Nun wurde ein hochgewachsener, schwarzgekleideter Mönch ins Zimmer gerufen, der viele Jahre als Wanderpilger in den Ländern des Islams verbracht und ein wenig Arabisch gelernt hatte. Doch obwohl sein Arabisch so dürftig und eigenartig war, daß selbst der Rabbiner Mühe hatte, ihn zu verstehen, sprach er nicht nur ihn als Dolmetscher an, sondern richtete sich auch direkt an die beiden Frauen, ja sogar an Abd el-Schafi und seine Matrosen, die gerade in diesem Raum, in dem sie still und ängstlich, aber auch mit den anderen Seefahrern gleichgestellt, weilten, ihr wahres Wesen zu zeigen begannen, das in den acht langen Wochen der Reise gewissermaßen zwischen Segel und Takelage verborgen gewesen war. Der Mönch erkundigte sich, ob der christliche Gottesdienst den Ungläubigen gefallen habe. Der Rabbiner wollte gleich für alle antworten, aber der Mönch beharrte darauf, jedem eine eigene Antwort zu entlocken. Dabei stellte sich heraus, daß speziell das Glockengeläut die nordafrikanischen Seeleute in staunende Erregung versetzt hatte. In Moscheen gebe es keine Glocken, erklärte Abd el-Schafi im Namen der echten Moslems, und deshalb werde er, sobald er, Inschallah, wieder heil ins Omaijadenkalifat zurückgekehrt sei, anregen, dem Ruf des Muezzins auch Glockengeläut anzufügen. Der Mönch lächelte selbstzufrieden ob dieser Antwort. Auch er halte Glockengeläut für geeignet, Fernstehende dem Gebet nahezubringen, aber dem Gebet zu wem? fragte er und antwortete gleich selbst, zu jenem Mohammed? Gewiß ein wichtiger Mann und ein großer Prophet, der den Engel Gottes aus nächster Nähe gesehen habe, aber trotzdem doch längst dahingeschieden, während diese Glocken zur Anbetung dessen riefen, der nie sterben werde und ohne Unterlaß im Schoß Gottes sitze. Wie ein Sohn bei seinem Vater. Hier nun sei ihnen, den Gästen von weither, günstige Gelegenheit beschert, ihn zu erkennen, denn ein gnädiges Geschick habe sie hergeführt kurz vor dem tausendsten Jahr seiner Geburt, in dem er die ganze Menschheit von ihrem Leid erlösen werde. »Und wir dachten, die Juden hätten ihn längst getötet«, entfuhr es Abd el-Schafi zum Entsetzen Ben Atars und des Rabbiners. Der Mönch lächelte gleichmütig. Könne man denn den Sohn Gottes töten? Selbst die böseste Phantasie könne sich doch seinen Tod nicht ausdenken. Eben deswegen hätten die Christen beschlossen, die vermaledeiten Juden in ihrem elenden Zustand zu belassen, damit sie selbst Zeugnis ihrer Bosheit und Torheit ablegten.

Jetzt, da der Kapitän dem Mönch in tiefer Übereinstimmung zuzunicken begann, wußte Ben Atar, daß man die theologische Disputation, die wer weiß wohin führen mochte, tunlichst abbrechen sollte, erhob sich daher von seinem Platz und bat den andalusischen Rabbiner, in seinem Latein für die Gastfreundschaft zu danken. In ihre ferne Heimatstadt zurückgekehrt, würden ihnen die Kathedrale von Rouen und das wohlklingende Gebet unvergeßlich bleiben. Und wenn dann das Jahrtausend anbräche und ihr Christus vom Himmel herabstiege, so möchten sie ihn doch bitten, falls es ihm keine Mühe mache, gen Süden zu fahren und sie in Tanger zu besuchen. Auch dort werde man ihn in großen Ehren empfangen. Denn manchmal sehnten sich gerade diejenigen, deren Prophet tot und begraben sei, nach jemand Lebendem, der sie über die weltlichen Sorgen hinwegtrösten könne, die es ihnen jetzt zum Beispiel nicht erlaubten, hier länger zu sitzen und sich des interessanten Gesprächs zu erfreuen, sondern sie zwängen, zum Fluß zurückzueilen und ihren Weg nach Paris fortzusetzen, das sehnlichst ihrer Waren harre.

»*Ja, Paris, Paris*«, klagte der Mönch, als ringe er mit einer steten Übermacht, und sah sich gezwungen, das gewundene Gespräch abzubrechen und die verstockten Moslems zu ihrem Schiff zurückkehren zu lassen. Draußen hatte ein Sommerregen eingesetzt, der die Seidengewänder der Frauen durchnäßte, während die Säume vom Schlamm der Pfützen beschmutzt wurden, in denen sich teils schon rosige Schweine suhlten, die, aus einem nahen Friedhof herbeigerannt, zwischen den Beinen der Passanten wuselten und die

Frauen in Angst und Schrecken versetzten. Abd el-Schafi, der ihre Not nicht mit ansehen konnte, erbat Ben Atars Erlaubnis, seine starken Matrosen mit den Händen ein kleines lebendiges Tragenetz bilden und die Frauen ein Stück über den Erdboden heben zu lassen. So schwebten die beiden denn durch Häusergassen und über Feldwege, auf denen die Reisenden sich auf der Suche nach dem plötzlich abhanden gekommenen Fluß verirrten, bis der schwarze Sklave sich aus seinem Götzentraum aufrappelte und sie mit dem Instinkt des Wüstenpfadfinders zu ihrem Schiff zurückführte, auf das Abu Lutfi bereits Frischwasser, Äpfel, Trauben und jene langen schmalen Brote gebracht hatte, deren knuspeiger Geschmack ihn begeisterte.

In den Nachmittagsstunden erwog Ben Atar, die Anker zu lichten und im Schutz der heiligen Sonntagsruhe ihrer Einwohner insgeheim aus der Stadt zu schlüpfen, aber just da fuhr ein kleines Boot heran, darin zwei Männer des Ratsherrn und ein Jude, der einen blau gepaspelten Dreispitz trug und an seinem Werktag ausgeschickt worden war, etwas für seinen Herrn einzukaufen. Und obwohl Ben Atar es lieber Abulafia überlassen hätte, den Preis seiner Ware zu bestimmen, sah er ein, daß eine Weigerung seinerseits noch Ärger auf das Mißtrauen des Juden häufen würde, der beim an Deck Klettern von leichtem Angstschwindel gepackt zu sein schien.

Der Rouener Jude war ja sein Lebtag noch keinem echten Moslem begegnet, konnte ihn also auch nicht von einem unechten unterscheiden, aber die verborgene Identität seiner getarnten Mitbrüder drang ihm gewissermaßen in Mark und Bein. Auf der Leiter abwärts in den Schiffsbauch verhedderten sich seine Füße, er taumelte zwischen den Säcken umher und stolperte schließlich bei den Jungkamelen, die prompt freundlich verblüfft das Gesicht des neuen Gastes beschnupperten, der ihnen da zu Füßen fiel. Doch Ben Atar wollte dem jüdischen Abgesandten lieber nicht am Abend preisgeben, was seinem christlichen Auftraggeber am Morgen verborgen geblieben war. Und um die Verwirrung nicht noch zu erhöhen, beließ er den Bauch des Schiffes im Dunkeln, ohne Lampe oder brennende Kerze, um den Juden zu hindern, seinem Argwohn nachzugehen und hinter den Ölkrügen und Gewürzsäcken zu stöbern, denn dort würde er Ware entdecken, die keineswegs zum Verkauf gedacht war. Langsam konnten sie ihn beruhigen, und nachdem er in der Dunkelheit herumgetappt war und nach Preisen gefragt hatte, wurde auch das eigentliche Ziel seines Auftrags klar. Dem Herrn stand das Herz nach einem der Jungkamele, deren Genügsamkeit und Bescheidenheit ihn tief berührt hatten. Aber warum nicht beide? fragte Ben Atar verwundert. Er erfuhr, daß der Ratsherr sich mit der Kamelstute zu begnügen gedenke, und sei es nur in der naiven Erwägung, das junge Tier könnte auf der langen Reise bereits von seinem Gefährten trächtig geworden sein und ihm daher aus eigenen Kräften und ohne weitere Ausgaben ein neues Jungkamel werfen.

Ben Atar blickte auf die beiden Tiere. Nach Liegeweise, Augenausdruck und den hängenden kleinen Köpfen zu urteilen, schienen sie ihm wieder dem Tode nahe zu sein. War es rechtens, sie zu trennen? überlegte er, und wenn er das männliche Tier dem Ratsherrn dazuschenkte, könnte jener ihm doch ein Sendschreiben aushändigen, das ihnen ungestörte Weiterfahrt auf dem Fluß sicherte. Aber er erinnerte sich auch an Abu Lutfis Bemühen um die Jungkamele auf der langen schwankenden Reise, eigens damit Abulafias neue Frau das echte Wesen der Wüste fühlen und riechen könne, aus der ihr Mann zu ihr gelangt war, und deshalb rief er den schwarzen Knaben, daß er ihm helfe, die Kamelstute von ihrem Partner zu trennen und sie an Deck zu bringen.

Doch erst im Abenddämmer gelang es den Matrosen, dank der Erfahrung und Geduld des jungen Sklaven, die kleine geschwächte Kameltochter von dem erschrockenen, starrköpfigen Kamelhengst zu trennen, der nach ihr schrie und schnaubte. Man legte ihr ein spezielles Netz aus Stricken um und hievte sie sachte, sachte aus dem Bauch des Schiffes empor, um sie dann über die Reling hinweg in das

Boot des Juden zu schwingen, dem man an seinen schweifenden Blicken ansah, daß er noch immer nicht die geheime Hoffnung aufgegeben hatte, die wahre Identität des Schiffsherrn aufzudecken. Aber Ben Atar hielt an seiner mohammedanischen Tarnung fest, schien sie nun am Abend sogar zu genießen, und nachdem er vor dem Juden auf die Knie gegangen war, das Gesicht nach Südosten, auf einen Punkt etwa in der Mitte zwischen Jerusalem und Mekka gerichtet, und lautlos das Nachmittagsgebet vor sich hingemurmelt hatte, um es noch vor Einbruch der Dunkelheit zu verrichten, erhob er sich und wies energisch die schweren grünlichen Silbermünzen zurück, die das Konterfei eines unbekannten Herrschers trugen. Statt dessen verlangte er Entgelt in Naturalien für das rare Tier, das heißt, abgesehen von Empfehlungs- und Geleitbriefen auch zwei Schafe, zehn Hennen und große, würzig duftende Käse. Erst als das Geschäft abgeschlossen und die Gegengaben an Bord verbracht waren, trafen der Ratsherr und seine Mannen laut und betrunken, mit Fackeln in den Händen am Ufer ein und zogen am Tau das Boot an Land, in dem – gebunden und verzaubert im Silberlicht der Mondsichel – das weibliche Jungkamel stand.

In eben diesem silbrigen Zauberlicht lichtete Abd el-Schafi den Anker und legte behutsam von Rouen ab, das seinen Gästen schon geboten hatte, was es konnte. Und im Dickicht des südlichen Ufers, unter Fröschequaken und dem Geheul schlauer fränkischer Füchse, kehrten Ben Atar und der Rabbiner eiligst zum Glauben ihrer Väter zurück und verzichteten trotz der späten Stunde nicht auf das Abendgebet, um Gott zu danken, daß er nicht nur zwischen Licht und Finsternis geschieden hatte, sondern auch zwischen Israel und den Völkern. Dann kam, in ein weißes Laken gehüllt, die erste Frau aus ihrer Kabine am Bug hervor, das große Gesicht ruhig und ausgeschlafen, auf den Armen – einem ohnmächtigen Mädchen gleich – das prächtig bestickte Gewand, das bereits von dem Morast saubergewaschen war und nun neben dem Segel zum Trocknen in der milden

Nachtluft aufgehängt werden sollte. Die zweite Frau, die jetzt vom Heck ebenfalls herbeikam, das besudelte und zerknitterte Seidengewand klebte ihr immer noch am Leib, wirkte dagegen derangiert und verängstigt von einem seltsamen Traum, in dem ihr geträumt hatte, unter den strengblickenden Menschen auf den Bildern an den Kirchenwänden habe sich auch Abulafias neue Frau befunden, vom gespenstischen Abbild zur lebendigen wütenden Fratze erwacht. In ihrer aufgewühlten Gemütsverfassung suchte sie Rabbi Elbaz, der an der Reling lehnte und auf den Fluß blickte. Würde es dieser sanfte Mann, der ihr von Zeit zu Zeit einen schüchternen Blick zuwarf, wirklich vermögen, jenen *Abscheu* aufzuheben oder zu versöhnen, der sie alle erwartete?

Abscheu. Das war das Wort, das zum ersten Mal bei dem Sommertreffen in der Spanischen Mark gefallen war, im Jahr 4756 seit der Erschaffung der Welt, dem Jahr 386 der Hedschra des Propheten, vier Jahre vor dem ersehnten Jahr 1000 der Christen. Und in dem muskulösen kleinen Schoß dieses einfachen kurzen Wortes, das Abulafias Mund in Frau Esther-Minnas Namen zögernd entschlüpfte, hatte schon der Keim des Disputs verborgen gelegen, der die Partner in den folgenden Jahren in Atem halten sollte. Doch im Jahre 996 christlicher Zeitrechnung war es noch ein blinder, schwächlicher Embryo, der nichts von dem Ernst und der Entschlossenheit seiner verwitweten Mutter, der *Zurückscheuenden* selber, ahnte, deren neue Präsenz sich vorerst mühelos in die Hochstimmung einfügte, die sämtliche Partner ergriffen hatte. Denn Abulafias schwungvoller Vorstoß in den Norden Frankens und seine neuen Verbindungen zu jüdischen Kaufleuten in Orléans und Paris hatten Abu Lutfi ja gezwungen, den Umkreis seiner Wanderzüge im Atlasgebirge auszudehnen und die Ware zu vermehren. Deswegen auch setzten in jenem Sommer nicht drei und nicht vier, sondern fünf Schiffe Segel im Hafen von Tanger und füllten die Herzen der Partner mit glücklichem Schauer angesichts der Handelsmacht, die sich von Süden nach Norden ausdehnte.

Schon in jenem Jahr war Abulafia eine geschlagene Woche später als abgemacht in der alten Römerherberge eingetroffen. Doch noch war niemand auf die Idee gekommen, die Verspätung als ein Rückzugszeichen zu werten, man sah darin nichts als einen Fehler in der Berechnung von Raum und Zeit seitens des netten, treuen Partners, der jetzt nicht nur weiter anreisen, sondern auch einen geliebten Menschen zurücklassen mußte. Durch die Verspätung war Ben Atar zwar gezwungen, die Klagelieder diesmal allein zu rezitieren, aber Abu Lutfi, den die nunmehr doppelte Trauer des Juden und der düstere Ton seines Gesangs ans Herz rührten, übte Brüderlichkeit und schloß sich dem Fasten seines jüdischen Partners an, um seinen Kummer ein wenig zu lindern. Tatsächlich verflog die Traurigkeit zwei Tage später vollends, als Abulafia mit einem beachtlichen Sack Münzen und Edelsteine ankam, Ertrag seiner erfolgreichen Handelstätigkeit im vergangenen Jahr. Diesmal hatte er die Verkleidung weggelassen und erschien bei seinen Partnern in seiner wahren Gestalt, als hübscher junger jüdischer Kaufmann, der an jedem Grenzübergang getreulich und großzügig die festgesetzten Zölle entrichtet hatte, im Austausch für Schutz vor Wegelagerern bis zur nächsten Station. Und da er in den Augen der Welt legal auftrat, wirkte er auch gelassener. Nachdem er sich von dem langen Weg ausgeruht und ebenso erregt wie verlegen die schönen Geschenke betrachtet hatte, mit denen seine beiden Partner ihn und seine Verlobte überhäuften, erzählte er wie üblich, wenn auch in Kürze, von den Ereignissen des letzten Jahres, das nicht nur geschäftlich hervorragend verlaufen war; dann ging er zu Benvenistis Wirtshaus hinunter, um die neu aus dem Süden eingetroffene Ware zu prüfen. Entgegen seiner sonstigen Gewohnheit diskutierte er mit dem Ismaeliten weder über Preis noch Qualität der Ware, sondern besah sie sich nur flüchtig mit einem gleichgültigen, geistesabwesenden Blick, lauschte in finsterem Schweigen Abu Lutfis Erklärungen und ging dann zur alten Herberge zurück.

Erst als abends der Gewinn aufgeteilt und der Ismaelit

mit seinem Pferd Richtung Granada verschwunden war, wurde Abulafia erneut von Unruhe gepackt, und obwohl der Neunte Aw längst vorüber war, bat er Ben Atar, sie möchten zu zweit in der Römerherberge bleiben und wie sonst ein Feuer entzünden. Als er dann zu erzählen anhob, schilderte er seinem Verwandten und früheren Patron zunächst seine Verlobungszeremonie in ihrem schlichten und dadurch um so erhabeneren Verlauf. Da er alleinstehend war, ohne einen Verwandten oder Freund, hatten die Angehörigen der Frau ihn doppelt ins Herz geschlossen und ihm teure Geschenke überreicht: einen seidenen Gebetsmantel, mit Silberfäden bestickt, Gebetsriemen aus feinstem weichen Leder, das den Arm mit der Sanftheit einer Frauenhand umfing, einen Silberbecher mit den Worten des Weinsegens, eine Samtschärpe und eine schwarze Samtkappe. Des weiteren erzählte Abulafia vom Schmuck seiner Frau und von dem Tuch über ihren Haaren, ja er wiederholte sogar die Moralpredigt, die ihnen Herr Levitas, der Bruder der Frau, gehalten hatte, der Kaufmann, aber auch Talmudgelehrter sei. Und im Verlauf dieser Schilderungen an dem Feuer, das für den Sommerabend zu glühend war, fiel dem Onkel langsam ein neues Wort auf, das Abulafia zwar zögernd, aber mit eigenartiger Hartnäckigkeit im Munde führte, als sei auch Abulafia schon eins mit diesem *Abscheu* der neuen Frau gegenüber der weiteren Partnerschaft zwischen Nord und Süd.

Anfangs war schwer zu verstehen, ob sich der Abscheu auf die Partnerschaft oder die Partner bezog. War es das menschliche Zurückscheuen einer Frau vor den Beschwerlichkeiten der Reise ihres Mannes und seinen langen Abwesenheiten aus seiner neuen Ehekammer oder ein anderes – kaufmännisch motiviertes – Zurückscheuen betreffs der Berechnung und Verteilung der Gewinne? Einen Moment flackerte der Verdacht auf, womöglich sei Abu Lutfi der Grund für den Abscheu der Witwe vom Rhein, die an Hunnen gewöhnt, aber Ismaeliten gegenüber mißtrauisch sein mochte. Doch nach und nach ergab sich aus Abulafias vorsichtigen Worten, die gleich den Reisern des Lagerfeuers langsam dahinschwelten, dann jedoch jäh aufprasselten, daß der wahre Grund für den Abscheu der neuen Frau gerade der Onkel selber war, Ben Atar, Abulafias Wohltäter und Patron, der Kopf ihres partnerschaftlichen Bundes und Spiritus rector ihres Erfolgs, der nun schmerzlich gekränkt ein glühendes Scheit aus dem Feuer nahm und es hin und her drehte.

Hätte Ben Atar sich jedoch das Jahr zuvor die Mühe gemacht, Abulafias Bericht über jene unvergeßliche Nacht in dem jüdischen Gasthaus in Orléans ebenso zu drehen und zu wenden, wie er jetzt das Holzscheit in den versengten Fingern drehte, hätte er schon seinerzeit die *Verwunderung* entdeckt, die der *Abscheu* im Schoße trug. Denn schon damals, am Feuer vor der verfallenen Römerherberge, hatte Abulafia seinem Partner, zwischen einem Klagelied und dem nächsten, erzählt, daß Frau Esther-Minna eifrig alles in sich aufgesogen habe, was sie über den schwarzgelockten Mann erfuhr, der damals noch nicht ahnte, welch mächtige Liebe und Zuneigung er bei ihr weckte, und nicht nur von seinem Denken und Tun gesprochen hatte, sondern auch von seinen fernen Verwandten und Partnern, ihrem Wesen und Wollen, wie sie aussahen und lebten. Als er dann jedoch im Redeschwung arglos die zweite Frau erwähnte, die Ben Atar vor einigen Jahren geheiratet, er selbst aber noch gar nicht kennengelernt hatte, merkte er, daß seiner empfindsamen Gesprächspartnerin momentan der Atem stockte.

»*Eine zweite Frau?*« hatte Frau Esther-Minna in der heiligen Sprache gehaucht, als fürchtete sie, diese Worte in der Landessprache zu sagen und damit womöglich den fränkischen Diener aufhorchen zu lassen, der an der Tür döste. »*Warum nicht?*« hatte Abulafia ihr zugeflüstert, wobei ihm ein leichtes, provozierendes Lächeln über die Lippen gehuscht war. Doch an der starken Röte, die ihr Gesicht überflutete, und an der schnellen Handbewegung, mit der sie das Kopftuch festzog, hatte er gesehen, wie sehr seine Antwort sie entsetzte. Deshalb hatte er sofort versucht, den Horizont dieser Frau zu erweitern, die bei all ihren Reisen im Auftrag des Bruders in südlicher Richtung noch nie über Orléans hinausgekommen war und gewiß nicht Gelegenheit gehabt hatte, den herrlichen, üppigen Süden zu bereisen und sich mit den Sitten der Edlen und Aufgeklärten unter den Arabern bekannt zu machen, in Nordafrika wie in Andalusiens blühenden Städten voll Weisheit und Poesie, wo manche sich nicht mit zwei Frauen begnügten, sondern auch drei, zuweilen gar vier ehelichten. Frau Esther-Minna hatte den Kopf gehoben und den schmalen Mund zu einem neuen Lächeln verzogen, in dem Neugier und Widerwillen verschmolzen. Gebe es dort, wo Abulafia geboren sei, wo er herkäme, Juden, die drei oder vier Frauen hätten? Darauf hatte Abulafia keine klare Antwort geben können, denn es war ja viele Jahre her, daß er Nordafrika und Andalusien verlassen hatte. Doch die Frau, deren Neugier und Befremden schon in ihre Verliebtheit eingegangen waren, hatte nicht von dem kraushaarigen Südländer abgelassen, sondern wissen wollen, ob jener Onkel und leitende Partner, Ben Atar, möglicherweise eines Tages hingehen und sich eine dritte Frau zu den beiden bereits vorhandenen hinzunehmen könnte. »*Das weiß Gott allein*«, hatte Abulafia der merkwürdigen Frage auszuweichen versucht, doch als er merkte, daß Gott die Neugier der hübschen Witwe, die ihm gegenübersaß, nicht befriedigte, war er genötigt zu antworten, vielleicht? Wer weiß? Wenn die Partnerschaft weiterhin erfolgreich verliefe und den Partnern entsprechenden Wohlstand einbringe, könnte es schon sein, daß Ben Atar eine weitere Frau nähme. Denn Ben Atars weites, vor Liebe überströmendes Herz gleiche ja nicht dem seinen; er habe sich von den Schlägen des Lebens noch nicht erholt und habe sich deswegen bisher selbst mit einer einzigen Frau schwergetan.

Da hatte Abulafia die Berührung einer leichten kleinen Hand im Dunkeln gespürt und gewußt, daß nur natürliche, selbstsichere Menschlichkeit die Kühnheit aufbringen konnte, ihn anzufassen. Diese ihre Menschlichkeit hatte ihm im vergangenen Jahr keine Ruhe gelassen, weshalb er zu

Frühjahrsbeginn seine Pferde nordwärts gelenkt und endlich seine Ware nach Paris gebracht hatte, um seine Bekannte aus dem Wirtshaus in Orléans aufzusuchen und zu erfahren, ob die kleine weiße Hand, die ihn so freigebig im Dunkeln berührt hatte, bereit wäre, ihn auch bei Tageslicht anzufassen. Und obwohl ihr jüngerer Bruder, der sich gewissermaßen als ihr Vormund betrachtete, dem Heiratsantrag des jungen Nordafrikaners ablehnend gegenüber stand, war es ihr gelungen, seine Bedenken zu mildern, und nachdem Abulafia Beweis erbracht hatte, daß er trotz seiner langen Wanderjahre die Gebete nicht vergessen hatte und imstande war, wenn auch mit anderer, eigenartiger Melodie, den Weinsegen, die Trennzeremonie zum Sabbatausgang und das Tischgebet zu singen, gab der jüngere Bruder seine Einwilligung zur Hochzeit, unter der Bedingung, daß das neue Paar im Seitenflügel seines Hauses Wohnung nahm, nicht nur, damit seine Schwester weiterhin nahe bei ihm und ihren Verwandten bliebe, sondern auch, damit sie nicht unter Einsamkeit litte, wenn ihr Ehemann wieder auf Reisen ginge.

Da sich der künftigen Familie jedoch auch Abulafias Tochter zugesellen würde, die ihr Vater fortan nicht einmal mehr scherzeshalber »verhext« oder »Dämonin«, sondern allerhöchstens »Ärmste« nennen dürfte, mußte man das gemeinsame Haus etwas ausbauen, das auf dem Südufer des Pariser Flusses stand, nahe der Stadtwache, in der auch Gerichtshof und Henkerstube untergebracht waren. Mittlerweile wollte Abulafia baldmöglichst gen Süden zu dem Treffen in der Spanischen Mark aufbrechen, doch kurz vor der Abreise merkte er, daß Esther-Minnas letztjähriges Befremden nicht etwa vergessen war, sondern sich nunmehr in panische Angst verwandelt hatte. Allein der Gedanke, daß ihr künftiger Ehemann Partner eines wilden Juden war, der aus Unwissen oder grenzenloser Begierde zwei Frauen hatte und eines Tages womöglich noch eine dritte dazunehmen könnte, erschreckte die nicht mehr junge Frau dermaßen, daß sie ihn beim Abschied aufforderte, nach Aufteilung der diesjährigen Gewinne die neue Ware nicht anzunehmen, sondern aus der Partnerschaft auszusteigen und sich von jenem Onkel zu lösen, der jetzt vor lauter Schreck ob dieser Worte schier das versengte Stück Kohle in den Mund gesteckt hätte, das er bisher zwischen den Fingern zerbröselt hatte.

»*Aber warum?*« würgte Ben Atar heraus. Darauf versuchte der nördliche Partner eine für den südlichen Partner zufriedenstellende Antwort zu stammeln, denn nicht umsonst hatte er ja gewartet, bis Abu Lutfi weg war, um seinen Verwandten unter keinen Umständen in einem Punkt zu kränken, auf den auch der Ismaelit seinen Stolz setzte. Und da er selbst noch weit davon entfernt war, die anmaßende Forderung der reifen Frau zu übernehmen, deren Entschiedenheit allerdings schon an dem etwas weicheren Blick seiner schwarzen Augen abzulesen war, oder auch nur ihre Gründe zu begreifen, versuchte er ihren *Abscheu* mit der ihr eigenen empfindsamen Menschlichkeit zu erklären – es tue ihr einfach von Herzen leid um die erste Frau, die beim Eintreffen einer zweiten Frau zurückgesetzt würde. »*Aber wieso?*« protestierte Ben Atar sofort heftig. Im Gegenteil, vielleicht würden zwei Frauen einander helfen, den Gemahl von allen Seiten zu stärken und ihr sinnliches Verlangen zuweilen in ein Sehnen zu verwandeln, das ihre Liebe nur noch belebe und läutere. Wer wisse schließlich besser als Abulafia, wie elend auch eine einzige Frau sein könne. Tatsächlich hörte Abulafia aufmerksam zu und nickte bejahend. Wie schade, meinte er, daß Ben Atar der neuen Frau diese Feinheiten nicht persönlich erklären könne, die er selbst in den langen Witwerjahren vergessen habe. Aber da es ihm noch nicht einfiele, ihrer Forderung stattzugeben und die Partnerschaft aufzulösen, werde er sich bemühen, Ben Atars Worte im Gedächtnis zu behalten und seine Verlobte damit zu versöhnen, und wenn er im nächsten Sommer zu ihrem Treffen käme – so Gott wolle, nach der Hochzeit –, werde er auch ihre Versöhnungserklärung mitbringen.

Abulafia löste also im Jahr 4756 der Erschaffung der Welt, dem Jahr 386 der Hedschra des Propheten, vier Jahre vor dem Jahr 1000, das die Christen erregte, noch nicht die Partnerschaft, die ihm sehr am Herzen lag, sondern lud die Ware auf fünf Wagen, entsprechend den fünf Schiffen, auf denen sie gekommen war, schickte, in Perpignan angelangt, den ersten Wagen, mit Gewürzsäcken beladen, gen Westen in das Herzogtum Gascogne, den zweiten, mit kupfernen Schüsseln und Kesseln, ostwärts in die südliche Provence, und zog mit den drei übrigen weiter nach Toulouse. Unterwegs verkaufte er in den Dörfern die Ölkrüge, Honigwaben, Feigenringe und das Johannisbrot aus Andalusien und setzte auch die dafür eingehandelten Güter wieder ab. In Toulouse hatte er dann schon zwei leere Wagen, um sein stummes Kind und die ismaelitische Amme aufzunehmen, die ihm fünf goldene Armreifen für ihre Einwilligung abverlangte, ihren Traum vom Süden gegen eine Winterreise zwischen Edomiterreichen in eine so abgelegene Stadt wie Paris einzutauschen, in die sie eine luxuriöse Fracht mitführten: Glasfläschchen mit duftstarken Spezereien aus der Wüste, Löwen- und Leopardenfelle und bestickte Stoffe, zwischen denen die edelsteinbesetzten Krummdolche verborgen lagen.

So kehrte er zu Frühlingsanfang 997 nach Paris zurück, diesmal jedoch nicht allein, sondern mit seiner stummen achtjährigen Tochter, die vielleicht nicht mehr verhext, aber immer noch bedauernswert war. Und wieder konnte er feststellen, daß seine künftige Frau nicht nur ein reiferes Alter, sondern auch Lebenserfahrung und Lebensweisheit besaß. Zwar drückte sie sofort das arme Mädchen ans Herz und senkte in staunendem Respekt den Kopf vor der alten Ismaelitin mit ihren funkelnden Armreifen, löste aber trotz der Sehnsucht, die sie den ganzen Winter nach dem schwarzgelockten jungen Mann empfunden hatte, nicht etwa schleunigst ihr Eheversprechen ein, sondern brachte erneut ihren *Abscheu* vor dem doppelt beweibten Partner ins Spiel. Dabei stellte sie Abulafia einen schwarzgekleideten Mann vor, der aus der Provinz Lothringen in Aschkenas nach Paris gekommen war, auf dem Kopf einen Hut, von dem ein hohes

Hirschgeweih aus schwarzem Samt emporragte, und dieser Mann, Reb Kalonymos Ben Kalonymos, aus der Familie ihres verstorbenen Gatten, wohnhaft in ihrer Heimatstadt Worms und von ihrem jüngeren Bruder, Herrn Levitas, eigens nach Paris eingeladen, um dort die Trauzeremonie nach der Sitte ihrer Väter zu vollziehen, wollte zunächst den Glauben des südlichen Bräutigams auf Art und Festigkeit prüfen, für den Fall, daß er der Stärkung oder Ergänzung, Korrektur oder Reinigung bedürfe, ehe er sich mit dem aufrechten Glauben der ehrbaren Frau aus seiner Heimatstadt vermählte.

Zu diesem Zweck verwickelte er Abulafia in ein langes Gespräch, und da das stumme Kind angesichts des wippenden Geweihs auf seinem Kopf zitterte und wimmerte, nahm er seinen Gesprächspartner mit nach draußen und spazierte mit ihm durch den Schmutz und Schlamm von Paris, führte ihn zwischen Schweinen, Pferden und Eseln hindurch auf eine kleine Holzbrücke und weiter über einen breiten Sandweg, der Jakobsweg genannt wurde, weil die Wallfahrten zum Kloster Santiago de Compostela am Rande Iberiens von hier ihren Ausgang nahmen. Der kühle Aschkenase zeigte Abulafia die Pilger mit ihren dicken Umhängen, breitkrempigen, muschelverzierten Filzhüten und dem langen Stab in der Hand, an dessen Ende ein Wasserschlauch hing, mit letzten Vorbereitungen für den Aufbruch auf den langen, beschwerlichen Weg beschäftigt. Danach deutete er auf die Frauen, die von ihnen Abschied nahmen, ihnen dabei das Haar zu Zöpfen flochten und die Fußgelenke mit roten Gamaschen umwickelten, während die Füße selbst in robusten Sandalen steckten. All das, um dem Maghrebiner Juden vor Augen zu führen, daß wahrer Glaube sorgfältiger Vorbereitung bedürfe. Dann setzte er dem Bräutigam die einzelnen Stadien der bevorstehenden Trauzeremonie auseinander, um zu vermeiden, daß Wüstenklamauk oder mediterranes Brauchtum den überkommenen Ablauf der geheiligten Zeremonie stören könnte. Und schließlich begann er, kleine Geschichten aus dem Städtchen Worms zu erzählen, in dem

Frau Esther-Minna geboren und aufgewachsen war, ein Ort, der vielleicht des Pariser Charmes entbehre, seine Häuser ständen noch immer auf krummen Pfählen, aber eines fehle ihm nicht – Thoragelehrte. Tote Gelehrte überwachten lebende Gelehrte, die ihrerseits den Weg für die noch ungeborenen Gelehrten bereiteten. Das heißt, die Hauptsorge gelte den kommenden Generationen, die in der Reinheit des Ehebunds geboren würden, und es gebe keine Reinheit ohne Ruhe und Sicherheit, die durch Acht und Bann gegen denjenigen Mann geschützt würden, der eine zweite Frau hinzunehmen oder, Gott behüte, seine Frau gegen ihren Willen verstoßen wollte.

Nun begriff Abulafia, daß der Gast, den seine Braut und ihr Bruder vom Rhein herbeigerufen hatten, eindeutig die Aufhebung der Geschäftsbeziehung zu Ben Atar mit der neuen Eheschließung mit Frau Esther-Minna verknüpfte. Ins Wirtshaus zurückgekehrt, nachdem die Pilger, die den Aschkenasen zunächst für eine hohe Persönlichkeit gehalten, schließlich aber den Juden in ihm entdeckt und – als erste fromme Tat auf ihrem schweren Weg – einen faulen Apfel nach ihm geworfen hatten, nahm es ihn daher nicht wunder, daß Herr Kalonymos zwei kleine, mit roter Tinte beschriebene, schwärzliche Pergamente hervorzog, eines für den neuen Bräutigam, damit er das eben Erfahrene nicht vergessen möge, das andere für den verabscheuten Partner selbst, dem es zu Sommerbeginn durch einen fremden Boten überbracht werden sollte, zusammen mit dem, was ihm nach richtiger Berechnung für die im vergangenen Jahr verkauften Waren zustand.

So wurde denn am Donnerstag, den 18. Ijar, dem 33. Tag der Omerzählung des Jahres 4757 – nachdem er seinen neuen Verwandten Auflösung der Partnerschaft gelobt hatte – die endgültige Genehmigung erteilt und die Ehe geschlossen. Doch als der Monat Tammus und damit das festgesetzte Datum für den Aufbruch des fremden Boten in die Spanische Mark nahte, bekam Abulafia starke Sehnsucht nach der Bucht von Barcelona und bereute das gegebene Versprechen. Trotz der finsteren Miene, die auf das blasse Gesicht seiner neuen Frau trat, zu der es ihn seit der Hochzeitsnacht mit einer Mischung aus Angst und starkem Begehren hinzog, war er nicht bereit, sich durch eine einfache Note von seinen langjährigen Partnern zu lösen oder das Wagnis einzugehen, nach eigenem Gutdünken den Erlös für das vergangene Jahr aufzuteilen und ihn einem fremden Boten zu übergeben. Daher machte er sich selbst auf den Weg, nachdem er seiner Frau und dem neuen Schwager hoch und heilig versprochen hatte, diesmal wirklich Abschied zu nehmen und die erfolgreiche Partnerschaft aufzulösen, um dem *Abscheu* Genüge zu tun. Und da seine Seele zwischen dem furchtbaren Schwur, den er gegeben, und der schmerzlichen Trauer, die ihn bei dem Treffen mit seinen Partnern erwartete, hin und her gerissen war, täuschte er sich im Weg und verirrte sich, so daß er in der Sierra de Andorra nur dank eines schwarzen Aussätzigenumhangs, den er im letzten Moment gekauft und umgelegt hatte, einem Raubüberfall entrann. Deshalb verspätete er sich um weitere zehn Tage, und Abu Lutfi schloß sich ein zweites Mal dem Fasten des Neunten Aw an.

In seinem Aussätzigengewand, eine Art Rassel schwingend, um Nichtaussätzige fernzuhalten, fand Abulafia seine beiden Partner dann schier ohnmächtig von der Hitze des Tages zwischen zwei Marmorsäulen liegen, die von der römischen Herberge übriggeblieben waren. Trotz der freudigen und wohlgefälligen Worte, Umarmungen und Verbeugungen erkannten die Südländer in den schönen Augen ihres nördlichen Partners schon das düstere Zeichen der Trennung. Und als der Ismaelit hörte, daß Abulafia die Partnerschaft auf dem Gipfel ihrer Blüte zu Fall bringen wollte und diesmal nicht gewillt war, die Ware zu übernehmen, die mit sechs Schiffen nach Barcelona gesegelt war, sprang er stürmisch erregt auf und lief im Kreis herum, bis er abrupt vor einem großen Olivenbaum anhielt und mit dem Kopf dagegen schlug, und die Tränen, die ihm nun übers Gesicht rannen, waren anderer Art als die bei dem ersten Treffen, das acht Jahre zuvor am selben Ort stattgefunden hatte.

Es fiel Abulafia nicht leicht, ihn zu trösten, einmal, weil

er sich innerlich selbst noch nicht mit Abschied und Trennung abgefunden hatte, zum andern, da er wußte, daß ein Moslem, der Frauen nach seinem Besitzstand wählte und beliebig wieder verstieß, schwerlich den Geist der neuen Verordnungen zu verstehen oder gar zu respektieren vermöchte, die Ben Atar eben jetzt schriftlich auf einem Pergament erhielt, über dem der Schatten des schwarzen Waldes schwebte. Deswegen warteten sie, bis das Schluchzen des Ismaeliten langsam verebbte. Damit er in seiner Trauer jedoch nicht etwa dem irrigen Gedanken verfiel, all das sei nichts als ein abgekartetes Spiel der beiden Juden mit dem Ziel, ihn aus der Partnerschaft auszubooten, beschloß Ben Atar, die neue religionsgesetzliche Verordnung aus dem Norden dadurch zu umgehen, daß er seinen eigenen Anteil an der neuen Ware dem Ismaeliten ohne Gegenleistung übereignete, damit Abulafia sie bedenkenlos aus den Händen eines Nichtjuden annehmen könnte, der nicht an Verordnungen vom Rhein – ja nicht einmal an solche aus Babylonien oder dem Lande Israel – gebunden war.

Anfangs zögerte Abulafia sehr, ob er diese Lösung akzeptieren sollte, die wegen ihrer südlichen Schlichtheit bei seinen scharfsinnigen Verwandten nur verächtliches Lachen hervorrufen würde. Doch da die Schiffe schon nach Tanger zurückgeschickt worden waren und die Ware, die sich seit über drei Wochen in Benvenistis Stall häufte, bereits den Zorn der schnöde daraus vertriebenen Pferde und Esel erregte, konnte er die Not seiner alten Partner nicht leugnen und willigte ein, die Ware von dem Ismaeliten anzunehmen, der plötzlich, ohne recht zu begreifen, Herr über alles geworden war. Aber die Abmachung gelte nur unter der Bedingung, warnte Abulafia eindringlich, daß die gesamte Ware direkt nach Paris abginge, um dort den Unbedenklichkeitsstempel seiner Angehörigen zu bekommen, ehe sie den Nichtjuden zum Verkauf angeboten würde. Dabei sagte ihm sein alter Kaufmannsinstinkt, daß der hohe Gegenwert, der in der Île-de-France zu erwarten stand, ihn für die Mühen und Ausgaben des Weges mehr als entschädigen würde.

Während Abu Lutfi darauf eilends sein Pferd bestieg, um nach Granada zurück zu galoppieren, überzeugt, daß die Lösung, die die Juden gegen sich selbst gefunden hatten, auch für die nächstjährige Ware gelten werde, fiel dem Neffen und dem Onkel – trotz des langen Aufenthalts und den ersten Anzeichen herbstlicher Kühle in der Luft – der Abschied schwer, denn wer wußte, ob es nicht der letzte sein würde. Und da ihnen das gemeinsame Gebet am Neunten Aw mit seinem Trauern und Klagen verwehrt geblieben war, wollten sie nun miteinander die Erinnerung an die Freude der Töchter Israels pflegen, die einst am Fünfzehnten Aw ausgezogen waren, einen Gefährten und Liebe zu suchen. Aber Abulafias Gebetsmelodie wurde trübsinnig angesichts Ben Atars gekränkter Miene, und so konnte er sich nicht enthalten, in der sternlosen, von keinem Feuer erhellten Dunkelheit, die sich nach Ende des Gebets niedersenkte, unaufgefordert das Lob der neuen Frau Abulafia zu verkünden, damit Ben Atar sie, Gott behüte, nicht hassen sollte. Er sprach lange von ihrer Weisheit, Feinheit und Barmherzigkeit, und vor allem erzählte er immer aufs neue von ihrem Mitgefühl für das arme Kind, das in ihrem Hause Schutz gefunden hatte. Doch nach und nach klang zwischen den Zeilen auch sein wunderbares Verlangen nach der helläugigen, blondhaarigen Frau an, bis er, von sinnlicher Rede mitgerissen, kleine Geheimnisse aus dem Schlafgemach wie Funken aus einem Feuer stieben ließ.

So trennten sie sich mit gemischten Gefühlen. Auf kühlen, herbstlichen Wegen zog Abulafia mit sechs hochbeladenen Wagen rasch und zielstrebig seinem neuen Pariser Domizil entgegen, um von seiner geliebten Frau und deren jüngerem Bruder eine klare, eindeutige Entscheidung zu hören, die erwartungsgemäß jede ismaelitische Augenwischerei zwecks geheimer Fortführung der Partnerschaft mit dem doppelt beweibten südlichen Juden ablehnte. Und um künftig jeden weiteren Versuch mediterraner Kompromißfreude zu vereiteln, bestanden sie darauf, die gesamte Ware zu konfiszieren und selbst zu verkaufen, damit die Partnerschaft vor ihren

Augen und mit eigenen Händen ein für allemal aufgelöst wäre, und den eingegangenen Erlös würden sie, abzüglich der Unkosten, in Gänze gen Süden zu den beiden Partnern schicken, die nun schon als *frühere* galten, zusammen mit der ismaelitischen Amme, deren Zeit abgelaufen war.

Als die beiden südlichen Partner dann wieder, mit nunmehr sieben Schiffen, bei Benvenistis Wirtshaus in Barcelona ankamen, in der Hoffnung, den Handel fortzuführen, erfuhren sie von Benvenisti, Frau Esther-Minna sei ihnen schon zuvorgekommen. Und während sie noch aufgeregt meinten, endlich gleich der neuen Frau selbst gegenüberzustehen, führte Benvenisti sie in eine Kammer seines Stalls, in dessen heu- und strohduftendem Halbdunkel seelenruhig die große Ismaelitin mit Sack und Pack hockte, funkelnd vor goldenen Armreifen, die sie im Laufe ihrer Dienstjahre angesammelt hatte, und breit lächelnd mit ihrem Mund, in dem nur noch ein einziger Zahn verblieben war. Und ehe die beiden sich noch fassen konnten, zog sie ein wohlvertrautes Leopardenfellsäckchen aus dem Busen, gefüllt mit Goldmünzen als Entgelt für die Ware, die erfolgreich verkauft worden war und einen hohen Gewinn erzielt hatte, in den sich jetzt nur noch zwei, nicht drei teilen würden. So kam es denn, daß im Jahr 4758 der Schöpfung nach Rechnung der Juden, 388 Jahre nach der Übersiedlung des Propheten von Mekka nach Medina, zwei Jahre vor dem für die Christen aufwühlenden Jahr 1000 Abulafias Verspätungen in völliges *Ausbleiben* umschlugen.

6

Nach so vielen Tagen Auf und Ab zwischen Mast und Wanten des sich wiegenden Schiffes ist es kein Wunder, daß das solide Festland seine Anziehungskraft sogar auf flinke, leichtfüßige Beine ausübt, die sich weigern, weiter still auf dem breiten Hügel zu stehen, der sich sanft und lieblich auf dem nördlichen Flußufer erhebt, sondern, ohne um Erlaubnis zu fragen, langsam und behutsam in orientalischem Kniefall zu Boden gehen, um die Gräser, Steine und Erdklumpen zu genießen, deren Duft in den langen Tagen der Seereise fast vergessen war. Aber selbst die Freudentränen, die jetzt die jungen Augen benetzen, trüben den aufmerksamen Blick des Jungen auf seinen Meister keineswegs, der diesen Nachmittag unter all seinen Leuten gerade den Knaben aus Sevilla als Begleiter für einen diskreten Erkundungsgang erkoren hat, in Vorbereitung auf die Konfrontation mit dem Partner, der sich vor ihnen in die nahe Stadt zurückgezogen hatte.

So steht jetzt an den Resten eines steinernen Bogens, der noch von einem alten Römertempel stammen mag, der jüdische Kaufmann aus Nordafrika und mustert mit verhaltener Erregung die umliegenden Felder und Wälder im trägen Safranlicht des Sommers, in das sich schon graue Tropfen des nahenden Herbstes mischen. Und bei der eingehenden Art seiner Prüfung sieht es einen Moment so aus, als läge Paris, die Stadt, zu der er seit so vielen Wochen unterwegs ist, nicht nur dort im Osten, geschützt auf einer kleinen Insel inmitten der Seine, sondern könnte sich möglicherweise auch nördlich des Hügels, auf dem er steht, und sogar gen Westen und gewiß im Süden erstrecken, wo die herrliche Schleife der

Seine leuchtet wie flüssiges Erz, ja als könnte jeder der Sandwege, die den kleinen Steinbogen küssen wie Lichtstrahlen ihren Stern, die beiden fremden Juden auf seine Weise zu der Stadt hinführen, die über sich selbst hinausstrahlt.

Doch der kleine Junge, der ständig mit wachem Interesse die Gesten und Blicke des Schiffsherrn verfolgt, zweifelt nicht daran, daß Ben Atar bei einsetzender Dämmerung den Pfad gen Osten einschlagen wird, zum einen, weil der ihn direkt zu der grauschimmernden Insel mit ihren engstehenden Häusern führen würde, und zum andern, weil dies kein simpler Pfad, sondern ein wirklicher Weg ist, der kraft seiner entschiedenen Geradheit erhebliche Breite zwischen den Feldern und Bäumen einnimmt, die seinetwegen ein wenig zurückgewichen sind, und es scheint, als seien nicht nur ein Mann und ein Junge eingeladen, ihn in der aufziehenden Dämmerung sicheren Fußes zu beschreiten, sondern auch ganze Heere in funkelndem Parademarsch. Doch ehe es Zeit wird, die Leute aufzusuchen, die sein Vater mit seinen Thoraworten geißeln soll, wird man sich, wie der Junge weiß, noch vor Einbruch der Dunkelheit das Aussehen der einzelnen Häuser, die auf beiden Ufern verstreut stehen, gut einprägen müssen, einschließlich des Kirchturms, der im klaren Licht unweit des Wassers emporragt – auf dem rechten Ufer von ihnen aus gesehen – und nun den beiden fernen Juden seinen Glockenklang entgegensendet.

Ja, schon einige Tage weiß Ben Atar mit Sicherheit, daß die erste Begegnung mit seinem Neffen und Partner zwar unter vier Augen, ohne die neue Frau oder einen ihrer gestrengen Verwandten stattfinden muß, aber doch nicht zufällig oder insgeheim auf offener Straße oder offenem Feld, sondern an Abulafias Schwelle, damit die geheiligte Gastfreundschaft, die einem Südländer zweite Natur sein müßte, kraft Sitte und Gewohnheit jeden etwaigen Versuch der neuen Frau oder ihres peniblen jüngeren Bruders vereitele, den Abscheu vor ihm plötzlich zum veritablen Bann zu erweitern, der mit einem Schlag alle Hoffnungen der kühnen Reise zunichte machen würde. Deshalb war hier nicht nur prompte Überraschung vonnöten, sondern auch detaillierte Vorkenntnis des Hauses, dem der Kaufmann aus Tanger letzten Endes außer sich selbst auch seine beiden Frauen zuführen wollte, damit diese – sobald der Weg mit richtigen und treffenden Schriftstellen des Rabbiners aus Sevilla geebnet wäre – selbst kraft ihres stillen, ruhigen Daseins das Inbild von Glück und Liebe vorführen möchten, das jene willkürliche neue Verordnung aus einer kleinen Stadt im Lande Aschkenas zu zerstören suchte.

Daher hatte er, als er nachmittags von zwei Fischern erfuhr, daß das Städtchen Paris sich nach der nächsten Flußbiegung zeigen würde, Abd el-Schafi Befehl zum Anlegen erteilt und sich zum Landgang fertig gemacht. Zuerst war ihm scherzhaft der Gedanke durch den Kopf gehuscht, Abulafia nun seinerseits in der Verkleidung eines Mönchs oder Aussätzigen zu überraschen, aber er hatte den Einfall gleich wieder verworfen, aus Sorge, man könnte ihm eine theologische Frage stellen, die er nicht zu beantworten wüßte. Deshalb gedachte er, sich mit der Aufmachung eines andalusischen Christen zu begnügen, der die Ismaeliten leid war und nun heilige Stätten suchte. Doch nach Abulafias Beschreibung zu urteilen, schien diese Stadt sich nicht gerade durch besondere Heiligkeit auszuzeichnen, die Wallfahrer von fernher anziehen könnte. Deswegen bat er seine beiden Frauen, ihm ein Gewand von mehreren Farben und Stilarten zu nähen, damit man ihn schwer auf eine Identität festnageln könnte.

Trotzdem wußte er, daß man nicht als einzelner eine fremde Stadt betritt, denn ein Einzelmensch kann spurlos verschwinden, während zweie stets füreinander zeugen, wenn nicht in dieser Welt, dann zumindest in der nächsten. Anfangs hatte er den Rabbiner aus Sevilla mitnehmen wollen, der mit seinem Latein das fremde Kapetinger-Umfeld hätte ausloten und auch gleich religionsgesetzliche Autorität gegen die Juden und ihren Abscheu hätte ausüben können. Aber nach weiterem Nachdenken hielt er es für besser, nicht sofort die aus der Ferne mitgebrachten Waffen offenzulegen, zumal er auch nicht wußte, ob Rabbi Elbaz aus dem Dichterrausch schon völlig erwacht war, der ihn auf den Meereswellen gepackt hatte. Deshalb dachte er an Abu Lutfi, dessen benachteiligtes ismaelitisches Dasein Abulafia vielleicht an die Schmach erinnern würde, die sich mit der so mühevoll zusammengetragenen und grundlos zurückgewiesenen Ware verband. Aber zum Schluß gab er auch diesen Gedanken auf. Es war nicht richtig, zwei zarte Frauen und einen poesiebesessenen Rabbiner der Obhut von Seeleuten zu überlassen, die sich zwar im Verlauf der Reise als redlich erwiesen hatten, aber doch Wildfremde waren, und außerdem erschien es ratsam, jemanden an Bord zu belassen, der das Schiff nach Nordafrika zurückbringen könnte, falls man ihn, Gott behüte, in der unbekannten christlichen Stadt überfallen und verschwinden lassen sollte.

Wer blieb ihm? Insgeheim hätte Ben Atar gern seinen Kapitän mitgenommen, nicht nur, weil ihm gewiß noch eine nützliche alte Geschichte von den Wikingerüberfällen auf die Stadt Ende des vorherigen Jahrhunderts im Gedächtnis schwirrte, sondern vor allem wegen seines angenehmen Temperaments und redlichen Blicks. Aber konnte man denn ein Segelschiff mit voller Fracht ohne Kapitän in einem strömenden Fluß liegen lassen? In der Not erwog er schon, einen von Abd el-Schafis stämmigen Matrosen mitzulotsen. Aber wieder nagte der Zweifel an ihm. Womöglich lauerte die scharfsinnige neue Frau nur darauf, daß er mit einem grobschlächtigen, ungebildeten, zerlumpten Araber bei ihr ankäme, damit sie sagen könnte, das also ist der lebendige Wildquell, der die Begierde deines Partners leitet. Oder sollte er womöglich den schwarzen Jüngling zur Begleitung mitnehmen? Der wäre zwar vermutlich imstande, ihn mit seinem Wüsteninstinkt geradewegs zu dem gewünschten Haus zu führen, allein nach dem Geruch von Abulafias Tuch, das in seinen Händen verblieben war, doch mit dem götzendienerischen Eifer, der ihm in den Knochen brannte, konnte er in dem Haus der Pariser Juden womöglich vor einem silbernen Kidduschbecher auf den Bauch fallen oder vor den Kerzenständern niederknien und dadurch Ben Atars Glauben höchst suspekt erscheinen lassen. Deswegen war es wohl am besten, allein hinzugehen. Doch als er die Augen zum Himmel richtete, um Ermutigung bei seinem Gott zu suchen, der ihm und seinem Schiff alle Tage der langen Reise günstig und gewogen gewesen war, sah er den jungen Elbaz hoch droben am Mast schaukeln und sagte sich, das scheint der Knabe zu sein, um den ich gebetet, zum einen, weil ein Mann, der ein Kind mitführt, auch in einer fremden Stadt seine Menschlichkeit bewahrt, zum andern als Hilfe, falls Abulafia ihn, Gott bewahre, entschieden zurückweisen wollte, durch die Anwesenheit des Knaben aber womöglich an seine Kindheit erinnert würde, als sein Onkel ihn an den Strand mitgenommen und in die Wellen geführt, aber jedesmal wieder lebend zurückgebracht hatte.

So wandern denn der Schiffsherr und der kleine Rabbinerssohn in dieser milden Abendstunde auf die Stadt zu, und der Weg, den sie hinabgehen – so breit und gerade, daß man ihn als Allee bezeichnen könnte –, öffnet sich nach einer langen Weile zu einem riesigen quadratischen Platz, in dessen Mitte Ben Atar den Jungen bittet, ihm bei der Errichtung einer kleinen Steinsäule zu helfen, damit sie ein Zeichen für die Rückkehr hätten, falls sie, Gott behüte, allein zurückkämen. Danach, noch immer in derselben östlichen Richtung, passieren sie kleine quadratische Grünbeete, sorgfältig beschnittene Büsche und ein Wasserbecken, hinter dem wieder ein steinerner Bogen steht, allerdings ein sehr niedriger, nur brusthoch, vielleicht eine verkleinerte Nachbildung des großen Bogens auf dem Hügel. Und hätten die beiden Reisenden sich umgesehen, hätten sie selbst in dieser Dämmerstunde die gerade Linie erkannt, die zwischen den beiden Bogen verlief, aber sie blicken nach vorn auf die winzigen Laternenlichter, die am Fluß entlang der Stadt zustreben, und werden der ersten Gesichter von Parisern mit ihren spitzen Zügen und wachen Augen ansichtig, ein wenig laut sind sie, kahle Stellen haben sie auf dem Kopf, und die Bärte sind nach Art der Schauspieler abrasiert.

Inzwischen hat sich die Insel mit vielen Lichtlein angefüllt, als wolle jeder Einwohner sein eigenes Licht leuchten lassen. In der Menge schwatzender Männer und Frauen, die am Flußufer entlanglaufen, verliert der kleine Elbaz plötzlich seine Sicherheit, und die Hand, die mitten auf dem Ozean nicht zauderte, kühn die Mastspitze zu umklammern, faßt jetzt verängstigt Ben Atars Gewand, das trotz seiner auffallenden Buntheit keinerlei Aufsehen erregt, als spazierten die beiden Fremden jetzt nicht ins Zentrum einer abgelegenen Provinzstadt im finsteren Europa, sondern schon in einer wirklichen Metropole, wie etwa Cordoba oder Granada in Andalusien, wo tagtäglich viele fremde Besucher ein und aus gingen, ohne daß jemand sie besonders beachtete. Verbreitet das Kind solches Vertrauen, überlegt Ben Atar, oder besitzen die Einwohner dieser Stadt genug Selbstsicherheit, einen fremden Menschen ohne jede Feindseligkeit zu akzeptieren, soweit er bereit ist, mit ihnen zu parlieren?

Tatsächlich fiel es Ben Atar und sogar seinem jungen Begleiter auf, daß nicht nur die Leute hinter den Verkaufsständen, sondern auch die Spaziergänger am Flußufer sich ständig flüchtige Sätze zuwarfen, ja gelegentlich sogar den beiden Fremden ein, zwei Worte zuriefen, als sei allein schon das Reden in dieser melodischen Sprache eine Quelle von Glück und Segen, der der Schweigende verlustig ginge. Da den beiden Maghrebinern jedoch die Worte der Erwiderung fehlten und ein bloßes Lächeln nicht mehr reichte, senkten sie die Köpfe und richteten den Blick auf die krummen kleinen Pflastersteine, über die die Frauen und Männer mit ihren von eigenartigen Gamaschen umwickelten Schuhen flink hinweghüpften, um nicht mit dem allseits verstreuten Kot von Pferden, Schweinen und Hunden in Berührung zu kommen. Ja, so sehr waren ihre Augen auf die Füße ringsum gerichtet, daß es den Rabbinerssohn dünkte, als sähe er unter ihnen auch die seines Vaters, der auf dem Schiff geblieben war, will sagen seine Gangart, und verblüfft über diese Entdeckung zupfte er heftig an Ben Atars Gewand und flüsterte in seinem weichen andalusischen Arabisch: »Herr, der Mann, der vor uns geht, könnte auch ein Jude sein.«

Überraschenderweise verfiel Ben Atar ebenfalls dem sonderbaren Gedanken des Kindes, nicht unbedingt wegen der Gangart des vor ihnen ausschreitenden Mannes, sondern wegen des eingedellten Hutes auf seinem Kopf. Ohne weiteres Nachdenken eilte er dem Mann nach, denn war er wirklich Jude, so bestand die Hoffnung, daß er jetzt nicht in eine der Weinschenken einkehren würde, deren schummrige Lichter ringsum flackerten, sondern zu seinem Haus zurückginge, das gewiß in einer Straße stände, in der weitere Juden wohnten, und so könnten sie insgeheim zu dem Levitasschen Haus gelangen, in dem auch Abulafia wohnte, denn Juden, die ihr Judentum hochhielten, mußten ja unter Juden leben. Und selbst wenn der Mann vor ihnen kein Jude wäre, so war er doch, seinem weichen Gang nach zu urteilen, zweifellos ein angenehmer Mensch, der nichts dagegen hätte, anderen unwissentlich als Fremdenführer zu dienen.

Aber Fremdenführer wohin? Zunächst ging ihr Jude weiter den Fluß entlang, der ihnen nun den Blick auf die Mauern der großen Insel freigab, die momentan wie ein beleuchtetes, neben ihnen fahrendes Riesenschiff wirkte. Obwohl die meisten Menschen alsbald die Treppen zu der Fähre hinabstiegen, die sie zu der Insel übersetzte, zog es ihr Jude vor, den Weg am Fluß fortzusetzen, bis er an einen dunklen Ort gelangte, an dem das Wasser fast die Erde leckte. Dort spannte sich eine einfache Balkenbrücke, halb in der Luft schwebend, halb im Wasser versunken, und gerade sie fand der namenlose Fremdenführer würdig und passend, nicht nur ihn selbst, sondern auch die beiden Fremden auf seinen Fersen direkt ins Herz der Insel hinüberzubringen, die gedrängt wirkte mit ihren vielen Häusern und gewundenen Gassen, voll mit allseits präsenten Wachmännern in dunklen Uniformen, die an den Gassenecken Würfel spielten und unaufhörlich in ihrer heißgeliebten Sprache parlierten. Aus den Kellerfenstern stiegen Abendessensdüfte auf, als seien sie nicht ins Herz der Stadt Paris gelangt, sondern in deren Bauch. Und der Junge, der seit Mittag nichts Eßbares mehr zu sich genommen hatte, begann den Schritt zögernd zu verlangsamen, bis er halb entsetzt, halb begierig vor einem dikken Pariser stehenblieb, der emsig ein ganzes, grimmig aussehendes gebratenes Spanferkel in dünne rosige Scheiben zerschnitt.

Als Ben Atar sah, daß das in duftende Scheiben zerlegte Ferkel ihren erwählten Fremdenführer keineswegs aufhielt, sondern der Mann im Gegenteil den Schritt beschleunigte, die Augen senkte und die Lippen zu einem leisen Murmeln bewegte, nahm er um so fester an, daß der Junge recht hatte und der Mann tatsächlich Jude war, weshalb er ihm auch dann auf den Fersen blieb, als er in eine lange dunkle Gasse einbog, die durch eine kleine Pforte in der Inselmauer zu einer Gegenbrücke, nicht weniger dürftig als die erste, führte, auf der sie zum südlichen Ufer gelangten, das zwar einsamer als das nördliche wirkte, aber doch etwas Heiteres und Gelöstes an sich hatte, zumindest nach den lachenden jungen Leuten in lockerer Kleidung zu schließen, die auf einem Platz an einem fackelumstandenen steinernen Wasserbecken mit einer Fontäne saßen, einem Harfenspieler lauschten und dabei einen freundlichen Blick für Ben Atar und das Kind übrig hatten, die weiter ihrem Juden nachliefen, der – unfähig, die beiden hinter sich länger zu ignorieren – inmitten einer dunklen Gasse bei einem großen vorspringenden Stein an einer Hauswand stehenblieb, wohl einen Augenblick überlegte, ob er etwas sagen sollte, es dann aber ließ und die beiden nur aus der Dunkelheit geradewegs anblickte.

»Abulafia?« flüstert Ben Atar flehentlich den Namen des Mannes, der schon über ein Jahr seine Seele mit Trauer erfüllt. Ein erleichtertes Lächeln huscht über das Gesicht des Juden, der begreift, daß man ihn nicht umsonst genötigt hat, Fremdenführer zu spielen. Er hebt die Hand und macht eine klare, ausholende Gebärde in Richtung auf das größte Haus in der kleinen Gasse, ehe er ohne ein weiteres Wort eine verborgende Pforte hinter dem Stein öffnet und durch sie verschwindet.

Ben Atar gerät sofort in Spannung. Die unmittelbare

Nähe Abulafias und seiner neuen Frau haben seine sämtlichen Sinne geschärft. Aber er warnt sich erneut, daß ein hastiger, unüberlegter Auftritt zu dieser Abendstunde seinen Wunsch vereiteln könnte, mit seinen zwei Frauen das Haus eben der Frau zu besuchen, die vor ihm zurückscheute. Statt auf das Haustor zuzueilen, hält er daher an, tritt sogar ein Stück zurück, um das neue Interieur zu mustern, in dem sein Neffe und Partner sich nun befindet, und zu überlegen, wie er ihn dort am besten wieder herausbekäme. Doch die Fenster dieses Hauses sind klein und sitzen übermannshoch, als gehörten sie nicht einem Wohnhaus an, sondern einer kleinen Festung. Da bietet der junge Elbaz, ob des seit Mittag in ihm rumorenden Hungers nur noch kühner gemacht, seine reiche Erfahrung an, schmiegt ohne Zögern seine dünnen Arme an die massive dunkle Wand und findet verborgene Vorsprünge, auf denen er sich zu einem Fenstergitter emporhangeln kann. Lange bleibt er schweigend dort hängen, wohl unfähig, sich von dem spannenden Anblick loszureißen, der sich bei jedem zufälligen Lugen in die Zimmer eines fremden Hauses bietet. Unterdessen tappt Ben Atar vorsichtig, um ja kein Geräusch zu verursachen, im Hinterhof umher, angelockt von den vertrauten Gerüchen, die ihm in die Nase zu steigen, und erkennt schließlich zwischen Holzscheiten und zerbrochenen Wagenrädern einige der Säcke, Kupfergeräte und Häute, die bei der unglückseligen letzten Fahrt nach Barcelona zum halben Preis an Benvenisti verkauft worden waren.

Jetzt facht der Neid schon Trauer und Sehnsucht an. Unfähig, sich länger zurückzuhalten, fordert er den Jungen flüsternd, aber energisch auf, von seiner Höhe herunterzukommen und zu erzählen, was er gesehen hat. Wie sich herausstellt, haben seine Augen einzig und allein in die schmalen Augen eines etwa gleichaltrigen Mädchens geschaut, das ihn wortlos anstarrte. Dann bin ich am Ziel angelangt, denkt Ben Atar aufgeregt, zieht das Tuch ein Stück übers Gesicht, postiert den Jungen vor sich und klopft nun ans Tor, das alsbald von einer sanft aussehenden alten Magd geöffnet wird. Und ehe sie noch recht weiß, ob sie bei der vermummten Gestalt da vor sich erschrecken sollte oder nicht, macht der Junge, gut auf seine Rolle einstudiert, schon eine galante tiefe Verbeugung vor ihr und nennt mit größter Sanftheit, die jede unbegründete Angst zu beruhigen vermag, den Namen, der in den letzten acht Wochen lautlos dem Schiffsbug voraus wehte.

Obwohl seit dem letzten Treffen der beiden Partner erst zwei Jahre ins Land gegangen sind, hat Ben Atar sich darauf eingestellt, einen veränderten Abulafia vorzufinden, und doch überrascht ihn der Anblick des Mannes, der jetzt zu ihnen herunterkommt. Nicht etwa wegen des langen Kopfhaars, das er sich hat wachsen lassen, oder wegen der Blässe und Hagerkeit seiner Züge, sondern vor allem wegen eines neuen Ausdrucks, eines innigen, vergeistigten Lächelns, das allerdings etwas künstlich wirkt, als bemühe er sich ständig, das Geheimnis der Welt zu enträtseln, ohne dies jedoch wirklich für möglich zu halten. War es der neuen Frau tatsächlich gelungen, die schmerzliche Erinnerung an die ertrunkene Frau durch ein vergeistigtes Lächeln zu ersetzen? Noch hatten die Augen des Neffen seinen Onkel nicht erkannt, der ein wenig in den Schatten des Eingangs zurückgetreten war, sondern hingen mit Macht an dem Jungen, der anfing, in arabisch auf den Hausherrn einzureden, bis Abulafia sich vor lauter Sehnsucht nicht mehr enthalten konnte, das Kind zu berühren, um sicherzustellen, daß nicht etwa nur eine Traumgestalt dort auf seiner Schwelle stand. Da zog Ben Atar das Tuch vom Gesicht, weniger die Verblüffung als den Schmerz auskostend, der auf das hübsche Gesicht seines Neffen trat, der die Augen fest zudrückte, als drohe er ohnmächtig zu werden.

Doch sofort hatte Abulafia sich wieder gefaßt. Er wußte ja nur zu gut, daß eine Ohnmacht auf der Türschwelle nicht nur in den Augen des Gastes als Flucht gelten mußte, sondern auch bei Frau und Schwager, die gleich herbeieilen würden, und so raffte er sich zusammen und schloß Ben Atar augenblicklich in die Arme, nicht so fest und natürlich wie bei den Sommertreffen im Wald von Barcelona, eher mit einer sanften, verzweifelten Anschmiegsamkeit, gemischt mit Schmerz und Scham, aber auch mit diesem neuen Abscheu, so daß man nicht recht wußte, stieß oder hielt er den nordafrikanischen Reisenden, dem aufgrund der riesigen, schier unglaublichen Entfernung, die er auf der Herfahrt überwunden hatte, beim Hausherrn sofort eine Ehrenstellung zukam, die keinen Zweifel hinsichtlich der Antwort ließ, die man dem doppelt beweibten Onkel auf seine Bitte um Gastrecht zu geben hatte. *»Mein Haus sei dein Haus«*, sagte Abulafia klar und wiederholte die Worte auch auf hebräisch, damit kein Mißverständnis entstand, weder bei dem wiedergekehrten Partner noch bei der neuen Frau, die jetzt neben ihm mit den Röcken raschelte.

Allerdings weiß der großzügige Gastgeber noch nicht, daß der Onkel ein altes Wachschiff hinter sich hat, das unfern ankert. Aber nach dem blitzblanken Funkeln in seinen Augen und der Röte, die jetzt auf seine Wangen tritt, wäre seine großzügige Einladung wohl auch dann nicht anders ausgefallen, wenn er gewußt hätte, daß nicht nur der unbekannte Junge mit untergebracht werden sollte, sondern ein ganzes Gefolge. Denn von Minute zu Minute wird deutlicher, welche Fröhlichkeit ihn beim Anblick des fast zauberhaft plötzlich bei ihm gelandeten Gastes überströmt, ja in seiner Aufregung beugt er sich erneut freundlich zu dem fremden, sonnengebräunten Kind hinunter und schwingt mit ebenso zärtlicher wie übertriebener Vorsicht denjenigen hoch, der viele Tage auf der Mastspitze eines verwegenen Schiffes geschaukelt hat. Und die neue Frau, Esther-Minna, die schon erfaßt, daß sie das blitzartige erste Gefecht des hiermit eröffneten Feldzugs verloren hat, lächelt ebenfalls dem hochgenommenen Jungen zu, der sich ein wenig in die Arme des Hausherrn kuschelt, vielleicht in der Hoffnung, er werde, auf dem Boden abgesetzt, auch etwas zu essen bekommen.

Nicht einmal, sondern oftmals war Ben Atar unterwegs in Nächten, in denen das Schiff wegen Windstille auf dem dunklen Meer liegenblieb und unter dem sternenschweren Himmelszelt leise vor sich hin knarrte, die Frage gekommen, welches der Satanskinder ihn veranlaßt haben mochte, Haus und Kinder zu verlassen und nicht nur seine beiden geliebten Frauen, sondern auch seine Ware auf dieser windigen Abenteuertour in Gefahr zu bringen. Warum mußte er derart stur versuchen, das Herz seines Partners Abulafia zurückzugewinnen, wo sich doch ein oder auch zwei Ersatzmänner finden ließen, die, selbst wenn sie es an Handelsgeschick und Treue nicht mit dem geliebten Neffen aufzunehmen vermöchten, doch die alten Märkte in der Provence und in Toulouse pflegen und ihm daheim einen schönen Gewinn einbringen könnten, der ihm seinen guten, ehrbaren Namen erhielte und das Wohlergehen seiner beiden Häuser sicherte. Und jedesmal hatte Ben Atar sich dann von neuem klargemacht, daß er bei dieser irrsinnigen Reise in Wirklichkeit weniger Abulafias Herz zurückzugewinnen suchte als das jener neuen Frau, von der er, ohne ihr Gesicht gesehen und ihre Stimme vernommen zu haben, wußte, daß sie ihm sehr wichtig war, besonders von dem Augenblick an, in dem sie sicheren Griffs aus weiter Ferne seine Ehre angetastet hatte.

Ja, kraft der Wichtigkeit dieser unbekannten fernen Frau, die mit der Länge und den Unbilden der Reise um so mehr zunahm, hatte nicht nur er selbst standzuhalten vermocht, sondern auch Mitfahrern und Seeleuten Sicherheit und Vertrauen einflößen können. Und als er nun in dem farbenfrohen Gewand, das seine Frauen ihm genäht haben, endlich am Eingang des Hauses steht, das die Magd jetzt mit einer zusätzlichen Laterne erhellt, und seine neue Verwandte mustert, die aus dem Rheintal heraufgekommen war und sich seinem Neffen verbunden hatte, da weiß er eindeutig, daß diese kühne Fahrt nicht umsonst gewesen ist. Es war gut und richtig, aus der Ferne anzureisen, um mit einer solchen Frau zu ringen, die zwar zehn Jahre älter ist als ihr junger Ehemann und feine Fältchen im Gesicht aufweist, in den hohen Wangenknochen und den hellen Augenperlen aber noch Zeichen einer fremden, eigenartigen Schönheit bewahrt, die vielleicht an die Schönheit eines hübschen weißen Hundes oder Fuchses erinnert. Wer weiß, grübelt Ben Atar jetzt innerlich schmunzelnd, ob bei all ihrer Frömmigkeit nicht auch ein Tröpfchen wildes Wikinger- oder Sachsenblut in ihren Adern pulst und dieses auch in dem tiefen Blick ihrer blauen Augen enthalten ist, die seine durchbohren.

7

In einem großen, mit wollenen Teppichen ausgelegten und reich möblierten Raum wird ihnen aufgetischt. Nur kann der nordafrikanische Reisende vor lauter Verblüffung über die Leichtigkeit und Schnelle, mit der er in diesem ersehnten Haus Aufnahme gefunden hat, die Speisen nicht anrühren, die auf schweren matten Kupferplatten aufgetragen werden. Statt dessen beobachtet er staunend den Knaben aus Sevilla, der sich begeistert über die Hühnerstücke hermacht, die in einer großen Kasserolle auf den Tisch kommen, und dazu strahlenden Auges wieder und wieder aus dem großen Kristallkelch trinkt, den Frau Esther-Minna ihm mit einer selbstverständlichen Natürlichkeit nachschenkt, als sei es Wasser, nicht Wein. Könnte der Geruch des gebratenen Spanferkels, das in der Gasse tranchiert wurde, diesen Riesenappetit bei dem Jungen entfacht haben? fragt sich Ben Atar und lächelt verlegen den Gastgebern zu, als sei er ein wenig schuld an dem von weither mitgebrachten Bärenhunger. Während er noch grübelt, beginnt der gute Wein schon machtvoll auf den jungen Esser zu wirken, so daß nach und nach die Hand mit der Gabel erlahmt, die Lider sinken, der kleine Seemannszopf, den er sich unterwegs hat wachsen lassen, ins Wippen gerät, und den Jungen schließlich einfach mitten am Tisch tiefer Schlaf übermannt, der die versprochene Gastfreundschaft nunmehr von Wohltat in Pflicht verwandelt.

Allerdings eine angenehme Pflicht. Das sieht man Frau Esther-Minnas erregtem Gebaren an. Sie, der keine eigene Leibesfrucht vergönnt gewesen ist, gerät in Entzücken ob jeden Kindes, das ihr in die Hände fällt, und erst recht bei diesem braunhäutigen Knaben, der die gleichen Kräusellocken hat wie ihr Mann und nach Auskunft seines Begleiters noch dazu Halbwaise ist. Deshalb nimmt es nicht wunder, daß sie ihren selbstgewählten Abscheu vergißt oder womöglich nur verdrängt und die beiden alten nichtjüdischen Mägde anweist, den kleinen Gast, der über seinem Teller schlummert, vorsichtig hochzuheben und ihm behutsam die Hose auszuziehen, denn wie soll sie wissen, daß Kinderschlaf wie Blei ist, nicht spinnwebenleicht wie ihrer zum Beispiel, da man hier doch gewöhnt ist, ein Mädchen zu pflegen, dem jede kleinste Erschütterung den Schlaf raubt und ihr augenblicklich ein schrilles, gequältes Brüllen abringt. Denn ist es in diesem Haus auch verboten, Abulafias Tochter »verhext« oder »verflucht« zu nennen, so hat sich ihre ursprüngliche Natur doch bisher nicht verändert.

Auch Ben Atar hütet seine Zunge, als er des Mädchens gewahr wird, das jetzt in der Zimmertür steht und bei ihm die Erinnerung an das Kleinkind aufblitzen läßt, das auf der ersten Reise nach Barcelona über die Schiffsplanken gekrabbelt war, in der Hoffnung, ihm die Fingerchen in die Augen bohren zu können. Ihm wird warm ums Herz, und er macht der Kleinen, in deren Zügen die Schönheit ihrer verstorbenen Mutter mit dem Zerrbild ihrer irren Seele ringt, insgeheim ein Zeichen, näherzukommen. Vielleicht blinkt auch tatsächlich etwas im trüben Schaum ihres Gedächtnisses, wenn sie nicht wie sonst schnellstens vor dem sonderbaren Gast Reißaus nimmt, sondern nur an der Tür verharrt und dem Hausherrn, Jechiel Levitas, ausweicht, Frau Esther-Minnas jüngerem Bruder, der bei der Nachricht vom überraschenden Eintreffen des abgewiesenen Partners augenblicklich nicht nur die Niederlage in der ersten Runde, sondern auch die Bedrohung der zweiten Runde erfaßt hat und sich daher beeilt, höflich, wenn auch etwas kühl, die Bekanntschaft dieses fremden, weitgereisten Angehörigen zu machen, der ihn nun mit einer leichten Verbeugung begrüßt. Ohne weiteren Aufenthalt spricht der jüngere Bruder den Nordafrikaner in klarem, einfachem und sehr langsamem

Hebräisch an, als sei hier nicht nur der Unterschied in Aussprache, Betonung und Wortschatz zu besorgen, sondern auch eine geistige Diskrepanz, die zwischen Nord und Süd scheide. Und da er im Unterschied zu seinem Schwager Abulafia dem Gast durch keinerlei Schuld verpflichtet ist, zögert er auch nicht, ihn nach einigen kurzen Höflichkeitsfloskeln unumwunden nach dem Zweck seines Besuches zu fragen. Abulafia wird rot vor Verlegenheit über die grobe Frage des Schwagers, der klein und blond wie seine Schwester ist, aber jenes smaragdblauen Tons der Augen entbehrt, und ehe Ben Atar noch seine Antwort formulieren kann, versucht Abulafia bereits, die Frage dreisprachig abzumildern. Zuerst verweist er den vorlauten Schwager auf fränkisch in seine Schranken. Dann gibt er dem geschätzten Mann, der von fernher gekommen ist, auf arabisch das Vertrauen in die weitreichende Freundschaft wieder, die ihn hier empfange. Und zum Schluß ermuntert er den müden Onkel in der heiligen Sprache, die alle verstehen, doch endlich die aufgetischten Speisen zu kosten, ehe sie kalt würden.

Ben Atar stört sich jedoch nicht an der Direktheit dieses Herrn Levitas, dem die schönen, klaren Augen seiner Schwester von weitem beipflichten. Ihm geht es ja jetzt nicht um sich selbst, weder um Hunger noch Ruhe, sondern allein um das im Uferdickicht verborgen liegende Schiff, auf dem die Angst um den Herrn, der in der fremden Stadt verschollen ist, schon wie ein weiteres Segel flattert. Plötzlich kommen ihm die Tränen angesichts dieser Juden, deren Abscheu ihn gezwungen hat, nicht nur diese lange, gefährliche Seereise zu unternehmen, sondern ihnen auch seine Mitreisenden vorzuenthalten und sich bei Nacht allein mit einem fremden Kind in ihr Haus zu schleichen. So blickt er dem Frager nun direkt in die gelblichen Augen und versucht ebenfalls, in einfachem, klarem und sehr langsamem Hebräisch zu antworten, als trage auch er Sorge um den Unterschied in Aussprache, Betonung und Wortschatz und um eine tiefe Glaubensdiskrepanz, die zwischen Nord und Süd scheide. »Wir sind gekommen, göttliche Gerechtigkeit gegen euch und euren Abscheu vor uns einzufordern«, sagt er, »und deswegen haben wir auch einen weisen Rabbiner aus Sevilla mitgebracht.« Danach vermeidet er jedes weitere Wort, damit die Pluralform, die er zu seiner eigenen Überraschung benutzt hat, unbestimmt bleibe. Denn er wollte zwar jetzt noch nicht die beiden Frauen erwähnen, die er in der Absicht mitgebracht hatte, sie kühn als Gäste in das Haus einzuführen, das sich ihm geöffnet hatte, hütete sich aber auch, ihre Ehre durch völlige Außerachtlassung zu kränken.

Und diese Unbestimmtheit bewährte sich. Denn trotz des Plurals stellen sich weder die gescheite Esther-Minna noch ihr kluger Bruder zwei leibhaftige Frauen vor, frohlocken nur über die Kunde vom Eintreffen eines weisen und unschuldigen Rabbiners, der mit ihnen disputieren wolle, bis er unterliege. Schließlich sind die beiden in einem Haus glänzender Thoragelehrter aufgewachsen, in dem man in der stürmischen Diskussion über die Auslegung einer Schriftstelle schon mal vergaß, den Abendbrottisch zu decken. Deshalb wechseln sie bereits freudig zustimmende Blicke. Der südliche Jude in seinem bunten Gewand erscheint ihnen auch als annehmbarer Gesprächspartner, denn er hat ja, nach Art wahrer Juden, nicht Barmherzigkeit, sondern Gerechtigkeit gefordert. So schließen sie sich mit einem Gefühl der Erleichterung Abulafias Bitten an und fordern den dunkelhäutigen Onkel auf, nach Herzenslust zuzugreifen, um sich zu stärken, danach sein Lager aufzusuchen und am Morgen dann den Rabbiner mitzubringen, den sie gerade deshalb mit besonderen Ehren empfangen möchten, weil sie sich schon in süßen Siegesträumen gaukeln.

Doch auch Ben Atar glaubt an seinen Sieg. Weniger wegen der großen Hoffnung, die er in den Rabbiner setzt, als vor allem, weil er im Geist schon das lebendige, farbenfrohe weibliche Flair seiner beiden Frauen in dieses graue, düstere Haus einziehen sieht, überzeugt, daß es den Widerstand langsam schmelzen würde, nicht kraft einer unerwarteten Schriftstelle oder spitzfindigen Diskussion, sondern allein durch die völlig natürliche Liebe dieses Dreierbunds, die in ihrer ganzen Menschlichkeit jedem entgegenströmen würde, der einen Makel an ihr suchen wollte. Ja, der Gedanke an die bevorstehende Begegnung belebt ihn derart, daß er am liebsten sofort auf sein Schiff zurückgekehrt wäre. Doch seine Gastgeber drängen ihn, zu Tisch zu sitzen, und so wäscht er sich zunächst die Hände in einer silbernen Schale, die die christliche Magd ihm reicht, singt leise in einer alten Melodie den Segen über das Brot und beginnt das Essen mit zwei halben harten Eiern, die mit einer dicken, säuerlichen Brühe übergossen sind. Dann geht er an die gebratenen Hühnerstücke in brauner Soße, umlegt mit Bohnen, bedient sich aus der Schüssel voll großer grüner, mit gehackten Mandeln bestreuten Blätter und beendet das Mahl mit honiggebackenen Birnen. Gerade weil er langsam und gesittet ißt, als wolle er den Heißhunger des Jungen wettmachen, entbrennt die Eßlust in ihm, gefolgt von dem starken Drang, auch die an Deck verbliebenen Frauen an seinem Genuß teilhaben zu lassen.

Aber die Gastgeber, die ihn in ihr Haus aufgenommen haben und damit auch für seine Sicherheit bürgen, lassen ihn zu dieser späten Nachtstunde nicht ausgehen, sondern richten ihm sein Lager unweit des Knaben, der wegen des reichlichen Weingenusses wie ein betrunkener Seemann schnarcht. Nach den vielen Tagen und Nächten, in denen das ganze Universum pausenlos um ihn wiegte und wogte, findet der nordafrikanische Reisende jedoch schwer Ruhe in einem Zimmer, das so massiv und geschlossen wie eine *Black Box* wirkt. Deswegen wundert es nicht, daß er beim ersten Fünkchen Licht im Fenster schon fix und fertig zum Aufbruch ist, den Rabbinerssohn aber in Frau Abulafias Obhut beläßt, sei es als Vorhut für die im Laufe des Tages Eintreffenden, sei es als Unterpfand für die Rückkehr ihres Mannes, der seinen Onkel und Partner mit Freuden begleitet. Und da dieses Haus auf dem Südufer der Insel steht, braucht man nicht die Öffnung der Stadttore abzuwarten, um auf das nördliche Ufer hinüberzukommen, beziehungsweise auf das rechte, wie Abulafia sagt, der den Fluß in seiner Strömungsrichtung betrachtet, vielmehr kann man einfach am Südufer, dem linken in Abulafias Ausdrucksweise, entlanggehen bis zu der Biegung, hinter der sich das Schiff versteckt, das es jetzt seinem staunenden Neffen zu offenbaren gilt – nicht nur sein bloßes Vorhandensein, sondern auch seine reiche materielle und menschliche Fracht.

In den zwei Jahren des Bruchs hatte Abulafia nie die Hoffnung aufgegeben, sein Partner und Onkel möge gegen den *Abscheu* anzugehen versuchen, den seine neue Frau und deren Familie gegen ihn hegten. Während der ersten Monate nach dem ausgefallenen Sommertreffen bei Benvenisti hatten ihn die Phantasiebilder nicht losgelassen – als sähe er das elegante Gewand seines Onkels in den Gassen der Pariser Cité oder zwischen den Marktständen von Saint-Denis oder gelegentlich auch an den Mauern des Klosters Sainte-Geneviève. Doch Abulafia, der seinen Onkel gut kannte, hatte nicht geglaubt, daß er die gewohnte Annehmlichkeit zweier schöner Häuser in einer ruhigen, wohlklimatisierten Küstenstadt aufgeben werde, um sich den Mühen und Gefahren der Reise auf den langen, unwegsamen Straßen der christlichen Fürstentümer in der Dämmerung des aufziehenden Jahrtausends auszusetzen.

Erst jetzt, da er mit seinem lieben Onkel auf offenem Feld an der Quelle Saint-Michel steht, begreift er, wie dürftig und begrenzt seine Phantasie doch war, als sie immer nur das Festland anvisierte und nicht das Meer suchte, obwohl es doch ein wahrhafter Ozean war. Ja, die Kühnheit und Entschiedenheit des Partners, der sich darauf versteift hatte, insgeheim bis vor seine Haustür zu segeln, und das nicht nur mit Ware, sondern auch mit seinen beiden Frauen, ohne Vorversicherung und ohne klare Aussicht, die sturen Eiferer umzustimmen, rühren seine Seele dermaßen mit Freude und Mitgefühl, daß er am liebsten auf die Knie gefallen wäre, um seinen Wohltäter für alles ihm Angetane um Verzeihung zu bitten. Doch im letzten Augenblick hält er an sich, wohlwissend, daß eine Bitte um Verzeihung indirekt seine Frau belasten und all das zunichte machen würde, was sie ihm seit der Hochzeit beizubringen versucht hatte. Deswegen beherrscht er sich und faßt den Onkel nur bewegt um die kräftigen Schultern, als wolle er ihn auf dem glitschigen Uferpfad behutsam stützen.

In der Morgenkühle des frühen Septembers im Jahre 999 nach der Geburt des Nazareners, entsprechend dem ausgehenden Elul des Jahres 4759 der Schöpfung nach jüdischer Zeitrechnung, eilen die beiden also dem Schiff entgegen, das zum ersten Mal auf dieser langen Reise eine Nacht ohne seinen Herrn verbracht hat. Und da sie in angeregtem Geplauder befangen sind, einander ständig ins Wort fallen in ihrer Begierde, die Gespräche nachzuholen, die sie in den letzten beiden Jahren in der alten Herberge über der Bucht von Barcelona versäumt haben, achten sie weder des Weges, der unter ihren Füßen dahinfliegt, noch des Glockengeläuts der großen Abtei Saint-Germain-des-Prés, deren hohe Mauern ans Wasser reichen. Unversehens stecken sie bereits tief in einer Handelsdebatte, in der Ben Atar die offenen und geheimen Gelüste des Pariser Markts erkundet, um zu wissen, welchen Erlös man für die im Schiffsbauch verstaute Ware erhalten könnte. Ja obwohl das Schiff nicht mehr weit ist, läßt es sich der Kaufmann nicht nehmen, vorab nicht nur all das zu beschreiben, was sein abtrünniger Partner alsbald mit eigenen Augen sehen würde, sondern sogar das nicht mehr Vorhandene, wie etwa die kleine Kamelstute, die wegen des Rouener Ratsherrn von ihrem Partner getrennt worden war.

Aber Abulafia fiebert nicht der Begegnung mit einem jungen Kamelhengst oder einer Reihe Gewürzsäcke entgegen, sondern der mit seinen beiden Tanten, der älteren, von der er sich vor zehn Jahren getrennt hat, und der neuen, die er noch gar nicht kennt, obwohl sie seit ihrer Hochzeit in seinem ersten Hause wohnt, dem Haus seiner großen verlorenen Liebe. Doch als er dem bauchigen braunen Schiff näher kommt, das der Kapitän geschickt im Uferdickicht verborgen hat, vergißt er momentan die Frauen und stößt einen langen lauten Überraschungsschrei aus ob des genialen Einfalls, Militärisches und Ziviles dergestalt zu verquicken, um auf ein Abenteuer auszuziehen, von dem Gott allein wußte, wie es ausgehen mochte.

Wieder drückt er den tapferen Onkel an sich, der ihn nicht aufgegeben hatte, fällt dann Abu Lutfi in die Arme, der ihn von weitem erkannt hat und eilends von Deck gehastet ist, um sich mit einem lauten Schrei auf ihn zu stürzen, und den verschwunden gewesenen Partner nun vor Zorn und Zuneigung, Unwillen und Freundschaft derart heftig schüttelt, daß er ihm schier die Luft abdrückt. Danach läßt man ihn die Strickleiter zum Deck erklimmen, wo der Kapitän ihn mit feierlicher Verbeugung begrüßt und einen Matrosen anweist, eine kleine blaue Fahne zu Ehren des Gastes zu hissen, der alsbald Gastgeber sein würde. Nun trägt man dem schwarzen Sklaven auf, schnellstens den Rabbiner beizubringen, der verknittert und verwirrt aus seiner Kabine hervorkommt, und Abulafia werden die Augen weit beim Anblick des andalusischen Gelehrten, dem er bewegt die Hand küßt, ehe er seinen Segen erbittet und ihm Grüße von seinem kleinen Sohn bestellt, der jetzt unter der treuen Obhut seiner Frau ruhe. Schließlich führt man ihn in den Bauch des Schiffes hinunter, in dem ihn sogleich der starke maghrebinische Geruch seiner Kindheit umflutet, und er spürt, daß dieses sonnenbraune, schrundige arabische Wachschiff ein wahrer und kostbarer Teil seiner selbst ist, und seine Augen füllen sich mit Tränen der Trauer ob der ihm zuvor aufgezwungenen und der noch bevorstehenden Trennung.

Nun steigen auch die Frauen herauf. Voran die erste, die über die Jahre, in denen er sie nicht gesehen hat, zwar Fett angesetzt und ein dickeres und runderes Gesicht bekommen hat, aber ihre Gutmütigkeit nach wie vor in alle Welt ausstrahlt. Obgleich er sich als Knabe manchmal in ihren Schoß gekuschelt hatte, hütet er sich jetzt, ihr nahezukommen, verbeugt sich nur wieder und wieder vor ihr, die Hand in respektvoller Dreiecksgeste von der Stirn zum Mund und von dort zum Herzen führend und ihr erneut den Friedensgruß entbietend, fragt sie auch nach dem Befinden ihrer Söhne, nunmehr stotternd und aufgeregt, denn jetzt kommt auch schon im leichten Morgengewand seine zweite Tante näher, lächelt schüchtern und furchtsam mit ihren gesunden weißen Zähnen, und er wird rot, schlägt rasch die Augen nieder, denn ihre Jugend gibt ihm einen Stich ins Herz, nicht nur im Gedanken an sich selbst, sondern auch wegen des zu erwartenden Schmerzes und Zorns seiner Frau, die Ben Atar nicht nachgeben würde. Ja, das weiß er jetzt mit Sicherheit. Auf keinen Fall würde seine Frau einlenken und ihren *Abscheu* aufgeben, selbst wenn der andalusische Rabbiner sie alle mit seinen Schriftstellen in basses Staunen versetzen sollte.

Aber er weiß, daß er die Einladung jetzt nicht rückgängig machen darf, mochte sie ihm auch durch List abgerungen sein. Und obwohl der Gedanke, den Onkel und seine beiden Frauen in seinem Haus zu beherbergen, ihm jetzt einen wahren Schauder über den Rücken jagt, würde er es sich selbst nie verzeihen, wollte er seine Angehörigen, die Gott höchstpersönlich aus der Heimat zu ihm hatte segeln lassen, in einer fremden Herberge unterbringen, deren zweifelhaftes Essen sie von vornherein für die fünf Juden untauglich machte, ja auch für Abu Lutfi, der ihnen auf den Fersen folgt, erpichter denn je, dem nördlichen Partner die Vorzüge der Ware zu preisen, die in den Tälern des Atlas zusammengetragen wurde.

Ein Weilchen sind die Dinge gewissermaßen wieder wie einst, nur daß das Halbdunkel von Benvenistis Stall durch das Halbdunkel des Schiffsbauchs ersetzt und das Schnauben der Rösser und Esel in das leise Gurgeln eines einsamen Jungkamels verwandelt ist. Wieder dringen scharfe Gewürzdüfte aus geöffneten Säcken, offenbaren goldgelbe Honigwaben ihre feinen Strukturen, kommen hübsche kleine Dolche, mit zierlichen Edelsteinen besetzt, aus ihren Verstecken zum Vorschein, und Abulafia läßt sich fortreißen vom Anblick der neuen Ware, geht eiligst daran, ihre Qualität zu beurteilen und ihre Absatzchancen zu schätzen, und während er noch mit dem Araber spricht, schlingert der Boden langsam unter ihm, und die hölzernen Wände geraten in sanftes Wiegen, denn Abd el-Schafi hat bereits insgeheim Order erhalten, aus der Flußbiegung abzulegen und die Passagiere zu dem Haus zu befördern, in dem die neue Frau sie erwartet.

Hat sie auch keine Ahnung von den beiden weiblichen Gästen, die langsam auf ihr Haus zusegeln, steckt ihr doch schon ein Sorgenpfeil im Herzen wegen des Nordafrikaners, der ihre Schwelle überschritten hatte, und da sie keine Ruhe findet, geht sie in den Hof hinunter, um ihren Bruder aufzuhalten, der jetzt sein Pferd sattelt, um gen Süden aufzubrechen, drei Rittstunden zu einem Ort namens Villa-le-juif, in dem zwei Tage zuvor ein Jude aus dem Lande Israel mit einer seltenen Perle eingetroffen war. Der junge Bruder, der sonst immer haargenau weiß, was in der Seele seiner Schwester vorgeht, ist erstaunt, daß sie ihn jetzt anfleht, nicht aufzubrechen, ehe Abulafia mit Ben Atar und dem Rabbiner zurück sei. Aber vor wem sie denn Angst habe? fragt er. Vor Ben Atar? Oder womöglich vor dem Rabbiner? Doch sie gibt keine Antwort und schweigt, denn obwohl sie sich jetzt, in dieser strahlenden Morgenstunde, nicht die Bedrohung vorstellen kann, die da gemächlich ins Herz der Ile de France segelt, spürt sie sie wohl schon und stammelt deswegen verwirrt, »*dem Rabbiner …*« und wundert sich über ihre eigene Antwort. Prompt bricht der Bruder in ein Gelächter aus, das sogar das unruhig tänzelnde Pferd aufwiehern läßt. Was könnte ein andalusischer Rabbiner schon sagen, was sie, die Tochter und Witwe großer und berühmter Thoragelehrter zu ängstigen vermöchte? Weder eine spitzfindige Auslegung noch eine bekannte biblische Geschichte oder ein altes Pergament konnten doch ein klares und gerechtes neues Dekret umstoßen, das den Erfordernissen der Wirklichkeit entsprach und von großen Exegeten der Thora bestätigt worden war. Und überhaupt – hier umfaßt der Bruder sanft die zarte Schulter seiner Schwester – dürfe man mit niemandem in Verhandlung treten, ehe er nicht ein besonderes Gerichtsgremium einberufen habe, das den vagen *Abscheu* womöglich in einen absoluten *Bann* verwandeln würde.

Mit diesen klaren Worten besteigt er das Pferd und reitet

davon, aber die zurückbleibende Schwester ist keineswegs beruhigt, denn ihr feines Gespür sagt ihr, daß der doppelt beweibte Partner, der den ganzen Weg aus Nordafrika zurückgelegt hat, eine religionsgesetzliche Entscheidung allein wohl kaum als ausreichende Genugtuung für seine Kränkung betrachten würde. Schon am Vortag hatte sie seinen sachten, entschiedenen Bewegungen und dem weichen Blick seiner schwarzen Augen, die nicht von ihr abließen, entnommen, daß dieser Mann, der unleugbar Ähnlichkeit mit ihrem Gatten besaß, zwar göttliche Gerechtigkeit von ihnen gefordert hatte, sich aber auch bestens mit der menschlichen Gerechtigkeit auskannte, und deswegen darauf bestand, in ihr Haus einzudringen, um ihr etwas Verborgenes über die menschliche Natur zu offenbaren, das sie nicht einmal zu raten bereit war, es sei denn, der Junge erwachte aus seinem Schlummer und wollte es ihr selbst offenbaren. Aber der Wein, der am Vorabend wie Wasser in des Knaben Kelch geflossen war, hat sich in seinen Adern über Nacht in Blei verwandelt, und als sie versucht, ihn zu wecken und zum Sprechen zu bringen, versinkt er nur noch tiefer in Schlaf, während das stumme Mädchen, das ihr seit dem frühen Morgen wie ein Schatten folgt, in dieses laute, anhaltende Wimmern ausbricht, das vor zwei Jahren bei ihr angefangen hat, als man ihr die ismaelitische Amme nahm.

Unter diesem Wimmern, das seit dem Morgen andauert und nun die Ruhe der Mittagsstunde durchlöchert, kommen die zwei Frauen mit ihrem Gepäck in den Händen, dicht hinter Abulafia, der die beiden selbst in sein Haus einführen möchte, in Vorahnung nahender Katastrophe, aber auch in dem Glauben, daß, was hier geschah, wenn auch vorübergehend, so doch gerecht sei. Und da Ben Atar selbst vorerst auf dem Schiff geblieben ist, um Abu Lutfi und Abd el-Schafi zu helfen, das Mißtrauen der königlichen Wachen zu beschwichtigen, die das an der kleinen Brücke ankernde Schiff bestiegen haben, wird Abulafia seiner Frau gegenüber energischer, wobei sie nicht nur ärgerlich, sondern auch erregt und fasziniert auf den neuen gebieterischen Ton reagiert, in dem er ihr aufträgt, drei Zimmer herzurichten, zwei für die beiden Frauen und eines für den Rabbiner, der ebenfalls sanften, schüchternen Schritts eintritt und in wohlgesetzten, poetischen Worten die Frau des Hauses begrüßt, deren blaue Augen bei ihm schon Sehnsucht nach dem Fluß wecken, den er gerade erst verlassen hat.

Abulafia spricht seiner Frau gegenüber immer wieder von »meinen Tanten«, nicht nur, weil der bestehende Verwandtschaftsgrad ihn dazu verpflichtet, sondern auch, um die doppelte Sinnlichkeit zu dämpfen, die zwischen den grauen Wänden und dunklen Möbeln derart farbenfroh und duftgeschwängert hervortritt, daß die Frau des Hauses sich am Rande eines Abgrunds wähnt und am nächsten Stuhl Halt sucht. Doch weder die entschlossene neue Miene des jungen Ehemanns noch das besorgte Lächeln, das über das bleiche Gesicht des Rabbiners huscht, sondern gerade die stumme, unterwürfige, aber doch so ernste Haltung der beiden verschleierten Frauen, die da vor ihr stehen, erweicht plötzlich ihr Herz und läßt momentan ihren Abscheu verpuffen, gleich dem sich langsam aufkräuselnden Rauch des Küchenkamins.

Um ihrem Mann nun zu beweisen, daß sie ihm in der gebotenen Gastfreundschaft nicht nachstehen werde, weist sie die Mägde unverzüglich in der Landessprache an, das Bettzeug aus ihrer eigenen Stube zu räumen und sie für die erste Frau herzurichten, und dann das Mädchen samt Sachen und Lumpenspielzeug aus ihrer Kammer zu holen, damit auch die zweite Frau ihr Privatdomizil bekäme, indes sie den verdutzten Rabbiner, mitsamt seinem dürftigen Kleiderbündel, persönlich zum Lager seines Sohnes führt, auf daß er kraft seiner Väterlichkeit womöglich den dort eingezogenen Titanenschlummer unterbreche. Und wenn Abulafia jetzt meint, seine geliebte Frau habe die Niederlage in der zweiten Runde eingesteckt und er könne daher getrost zum Schiff zurückgehen, um weiter in der Ware zu stöbern, so ist das allein dem absoluten innigen Vertrauen dieser Frau in die göttliche Gerechtigkeit zuzuschreiben, die demnächst gegen den menschlichen Geist antreten würde, der sich ihres Hauses so ungestüm bemächtigte.

Vielleicht ist Esther-Minna gerade wegen ihres Vertrauens in die vorübergehende Natur ihrer Niederlage bereit, so weitgehend mitzumachen, wenngleich es schien, als ziehe sie sich weiter zurück, um zu gegebener Zeit den Sieg doppelt süß zu empfinden. So ist sie sich vor den beiden weiblichen Gästen nicht zu schade, mit anzufassen und der Magd zu helfen, die Decken auf ihrem Ehebett zu wechseln. Denn sobald die weibliche Doppelheit, die ihr von fern Unmut und Abscheu verursacht hatte, in ihren Räumen real geworden ist, möchte sie ihr nicht entfliehen, sondern sich geradezu auf sie stürzen. Deshalb läßt sie einen großen Waschzuber voll warmem Wasser bringen und lockt oder drängt ihre Gäste, ihre Gewänder abzulegen und sich zu waschen, um die duftende Bräune, die die afrikanische Sonne ihrem Leib verliehen, vom Schmutz der langen Reise zu befreien.

Nicht mehr durch die Augen des gemeinsamen Ehemanns, sondern in der Wirklichkeit des weichen Mittagslichts in einem so fremden und fernen Haus sind die erste und die zweite Frau also erstmals in ihrem Leben genötigt, einander die intimsten Geheimnisse ihrer Nacktheit zu offenbaren, noch dazu in Anwesenheit einer fremden, dritten Frau, blauäugig und von zierlichem Wuchs, die sich nicht mit einem Blick aus der Zimmerecke begnügt, sondern hinzutritt und der Magd die Gießkanne aus der Hand nimmt, um eigenhändig die wirren Haarsträhnen zu spülen und mit Bimsstein und Seife runde Rücken, weiche Bäuche, Brüste, schwere breite Hinterteile und lange, schlanke Schenkel zu rubbeln, ehe sie alles Entblößte mit weichen Handtüchern abtrocknet, nunmehr gewiß, daß der unterwegs angesammelte Schmutz nicht die eine Frau gegenüber ihrer Gefährtin diskriminiert, sondern nur den wahren tiefen Unterschied zwischen ihnen vertuscht hatte, der jetzt, da sie vor Sauberkeit strahlen, in seiner ganzen Kraft und Bedeutung hervortritt, ohne daß sich jedoch das Geheimnis lüften würde, das die beiden zu einer vollkommenen Liebe vereint.

Aber Esther-Minna kann nicht warten, bis der Hüter des Geheimnisses selbst zurückkommt, denn der ist jetzt auf Anordnung der Pariser Stadtwache dabei, das alte Wachschiff des Kalifen von jeglichem wahren oder vermeintlichen antiken Militärinsignium oder Kriegsgerät zu säubern, damit es als rein ziviles Schiff daliege, das aufgrund seines zivilen Charakters im Pariser Hafen ankern darf. Inzwischen wird es Zeit zum Essen, doch bei aller Resolutheit mag Esther-Minna den Rabbiner aus Sevilla nicht stören, der – statt seinen Sohn aufzuwecken – mit eingeschlafen ist. Deswegen werden nur die zwei frisch gewaschenen Frauen zu Tisch gebeten. Und da Ben Atar seine Frauen niemals auch nur ein paar Worte der heiligen Sprache gelehrt hat, ist an ein gemeinsames Tischgespräch gar nicht zu denken, was der Gastgeberin großen Kummer bereitet, da sowohl ihr seliger Vater als auch ihr seliger Gatte sie stets ermahnt hatten, eine Mahlzeit ohne Worte der heiligen Lehre komme einem Totenopfermahl gleich.

So speisen die drei Frauen in tiefem Schweigen. Den zwei Gästen, die vorsichtig und staunend von dem dampfenden wohlschmeckenden »Totenopfermahl« kosten, scheint es, als entsegelten sie in einen weichen süßen Traum, während die Gastgeberin, die keineswegs auf Worte der Thora verzichten möchte, in den zweiten Stock hinaufgeht und die Frau ihres Bruders bittet, in seinen Pergamenten kramen zu dürfen, um das abgegriffene Blatt mit Moses letztem Gesang zu suchen, dessen altehrwürdige Ermahnungen sie nun langsam Vers für Vers den zwei Frauen vorliest, die ihr Mahl inzwischen beendet haben. Sie lauschen völlig still, merken, wie die neue mächtige Schläfrigkeit, die im Nebenzimmer eingefallen ist, auch sie beschleicht und einhüllt, und entdecken dabei erst jetzt, in dem strengen, mit dunklen Möbeln, deren Holz aus dem schwarzen Walde stammt, vollgestopften geschlossenen Raum, was der Rabbiner und sein junger Sohn längst herausgefunden haben – daß nämlich aller Schlaf unterwegs auf hoher See kein echter Schlaf war, denn nie, nie hatten die Wellen sie auch nur den Bruchteil einer

Sekunde die Existenz der Welt außerhalb des Traums vergessen lassen. Ehe die Strähnen des üppigen, frisch gewaschenen Haares womöglich noch in die leeren Schüsseln fielen, war es daher besser, die Lesung des alten Gesanges abzubrechen und eilig das Tischgebet zu sprechen, um die beiden Schläfrigen dann rasch auf ihre Lager in den zwei getrennten Zimmern zu schicken. Und wenn Esther-Minna, allein am Tisch verblieben, noch keine Verzweiflungstränen vergoß, dann nur, weil die langen Jahre ihres Witwendaseins sie unter anderem auch den göttlichen Wert der Geduld gelehrt hatten.

Als jedoch in den späten Nachmittagsstunden unten an der Haustür ein leises Klopfen ertönt und die christliche Magd den Onkel und altneuen Partner, Ben Atar, heraufbringt, der allein zurückgekehrt ist und in der völlig natürlichen Haltung eines willkommenen und bereits eingeführten Gastes vor der nicht mehr jungen Frau seines Neffen stehenbleibt, springt sie ruckartig von dem abgedeckten Tisch auf, den nur noch das vergilbte Blatt mit dem »Horchet auf« ziert. Ja, sie erbebt ob des jähen Alleinseins zu zweit, das der doppelt beweibte Partner ihr aufzwingt, nachdem er es fertiggebracht hat, durch die unzureichend abgedichteten Ritzen der Schuld in der Seele ihres Mannes in ihr Haus einzudringen. Sie bemerkt seine gute Stimmung und das ruhige Leuchten seiner Augen, was beides daher rührt, daß ein annehmbarer Platz für Schiff und Seeleute gefunden ist und er auch schon erkannt hat, daß die neue Ware im Bauch des Schiffes Abulafias Herz entzückt und in seinen Augen wieder den alten Funken entfacht. Deshalb rät er Frau Esther-Minna, die Niederlage ihres Abscheus in einen gemeinsamen neuen Sieg der Nähe und Freundschaft zu verwandeln, und verbeugt sich großmütig lächelnd vor ihr, als wollte er sagen, habt Ihr mich auch gezwungen, diese ganze Reise zu unternehmen, ich vergebe Euch jetzt schon. Doch sie kann die Nähe des Mannes nicht länger ertragen, eine Welle der Angst und Verachtung wallt in ihr auf, so daß sie in stürmischer Erregung die Geduld verliert und aus dem Zimmer flüchtet.

Aber Ben Atar läßt den Mut nicht sinken. Eher umgekehrt. Als erschienen weder die abrupte, wirre Flucht der besiegten Frau noch auch die blaue Farbe ihrer Augen ihm jetzt echt. Nur steht er verlegen in dem leeren Raum herum, weil er nicht weiß, wo in diesem Haus voll schmaler dunkler Gänge die Dame des Hauses seine Frauen versteckt haben mochte. Doch während er sich noch zu dem Pergamentblatt auf dem leeren Tisch hingezogen fühlt, das ihm in seinem Hunger wie ein Stück Blätterteig aussieht, hört er schon jenseits des Wandschirms die Stimme der ersten Frau, die bei seinem Kommen stets erwacht, als sei sie auch in tiefstem Schlummer allzeit für ihn bereit. War sie dort allein, oder weilte auch die zweite Frau bei ihr? Sehr vorsichtig schiebt er den Wandschirm beiseite und befindet sich im Schlafzimmer Abulafias und seiner Frau – einem runden Raum, in dessen Wänden kleine schmale Fensterluken verstreut sitzen, wie Augen, die ins Sonnenlicht blinzeln. Und in dem Dämmer fremder Gerüche verschwindet gewissermaßen der vertraute Duft der ersten Frau, die beim Eintreten ihres Gatten eine leichte Decke von ihren stämmigen nackten Beinen zieht, die sie dann mit einer ruhigen, aber auch eindeutigen Geste übereinanderschlägt.

Am Klang seiner Schritte erkennt sie seine gute Laune. Also hatte sich nicht nur ihr und der zweiten Frau samt dem Rabbiner, der die Existenz der zweiten rechtfertigen sollte – hier einfach und respektvoll eine gastliche Tür aufgetan, sondern auch für das Schiff und seine Leute mußte wohl *der perfekte Frieden* gefunden sein. Dann wäre die aberwitzige Reise, die Ben Atar ihnen aufgezwungen hatte, ja womöglich doch nicht umsonst, und die Partnerschaft zwischen Nord und Süd könnte wieder aufleben, sinnt sie staunend. Und in diesem Fall wäre ich sündhaft fehlgegangen in meiner Annahme, die Trauer und Kränkung, die ihn in den letzten zwei Jahren erregten und deprimierten, hätten ihn auch um den Verstand gebracht, überlegt sie weiter. So paart sich in dem weichen breiten Bett unter der angenehm hohen Zimmerdecke Reuegefühl mit Stolz über den Erfolg des

Vaters ihrer Kinder, dem klugen, starken und entsprechend begehrten Gatten, der jetzt tiefer in das Halbdunkel des runden Zimmers vordringt, zu der ersten Frau, die bereits ihr Hemd auszieht, als wolle sie ihm die großen, gewaschenen Brüste darbieten.

Anfangs scheut er vor der sich ihm anschmiegenden Frau zurück, weil er sich nicht bereit fühlt für einen solch überraschenden Beischlaf, noch dazu in einem fremden Zimmer, auf dem Lager von verwandten Gastgebern, um deren Seele und Verstand er erst noch kämpfen muß, und weil er zudem nicht weiß, wo und in welcher Entfernung sich in diesem Moment die andere Frau befindet. Doch als er sie mit einem erstickt gewisperten Kosewort abzuwimmeln versucht, umschlingt sie ihn nur noch fester und läßt das Seufzen zu einem Stöhnen anschwellen, so daß er ihr mit der einen Hand den Mund zuhalten muß, während die andere Hand streichelnd die schweren, glühenden Brüste zu beruhigen sucht, die sich an sein Gesicht pressen und ihn mit dem frischen Geruch von Seife überströmen. Aber jetzt, in dem runden Zimmer, in der fremden Stadt, entdeckt er, daß die langen Tage unterwegs die erste wie die zweite Frau stärker als ihn gemacht haben. Denn während die Reisesorgen ihm Tag und Nacht das Mark aus den Knochen saugten, waren die beiden auf der alten Kommandobrücke jeder Verantwortung ledig gewesen und hatten, tatenlos zwischen Meer und Himmel, innere Kräfte gesammelt, die wohl auch ein Quentchen Wildheit enthalten mußten, wenn diese Frau ihn jetzt am Lockenschopf packt und kräftig an den Haaren heranzieht, nicht nur, um die widerstrebende Hand zu zwingen, ihr leidenschaftliches Stöhnen aus den Tiefen ihrer Seele zu lösen, sondern auch, damit sie ihn leichter seines Gewandes entledigen könne, das die Männlichkeit seines Körpers bedeckt, der ihr wegen des Vorhandenseins der zweiten Frau mehr schuldete, als wenn sie die einzige Frau geblieben wäre.

Benommen und unvorbereitet ringt er anfangs lautlos mit der Leidenschaft seiner ersten Frau in dem dämmrigen Zimmer, bis er sich schließlich ihrer erbarmt und sie nimmt, ihr dabei nicht die Hand, sondern den Mund auf die Lippen drückt, um ihr Aufstöhnen zu ersticken. Dann deckt er sie liebevoll zu und rätselt erneut über den Aufenthaltsort der zweiten Frau, wohlwissend, was er nicht nur schuldet, sondern auch möchte, um die Vollkommenheit der Liebe zu wahren, die er hier schon doppelt beweisen muß. Aber als er aufzustehen versucht, merkt er, das die schleichende Schläfrigkeit, die seit dem Vortag die Schiffsreisenden einhüllt, auch ihn ereilt. Wieder legt er ein Weilchen den Kopf zwischen die starken Schenkel der ersten Frau und atmet mit neugierigem Staunen den Duft von Esther-Minnas Kernseife. An den Wänden des runden Zimmers, durch dessen Fensterschlitze das rosige Licht des Pariser Himmels strömt, vermischt mit heiter gurgelndem Geplauder vom nahen Flußufer her, schließt er die Augen, hütet sich jedoch einzuschlafen, um die Herrschaft nicht gerade jetzt zu verlieren, da sich dem Geplapper von draußen die helle Stimme der erregten Frau des Hauses drinnen zugesellt.

Deshalb befreit sich Ben Atar behutsam aus der warmen Umschlingung. Während die erste Frau sich darauf frei und arglos zusammenkuschelt und weiterschläft, steht er auf, schlüpft in sein Gewand, versucht die Falten glattzustreichen und geht gemächlich, um Frau Esther-Minna wiederzutreffen, die mit gerötetem Gesicht an ihrem vorigen Platz der alten Magd gegenübersitzt, das gelbliche Pergament mit dem »Horchet auf« zwischen ihnen ausgebreitet, als könnte das gemeinsame Betrachten der jüdischen und der gojischen Frau, die dräuenden Zornesworte mildern. Aber jetzt hat es die Frau des Hauses nicht eilig, aufzuspringen und vor ihrem Gast zurückzuscheuen, vielleicht auch, weil sie merkt, daß ihr wegen ihrer großzügigen Gastfreundschaft kein privates Eckchen im Haus geblieben ist, in das sie sich zurückziehen könnte. Also verweilt sie, um ihn zu beobachten. Wenn sie nur könnte, würde sie auch ihn, ebenso wie seine Frauen, drängen, jetzt seinen Leib zu waschen, der neben dem Salzhauch des Ozeans noch den schweren, vollen Geruch von Gewürzen und Tierhäuten verströmt. Zumal ihr nach seinem sanften Schleierblick und vielleicht auch nach dem Geruch eines versprengten Spermatröpfchens am Saum seines Gewandes urplötzlich, wie ein schmerzhafter Messerstreich, die Erkenntnis durch den Kopf schießt, daß er eben jetzt einen Geschlechtsakt auf ihrem Ehebett beendet hat und nun nach seiner zweiten Frau Ausschau hält, um der Dame des Hauses zu beweisen, daß sie nicht nur falsch denke, sondern auch unwissend sei.

Sie erschauert heftig, als wollte der rächende und eifernde Wüstengott, der eben erst die Welt in Moses letztem Gesang verfluchte, auch sie versuchen – nicht in der fernen Wüste, sondern hier in ihrem Hause, tief in ihren innersten Gemächern. Ja als lege er ihr jetzt das offen, was das neue Dekret vom Rhein unter Androhung des Banns untersagte, als offenbare man Unzucht vor einem Kinde. Sie senkt den Kopf, drückt in einer rührend kindlichen Geste die Faust an den Mund. Das Blau ihrer Augen glänzt in tiefer Verblüffung, leuchtet wie echter Smaragd zwischen den Fältchen, die, Arabesken gleich, ihre Augenwinkel umgeben. Ben Atar mustert sie und spürt den moralischen Schauder, den sie ihm gegenüber empfindet, aber eingedenk dessen, was Abulafia ihm einst am Lagerfeuer in der Spanischen Mark von der Wonne erzählt hatte, die er an ihr fand, sagt er nichts, sondern fragt sie nur sanft nach dem Verbleib der zweiten Frau.

Danach geht er einen sehr engen und dunklen Gang entlang zu einer Kammer, zwischen deren nackten grauen Wänden immer noch des Mädchens Zauberhauch schwebt, obwohl man sie doch schon am Morgen dort weggeholt hatte. Der Abenddämmerschein, der auf die Insel herabzusinken beginnt, liegt träge über den Schemen der jungen zweiten Frau, die ebenfalls von dem allgemeinen Schlummer mitgerissen wird. Und obwohl Ben Atar jetzt weder die seelische Kraft noch das Verlangen hat, die langsam abtauchende Frau aus den Tiefen heraufzuholen, gibt er nicht nach, denn er weiß ja, daß ihn hinter der Tür eine Frau erwartet, die den entkräfteten *Abscheu* in einen regelrechten *Bann* verwandeln möchte, und ehe der Rabbiner aus Sevilla aus seinem Schlaf erwachen und etwas vorbringen würde, wäre es an ihm, ihr real und nicht verbal zu zeigen, daß sie mit ihrem Denken unrecht habe und die Liebe immer und überall dort möglich sei, wo der Liebende sich befindet, und so rafft er sich, müde und zerschlagen, auf, um die vor ihm liegende Frau zu wecken. Aber gerade wegen ihrer Jugend klammert sich die zweite Frau eifersüchtig an ihren Schlaf, und als er sie wachküssen möchte, stößt sie ihn unsanft zurück, ja versucht anscheinend noch unbewußt, aber mit wilder Verbissenheit ihren Schlaf zu verteidigen, als verteidige sie ihre Jungfräulichkeit.

Doch er läßt nicht locker, obwohl er müde und so hungrig ist, daß sein Verlangen nach Nahrung das nach einer Frau übersteigt. Und da er in seinem müden Dämmerzustand meint, von der ersten Frau genötigt worden zu sein, erlaubt er sich jetzt, die zweite zu nötigen, ja ringt langsam mit ihr, sie aus den Tiefen heraufholend, küßt jede Stelle ihres Körpers, die küssenswert ist, und es gibt keine, die es nicht wäre. Bis sie sich schließlich seiner erbarmt und mit ihrer warmen Zunge ein wenig seine Augen leckt, auf daß er sie schließen möge, um in ihren Schlaf zu kommen und sich ihren Atemzügen anzupassen, so daß er, falls er sie denn nähme, nicht wüßte, war es Wirklichkeit oder Traum.

Und noch immer sitzt Frau Esther-Minna im Nebenzimmer vor ihrem Pergament, das in den abendlichen Schatten noch strenger wirkt, und wartet ungeduldig auf ihren Mann, der jetzt auf dem rechten Ufer umherstreift, in Gesellschaft Abu Lutfis, der von Bord gegangen ist, um zu prüfen, was die Herzen der Pariser auf dem Markt von Saint-Denis begehrten und was nicht. Da Abulafia sich seit dem Tag der Partnerschaftsauflösung nicht nur gegenüber dem guten Onkel schuldig gefühlt hatte, sondern auch gegenüber seinem Gefährten, dem Wüstenpartner, dessen Abschiedstränen ihm unvergeßlich geblieben waren, behandelt er den Ismaeliten jetzt mit großer Geduld. Zeigt ihm jeden Stand, jedes Ding und übersetzt ihm jedes Wort, als befänden sich bei ihm zu Hause jetzt keine wichtigen Gäste, denen sein

Ausbleiben vielleicht nur deshalb verzeihlich erscheint, weil sie vorerst alle fest schlafen. Aber seine Frau verzeiht ihm nicht, läuft immer wieder zum Haustor hinunter, in Erwartung des zuerst Eintreffenden, sei es der junge Gatte oder ihr jüngerer Bruder, aber je mehr die Zeit verrinnt und der Abend tiefer sinkt, wächst das Loch, das die Sorge in ihrem Innern frißt, und einen Augenblick wird sie von dem grauenhaften Gedanken gepackt, die beiden Männer könnten womöglich nie mehr heimkehren und sie würde schließlich die dritte Frau des nordafrikanischen Kaufmanns, der sich in ihrem Haus breitgemacht hatte. Als der Rabbinerssohn aus seinem festen Schlaf erwacht – denn gehörigerweise wacht ja der zuerst Eingeschlafene auch zuerst auf, und sei er noch so jung – und verschlafen zu ihr tappt und ohne weiteres ihre Schürze streichelt, bricht sie daher haltlos in bitterliches Weinen aus, das sich erst beruhigt, als sie das Pferd ihres Bruders draußen wiehern hört. Sobald sie dann der aufgeräumten, gutgelaunten Miene des Bruders entnimmt, daß die erhoffte Perle nicht nur heil angekommen, sondern auch zu einem akzeptablen Preis angeboten worden war, erlaubt sie sich, die Höflichkeitsfloskeln wegzulassen und ihm sofort mitzuteilen, was sich während seiner eintägigen Abwesenheit im Hause zugetragen hat. Der treue Bruder hört auch wie gewöhnlich mit unbewegtem Gesicht zu, bewahrt seine Seelenruhe und seinen klaren Verstand, um die stürmische Erregung seiner älteren Schwester mit gemessenen, moderaten Worten zu beschwichtigen. Was gebe es denn hier schon zu befürchten? Die Dekrete waren klar, und ihre natürliche Gerechtigkeit machte sie unverbrüchlich. Und wenn die schwarzhaarigen Juden eine halachische Entscheidung suchten, würde er sie ihnen verschaffen, und zwar in aller Deutlichkeit. Denn zwischen einer Perle und der nächsten – es waren zwei Perlen, nicht eine angekommen – war es ihm in Villa-le-juif auch noch gelungen, ein spezielles Rabbinatsgericht einzuberufen, das den nebulösen *Abscheu* der Vergangenheit in einen realen *Bann* der Zukunft verwandeln mochte.

Zweiter Teil

Die Reise an den Rhein
oder
Die zweite Frau

I

Zur Zeit der zweiten Nachtwache erwacht Rabbi Elbaz plötzlich mit derart starkem Hunger, daß die bleierne Schwere seines Schlafes von ihm abfällt, ehe er noch begreift, wo er sich befindet. Auf hoher See hatten die Sterne des Himmels die sich öffnenden Augen geliebkost und seinem Ortsgedächtnis auf die Sprünge geholfen, aber jetzt hat er nichts als dichtes kohlpechrabenschwarzes Dunkel vor Augen. Als er hochkommt und rings um sich tastet, überrascht ihn die Wärme des Jungen an seiner Seite. Er war ja schon gewöhnt, ohne ihn zu schlafen, nachdem der Bengel sich darauf versteift hatte, nachts in die Tiefen des Schiffes hinabzusteigen und sein Lager vor dem Kabinenwandschirm der zweiten Frau aufzuschlagen. Doch hier ist er wieder neben ihm, wie daheim in dem kleinen Haus in Sevilla, schläft schmal und zusammengerollt in seiner Embryostellung und stöhnt von Zeit zu Zeit wie ein alter Mann.

Obwohl es warm im Zimmer ist, legt er dem jugendlichen Schläfer auch noch seine eigene Decke über, dann macht er sich auf die Suche nach etwas, was seinen Hunger stillen könnte, ehe er hinausginge, um das Himmelszelt über seinem Kopf zu spüren und das erstickende Gefühl loszuwerden. Wo steckt Ben Atar? fragt er sich, während er traumwandlerisch durch die engen, verwinkelten Gänge des großen, verschachtelten Hauses tappt, in der Hoffnung, ein vergessenes Stück Brot aufzutreiben. Ob der Herr wohl schon zu seinen beiden Frauen gelangt war oder womöglich der Pariser Stadtwache noch immer die lauteren Absichten seines Schiffes beweisen mußte? Einen Augenblick versucht er, den Kaufmann am Geruch seiner Kleidung aufzuspüren, aber die neuen Gerüche des fremden Hauses mußten die Erinnerung an die vertrauten Düfte der Schiffspassagiere wohl verwischt haben, da er nun arglos und unabsichtlich den weichen, üppigen Rücken der ersten Frau berührt, die sich augenblicklich mit erbostem Grunzen auf die andere Seite wälzt.

Schließlich findet er die Küche, in der weder Brot noch sonst etwas Eßbares auf dem Tisch liegengeblieben ist, nur eine Menge glänzender gußeiserner Töpfe hängen an der Wand und daneben blankgeputzte Kupferpfannen, deren Glanz den weißlichen Mondschimmer rötet. Aber gibt es in der Küche auch nicht die geringste Aussicht auf Nahrung, so doch wenigstens eine Wendeltreppe zum Erdgeschoß. Allerdings ist dort das Dunkel so groß, daß es erhebliches Geschick kostet, die Außentür zu finden, die im Gegensatz zu den hübsch verzierten Holztüren der Häuser in Sevilla aus derbem Gußeisen besteht, und auch noch lautlos die vielen Riegel aufzuschieben, um aus dem Eisendunkel in die Nacht zu entrinnen, die einen mit frischem Wind und weichen Stimmen liebkost. Denn trotz der tiefen Nachtstunde herrscht keine gänzliche Ruhe zwischen den beiden Pariser Gestaden, und selbst hier, auf dem Südufer, hört man das melodisch plätschernde Zwiegespräch eines Mannes und einer Frau, dessen langsamer, aber eindringlicher Fortgang darauf schließen läßt, daß ihnen beim Liebeswerben keine Stunde schlägt. Einen Augenblick ist der Rabbiner aus Sevilla drauf und dran, näher heranzuschleichen und sich ein wenig an ihrer Liebe zu berauschen, auch wenn sie sich in einer fremden Sprache anbahnt, doch aus Angst, sein Auftreten könnte falsch ausgelegt werden, zieht er lieber einen großen runden Holzklotz aus einem für den Winter aufgeschichteten Brennholzstapel, um sich darauf zu setzen und das angenehme Mondlicht zu genießen, schält jedoch erst ein paar weiche Borkenstücke ab, in der Hoffnung, das Knabbern werde seinen hungrigen Gaumen beruhigen.

Eine leichte Hand stützt sich auf ihn. Es ist der Junge, der nach dem Aufwachen hinausgegangen ist, um seinen Vater zu suchen. Auch er zieht einen großen Holzklotz heraus, um sich darauf zu setzen und Fragen zu stellen, die jetzt, ganz am Ende der zweiten Wache, nur so aus ihm hervorsprudeln. Ob sie wegen dieses Hauses und dieser Menschen Tage und Wochen über die Wellen des Ozeans geschaukelt seien? Und sei dies nun wirklich ihre letzte Station, oder würden sie weiter flußaufwärts an einen anderen Ort segeln? Bis jetzt hatte der Junge das Ziel der Reise, die der Vater ihm aufzwang, praktisch ignoriert und war in seiner jugendlichen Begeisterung Feuer und Flamme für das Schiff und die Seeleute gewesen. Aber sobald sie von Bord gingen, hatte er sein altes Wesen wiedergewonnen und war nun erfüllt von Heimweh nach seinem kleinen Haus mit allem Drumherum, seinen Vettern und Freunden, und den blumengefüllten Tonkrügen an den blaßblau gestrichenen Wänden. Warum hätten sie dieses Schiff bestiegen? fragt er schmollend seinen Vater, und was hätten sie in diesem düsteren Haus zu suchen? Und wenn Ben Atar nun doch beschlösse, mit seinen Frauen hierzubleiben – wer würde sie dann nach Andalusien zurückbringen? Würde ein anderes Schiff sie abholen? Oder würden sie auf dem Landweg heimkehren? Der Rabbiner bemüht sich, seinem Sohn Mut zuzusprechen, versichert ihm ein ums andere Mal, daß sie eines nicht mehr fernen Tages nach Sevilla zurückkehren würden, und versucht ihm dann erneut das Ziel der Reise auseinanderzusetzen, erzählt von der Partnerschaft, die Jahre lang geblüht habe, und von ihrem Bruch infolge Abulafias erneuter Heirat und der Panik, die über die neue Frau gekommen sei, als sie von den zwei Frauen hörte, die mit ein und demselben Mann verheiratet waren. Als Rabbi Elbaz jedoch sieht, daß sein Sohn Frau Esther-Minnas Vorwurf gegen Ben Atar nicht recht zu erfassen vermag, zieht er den gesenkten Kopf des Kindes zu sich heran, um ihm in die Augen zu blicken und zu erspüren, ob der Junge trotz seiner kindlichen Naivität imstande wäre, sowohl die Ängste der neuen Frau zu verstehen, als auch die Argumente zu erraten, die sein Vater dagegen ins Feld zu führen gedachte. Denn gerade, weil der Junge dem Kaufmann und seinen zwei Frauen so viele Tage auf dem kleinen Deck und im Bauch des Schiffes nachgelaufen war, könnte er ja besser als andere bezeugen, ob hier wirklich Leid oder Kummer vorlägen.

»*Aber welcher Kummer und welches Leid denn?*« flüstert der Junge verblüfft seinem Vater zu. Darum gehe es ja, antwortet der Rabbiner sofort und lächelt, es gebe weder Leid noch Kummer. Gerade so werde er es Abulafias neuer Frau erklären, damit sie ihren Abscheu vor der Partnerschaft ablege. Deshalb habe Ben Atar sich über den Ozean begeben, ja, damit nicht genug, gar seine beiden Frauen mitgenommen, auf daß sie ebenfalls zu seinen Gunsten aussagten. Und deswegen habe man ihn selbst für die Reise angeheuert, damit er bezeuge, daß diese Doppelheit auch in Gottes Augen wohlgefällig sei. Denn die neue Frau gebe viel auf die Absicht des Ewigen. Und wenn dann, sagt der Vater augenzwinkernd zu seinem Sohn, auch das Kind das friedliche und liebevolle Verhältnis zwischen den beiden Frauen bezeuge … Aber der Junge erschrickt ob der Absicht seines Vaters, ihn mit hineinzuziehen, eine vage Angst bemächtigt sich seiner, und mit ungewohntem Eigensinn duckt er den Kopf unter der streichelnden Vaterhand weg. Nein, er wolle nichts sagen. Er wisse von nichts. Kein Wort werde er sagen. Dem Rabbiner gefriert das Lächeln im Gesicht, nicht nur wegen der entschiedenen Ablehnung seines Sohnes, sondern auch wegen des Zuges schwarzgewandeter, singender Mönche, die jetzt mit dampfenden Weihrauchfässern ruhig durch die kleine Gasse heranziehen, sei es, um für die Sünden des vergangenen Tages zu büßen, sei es, um wohlriechende Verlokkung für den kommenden Tag zu verstäuben. Doch der Anblick zweier Fremder, die mitten in der Nacht am Tor des Judenhauses sitzen, erstaunt die Mönche sehr, weshalb sie einen Moment auf der Stelle verharren, sich dann hastig bekreuzigen und das Weite suchen.

Der Junge erschauert angesichts der Mönche, die hinter den Mauern des nahen Klosters Saint-Germain verschwinden, das ihnen zu Ehren die Glocke läutet, und er bittet seinen Vater inständig, wieder ins Haus zu gehen. Doch ein neuer Gedanke beunruhigt jetzt den Vater, da der Junge klar davor zurückscheut, zu Gunsten von Ben Atars Doppelehe auszusagen. Sieht und versteht der Junge womöglich etwas, was ich nicht sehen will? grübelt der Rabbiner im stillen und beschließt, erneut die Pergamente durchzusehen, die Ben Atar von dem Gelehrten Ben Ghiyyat aus Tanger mitgebracht hatte, vielleicht werde er dort eine treffende Schriftstelle oder ein kluges Gleichnis der alten Weisen und Rabbiner finden, um sein Vorbringen in dem bevorstehenden Rabbinatsgerichtsverfahren zu untermauern. Deshalb möchte er noch vor Tagesanbruch an Bord des Schiffes zurückkehren, um in dem vergessenen Elfenbeinkästchen zu stöbern und bei dieser Gelegenheit auch den Hunger zu stillen, den der lange Schlaf hinterlassen hat.

Aber der Junge weigert sich, allein in das fremde, dunkle Haus zurückzugehen, will unbedingt den Vater begleiten, auch in dem Glauben, den Weg genau zu kennen. Und da er nicht weiß, daß das Schiff, das er zwei Tage zuvor verlassen hatte, inzwischen an der Insel angelegt hat, leugnet er anfangs dessen Identität und behauptet steif und fest, es sei ein anderes Schiff, das ihrem weiter entfernt ankernden bloß ähnele. Zuerst kann Elbaz seinen Sohn nur mit Mühe bewegen, seinen Irrtum einzugestehen, vielleicht, weil das alte Wachschiff sich in den letzten Stunden tatsächlich verändert hat, irgendwie geschrumpft erscheint. Das große Dreieckssegel ist spurlos verschwunden, die alten Schilde und Verzierungen an den Außenwänden sind abmontiert. Aber als Abu Lutfi, der die laut debattierenden Stimmen in der nächtlichen Stille gehört hat, ihnen vom Deck aus zuruft, muß der Junge zugeben, daß es wirklich das Schiff ist, dessen Mast er so viele Tage zwischen den mageren Beinen gespürt hatte, daß er Teil seines Körpers geworden zu sein schien.

Sofort wurde der schwarze Sklave in einem kleinen Beiboot ausgeschickt, die zurückkehrenden Passagiere an Bord zu holen. Und trotz der relativ kurzen Zeit seit ihrem Abschied war Abu Lutfi froh über die Rückkehr des Rabbiners, dessen heilige Aura vielleicht wieder ein wenig Gesittung an Bord bringen würde. Denn sobald das Schiff an seiner letzten Station angekommen war und am Nordufer der Seine festgemacht hatte, war eine gewisse Schrankenlosigkeit an Bord ausgebrochen, nicht nur wegen der Abwesenheit des Herrn, sondern vor allem, weil die beiden Frauen fort waren, deren ruhige, vornehme Präsenz die Gemüter in Zaum gehalten hatte. Tatsächlich fanden der Rabbiner und sein Sohn an Bord einen Berg schmutziges Geschirr, und ein Trupp schlafender Trunkenbolde rollte vor Abd el-Schafi, der erhöht auf der alten Kommandobrücke thronte, eingehüllt in ein Leopardenfell, das er sich unerlaubt aus dem Schiffsbauch geholt hatte, und ein altes Lied auf den Lippen, das die Wikinger vermutlich gesungen hatten, als sie hundert Jahre zuvor diese Stadt überfielen. Als Abd el-Schafi den Rabbiner übers Deck spazieren sah, rief er ihm sogar ein loses Wort zu, das er während der ganzen langen Reise nicht auszusprechen gewagt hätte. Aber der Rabbiner ignorierte es, unschlüssig, ob er zuerst das Elfenbeinkästchen suchen oder lieber zuvor seinen Hunger stillen sollte. Da er jedoch fürchtete, kräftiges Zulangen beim Essen könnte ein schräges Licht auf die Gastlichkeit Abulafias und seiner Frau werfen, beschloß er, in den Bauch des Schiffes zu schleichen und dort mit Feigen und Johannisbrot seinen Heißhunger zu befriedigen. Aber der treue Abu Lutfi, der seinen großen Hunger längst erkannt hatte, ließ den beiden Rückkehrern Fisch aus dem Fluß zubereiten.

Bis zur Fertigstellung dieses Mahls zur dritten Nachtwache, die bereits einen feinen Lichtschimmer ans Firmament über der dunklen Stadt schickte, ging der Rabbiner das Elfenbeinkästchen suchen. Seit dem Augenblick, da ihn an den zerklüfteten Gestaden der Bretagne der Geist der Poesie ergriffen hatte, war es seinem Gedächtnis völlig entschwunden gewesen. Und in dem Wirrwarr von Kleidung und Habseligkeiten in seiner Kabine fand er es nun ebensowenig wie in Ben Atars Ecke. Er kehrte auf die alte Kommandobrücke zurück, um das Kästchen zwischen den Tauen und unter dem

Leopardenfell Abd el-Schafis zu suchen, der ihn mit trunkenen Augen anstarrte, aber auch dort war keine Spur davon. Hatte Abu Lutfi es womöglich im Übereifer der zum Verkauf bestimmten Ware zugeschlagen? Er fragte taktvoll den ismaelitischen Partner, der jedoch eilends schwor, daß er nie und nimmer gewagt hätte, ein Kästchen mit heiligen Worten anzutasten. Hatte vielleicht eine der Frauen es weggenommen? rätselte der Rabbiner im stillen, aber sie konnten ja gar nicht lesen. Aus Respekt vor ihnen wollte er zuerst seinen Sohn vorschicken, um in ihren Kabinen nachzusehen, aber letzten Endes ging er lieber selbst, vielleicht würde er beim Suchen ja nützliche neue Erkenntnisse sammeln. Zunächst betrat er die am Bug liegende Kabine der ersten Frau, sah jedoch gleich, daß sie völlig ausgeräumt war, nur ein leichter Hauch ihres Parfüms hing noch im Raum. Hatte sie aus Angst vor Verlust ihre Kleider und Sachen mitgenommen, oder bereitete sie sich auf einen langen Landaufenthalt vor? Jedenfalls waren ihre meisten Habseligkeiten nicht mehr da, und das wenige Zurückgebliebene ruhte, wohlgebündelt und mit rotem Band verschnürt, neben dem sorgfältig gefalteten und gestapelten Bettzeug. Nun wandte sich Rabbi Elbaz dem Heck des Schiffes zu, wo das junge Kamel einsam dastand und traurig eine kleine Pariser Maus zwischen seinen Beinen beäugte. Ehe er die kleine Zelle fand, irrte er noch ein wenig zwischen den großen Säcken umher, bis er schließlich mit bebenden Händen die Hanfmatte beiseite schob und mit einer brennenden Kerze geduckt und erregt geradewegs zum Lager der zweiten Frau vordrang, auf dem sich ein Gewirr von Kleidern und Sachen türmte, als hätte sie den Ort panikartig verlassen, in der Absicht, sogleich zurückzukommen. Und tatsächlich, zwischen den fließenden Seidengewändern, die seine Hände duften ließen, fand sich auch das Elfenbeinkästchen, sei es achtlos dort hingeworfen, sei es sorgfältig zum Zweck eines geheimen Kults verborgen.

Seit dem Hinscheiden seiner Frau war Elbaz weiblichen Kleidern und Dingen nicht mehr so nah gewesen, und einen

Augenblick durchzuckte ihn Verlangen. Deshalb beeilte er sich, fortzukommen, das Kästchen unter seinem Gewand umklammernd, streichelte unterwegs liebevoll den schmalen, feinen Kopf des Kameljungen, aus Mitgefühl mit dem Tier und womöglich auch zur Sühne für den flüchtigen sündigen Gedanken, der ihn eben befallen hatte. An Deck fand er Abd el-Schafi, der nunmehr von seinem Sitz herabgestiegen war, um dem Jungen zu zeigen, wie man einen Fisch entgrätete, ohne sein Fleisch zu verletzen, was ihm so vortrefflich gelang, daß er ungebeten auch den gekochten Fisch des Rabbiners zerteilte, der sich nun – mit seiner Selbstbeherrschung am Ende – gierig auf das weiche weiße Fleisch stürzte.

Erst als die Morgenröte aufzog, konnte der Rabbiner, satt und ein wenig beschwipst, wieder die Pergamente durchsehen, die Ben Ghiyyat ihm geschickt hatte, und er begriff, warum er sie in den letzten Tagen der Reise derart vernachlässigt hatte, daß sie ihm beinah abhanden gekommen wären. Denn die Stellen aus den Geschichten der Erzväter, Richter und Könige, die der nordafrikanische Gelehrte ausgewählt und in seiner schönen großen Handschrift abgeschrieben hatte, wirkten kindisch und kleinkariert, weit entfernt von dem noblen Liebesdreieck, das so viele Tage neben ihm gesegelt war. Deshalb bat er Abu Lutfi, der kein Auge von ihm gelassen hatte, die Pergamente in das Elfenbeinkästchen zurückzulegen und es in seiner Obhut zu behalten, gut versteckt an seiner Lagerstatt. Und während der Araber noch ehrfurchtsvoll die Blätter eins aufs andere legt, die Falten glattstreicht und sie der Größe nach ordnet, blinzelt der Rabbiner in das erstarkende Licht und spürt das leise Wiegen des ruhigliegenden Schiffes auf dem Fluß, ja gerät auf einmal in erregte Spannung und schwört sich beim Andenken seiner geliebten Frau, mit ganzer Seele und aller Weisheit die Unversehrtheit der Familie des Schiffsherrn zu verteidigen.

Doch der Rabbiner aus Sevilla, der jetzt in Gedanken versunken an Deck sitzt, ahnt nicht, daß diese Verteidigung sich noch an eben diesem Tage würde bewähren müssen, der da langsam geboren ward und nicht nur Frau Esther-Minna, die über Nacht kaum ein Auge zugetan hatte, dumpfe Angst einflößt, sondern auch ihrem Bruder, Herrn Levitas, der trotz seiner kühlen Sicherheit rätselt, ob das kleine Rabbinatsgerichtsgremium, das er am Vortag hastig in Villa-le-juif einberufen hatte, fähig sein würde, der Sache auf den Grund zu gehen und sie noch vor Einbruch der Dunkelheit zu entscheiden, auf daß man den Trupp aus dem Süden umgehend wieder fortschicken könnte, der sich so übereifrig bei ihm eingenistet hatte.

Denn waren Ben Atar und sein kleiner Anhang nachtsüber auch bemüht, höfliche Stille zu wahren, wurde Esther-Minna doch das Gefühl nicht los, zusehends ihrer geschützten Sphäre beraubt zu werden. Und da sie den größten Teil der Nacht wach gewesen war, hatte sie natürlich auch das Knarren der Haustürriegel und die leichtfüßig entschwindenden Schritte mitten in der Nacht gehört. Zuerst hatte sie versucht, an sich zu halten und nicht aus dem Bett zu steigen. Aber als nach Ablauf einer langen Weile die Schritte des Fortgehenden sich in Schritte eines *Entflohenen* verwandelten, war sie hinuntergegangen und hatte erschrokken entdeckt, daß die Außentür weit offen stand, das Haus preisgegeben und draußen kein Mensch zu sehen war. Da hatte plötzlich das eigenartig feierliche, aber auch schmerzliche Gefühl sie durchzuckt, die zweite Frau könnte spontan beschlossen haben, aus dem Haus zu verschwinden, sei es aus Furcht vor dem kommenden Tag, sei es aus Scham über ihren überzähligen Status. Und der Gedanke an die braunhäutige junge Frau, die jetzt allein umherirrte, hatte sie dermaßen bestürzt, daß sie Abulafia wecken wollte, damit er die Entflohene zurückhole, die ihr jetzt schon redlich leid tat.

Ehe sie ihren Mann weckte, ging sie daran, ihren Verdacht zu erhärten, doch da lag Ben Atars erste Frau ruhig an Ort und Stelle, und auch die zweite befand sich am zugewiesenen Platz, in der Kammer des armen Mädchens, nackt in den

Armen ihres Gatten. Solchermaßen gewahr geworden, wie weit sie in Gedanken von der Wirklichkeit abgeschweift war, faßte Esther-Minna Mut, den Wandschirm vor dem Zimmer des Rabbiners beiseite zu ziehen, und fand nun nicht nur ein leeres Bett, sondern deren zweie. Könnte es sein, fragte sie morgens Abulafia mit leisem Lächeln, daß dieses eigens aus Andalusien beigeholte Thoragenie schon dem Gefechtsfeld entfloh? Doch Abulafia wollte es nicht glauben. Das könne nicht sein, sagte er immer wieder, warum sollte er denn fliehen? Wobei er allerdings auffällig heiterer Stimmung war, als bewahre er ein weiteres Geheimnis im Herzen, von dem seine Frau nichts wußte.

Tatsächlich verschärfte gerade diese ungewohnte Hochstimmung, die Abulafia seit dem überraschenden Eintreffen des Onkels an den Tag legte, die ständige Sorge der neuen Frau um das Wohl ihrer Ehe, bei der man trotz süßer und starker Momente noch nicht wissen konnte, ob ihre spirituelle – nicht nur seelische und körperliche – Heiligkeit schon in das Herz ihres jungen Gatten drang. Zwar war sie gewiß, daß das Schnellgericht, das ihr Bruder in Villa-le-juif einberufen hatte, den ebenso sonderbaren wie frechen Überfall abzuwehren wissen werde, der – sei er nun persönlicher oder religiöser Art – von Süden heraufgezogen und von Westen zu ihnen gekommen war, aber sie wurde doch den Verdacht nicht los, daß sich hier eine neue Finte verberge, um die aufgelöste Partnerschaft zu erneuern und damit die Reisen Abulafias, der wiederum nicht nur der Bedrohung durch Wegelagerer ausgesetzt sein würde, sondern auch jenen Verlockungen der Doppelheit, mit denen man es – wie der vitale Onkel mitten in ihrem Haus zu beweisen suchte – angeblich ohne Mühe und Schmerz aufnehmen könne.

Als dann im erstarkenden Morgenlicht unübersehbar nicht nur Ben Atar, sondern auch Abulafia Rabbi Elbaz äußerst freudig begrüßt, der – erholt nach seinem Streifzug durch die Gassen der Pariser Insel und dank des Fischessens gesättigt – von seinem nächtlichen Besuch auf dem Wachschiff zurückkehrt, trüben sich daher Esther-Minnas schöne

Augen, und sie beißt sich auf die Lippen, als sie auf den Hof hinunter geht, um Ermutigung bei ihrem Bruder zu suchen, der gerade die Räder des großen Wagens überprüft, mit dem die Prozeßparteien zum Gericht fahren sollen. Wegen Ben Atars energischer Forderung, auch die beiden Frauen mitzunehmen – in dem festen Glauben, die Anwesenheit zweier Frauen an seiner Seite werde ihn stärken, nicht schwächen –, muß man nämlich die Zugkraft des Wagens erhöhen und den Kutscher bitten, dem kräftigen, zottigen Pferd, das fertig angeschirrt dasteht, einen Gefährten zuzugesellen. Wie gut, daß der ismaelitische Partner an Bord geblieben ist und nicht auch noch bei diesem religionsgesetzlichen Streit mitmischen will, lacht Levitas bei sich, so brauchten sie wenigstens kein drittes Roß. Er gibt dem fränkischen Fuhrmann eine Münze, um eines der Pferde, die auf einem Feld nahe dem großen Kloster pflügen, für die Juden auszuleihen, die einige Fahrtstunden weiter eine ganz andere Furche ziehen möchten. Und obwohl es nicht weit bis Villa-le-juif ist und die ganze Sache bis zum Abend beendet sein soll, weist Esther-Minnas kluger Bruder die Mägde an, Speis und Trank in Fülle herbeizuschaffen, als Reiseproviant für alle, gleich, welcher Seite, damit das Verfahren allseits in einer Atmosphäre der Sättigung und Brüderlichkeit ablaufen könne.

Tatsächlich machen sich Kläger und Beklagte einträchtig auf den Weg, drei zur einen Seite des Wagens, vier zur anderen, da der Junge neben dem kräftigen fränkischen Kutscher sitzen möchte, der unaufhörlich die Bräune des kleinen Juden bestaunt. Nachdem der Wagen erst einmal mühsam einen steilen Hügel erklommen hat, auf dem noch römische Trümmer und Marmorsäulen verstreut liegen, Überreste der hübschen Häuser der Stadt Lutetia, die von Flußpiraten aus dem Norden geplündert worden war, verläuft der Weg leicht und eben, vorbei an einer Bauernkate, einem Gerstenfeld oder einer Rebhecke. Ja, dank des lieblichen Weges verspüren sie keinerlei Müdigkeit, als Herr Levitas nach nur drei Stunden Fahrt zum Mittagessen in einem lieblichen

Wäldchen anhalten läßt, das außer einem gewundenen Bächlein zwischen den Bäumen auch eine kleine Erhebung aufweist, von der man das Gut Villa-le-juif am Horizont sehen kann. Vielleicht gerade, weil er sicher darauf vertraut, daß die bevorstehende klare Rechtsentscheidung dieses gemeinsame Mahl alsbald in das letzte Mahl verwandeln werde, möchte er es nicht nur durch den gewählten Ort im Schatten der Kirschbäume am plätschernden Wasserlauf verschönen, sondern auch mit hübschen gestickten Decken, die über die Erde gebreitet werden, und dem eleganten Geschirr, das aus der Provianttruhe zum Vorschein kommt. Und obwohl Frau Esther-Minna alles bestens zu richten weiß, packt auch ihr Bruder mit an, schneidet eigenhändig das längliche Brot, zerteilt den schwarzen Käse und reicht die großen Stücke mit dem Messer erst den drei Männern, dann mit leichtem Zögern auch den beiden Frauen, die, seit sie an Land sind, aus Furcht enger zusammenhalten. Als Herr Levitas dabei seine sonst so sichere Hand unter dem glühenden Blick hinter den dünnen Schleiern ein wenig ins Zittern geraten spürt, erlaubt er sich sogar – leicht errötend –, verlegen in seinen kleinen Bart zu lächeln, ehe er eilends das in rotes Leder gebundene Gebetbuch in der Fassung des Rabbi Amram Gaon hervorzieht, um es mit dem Gebetbuch zu vergleichen, das er in Ben Atars Beutel gesehen hat und welches, wie sich nun herausstellt, dem Ritus Rabbi Saadja Gaons folgt. Und nicht nur aus jäh entbranntem Forscherdrang tut er dies, sondern auch, damit die Worte der Lehre dieses einfache ländliche Mahl im Schoße der Natur davor bewahrten, einem Totenopfermahl gleichzukommen.

Auf einmal wird Rabbi Elbaz von einem so bestürzenden Gedanken befallen, daß er hastig Brot und Käse von sich weist und sie dem ewig hungrigen Knaben auf den Teller legt, sich dann stürmisch erregt von seinem Platz erhebt und an den Bach tritt, um Gesicht und Hände mit dem klaren Wasser zu erfrischen, ehe er Herrn Levitas, der immer noch mit seinen schmalen Fingern die beiden Gebetbücher prüft, mit der Frage nach Art und Identität des Gerichts angeht, das sie am Horizont erwartet. Der Gefragte scheint einen Moment zu zögern, als fürchte er, die besonderen Vorzüge der Religionsrichter aufzuzählen, und begnügt sich schließlich mit allgemeinen Lobesworten über die hervorragenden Eigenschaften der Juden von Villa-le-juif, dem großen Landgut einer verzweigten Familie, dem einige Handwerker, Knechte und Gefolgsleute angehörten, ja sogar eine große Weinkellerei, die Wein ohne jede Berührung durch die Hand eines Unbeschnittenen herstelle, zum Wohl solcher Juden, die das Verbot des Genusses von Opferwein strikt auslegten. Zwar brauche man kein wirkliches Gericht auf solch einem Familienbesitz, auf dem sich die Dinge von allein regelten, aber für die fernen Juden mit ihrem südlichen Anliegen hatte Herr Levitas ein besonderes Gericht einberufen, ein Feld- und Rebgartengericht.

Tatsächlich begrüßt ein Hauch blühender Felder und weiter Weinberge die Prozeßparteien, ehe sie das weich bemooste Tor in der Mauer rings um Villa-le-juif passieren, das alles in allem aus acht, neun einstöckigen Häusern, um einen Innenhof angeordnet, besteht. Nach dem aufgeregten Hin- und Herrennen der wuschelköpfigen Kinder scheinen die örtlichen Juden schon von dem Disput zu wissen, der in ihrem Hof zwischen fernen Verwandten ausgetragen werden soll. Und zweifellos facht die Nachricht von einem Rabbiner, den man eigens aus Andalusien beigeholt habe, damit er Rechtsbeistand leiste, die Neugier am Ort noch zusätzlich an, die ohnehin schon sehr lebhaft ist, nicht nur aus Streitlust, sondern auch des pikanten Streitgegenstands wegen.

Eben diese Pikanterie hatte auch – wie Wespen zur Honigwabe – zwei, drei Christen von den Nachbargütern angelockt, die den Wunsch äußerten, bei dem Wortstreit der Juden dabeizusein und kraft ihrer religiösen Überlegenheit womöglich sogar an der Urteilsfindung mitzuwirken. Und sobald ruchbar wurde, daß die beiden betroffenen Frauen mit anwesend sein würden, war allen klar gewesen, daß die kleine Synagoge von Villa-le-juif für diese Versammlung nicht ausreichen würde und daher ein geräumigerer und weniger geheiligter Ort gefunden werden müsse, der die ganze Öffentlichkeit aufzunehmen vermöchte. Deswegen hatte Meschullam Hacohen, der Kellereibesitzer und Herrn Levitas' guter Freund, befohlen, die große Halle der Kellerei freizuräumen, die zwar tief lag, aber nach außen offen war, und schon schleppte man die großen Holzbottiche und Kannen heraus, stapelte die kleinen Weinfässer übereinander und trug die für die nahende kalte Jahreszeit angelegten Brennholzhaufen ab, um ein kleines erhöhtes Podium für die Richter zu schaffen, damit sie von ihren Sitzen droben nicht nur die streitenden Parteien überblicken könnten, sondern auch die Erwartungen des Publikums dahinter.

»*Aber wer sind die Richter?*« fragt Rabbi Elbaz erneut Ben Atar, der von nichts weiß und nur innerlich erregt, aber äußerlich ruhig die rauhen Steinstufen zum Winzersaal hinuntergeht, dessen Lehmboden rosarot ist von dem Traubenmost, der aus einer großen Holzkelter in ein tiefes rundes Becken voll süßlich duftenden, schäumenden Nasses sickert. Dort wartet auch schon die Judengemeinde, zumeist wohl Kellereiarbeiter, bärtige, barhäuptige Juden in schäbiger, dunkler Kleidung, und nicht weit von ihnen ein Trupp Frauen, die Gesichter unverhüllt, das zerzauste Haar mit kleinen Häubchen zurückgebunden, die bloßen Füße von den gestampften Trauben befleckt. Kleine Wildfänge rennen als Botengänger zwischen Männern und Frauen hin und her, wobei ihr ständiges Geplapper hier und da Worte aus der heiligen Sprache enthält, wenn auch in völlig entstelltem Klang. »*Aber wer wählt denn die Richter aus?*« fragt erneut der Rabbiner, der seinen Abstieg auf die untere Ebene noch hinauszögert, unfähig zu glauben, daß sie hier nun einfach so, hastig und kaum wirklich vorbereitet, den ersehnten schicksalhaften Moment vergeuden könnten, für den sie mehr als vierzig Tage über die Ozeanwellen geschaukelt waren.

»*Sind die Richter schon bestimmt?*« beharrt er und packt Abulafia fest am schwarzen Rockschoß, aber der Angesprochene zuckt nur unwissend die Schultern, während er mit leichter Hand seine zwei Tanten, die alte und die neue, hinabgeleitet, die die Säume ihrer farbigen Gewänder schürzen, um nicht die staubigen Stufen zu fegen. Als er die beiden dann dem Kellereibesitzer vorstellt, ist dieser wiederum stolz, ihnen einen eigenen Gast vorstellen zu können, einen orientalischen Kurier und Fernkaufmann, ja einen echten Radaniten, der durch das Land Israel gekommen war. Der wache, dickliche Mann mit grünem Turban, ein Edelsteinhändler, war vor einigen Tagen aus dem Orient eingetroffen und hatte die zwei großen Perlen mitgebracht, über deren Wert und Preis Herr Levitas seit dem Vortag ständig nachdachte. Schon mischen sich Kläger und Beklagte untereinander, und man läßt die weiblichen Gäste aus dem Maghreb auf zwei kleinen, mit weichen Teppichen belegten Weinfässern Platz nehmen, neben der Frau des Patrons, einer hochgewachsenen Dame mit feinen, kränklichen Zügen. Aber es kann doch nicht alles so geschwind ablaufen, ringt Rabbi Elbaz mit seinen Zweifeln, das Herz plötzlich voll Mitleid mit der zweiten Frau, die stumm und aufrecht dasitzt, während ihr Schleier in dem leichten Lüftchen spielt, das vielleicht schon den Herbst ankündigt.

»*Aber nach welchen Kriterien wurden die Richter ausgewählt?*« fragt er erneut dringlich Herrn Levitas, der jetzt aus einer Seitentür drei magere Männer in staubigen schwarzen Kaftanen einläßt, die eine große Pergamentrolle und eine kleine grünliche Glastafel mitführen. Es sind Schnellschreiber – Kopierer von Thorarollen, Gebetskapseln und Türkapseln –, aus umliegenden Städtchen zum Gericht einberufen. »*Thoraschreiber?*« murmelt der andalusische Lehrer, tief enttäuscht angesichts der Männer, die Geschriebenes zu verstehen suchen, indem sie es wieder und wieder abschreiben. Aber Herr Levitas hält große Stücke auf sie. Sie würden aufgrund dessen zu richten wissen, was in Büchern stand. »Aber in welchen Büchern? Und warum Bücher?« wendet Rabbi Elbaz erregt ein. Wäre er, so die Dinge ausdrücklich in einem Buch verzeichnet ständen, je auf die Idee gekommen, seine Stadt zu verlassen und sich auf die Ozeanwellen zu begeben, um seinem Mandanten Recht zu verschaffen? Hätte er Ben Atar gestattet, seine Frauen für etwas zu gefährden, das längst in einem Buche stand? Aber die Worte des fremden Rabbiners verfehlen ihren Eindruck auf Herrn Levitas, der ihn mit leichtem, höflichem Lächeln entläßt und seine drei Richter in den unteren Saal hinab führt. So bleibt dem wütenden Andalusier nichts anderes übrig, als ihnen rasch vorauszueilen, und schon ist er auch mit einem Satz auf dem kleinen Podium und fordert mit einem wilden Aufschrei, den man seinem verträumten und freundlichen Wesen nicht zugetraut hätte, sofortige Umbesetzung des Gerichts.

Stille tritt ein. Alle haben den Schrei gehört, aber wegen des fremden Akzents haben nur wenige verstanden, was der Schreiende will, darunter Herr Levitas, der ihm hastig Stillschweigen gebietet. Doch Abulafia, vom Schrei des Rabbiners aus Sevilla zutiefst erschüttert, faßt seinen Schwager mäßigend an der Schulter. Denn obwohl er sich gleich gegen die Klage aus dem Süden verteidigen soll, hegt er insgeheim die seltsame Hoffnung, sein Gegenvorbringen möge abgewiesen werden und das Recht des guten, gekränkten Onkels, vertreten mit der Weisheit des Rabbiners, möge die Waagschale gegen ihn senken, denn dann könnte er seine Reisen zu den sommerblauen Treffen in der Spanischen Mark wieder aufnehmen. Und da er nur zu gut den Schrei des Rabbiners nach Ablösung der gewiß bereits voreingenommenen Richter versteht, wendet er sich seiner Frau zu, deren Angst das Blau ihrer Augen seit dem Morgen derart geschliffen hat, daß sie zu dieser späten Nachmittagsstunde wie grauer Stahl wirken, und fleht sie in sanftem Ton an, doch ihren Bruder zu bitten, er möge sich den unter Lebensgefahr aus der Ferne angereisten Klägern großzügig erweisen und die Richter durch passendere Personen ersetzen.

»*Passend wofür?*« entgegnet sie verwundert ihrem krausköpfigen jungen Ehemann und läßt, müde von der schlaflosen Nacht, den Blick schmerzlich über die drei mageren Schreiber schweifen, die sich wiederum, verwirrt durch die gegnerische Abwehr, aneinanderdrängen und gekränkt die

Augen rollen. »Passend wofür?« fragt Frau Esther-Minna erneut in einem Ärger, dem sich neben ihrem Bruder auch der enttäuschte Weinkellereibesitzer anschließt, der seit dem Vortag die umliegenden Dörfer und Landsitze abgefahren hatte, um die drei Schnellschreiber aufzutreiben. Doch während Abulafia noch Mühe hat, seiner Frau zu erklären, wie sich wohl plötzlich echte Richter finden ließen, hochgelehrte Talmudgrößen, die den Beifall der Gäste fänden, die selbst an diesem abgelegenen Ort den Geist andalusischer Weisheit suchten, ist Rabbi Elbaz schon eilends bemüht, die aufgebrachten Parteien zu beschwichtigen, indem er seine Bereitschaft bekundet, sich mit dem Geist der Altvorderen zu begnügen, diesem wahren Geist, der beispielsweise imstande sei, sie alle, die ganze Schar einfacher, rechtschaffener Juden, in eine richtende und rettende Schar zu verwandeln, rettend für Kläger oder Beklagte, wie es ausdrücklich im 2. Buch Mose heiße, »*sich der Mehrheit anschließen*«.

Sogar Herr Levitas, ein logisch denkender, weitsichtiger Mann, ist angesichts des überraschenden Vorschlags des Rabbiners aus Sevilla verwirrt, möchte aber zunächst seiner Schwester von den Augen ablesen, was sie davon hielte, den Streit, den er schon als abgeschlossen und erledigt betrachtet hatte, einer beliebigen Versammlung von Traubenstampfern, Fässerrollern und Weinhändlern zu überlassen. Doch ehe er noch ihren Blick erheischt, erschreckt ihn ihre leise, aber klare Frage direkt an den kleinen Rabbiner. »*Alle? Wirklich alle? Auch die Frauen?*« Und bevor er sich noch so weit faßt, die unerhörte Frage seiner älteren Schwester abzumildern, überrascht Rabbi Elbaz schon wieder mit seiner lebhaft geflüsterten Antwort: »*Die Frauen? Warum nicht?*« Sie seien doch auch im Ebenbild Gottes erschaffen.

Hat dieser Rabbiner total den Verstand verloren, oder führt gerade er uns den richtigen Weg? sinniert, tief in Gedanken verloren, der nordafrikanische Kaufmann, mit dem Blick seinem Neffen folgend, der das strahlende Gesicht an die Seidenschleier seiner zwei Tanten bringt, um ihren feinen, goldberingten Ohren eine Übersetzung der verblüffenden Worte zuzuflüstern, die eine kluge Frau und ein poetisch veranlagter Rabbiner tauschen. Offenbar weckt die neue Kunde bei Ben Atars Frauen weder Angst noch Schrecken, sondern nur große Neugier, so daß sie nicht länger an sich halten können und erst die zweite Frau ihren Schleier zurückschlägt, dann auch die erste es ihr nachtut, um mit ihren dunklen, tiefschwarz umrandeten Augen besser die Männer und Frauen von Villa-le-juif mustern zu können, die lächelnde Blicke auf sie heften und noch nicht glauben, daß ihr Standort alsbald Gerichtssitz werden wird.

»*Alle? Wie ist das möglich?* Das gäbe doch ein völliges Chaos«, ruft Herr Levitas stöhnend seiner Schwester und dem Rabbiner zu, die plötzlich gemeinsame Sache machen. Dem kultivierten Pariser schließt sich der Weinkellereibesitzer an, der ob der Absicht erschrickt, seine Untergebenen in Richter zu verwandeln. Deshalb kommt man nach kurzem Wortwechsel, aufgrund des besagten altüberkommenen Geistes überein, daß es mit sieben Richtern genug sei, in Anlehnung an die sieben Besten der Stadt, von denen der Talmud spricht. Aber da dies keine Stadt sei und die fremden Reisenden noch nicht wüßten, wer die sieben Besten unter ihnen wären, müsse man sie durch Los bestimmen. Deshalb holt man den kleinen Elbaz-Jungen herbei, der sich in einer Ecke auf ein Fäßchen gesetzt hatte, um das Aroma des darin gärenden Weins einzusaugen, verbindet ihm die Augen mit einem Stoffstreifen und schickt ihn blind ins flirrende Licht der Sonne, die über den Baumwipfeln steht, auf daß er mit vorgestreckten Händen blindlings sieben Leute bestimme. Tiefe Stille befällt alle, während der Junge mit den verbundenen Augen lange auf seinem Fleck zögert, bis er mit vorsichtigen Schrittchen auf die hochgewachsene Frau mit den kränklichen Gesichtszügen zugeht, die Frau des Kellereibesitzers, und ihr langsam seine beiden kleinen Hände auf den weichen Bauch legt, als habe er, noch ehe man ihm die Augen verband, beschlossen, sie als erstes zu wählen. Doch sofort erschrickt er vor seinem kühnen Griff und stößt im Zurückweichen an einen der Schnellschreiber, der sich ihm absichtlich in den Weg gestellt und den Jungen genötigt hat, auch ihn auszusuchen. Jetzt endlich wird dem Knaben die Welt jenseits der dunklen Augenbinde klarer, er vernimmt in der tiefen Stille den verhaltenen Atem der Menge und geht beherzt darauf zu. Aber die Juden bangen irgendwie vor dem Schicksalsboten, der ihnen verbundenen Auges entgegenkommt, scheuen vor ihm zurück, abgesehen von einer jungen Frau mit feinem Gesicht, einer Weinstampferin, die mit ihren nackten Füßen wie angewurzelt stehenbleibt, als fordere sie den fremden Jungen auf, sie zu berühren. Und er berührt sie tatsächlich, streichelt mit seiner kleinen Hand ihr Gesicht, bis eine andere Frau, eifersüchtig geworden, ein paar Schritte auf ihn zu tut und der Junge sich ihr zuwendet, seine Hände über ihre Brüste flattern läßt, aber nicht erschrickt bei der Berührung, sondern sich zur Rechten wendet, wo ihn eine weitere, dritte Frau erwartet, die er ebenfalls einen Augenblick anfaßt, während unter Herrn Levitas' verächtlichem Lachen und dem Anpfiff seines Vaters, des Rabbiners, eine vierte Frau auf ihn zueilt, eine zahnlose Alte, die ebenfalls berührt werden möchte, und der Junge betastet mit den Fingern ihr runzliges Gesicht, steckt jedoch sofort erschrocken beide Hände in die Tiefen seines kleinen Gewands und erstarrt auf der Stelle. Jetzt muß sein Vater, der Rabbiner, kommen, um ihn von den andrängenden Frauen fortzuholen. Er dreht ihn herum und führt ihn zurück zu dem kleinen Podium, wo es erst aussieht, als wolle er wieder auf die hochgewachsene Kellereibesitzerin mit dem kränklichen Gesicht zusteuern, um ihr erneut an den Bauch zu fassen, doch sein Vater lenkt ihn behutsam auf den Fernhändler, den Radaniten aus dem Lande Israel zu, der versunken auf seinem Platz sitzt, den dichten schwarzen Bart auf die Brust gelegt, und das Geschehen vor sich sehr zu genießen scheint. Langsam zieht der Knabe nur eine Hand aus den Falten seines Gewandes und tastet mit großer Vorsicht nach vorn, bis er den mächtigen Bart zu fassen kriegt.

Jetzt, da der siebte Richter gewählt ist und der Junge wieder sehen kann, bedrängt eine neue nagende Sorge Herrn

Levitas' Herz. Deshalb zeigt er auf das Licht, das schon in den Bäumen verblaßt, und schlägt vor, alle – Kläger und Beklagte, Zeugen und Richter – möchten sich gemeinsam zum Nachmittagsgebet erheben, das vielleicht auch ein leiser Wink für die ungerufenen christlichen Gäste wäre, daß es Zeit sei, zu gehen.

2

So gingen sie alle zum Brunnen, um Wasser für die Händewaschung zu schöpfen. Danach stellten sie sich zum Nachmittagsgebet auf. Sogleich wurde offenbar, daß Abulafias Herz ob der Szene ins Glühen geraten war und er großes Verlangen hatte, dem Gebet mit seiner angenehmen Stimme vorzustehen. Anfangs versuchten der Kellereibesitzer und auch Herr Levitas, ihm den Vorrang durch schnelleres oder langsameres Tempo abspenstig zu machen, doch schließlich ließen sie davon ab, nicht, weil Abulafias Stimme dominant gewesen wäre, sondern, weil sie eine eigene, angenehme Modulation enthielt, die die Betenden in Villa-le-juif mitriß. Auch seine Frau, verwirrt von der Leichtigkeit, mit der Frauen in das Gerichtsgremium aufgenommen worden waren, bedeutete ihrem jüngeren Bruder leise, den Wettstreit aufzugeben und Abulafia sich seinem melodischen Gesang hingeben zu lassen, der sofort ihr Gefallen fand, ohne daß sie etwas von seinem Ursprung geahnt hätte. Ben Atar indes, der zum ersten Mal im Leben beim Gemeindegebet so nahe bei seinen Frauen stand, daß er ihre seelische Erregung spürte, hörte in dem Tremolo seines Neffen augenblicklich die Verwandtschaft zu dem Ruf des Muezzins der Moschee von Tanger. Erstaunlich, sinnt Ben Atar, daß er nach all den Jahren immer noch die moslemische Modulation jener Gestade einzubeziehen versucht, obwohl auch eine neue Melodie mitschwingt, die nach Rhythmus und Klang gewiß von einem hiesigen Bauernlied übernommen ist.

Das erklärt vielleicht, warum die drei Christen, die sich unter die Juden gemischt hatten, um den Anblick der zwei hübschen, wenn auch verschleierten Frauen zu genießen, die ganz natürlich und legal ein und demselben Mann angehörten, nicht gleich zu Beginn des jüdischen Gottesdienstes verschwanden, sondern dablieben, vermutlich erstaunt über die ihnen vertraute Melodie, die sich dem Latein der Juden angepaßt und einen besonderen Klang angenommen hatte. Als Levitas sah, daß die drei unverdrossen ausharrten, verkürzte er die Zeit zwischen Nachmittags- und Abendgebet und gab, noch ehe der erste Stern am Himmel leuchtete, das Zeichen, zum Abendgebet überzugehen, in der Hoffnung, dumpfes Grauen würde endlich die überflüssigen Gäste vertreiben, sobald das »Höre Israel« käme und das stille Dunkel sich mit den Schemen reglos dastehender Juden füllte, die – lange in tiefer Inbrunst verharrend, die Rechte über Gesicht und Augen gebreitet – wie sonderbare Schnepfen wirkten. Und tatsächlich, als man nach dem Gebet zwei, drei Fackeln entzündete, und die ringsum an Haken aufgehängten Traubenbüschel phantastische Schatten an die Wände warfen, war kein einziger Fremder mehr in dem Winzersaal verblieben, um Unterhaltung bei den Juden zu suchen.

Dieser feierliche Ernst, der die Juden von Villa-le-juif nach den beiden eindrucksvollen Gottesdiensten überkam, die den vergangenen Tag mit dem doppelten Siegel der Melodie und Heiligkeit beschlossen, mochte wohl die vier Frauen eingeschüchtert haben, die sich bei der blinden Verlosung vorgedrängt hatten. Denn als man jetzt die Frau des Patrons, die hochgewachsene Winzersgattin, auf das kleine Holzpodium bittet und danach auch den freundlich dreinblickenden orientalischen Kaufmann, auf den Fersen gefolgt von dem Schnellschreiber, hager und staubig in seinem schwarzen Umhang, aber auch ernst und entschlossen, seine beiden verschmähten Gefährten zu vertreten, ist es schwer, ihnen die vier »Richterinnen« zuzugesellen, die die Bedeutung ihres Verlangens, von dem braunhäutigen Knaben berührt zu werden, mißverstanden zu haben scheinen, denn nun drängen sie sich aus Furcht, das kleine Podium zu besteigen, aneinander geklammert in einem Eckchen zusammen. Doch hier greift Esther-Minna ein, die trotz ihres Vertrauens in die

Gerechtigkeit des Urteils, das die drei Männer fällen würden, Weiblichkeit dabeihaben möchte, getrieben von einer Kränkung und Wut, die in Abulafias Herz bis ans Ende seiner Tage nachklingen und ihm jeden reuigen Gedanken daran austreiben würden, daß auch er die Zahl seiner Frauen hätte verdoppeln können, wäre er nicht von Süden nach Norden gewandert. Deshalb überredet sie in mildem, aber auch nachdrücklichem Ton die drei jungen Frauen und die alte Traubenleserin, voneinander abzulassen und sich stehenden Fußes den dreien anzuschließen, die schon gewichtig auf kleinen, mit alten Fuchspelzen bedeckten Weinfässern thronen, vor sich eine flackernde Fackel.

Jetzt ist alles bereit. Und sitzen auf dem kleinen Podium auch nicht »sieben von den Besten der Stadt«, wie es die Schrift verlangt, sondern sieben Beliebige, die das Schicksal erwählt hat, dann doch nur, weil es schon fast tausend Jahre keine ganze jüdische Stadt mehr gibt, lediglich versprengte kleine Gemeinden von Juden, die – durch Not und Bedrohung von Ort zu Ort getrieben – immer wieder durcheinandergewürfelt werden. Daher hindert Ben Atar nun eigentlich nichts mehr, mit seinem Anliegen vorzutreten, um dessentwillen er eine so große Entfernung zurückgelegt hat, die ihm allerdings jetzt, nach dem doppelten Abendgebet, deutlich geringer erscheint. Vielleicht zögert er deshalb noch gedankenverloren, so daß Rabbi Elbaz ihm ein ermunterndes Zeichen geben muß. Tatsächlich wirkt der Kaufmann seit der Nachmittagsstunde, in der er mit seinem Anhang in den Innenhof von Villa-le-juif und von dort in den Winzersaal eingezogen war, irgendwie mutlos. Als hätte er nicht gedacht, daß jener *Abscheu*, der ihm aus der großen Entfernung von Afrika nach Europa als bloße Angstreaktion solcher Juden, die vornehmlich die Meinung der Christen fürchteten, erschienen war, nun wirklich und wahrhaftig gegen ihn anträte, und man ihn, kaum zwei Tage nach Verlassen des Schiffes, schon vor ein hastig einberufenes, reichlich sonderbares Gericht im dämmrigen Saal eines entlegenen Weinguts zitieren würde. Ja, zum ersten Mal, seit er den Gedanken an seine Reise ausgesponnen hatte, empfand er eine dumpfe Angst vor einer Niederlage.

Doch erstaunlicherweise bemitleidete er weder sich selbst noch seine beiden Frauen, die ihre Kinder und ihre Häuser hatten verlassen müssen, sondern nun gerade seinen ismaelitischen Partner, Abu Lutfi, der, wie Ben Atar sich vorstellte, jetzt im Bauch des Schiffes neben dem einsamen Jungkamel saß und Allah um den Erfolg des jüdischen Partners anflehte, obwohl er trotz aller Erklärungsversuche nie, nie begreifen würde, warum der jüdische Kaufmann, mit seinen beiden Frauen von Juden wie Ismaeliten geehrt, sich um den Abscheu ferner Juden scherte, die in dunklen Wäldern und an den Ufern wilder Flüsse im Herzen eines entlegenen Kontinents hausten.

Schuld und Mitgefühl gegenüber dem Araber, der Kraft und Geld für eine Reise beigesteuert hatte und weiter beisteuern würde, deren Ziel er nicht nachempfinden konnte, machen Ben Atar jetzt dermaßen traurig und bekümmert, daß er streng die Züge seines Neffen Abulafia mustert, der ihn sonderbar verlegen anlächelt. Denn Abulafia steht nicht nur als Beklagter und Prozeßpartei vor ihm, sondern auch als Dolmetscher, der treu seinem Gegner dienen soll. Und auf einmal wird Ben Atar richtig wütend auf seinen so liebevoll aufgezogenen und geförderten Neffen, der sich nicht gegen seine neue Frau hat durchsetzen können und ihm außer einer beschwerlichen, ermüdenden Reise auch noch einen kränkenden, ungerechten Bruch zwischen ihnen aufgebürdet hat. Ja, er brennt innerlich derart vor Zorn, daß er auf die Dolmetscherdienste seines Neffen verzichten möchte und mit tiefer Stimme, die sofort ringsum Ruhe gebietet, einige zögernde Worte in der uralten Zunge der Juden sagt, in der Hoffnung, diejenigen, die verstanden, möchten ihre Botschaft an die übrigen weiterreichen. Aber nach wenigen Sätzen wird ihm klar, daß man doch besser das Radebrechen in der heiligen Sprache zugunsten eines nuancenreich sprudelnden Ismaelitisch aufgeben sollte, das, kaum verwunderlich, zuallererst die Not des Arabers darzustellen sucht.

Abulafia ist denn auch überrascht und bestürzt über die Klageeröffnung des Onkels, der zuerst nicht von sich selbst, sondern von Abu Lutfi sprechen will. Doch Ben Atar beharrt energisch auf seinem Vorhaben. Ja, er möchte sein Vorbringen gerade mit dem Kummer und Schmerz des dritten Mannes beginnen, eines Nichtjuden, der sich in den letzten zehn Jahren jeden Spätherbst mit seinen Kamelen zu den Nordhängen des Atlas aufgemacht hat und mühsam zwischen entlegenen Weilern und Nomadenstämmen umhergezogen ist, um das Gute, Passende und Schöne zu suchen und zu finden, das bei den edomitischen Kunden des nördlichen Partners Anklang finden mochte.

Nach und nach stellt sich den Zuhörern in Länge und Breite das wunderbare dreifältige Handelsgespann dar, das, von den Bergen des Atlas an die maghrebinische Küste hinabgekommen, zwischen den Gärten und Städten Andalusiens mäandert und gemächlich zur Bucht von Barcelona, dem zauberhaften Treffpunkt in der Spanischen Mark, gesegelt war, um von dort die östlichen Hänge der Pyrenäen zu erklimmen, sich alsdann wie ein bunter Fächer über die Provence und Aquitanien zu breiten, weit die Pfade Burgunds hinauf, und schließlich zur Île-de-France vorzudringen. Dabei spart Ben Atar nicht mit Einzelheiten. Im Gegenteil, mit ungeheurer Genauigkeit schildert er das raffinierte, vielseitig ausgebaute Handelsnetz der drei Partner, unter denen nicht nur vertrauensvolles Einverständnis, sondern auch freundschaftliche Nähe herrschten, mit dem Ziel, Einkommen und Gewinn aus den Genüssen der Mohammedaner des Südens zu ziehen, die Myrrhe, Lavendel und Kassie in die dampfenden christlichen Kochtöpfe der Küchen von Narbonne und Perpignan entsandten.

Und so sprach Ben Atar: Drei, vier Sätze, dann schweigt er, heftet den Blick auf Abulafia und zählt im stillen die fränkischen Sätze, die aus seinem Munde kommen, in dem Verdacht, er könnte etwas weglassen. Doch sein Verdacht war unbegründet. Denn dieser Dolmetscher möchte keineswegs etwas übergehen, sondern fügt als einer der drei Helden der

Partnerschaft aus eigenem Antrieb weitere Einzelheiten hinzu, um die Geschichte noch lebendiger zu gestalten und ihre Bedeutung zu betonen, derart mitgerissen von seiner eigenen Rede, daß er bald völlig vergißt, daß er sich gleich gegen eben diese Geschichte verteidigen muß, die er da so begeistert übersetzt.

Die Züge des bärtigen Richters, jenes erez-israelischen Kaufmanns, der die Worte direkt aus ihrer arabischen Quelle aufsaugt, verfinstern sich schon, als Ben Atar anfängt, Abulafias erste Täuschungsmanöver zu beschreiben, seine merkwürdigen Verkleidungen, seinen verhaltenen Abscheu und seine wachsenden Verspätungen, die schwarze Abgründe in den Seelen der Wartenden aufrissen, im letzten Sommer dann gefolgt von jenem furchtbaren endgültigen und absoluten Ausbleiben, das die beiden südlichen Partner allein zwischen Pferden und Eseln in Benvenistis Stall beließ, zutiefst beunruhigt über die ungeheuren Warenmengen um sich her. Doch erstaunlicherweise vermeidet es der Kläger immer noch, die neue Frau vom Rhein zu beschuldigen, ja, er getraut sich nicht einmal, sie namentlich zu erwähnen. Als sei Abulafia allein auf der Welt und trüge die alleinige Verantwortung. Als sei der verfluchte *Abscheu* eine reine Kopfgeburt des Neffen und habe sich allein auf seine Initiative gegen seine Gefährten gewendet. Kein Wunder also, daß es dem Dolmetscher, der beim Übersetzen seine Schuld noch aufbauscht, nicht leicht fällt, sein Übersetzungswerk getreulich fortzuführen, da er harte Worte von Ben Atar hören muß, der kaltblütig in reichem, aber präzisem Arabisch den teuflischen Verdacht äußert, sein Neffe habe womöglich schlichtweg die alte Partnerschaft auflösen und durch eine neue ersetzen wollen, die ihm wohl gewinnträchtiger erschienen sei. Und da, peitscht Ben Atar erbarmungslos weiter, der Abtrünnige seine getreuen Partner schwerlich mittels Betrug oder Unterschlagung habe verlassen können, da bei ihnen ja alles ehrlich und gerecht zuginge, habe er eben einen sonderbaren Abscheu vor der Doppelehe seines Onkels vorgeschützt, und weil er nicht gewagt habe, das im eigenen

Namen zu sagen, habe er den *Abscheu* seiner fremden neuen Frau in den Mund gelegt.

Denn wie könne Abulafia jetzt gegen die Doppelehe seines Onkels angehen, wo er doch seit Jahren wisse, daß dieser sein, Abulafias, altes Haus in seiner Heimatstadt erworben und, um es nicht in Trauer nach der in den Tiefen des Meeres verschwundenen Frau verharren zu lassen, mit einer zweiten Frau, einer neuen Tante, besetzt hatte, deren Existenz Abulafia nie unpassend erschienen sei, ja ihn sogar irgendwie gefreut habe, obwohl sie jünger sei als er selbst. Und da er nicht plötzlich gegen das zu Felde habe ziehen können, was ihm zuvor immer lieb und recht gewesen war, habe er seine neue Familie gebeten, ihn einzuschüchtern und ihm zu befehlen, sein eigen Fleisch und Blut zu *verabscheuen.*

Jetzt versagt dem Dolmetscher die Stimme, so daß keiner der Umstehenden in dem dunklen Winzersaal ein Wort von den letzten Sätzen verstehen kann, die ihn wie Dolchstiche durchbohrt hatten. Doch dem Kaufmann aus dem Lande Israel, der, wie gesagt, ständig wachen Auges die arabische Quelle einsaugt, ist ein kleiner Umweg eingefallen. Er wendet sich an den Richter neben ihm, den verängstigt vor sich hin starrenden Thoraschreiber, und faßt für ihn ganz langsam, in klarer, nicht zu gutturaler Aussprache in der uralten Zunge mit Jerusalemer Akzent das bisher Gesagte zusammen, damit der sich umgehend aufrichte, hager in seinen flatternden schwarzen Gewändern, und die Zusammenfassung in die Sprache des Ortes kleide, zum Wohl seiner schweigenden Gerichtskollegen auf der kleinen Holzbühne und zum Wohl der Zuhörer, die sich von dem hitzigen Disput vor ihren Augen mehr und mehr bemüßigt fühlen, zwischen den Weinfässern hervorzukommen und nicht nur auf die beiden Kontrahenten zuzudrängen, sondern auch auf die neue Frau, die sofort Ben Atars listige Taktik durchschaut, welche darauf zielt, ihren gepeinigten Gatten zu zwingen, augenblicklich seine Partnerschaftstreue zu beteuern und dabei in aller Öffentlichkeit den – wie sie hofft, nur dünnen – Spalt freizulegen, der zwischen ihm und ihr, seiner Frau, klafft.

In eben diesen Spalt hätte jetzt auch Rabbi Elbaz lanzengleich seine Predigt stoßen mögen, die er auf den Meereswellen empfangen und bedacht hatte, wäre Esther-Minna ihm nicht hastig zuvorgekommen. Denn ihr verkrampft sich das Herz beim Anblick ihres Mannes, der reglos dasteht und mit eigenartigem, verblüfftem Lächeln seinen Onkel anstarrt, als hätte der schlimme Verdacht, mit dem man ihn belegte, sich wie ein lähmendes Gift in seinem Innern ausgebreitet. Deshalb nimmt sie, ohne zu wissen, ob sie Parteistatus genießt, Redefreiheit für sich in Anspruch und wendet sich als Prozeßbeteiligte an das Gericht, ja stürzt sich begierig in die Debatte und redet in lebhaftem, fließendem örtlichen Fränkisch, um zunächst jeden Verdacht hinsichtlich einer anderen, geheimen Partnerschaft ihres Mannes voller Verachtung zu zerstreuen und endlich den wahren gefühlsmäßigen Ursprung ihres *Abscheus* offenzulegen, der ihr sogar wichtiger ist als die Dekrete, die von ihren heimatlichen Landen am Rhein eingetroffen sind.

Herr Levitas, der die innere Erregung seiner älteren Schwester schon seit dem Morgen spürt und auch weiß, daß sie willens und fähig ist, über die Stränge zu schlagen, geht indes behutsam ein paar Schritte auf sie zu, damit seine Ruhe und Ausgeglichenheit ihr auch ohne Worte eine Schranke setze, falls sie sich zu weit fortreißen ließe. Während Ben Atar seine harte Klage vortrug, hatte der Pariser Juwelenhändler nämlich weder dem Kläger noch dem beklagten Dolmetscher ins Gesicht geblickt, sondern die wechselnden Mienen der vier Frauen beobachtet, die dem Schicksal bei der Richterwahl nachgeholfen hatten. Und an dem traurigen Ausdruck ihrer Gesichter, als sie vom Verlust der Ware, die keinen Abnehmer fand, hörten, und dem Verdacht, der in ihren Augen aufflackerte, als sie Abulafia bei der Beschuldigung gegen ihn erbleichen sahen, hatte dieser vorsichtige und kluge Mann bereits erkannt, daß hinsichtlich des Prozeßausgangs Sorge angebracht war. Weshalb man lieber keine übertriebene Selbstsicherheit und Arroganz an den Tag legen sollte, wie es seine Schwester vielleicht tun könnte, diese zierliche, aber aufrechte und redegewandte Frau, deren klare Gesichtszüge, geschnitten wie die eines wunderschönen Hundes, im flackernden Fackellicht strahlen.

Aber seine Bedenken sind unbegründet. Die Eröffnungsrede seiner Schwester läßt keinerlei Hochmut erkennen, höchstens vielleicht einige Schläue, die sie just von ihrem südlichen Gegner entlehnt hat. Wie der nämlich sein Klagevorbringen nicht mit seinem eigenen Schmerz, sondern dem seines arabischen Partners begonnen hatte, so möchte auch sie ihre Klageerwiderung nicht auf sich selbst oder ihre heftige Ablehnung der Doppelbeweibtheit gründen, sondern auf die Geschichte von Abulafias armer Tochter, die immer noch zwanghaft rätsele, warum die junge Mutter, eine schöne und geliebte Frau, sie im Stich gelassen habe. Nun berührt Herr Levitas die Rednerin schon leicht, nicht weil er gegen ihre Argumentationsweise wäre, sondern um sie daran zu erinnern, daß man redlicherweise ihren Prozeßgegnern Gelegenheit geben müsse, die Worte zu verstehen, die mit Gottes Hilfe alsbald auch zu ihrem Unterliegen führen würden.

Deshalb muß man Abulafia, den Beklagten, erneut bitten, als Dolmetscher zu fungieren, diesmal in umgekehrter Richtung, vom Fränkischen ins Ismaelitische. Und obwohl er sich jetzt zwischen Onkel und Ehefrau befindet, den beiden Menschen, die ihm auf der Welt am nächsten sind, richtet er den Blick auf Rabbi Elbaz, der in seinem von Tagen und Nächten an Bord abgewetzten Rabbinergewand vor ihm steht, ein wenig mit dem Kopf wippt wie im Gebet und jedes hier gesprochene Wort verschlingt, als wär's ein Leckerbissen. Hatte sich das Leben des Juniorpartners zuvor in der Klageführung des Seniorpartners dargestellt, rollt es nun im überraschenden Gedankengang der hellwachen neuen Frau ab, die sich jede Einzelheit aus dem Leben ihres Mannes eingeprägt hat, auch solche, die ihm längst entfallen sind, so daß er zuweilen ihren Redefluß bremsen muß, um vor dem Übersetzen nachzudenken, ob das, was seine Frau über ihn und sein Leben erzählt, auch tatsächlich stimme.

Aber was nützt derlei Überprüfung, wenn er erst jetzt, im dämmrigen Winzersaal, begreift, daß die Frau seines Herzens jede Einzelheit, die er ihr je von seinem Leben und Wandern erzählt, emsig gesammelt hatte, wie jemand, der zwanghaft Muscheln am Strand aufliest, in dem Glauben, jede Muschel müsse eine kleine Perle enthalten. Schon bei der ersten Begegnung in Orléans am brennenden Kamin, als die auf ihre Schranken bedachte Witwe überrascht gewesen war, wie bereitwillig der braunhäutige, krausköpfige junge Kaufmann aus Nordafrika ihr schüchtern, aber offenherzig von sich selbst erzählte, hatte sie sich gefragt, wieso ein derart gut aussehender und verbindlicher Mann seit sieben Jahren die Dörfer und Städte eines fremden Landes bereiste, ohne eine Frau heiraten und einen Hausstand errichten zu wollen. Und noch in jener ersten Nacht, erzählt Frau Esther-Minna, habe sie erkannt, daß so nur ein Mann handeln könne, dessen Liebe zu seiner Frau auch dann noch wie ein lebendiger Quell sprudele, wenn sie selbst längst nicht mehr sei. Aber wie, habe sie sich beharrlich weiter gefragt, war es in diesem – mal als wahr vorausgesetzten Fall – möglich, daß jene ertrunkene Frau, die von ihrem Mann so große Liebe empfing, eines Tages hinging und leichthin alles aufgab, was ihr mit solcher Großzügigkeit in Fülle gegeben war, den Mann ihres Herzens verließ und bunte Schleifen von den Kleidern ihrer kleinen Tochter löste, die ihrer so sehr bedurfte, um sich Hände und Füße zu binden und sich gefesselt in die Wogen des Meeres zu werfen?

Daher – vertieft die neue Frau Abulafia unerschrocken ihr Bekenntnis vor ihrem Gericht – sei ihr schon in jener ersten Nacht in der Herberge von Orléans großes Mitleid mit dem Kind gekommen, das mutterseelenallein mit einer ismaelitischen Amme in einem kleinen Haus in der Judengasse an der Burg von Toulouse zurückgeblieben sei. Und sie habe den starken Wunsch verspürt, nicht nur selbst das Geheimnis des geschehenen Unglücks zu verstehen, sondern ihre Einsicht auch dem Witwer mitzuteilen, der immer noch aus Mangel an Selbsterkenntnis landauf, landab wanderte. Eben dazu nun habe eine neue Liebe die alte mediterrane überwinden müssen, nicht etwa um, Gott behüte, die vorherige vergessen zu machen oder auszulöschen, sondern um dem Geheimnis der Lebenskraft dieser alten Liebe näher auf die Spur zu kommen, aber auch dem Geheimnis von deren Schwäche und Scheitern. Doch erst bei der zweiten oder dritten Begegnung mit dem jungen Kaufmann, nachdem der Winter vorbei und auch der Frühling bereits ins Land gegangen war, habe Abulafia harmlos das Bestehen von Ehen mit zwei Frauen in den Ländern der Ismaeliten angesprochen, nicht im übertragenen Sinne, sondern als offene Tatsache und sogar Familiensache, denn es ging ja um einen Onkel ersten Grades, den Seniorpartner der glänzenden Partnerschaft – und da habe sie gespürt, daß dies der Kern des Geheimnisses war, das hinter dem Unheil steckte. Allerdings habe sie zunächst nichts gesagt, sondern gewartet, bis sie mit Leib und Seele Abulafia angetraut gewesen sei, um sich zu vergewissern, daß dem Mann selbst keinerlei Schwäche in Sachen Liebe anhafte, nicht gegenüber der neuen Frau und gewiß nicht gegenüber der alten, die, seinen Aussagen zufolge, seine Liebe auch stets zu empfangen gewußt und auf deren Beständigkeit vertraut hatte. Und jetzt erst habe sie begonnen, die furchtbare Verzweiflungstat jener toten Frau mit der drohenden Hinzunahme einer zweiten Frau in Beziehung zu setzen, obwohl dieser Akt die Aufgabe oder Verringerung der Liebe zur ersten Frau vermeintlich weder verlange noch voraussetze. Ja, doch, gerade wenn eine zweite Frau arglos ins Haus käme, berge sie, gleich der Geburt eines weiteren Kindes, furchtbare Zerstörungskraft in sich, besonders für eine Erstfrau, die ihren Schoß verflucht glaube. Müsse sie, Frau Esther-Minna, sich daraufhin noch vor irgend jemandem dafür rechtfertigen, daß in ihrem Innern *Abscheu* aufgekeimt und über die Tage so weit angewachsen sei, daß er schließlich geschliffen scharf wie eine Lanze wurde, dazu ausersehen, einerseits ihren neuen Ehegatten vor der schmachvollen Aussicht zu schützen, eines Tages in Benvenistis Stall zwischen Gewürzsäcken und Kupfergeschirr eine weitere Frau vorzufinden, die der Onkel per Schiff für ihn mitgebracht hätte, und andererseits auch, ja, ja, zumindest um ein geringes die Trauer, Kränkung und Sorge der ertrunkenen Frau zu rächen, die nackt aus den Tiefen des Meeres heraufgespült worden sei?

An diesem Punkt senkt Frau Esther-Minna auf einmal errötend den Kopf und verstummt. Nicht nur, um dem verdatterten Dolmetscher Zeit zu lassen, das Geheimnis seines Lebens zu verdauen, ehe er es in arabischer Sprache an seine Angehörigen weiterreichte, sondern auch, um dem offen gekränkten Blick Ben Atars auszuweichen sowie dem undurchdringlich verschleierten Blick der beiden Frauen, die immer noch aufrecht, ruhig und gehorsam an ihrem angewiesenen Platz sitzen, wobei sie nicht weiß, ob die Übersetzung ihnen ins Bewußtsein zu dringen vermöge oder sie nur falterhaft umschwirre. Da spürt Frau Esther-Minna die federleichte Hand ihres Bruders, der seiner Schwester ein Zeichen der Ermutigung für ihre Rede geben möchte, obgleich er es eigentlich für richtiger gehalten hätte, diese ganze scharfsinnige Ausführung wegzulassen und sich statt dessen mit der knappen Mitteilung zu begnügen, daß eben ein neues, ebenso entschiedenes wie einfaches rabbinisches Dekret bestehe, das – obwohl aus den grundlosen Sümpfen des Rheins geboren – dazu ausersehen sei, die ganze Welt zu erleuchten und zu reformieren.

Und genau auf dieses rabbinische Dekret lauert der Gelehrte aus Sevilla, dem es ums Prinzip, nicht um Einzelheiten geht. Oftmals während der Reise haben sich seine Gedanken ja um dieses Dekret gerankt, das ihm langsam schon wie ein kleiner arabischer Krummdolch aus gelblich schimmerndem Messing vorkommt, den man fest in die Erde rammen muß, damit er nicht etwa ins Wirbeln gerät. Doch jetzt, im aufkommenden Abendwind, zwickt ihn wieder der Hunger, allerdings nur sehr leise, wie eine Art Nachklang des Heißhungers, der ihn mitten in der Nacht verrückt gemacht hat. So führt er unwillkürlich beide Hände ans Gesicht, um zu sehen, ob nicht ein Hauch von dem süßen Fisch daran haften geblieben sei, den der schwarze Sklave ihm vor Tagesanbruch gekocht hatte. Dabei, überlegt er, wäre es eigentlich gerade gut, die Rede mit leichtem Hunger, der Seele und Geist schärft, zu beginnen. Zumal auch Frau Abulafias energische, originelle Worte bei ihm alle Sinne gespannt haben.

Die Stille ringsum läutert sich jetzt gewissermaßen. Aber Ben Atar blickt düster und argwöhnisch auf den Rabbiner, als glaube er nach Frau Esther-Minnas giftiger Rede nicht mehr, von ihm eine akzeptable Gegenleistung für das zugesagte Honorar zu erhalten. Dann faßt Herr Levitas ihn sanft an der Schulter, zum Zeichen, daß sein Moment gekommen sei. Dem Rabbiner war bereits aufgefallen, daß gerade dieser kühl distanzierte Mann ihn die ganze Zeit mit Respekt behandelte, als besitze jeder Gelehrte Bedeutung, und sei er auch aus dem fernen Süden und eindeutig zum Zweck des Disputs angereist. Aber würden diese fremden unkultivierten Juden wirklich fähig sein, seinen andalusischen Gedankenschwüngen zu folgen? Wie war es möglich, daß sich in der ganzen düsteren Umgebung kein einziger wahrer Gelehrter gefunden hatte, mit dem man sich hätte hinsetzen und die Angelegenheit bereinigen können? Welchen Verstand mochten schon diese Traubenleser und Weinkelterer mitbringen, oder die Traubenstampferinnen, deren kleine nackte, mostbefleckte Füße ihm auf dem Gerichtspodium entgegenragten und ihm das dringende Bedürfnis verursachten, sie mit reinem Wasser zu waschen, bevor er seine Rede begann? Jetzt fällt sein Blick erst auf seinen Sohn, der ohne Sandalen dasitzt und gemächlich Beeren von einer großen Traube abreißt, dann auf das schmale Mostrinnsal, das langsam von der Kelter in das innere Becken rinnt. Schon sechs Wochen war der Junge von zu Hause weg, und was er unterwegs aufgeschnappt hatte, hätte er sonst wohl im Leben nicht gelernt.

Nun jedoch springt Ben Atars zweite Frau unwillkürlich auf, als wolle sie den Rabbiner besser sehen und hören, der sich daraufhin erregt sagt: Wenn sie dermaßen seinen Worten entgegenfiebere, daß sie bereit sei, sich unter Verstoß gegen die Regeln mehr in den Vordergrund zu drängen, als es ihre Ehre und die Ehre der ersten Frau verlangte, sollte er wohl lieber nicht in der altehrwürdigen heiligen Sprache beginnen – wie ursprünglich geplant, um das Herz der Geschwister zu gewinnen –, sondern auf arabisch, damit die Worte nackt und ohne Übersetzung geradewegs das Herz der jungen Frau erreichten, die das Elfenbeinkästchen zwischen den Seidengewändern versteckt hatte, die er diese Nacht gestreichelt. Aber er tut es nicht nur, um die zweite Frau zu ermuntern und zu bestärken, sondern auch zum Wohl der ersten Frau, die ob des unerwarteten Aufstehens ihrer Gefährtin erstaunt den Kopf hebt. Ja vielleicht möchte der Rabbiner mit seiner klaren, verständlichen arabischen Rede auch die jähe Wut Ben Atars etwas lindern, der sich aufführt, als sei es ihm Ernst mit dem Verdacht, den er gegen seinen Neffen erfunden hatte. Und wer weiß, denkt sich der Rabbiner, vielleicht würden seine Worte sogar seinen skeptischen Sohn überzeugen, falls er bereit wäre, seinem Vater zuzuhören.

Also muß man den Beklagten erneut als Dolmetscher einsetzen. Es sieht schon so aus, als würde Abulafia an diesem Abend kein einziges Wort in eigener Sache äußern, sondern lediglich das von einer Sprache in die andere übersetzen können, was andere gegen oder auch für ihn vorbrachten, wenn das von seiner Frau Gesagte denn tatsächlich zu seinen Gunsten ging und nicht etwa zugunsten seiner ersten, vormaligen Frau, von der er nie gedacht hätte, daß seine neue Frau so um das Rätsel ihres Ertrinkens besorgt sein könnte, als drohe es sich auch dort zu wiederholen, wo es kein Meer, sondern nur einen Fluß gab. Ja obwohl Abulafia weiß, daß der aus Sevilla beigezogene Rabbiner ihn geißeln, nämlich den Abscheu seiner Frau angreifen und sein plötzliches Verschwinden rügen werde, bringt er ihm doch eine gewisse Wärme entgegen. Nicht allein wegen der Zuneigung, die seine kindlich schmale Gestalt, kaum größer als sein eigenes Kind, auslöst, sondern auch in der Hoffnung, die Geißelung eines Rabbiners werde stets weise und daher auch allseits versöhnlich ausfallen. Deshalb will er sich mit aller Kraft bemühen, die Rede des Rabbiners nicht nur wortgetreu wiederzugeben, sondern auch ihren Geist zu bewahren.

Doch zu Beginn liegt noch kein Geist in des Rabbiners Rede. Denn Durst nach dem Naß, dessen Duft die Nacht erfüllt, verdorrt ihm die Worte im Munde. Und während der Winzer noch zögert, ob er nur einen Becher für den Redner ausschenken oder aber ein Faß für die ganze Gesellschaft öffnen soll, entscheidet sich Herr Levitas mit der Großzügigkeit eines Gastes, der auch ein bißchen Gastgeber ist – für ein Faß. Ein kleines zwar, aber immerhin ein Faß. Und der Wein, der nach Kennermeinung am besten für Zeit und Ort paßt, befindet sich nun just in dem Fäßchen, auf dem der Junge sitzt, der sich wohl nicht von ungefähr gerade diesen Platz ausgesucht hat. Also heißt man den jungen Elbaz aufstehen und rollt das Faß in die Mitte der Halle, wo es so aufgestellt wird, daß man das teure Naß an die ganze heilige Gemeinde ausschenken kann, ohne auch nur ein Tröpfchen zu verschütten. Zuerst füllt man den Becher des Rabbiners, der laut den Weinsegen spricht, dann die der Richter und aller Prozeßbeteiligten. Und während die erste Frau versteckt unter dem Schleier trinkt, schlägt die zweite ihn hoch, als wolle sie ihn gänzlich ablegen, und mit einem neuen Lächeln, das ihr ganzes klares, wohlgeschnittenes Gesicht erleuchtet, leert sie ihren Becher und wartet auf einen weiteren.

Und da erst, ohne Vorwarnung, den Becher noch in der Hand, beginnt der Rabbiner seine Rede, auf daß der rosige Wein, der durch die Kehle rinnt, das Denken der Juden von Villa-le-juif flexibel mache – die jetzt leise, jeder mit seinem eigenen Becher zu einem kleinen Umtrunk zusammentreten –, ja ihre Gedanken gar in neue, unbekannte Gefilde entführe. Wäre es nämlich des Rabbiners Wunsch gewesen, schlicht und einfach in wohlvertrauten, überkommenen Sätzen zu sprechen, hätte er vielleicht gar nicht viel Worte zu machen brauchen, sondern geradeheraus sagen können: *Ihr fernen und eigenartigen fränkischen Juden, was staunt ihr?*

Und was scheut ihr zurück? Mit Verlaub gesagt, entrollt doch die Schriftrolle, deren Heiligkeit wir alle verpflichtet sind, und findet dort die großen Erzväter, Abraham, Isaak und Jakob, doppelt, dreifach und gar vierfach beweibt. Fahret fort, und da ersteht Elkana mit seinen beiden Frauen, und das, noch ehe wir zu den frauenreichen Königen kommen, allen voran Salomo. Und wolltet ihr sagen, das waren die Altvorderen, große und starke Menschengeschöpfe, aufgerufen und fähig, zwischen Gut und Böse zu unterscheiden, dann nehmt das Buch Deuteronomium, in dem, gegen Ende, der Vers steht: »Wenn ein Mann zwei Frauen hat.« Irgendwer. Jedermann. Ein einfacher Kerl – kein Erzvater, kein Held, kein König, kein Mann der Vorzeit.

Und während Abulafia sich noch redlich müht, den letzten Satz zu übersetzen, leert der Rabbiner flink seinen Becher, aber nicht, um ihn abzustellen, sondern um ihn erneut mit demselben roten Wein zu füllen und sodann ohne unnötiges Zaudern, um nicht etwa Verdacht zu erregen, er weiche der Fortsetzung des Verses aus, fortzufahren, *»die eine geliebt, die andere verhaßt«*, mit allem Chaos und Grauen, die diesen Worten innelägen, worauf er noch eingehen werde. Doch vorerst lasse man ihn nur seinem Ärger Luft machen, denn wer hätte gewagt, noch dazu in einer so entlegenen Stadt wie Paris, gegen jüdische Mitbrüder solcherart Abscheu und Distanzierung zu verkünden, was weniger von Hochmut als von einer Ignoranz zeuge, die der Ehre der Vorfahren, Männern wie Frauen zugleich, Abbruch tue.

Jetzt sieht Rabbiner Elbaz aus dem Augenwinkel die starre Sorge auf den Zügen des Schiffsherrn ein wenig schwinden und eine kurze Reihe weißer Zähne aufblinken – das Lächeln eines Kaufmanns, der endlich auf Gegenleistung hofft. Aber ist Ben Atar wirklich nur Kaufmann? bewegt der Rabbiner plötzlich eine neue Frage im Herzen und wiederholt sie auf der Stelle laut vor versammeltem Publikum, das dem Redner baß erstaunt an den Lippen hängt. Nein, beantwortet er selbst entschieden seine Frage, er sei kein Kaufmann, der aus der Ferne gekommen sei, seinen Gewinnverlust einzuklagen. Auch wäre es ihm, Rabbi Elbaz, nie eingefallen, so schrecklich weit zu segeln, um einen bloßen Kaufmannsstreit zu schlichten. Hätten nämlich wirklich nur das Verlangen nach Handelspartnerschaft und Vermögen diesen Mann getrieben – wäre es ihm dann in den Sinn gekommen, eine schwierige, gefährliche Reise anzutreten, um einem abtrünnigen und verschwundenen Partner nachzujagen, den man mühelos und zum selben Preis durch drei frische, neue Partner hätte ersetzen können, die die Botschaft von der nordafrikanischen Ware nicht nur unter Franken und Bourbonen, sondern auch unter Flamen und Sachsen verbreitet hätten? Nein, der Rabbiner aus Sevilla betrachtet Ben Atar nicht als Kaufmann, sondern lediglich als einen Menschen, der sich als Kaufmann verkleidet. Während der langen Reisetage und nachts an Deck habe er nicht abgelassen, das Wesen dieses wunderbaren Mannes zu erforschen, doch erst jetzt in Villa-le-juif sei er ihm auf den Grund gekommen. Dies sei doch ein liebender Mann, ein Weiser und Philosoph der Liebe, der aus weiter Ferne angereist sei, um vor aller Ohren zu verkünden, daß es zwei gleichermaßen geliebte Frauen gebe.

Als Abulafia den letzten Satz übersetzt, heftet er den Blick auf seine beiden Tanten – und nicht er allein. Alle blicken zu den beiden schemenhaften Frauengestalten hinüber, deren eine immer noch aufrecht dasteht. Ben Atar, völlig durcheinander von den letzten Worten des Rabbiners, faßt sie am Arm, um ihr zu bedeuten, sie möge wieder Platz nehmen. Doch sie bleibt hartnäckig stehen, scheint trotz der konsternierten Blicke der Menschen ob ihrer widerspenstigen Weigerung kein Auge von dem kleinen, muskulösen Körper des Rabbiners lassen zu wollen, der mit kurzen Schritten vor der großen Fackel auf und ab wandert, ist nicht bereit, sich mit seiner tiefen Stimme zu begnügen, mit der er jetzt anhebt, Frau Esther-Minnas letzte Worte abzustreiten.

»*Denn die zweite Frau*«, fährt der Rabbiner selbstsicher fort, »*ist immer vorhanden, wenn nicht in Wirklichkeit, dann in der Phantasie. Daher wird keine rabbinische Verordnung sie je aus der Welt schaffen. Wenn sie aber nur in der Phantasie des Mannes existiert, ist sie unweigerlich gut, schön, unterwürfig, klug und nett, wie immer er sie sich wünscht, und so sehr sich seine einzige Frau auch anstrengen mag, wird sie doch nie diese Phantasiefrau erreichen, weshalb über der einzigen Frau ewig Ärger und Enttäuschung schweben. Ist die zweite Frau aber nicht Traum, sondern Wirklichkeit aus Fleisch und Blut, kann die erste Frau sich mit ihr messen, sie womöglich gar besiegen, sich zuweilen mit ihr versöhnen und, so sie will, sie sogar lieben.«*

Ein spöttisches Lächeln huscht jetzt über die Züge von Abulafias Frau, deren blaue Augen mit unablässiger Strenge das Gesicht ihres dolmetschenden jungen Mannes mustern, um festzustellen, ob er nur passiver Übersetzer ist oder womöglich auch verkappter Komplize. Aber der Rabbiner erschrickt nicht über das Lächeln dieser klugen Frau, tut im Gegenteil einen kleinen, vertraulichen Schritt auf sie zu, blickt ihr geradewegs in das errötende Gesicht, dem eine goldblonde, der strammen Haube entschlüpfte Strähne plötzlich ein kindliches Aussehen verleiht, und wiederholt nachdrücklich seine letzten Worte. »Ja, sie sogar lieben.« Denn nur die zweite Frau könne das unendliche, quälende Verlangen des Mannes erleichtern, es nämlich von einem Beweisakt in einen Lustakt verwandeln.

Aber jetzt reckt der treue Dolmetscher in jäher Verzweiflung beide Hände dem Redner entgegen, der sich von seinem gewundenen Ismaelitisch nun doch zu weit fortreißen läßt. Tatsächlich hält Rabbi Elbaz inne, mustert Frau Esther-Minna, die, hochrot vor Erregung, immer anrührender wirkt, und fängt aus dem Augenwinkel einen sonderbaren Blick seines Sohnes auf, der mit allen übrigen Anwesenden an seinen Lippen hängt, um ja kein Wort seines Vaters zu verpassen. Auf einmal bedauert Elbaz, daß sein Sohn seine Worte hört und versteht. Ja, wenn er seinem morgens an Deck gegebenen Schwur treu bleiben will, mit aller Kraft die zarte Doppelehe zu verteidigen, die über vierzig Tage neben ihm an Bord des Schiffes gesegelt ist, muß er die Sprache wechseln und die beiden abgewiesenen und bis dato arbeitslosen Schnellschreiber bitten, vorzutreten, um den Platz des verzweifelten Dolmetschers einzunehmen und fortan direkt aus der heiligen Sprache in die Sprache des Ortes zu übersetzen. Denn es deucht den Rabbiner, wenn er nunmehr seine Rede in die altehrwürdige, geliebte und vergessene Sprache kleide, könnte er nicht nur seine Autorität in den Augen der unwissenden kleinen Gemeinde verdoppeln, sondern auch, wie Frau Esther-Minna, ein Selbstbekenntnis abgeben, ohne daß sein Sohn es verstände.

Während die Leute im Weinkeller von Villa-le-juif die Prozeßparteien nun immer enger umdrängen, beginnt der Rabbiner aus Sevilla sein Bekenntnis über sich und seine verstorbene Frau, als sei sein Leben kein beliebiger Einzelfall, sondern ein gleichnishaftes Modell, von dem sich auf das Leben anderer schließen ließe. Im Zauberschein des Mondes, der langsam sein Bekenntnis einhüllt, erfahren die Zuhörer alsdann, daß die geliebte Frau des andalusischen Weisen – sollte sie ihrem Grab in Sevilla entsteigen, um der Welt nur eines mitzuteilen – ihm vorwerfen würde, daß er keine zweite Frau gehabt habe. Nicht nur, damit ihrem verwaisten Sohn nach ihrem Tod eine weitere Mutter bliebe, sondern auch, um ihr selbst die Qualen zu erleichtern, die der Gatte ihr verursachte, da er aus Angst, seiner ehelichen Pflicht nicht gerecht zu werden und ihre Leidenschaft unbefriedigt zu lassen, ihr ständig sozusagen wie *ein* Fleisch angehangen habe, so daß sie schon fürchtete, er könnte sich, Gott behüte, in ein weibliches Wesen verwandeln. Stehe die Frau jedoch ihrem Mann nicht allein gegenüber, und sei er gezwungen, ständig von einer zur andern zu wechseln, bleibe ihm nichts anderes übrig, als sein ursprüngliches Wesen, seine Mannesart, immer wieder zu beleben, denn keine Frau gleiche ja der andern.

Nun gebietet er den hebräischen Worten Einhalt, die sich in ungestümem Gedankenflug aus seinem Munde ergossen hatten, als befreie allein ihre Altehrwürdigkeit sie von jeder

Verantwortung für den Inhalt. Seine beiden Dolmetscher, die Thoraschreiber, ringen miteinander um die Erkenntnis, ob das Gehörte dem Gesagten und das Gesagte dem Verstandenen entspreche und ob das Verstandene übersetzbar sei. Während sie noch beratschlagen, wie sie in doppelter Verantwortung den beschwerlichen Weg des Dolmetschens bewerkstelligen sollen, der eine mit einem Wort, der andere mit einer Wendung, der eine mit einem Sinnbild, der andere mit einem Gleichnis, spürt der Rabbiner aus Sevilla bereits, allein aus dem warmen Blitzen in den Augen des Kaufmanns aus dem Lande Israel, daß sich vielleicht noch diesen Abend eine Entscheidung für Ben Atars Partnerschaft erwirken ließe. Noch weiß der Rabbiner nicht, wie und warum ihm dies gelingen sollte, doch faßt er plötzlich Mut und Hoffnung, und die geliebte Sprache wallt jetzt in seinem Innern, als wolle sie Rede in ein neues Lied verwandeln. Und nachdem die Dolmetscher ihm bedeutet haben, daß sie fertig sind, wendet er sich in einfacher, direkter Sprache an die beiden Geschwister, die jedes Wort verstehen.

»*Wir sind nicht über die Weiten des großen Ozeans gekommen, euer Gemüt zu erzürnen, und es ist nicht unsere Absicht, auch euch zu empfehlen, die Zahl eurer Frauen zu verdoppeln oder zu verdreifachen. Wenn der Augenschein zutrifft und das Land, das ihr bewohnt, öde ist, mit kleinen Häusern und magerem Ertrag, und die Christen ringsum euch über die Maßen bedrängen – welch Wunder ist es dann, daß ihr der hohen Kraft ermangelt, die mit tausend Rosen in den von der Sonne der Weisheit erleuchteten Ländern des Südens blüht. Doch wie wir uns hüten, euch nach unserer Stärke zu richten, so seid auch ihr nicht befugt, uns nach eurer Schwäche zu richten. Deshalb laßt jeden bei seiner Art und Eigenheit bleiben: Erneuert die alte Partnerschaft wie ehedem und brecht sie hinfort nicht mehr.*«

3

In Worms am Rhein hatten Rabbiner Levitas und seine Frau ihre Kinder, Esther-Minna und Jechiel, angehalten, bei jedem Mißgeschick zunächst die Schuld bei sich selbst zu suchen und erst dann die Taten anderer zu prüfen. Ja, diese Regel wurde ihnen derart zur zweiten Natur, daß es manchmal schien, die beiden Kinder hätten besonderes Vergnügen daran, sich selbst zu beschuldigen, obwohl insgeheim jedes den andern beobachtete, eifrig bedacht, ja nicht mehr Schuld auf sich zu nehmen als der andere. Auch diese Nacht nun, da Frau Abulafia sich selbst wegen des törichten Leichtsinns tadelte, mit dem sie die Dinge in der Weinkellerei von Villa-le-juif hatte laufen lassen, musterte sie, trotz der Dunkelheit, streng jeden Gesichtszug ihres Bruders, um zu sehen, ob er die Größe der seinerseits zu übernehmenden Schuld erkannte. Hatte Levitas auch während des ganzen »Gerichtsprozesses« eigentlich nichts Wesentliches gesagt, sondern nur, wie ein Chorleiter, anderen Zeichen gegeben, wer reden, schweigen oder übersetzen sollte, so war es doch zweifellos seine Idee gewesen, in Villa-le-juif einen Gerichtshof einzuberufen. Zwar könnte er seiner Schwester vorhalten, daß ihnen – hätte sie sich nicht zwischen ihn und den andalusischen Rabbiner gedrängt und in unerklärlicher Erregung die seltsame Erlaubnis zur Umbesetzung des Gerichts gegeben – die Niederlage vielleicht erspart geblieben wäre. Aber Levitas, der jetzt im Dunkeln in einer Ecke des nach Paris zurückkehrenden Wagens sitzt, will nicht einmal im stillen etwas zu seinen Gunsten und gegen seine Schwester vorbringen, sondern getreu seiner Erziehung mehr und mehr Schuld auf sich nehmen, wie ein Kind, das sich den Teller mit einer ungeliebten Speise vollhäuft, nur um seiner Mutter zu Gefallen zu sein.

Aber nicht allein aus Verlangen nach Selbstbeschuldigung handelt er so, sondern auch in der Überlegung, daß, selbst angenommen, man hätte seinem ursprünglichen Plan entsprochen und das Gericht lediglich mit den drei aus Chartres beigezogenen Thoraschreibern besetzt, noch unklar blieb, ob der andalusische Rabbiner letztlich nicht auch ihnen den Kopf verdreht hätte. Denn in einem stimmten Esther-Minna und ihr Bruder noch in derselben Nacht überein: daß der Gelehrte, den Ben Atar aus Sevilla geholt hatte, trotz seines kindlichen Aussehens und seiner abgeschabten Robe schlauer und findiger als gedacht gewesen war, sowohl in dem, was er gesagt, als in dem, was er ungesagt gelassen hatte. Denn wie sonst sollte man den Verrat der Frauen erklären, die Ben Atar den Vorzug vor Abulafia gegeben hatten, wobei letzterer, als das Urteil gegen ihn verkündet wurde, merkwürdigerweise ein zufriedenes Lächeln aufsetzte?

Aber läßt sich das dort Gesprochene überhaupt Gerichtsurteil nennen? Wäre nicht eher eine andere Bezeichnung angebracht? War es lediglich der erregte, eindringliche Aufruf wohlmeinender Leute an den Neffen und seine Frau, die alte Familienpartnerschaft mit dem Onkel zu erneuern, oder stand etwas Kühnes und Tiefes dahinter, des Inhalts, daß eine Doppelehe nicht nur die pittoreske Privatangelegenheit eines fernen Juden sei, sondern ein Brauch, der durchaus erneute Beachtung finden könnte? Zu dieser kühlen Abendstunde, beseelt vom Duft des erlesenen Weins, der bereits einem weiteren Faß entsprungen war, gab es gleichermaßen Gründe für eine milde wie eine strenge Auslegung des Urteils, wenn man es denn Urteil nennen durfte. Und nicht nur der Scharfsinn des andalusischen Rabbiners hatte die Hoffnungen der Pariser zunichte gemacht, sondern auch die Einmischung des radanitischen Kuriers. Denn kaum hatte Rabbi Elbaz seinen Vortrag beendet – und noch ehe die Übersetzung begann –, war dieser korpulente Mann auf die

Füße gekommen und hatte ein paarmal begeistert in die Hände geklatscht, womit er vorschnell Sympathie für den Kläger im Gerichtssaal verbreitete.

Und mit dieser Sympathie, die sich auf der Stelle mit dem Mitgefühl der einfachen jüdischen Winzerarbeiter für den kräftigen, dunkelhäutigen Kaufmann aus Nordafrika verband, der sich nicht zu schade gewesen war, seine beiden Frauen von weither mitzubringen, hatte der Kurier aus dem Lande Israel die Leute ein wenig von der Ehrerbietung und dem Pflichtbewußtsein gegenüber dem Kellereibesitzer und der Familie Levitas entbunden, und statt es bei versteckten unwillkürlichen Berührungen mit den glatten Seidengewändern der maghrebinischen Frauen bewenden zu lassen, sollten sie – die Leute – nun die ganze menschliche Natur einer unvoreingenommenen Betrachtung unterziehen. Aber was war sein Motiv? Hatte womöglich auch dieser Kaufmann an irgendeiner Station seiner langen Wege zwischen den Ländern des Orients und Europas insgeheim eine weitere Frau, die ihm die Öde und Einsamkeit seiner Reisen erleichterte? Oder trieben ihn gewisse Rachegelüste wegen des niedrigen Preises, den Levitas ihm am Vortag für die aus der Ferne mitgebrachten indischen Perlen geboten hatte?

Nachdem die Juden von Villa-le-juif in jener Nacht in ihre Häuser gegangen waren und die Prozeßparteien, Kläger wie Beklagte, sich auf den Rückweg nach Paris gemacht hatten, ließ der Kellereibesitzer nicht locker und fragte seine kränklich bleichgesichtige Frau erneut, diesmal in dem großen Ehebett, umstanden von kleinen Probierflaschen Wein, was ihr »Verrat« zu bedeuten habe. Wie sie dazu gekommen sei, für einen fremden Juden gegen die Pariser Freunde ihres Mannes Partei zu ergreifen. Stimme sie wirklich mit den Worten des andalusischen Rabbiners überein? fragte er, während er sie an beiden Schultern packte, sei es aus Ärger, sei es bereits aus Verlangen. Wenn ja, fuhr er scherzhaft drohend fort, könnte er womöglich ebenfalls eine zweite Frau nehmen. Warum nicht? dachte seine Frau, die es leid war, ständig die Leidenschaft ihres Mannes zu befriedigen, den der Anblick der traubenstampfenden Frauen auf seinem Hof über sein wahres Vermögen hinaus erregte. Doch sie wagte nicht, ihm einzugestehen, daß sie sich nach der Ruhe und Ausgeglichenheit sehnte, die die beiden südlichen Frauen, die eine sitzend, die andere stehend, in ihren farbenfrohen, scheinbar mitten im Fluß erstarrten Gewändern ausgestrahlt hatten. Müde und gereizt brachte sie eine wirre Entschuldigung hervor, die beinah darauf hinauslief, der Kurier aus dem Lande Israel mit seinem großen schwarzen Bart habe sie durch Zauberwerk für den verabscheuten, doppelt beweibten Kläger eingenommen.

Auch die drei jungen Traubenstampferinnen konnten von dem »Zauber« erzählen, mit dem der Mann aus dem Lande Israel sie belegt hatte, wußten jedoch nur zu gut, daß dieser »Zauber« auf seinen warmen Augen und dem männlichen Duft seines großen, starken Körpers beruhte, der einen veranlaßte, ihm Vertrauen und Gehör zu schenken, vielleicht auch in dem seltsamen Gedanken, wer mit solcher Sicherheit einen Mann zweier Frauen verteidigte, werde sich auch stark genug fühlen, für drei einzutreten. Da sie sich dies aber nicht einmal selbst eingestehen konnten und erst recht nicht den neugierigen Kellereiarbeitern, die ihnen Rechenschaft für das dem Patron und seinen Freunden nachteilige Urteil abverlangten, versuchten sie das Geschehene mit dem Sprachengewirr zu erklären, das ihnen momentan den Verstand verwirrt habe.

Sogar der Thoraschreiber, der mit seinen beiden Gefährten in einem alten Wagen zu dem kleinen Landsitz Chartres zurückgebracht wird, versucht jetzt in der dunklen Stille der weiten öden Île-de-France, die auf einmal vom regen Lautwechsel hungriger Schakale und schlauer Füchse erfüllt wird, erst mal für sich selbst zu klären, ehe er seinen Gefährten erklärt, wieso und warum es zu seinem Meinungsumschwung gekommen war. Schließlich hatte er durchaus gewußt, welche Entscheidung die Leute, die ihn nach Villa-le-juif geholt hatten, von ihm erwarteten und wofür das versprochene Honorar gedacht gewesen war, das sich wegen seines schmählichen Verrats bereits in Luft aufgelöst hatte. Doch welch Wunder – obwohl er wußte, wie sehr er alle und sogar sich selbst enttäuscht hatte, fühlte er sich nicht elend, sondern geradezu stürmisch erregt, als habe eine andere, wahre oder vermeintliche, Autorität, die von dem Kaufmann aus dem Lande Israel ausging, sich bei ihm eingenistet und mit einem Mal alte Loyalitäten umgestürzt. Doch er hatte Angst, dies seinen zwei Kollegen einzugestehen, auf daß sie jetzt nicht plötzlich vor ihm zurückscheuten, wie Esther-Minna vor Ben Atar. Während der klapprige Karren, den der Kellereibesitzer ihnen bereitgestellt hatte, noch zwischen nebelverhangenen öden Feldern und den Ruinen verfallener Burgen dahinrumpelt und der nichtjüdische Kutscher mit seinem Pferd redet, um zu prüfen, ob es den Weg noch weiß, möchte der abgeirrte Richter sich daher vor seinen Kollegen rechtfertigen und beginnt eine sanfte, sehnsuchtsvolle Litanei über die Männer von einst mit ihren Frauen und zahlreichen Nachkommen, bemüht, durch nostalgische Reden die räumliche Entfernung, aus der Ben Atar zu ihnen gekommen war, durch eine zeitliche zu ersetzen, um ihn zwischen die biblischen Helden einzureihen.

Nur von der alten Witwe, der Traubenleserin, forderte kein Mensch Erklärung für ihr Tun. Dabei war gerade sie innerlich überzeugt, daß die Erneuerung der Partnerschaft zwischen Nord und Süd dem heimlichen Willen der ganzen versammelten Gemeinde entsprach. Aufgeregt und zufrieden über das Geschehene, beschloß sie, in der dunklen Kellerei zu nächtigen statt in ihre bescheidene Behausung zurückzukehren. Sie zog die Fuchspelze von einigen Fäßchen ab und richtete sich ein weiches Lager auf dem kleinen Gerichtspodium ein. Dort legte sie sich hin, als hätte sie bereits davon Besitz ergriffen, atmete den Nachhauch der Kläger und Beklagten, Richter und Dolmetscher und dachte im stillen: Hätte ihr verstorbener Mann ihr nur eine zweite Frau hinterlassen, die jetzt neben ihr läge und gemeinsame Erinnerungen mit ihr auffrischte. Sie schloß die Augen, entzündete in Gedanken erneut die große Fackel, die vor dem kleinen Podium gebrannt hatte, und ließ Gesicht auf Gesicht an sich vorbeiziehen, hin und rück, Übersetzung nach Plädoyer, bis ihre Augen an den großen Augen des Dolmetschers Abulafia haften blieben.

Der jetzt sehr still, von Alpträumen, aber auch von Hoffnungen erfüllt, in dem großen Wagen nach Paris zurückfährt. Obwohl er zwischen Frau und Schwager eingeklemmt sitzt, ihm gegenüber der Onkel und die Tanten, weichen seine Augen jedem nahen Blick aus und richten sich auf den schmalen Rücken Rabbi Elbaz', der sich neben seinen Sohn zum Kutscher gesetzt hat, um seine Siegesfreude mit dem Anblick eines anderen Sternenhimmels zu krönen und die Zeilen des neuen Gedichts, das er gerade verfaßt, vor sich hin zu murmeln, auf daß es ihm tief im Gedächtnis hafte. Alle schweigen jetzt, aber während die obsiegenden Prozeßbeteiligten großen Hunger haben, verspüren ihre unterlegenen Gastgeber nichts dergleichen, ja scheinen die zweite Provianttruhe außen am Wagen gänzlich vergessen zu haben. Auch Abulafia verspürt keinen Hunger, aber nicht etwa, weil er sich besiegt und bekümmert gefühlt hätte, sondern weil er unablässig den Moment bedenkt, in dem er seiner Frau allein gegenübertreten und sie über ihr Scheitern hinwegtrösten, aber auch noch mild für das unnötige Leid tadeln müßte, das ihr sonderbarer *Abscheu* ausgelöst hatte. Mit Milde, versichert er sich immer wieder, denn die feierliche öffentliche Widerrufung dieses Abscheus würde ihn ja befähigen, bereits im nächsten Sommer wieder an die Nahtstelle zwischen den beiden Welten, zur blauen Bucht von Barcelona, hinabzureisen, die ihm hier im muffigen Dunkel des Wagens in tausendfachem Zauberglanz leuchtet. Und da er sich erst über sein eigenes Denken und die Gedanken, die sich andere über ihn machen, klar werden möchte, ehe er sich allein mit dem komplizierten Denken seiner Frau auseinandersetzt, übernimmt er die Rolle des Hausherrn und heißt den Kutscher die Pferde in eben jenem Gehölz an eben jenem Bach anhalten, in dem sie das Tagesmahl eingenommen hatten, um nun dort das Nachtmahl zu halten.

Tatsächlich sind alle Reisenden – Kläger und Beklagte, Hungrige und nicht Hungrige – äußerst froh über den von Abulafia verordneten Halt, obwohl die Fahrt noch nicht lange gedauert hat und es nicht mehr weit bis Paris ist. Gerade jetzt, nach dem Aufruhr um das Urteil, möchte nämlich jeder ein bißchen für sich sein, im Dunkeln, seinen Gefährten verborgen und dem freien Himmel ausgesetzt. Kaum hat der Wagen angehalten, zieht der Rabbiner denn auch bereits seinen Sohn ins Dickicht des Wäldchens, um sich ein wenig die Beine zu vertreten und Notdürfte zu verrichten, die vorher aus Respekt vor dem Gericht verdrängt worden waren. Auch Ben Atar zögert nicht, seine beiden Frauen, allerdings in Gegenrichtung, tief zwischen die Bäume zu führen, um dort all das zu tun, was ihnen bisher verwehrt war. Und bis alle zurück sind, geht Levitas zum Bach hinunter, um einen leeren Krug mit reinem Wasser zu füllen, während Abulafia gemeinsam mit dem Kutscher die Proviantruhe von der Wagenwand losbindet und Reisig für ein kleines Feuer sucht, das er für seine Gäste entzünden möchte. Nur Esther-Minna ist neben einem Pferd stehen geblieben, hält mit der einen Hand das Halfter und streichelt mit der andern geistesabwesend und unverwandt die harte breite Stirn des Tieres, das geduldig darauf wartet, daß die angenehme kleine Frauenhand von ihm ablassen möge, damit er es seinen Genossen gleichtun und nach Herzenslust frisches Gras rupfen könne.

Bald schon entfacht der reiseerfahrene Abulafia ein schönes Feuer, in dessen Knistern und Prasseln sich jetzt das Stoffrascheln der ersten Frau mischt, die allein, ohne ihren Mann zurückgekehrt ist. Als sie sieht, daß Frau Esther-Minna immer noch in Gedanken verloren neben dem höflichen Pferd steht, erbietet sie sich Abulafia, ihm beim Ausbreiten der Tafeldecke und dem Aufschneiden von Brot, Käse und gekochten Eiern zu helfen. Gut auch, daß Juden das Tischgebet am Ende der Mahlzeit, nicht an deren Anfang sprechen, denn so braucht man den heißhungrigen Knaben nicht aufzuhalten, bis Ben Atar und die zweite Frau zurück sind. Man braucht nur die Hände unter dem Wasser zu waschen, das Herr Levitas darübergießt, und zwei kurze Segenssprüche zu sagen, um aus den Händen der ersten Frau eine große Scheibe Schwarzbrot zu erhalten. Obwohl es unpassend ist, daß Frau Esther-Minna weiter abseits steht, mehr beleidigter Gast als verantwortungsbewußte Gastgeberin, reißt sie sich erst dann von dem Pferd los, als man die zweite Frau und Ben Atar aus der Tiefe des Wäldchens hervorkommen hört. Jetzt wird auch der Grund ihres Säumens offenbar, denn die junge Frau hat ihr Seidengewand mit einem Umhang aus schlichtem, aber wärmerem Stoff vertauscht. Esther-Minna lächelt die beiden zerstreut und trübselig an, noch immer ohne ein Wort zu sagen, und folgt dem Paar, das langsam über die dämmrige Au auf das von Minute zu Minute kräftiger brennende Feuer zugeht.

Aber nur ihr jüngerer Bruder, der besser als ihr Ehemann das Ausmaß ihrer Bedrängnis erkennt, steht eilig auf und hilft ihr, ein bequemes Plätzchen am Feuer zu finden. Da sie nichts von dem Essen anzurühren vermag, spricht sie wenigstens dem angebotenen Becher Wein zu, um ihr geknicktes Gemüt zu stärken. Und sie bedarf wahrlich einer Stärkung, schon wegen der liebkosend verharrenden Blicke des Rabbiners auf ihrem Gesicht und Körper, die ihr zusätzliche Sorge bereiten, da sie eben erst die Macht seines findigen Geistes kennengelernt hat. Ja, so groß ist ihre Besorgnis, daß sie zusammenzuckt, als die erste Frau sie sanft antippt, um ihr mit freundlichem Lächeln ein Stück Käse anzubieten, dem als Koscherzeugnis das hebräische Wort für »Segen« aufgeprägt ist. Was habe ich denn bloß getan? grübelt Esther-Minna verzweifelt. Statt die Partner mit Lockungen und Ausflüchten in aller Stille voneinander zu lösen, habe ich sie jetzt mit dem Urteilsspruch einer unwissenden, trunkenen Versammlung aneinandergekettet. Und sie sucht vergebens den Blick ihres Mannes, der gar nicht traurig oder niedergeschlagen wirkt, sondern nur eifrig bemüht ist, Wasser zu kochen, um die würzig duftende trockene Blattmischung aufzugießen, die die erste Frau ihrem Beutel entnommen hatte.

Plötzlich springt Levitas jedoch auf und greift sich an die Stirn. Denn erst jetzt ist ihm eingefallen, daß er im Tumult des Aufbruchs aus Villa-le-juif vergessen hat, den Thoraschreibern das versprochene Honorar auszuzahlen, und jene ihn womöglich verdächtigen könnten, er habe aus Unwillen über den Prozeßausgang sein Versprechen gebrochen, als gehe es hier nicht um Honorar, sondern um Bestechungsgeld. So schwer bedrängt ihn der falsche Verdacht, den man ihm anhängen könnte, daß er keine Ruhe findet, weder ißt noch trinkt, nur bedrückt das Feuer umkreist. Bald schon wird klar, daß allein die sofortige Rückkehr in die Weinkellerei zur Begleichung der vergessenen Schuld ihn wieder zur Fassung bringen würde. Und während Abulafia seinen Schwager noch zu überreden versucht, doch bis zum nächsten oder übernächsten Tag zu warten, statt mitten in der Nacht allein aufzubrechen, weiß Frau Esther-Minna, in besserer Kenntnis ihres Bruders, daß keine Macht der Welt diesen Mann davon abhalten kann, seinen guten Namen so schnell wie möglich reinzuwaschen, weshalb sie den verblüfften Kutscher anweist, just das Pferd von der Deichsel zu lösen, dessen Kopf sie eben gestreichelt hat, und es ihrem Bruder zu geben, damit sein Fehler alsbald gesühnt werden könne.

Während der Hufschlag des südwärts preschenden Pferdes in der Dunkelheit erstirbt, fühlt sie ihre Einsamkeit ins Unerträgliche wachsen, und sogar der Krauskopf ihres Mannes, der ihr so lieb ist, daß sie ihn im Bett manchmal eigenhändig kämmt, kommt ihr jetzt im Feuerschein plötzlich fremd und wild vor. Nun hat sie den dringenden Wunsch, schnell heimzukommen, obwohl sie nicht vergißt, daß ihr Ehebett auch diese Nacht für die südlichen Gäste requiriert ist, die kraft des eigenartigen Urteils doppelten Stellenwert erhalten haben. Doch die Leute ums Feuer scheinen es mit dem Aufbruch nicht eilig zu haben. Sie sitzen seelenruhig mit untergeschlagenen Beinen nebeneinander, nippen an dem heißen Kräutertrank und ziehen Ledersäckchen mit geriebenen oder geschroteten Gewürzen in allerlei Farben hervor, die sie auf sämtliche Speisen streuen, um sich den Mund wäßrig zu machen. Dabei unterhalten sie sich in tiefster südlicher Ruhe auf arabisch, als befänden sie sich an den sicheren, goldenen Gestaden ihrer Heimat und nicht mitten in wildem, ödem Land.

Jetzt wird deutlich, daß gerade Herrn Levitas' Fortgang die beiden Frauen aus ihrer Erstarrung löst. Denn als sie sehen, daß der nichtjüdische Kutscher auf seinem Kutschbock döst, erlauben sie sich, die Schleier ein wenig zu lüften. Und da die Wiederherstellung der Partnerschaft die lange, beschwerliche Reise nun in ein sinnvolles, zielgerichtetes Unternehmen verwandelt hat, beginnen sie fröhlich miteinander zu plaudern, necken lachend nicht nur Ben Atar, sondern auch Abulafia und nehmen sogar den Rabbiner aufs Korn, der den Kopf auf die Knie seines Sohnes gelegt hat, um besser neue Sterne ausmachen zu können, die in Andalusiens Himmel nicht zu sehen sind. Obwohl Abulafia die Trübsal seiner Frau erkennt, kann das ringsum plätschernde Familiengespräch ihn nicht kühl und unbeteiligt lassen, doch er wendet sich ihr hin und wieder angelegentlich zu, um ihr ein, zwei Sätze zu übersetzen, besonders von den Reden der zweiten Frau, die vor dem Funkenreigen des Feuers das Gespräch langsam mit ungeheurer Lebendigkeit erobert, als habe sie beim Umkleiden im Wald von ihrem Mann auch Zuspruch oder Bestätigung erhalten, die ihr doppelte Sicherheit verlieh.

Doch Frau Esther-Minnas Stimmung wird immer trüber, als habe ihre berühmte Selbstsicherheit plötzlich einen Sprung bekommen. Ja hätte sie jetzt einen Schleier zur Hand, würde sie gern ihr Gesicht dahinter verbergen, vor allem vor den Blicken ihres Mannes, dessen ausgelassene Heiterkeit ihr so widerwärtig ist, daß sie meint, sterben zu wollen. Sie erhebt sich eilends von ihrem Platz und geht auf das Wäldchen zu, als suche auch sie ein Eckchen für sich, um das zu tun, was die anderen bereits vor ihr getan hatten. Aber als sie dort im Dunkeln zwischen den großen Bäumen geht, fühlt sie sich leer statt voll, hungrig statt gesättigt, und deswegen dringt sie weiter in das Dickicht vor, geht dabei nicht geradeaus, sondern beschreitet einen weiten Bogen um das flackernde Feuer, bis sie plötzlich den Klageruf eines aufgescheuchten kleinen Wildtiers hört. Da bleibt sie stehen und reibt in Verzweiflung den Kopf an einem Baumstamm, als sei ihr Gott schon endgültig unterlegen und sie müßte hinfort bei einem Baum des Feldes Erbarmen suchen.

Während Esther-Minna noch auf dem Fleck verharrt und vor ihrem geistigen Auge einen jungen, begehrten Ehemann aufsteigen läßt, der im nächsten Sommer sein Bündel schnüren und sich auf den tausend Meilen langen Weg zur Bucht von Barcelona machen würde, um von dem Onkel und Partner nicht nur Kupfergeschirr und Gewürze zu bekommen, sondern auch den Hauch der Doppelheit, der wie Zimtgeruch seinen Kleidern anhaftet, steht der besagte Ehemann auf und beginnt leicht besorgt, um das Feuer zu wandern, in Gedanken vertieft, ob das Ausbleiben seiner Frau sein Eingreifen verlange oder der Respekt nun gerade seine Zurückhaltung erfordere. Letzten Endes kann er nicht mehr an sich halten und ruft laut nach ihr, um ein Lebenszeichen zu erhalten, doch seine Frau, die seinen Ruf als fernen Widerhall hört, hält ihre Antwort zurück, nicht nur, weil sie sich nicht sicher ist, ob ihre Stimme ausreicht, die Entfernung zu überbrücken, sondern auch in der klaren Erkenntnis, daß sie nur so, im stillen Dunkel des feuchtfrischen Dickichts, den Mut aufbringen würde, einen neuen Gedanken zu entwickeln, der die neuerliche Bedrohung ihrer Ehre abzuwehren vermöchte.

Aber auch, wenn Abulafia im Grunde weiß, daß seine neue Frau jetzt nur schweigt, um die leichte Besorgnis des Liebenden bei ihm zu wecken, ist er nicht sicher, ob die nächtlichen Geister ihr die Erfüllung ihres kleinen Wunsches unbeschadet gewähren würden. Deshalb beschließt er, auf ihr andauerndes Schweigen, sie eigenhändig ans Lagerfeuer zurückzubringen, und steuert geradewegs den Ort an, von dem sie aufgebrochen ist, im Glauben, sie befände sich zwei, drei Schritte weiter, doch nach langen Minuten des Suchens,

Irrens und Rufens ohne Antwort kehrt er aufgewühlt ans Feuer zurück, derart erschrocken über das imaginäre Fehlen, das Wirklichkeit geworden ist, daß Ben Atar hastig aus Reisern und trockenem Laub zwei Fackeln macht, eine für sich, eine für den jungen Ehemann, der bereits seine erste Frau in den Wellen des Meeres verloren hatte und deshalb jetzt verständlicherweise mit aller Kraft danach strebt, die zweite nicht zwischen den Bäumen des Waldes zu verlieren.

Aber Frau Esther-Minna möchte keineswegs verlustig gehen, ja ist, ihrem wahren Standort nach, nicht einmal weit vom Lagerfeuer oder auch von den beiden Männern entfernt, die mit flackernden Fackeln zwischen den Bäumen nach ihr suchen. Aber da sie von Anfang an keine gerade Linie, sondern einen weiten Kreis beschrieben hat, befindet sie sich jetzt in entgegengesetzter Richtung von den Suchenden. Deshalb kann sie klein und zusammengesunken unter dem Baum sitzen, an dem sie sich eben gerieben hat, die schmalen Arme über der Brust verschränkt, tief in Gedanken versunken, in Erwartung des Augenblicks, in dem man die Suche aufgeben würde, so daß sie in vornehmer Gelassenheit ans Feuer zurückkehren könnte, erfüllt von der betörenden neuen Idee, die in ihrem Herzen Fuß gefaßt hat. Doch nun haben sich die beiden suchenden Männer bereits getrennt und zwei verschiedene Richtungen eingeschlagen. Und während der Ehemann die gerade Linie fortsetzt, als glaube er tatsächlich, seine Frau habe beschlossen, vielleicht von den Sternen geleitet allein nach Paris zurückzukehren, schlägt der ältere Onkel, der sich mit Frauenseelen besser auskennt, die rückwärtige Richtung ein, denn mit seinem feinen Gespür weiß er, daß eine Frau, die ihn mit ihrem Abscheu so viele Wochen über die Ozeanwellen geschleppt hat, sich in acht zu nehmen weiß.

Doch die Fackel löst sich ihm schon in den Händen auf, ihre letzten Funken stieben auseinander und verlieren sich im Gebüsch. Als Ben Atar dann im Dunkeln auf Frau Esther-Minna stößt, weiß er daher im ersten Moment nicht, ob er einen Menschen vor sich hat oder womöglich ein ihm unbekanntes weiches europäisches Tier. Während er sich über sie beugt, sie anfaßt und aufzuheben versucht und ihr dabei Worte in der heiligen Sprache zumurmelt, um zu prüfen, ob sie auch nicht ohnmächtig sei, begreift sie, daß vielleicht gerade eine Ohnmacht ihr Ausbleiben und Schweigen zu rechtfertigen vermöchte, weshalb sie fest die Augen zudrückt und sich als dritte Frau dieses kräftigen Mannes wähnt, um ganz und gar das Beben des Schmerzes und der Erniedrigung zu spüren, die ihre neue Lage an sich hat. Und zum ersten Mal im Leben setzt sie, die sonst stets Kaltblütigkeit und klaren Verstand bewahrt, alles daran, in Schwindel zu geraten, um ein bißchen ohnmächtig zu werden.

Aber als sie die Augen aufschlägt, merkt sie, daß es keine eingebildete Ohnmacht gewesen sein kann, denn sie sieht sich, mit einem fremden Gewand bedeckt, am Feuer liegen, während Abulafias Gesicht in bewunderndem Staunen über ihr schwebt, als habe seine Frau durch ihr Ohnmächtigwerden einen weiteren, nie gehabten Vorzug hinzugewonnen. Doch obwohl sie begierig ist zu erfahren, ob der Ehemann, der sie so betrachtet, auch der ist, der sie aus dem Gehölz zum Lagerfeuer getragen hat, oder ob das der doppelt beweibte war, der sie ja gefunden hatte, weiß sie, daß es jetzt nicht an der Zeit ist, der Sache nachzugehen, da alle Reisenden sie mit Liebe und Sorge umgeben, als habe die Ohnmacht all die Sünden ihres Abscheus gesühnt. Ja, so groß und tief ist die Sorge um ihr Wohl, daß die erste Frau schon eine Naht im Futter ihres Untergewands auftrennt, das ihr auch als eine Art weiche verschwiegene Kommode dient, und ein winziges Fläschchen scharfer Tropfen hervorholt, die Abu Lutfi ihr jedes Jahr aus der Wüste mitbringt. Nach der Heimlichkeit, mit der er ihr stets das Fläschchen übergibt, scheint es sich dabei um das legendäre Elixier zu handeln, das aus Hirn oder Hoden rituell unreiner, aber intelligenter Affen gewonnen wird, und sein Geruch ist derart einzigartig, daß – sobald die erste Frau auch nur einen einzigen Tropfen in die bleichen Schläfen der neuen Frau reibt – dieser keine andere Wahl bleibt, als sich sofort aufzurichten.

4

Aber gerade der eigenartige Duft des Tropfens Wüstenelixier, der, von den Schläfen der neuen Frau aufgesogen, augenblicklich ihr ganzes Wesen durchflutete, so daß sie schon meinte, dieser betörende Duft, der in ihr Innerstes drang, wolle auch auf ihre Seele einwirken, hat auch ihre neugeborene Idee bekräftigt. Und als Esther-Minna jetzt aufsteht und lächelnd in den Wagen steigt, nur aus Höflichkeit die hilfreiche Hand ihres Mannes nimmt und dankend das weiche Laubbett ablehnt, das die beiden Frauen ihr freundlicherweise im Innern des Wagens bereitet haben, um ihre Schwäche zu polstern, formuliert sie im Geist schon klar die Worte, die sie ihrem Mann sagen will, sobald er ihr allein in dem kleinen provisorischen Zimmer gegenübersteht, das man ihnen im Wohnflügel des Bruders eingerichtet hat.

Ja, so fest und ausgereift ist ihr Beschluß hinsichtlich des neuen Weges, den ihr Leben fortan nehmen soll, daß sie sogar davon absieht, sich bei Rückkehr des Bruders mit ihm zu beraten, vielleicht auch, weil zum ersten Mal in ihrem Leben das Vertrauen zu ihm, der ihr sonst so oft oberste Richtschnur gewesen ist, einen Riß bekommen hat. Nicht einmal jetzt, da der Wagen schwankend im mitternächtlichen Dunkel zwischen den Ruinen der Stadt Lutetia hinaufrollt, kann sie die Schmach des vergeistigten leichten Lächelns vergessen, das über sein Gesicht gehuscht war, als er der gefährlichen Rede Rabbi Elbaz' lauschte, der Leid, Schmerz und Glück des Ehebetts in simples, bequemes Vergnügen verwandeln wollte. Wie ist es nur möglich, ereifert sich Esther-Minna im stillen, daß dieser Bruder, der genau wie sie in einem gänzlich von *wahren* Thoraworten erfüllten Hause aufgewachsen ist, nun meint, jede Idee, mit einigen Schriftversen garniert, verdiene eine geneigte rationale Prüfung, auch wenn die Seele sie verabscheuen müßte.

Doch Levitas, der jetzt zu Pferd durch die Nacht nach Villa-le-juif zurückreitet, denkt nicht an die Rede des Rabbiners und macht sich auch keine Sorgen über die Grübeleien seiner Schwester. Er ist fest entschlossen, nicht nur die Thoraschreiber einzuholen und ihnen das versprochene Honorar auszuhändigen, um seinen guten Ruf zu wahren, sondern auch den Radaniten aufzutreiben und ihm einen höheren Preis für seine beiden indischen Perlen zu bieten. Denn unweigerlich mußte dieser Pariser Kaufmann mit seinem scharfen Verstand ja das entschieden feindselige Eingreifen des andern im Prozeß mit dem überaus niedrigen Preis in Verbindung bringen, der ihm tags zuvor geboten worden war. Doch als Levitas die Weinkellerei, umgeben vom Schatten ihrer Reben, erreicht, findet er den Patron und seinen kleinen Trupp Arbeiter schon tief in Schlaf versunken, als hätten sie es eilig gehabt, den just verkündeten wundersamen Urteilsspruch in ihren Träumen zu verwirklichen. Und da die drei Thoraschreiber in ihrem Karren bereits dem Landsitz Chartres zurollen und der Kaufmann aus dem Lande Israel spurlos verschwunden ist, bleibt Levitas, der vergeblich zwischen den Weinfässern umherwandert, nichts anderes übrig, als dem Geplapper der alten Richterin zuzuhören, die beim Schrittgeräusch des überraschenden Gastes hastig aus ihrem Haufen Fuchspelze hervorgekrochen ist, die ihren Leib ohnehin nicht hatten wärmen können.

So sitzt Levitas denn, leicht zitternd in der frühherbstlichen Kühle der Nacht, zwischen zwei Weinfässern auf dem vormaligen Gerichtspodium, in ein altes Fuchsfell gehüllt, und wartet auf das Morgenlicht, um dem Kellereibesitzer eigenhändig das versprochene Honorar zu übergeben und zu erkunden, wohin der Kurier aus dem Lande Israel verschwunden sei. Und bis der Tag anbricht, lauscht er vorerst dem Geplauder der Alten, die – getreu dem Väterspruch »mehre kein Geschwätz mit der Frau« – den Mann aus Paris kein Wort einwerfen läßt, sondern ihn mit ihren begeisterten Eindrücken von den sonnengebräunten Juden aus dem Süden überhäuft, von der Schönheit ihrer Frauen und dem Zauber ihrer Gewänder, dem reinen Zungenschlag des Rabbiners und der Niedlichkeit seines Kindes. Doch vor allem bewundert sie immer aufs neue die imposante Erscheinung Ben Atars, und, wer weiß – erlaubt sich die Alte eine neue Phantasie –, vielleicht würde er auch sie als weitere Frau auf das Schiff mitnehmen, das in seine sonnige Heimat zurücksegele.

Levitas schließt stumm die Augen und versucht als bedächtiger, praktischer Mann, ungeachtet der schauderhaften Müdigkeit, einen ersten dünnen Gedankenfaden in seinem Innern auszuspinnen, aus dem sich hinfort ein Kompromiß stricken ließe, der das aberwitzige, aber klare Urteil und die dadurch wiederbelebte Partnerschaft mit der Ehre seiner älteren Schwester versöhnen könnte. Möglicherweise verwirrt das unaufhörliche, nichtige Geplapper der Alten, die sich ihm tief in der Nacht aufgedrängt hat, auch langsam seinen Verstand, wenn ein energischer, klar denkender Mann wie er jetzt erwägt, sich als vierter Partner der neuerstandenen Partnerschaft zwischen Süd und Nord anzuschließen, und sei es nur als Mittelsmann oder Puffer zwischen dem Onkel und seinem Neffen, um mit seinem stabilen, vertrauenswürdigen Wesen die Bedrohung durch die Doppelheit abzufangen, die seine Schwester derart erschreckt. Aber dieser ebenso originelle wie merkwürdige Gedanke keimt nur deshalb im Hirn des fürsorglichen, verantwortungsbewußten Bruders, weil er sich von seiner Schwester entfernt hat, der jetzt im dunklen Wageninnern die Körperwärme ihres Mannes entgegenflutet, als hätten sich seit ihrer Prozeßniederlage und ihrer Ohnmacht im Walde seine Liebe und sein Verlangen nach ihr jede Minute verdoppelt. Und gerade weil Esther-Minna das sehr wohl spürt, meint sie fest, weder der Zustimmung ihres jüngeren Bruders noch eines raffinierten Kunstgriffs seinerseits zu bedürfen, um alsbald eine neue Erklärung vor dem Mann abzugeben, der im Kerzenschein vor ihr stehen und seine Kleider ablegen würde.

Deshalb neigt sie nur lächelnd den Kopf, als Rabbi Elbaz sich umwendet, um sie höflich verschmitzt nach ihrem Befinden zu fragen, als halte er sich zugute, daß auch sein wunderbares Plädoyer zu ihrer Ohnmacht beigetragen habe. Als sie dann mitten in der Nacht in der Rue de la Harpe neben der Statue eines Harfenspielers aussteigen und den Geruch des Flusses atmen, lächelt sie erneut und macht devot eine leichte Verbeugung gegenüber dem Nordafrikaner, der, in seiner neuen Autorität als Familienoberhaupt, seine beiden Frauen in ihre Obhut gibt, während er selbst zum Schiff eilt, um dem besorgten Ismaeliten mitzuteilen, daß sein Gebet zu Allah nicht vergebens gewesen sei und man im Morgengrauen mit dem Löschen der Ladung beginnen könne. Erst nachdem Frau Abulafia die beiden Frauen hinaufgebracht und dem Rabbiner ein wenig das Bettzeug aufgeschüttelt und das Kissen gewendet hat, damit er nicht etwa schlecht schlafe neben den beiden Frauen, die jede in ihr Kämmerlein verschwunden waren, beordert sie die alte Magd, Wasser zu wärmen, damit sie sich in dem kleinen Zimmer, das Levitas ihr eingerichtet hat, waschen könne.

Nackt in einer großen, aufs feinste ziselierten Kupferwanne, die Abulafia ihr zur Verlobung geschenkt hatte, ihr zierlicher Körper trotz des Alters frisch und rosig rein schimmernd, wäscht die blauäugige Frau sich mit Hilfe ihrer heidnischen Zofe, weniger um den anhaltenden Geruch des Wüstenelixiers zu vertreiben, als ihn mit dem vertrauten Geruch der Kernseife zu vermischen. Als sie dann merkt, daß Abulafia schon eintreten und seine Kleider ablegen möchte, schickt sie ihre Zofe weg und zeigt sich ihm in ihrer ganzen Pracht, bevor sie das leichteste Gewand überstreift, das sie besitzt. Doch ehe dieser krausköpfige Mann – Gatte und Neffe, Zurückscheuender und magisch Angezogener, Dolmetscher und Beklagter, halb Sieger, halb Unterlegener – sich auszuziehen beginnt, verkündet sie ihm in einem Ton, dem nur die Tiefe der Nacht solche Festigkeit verleihen kann, daß sie – da das Zurückscheuen vor dem doppelt beweibten Onkel fehlgeschlagen sei und die Partnerschaft daher wieder aufleben werde – sich nun als *widerspenstige* Ehefrau deklariere, die kein Verlangen mehr nach ihrem Gatten habe. Kraft eines unverbrüchlichen alten Religionsgesetzes, das nicht erst auf die aschkenasischen Gelehrten zurückgehe, sondern direkt auf die Rabbiner Babyloniens, die weltweit als oberste Autoritäten in allen Dingen anerkannt seien, gelte dafür der Grundsatz: »*bei einer Widerspenstigen, die ihren Mann nicht mehr will, zwingt man ihn, ihr sofort den Scheidungsbrief auszuhändigen.*«

Aber die Leidenschaft, die Abulafias Seele in Taumel versetzt, läßt ihn nicht wirklich verdauen, was ihm da an den Kopf geworfen wird, und er fährt fort, seine Kleider abzulegen, als seien die Worte gar nicht dem Mund der begehrten Frau entsprungen, die frisch gewaschen vor ihm steht, alle Glieder lang und vollkommen durch das dünne Gewand sichtbar, sondern dem Mund einer anderen, zweiten Frau, einem zornigen, widerspenstigen verborgenen Schatten, der seinen wallenden Samen auf die kalten Fliesen vergießen möchte. Deshalb entledigt sich Abulafia mit der Dumpfheit eines lustbesessenen Mannes wortlos seiner verbliebenen Hüllen und erkennt dabei in dem kleinen Spiegel auf der Kommode sein vom Feuer rußiges Gesicht und seine rissigen Arme, zerkratzt bei der angstvollen Suche nach eben jener, bei der er nur wenige Stunden zuvor sicher gewesen war, sie wolle ihm im Wald das antun, was eine andere, frühere Frau ihm zehn Jahre zuvor im Meer angetan hatte.

Obwohl Esther-Minna ein Stück zurückweicht und sogar die Arme hebt, um ihren jungen Mann, der die gegen ihn gerichtete Rebellion nicht gebührend ernst nimmt, zurückzuscheuchen, ist sie schon unfreiwillig mit rauher Gewalt in den Armen des nackten Mannes gelandet, der sogar eine neue Ohnmacht herbeisehnt, um nur ja sofort und gänzlich seine Lust befriedigen zu können. Doch da erwacht hinter der nahen Trennwand – wie um der Not der Frau abzuhelfen, die nicht nur gegen die Leidenschaft ihres Mannes, sondern auch gegen ihren eigenen Trieb ankämpft – jenes hartnäckige, schrill tönende Klagen, tief aus dem leeren Innern des Mädchens, das immer noch seiner ismaelitischen Amme nachtrauert. So hat Abulafia jetzt nicht nur mit der Rebellion zu ringen, die in dem feucht duftenden Leibe wallt, sondern auch mit dem gespenstischen Ruf seiner toten Frau, die ihn in der schnarrenden Stimme ihres gemeinsamen Kindes aus Meerestiefen um Hilfe anruft.

Daher gelingt es seiner neuen Frau, sich ihm zu entwinden, als sei Abulafias Fleisch und Blut, verkörpert in dem stöhnenden Kind jenseits des schäbigen Wandschirms, ihr wichtiger und vordringlicher als sein eigenes Fleisch und Blut, das sich jetzt vor ihr quält. Sobald sie aus dem Zimmer zu dem weinenden Kind hinüberschlüpft, schwindet Abulafias Kraft, da er schon in den drei Tagen seit Erscheinen des fernen Onkels zwischen liebenden, aber derart gegensätzlichen Kräften hin und her gerissen und schier erdrückt worden war. Nackt, wie er ist, sein glühendes Glied immer noch steif wie ein Dolch auf der Suche nach einem neuen Ziel, steigt er in die Wanne, in der eben erst seine widerspenstige Frau gebadet hat, und sucht in dem schaumigen Wasser Wärme und Duft des Leibes, der ihm gerade entschlüpfte. Und während das Brüllen des armen Mädchens noch durch den Wandschirm neben ihm dringt, schließen sich in jähem Schmerz seine Augen angesichts des ergossenen Samens, der nun vor ihm treibt.

Noch während er in der Wanne liegt, hört er ein Weilchen später seine Frau, die auf Zehenspitzen zurückgekehrt ist, nachdem sie den üblen Geist seines Kindes zur Ruhe gebracht hat, und nun in sanftem Ton mitfühlend und freundlich auf ihn einredet. Obwohl der Urteilsspruch sieben unwissender Richter ihr nicht mehr gelte als ein Spruch der sieben Weinfässer, auf denen sie gesessen hatten, besäße sie nicht den Hochmut, eine Aufhebung des Urteils zu beantragen, schon aus Rücksicht auf den Rabbiner. Da sie die Sache aber auch nicht vergessen könne, weder den Beifall des Kuriers aus dem Lande Israel noch das heitere Lächeln auf Abulafias Gesicht, als er die Rede des Rabbiners Wort für Wort übersetzt habe, und erst recht nicht die gelassene Neugier ihres Bruders, ihres eigen Fleisch und Blutes, ob des unverfrorenen Vortrags, bleibe ihr nichts anderes übrig, als ihre Seele in Trauer zu hüllen und allem zu entsagen, was ihr lieb und teuer gewesen sei. So bete sie denn, daß es ihr der Gott Israels nicht als Sünde anrechnen möge, wenn sie nun zum ersten Mal in ihrem Leben die nichtjüdischen Frauen beneide, die in Nöten alles verlassen und sich in die Obhut einer mütterlich sorgenden Äbtissin begeben könnten. Weil die Juden jedoch kein Kloster hätten und sie keine Mutter mehr, bliebe ihr nur ihre Heimatstadt, in der ihre Angehörigen von seiten ihres ersten Mannes lebten, insbesondere der Schwager, der ihr nach des Gatten Tod die rituelle Befreiung vom Gebot der Leviratsehe gewährt habe, damit sie zu ihrem Bruder nach Paris übersiedeln konnte. Und demgemäß richtet sie nun schlicht und in Güte folgende Bitte an ihren Mann, der noch immer in dem Wasser badet, das ihren Duft trägt: *»Mein Abscheu ist fehlgeschlagen und deine Partnerschaft erneuert, fortan bist du wieder berechtigt, die Handelswege zu bereisen, als Mönch oder Aussätziger verkleidet, unterwegs zu dem geliebten Onkel und bewunderten Partner samt seinen Frauen und Gewürzen. Nur gewähre mir vorher die Scheidung, mein Herr und Gebieter, dann werde ich weder dir noch sonst einem Menschen mehr zusetzen. Denn ich verlasse nicht nur dich und dein Kind, sondern auch meinen Bruder und seine Familie, um an den aschkenasischen Fluß, den Strom meiner Kindheit, zurückzukehren, der unendlich viel breiter und tiefer ist als der Fluß vor diesem Fenster.«*

Aus Furcht vor der bevorstehenden Ablehnung taucht sie flugs die Kerzenflamme in das abkühlende Wannenwasser, in dem ihr verblüffter Mann noch planscht, und in dem großen Dunkel, das sich jäh über die kleine Kammer breitet, zieht sie ein weiteres Gewand über das dünne und entschlüpft leise zu den Zimmern ihrer Gäste, um nachzusehen, ob jemand sich wegen der Unachtsamkeit der Hausfrau auf seinem Lager wälze. Doch die vier nordafrikanischen Reisenden, müde und voll Siegerruhe, bedürfen nicht der sorgenden Hand der Hausfrau, deren beharrlicher Abscheu sie von den Enden der Welt herbeigeholt hatte. Nachdem sie sich überzeugt hat, daß die zwei Frauen weiter ruhig in ihren Betten atmen, dem in Embryostellung schlafenden Elbaz-Jungen nicht die Decke weggerutscht ist und sich der Bart des Rabbiners nicht etwa in der Stickerei des Kissens verfangen hat, geht sie in die Küche, um zu prüfen, ob etwas da sei, mit dem sie bei Morgenanbruch ihre Gäste bewirten könne, und nach all dem kehrt sie leise in ihre Kammer zurück und findet Abulafia im Reisemantel auf einem Stuhl neben der Wanne schlafen, in der die große verloschene Kerze liegt, und man kann nicht wissen, ob er schnell eingeschlafen ist, um die gegen ihn ausgebrochene Rebellion abzuleugnen, oder aber, weil die Reaktion, die bereits in seinem Innern Gestalt annimmt, ihn dermaßen erschöpft hat.

Denn wie sollte er eine Frau aufgeben, deren hohe Wangenknochen ihr das Aussehen eines wunderschönen edlen Tieres verleihen und zu der die Liebe von Tag zu Tag reichere Formen annimmt? Eine Frau, die vor kurzem so wunderhold in Ohnmacht gefallen ist? Aber wie auch jetzt einen geliebten treuen Onkel abweisen, der die Abenteuer und Gefahren einer Seereise auf sich genommen hat, nur um sich wieder mit ihm zu verbinden, und nun auch auf einen Urteilsspruch verweisen kann, den der scharfsinnige Rabbiner aus Andalusien zu seinen Gunsten erwirkt hat? Deswegen, hatte Abulafia auf seine etwas simple, geduldige Art überlegt, war es besser, ein bißchen zu schlafen und die Gegensätze und Widersprüche seines Lebens nach alter Gewohnheit im Traum zu vermischen, bis Levitas, der kluge Schwager, zurück wäre und eine Lösung fände. Aber Levitas wird nicht so bald zurückkommen. Er kauert nach wie vor zwischen zwei großen Weinfässern in der Kellerei von Villa-le-juif, und auch er träumt einen Traum, während die Alte, die ihn mit zusätzlichen Fuchspelzen zugedeckt hat, weiterhin seufzt. In seinem Traum geht Levitas splitternackt am Meeresstrand zu einem Handelstreffen mit Ben Atar, der jetzt die beiden indischen Perlen des Kuriers bei sich trägt.

Und da Levitas im Leben noch kein Meer erblickt hat, stellt er es sich vor wie das Rote Meer in der Pessach-Haggada, bestehend aus kleinen Hügeln roter Wasser, zwischen denen nackte Gerechte über trockenes Land wandeln, um einander zu treffen.

Ben Atar hingegen ist nicht frei, in Levitas' oder Abulafias Traum einzudringen, ja nicht einmal in den von Esther-Minna, die sich allein in ihr Bett kuschelt und die Momente ihrer Ohnmacht wieder heraufzubeschwören versucht. Ben Atar ist nämlich dabei, mit Abu Lutfi zu sprechen, der den schwarzen Sklaven beaufsichtigt, der wiederum das männliche Jungkamel am Stricke führt, das man vom Schiff an Land gebracht hat, damit es ein wenig vom frischen Grün des Nordufers grase. So angelegentlich Ben Atar seinem arabischen Partner auch den just errungenen Sieg auseinanderzusetzen versucht, hat Abu Lutfi, dem die Notwendigkeit der ganzen Auseinandersetzung nie in den Kopf gegangen war, doch erhebliche Mühe, die Bedeutung dieses Sieges zu erfassen. Trotzdem ist der Ismaelit über eines froh – daß man am nächsten Morgen bei Tagesanbruch mit dem Löschen der Ladung beginnen würde, denn seit Ben Atar und sein Anhang von Bord gegangen waren, hatten der Kapitän und seine Matrosen angefangen, sich an der Ware zu vergreifen. Mochte das Fehlen der ruhigen Autorität des Schiffsherrn Abd el-Schafis Zügellosigkeit ausgelöst oder das Fehlen der sanft blickenden beiden Frauen die Triebe enthemmt haben, oder vielleicht war es weder dieses noch jenes, sondern Rabbi Elbaz' ruhiger Federstrich hatte zuvor alle mit heiliger Ehrfurcht erfüllt.

Jedenfalls wurde es Zeit, die Ware vor dem Zugriff der Seeleute zu retten, nämlich die großen Säcke und verschlossenen Kisten auszuladen, die bleichen Honigwaben voneinander zu lösen und die Matten und Teppiche aufzurollen. Und vor allem aus tiefem Versteck die edelsteinbesetzten Dolche hervorzuholen und ihnen ihren alten Glanz wiederzugeben, der auch bei denen Kauflust weckt, die ihrer nicht bedürfen. So planen die beiden Partner die bevorstehende

Geschäftswoche. In den ersten zwei Tagen würden sie die Ware in das Haus des reumütig zurückgekehrten Partners schaffen, auf daß er sie genauestens mustere, und in den beiden folgenden Tagen würden sie ihre Anwesenheit im Verkaufsgebiet dazu nutzen, diskret – um Abulafia nicht zu verletzen – die Marktlage und die ortsüblichen Preise zu erkunden, um klarer zu sehen, welchen Teil der Einnahmen Abulafia zur Verteilung unter die Partner nach Barcelona brachte und was für die Reisekosten abging. In den übrigen zwei Tagen würden sie anfangen zu eruieren, womit sie den hungrigen Bauch des Schiffes für die Rückreise füllen könnten – mit Holzbalken, wie Abu Lutfi sie auf der Rückfahrt nach Barcelona gewöhnlich lud, oder mit großen Krügen örtlichen Weins, wie der jüdische Kaufmann plötzlich meint. Während sie noch so debattieren, haben sie schon das Kamel und den begleitenden Sklaven aus den Augen verloren und müssen eilig loslaufen und sich nicht wenig in dem Dickicht des südlichen Ufers mühen, um jenen feuchten, sandigen Abschnitt zu erreichen, aus dem die Seine erstaunlicherweise eine weitere, aber öde Insel gerissen hat, und zwischen den Gemüsebeeten der Pariser, unweit der Abtei Sainte-Geneviève, das traurige junge Kamel aufzufinden, das sich an frischem Kohl und Zuckerrüben gütlich tut, während der junge Heide aufgeregt immer wieder vor dem neuen Stern auf die Knie fällt, den er am Himmel der Île-de-Paris entdeckt hat.

Zu dieser späten Nachtstunde ahnt Ben Atar noch nicht, daß der Sieg der alten Partnerschaft, den er schon sicher in der Tasche glaubte, ihm erneut zu entgleiten droht und die Rückreise zu dem doppelten Heim an Tangers goldenem Gestade noch in weiter Ferne liegt. Denn wie könnte er ermessen, welch abgrundtiefe Trauer Abulafia im Herzen fühlt, als er aus seinem flüchtigen, krummen Schlaf auf dem harten Stuhl erwacht und seiner Widerspenstigen gedenkt? Und da er überzeugt ist, sie verberge sich bereits vor ihm, merkt er im Dunkel der Stube gar nicht, daß sie zusammengerollt in einer Ecke des Ehebettes liegt, und geht sie in den vielen

Räumen des Hauses suchen. Erst als er trübselig an seinen Platz zurückkehrt, entdeckt er, wie voreilig er sie aufgegeben hatte. Behutsam betastet er den geliebten Leib seiner Frau, um zu sehen, wie stark die neue Auflehnung auch in ihren Träumen weiter pulsiere. Aber Esther-Minna ist ruhig und ihr Schlaf äußerst tief, als habe sich seit dem Augenblick, in dem sie die Trennung und nachfolgende Heimkehr in ihr Geburtshaus bekanntgab, der ganze Sturm gelegt, den das plötzliche Auftauchen des Onkels Ben Atar vor drei Tagen in ihrem Innern ausgelöst hatte.

Ist das wirklich erst drei Tage her? fragt Abulafia sich verwundert in der Dunkelheit und legt den gekrümmten Arm seiner Frau auf der Decke gerade, damit sie besser schlafe. Doch als er sieht, daß sie gar nicht reagiert und ihre Glieder schwer in seinen Händen lasten, bekommt er Angst, sie könnte vielleicht gar nicht schlafen, sondern wieder ohnmächtig sein, wie in dem Moment, als Ben Atar sie von der Erde aufgehoben und ans Lagerfeuer getragen hatte. Die Leidenschaft, die er schon in der Badewanne entleert und verpufft geglaubt hatte, packt ihn erneut, als entstamme sie nicht seinem Innern, sondern dem Innern des Hauses, das Ben Atars Frauen mit ihrem ruhigen Atem erfüllen. Nie würde er in die Scheidung einwilligen, schwört er sich, obwohl er seine Frau und ihre Sturheit bestens kennt. Weiß er auch noch nicht, wie die Dinge sich entwickeln werden, ist er sich eines gewiß: Die Liebe, die er in den Wogen des Meeres verloren hat, kann er nicht erneut verlieren. Und nun hält er nicht mehr an sich, sondern beginnt seine Frau zu streicheln und zu küssen, damit sie erwache und sehe, daß er entschlossen sei, mit aller Macht gegen ihre Rebellion anzukämpfen.

So schaukelt er seine Leidenschaft äußerst langsam hoch, führt und lenkt dabei auch unwiderstehlich die Erwiderung darauf. Einen Moment scheint es, als wache Esther-Minna absichtlich nicht auf, um diesen Beischlaf im Dämmerbereich zwischen Erwachen und Wachsein zu belassen. Dies nicht nur, damit es hinterher nicht hieße, ihre Rebellion sei im Keim erstickt worden, sondern auch, damit sie ohne Gewissensbisse das klägliche Wimmern der armen Tochter ignorieren könne, die wie gewöhnlich ihrem Vater hinter dem Wandschirm seine Liebesakte versalzen möchte. So wird sie genommen, und Abulafias Glied will lange nicht von ihr lassen, als könne es kraft seiner aufrechten Haltung in ihrem Innern ein neuerliches *Zurückscheuen* nach Lothringen in ihr heimatliches Aschkenas verhindern. Ja, die alles erfüllende Fleischeslust entflammt derart in ihr, daß sie unwillkürlich in das gespenstisch schrillende Schluchzen neben sich einstimmt.

Doch als sie mit schwerem Kopf aus dem Schlaf erwacht, die Sonne steht schon hoch am Himmel, stellt sie baß erstaunt fest, daß während ihres Schlafes eine Revolution in ihrem Hause stattgefunden hat. Ben Atars beide Frauen stehen wie wahre Hausherrinnen am Küchenherd, schneiden Gemüse und braten Fleisch, backen Brot und kochen einen roten Eintopf, alles mit einer souveränen Leichtigkeit, die nicht nur Levitas' Frau und die alte Amme fasziniert, sondern auch Elbaz und Sohn, die aufgerufen sind, alles zu kosten, um festzustellen, ob es auch wie in Andalusien schmecke. Nur Abulafia fehlt dabei, denn er mußte das Schiff aufsuchen, um in Erfüllung der erneuerten Partnerschaft die Seeleute anzuweisen, die eifrig Waren ausladen und auf den Hof seines Hauses schleppen.

Noch immer gibt es jedoch kein Zeichen von Herrn Levitas, der bei Tagesanbruch einen Sonderkurier mit dem Honorar der drei Thoraschreiber nach Chartres entsandt und dann auch gerade noch den Radaniten vor dessen Aufbruch nach Orléans abgefangen hatte, um erneut über den Erwerb der beiden Perlen zu verhandeln. Obwohl Levitas keineswegs sicher war, ob die eigenartige Birnenform der großen Perlen einen besonderen Vorzug darstellte, wie der Händler behauptete, oder vielmehr einen verborgenen Mangel, war er jetzt wie gesagt bereit, ein höheres Angebot zu machen. Nachdem der Preis dann vereinbart und der Handel abgeschlossen war, konnte Levitas nicht umhin, den Händler äußerst behutsam und auf Umwegen zu fragen, ob er selbst zwei Frauen habe oder nur eine. Aber der korpulente, bärtige Mann schien seine Geheimnisse nicht preisgeben zu wollen und machte sich ohne klare Antwort auf den Weg. Und Levitas, der die beiden großen Perlen in ein Stück weichen Stoff gewickelt und in seine Joppe geschoben hatte, überlegt nun, ob er beide am Kapetingerhof in Paris feilbieten oder nur eine an eine besonders hübsche Herzogin verkaufen und die zweite vorerst verborgen halten sollte, damit die Schönheit der Perlenträgerin den Wert der verborgenen Perle in den nächsten Tagen verdoppeln möge.

So reitet er denn in den Nachmittagsstunden allein, hungrig und durstig wieder heimwärts, hält sein Pferd von Zeit zu Zeit an, zieht die Perlen hervor und hält sie ins Sonnenlicht, nicht nur, um sie miteinander zu vergleichen, sondern auch, um zu prüfen, welche Tageszeit ihrer Birnenform besonders schmeichele, um den Verkaufszeitpunkt entsprechend zu wählen. In solcherlei Handelserwägungen versunken, reitet er zu Hause ein, verblüfft über die Warenmengen in seinem Hof, aufgetürmt von barfüßigen, halb nackten arabischen Seeleuten, die begeistert Krüge auf dem Kopf tragen. Derart schnell setzt dein Onkel also den Urteilsspruch in die Tat um, sagt er leise zu Abulafia, der bleich und stumm in der Haustür steht und seinem Schwager einen sanften, sorgenerfüllten Blick zuwirft, als hinge sein ganzes Schicksal allein von ihm ab. Doch vorerst zögert er, Levitas die Kluft in seiner Seele zu offenbaren und ihn um Rat anzugehen, wartet noch ab, ob das Fasten, das er sich seit dem Morgen auferlegt hat, das harte Verdikt seiner Frau aufzuheben vermöchte. Aber sie verkündet ihrem Bruder schon eiligst auf der Türschwelle, daß sie den Status der *»widerspenstigen Ehefrau«* angenommen habe, um der schmählichen Bedrohung zu entgehen, die über ihrer Ehe schwebe, wobei sie nun auch eingestehen wolle, daß die brüderlichen Bedenken gegenüber dieser Eheschließung seinerzeit nicht unklug gewesen seien.

Aber Levitas' angeborene praktische Ader bewahrt ihn

davor, sich mit den Sünden der Vergangenheit abzugeben, während die unmittelbare Gegenwart ihn und sein Haus mit Mengen von Gewürzsäcken, Stoffballen, mächtigen Tonkrügen und schimmerndem Messinggeschirr bedroht, die pausenlos von dem arabischen Schiff herbeiströmen und nicht nur Hof und Keller überfluten, sondern auch schon in den ersten Stock vordringen. Ja, nicht von außen allein werden die Schranken des Hauses gesprengt, sondern auch von innen her, denn Ben Atars Frauen überhäufen den großen Eßtisch jetzt mit Schüsseln und Tellern voll neuer Speisen von berückender Farbigkeit und seltsamem Duft, als habe sich ihre Koch- und Backlust, während der Seereise gebremst, nun mit voller Wucht Bahn gebrochen.

Doch als Levitas Abulafia anfleht, der Invasion Einhalt zu gebieten, die kraft der Handelswut seiner Partner vom Schiff aufs Haus zudrängt, starrt ihn dieser aus bleichem Gesicht an und breitet die Arme in jener hilflos frommen Haltung christlicher Kruzifixe aus, als verwandle er sich seit dem Morgen ebenfalls in einen heiligen Märtyrer, der zwischen Leben und Tod schwebe. Denn die Seele dieses Mannes, der die letzten zehn Jahre auf einsamen Reisen verbracht hat, ist im Grunde gefühlvoll und simpel geblieben, nun aber zwischen Liebe und Angst, Pflicht und Erbarmen hin und her gerissen. Und dieser Tumult der Gefühle, in dem auch die süße Erinnerung des zwiefachen nächtlichen Ergusses – interner und externer Art – mitschwingt, versetzen den Mann, der auch noch absichtlich seit dem Morgen hungert, in derartigen Taumel, daß er zusammenzubrechen droht.

Doch ehe das geschieht, schickt Levitas ihn schnell zum Schiff seiner Partner, um den hervorquellenden Warenstrom umgehend zu stoppen, der an Menge und Vielfalt sogar Ben Atar überrascht, der trotz seiner vielen Tage und Nächte an Bord des Schiffes nicht ahnte, wie sehr sein ismaelitischer Partner dessen Bauch vollgestopft hatte. Da Abu Lutfi ihm nicht nur ganze Welten an Waren einverleibt hat, sondern auch genau weiß, was, prüft er nun, da sie aus ihrem Dunkel hervorkommen und unter dem Gesang kräftiger Matrosen von Deck an Land gebracht werden, erneut jeden einzelnen Gegenstand, um sie sich alle noch einmal fest einzuprägen für das Treffen im nächsten Sommer, bei dem er ihren Gegenwert von dem dritten Partner fordern würde, der durch das Urteil von Villa-le-juif reuig zurückgeführt worden war. Aber ist er denn wirklich reuig zurückgekehrt, wenn er sie alle jetzt vom Ufer aus derart anschreit, sie sollten augenblicklich den wilden Strom stoppen, der ihm Haus und Hof überschwemmt?

Ben Atar weist Abd el-Schafi an, mit dem Löschen der Ladung aufzuhören, und eilt zu seinem Neffen hinunter, der inmitten einer eng gedrängten Menge von Parisern zwischen den alten kleinen Holzhäusern einer Brücke steht, die den Namen Neue Brücke trägt. Abulafia zupft den forschen und hartnäckigen Onkel verzweifelt am Gewand, um ihn aus der neugierigen Menge herauszuholen, und während das Licht purpurne Seidenschleier über den schönen ruhigen Fluß rollt, der in sanftem Bogen gen Süden fließt, führt Abulafia Ben Atar tief in die Insel hinein, deren schmale Gassen jetzt von heimkehrenden Menschen wimmeln, die ein Lamm oder Ferkel fürs Abendessen am Strick hinter sich herziehen. Dem stumpfen Blick in Abulafias großen dunklen Augen entnimmt der Onkel dabei bereits, daß sein Neffe sich mit etwas Neuem quält.

Abulafia erzählt auch sofort von der Revolution, die in seinem Hause ausgebrochen sei, und von seiner Frau, die in ihrer Not geschworen habe, sehr weit zu gehen, bis zu ihrer Heimatstadt am Rhein, um einen neuen Gerichtshof einzuberufen, der Abulafia die Scheidung aufzwingen würde. Doch obwohl der maghrebinische Kaufmann über die Nachricht erstaunt scheint, vermag er ihr offenbar auch einen Segen abzugewinnen – sie könnte ja eine Stärkung der so mühevoll wiedererweckten Partnerschaft verheißen. Vielleicht sei dies wirklich eine günstige Stunde, möchte Ben Atar Abulafia eigentlich mit gewundenen Schnörkelsätzen ausführen, während er seinen geliebten Neffen um die Schultern faßt, dessen blasses Gesicht seine schwarzen Locken noch schöner macht. Vielleicht, setzt der Onkel zu gewagtem Gedankenflug an, habe tatsächlich Gottes Hand ihn bewogen, ein altes Wachschiff zu nehmen, um diese entlegene kleine Insel anzusteuern – bei der es ihm immer noch vorkomme, als schwanke sie mitten im Fluß – und einen »als Kind Entführten«, einen verlorenen Sohn, zurückzuholen. Es sei doch durchaus möglich, der enthusiastischen Rebellin die Unbilden der Reise nach Aschkenas zu ersparen und einfach Rabbi Elbaz zu bitten, kraft der Weisheit der babylonischen Rabbiner die Scheidung zu vollziehen, die Frau Esther-Minna unbedingt von ihrem Gatten zu erhalten wünsche. Dann stände es Abulafia frei, nicht nur bis zur Bucht von Barcelona zurückzuwandern, sondern bis an die goldenen Gestade des Felsens, aus dem er gehauen sei. Denn jetzt, da er allen und vornehmlich sich selbst bewiesen habe, daß der Fluch der Einsamkeit in seinem Innern gebrochen sei, könne er sich in Tanger eine Frau nach seinem Herzen aussuchen, eine und womöglich noch eine zweite, falls er auch die lieben wolle.

Doch Abulafia, vom Fasten geschwächt, stolpert und fällt zwischen Pferdeäpfel und Schweinedung und schlägt mit dem Kopf auf die kleinen Pflastersteine, als er die aberwitzigen Pläne hört, die sich der Onkel für ihn ausgedacht hat, der wiederum nicht erfaßt, wie stark das ganze Wesen seines Neffen in Liebe seiner neuen Frau verbunden ist, einschließlich allem, was mit ihr zusammenhängt, wie auch den Pflastersteinen dieser dämmrigen Pariser Gasse, die ihm nun vollends das Bewußtsein rauben. Deshalb ist es ein wahres Glück, daß zufällig Rabbi Elbaz auftaucht, der mit seinem Knaben zum Schiff geschickt worden war, um ein wenig Salz und Olivenöl für die Kochtöpfe der beiden Frauen zu holen, und nun den nordafrikanischen Kaufmann dabei antrifft, als er die Glieder seines jungen Neffen aufklaubt, der es an Ohnmacht seiner blonden Frau nachtut.

Es eilen auch ein paar einheimische Franken herbei, die – der Kreuzigung auf Golgatha eingedenk – jede Ohnmacht mit heiliger Ehrfurcht ansehen und ihn daher eilfertig mit frischem Wasser aus einem nahen Brunnen besprengen und ihm die Schläfen mit rotem Wein einreiben, von dem sie ihm dann auch etwas in den aufgerissenen Mund träufeln. Ben Atar, der noch zaudert, den aus der Ohnmacht Erwachenden nach Hause in die Rue de la Harpe zu geleiten, bringt ihn erst mal aufs Schiff. Dort, zwischen den Krügen und Säcken der Ware, deren Strom aufgehalten worden ist, legen sie den schlappen Partner hin, der seine hübschen Augen öffnet und ein Lächeln voll tiefer, süßer Trauer aufsetzt. Und so spricht er, als er das Gesicht des beharrlichen Onkels über sich gebeugt sieht: »*Wenn du mich nicht zu töten vermagst, mein Onkel, so lasse mich frei, denn niemals werde ich diese Frau aufgeben.*« Nun muß Rabbi Elbaz sich die ganze Geschichte anhören, sowohl aus der verzweifelten Sicht Ben Atars, der erneut mit einem einzigen Satz Ziel und Zweck seiner Reise verliert, als auch unter dem Aspekt des brennenden Liebesschmerzes im Herzen des jungen Partners, auf daß er dann schleunigst einen neuen Kompromißvorschlag erdenken möge, der Frau Abulafia und Herrn Levitas zusagen könnte.

Doch Rabbi Elbaz sagt gar nichts, ehe er die beiden Partner auf die Beine gestellt und sie samt seinem Sohn gen Osten zur Pariser Cité ausgerichtet hat, um Nachmittags- und Abendgebet in der ihnen altvertrauten Weise und Melodie zu sprechen. Abulafia, der die Worte sonst immer gern singt, bringt jetzt nicht einmal die innere Kraft auf, sie zu murmeln. Jedenfalls wirken sie anziehend, diese südlichen Juden, die mit ihren weißen Gewändern und blauen Turbanen an Bord des arabischen Schiffes stehen, das von den Unbillen der weiten Reise Narben davongetragen hat, umgeben von stämmigen Matrosen, die auf die Franken herabstarren, die sich schaulustig am Flußufer drängen und vorerst aufs Abendessen verzichten, um den Anblick des vor ihnen schaukelnden Menschengemisches zu genießen. Und plötzlich hat Rabbi Elbaz das Gefühl, die Abenddämmerung dieser Stadt enthalte nicht nur die vage Bedrohung des näherrückenden Jahres 1000, sondern auch eine vage Verheißung großer und besonderer Schönheit, geboren aus der neuen Harmonie, die zwischen den beiden Ufern entstehen würde.

Die Abtei Sainte-Geneviève auf dem nördlichen Ufer hüllt sich in leichten Dunst, der von den Abendessensherden der Insel aufsteigt, und die Betenden beenden das Gebet »Wahrheit und Treue«, aber noch zögert Rabbi Elbaz, seine neue Idee preiszugeben, aus Angst, Ben Atar könnte sie auf der Stelle zurückweisen, möchte sie daher lieber erst nach dem großen Mahl offenlegen, das die beiden Nordafrikanerinnen vorbereiten, denn da der Rabbiner diese Vorbereitungen den ganzen Tag begleitet und durch Probieren und Abschmecken unterstützt hat, setzt er große Hoffnung darauf, daß es die neue Idee fördern möge, die ihn nun mehr und mehr begeistert.

Ja vielleicht gerade wegen des Horrors, der über Ben Atar gekommen war, als er Abulafias Flehen um Befreiung hörte, weckt das Mahl, das seine Frauen gekocht haben, auch bei ihm besondere Erregung. Zumal er seit Antritt der Reise vor über vierzig Tagen die Speisen entbehrt hat, die ihm sonst jede einzeln bereitet, während sie nun beide an einer Tafel vereint sind. Sogar Abulafia vergißt einen Moment seinen Kummer und vergießt eine Freudenträne, als ihm der Duft der nordafrikanischen Gerichte in die Nase steigt, nicht nur wegen des Fastens, das er im Wirbel der Ohnmacht schon vergessen hat, sondern auch, weil er an den Duft der Speisen seiner toten ersten Frau erinnert wird. Müdigkeit und Hunger machen sogar Levitas empfänglich für die neuen Aromen und Düfte, zumal er sich hütet, die beiden enthusiastischen verschleierten Gäste zu kränken, die wie Hausherrinnen fungieren und ihm mehr und mehr auf den Teller häufen. Nur Frau Esther-Minna sitzt finster vor dem Essen, das ihren Tisch erobert hat, und tröstet sich mit dem Gedanken, daß dies ihre letzte Mahlzeit vor der Rückkehr an ihren Geburtsort sein würde.

Nun beginnt Rabbi Elbaz, in leichtem, langsamem Hebräisch die unterlegene Prozeßbeteiligte über ihre Heimatstadt und die Macht und Größe ihrer Gelehrten zu befragen. All das, um zu erfahren, ob sie endlich beruhigt wäre, wenn diese strengen, großen Talmudisten der Erneuerung der Partnerschaft zwischen Ben Atar und ihrem Gatten zustimmten. Doch Esther-Minna findet die Frage des Rabbiners überflüssig, da sie meint, die Gelehrten des Landes Aschkenas würden zweifellos nicht nur zugunsten ihres *Abscheus* entscheiden, sondern, damit nicht genug, ihn sogar höchstwahrscheinlich in einen wirklichen Bann verwandeln. Der Rabbiner aus Sevilla läßt sich jedoch von der versteckten Drohung nicht einschüchtern. »*Möglich*«, antwortet er mit einem merkwürdigen Lächeln, denn diese Gelehrten hätten ja noch nicht die Thoraworte gehört, die in Sevilla erdacht und in Tagen und Nächten auf hoher See ausgefeilt worden seien. Er habe in der Weinkellerei von Villa-le-juif noch nicht alles dargelegt. Im Geist verwahre er noch ein paar schöne, scharfsinnige Worte, die er nicht mehr habe vorbringen können, die ihm aber noch im Herzen flatterten, wobei er die Hand auf die Brust legt, als wolle er das weiterhin beschwerende Pochen dort lindern. Warum also, fährt der Rabbiner leise lächelnd und wie nebenbei fort, sollten sie sich nicht alle ihrer Rebellion anschließen und ihr an den Fluß ihrer Kindheit folgen, um erneut vor Gericht zu ziehen und das Urteil derer einzuholen, die sie als gerecht und klug anerkenne? Sollten sie, die Kläger, dabei unterliegen, würden sie beschämt wieder abziehen, doch wenn nicht, wären Abscheu und Rebellion restlos aufgehoben, und sie alle wären wieder friedlich vereint, sie mit ihrem Mann, der sie so innig liebe, und ihr Mann mit seinem Onkel, der ihn nicht aufgeben wolle.

Frau Esther-Minna ist derart verblüfft über die Bereitschaft des andalusischen Rabbiners, in ihrer Heimatstadt ein weiteres Gericht anzurufen, daß sie fürchtet, das vom Vater erlernte Hebräisch habe sie ihn mißverstehen lassen. Deshalb bittet sie aufgeregt ihren Bruder, der die heilige Sprache besser als sie beherrscht, bei dem Rabbiner nachzufragen, ob das Verstandene dem Gesagten entspräche. Daraufhin erkundigt sich Herr Levitas erneut bei Rabbi Elbaz, der – ohne seinen Auftraggeber anzublicken – sein Angebot so klar wiederholt, daß Levitas keinerlei Zweifel oder Schwierigkeit bei der raschen Übersetzung in die Landessprache hat, die den bleichen, erschöpften Abulafia auf der Stelle vom Stuhl reißt und ihn mit ungeheurer Erregung eine tiefe Verbeugung vor dem konsternierten Ben Atar machen läßt, in der irrigen Annahme, der Onkel sei der heimliche Urheber des wunderbaren neuen Vorschlags.

5

Während Abulafia sich noch erregt vor seinem Onkel verbeugt, der ihm neue Hoffnung aufgetan hat, schließt schon eine unsichtbare Hand sanft die schmerzende Kluft in seiner Seele, verpflanzt sie aber still und leise in die Seele Ben Atars, als gebe es bei Onkel und Neffe nur eine Kluft, die von der einen in die andere Seele übergehe. Obwohl Ben Atar einerseits sehr wohl weiß, daß der wahre, tiefere Grund für den verblüffenden Vorschlag des Rabbiners in der unwiderstehlichen Versuchung liegt, die großartige, kühne Rede, die er vor dem Weinfässergericht gehalten hatte, auch den Gelehrten in der Heimatstadt der blauäugigen Frau vorzutragen, erfaßt er andererseits auch, daß der Rabbiner einen neuen Ausweg eröffnen möchte, um ihn vor einer erneuten Auseinandersetzung mit Abulafia zu bewahren, die den Erfolg der kühnen Reise endgültig zunichte machen könnte. Dabei wirft er verstohlen einen ängstlich besorgten Blick auf seine beiden Frauen, die am Ende des Tisches sitzen, freudestrahlend angesichts der geleerten Teller und Schüsseln, ohne noch zu ahnen, welches Süppchen der kleine Rabbiner ihnen zur Belohnung für ihr Essen einbrockt. Wieder, wie zuvor bei stürmischer See, verkrampft sich des Gatten Herz aus Mitleid mit seinen Frauen, die zu erneuter Wanderschaft gezwungen sein würden. Und hat er im Gegensatz zu seinem Neffen auch keine Rebellion in seinem Hause zu befürchten, fürchtet er doch Heimwehqualen, die alle frühzeitig altern lassen würden.

Deshalb wendet er sich vorsichtig an Herrn Levitas und befragt ihn nach Art und Zustand des Weges zum Rhein, dem Fluß, an dem er und seine Schwester ihre Kindheit verbracht hatten. Herr Levitas wiederum, der die ganze Zeit in tiefer Ruhe am Tisch gesessen, sich den kleinen Bart gestrichen und den nachhaltigen Duft des maghrebinischen Mahls von seinen Fingern eingesogen hat, in dem Versuch zu begreifen, was jetzt wohl in seinem Magen vorging, hütet sich sehr, ja kein unbedachtes Wort entschlüpfen zu lassen, das die Sache lähmen könnte. Denn obwohl er in dem Vorschlag, zur Auseinandersetzung mit den aschkenasischen Gelehrten weiterzureisen, ein erhebliches körperliches und geistiges Risiko erblickt, weiß er auch, daß dies der einzige Weg ist, um zum einen die südlichen Gäste wieder loszuwerden, die sich von Stunde zu Stunde mehr in seinem Haus festsetzen, und sich zum anderen wenigstens vorerst eine Gefechtspause in dem aufflammenden Ehezwist seiner Schwester zu verschaffen, bei dem ihm nun um so klarer wird, wie berechtigt seine früheren Warnungen vor dieser Verbindung gewesen waren.

Daher bemüht sich Levitas, den Weg vom Frankenland nach Lothringen, also von Paris nach Worms, aus alter Erinnerung in den leuchtend schönsten Farben zu malen, und ist Ben Atar zunächst auch enttäuscht zu hören, daß es dem Weltenschöpfer in den sechs Tagen der Schöpfung nicht mehr gelungen war, die Seine mit dem Rhein zu verbinden, so daß man nun Abd el-Schafi nicht bitten konnte, das dreieckige Segel zu hissen und das Schiff einfach bis vor Esther-Minnas frühere Haustür zu steuern, verbreiten Levitas' sprudelnde Beschreibungen von Dörfern und Städtchen unterwegs doch Hoffnung und Vertrauen, die Landreise werde die Seereise, aus der sie plötzlich geboren war, nicht in den Schatten stellen. Erregten Herzens hört er von dem Städtchen Meaux, von dem es zur Stadt Châlons weitergehe, und von den Flüssen Marne und Maas, an welch letzterem er die Stadt Verdun finden werde, einen schmucken Grenzort der Zöllner und Sklavenhändler zwischen der Grafschaft Champagne und dem Herzogtum Lothringen. Von dort führten dann bequeme Straßen durch weite Landstriche, vorbei an Städten namens Metz und Saarbrücken und entlang den Flußläufen von Mosel und Saar, bis hin zu dem ersehnten Wormaisa am Rhein, an dessen sumpfigen Gestaden sich schon hundert Jahre zuvor einige jüdische Familien vertrauensvoll niedergelassen hätten. Nun wendet Ben Atar den Blick zu seinen beiden Frauen, die, jede auf ihre Art, das Gesagte zu begreifen suchen, möchte ein wenig ihre große Furcht lindern, die er nur zu gut an der leisesten Bewegung ihrer Schleier abzulesen vermag.

Doch während die erste Frau trotz ihres sonst so ruhigen, geduldigen Wesens einen bitteren Aufschrei nicht zu unterdrücken vermag, fährt die zweite Frau vor Schreck zusammen und legt hastig ihre Hände auf den schwellenden Bauch, um das zu schützen, was in den letzten Tagen mehr und mehr ihr Denken beherrscht, nicht weniger als ihr einziger Sohn, dessen letztes Bild – in seinem kleinen roten Gewand am Strand stehend, beide Hände fest in denen der Eltern – ihr alle Tage der Reise vor Augen schwebt, wenn sie sich niederlegt und wenn sie aufsteht. Obwohl Ben Atar noch nicht weiß, was im Leibe seiner Frau keimt, erkennt er sofort ihr Entsetzen, streckt diskret seine große Hand nach ihr aus und legt sie ungeachtet der neben ihm Sitzenden auf ihren Schenkel, als genüge sein leichter Griff, den jungen Körper zu stabilisieren.

Doch bei Nacht muß er von Kammer zu Kammer wandern und von einem Bett ins andere wechseln, muß erklären und locken, beruhigen und trösten, versprechen und drohen, um beim ersten Morgenlicht kraft seines praktischen mediterranen Verstandes zu seinem Schiff eilen zu können, das ihm jeden Tag geschrumpfter erscheint, und neue Order zu geben. Er findet seinen treuen Partner bei dem jungen Kamel sitzen, das immer noch emsig das im Gemüsegarten der Abtei Sainte-Geneviève geäste Nachtmahl wiederkäut, und bringt dem Ismaeliten behutsam die Sache mit der neuen Weiterreise zu Lande bei. Obgleich Abu Lutfi sich mit aller Macht seines nichtjüdischen Wesens weigert, diesen neuen Schachzug im Krieg der Juden zu begreifen, wohlwissend, daß er ihren Gedankengängen kaum je auf den Grund kommen würde, zumal ihn die Erfahrung gelehrt hat, daß kein Jude der Welt einen anderen Juden endgültig unterkriegen, sondern ihm höchstens den Verstand verwirren kann, nimmt er die Nachricht von der Fortsetzung zu Lande mit dem ererbten Gleichmut eines Wüstensohnes hin, zumal er zu seiner Freude hört, daß er selbst davon dispensiert sei.

Ben Atar hat nämlich beschlossen, den Ismaeliten in Paris zu lassen, damit er das Schiff vor seinen ungebärdigen Matrosen schütze und auch schon mit dem Verkauf der von Bord gequollenen Ware beginne. Indes will er den Kapitän auf die Landreise mitnehmen, um sicherzustellen, daß die Seeleute während seiner langen Abwesenheit nicht heimlich mit dem Schiff nach Nordafrika zurücksegeln. Und wer ihn so sicher und gewandt über die Wogen des Ozeans gesteuert habe, würde dies gewiß auch auf dem festen Land fertigbringen, meint er. Allerdings findet sich Abd el-Schafi nicht so leicht bereit, seine Kapitänsstellung mit der eines einfachen Fuhrmanns zu vertauschen. So muß man ihm nicht nur zusätzlichen Lohn versprechen, sondern noch einen kräftigen Matrosen beigeben, damit der Kapitän auch zu Lande kommandieren kann.

Vielleicht sah sich der jüdische Kaufmann durch diese zusätzlichen ismaelitischen Reisegefährten veranlaßt, die Fahrt an den Rhein nicht mit einem, sondern mit zwei Wagen zu unternehmen, einem großen und einem kleineren, jeder von zwei sorgfältig ausgewählten Pferden gezogen, die in Stärke und Schnelligkeit harmonierten. Der kleinere Wagen, mit weichen Stoffen und Wolltüchern gepolstert und mit duftenden Kräutern und blaßgelben Käsen bestückt, war nicht nur für die drei Frauen vorgesehen, die sich zum Zweck der Reise zusammenschließen würden, sondern auch für den Elbaz-Knaben, damit seine kindliche Anwesenheit die Sehnsucht der Frauen nach ihren fernen Kindern lindern möge. Der zweite, größere Wagen sollte den drei jüdischen Männern dienen, wurde aber auch mit einer Auswahl an Waren vom Schiff beladen – kleinen Gewürzsäckchen, erlesenen Seidenbahnen, Tonkrüglein mit Olivenöl, Honigwaben und kleineren, gelbgold schimmernden Messinggeschirren, die das Auge potentieller Käufer auch in den schwarzen Wäldern leuchten lassen würden. Die erste Frau, die sich nach der stürmischen Nacht mit der zusätzlichen Landreise abgefunden hatte, ließ dickes, dunkles Tuch vom Schiff holen, aus dem sie – auf eigene Veranlassung und ohne jemanden zu fragen – nach dem Schnitt von Levitas' Joppe zwei schwarze Joppen für die beiden ismaelitischen Seeleute schneiderte, um deren zerschlissene Kleider zu kaschieren und sie den aschkenasischen Juden später sympathischer zu machen.

Nach solch fieberhaften Vorbereitungen, die besonders eilten, weil die Hohen Feiertage näherrückten, die man, wenn alles gut ging, bereits am Ufer des Rheins verbringen wollte, brach in dem ganzen tumultartigen Chaos dann der Tag der Abreise an. Die zwei Wagen parken schon seit dem Abend am Eingang der Rue de la Harpe, unweit der plätschernden Quelle Saint-Michel, besetzt von den zwei zu Kutschern avancierten Seeleuten. Vor Sonnenaufgang, zur Zeit der letzten Nachtwache, geht Ben Atar zum Schiff, um sich noch einmal von Abu Lutfi zu verabschieden und einige alte Sorgen loszuwerden, damit es Platz für neue gebe, die sich in seinem Innern auch bereits häufen. Erstmals seit dem Ablegen im Hafen von Tanger vor fünfzig Tagen findet er nun sein Schiff in tiefen Schlaf versunken, ja sogar die kleine Strickleiter, die sonst ständig an Backbord herabhängt, ist eingezogen, damit kein Fremder die Ruhe störe. Eine Weile steht er still auf der Brücke, in der Hoffnung, jemand möge ihn bemerken, ohne daß er laut schreien müßte.

Jetzt spürt er plötzlich die große, lastende Müdigkeit in seinem Innern, und tiefer Neid befällt ihn angesichts der friedlichen Ruhe des Schiffes und seiner Besatzung, als könnte letztere erst beim Weggang des jüdischen Schiffsherrn wirklich zur Ruhe kommen. Aber was treibt mich denn dazu, dermaßen auf meiner Partnerschaft zu beharren? grübelt er in bitterem Selbstvorwurf. Warum kann ich Abulafia nicht unter diesen nördlichen Juden verschwinden lassen und ihn für immer vergessen? Warum sollte der Abscheu dieser kleinen, blauäugigen Frau meine Ruhe stören und meiner Seele wehtun? Wenn ich bereitwillig hingehe, um mich einem Gerichtshof neben dem Haus ihrer Kindheit zu stellen, erkenne ich doch ihre Überlegenheit an, selbst wenn ich den Prozeß gewinne. Was ist es denn bloß, das uns im Süden fehlt und zu der Annahme drängt, hier hätten sie es? Bis der Messias aus dem Hause David kommt, sollten wir uns gar nicht begegnen, und wenn er dann da ist, werden wir ja allesamt erlöst und wandeln uns. Unternehme ich etwa aus Rücksicht auf meine Ware eine neue abenteuerliche Reise? Oder habe ich, wie Rabbi Elbaz andeutete, das hochmütige Verlangen, die doppelte Liebe meines Hauses gerade deshalb auf eine noch schwerere Probe zu stellen, weil ich ihrer so sicher und gewiß bin?

Ein Plätschern rüttelt den Kaufmann aus seinem Sinnen auf. Aus der Tiefe des Schiffsbauchs hatte der schwarze Sklave die Anwesenheit des vergebens vor seinem Schiff stehenden Herrn gespürt, und schon war er auch mit dem Beiboot herbeigeeilt, um ihn zu erlösen. Plötzlich möchte Ben Atar den schwarzen Schädel befühlen, den Abu Lutfi sich gelegentlich zwischen die Beine legt, um seine Lenden zu wärmen. Schau mal, denkt Ben Atar lächelnd, was können Juden, die abgeschieden in ihren fernen Lehrhäusern sitzen, von einem so edlen schwarzen Geschöpf wissen? Wäre es nicht richtig, auch ihn als eine Art weitere Warenprobe mitzunehmen, als Miniaturbild für ganz Afrika, um den sturen Gelehrten, die emsig Mauern von Verordnungen und Dekreten um sich errichten, zu zeigen, wie groß und vielseitig die Welt ist, in der ihre Brüder, Menschen ihres Volkes, umherziehen? Unwillkürlich streichelt er zum ersten Mal den glühenden schwarzen Schädel des Jünglings – ein Streicheln, das wegen der Ehrenstellung des Berührenden dem Jungen augenblicklich die Sicht vernebelt und ihn schwindeln macht.

So entscheidet Ben Atar denn forsch und kurzentschlossen, auch den feinsinnigen schwarzen Pfadfinder, der ihm halb bewußtlos zu Füßen liegt, auf die bevorstehende Reise an den Rhein mitzunehmen. Worauf Abu Lutfis trauriger Protest deutlich zeigt, daß ihm hier nicht nur ein treuer Diener genommen wird, sondern auch ein geheimer Liebhaber. Aber das bestärkt Ben Atar nur in seiner Absicht. War die Mitnahme des Kapitäns auf die Landtour ausersehen, Untreue und Flucht auf dem Seeweg zu vermeiden, so würde die Mitnahme des schwarzen Jünglings Untreue und Flucht des Partners auf dem Landweg verhindern. Auf diese Weise ging er wenigstens sicher, bei der Rückkehr von diesem nächsten Abenteuer alles an Ort und Stelle vorzufinden. Gegen Morgen hatte die erste Frau gerade noch Zeit, mit einem scharfen Dolch eines ihrer alten Kleider zu kürzen und es in ein grünliches Reisegewand für den jungen Mitfahrer zu verwandeln, um seine dunkle Blöße ein wenig zu verdecken.

Nach dem Frühstück und dem Abschied von den zurückbleibenden Hausgenossen setzten sich die beiden Wagen mit ihren zehn Fahrgästen in Bewegung, rollten langsam vom südlichen auf das nördliche Ufer hinüber und dann weiter rund zwei Stunden gen Südosten, bis die Seine sich vor ihnen plötzlich zu verdoppeln schien. Nun verließen sie den südwärts weiterfließenden Arm und wandten sich der nordöstlich hinaufführenden Marne zu, und wohl jetzt erst verstummte in der kleinen Kammer das Wimmern des erschöpften schwachsinnigen Mädchens, das seit dem Aufbruch der Reisenden unaufhörlich gegen die nichtjüdische Kindermagd angekämpft hatte, die zu seiner Pflege zurückgeblieben war. Von nun an fuhren die beiden Wagen die Wege des Marnetals entlang, das von Kutschfahrenden und Fußgängern wimmelte, die einander zu dieser strahlenden Mittagszeit freundlich zuwinkten. Und da die Fremdheit der südlichen Reisenden auf dem Festland weniger auffiel, zum einen wegen Abulafias reicher Reiseerfahrung, zum andern wegen der gefälligen Rede Esther-Minnas, die mit ihrem makellosen Fränkisch Herzen eroberte, bestanden keine Bedenken, mit Pilgern, Bauern oder Kaufleuten ins Gespräch zu kommen, die – allen düsteren Voraussagen Andersgläubiger zum Trotz – eingedenk des mit dräuender Heiligkeit nahenden Jahres 1000 einander mitfühlend begegneten und daher auch den Fremden, die ihre Hilfe erbaten.

Und die erbetene Hilfe dreht sich vorerst hauptsächlich um die richtige, präzise Wahl des Weges, der sicher und gemächlich über ausgefahrene Pfade und ebene Stoppelfelder führen, dann aber wegen eines unbemerkten Fehlers abrupt vor einem Bauernhaus enden kann, dessen Hof vor schnatternden Wildgänsen und einer kleinen Schaf- und Schweineherde wimmelt. Deshalb ist es notwenig, genauestens auf den richtigen Weg zu achten und nicht einfach dem zu folgen, der dazu verlockt, weil er breit und eben ist. Man muß unterwegs gelegentlich vor einem Gasthaus an einem Wasserlauf haltmachen und erneut allen den Namen des ersten Ziels – Meaux – und auch den des zweiten Ziels – Châlons – nennen, um zuverlässige Auskunft über den richtigen Weg zu erhalten. Tatsächlich beeilen sich alle, nützliche Ratschläge zu erteilen, und bieten auch, für nicht zu teures Geld, frisches Futter für die Pferde an oder etwa einen großen wohlduftenden Laib Brot und einen riesigen Hahn mit stolzem Kamm, dem der schwarze Heide schleunigst die gelblichen Beine zusammenbindet, um ihn dann neben sich auf den Kutschbock zu legen und den ganzen Tag ehrfurchtsvoll auf ihn einzureden. Später nach dem Schächten rupft er ihm die Federn aus und wirft sich vor dem nackten, bluttriefenden Körper nieder, der wie gekreuzigt vor ihm liegt, bevor er ihn der ersten Frau übergibt, die das Abendessen für die zehn Reisenden jetzt unbedingt selbst zubereiten will, als sei ihre im eintönigen Zauber der Meereswellen erlahmte Hausfrauennatur auf dem Festland wiedererwacht.

Erstaunlicherweise überlassen die zweite und auch die neue Frau der wiedergeborenen Hausherrin ohne weiteres die Führung und geben ihr freie Hand, ja leisten ihr nicht einmal Hilfe. Die versonnene Trägheit der beiden angesichts der fieberhaften Aktivität, die die erste Frau am qualmenden Feuer entfaltet, verbindet die zwei in einer neuen Kameradschaft, wenn auch einer stummen, denn sie haben ja keine gemeinsame Sprache und werden auch nie eine haben. Während jedoch die zweite Frau – ganz auf das winzige schwimmende Ozeangeschöpf in ihrem Innern konzentriert, von dem sie manchmal meint, es sei nicht aus Ben Atars männlichem Glied in ihren Schoß geschlüpft, sondern durch ein Löchlein, das das Meer in ihren Kabinenboden auf dem Schiffsgrund gebohrt habe – dem prüfenden blauen Blick der ihr an Jahren und Weisheit überlegenen Frau auszuweichen versucht, erlaubt diese – glücklich, bald das Haus ihrer Kindheit wiederzusehen, und auch voll Sicherheit im Hinblick auf den Ausgang des erneuten Rabbinatsgerichtsverfahrens – sich jetzt gewissermaßen, jeden *Abscheu* fahren zu lassen und nicht nur zu allen nett zu sein, sondern auch aus nächster Nähe tief in das Wesen der zweiten Frau einzudringen, als berge sie allein das Geheimnis der Doppelheit.

So reisen sie gemächlich auf den richtigen Pfaden von einem Halt zum anderen. Unterdessen geißelt das heranrückende Jahr 4740 sie allerdings in Gedanken schon vom fernen Horizonte her, als hätte es sich an die lange Peitsche gehängt, die Abd el-Schafi aus einem Schiffstau gedreht hatte und nun über den Köpfen der Pferde schwingt, als wollte er ein unsichtbares Segel blähen.

Hatten Abulafia und Ben Atar aus Angst vor der nächtlichen Kühle zunächst vorgehabt, unterwegs in Herbergen zu nächtigen, so merkten sie nun überrascht, daß der leuchtende Himmel über der Champagne auch in der Dunkelheit noch ein weniges seiner Wärme bewahrte, und als sie, in der ersten Herberge in der Stadt Meaux angelangt, sahen, wie groß und stickig das Gedränge der Fremden im Schlafsaal war und wie dünn der Wandschirm zwischen Frauen und Männern, entschied Ben Atar, mit Zustimmung seines Neffen, die Nacht unter freiem Himmel zu verbringen. Unweit der Herberge ließen sie die beiden Wagen einander gegenüber halten, banden die vier Pferde aneinander, machten den drei Frauen ihr Lager noch weicher und ließen auch den Rabbinerssohn bei ihnen schlafen, damit er mit seinem schmalen Körper zumindest symbolisch zwischen Nord und Süd scheide. Und während die drei jüdischen Männer sich bei der Ware in dem großen Wagen einrichteten, legten die beiden Matrosen-Kutscher sich zwischen die großen Räder unter die Wagen, damit sie sofort aufwachten, falls jemand diese fortzubewegen versuchte. Dem schwarzen Heiden aber trugen sie auf, unaufhörlich die Runde zu machen, um jeden in Angst und Schrecken zu versetzen, der ihren Schlaf stören wollte.

So liegt denn Esther-Minna nahe bei den beiden Frauen des südlichen Onkels, deren Atem neben dem ihren geht und deren Traumseufzer in ihre Träume eindringen. Und gelegentlich erschrickt sie bei dem Gedanken, Ben Atar könne womöglich, unfähig seinen Trieb zu beherrschen, aus dem großen Wagen klettern, die Plane des kleinen anheben und auch von derjenigen Liebe erbitten, die ihm diese nicht schuldete. Dann erschrickt sie über sich selbst, schlüpft angstvoll aus dem Dreierlager und hastet zu den stummen Pferden, als suche sie deren Schutz. Doch es dauert nicht lange, bis der junge Sklave lautlos aus dem Dunkel hervorkommt und ihr einen glühendheißen Trank aus bitteren, wohlschmeckenden Wüstenkräutern reicht, die ihr Gemüt wieder beruhigen.

In der nächsten Nacht – beim Lager unter freiem Himmel nahe einer Straßenherberge namens Dormans, nach langer, aber angenehmer Fahrt durch sanft hügelige Weinberge, bei der ein temperamentvoller Winzer sie sogar einlud, einen Blick in die Keller zu werfen, in denen er seinen Wein lagerte – wacht sie erneut auf, ohne zu wissen, ob allein die Nähe der zwei Gattinen eines Mannes ihren Schlaf stört oder auch die Mischung aus Glück und Sorge wegen des bevorstehenden Wiedersehens mit ihrer Heimatstadt und den Angehörigen ihres Mannes, der Familie Kalonymos. Wieder steht sie bei den ruhigen Pferden und fragt sich, wo wohl das verborgene Feuer brennt, auf dem der schwarze Diener ihr heimlich den bitteren Kräutertrank kocht, den sie von Nacht zu Nacht dringender braucht.

Als sie gegen Abend des nächsten Tages die schwarzen Stadtmauern von Châlons erreichten und feiner Regen niederzugehen begann, wollte Ben Atar zwar in die Stadt einfahren und dort ein echtes Dach über dem Kopf suchen, gab es aber schließlich auf und lenkte die beiden Wagen zu einem kleinen Wäldchen, um dort das Nachtquartier aufzuschlagen. Nur ließen ihn die Regentropfen auf der Wagenplane keine Ruhe finden, und so erhob er sich, um nach den ismaelitischen Kutschern zu sehen, die vielleicht eine weitere Decke brauchten. Während diese jedoch fest und ruhig schliefen, fand er seine Prozeßgegnerin eingemummelt und zitternd, ihr dampfendes Glas in der Hand, und machte ihr eine leichte Verbeugung. Und ehe er zurückscheute, um nicht etwa gegen das Verbot des alleinigen Zusammenseins mit einer verheirateten Frau zu verstoßen, sondern schnell wieder zur Lagerstatt der Männer neben den Ehemann der vor ihm Stehenden zu flüchten, versäumte er nicht, ihr in seinem rudimentären Hebräisch ein paar Artigkeiten zu sagen, sorgfältig bedacht, keinerlei Klage oder Ärger über all den Kummer und das Leid durchklingen zu lassen, die sie ihm seit einigen Jahren bereitete.

Am Morgen erkannten sie, daß sie am Vorabend grundlos gezaudert hatten, in die ummauerte Stadt einzufahren, die sich als sehr verwinkelt, aber durchaus gastlich gegenüber Abulafia und Ben Atar erwies, die in ihrem ununterdrückbaren Handelstrieb beim ersten Morgenlicht das Stadttor passierten, um Gewürzsäckchen und kleine Tonkrüge mit Olivenöl feilzubieten. Trotz der frühen Stunde fand alle Ware reißenden Absatz und brachte hohen Erlös in Speisen und Getränken. So konnten die beiden Partner in ihrer alten, nunmehr neuerwachten Geschäftsfreundschaft nur bedauern, so wenig Ware für die lange Fahrtstrecke mitgenommen zu haben, wobei Ben Atar aber auch merkte, daß die Wüstenwaren gerade ihrer Rarheit wegen erhöhte Anziehungskraft und doppelten Wert besaßen.

Nach dem Frühstück brachen sie Richtung lothringische Grenze auf, hielten Passanten an und nannten ihnen den

Namen Verdun. Aber die Befragten schüttelten die Köpfe und beharrten darauf, nicht von Verdun, sondern von einem Ort namens Somme zu reden, den es zu überwinden gelte, ehe die Straße nach Verdun offen vor ihnen liege. Bald dämmerte ihnen, daß Somme weder eine Stadt noch ein Dorf bezeichnete, sondern eine Reihe großer, dichter Wälder. Die Erde, bisher weich und von Flüßchen und Bächen durchzogen, wurde nun grau und trockenhart unter den Pferdehufen. Am nächsten Morgen fuhren sie schon Terrassenland auf und ab, das wie in riesigen Stufen zur lothringischen Grenze führte, und die zuvor kreidehaltige Erde wurde gelblich. Auch die Kleidung der Einheimischen änderte sich in Farbe und Form, zeigte häufiger Purpurtöne, sowohl bei den Männerhosen, die zudem weiter wurden, als auch bei den hier längeren Frauenschürzen. Von Zeit zu Zeit stiegen die Reisenden aus und gingen zu Fuß, nicht nur, um die Pferde zu schonen, sondern auch, um sich an den funkelnden Wassern der Maas zu erfreuen, die sich zwischen hohen Ufern dahinschlängelte. Schließlich erreichten sie die Stadtmauern von Verdun, durch deren Torturm außer Waren auch Kolonnen hellhaariger, blauäugiger slawischer Sklaven und Sklavinnen einzogen, mit dünnen Ketten aneinander gefesselt. Außerhalb der Stadtmauer, jenseits der geneigten Holzbrücke über den Fluß, standen nun andere Wachsoldaten, in grauschimmernden eisernen Rüstungen, strichen über die schweren, breiten Klingen ihrer Schwerter und nahmen die Helme ab, um mit wohlwollendem Staunen zu hören, wie stark das Heimweh einer jüdischen Frau nach dem Rheinland sein mußte, wenn es ihr gelungen war, nahe und ferne Verwandte damit anzustecken.

Bei allem Wohlwollen bezüglich der Einreise neuer und alter Juden in das Land an Rhein und Mosel ist die Wache jedoch nicht gewillt, auf den Wegezoll zu verzichten, der auf die üppige Ware in ihrem Wagen erhoben werden kann. Als die Juden darauf schlau vorzugeben versuchen, es seien keine Handelswaren, sondern lediglich kleine Präsente für die zahlreichen Verwandten, die sie in Worms erwarteten, gerät der Wachoffizier einen Moment in Verlegenheit, findet aber sogleich die Fassung wieder und befiehlt, den Geschenkwagen samt der heimkehrenden Jüdin zur nahen Burg zu lenken, um dort verläßliche Antwort von befugter Stelle zu erhalten, wie Waren von Geschenken zu unterscheiden seien.

Jetzt können sie ihre törichte Ausflucht nicht mehr zurücknehmen, und so muß auch Abulafia hastig auf den großen Wagen springen, um seine Frau nicht allein in den Händen der halsstarrigen Lothringer zu lassen. Während Kutscher Abd el-Schafi, dessen hohen Seerang keiner ahnen kann, mit zwei Soldaten ringt, die ihm rauh entschlossen die Zügel zu entwinden suchen, befiehlt Ben Atar auch dem Matrosen, auf den anrollenden Wagen aufzuspringen, um etwaige unsaubere Absichten zu vereiteln, die sich hinter der geforderten Klärung verbergen könnten. So bleiben denn Ben Atar und die Frauen, der Rabbiner und sein Sohn vor den Stadtmauern Verduns unter einem weichen grauen Herbsthimmel auf einer üppig grünen, von kleinen Wasserläufen durchzogenen Aue, die sich in der Flußbiegung gebildet hat. Ben Atar wendet hastig den Blick von dem schwarzen Sklaven, der auf Verlangen der Soldaten all seine Hüllen ablegen und sich splitternackt vor ihnen zeigen muß, damit sie mit den Lanzenspitzen genau und vollständig prüfen können, bis wohin seine Dunkelheit reicht. Und hinter der Stadtmauer, dort, wo die Abtei Saint-Vanne mit ihren zwei Rundtürmen steht, erklingt Gesang, begleitet vom traurigen Brüllen eines Tieres. Die Wachsoldaten scheinen nicht überrascht über diese Musik, ja wollen sie zunächst wohl mit spöttischen Reden abtun. Doch langsam lassen auch sie sich von dem beharrlichen, aber volltönenden Gesang jenseits der Mauer gefangen nehmen und geben schließlich dem nackten Jüngling seine Freiheit zurück, der wieder sein grünes Gewand aus den Kleiderresten der ersten Frau anzieht und sich schlotternd und gedemütigt zu den fünf Juden gesellt, denen die Angst um Abulafia und seine Frau unterwegs zur Burg schon auf der Seele lastet und sie daran hindert, der

Melodie zu lauschen, die den grauschimmernden Spätnachmittag erfüllt.

Abgesehen von der zweiten Frau, die schon bei den ersten Klängen meinte, ihre Eingeweide schlügen langsam, aber sicher einen Purzelbaum. Als verbände der Zauber dieses ringsum klingenden Gesangs sie mit ihrem einzigen Sohn, den sie im Haus ihrer Eltern auf einem fernen Kontinent hatte zurücklassen müssen. Plötzlich reißt ihr die Geduld, sie kann nicht mehr widerstehen, sondern richtet sich erregt zu voller Größe auf und bestürmt Ben Atar, sie rasch zur Quelle dieses lauten Gesangs hinzuführen, der sie in einer Weise erregt, als berge er Balsam und Heilung für ihren Kummer. Ben Atar, der eine weitere Versprengung der Reisegesellschaft fürchtet, möchte den merkwürdigen Wunsch seiner Frau anfangs abschlagen und sie beruhigen, aber die junge Frau, von der Musik erfüllt, läßt nicht locker, ja fällt schamlos vor ihm auf die Knie und versucht schluchzend, ihm die Füße zu küssen, bis er sich verlegen an die neugierig guckenden Soldaten wendet und sie mit ausholenden Gesten bittet, diesen Gesang zu stoppen, der seiner Frau zusehends den Verstand verwirre.

Die lothringischen Wachsoldaten können und wollen das Singen jedoch nicht unterbinden, das ihnen jetzt auch sichtlich Genuß bereitet. Will Ben Atar die plötzliche Erregung seiner Frau lindern, muß er ihrer Bitte nachkommen und sie in die Stadt geleiten. Deshalb bittet er die erste Frau, die ihre Gefährtin mit aufgerissenen Augen anblickt, wieder ihren Platz im Wagen einzunehmen, bittet auch den Rabbiner, sich mit seinem Sohn zu ihr zu setzen, während der junge Sklave auf den vakanten Kutschbock gerufen wird und Anweisung bekommt, in der einen Hand die Zügel, in der anderen die Peitsche zu halten, damit er, falls jemand ihnen während seiner kurzen Abwesenheit übel wolle, augenblicklich den Pferden die Peitsche geben und alle auf die offene Straße hinausfahren könne. Nachdem er dann den Wachsoldaten beharrlich noch einmal gestikulierend und mit entschuldigendem Lächeln erklärt hat, was er vorhabe und was er in ihre Obhut gebe, nimmt er fest den schlanken Arm der erwartungsvoll bebenden Frau, passiert mit ihr zögernden Schritts das Tor der Stadt Verdun und lenkt seine Schritte geradewegs auf die Musik und den Gesang zu.

Schon über sechzig Tage, seit Beginn der kühnen und wundersamen Reise zur See und auf dem Fluß samt Fortsetzung zu Land, hat Ben Atar keine Gelegenheit mehr gehabt, eine einzige Frau in der Öffentlichkeit auszuführen, wie sonst gelegentlich am Strand von Tanger. Mitfühlend blickt er zu seiner jungen Frau hinüber, die mit flinken Schritten mal neben, mal hinter ihm trippelt und nicht beachtet oder beachten will, daß ihr in der Aufregung der Schleier von dem dunkelhäutigen Gesicht gerutscht ist, das von der großzügigen, aber präzisen Hand eines verborgenen Künstlers modelliert zu sein scheint. Ben Atar weiß nicht, ob wirklich die Gesangsklänge ihr die Willenskraft verliehen haben, ihn zu nötigen, sie aus der Gruppe herauszuholen, oder ob es doch eher die Sehnsucht war, endlich einmal mit ihm allein zu sein, nicht nur zappelnd auf schmalem Lager in völliger Dunkelheit erobert, sondern unter freiem Himmel auf weiter Erde spazierend. Tatsächlich gehen der Mann und seine zweite Frau jetzt unter grauem Himmel zwischen Erdhaufen, auf denen schlichte, in Form und Farbe so einheitliche Grabsteine verstreut stehen, daß man meinen könnte, die darunter Liegenden seien gemeinsam gestorben und begraben worden. Und dort, an der Mauer der Abtei Saint-Vanne, steht ein einzelnes Haus, vor dessen offener Tür, zur größten Verwunderung der nordafrikanischen Reisenden, nicht etwa ein Chor singt, sondern ein Sängerpaar, Mann und Frau, deren Zweistimmigkeit ihrem Gesang Klangstärke und Volumen verleiht, zumal sie sich dabei mit der Laute begleiten. Doch während Ben Atar jetzt den Schritt verlangsamt, hat die zweite Frau, hoch aufrecht, sich schon von ihm losgerissen und stürzt auf die Sänger an der Tür des Hauses zu, in dessen dämmrigem Innern, inmitten von Gläsern, Schalen und Fläschchen voll Pulvern, Kräutern und Arzneien ein barhäuptiger, etwa dreißigjähriger Arzt oder Apotheker mit kurz gestutztem Barte steht und dem Gesange zu seinen Ehren lauscht, hinter sich an der Wand ein irdenes Abbild des Gekreuzigten, der sich auch tausend Jahre nach seiner Geburt noch seinen Martern hingibt.

Die beiden Sänger scheinen erfreut über die Ankunft einer weiteren, wenn auch merkwürdigen Zuhörerin, legen ihr zu Ehren sogar noch an Lautstärke zu, doch der Hausherr, der den schmalen Schatten eines Frauengewands auf das lichte Quadrat im Hauseingang fallen sieht, bringt mit einem Wink den schmetternden Gesang zum Verstummen und tritt heraus, um nachzusehen, wer da kommt, um an dem Lohn teilzuhaben, den er soeben für die medizinische Behandlung der beiden Sänger erhalten hat, die erst mal seinen Rat eingeholt und begierig seine Arzneien geschluckt und erst dann erklärt hatten, völlig mittellos zu sein. Jetzt bemerkt er die beiden fremden Reisenden, die vielleicht selber Heilung suchen. Deshalb neigt er den Kopf und stellt sich erst in germanischer, dann fränkischer Sprache und schließlich sogar auf Latein vor. Obwohl er gewärtigen muß, daß es hier keine gemeinsame Sprache gibt, gelingt es ihm mit beharrlichen, sanft verschnörkelten Gesten, seinen unverhofften Gästen nicht nur ihre Namen und die Namen ihrer Väter zu entlocken, sondern auch die Namen der Orte, über die ihre verblüffende Reise vom afrikanischen Kontinent zu ihrem neuen Ziel sie führt.

Noch können Ben Atar und seine zweite Frau, die ihre schmalen Bernsteinaugen jetzt weit aufreißt, nicht wissen, ob dieser Mediziner aus Verdun, der sich selbst – wichtigtuerisch oder humoristisch – wiederholt als Karl-Otto I. bezeichnet, wirklich neben der riesigen Entfernung, die sie überwunden haben, auch die uralte Rasse erfaßt, der sie entstammen. Aber eines sind sie sich gewiß – der starken Sympathie, die dieser schwarzgewandete Arzt mit dem kurzen Bart ihnen entgegenbringt. Denn mit ungeduldiger Geste verzichtet er jetzt auf das zweistimmige schmetternde Honorarium vor seiner Haustür und schickt das Sängerpaar fort, um sich den beiden Fremden widmen zu können, die er unbedingt in sein Haus bitten möchte, auch wenn sie weder krank sind noch seiner Arzneien bedürfen.

Und mag Ben Atar, ständig von Sorge um die an der Stadtmauer Verbliebenen geplagt, auch noch so entschlossen sein, die seltsame Einladung auszuschlagen, seine zweite Frau, die der ihr entgangenen Musik nachtrauert, zieht es wie mit Zauberbanden in das fremde Haus hinein. Ja, mit der Selbstsicherheit, die sie ihrem neuen Einzelstand abgewinnt, erkundet sie gar nicht erst den Willen ihres Mannes, sondern wird förmlich in den muffigen Dämmer hineingesogen, bis sie beinah das große Abbild des leidenden Gottessohnes berührt, dessen blutunterlaufene Augen gleichmütig auf all die Arzneien in den Gläschen und Krüglein ringsum blicken. Ben Atar muß daher schnell den schlanken, letzthin noch magerer gewordenen Arm der trotzigen Frau packen, damit sie nicht gleich weiter durch die Innentür entschwebt, die der enthusiastische Arzt ihr zu einem noch dunkleren Hintergemach öffnet, anscheinend dem Sprechzimmer selbst, in dem eine große Kerze neben einem Bett mit gelblichem schafwollenen Überwurf brennt. Vor dem Bett steht eine Wanne ohne Wasser, in der ein paar weiße Bachkiesel schimmern, und auf einer kleinen Kommode liegen Messer, Säge und Zange aus demselben graupolierten Eisen wie die kleinen Kreuze, die hier in jeder Ecke hängen, damit der Arzt bei seiner Arbeit beten und Nachsicht für seine Machtlosigkeit und Unkenntnis erbitten kann.

Doch auch, als der Nordafrikaner seine überraschend widerspenstige Frau von dem Zauber wegzureißen vermag, den das Arzthaus auf sie ausübt, ihr mit eigenen Händen die abgerutschte Schleierfahne wieder über das angespannte Gesicht zieht und beginnt sie eilig zurück zu der Reisegruppe zu zerren, scheint der Arzt die beiden Gäste nicht aufgeben zu wollen, geht ihnen vielmehr still und versonnen bis zum Stadttor nach und liest unterwegs zwischen den Grabsteinen noch zwei kleine Kinder mit großen Kreuzen um den Hals auf, als wolle er, nachdem er zu den exotischen Fremden kein Arzt-Patienten-Verhältnis aufzubauen vermocht hatte, sich ihnen nun als Erzeuger zweier fröhlicher Kinder empfehlen, die sich jetzt liebreizend vor dem Wachsoldaten bekreuzigen und behutsam die Schwänze der Pferde anfassen.

Aber was will dieser beharrliche Lothringer? Warum läßt er nicht von uns ab? Und worauf richtet sich seine Neugier? rätselt Ben Atar ungehalten, nachdem er erleichtert festgestellt hat, daß während seiner Abwesenheit, getreu seinen Anweisungen, keiner von der Stelle gewichen ist, abgesehen von dem kleinen Elbaz, der seinen Platz zwischen seinem Vater und der ersten Frau mit dem Kutschbock vertauscht und sich neben den schwarzen Heiden gesetzt hat, der immer noch, starr und steif wie ein Standbild, in der einen Hand die Zügel, in der anderen die Peitsche hält. Als Ben Atar sieht, daß der kurzbärtige, schwarzgekleidete Arzt versucht, bei dem Wachoffizier weitere Einzelheiten zu erfahren, bittet er Rabbi Elbaz, mittels seines Lateins die wahren Absichten dieses beharrlichen Christen zu eruieren.

Da die guten Lateinkenntnisse des Arztes mit Leichtigkeit die Lücken im holprigen Latein des Rabbiners aus Sevilla füllen, vermag das Gespräch den unerklärlichen, nagenden Wissensdurst des lothringischen Arztes hinsichtlich der Reise dieser fremden, fernen Juden, die vor seiner Haustür gelandet waren, endlich zu befriedigen. Und während Elbaz noch überlegt, ob man dem Unbeschnittenen auch die Art des schweren, schmerzenden Streites zwischen nördlichen und südlichen Juden erklären könnte, die aufgrund ihrer Natur und Verstreutheit einander niemals besiegen, sondern nur manchmal einen Kompromiß erlangen können, kommt durch das Stadttor eine blasse kleine Aschkenasin und läuft auf ihre beiden Kinder zu, die vergnügt zwischen den Hufen der Pferde spielen. Elbaz stockt das Herz beim Anblick der Arztfrau, die abgesehen von dem großen eisernen Kreuz, das ihr auf dem Kittel baumelt, in Aussehen und Gang Frau Esther-Minna ähnlich sieht, worauf er baß erstaunt zu ihrem kurzbärtigen Mann aufblickt und dabei lautlos die Lippen bewegt. Aber er muß tatsächlich nichts sagen, denn der Arzt erkennt sofort die treffende Vermutung des kleinen Rabbiners und nickt mit leichtem Lächeln, das nicht eines schmerzlichen Anflugs entbehrt, zur Bestätigung, daß das Wunderbare Wirklichkeit ist, und daher kann der Rabbiner bedenkenlos die ganze Geschichte ihrer Reise erzählen, denn nun weiß er ja, daß er hier einen verständigen Zuhörer hat.

6

Dann vertiefte sich des Himmels Grau und ließ milde Regentropfen ohne Pause auf die Gegend von Verdun hinabfallen. Die kleine Arztfrau sammelte hastig ihre beiden Kinder ein und verschwand mit ihnen im Stadttor, während ihr Mann, erregt von dem Streit über die Doppelehe, den der Rabbiner aus Sevilla gleich einem bunten Fächer vor ihm ausbreitete, sich noch schwer von der eigenartigen Geschichte losreißen konnte. Womöglich war ihm einen Moment Hoffnung gekommen, eine andere, heitere Art von Juden zu entdecken, oder es hielt ihn die Begierde fest, vielleicht einen verstohlenen Blick auf die andere, im Wagen verborgene Frau zu ergattern, um sie mit der dunkelhäutigen jungen Frau zu vergleichen, die ihm ins Haus geflattert war. Doch als Esther-Minna dem großen Wagen entsteigt, der eben von der Burg zurück ist, und der Apostat den harten Blick auffängt, den diese blauäugige Landsmännin, sein Wesen sofort durchschauend, auf ihn heftet, überläuft ihn ein Schauder, als drohe der strikte *Abscheu*, von dem der kleine Rabbiner ihm erzählt hatte, bald auch ihm. Ohne ein Wort des Abschieds wendet er sich von der Gruppe Juden ab, bekreuzigt sich still, und mischt sich dann unter die lothringischen Wachsoldaten, um ein wenig mit ihnen zu scherzen. Schließlich verschwindet er hinter der Mauer, ohne zuzuschauen, wie die nordafrikanischen Reisenden, die noch zehn Wochen zuvor im Glanz des tiefblauen Lichts segelten, jetzt in Regen, Schlamm und Nebel ihren Weg zum Rheintal fortsetzen.

Auch der Zöllner in der Burg hatte nicht gewußt, wie zwischen Ware und Geschenk zu unterscheiden sei. Da er jedoch, ebenso wie der Wachoffizier, geargwöhnt hatte, die Juden wollten ihn betrügen und die als Geschenke getarnten Waren auf dem Weg nach Worms verkaufen, hatte er auf einem großen Stück Pergament das gesamte Inventar des Wagens aufgelistet, einschließlich der Kleider und Geräte der Fahrgäste, und diese Urkunde umgehend mit einem Schnellreiter an den Statthalter von Worms abgesandt, auf daß man bei Eintreffen der jüdischen Partie nachprüfen könne, daß unterwegs kein Geschenk als Ware durchgegangen war und alle als Geschenk angekommenen Gegenstände auch als Geschenk ihren Adressaten übergeben würden. Nur so könnte das Herzogtum Lothringen ruhig sein.

Indes grämen sich die Juden nicht nur darüber, daß die christliche List ihre eigene übertrumpft hat, sondern hegen auch den nagenden Verdacht, kraft des ihnen an den Rhein voranflatternden Pergaments könnten sich neben der Ware auch alle ihre Kleider, Geräte und Habseligkeiten in Geschenke verwandeln, und wer weiß, ob sie die erzwungenen »Geschenke« nicht noch wieder zurückkaufen müßten. Doch als sie gegen Abend unter einer großen Holzbrücke nahe der Stadt Metz haltmachen, sieht Ben Atar, daß seine erste Frau aus eigenem Antrieb ein Gewürzsäckchen auftrennt, den Inhalt ausleert, den Stoff in der Mitte durchschneidet und daraus zwei Säckchen näht, so daß sie die Ware verdoppelt, um wenigstens die Hälfte vor dem Schenkungsedikt zu retten. Tatsächlich hat sie bis zum nächsten Nachtlager neben den Gewürzsäckchen auch die Stoffballen halbiert, ja sogar die bleichen kleinen Honigwaben entzweigebrochen.

Und wieder scheint die Wüstenware mit abnehmendem Umfang doppelt an Anziehungskraft und Wert für Reisende und Dorfbewohner zu gewinnen, zwischen Maas und Mosel ebenso wie zwischen Mosel und Rhein. Denn wegen des neuen Miniaturformats der Gewürzsäckchen braucht man sie nicht mehr an die Nase zu heben, um gelegentlich ihren Duft zu atmen, sondern kann sie sich einfach ins Nasenloch schieben und mühelos ununterbrochen den pfeffrigen Geruch eines anderen fernen, schwarzen Kontinents schnuppern. Allerdings hüten sich Ben Atar und Abulafia aus Angst vor dem vorausflatternden Pergament immer noch, als fliegende Händler aufzutreten, die ihre Ware verdoppeln und »Geschenke« verhökern, und schicken deshalb den schwarzen Götzendiener mit einem wohlgefüllten Tablett voraus, als sei dies sein persönliches Eigentum, das er selbständig und auf eigene Verantwortung anbiete, während die Juden in seinem Gefolge nur Ratgeber in Preisfragen seien.

Gerade weil die Lothringer geiziger als die Franken und Burgunder sind, lassen sie sich leicht durch die unvertrauten neuen Kleinigkeiten verlocken, deren schneller Verbrauch die Reue über ihre leichtfertige Anschaffung alsbald vergessen macht. Die beiden alterfahrenen Kaufleute wittern auch schon, wo und wie stark der Geschäftswind im aschkenasischen Lande weht, und beginnen miteinander zu verhandeln, wie und womit sie sich auf das – bisher noch bedingte – Treffen in der Bucht von Barcelona im nächsten Jahr, dem Jahr 1000 höchstpersönlich, rüsten sollen.

Unter leichten, warmen Herbstregenschleiern rollt das Gespann der Prozeßgegner also gemächlich auf die Stadt Worms zu. Auf und ab geht es über bequeme, breite Wege durch Berg und Tal, gelegentlich an grauen Burgen oder den Ruinen eines alten Römerlagers vorbei. Hier und da bilden sich Pfützen auf der Strecke, die sich alsbald in gelben Morast verwandeln, und wenn Abd el-Schafi nicht aufpaßt, sinken die Wagenräder ein. Mal muß man anhalten, um ein auf felsigem Grund krummgelaufenes Rad auszubessern oder das Geschirr der Pferde neu auszupolstern. Mal müssen sie Stunden warten, bis eine schwimmende Brücke vom anderen Flußufer zurückkehrt, oder mit einem sturen Bauern über die Durchfahrt durch ein ausgedehntes Ährenfeld feilschen. Aber noch scheinen mühelos und glatt verlaufende Fahrtabschnitte die Hindernisse und Aufenthalte zu überwiegen. Zumal die Kutscher, sobald sie den guten Wind aus richtiger Richtung wittern, ihren jäh auflebenden Seemannstrieb nicht unterdrücken können und deshalb den Herrn des Zuges bitten, die Planen herablassen zu dürfen, um die Wagen mit kleinen schwarzen Segeln zu bestücken, die die Pferde noch mehr beflügeln.

Kein Wunder also, daß Rabbi Elbaz, vom Blähen der Winde in den komischen Wagensegeln in Seefahrtserinnerungen gewiegt, nun wieder in seinen alten Dichterrausch versinkt, der ihn Tage und Stunden vergessen und seine Verantwortung für die Kalenderführung vernachlässigen läßt. Während die hartnäckigen Prozeßführer nämlich langsam auf dem erlahmenden Rücken des Monats Elul durch die Täler Lothringens zuckeln, holt schon klammheimlich der jugendfrische Monat Tischri auf. Und eines Tages merken die jüdischen Reisenden, daß sie womöglich mitten beim Neujahrs-Schofarblasen in die heilige Wormser Gemeinde hineinplatzen könnten, weshalb Frau Esther-Minna, die im stillen die heilige Zeitrechnung zu wahren pflegt, mit sanftem Drängen das Reisetempo zu beschleunigen versucht. Aber der Drang zum Handel mit den verdoppelten Geschenken, die die erste Frau mit Hilfe der zweiten die ganze Nacht herstellt, läßt die bedingten Partner immer wieder innehalten, da sie an jeder Minute hängen, die eben diese Bedingtheit verlängert.

Als die Wagen jedoch ins Saarland einfahren, sehr nahe dem kühlen, funkelnden Flußlauf zwischen hohen Bergrükken aus uralter Zeit, denen die Jahrhunderte schwarze Kuppen geformt haben, taucht zwischen den Eschen- und Eichenbäumen der alte Turm der Basilika auf, den Esther-Minna aufgeregt an seinen acht dräuenden Kanten erkennt. Wahrlich, hier muß man nicht mehr den Namen des Rheins rufen, um von Passanten vage Antwort zu erhalten, die nur die allgemeine Richtung weist, sondern kann ausdrücklich die Städte Speyer, Worms und Mainz nennen und nicht nur beifällige Bestätigung ihrer allseits berühmten Existenz erhalten, sondern auch einen enthusiastischen und wissenden Wink, der klar den Weg aufzeigt. Wie von selbst gesellt sich zu der unablässigen Angst der blonden reisenden Frau, den Klang des Widderhorns womöglich noch aus dem Mund eines schwarzen Heiden im dunklen Wald hören zu müssen, jetzt auch die sehnliche Erinnerung an die kühle Luft und den vertrauten Wiesenduft der heimatlichen Erde, die unter den Hufen der Pferde dahinfliegt. Angst und Sehnsucht der neuen Frau fluten machtvoll auch auf ihren Mann Abulafia über. Ja sogar Ben Atar und Rabbi Elbaz sehnen sich bereits danach, in die Stadt am Rhein zu gelangen und in ihr das neue jüdische Jahr 4760 willkommen zu heißen, dessen uraltem Schoß in rund hundert Tagen jung und ungestüm das christliche Jahr 1000 entspringen wird.

Aber man hätte wohl kaum das Tempo der Wagen beschleunigen können, die jetzt durch unerschlossenes, leicht abfallendes Flachland zur Rheinebene hinunterfuhren, wäre nicht urplötzlich, einem Trugbild gleich, Herr Levitas höchstpersönlich auf einem herrlichen Roß erschienen. Wie sich herausstellte, hatte der kaltblütige jüngere Bruder nach der Abreise seiner Schwester und der anderen Prozeßbeteiligten daheim in Paris nicht die erhoffte Ruhe gefunden und daher eiligst seine Hausgenossen, einschließlich der schwachsinnigen Waise, zu seinen Freunden auf das Weingut in Villa-le-juif verbracht, damit sie die nahenden Tage der Buße und des Gerichts – Rosch Haschana und Jom Kippur – mit ihnen verlebten, während er selbst mit der ersten indischen Perle zu der schönen, schmuckliebenden Herzogin hastete, um das Juwel gegen das edelste und rassigste Pferd im Stall ihres Gemahls einzutauschen, das ihn geschwind wie der Wind auf Abkürzungswegen zu seiner Heimatstadt am Rhein tragen sollte, damit er selbst, noch vor Ankunft des Haupttrupps, insgeheim dafür sorgen könne, daß der Fehlschlag im dämmrigen Weinkeller sich am Gestade des aschkenasischen Flusses nicht wiederholen möge, sondern sie bei ihrem Eintreffen ein einwandfreies, ordentliches Gericht, besetzt mit hervorragenden Gelehrten, vorfänden, die das richtige Urteil nicht nur sprechen, sondern singen würden.

Doch als er nach zwei Tagen halb geheimen Aufenthalts in seiner Geburtsstadt feststellen mußte, daß Ben Atars Reisegesellschaft weiterhin ausblieb, die nächtlichen Bußgebete aber immer flehentlicher wurden, begann er zu fürchten, es sei womöglich ein Mißgeschick eingetreten oder der doppelt beweibte Kaufmann habe es sich anders überlegt und einen Rückzieher gemacht. Deswegen war er zu dem Entschluß gekommen, aus der Deckung hervorzutreten und persönlich den Prozeßparteien entgegenzureiten, um sie eilends der Falle zuzuführen, die er ihnen gestellt hatte. Zu seiner Verblüffung entdeckt er nun, daß die zwei nordafrikanischen Wagen kaum drei Tage vor dem heiligen Fest noch immer gut zwanzig Meilen vor der Stadt Speyer zuckeln, in der es nicht einen einzigen Juden gibt. Daraufhin erbietet sich Levitas als alter Einheimischer, den Zug persönlich dem Bestimmungsort zuzulenken, und empfiehlt auch, die nächtlichen Ruhepausen zu streichen. Ben Atar, von Esther-Minnas Sorge angesteckt, akzeptiert die Vorschläge des umsichtigen Bruders und beordert Abd el-Schafi, der es gewöhnt ist, Schiffe durchs Dunkel zu lenken, die zwei Wagen mittels eines kurzen, dicken Taus zu verbinden und das Gespann wiederum mit einem langen Strick an Herrn Levitas' Sattel zu befestigen, um zu gewährleisten, daß die Reisenden vereint ihr Ziel erreichten.

Solchermaßen verbunden rumpeln die beiden Wagen über die rötliche Erde der Rheinebene, einem edlen, klugen Pferde nach. Der feinsinnige junge Mann zeigt Begeisterung und Ausdauer, Tag und Nacht im Sattel auszuharren und die nordafrikanischen Juden mitzuziehen, damit sie nicht, Gott behüte, die Heiligkeit des Neujahrsfestes in seiner Heimatstadt verpaßten. Da aber eine Fahrt durch Tag und Nacht nicht einer Reise nur bei Tageslicht, mit völliger Ruhe bei Nacht, gleicht, werden die Reisenden alsbald taumelig und schlapp, liegen übereinander wie ein lebendiger Lumpenhaufen. Ja sogar die ismaelitischen Kutscher, kräftige Seeleute, an lange durchwachte Sturmtage gewöhnt, hängen erschöpft auf ihren Sitzen, und hätte der junge Sklave nicht weiter auf die Pferde eingepeitscht, um sie anzutreiben, wäre es den beiden verbundenen Wagen wohl kaum gelungen, im Abenddämmer des letzten Tages im Monat Elul in die Wormser Judengasse einzufahren und zwischen den schiefen kleinen Häusern, die auf großen, rauhen Pfählen ruhen, anzuhalten.

Halb bewußtlos taumeln die Prozeßparteien aus den Wagen, ja wären wohl gar auf der Stelle niedergesunken, hätten die Wormser – allen voran die treuen Angehörigen der Familie Kalonymos, bereits über das Eintreffen des kleinen Zuges vorgewarnt – sich nicht beeilt, ihre Gäste in die Häuser der aufnahmebereiten Familien zu führen, auf daß sie in den verbleibenden zwanzig Stunden bis zum Anbruch des Feiertags den erschöpften Körper und die verdorrte Seele zu reinigen und zu beleben vermöchten. So trennt man denn zügig, ohne die halb ohnmächtigen Gäste zu fragen, Männer von Frauen, Juden von Ismaeliten, Pferde von Wagen und läßt jeder Art und jedem Geschlecht die passende und gebührende Aufmerksamkeit angedeihen. Dabei erstaunt es, daß die Familie Kalonymos ihre Verwandte, Esther-Minna, behandelt, als sei auch sie eine südliche Reisende, von keiner Pflicht befreit, die den andern obliegt. Daher führt man sie höflich, aber bestimmt gemeinsam mit Ben Atars beiden Frauen zur rituellen Reinigung in ein großes Tauchbad, das in alten Zeiten einmal römischen Legionären als Badehaus gedient hatte und noch immer mit grünem Marmor ausgekleidete kleine Kabinen enthält, in deren einer Frau Esther-Minna jetzt vergebens ihre reine, rosige Nacktheit vor den ebenso neugierigen wie verblüfften Blicken ihrer zwei Prozeßgegnerinnen zu verbergen sucht.

Nachdem die drei Frauen dem Bad entstiegen sind, sich abgetrocknet haben und mit gebührendem Respekt eine nach der andern an ihren Platz zurückgebracht worden sind, werden auch der Onkel und der Neffe, die beiden bedingten Partner, eingelassen, um im Wasser unterzutauchen, dazu auch Rabbi Elbaz, der seinen zappelnden Sohn in den Schlund üppiger, nackter Männlichkeit mitzieht. Unterdessen reicht man den drei Ismaeliten in einem kleinen Hinterhof ein koscheres Mahl, um ihren Geist zu beschwichtigen, ehe man sie auffordert, sich ebenfalls für den Festtag zu reinigen, wenn auch nicht im Fluß, sondern in geschöpftem Wasser. Und da die Zeit kurz, aber die Arbeit viel ist, zumal im Jahr 4760 der Bußsabbat gleich auf die beiden Neujahrstage folgt, versuchen andere Wormser Juden, bedacht, ebenfalls ein wenig Anteil am Verdienst der gebotenen Gastfreundschaft zu ergattern, mit Streicheln und Hafer die fünf treuen Pferde aufzumuntern, die kein Mensch geschont hat und die sich auch selbst nicht schonten, um zum Feiertag wandernde mit seßhaften Juden zu vereinen und alle in einer Synagoge zu versammeln.

So werden die Gäste von den Einheimischen flink und liebevoll in ihr Leben einbezogen. Und da es am Vorabend der Hohen Feiertage keinen gibt, der in seinem Hause nicht wenigstens einen dieser wundersamen und klugen Gäste willkommen heißen möchte, die vom Ende der Welt angereist sind, um ihre Rechtssache der Weisheit und Gerechtigkeit der rheinischen Gemeinde anzuvertrauen, richten mindestens zehn Familien umgehend Tische und Betten her, damit jede Familie wenigstens einen Gast empfangen darf, und sei es eine Frau, ein Kind, einen Ismaeliten oder gar einen jungen Götzendiener. Die Reisenden wiederum, die sich in den langen Tagen unterwegs daran gewöhnt hatten, Teil einer rüttelnden Menschenmasse zu sein, so daß sie schließlich gar ihre Träume mit andern teilten, finden sich mitten in der Nacht nicht nur reinlich und satt, sondern auch separat voneinander, jeder für sich in einem fremden Bett, von einem runden Wandschirm umstellt, versunken in einem weichen Federbett, aus dem zwei, drei Gänsefedern hervorstechen, und inmitten eines leeren schwarzen Raums, auf daß es keiner mehr wage, an einem Traum teilzunehmen, der nicht der seinige ist.

Frau Esther-Minna jedoch möchte jetzt nicht träumen, ja nicht einmal einschlafen. Denn trotz der drängenden dunklen Schatten ringsum hat sie bereits mit ungeheurer Erregung erkannt, daß die Angehörigen der Familie Kalonymos, die bisher nur wenig mit ihr sprachen, sie im Schlafgemach ihrer Jugend untergebracht haben, in der ihr erster Ehegemahl, der feinsinnige Gelehrte, vergeblich versucht hatte, ein Kind mit ihr auf die Welt zu bringen, bis er verzweifelte und starb. War hier die Hand des Schicksals im Spiel, fragt sie sich, oder hatten die Verwandten des verstorbenen Gatten gespürt, wie sehr sie sich nach diesem lieben Kämmerlein sehnte, das angeblich bereits Lagerstätte der ersten Juden gewesen war, die auf königliches Geheiß aus Italien eingetroffen waren und von unterwegs, aus den Alpen, strohblonde, blauäugige Knechte mitgebracht hatten, heidnische Götzendiener, die vor lauter Treue schließlich ihre sonderbaren Götzen verworfen hatten, um den Glauben ihrer jüdischen Patrone anzunehmen? Aber wer mochte ihr sein großes Bett geräumt haben? grübelt Esther-Minna in einer Erregung, in der ein Quentchen Grauen mitschwingt. War es womöglich das Bett ihres früheren Schwagers, Isaak Ben Kalonymos, dessen Mutter – ihre frühere Schwiegermutter – nach dem Tod ihres älteren Sohnes die kinderlos gebliebene Schwiegertochter nicht hatte warten lassen wollen, bis ihr zweiter Sohn heranwüchse, um das Gebot der Schwagerehe zu erfüllen, sondern sie energisch aufgefordert hatte, dem hübschen Jungen den einen kleinen Schuh vom Fuß zu streifen und vorschriftsmäßig vor ihm auszuspucken, ehe sie aufbrach, um bei ihrem jüngeren Bruder in Paris Trost zu suchen?

Obgleich Esther-Minna sehr wohl, auch an sich selbst, die Eigenschaft ihrer Landsleute kennt, noch die innigsten Gefühle in nüchterne Strenge zu kleiden, ist sie doch enttäuscht und befremdet, da sie einen herzlicheren Empfang erwartet hätte. In aller Unschuld hatte sie gehofft, die Leute ihrer Stadt würden die Hingabe und Geistesgegenwart bewundern, mit der sie hartnäckige fremde Juden den ganzen langen Weg mitgeschleppt hatte, damit sie die ortsübliche Frömmigkeit und Gerechtigkeit gewärtigen möchten, die ihr in den vielen Jahren ihrer Abwesenheit bereits als Ausbund an Vollkommenheit erschienen war. Dabei hatte sie jedoch vergessen, daß die Größe der Wormser Juden gerade daher rührte, daß sie ihre Frömmigkeit und Gerechtigkeit niemals auch nur annähernd vollkommen wähnten und in den zehn Jahren, in denen sie, Esther-Minna, ihren Verwandten und Freunden fern gewesen war, unablässig danach getrachtet hatten, ihre unvollkommene Frömmigkeit und Gerechtigkeit zu verbessern und zu mehren. Deshalb nun sind sie heute, am Vorabend des doppelten Jubeltages, nicht willens, die Frau zu bewundern, die ihnen einen solch aufregenden Rechtsfall beschert hat, sondern bringen ihr eher Zweifel und Argwohn entgegen, nach Art hervorragender Richter, die vor jedem Prozeß ihre Unparteilichkeit schärfen, indem sie zunächst alle Parteien als Gesetzesbrecher betrachten.

Eben das hatte die Frau bei ihrer Rückkehr in die Heimat an den kühlen Blicken gespürt, die ihre früheren Verwandten ihr zuwarfen. Deshalb schnürt sich ihr des Nachts, in dem Bette vergeblicher Zeugungsbemühungen, die ihre und ihres verstorbenen Mannes Leidenschaft vergrämten, dermaßen das Herz zusammen, daß ein einziges Tröpfchen Trauer alles mit Grauen zu überfluten vermag. Ja, auf einmal ist ihr, als sei auch das Unmögliche möglich. Vielleicht würde sie selbst hier an dem Ort, der ihr so sicher und rein erschien, erneut eine Überraschung erleben, denn vor lauter Bemühen um Unparteilichkeit und wohl gar auch aus Rührung über die Vertrauensseligkeit südlicher Juden, die solch eine ungeheure Entfernung zurückgelegt hatten, mochten die Gelehrten ihrer Stadt, wie das Gremium im Weinkeller von Villa-le-juif, womöglich den trügerischen Worten des andalusischen Rabbiners verfallen und ihr ein Urteil entgegenstellen, das nicht nur die Partnerschaft auf ewig erneuern, sondern auch einer demütigenden Phantasie den Stempel doppelter – nord-südlicher – religiöser Unbedenklichkeit aufdrücken würde.

Jetzt drängt es sie, ihren Bruder aus dem Schlaf zu wecken und ihm von ihren neuen Ängsten zu erzählen. Aber sie weiß nicht, wo er schläft. Jäher Zorn wallt in ihr auf über die Unverfrorenheit ihrer Landsleute, die alle Reisenden über die verschiedenen Häuser verteilt und so jeden einsam für sich belassen haben, als wären sie unwissende Kinder. Einen Moment bereut sie, in einen erneuten Rabbinatsgerichtsprozeß eingewilligt zu haben, und wie Rabbi Elbaz zwei Wochen zuvor im Dunkel ihres Pariser Hauses umhergetappt war, um ins Freie zu gelangen, wirft auch sie jetzt das Federbett beiseite und versucht, den Weg aus dem verwinkelten Holzhaus hinaus zu finden, das ihr bei aller Vertrautheit plötzlich wie ein gestrandetes Schiff vorkommt. Doch als sie mit einem schweren, unvertrauten Riegel kämpft, der vermutlich wegen des bedrohlich näherrückenden Jahres 1000 an der Haustür angebracht worden war, hört es sogleich der Hausherr, Kalonymos junior, der Bruder ihres früheren Mannes, und da er aus sittlichen Gründen nicht wagt, ihr im Dunkeln allein zu begegnen, weckt er hastig seine Frau, damit sie den Kummer seiner einstigen Schwägerin lindere.

Diese nette junge Frau Kalonymos, die von einem ihrer Vorfahren ein wunderbares grünes Funkeln in den Augen geerbt hat, bringt es tatsächlich fertig, Esther-Minnas Angst zu beschwichtigen und ihr auch neuen Geist für die Bußgebete einzuhauchen, die ihnen allen bevorstehen. Mit sanfter Hand bringt sie die Frau, die, wäre sie nicht unfruchtbar gewesen, die erste, aber auch einzige Frau ihres eigenen Ehemannes geworden wäre, in ihr früheres Ehebett zurück und deckt sie einfühlsam mit dem zuvor stürmisch beiseitegeworfenen Federbett zu, damit sie zwei, drei Stunden erholsamen Schlafes finden könne, ehe man sie für den Dienst am Schöpfer in die *Frauenschul* brachte, das Bethaus, das in den letzten Jahren allein für Frauen eingerichtet worden war und in dem auch eine Kantorin die Gebete sang und im Morgengottesdienst, vor dem »Höre Israel«, Gebetsriemen anlegte.

Ja, wie auf zarten Wunderwink legt sich Esther-Minnas Angst bei der überraschenden Nachricht von einer Synagoge nur für Frauen. Die Hoffnung, die Frauen ihrer Heimatstadt Worms möchten mit ihrem wachen Verstand wieder ins Lot bringen, was die unwissenden, barfüßigen Frauen im Weinkeller bei Paris verdorben hatten, kühlt Esther-Minnas verzweifelte Gedanken und bringt ihr den Schlaf, den ihr Körper so sehr ersehnt. Daher nimmt es nicht wunder, daß Frau Rachel Bat Kalonymos vier Stunden später große Anstrengung aufwenden muß, um die hochgeehrte liebe Besucherin aus tiefem Schlaf emporzuholen, damit sie nicht den Gottesdienst in der *Frauenschul* verpasse, bei dem die Beterinnen bei Anbruch des letzten Morgens im ausgehenden Jahr vielleicht nicht nur für ihre eigenen Sünden Vergebung erbitten wollten, sondern auch für die Sünden anderer Frauen.

Wie etwa Ben Atars beide Frauen, denn auch sie wurden von den gestrengen Wormsern nicht geschont. Im schemenhaften Dunkel der letzten Nachtwache und im Nebelhauch vom Fluß holt man sie jetzt jede aus einem andern Haus, in schwere schwarze Umhänge gehüllt, doch ohne Schleier und Schmuck, und führt sie unbedeckten Gesichts zu dem mäßig großen Raum, dessen eine Wand an die Synagoge der Männer grenzt, die nun ebenfalls wie Gespenstergestalten von allen Enden zum Bußgebet zusammenlaufen. Unter ihnen auch die übrigen Reisenden, die völlig entkräftet in der Gasse stehen: Abulafia, Ben Atar und Rabbi Elbaz, der erst jetzt auf die Idee kommt zu fragen, wo sein Sohn sei. Alle sind auf Anweisung ihrer Gastgeber in schwarze Mäntel gehüllt, sei es um ihren südlichen Leib vor dem naßkalten Wind vom Flusse zu schützen, sei es um ihre schäbigen, zerrissenen Reisegewänder zu verbergen. Alle drei sind sie taumelig von tiefem, aber nicht ausreichendem Schlaf und von einem Abendessen, dessen Geschmack sie noch nicht haben deuten können, ja erkennen einander zunächst nur mit Mühe, als hätte die von ihren Gastgebern verordnete Einzelunterbringung bereits eine tiefe Veränderung bei ihnen eingeleitet.

Da erscheint auch Herr Levitas zum Gebet, hellwach, klar und beherrscht. Er blickt liebevoll auf die Leute seiner Heimatstadt, die vor lauter Eifer und Frömmigkeit diese Nacht nicht einmal die drei Ismaeliten verschonen, sondern ihnen eine Bank im Hof der Synagoge angewiesen haben, damit die heiligen Fünkchen, die dem Gebet der Juden entsprängen, ihr nichtjüdisches Dunkel erhellen möchten. Dann plötzlich verfällt Ben Atars Herz in schmerzliches Sehnen angesichts seiner beiden Frauen, die wie zwei große Bären durch das Dickicht von Bäumen und hohem Gras zum Gottesdienst geführt werden, wobei ihre schönen Gesichter, nun allen offenbar, ihn nicht mit Ärger, sondern nur mit Verwunderung anblicken, als wollten sie fragen: Wirst du denn nicht ruhen, ehe du auch hier, an dieser dunklen, trüben Station deine doppelte Liebe einer letzten und endgültigen Probe unterzogen hast?

Über eben diese Probe denkt der kleine andalusische Rabbiner seit seinem Einzug in die kleine Stadt unaufhörlich nach. Und als er nun seine Prozeßgegnerin, Frau Esther-Minna, sieht, in einen leichten Pelz gehüllt und umgeben von den Frauen der Stadt, die sie hingebungsvoll und ehrerbietig zu ihrer kleinen Synagoge führen, sie dort womöglich auch durch das Anlegen von Gebetsriemen stär-ken, begreift er mit seinen feinen Sinnen, daß er sich hier nicht nur vor den Frauen in acht nehmen muß, sondern vor der ganzen Gemeinde, deren Glaubensstrenge sie eint und stählt. Deswegen müßte er, anders als in der Weinkellerei von Villa-le-juif, hier kein breites Gerichtsgremium fordern, sondern einen einzelnen Richter, einen weitblickenden Gelehrten, der imstande wäre, aus den tiefen Sümpfen des Rheins eben das zu ersehen, was er, Rabbi Elbaz, schon längst in den blühenden Gärten Andalusiens geschaut hatte.

7

Schon während des »Höre Israel« im Morgengottesdienst, nach Abschluß der nächtlichen Bußgebete, mustert Rabbi Elbaz angestrengt die Gesichter der Betenden ringsum, auf der Suche nach einem Mann, der geeignet wäre, als alleiniger Schiedsrichter in dem zweiten Rechtsstreit zu dienen, der demnächst im Sumpfland des aschkenasischen Flusses beginnen würde. Sein überraschender Sieg in Villa-le-juif hatte dem andalusischen Rabbiner nämlich die einfache Regel verdeutlicht, daß der, der die Zusammensetzung des Gerichts bestimmt, auch das Urteil regiert – selbst ohne scharfsinniges Plädoyer und passende Schriftstellen. Noch kann er allerdings nicht vergessen, wie er im Halbdämmer der Weinkellerei, als flackernder Fackelschein auf die von Traubenblut befleckten kleinen Frauenfüße fiel, sogar sich selbst mit seiner zweisprachigen Rede zu verblüffen vermocht hatte, die er dann in den Nächten der Landreise von Fluß zu Fluß im stillen weiter auszufeilen versuchte. Doch es waren ihm auch die Worte eingefallen, die dem großen Imam der Moschee von Cordoba nachgesagt wurden: *Wiederhole niemals die Siegestaktik eines früheren Krieges*. Denn eine Rede, die die Herzen gefühlvoller, angesäuselter Juden und Jüdinnen in der Île-de-France gewonnen hatte, würde kaum bei den nüchtern denkenden Juden der Rheinebene wirken, die den neuen Rabbiner aus Sevilla jetzt über die Ornamente ihrer Gebetsmäntel hinweg nicht weniger angestrengt mustern als er sie.

Ehe er nun eine neue Taktik findet, die ein für allemal die Bedingtheit der Partnerschaft zwischen Nord und Süd beseitigen und auch die hartnäckige neue Frau zwingen würde, sich mit dem Tantenduo von den goldenen Gestaden Nordafrikas abzufinden, möchte er die Wesensart der neben ihm betenden Gelehrten erforschen, um aus ihrer Mitte den Mann wählen zu können, dessen Geist nicht dem Diktat der Gemeinde unterworfen wäre. Aus diesem Grund widersetzt er sich der Absicht seiner Gastgeber, ihn nach dem Gottesdienst wieder seinem Bett zuzuführen, damit er es den anderen Reisenden gleichtun und den versäumten Schlaf aufholen könne, um Kraft für das feierliche Abendgebet zu sammeln, und bittet sie, ihn, so wie er ist, in seinem zerschlissenen Rock aus Sevilla, durch die schlammigen Wormser Gassen spazieren zu lassen, damit er die Stadt und alles darinnen – Juden und Nichtjuden, dunkles Lehrhaus und düstere Kirche – von innen und außen kennenzulernen vermöge.

Aber während Ben Atar noch zögert, ob er sich den Streifzügen des neugierigen Rabbiners durch die nun von milchigem Licht erfüllte Stadt anschließen oder lieber seine beiden Frauen zurückfordern soll, die nach Ende des kürzeren Frauengottesdienstes wieder in die Häuser ihrer Gastgeber gebracht worden waren, kommen plötzlich zwei bewaffnete Reiter in voller Rüstung in die Synagoge, in den Händen das Pergament des Oberzöllners von Verdun mit der Liste der vom Zoll befreiten Waren, mit dem Auftrag, dafür Sorge zu tragen, daß diese nun nicht nur unter den Nachfahren der Mörder des Gottessohnes zur Verteilung gelangten, sondern, aufgrund einer großzügigen Neuauslegung durch die herzoglichen Beamten, auch unter denen, die seiner in Liebe gedachten. Und schon werden die beiden Wagen, die noch immer mit hängender Deichsel bei der Synagoge stehen, in Windeseile ihrer Fracht entleert, ja nicht nur die Säcke und Stoffballen, die die erste Frau so geistesgegenwärtig verkleinert und an Zahl verdoppelt hatte, verschwinden auf Nimmerwiedersehen, sondern auch die restlichen persönlichen Habseligkeiten, die das großzügige Dekret ebenfalls in Geschenke verwandelt hatte. Deshalb würzten die Rheinländer am Abend des heiligen Festes ihr Schweinesteak und Wolfsgulasch bereits mit neuen Gewürzen aus der Wüste, träufelten Olivenöl aus Granadas Hainen über ihr Gemüse und zierten die Wände mit buntseidenen, goldbestickten Stoffstückchen aus den Kleidern von Ben Atars Frauen, während kleine Wildfänge auf dem Kirchplatz die großen geflochtenen Sandalen der ismaelitischen Seeleute auftrennten, um einen langen Strick daraus zu drehen. Wie gut, daß die Wormser Juden die verstörten Prozeßparteien umgehend mit großzügigen Geschenken entschädigten, so daß die Mediterraner, Juden wie Ismaeliten, statt ihrer hellen, farbenfrohen Gewänder und Jacken, die sich in den Händen der frohlockenden Christen in Fetzen verwandelt hatten, nun dunkle Umhänge mit schwarzglänzenden Quastengürteln und spitze Hüte trugen und daher kaum noch von den einheimischen Juden zu unterscheiden waren, die alsbald den Himmel nach dem neuen Mond absuchen würden, der an einem goldenen Faden nicht nur den neuen Monat, sondern auch das neue Jahr nach sich ziehen sollte.

Doch ehe in der Abenddämmerung die schmale Sichel zum Vorschein kommen und schnell zwischen den dunklen Wolkenfetzen dahingleiten würde, begrüßt von einem erleichterten Seufzer ob der Feststellung, daß die von den Bergen Jerusalems ausgehende Zeitenordnung weiter so zuverlässig und exakt den Himmelsbeobachtungen entsprach, respektieren sie den Wunsch des Rabbiners, in den Mauern ihrer Stadt umherzustreifen, und beantworten mit großer Geduld seine forschenden Fragen. Die Gelehrten, die sich unterwegs in die eigenartig harte, kehlige hebräische Aussprache des Rabbiners einhören, führen ihn auch in eine Kammer der Synagoge, in der eine Truhe, angefüllt mit ausrangierten Pergamenten und goldschimmernden Scherben gewundener Widderhörner steht, und bitten ihn um eine kleine Homilie über die Heiligkeit des nahenden Feiertages, um sich ein Bild von der Geistesschärfe südlicher Provenienz machen zu können, vor der Herr Levitas sie bereits gewarnt hatte.

Elbaz schwankt allerdings anfangs zwischen dem Wunsch,

seine Gegner einzulullen und über die von ihm ausgehende Gefahr hinwegzutäuschen, und dem Wunsch, das Schlachtfeld klar vor ihnen abzustecken. Deshalb äußert er zunächst ein paar Allgemeinplätze über die Opferung Isaaks, um sich dann eingehender über die Form der kleinen grauen Hörner des seinerzeit im Lande Israel heimischen Widders auszulassen, der an Stelle des geliebten, aber mitnichten einzigen Sohnes geopfert wurde. Und gewissermaßen in der Absicht, die einheimischen Juden für die mitgekommenen Ismaeliten zu gewinnen, fügt er seinen wißbegierigen Zuhörern ein paar freundliche Sätze über Isaaks erstgeborenen Sohn hinzu, den man durstig hinter einen Wüstenstrauch im Gelobten Land geworfen hatte, wo einst am Tag der vollständigen Erlösung alle Nachkommen Abrahams versammelt werden würden, ob sie nun wollten oder nicht. Bei dieser kurzen Predigt läßt es der Rabbiner bewenden, nachdem er gewahr geworden ist, daß die Rede von der messianischen Begegnung mit den Ismaeliten im Wüstenland seine Zuhörer in basses Erstaunen versetzt hat.

Man kann die Sache jetzt auch nicht weiter vertiefen, weil der Festgottesdienst vor der Tür steht und man schnell den Körper bereitmachen muß, auf daß er die Seele beim Gebet nicht störe. Doch einer der Gelehrten, die seine kurze Ansprache gehört hatten, findet keine Ruhe mehr und läßt nicht ab von dem Andalusier, begierig, immer noch mehr von der Form der kleinen grauen Hörner des ursprünglichen erez-israelischen Widders zu hören, dessen Abschlachtungsschrei die Juden Jahr für Jahr zu Beginn des Monats Tischri wiedererschallen lassen sollen. Es besteht auch ein besonderer Grund für das Interesse dieses rothaarigen Gelehrten, denn er fungiert als Vorbeter und Schofarbläser, und so nimmt es nicht wunder, daß die Geschichte von einem einfachen kleinen schwarzen erez-israelischen Widderhorn, das ohne unnötige Schnörkel posaunt, seine Phantasie beflügelt.

Plötzlich kommt Elbaz der Gedanke, dieser wißbegierige Mann könnte der geeignete Schiedsrichter in Sachen Doppelehe sein, und so beschließt er, ihm besondere Aufmerksamkeit zu widmen. Er zieht sich mit ihm in ein Eckchen zurück und entnimmt der verstecktesten Innentasche seiner weiten Hosen ein kleines schwärzliches Widderhorn, das er im letzten Moment vor der Einschiffung aus der Hafensynagoge von Cadiz ausgeliehen hatte, weil sie nach dem ursprünglichen Zeitplan der Reise, ohne die Fortsetzung zu Lande, das Schofarblasen ja auf dem Rückweg, irgendwo auf hoher See zwischen der Bretagne und dem Golf von Biscaya, hätten hören sollen. Und während der Wormser Gelehrte staunend das L-förmige schwarze andalusische Schofarhorn in den blassen Händen hält, das – nach seiner Zartheit zu urteilen – vermutlich nicht vom Kopf eines Widders, sondern eines Steinbocks stammt, so anders als die goldschimmernden, gewundenen Schofarhörner, die den edlen, stolzen Schädeln der Widder des Nordens entnommen sind, versucht Rabbi Elbaz schon wie nebenbei, den Mann sacht mit Fragen auszuloten, genau auf jenes Ziel gerichtet, das er noch für sich behält, bis er sich mit Ben Atar beraten hat.

Aber wo ist Ben Atar? Und wo stecken die übrigen Reisegefährten? Juden und Ismaeliten, Weiße, Braune und Schwarze sind allesamt verschlungen von den Holzhäusern der Wormser Juden, die nun mit ihnen in den milden, regenverhangenen Abend hinaustreten, um sich in ihrer Synagoge zu versammeln, die ihnen – obgleich noch im Bau befindlich und der Westmauer ermangelnd – schon so lieb zu sein scheint, als wäre sie fix und fertig. So finden sie sich, alle festlich gekleidet, mit der Einigkeit und Brüderlichkeit einer stolzen Gemeinde zusammen und heben zufrieden den Blick zu drei großen rechteckigen Fenstern, über denen runde Luken wie die Bullaugen eines Schiffes eingelassen sind, mit dicken gelblichen Scheiben verglast, die – mit nichts Figürlichem bemalt, weder Engel- noch Menschengestalt, ja nicht dem kleinsten Blümchen – den Zauberschein dreier starker Sonnen ins Dunkel der Synagoge strahlen.

Herr Levitas besteht darauf, daß man den andalusischen Rabbiner samt seinem Sohn, der von irgendwo mit einem spitzen Hut auf dem Kopf aufgetaucht ist, an die Ostwand neben den Thoraschrein setzt, damit er sich von der Vorzüglichkeit der ihm zugewandten Gemeinde überzeugen könne. Einer Gemeinde, die diesen Donnerstag und Freitag ihre Sünden auskehren und sich am anschließenden Bußsabbat noch prüfen, dann aber nach Sabbatausgang eine kleine Pause einlegen würde, um bald selbst den Richtersitz einzunehmen und zwischen Nord und Süd zu entscheiden, zwischen Abulafia und Ben Atar, die jetzt Seite an Seite stehen, eingekeilt in der Menge der Betenden und leicht zitternd in dem feuchtkalten Luftzug, der das Abendgebet des Neujahrsfestes in Europa begleitet, während es im heimatlichen Tanger, wie sich jetzt beide schmerzlich erinnern, stets unter einem warmen, sternenübersäten Himmel gesprochen wird.

Die erste Nacht des Neujahrsfestes hatte Ben Atar gewöhnlich bei der ersten Frau verbracht, während er in der zweiten bei der zweiten Frau nächtigte. Das Abschlußmahl vor dem Versöhnungstag pflegte die erste Frau zuzubereiten, und gebrochen hatte er das Fasten nach dem Schlußgebet bei der zweiten Frau. Die Laubhütte baute er zuerst im Haus der ersten Frau, und die kleine Thorarolle trug er am Thorafreudenfest ins Haus der zweiten Frau zurück. Ebenso hielt er es an den übrigen Festen des Jahres, die wegen ihrer Doppelfeiertage ohnedies mindestens zwei Frauen wünschenswert und erforderlich erscheinen ließen, die so stets wach und ausgeruht wären, dem Mann bei den vielen komplizierten Geboten seines Glaubens beizustehen, die ihn sonst völlig zu überfordern drohten.

Aber diesen Abend im Halbdämmer der Synagoge am Rheinufer, in der nach dem verkürzten Ritus Rabbi Amram Gaons, nicht nach dem langen babylonischen Ritus Saadja Gaons gebetet wird, haben die Leute Zeit, die Gebete kunstvoll zu singen und beliebte Passagen immer aufs neue zu wiederholen, und da alle Anwesenden die Texte auswendig können, bemüht man sich hier nicht besonders um Licht. So steht nun Ben Atar mit vollgeschriebenen Pergamenten da, die er kaum bei Tageslicht entziffern kann, von Halbdämmer ganz zu schweigen, und staunt über sich selbst. So viele

Stunden sind seit dem Abschied von seinen zwei Frauen vergangen, und noch immer hat er es nicht eilig, wieder mit ihnen vereint zu sein, ja erkundigt sich nicht einmal nach ihrem Wohlergehen. Beruhte das nur auf seiner sicheren Annahme, die Gastgeber würden ihnen dieselbe Ehre und Großzügigkeit angedeihen lassen wie ihm, oder empfand er womöglich zum ersten Mal im Leben Erleichterung, sie nicht neben sich zu haben, als wäre er ihrer überdrüssig?

Nun hatte es in den siebzig Tagen seit Antritt der Reise tatsächlich keinen einzigen Tag gegeben, an dem seine beiden Frauen nicht in Reich- oder wenigstens Sichtweite gewesen wären. Dabei liegen Kraft und Reiz doppelter Liebe ja gerade darin, daß sie jeden der Partner zwingt, ab und zu vom andern getrennt zu sein, um das Erhaltene vollends verdauen zu können, ehe man nachverlangt. Aber als er im Halbdämmer des schwankenden Wagens, von Abd el-Schafis tätowierten Armen auf dem langen Weg von der Seine zum Rhein gelenkt, seine beiden Frauen müde aneinander und – bei starkem Rütteln – auch schon mal übereinander lehnen sah, hatte er schon befürchtet, er könnte sie in amourösen Phantasien fortan zu einer Frau verschmelzen, weshalb es gut war, daß er sie jetzt nicht vor sich hatte, ja nicht einmal wußte, wo sie sich befanden. Waren sie jenseits der Wand, in der kleinen Frauenschul? Oder verharrten sie hinter Wandschirmen in den auf Pfählen ruhenden Holzhäusern und lauschten dem Konzert der Frösche, die im ganzen Sumpfland der Rheinebene quakten?

Ein lautes, andauerndes Quaken, das der Vorbeter mit starker, fester Stimme zu übertönen versucht, während er das Gebet sicher lenkt, ohne den Launen von Betenden nachzugeben, die verlangsamen oder beschleunigen, überspringen oder zurückgreifen möchten. Dies bestärkt Rabbi Elbaz, der da meint, wer fähig sei, Tag für Tag eine solch fromme und gelehrte Gemeinde sicher im Gebet zu führen, der sei auch geeignet, als einziger und letztgültiger Schiedsrichter in der bevorstehenden Berufungssache zu dienen, auch wenn er nicht als der größte und wichtigste Gelehrte galt. Schon entwickelt der Rabbiner aus Sevilla auch innige Gefühle für »seinen *Erwählten*« mit dem strohblonden Bart und den geröteten Augen, als habe er eine verwandte Seele entdeckt. Als jedoch Herr Levitas nach Ende des Gottesdienstes auf Rabbi Elbaz und Ben Atar zueilt, ein erwartungsvolles Lächeln im Gesicht, in der Hoffnung, von den beiden südlichen Prozeßgegnern Lob und Bewunderung für das hohe geistige Niveau seiner Heimatstadt zu empfangen, hütet sich Rabbi Elbaz immer noch, seinem Gegner auch nur andeutungsweise seinen Plan zu verraten, an Stelle eines mehrköpfigen Gerichts nun gerade eine *Einzelrichterentscheidung* zu verlangen, und begnügt sich vorerst mit einer vorsichtigen Frage nach Person und Wesen des Vorbeters, der langsam und lustlos seinen Gebetsmantel zusammenlegt, als tue es ihm leid, daß der Gottesdienst beendet war.

Tatsächlich kann Herr Levitas, der alle gut kennt und im Gedächtnis hat, auch etwas über diesen Mann, Reb Josef, erzählen, der zwar – wie die meisten Wormser, die auf Kaiser Ottos Ruf aus Italien gekommen waren – ebenfalls Kalonymos heißt, aber nur ein halber Kalonymos ist, nämlich allein von Vaterseite, während er mütterlicherseits aus uralt eingesessener Familie stammt, von der die Legende geht, sie hätte sich bereits Julius Cäsars Legionen angeschlossen, die vor über tausend Jahren hier gekämpft hatten. Er war Witwer, der jedoch, anders als Rabbi Elbaz, nicht in seinem Witwerstand verharrt war, sondern alsbald eine Witwe aus seiner Familie zur Frau genommen hatte, damit sie gegenseitig für ihre halbverwaisten Kinder sorgen konnten. Und wohl seines kinderreichen Hauses wegen hatte Herr Levitas ihn für würdig und geeignet befunden, den jüngsten Reisegenossen zu beherbergen.

Jetzt begreift der Rabbiner, warum sein Junge kein Auge von diesem Manne läßt, und warum er den kleinen schwarzen Hut, den man ihm aufgesetzt hat, ebenso schief trägt wie sein Gastgeber. Da fühlt er sich von der Hand eines verborgenen guten Engels liebevoll berührt und glaubt sich im Geist schon in der getroffenen Wahl bestätigt. Ja, es wäre gut, als Klagevertreter einem Richter gegenüberzustehen, der wie Ben Atar zwei Frauen erlebt hatte, wenn auch nicht gleichzeitig. Im Moment wäre Elbaz gern zu seinem Sohn ins Haus seines »Erwählten« übersiedelt, um aus nächster Nähe die Schwächen seines Wesens und Denkens zu erforschen, läßt diese Absicht jedoch wieder fallen, aus Angst, zu große Nähe könnte Verdacht erregen. Er will ihm lieber im Morgengottesdienst sein kleines schwarzes Schofar anbieten, damit er beim Zusatzgebet dessen weicheren, dunkleren südlichen Klang erproben möge.

Doch ehe die Nordafrikaner sich zum Festessen wieder trennen und auf die Häuser ihrer Gastgeber verteilen, beeilt sich der Rabbiner, Ben Atar seine neue Idee darzulegen, und bittet ihn um seine Zustimmung, die Sache nun gerade einem einzigen erwählten Schiedsrichter vorzulegen. Der Kaufmann, bisher stets genötigt, bereits getroffene Entscheidungen des Rabbiners im nachhinein abzusegnen, ist überrascht von dem Ersuchen und willigt nach einigem Nachdenken ein, denn auch er hat inzwischen eingesehen, daß die traumwandlerische Naivität des wilden Gerichts in der Weinkellerei bei Paris hier der strengen, einheitlichen Gelehrsamkeit einer selbstbewußten Gemeinde Platz machen würde. Deshalb schien es angebracht, dieserorts vor einem einzelnen Mann mit Herz zu streiten, der gewohnt war, am Vorbeterpult zu stehen, die Gemeinde hinter sich, nicht vor sich.

Daher tritt Rabbi Elbaz zu Herrn Levitas, dessen Augen jetzt unter den Frauen, die aus ihrer eigenen Synagoge strömen, nach der Gestalt seiner Schwester Ausschau halten, und gibt ihm, nicht in seinem Namen, sondern in dem seines Mandanten, erste Kenntnis von ihrem Begehren, in Worms vor einem zahlenmäßig sehr begrenzten Gericht zu streiten, ja recht eigentlich vor einem einzigen Schiedsrichter. Diese Worte lassen den klugen Mann aufhorchen, den die bittere Erfahrung in der Weinkellerei von Villa-le-juif ebenfalls gelehrt hat, daß der, der das Gericht auswählt, auch das Urteil lenkt. Leicht mißtrauisch fragt er den andalusischen Rabbiner, der in dem schwarzen Mantel um die Schultern und dem spitzen Hut auf dem Kopf schon vollends wie ein einheimischer Jude aussieht: »Ein einzelner Schiedsrichter? Warum? Hier könnte man doch die vereinte Weisheit vieler nutzen.«

Rabbi Elbaz beharrt jedoch auf seiner Meinung. Gerade weil diese Gemeinde solch eine Fülle an Gelehrten habe, die voneinander lernten, sich aber auch gegenseitig beaufsichtigten und bedrohten, wünschten sie einen Einzelrichter, der den endgültigen Bruch zwischen Onkel und Neffe, Nord und Süd gegebenenfalls allein verantworten müsse. Aber wer solle dieser eine sein? fragt Levitas mit wachsender Besorgnis, angefacht von der sanften Anwesenheit seiner Schwester, die jetzt nach dem Abendgottesdienst inmitten ihrer Landsleute blühend und strahlend wirkt. Sollte etwa auch hier, wie in Paris, der Junge den Betreffenden durch Los bestimmen? Doch der Rabbiner fordert kein launisches Schicksal, nur das Recht der direkten Wahl, die nach allen Regeln der Gerechtigkeit und Moral den Klägern zustehen müßte, die – der Begründetheit ihrer Sache gewiß – Körper und Seele dem stürmischen Ozean ausgesetzt hätten, um ihre Klage an Ort und Stelle vorzubringen. Ja, selbst nach ihrem Obsiegen vor Gericht hätten sie großzügig einem weiteren Prozeß zugestimmt, nunmehr tief in aschkenasischem Land voller Wälder und Sümpfe, in einer düsteren, dürftigen Stadt voll Verwandter, die allesamt gelehrt und scharfsinnig seien. Deshalb wäre es mehr als recht und billig, ihnen die Wahl zu überlassen, wer das letzte Urteil sprechen solle.

Solch starken Argumenten hat Herr Levitas nichts entgegenzusetzen, nur zweifelt er, ob seine ältere Schwester, über deren strahlende Augen jetzt ein leichtes Lächeln huscht, das Vorbringen des andalusischen Rabbiners, temperamentvoll in der heiligen Sprache dargelegt, ganz verstanden habe. Beim Festessen im Hause seines Gastgebers, des ältlichen Rabbiners von Worms, betrachtet der Rabbiner aus Sevilla daher das Wahlrecht, das er für sich in Anspruch genommen hatte, bereits als beschlossene Sache und strebt jetzt nur noch danach, den erkorenen Kandidaten wieder und wieder zu prüfen. Deshalb versucht er, zwischen Worten der Lehre und ihrer Auslegung, weitere Einzelheiten über Reb Josef, Sohn des Kalonymos, in Erfahrung zu bringen. Und als er wie nebenbei erfährt, daß seine Eltern ihn viele Jahre zuvor mit Esther-Minna aus dem Hause Levitas verheiraten wollten, deren gestrenge Eltern dem halben Kalonymos aber einen ganzen vorzogen, erbebt seine Seele, als habe des guten Engels Hand sie nicht nur angerührt, sondern gar liebkost. Hier wäre es doch möglich, daß zwei Vorzüge zusammenträfen und die Gerechtigkeit Unterstützung in dem Wunsch fände, die einstige schmachvolle Zurückweisung zu rächen.

Doch auch beim Morgengottesdienst des nächsten Tages verrät Rabbi Elbaz noch niemandem das Geheimnis des erwählten Schiedsrichters, nicht einmal seinem Auftraggeber, dem Kaufmann, der aufrecht unter den Betenden steht, neben seinem geliebten Neffen, dem krausköpfigen bedingten Partner, der dank seiner angeborenen Musikalität und seiner schönen Stimme sogar die komplizierten Gebetsmelodien der rheinischen Gemeinden so vortrefflich mitzusingen vermag, daß der Vorbeter, Reb Josef Ben Kalonymos, einen Moment meint, er habe Konkurrenz bekommen. Doch als dann die Thora aus dem Schrein gehoben und auf dem Pult aufgerollt wird und Reb Josef Ben Kalonymos mit seinen schmalen Lippen dem mächtigen, in sich gedrehten goldschimmernden Schofar die vorgeschriebenen Tonfolgen *Tekia, Schewarim* und *Terua* abringt, überkommt dumpfe Angst Rabbi Elbaz. Als bringe der laute, schrill fordernde Klang des aschkenasischen Widderhorns ihm große, neue Warnung. Doch er faßt sich und überwindet seine Furcht, besonders als Reb Josef Ben Kalonymos ihn, nachdem die Thora wieder in den Thoraschrein zurückgebracht ist, anspricht und bittet, das Zusatzgebet mit dem Blasen des kleinen schwarzen Schofars aus dem Süden zu ehren, das der Rabbiner vor den Augen des Oberzöllners von Verdun zu verbergen vermocht hatte.

Langsam und mit gedämpfter Erregung vergeht der erste

Feiertag, und danach unter lästigem Nieselregen langsam auch der zweite, an dessen Nachmittagsgebet sich sogleich der Abendgottesdienst des Bußsabbats anschließt. Und noch immer weiß Ben Atar nicht, ja, will vielleicht gar nicht wissen, in welchem der auf dicken Pfählen ruhenden schiefen Häuser mit dem schwarzen Fachwerk seine beiden Frauen stecken. Scheinbar hat der graue Himmel der aschkenasischen Stadt das anhaltende doppelte Verlangen des nordafrikanischen Kaufmanns aufgesogen und seine Seele mit wattiger Verzweiflung erfüllt, die sein Denken zu benebeln droht, so daß er einen Augenblick Gefahr läuft, alles hinter sich zu lassen, in den Stall hinter der Synagoge zu gehen und sich das beste und stärkste der vier Pferde, die ihn und seine Begleiter getreulich von der Seine zum Rhein gebracht haben, auszuwählen, um damit allein von Europa nach Afrika zurückzureiten.

Denn hatte Ben Atar auch zunächst, wie in Paris, beweisen wollen, daß er imstande war, seine Gattenrechte und -pflichten in vollem Umfang ruhig und absolut gleichmäßig zu erfüllen, war ihm doch bald klargeworden – vielleicht an der Art, wie die örtlichen Juden es fertiggebracht hatten, ihn vom ersten Augenblick an von seinen Frauen zu trennen –, daß man hier nicht vom Manne Beweis erwartete, sondern von den Frauen. Aber wofür denn Beweis? hatte er sich immer wieder gefragt, als er seine Gemahlinnen an den beiden Tagen des hohen Festes bei der getrennten Frauensynagoge aus und ein gehen sah. War es pure Frömmigkeit? grübelte der Gatte leicht verärgert, oder war auch die Absicht im Spiel, ihre Seelen mit Angst oder gar Schuldgefühl zu beflecken, als sei die große Liebe, die die beiden erfreute und erfreut, im Grunde unrein?

Sobald Herr Levitas nämlich der Gemeinde Rabbi Elbaz' energische Forderung, alles einem einzelnen Schiedsrichter vorzulegen, mitgeteilt hatte, war die Stimmung der Wormser Juden gesunken, die sich schon Tage an dem Gedanken ergötzt hatten, die Langeweile des Fest- und Sabbatausgangs mit unterhaltsamer Rede und Gegenrede über das Schicksal dreier Frauen zu vertreiben. Doch als sie sich dann nach dem Trennsegen zwischen Heiligem und Profanem in ihrer Synagoge versammeln, nicht als richtende, sondern als passiv lauschende Gemeinde, die gespannt abwartet, wen unter ihren Gelehrten der forsche kleine Rabbiner erwählen möge, ahnen sie noch nicht, daß er ihnen weitere Einschränkung auferlegen und mit erneutem Nachdruck einen Prozeß hinter verschlossenen Türen fordern würde, damit der Richter, der es wagen wollte, einen ewigen Bruch zwischen Nord und Süd herbeizuführen, nicht den Atemhauch einer extrem strengen, beifälligen Gemeinde hinter sich spürte und damit sein Gewissen erleichtern könnte.

So müssen sie denn widerwillig einen doppelten Wandschirm in der Synagoge aufstellen, der das Publikum vom Gerichtsraum trennt. Aber der hartnäckige Rabbiner kann sie nicht daran hindern, durch zusätzliche Kerzen und Fakkeln mehr Licht zu schaffen, damit ihnen die Prozeßparteien nicht ungesehen entschlüpfen, wenn sie in den verdeckten kleinen Raum vor dem Thoraschrein gerufen werden. Im Gegensatz zu dem großen Saal in der Weinkellerei von Villa-lejuif – in dem die Fackel geheimnisvolle, riesige Schatten an die Wände geworfen hatte, so daß es den Richtern auf ihren Weinfässern schien, als segelten sie durch Höllentiefen, in der alle Menschen, Männer wie Frauen, entzweigerissen und verdoppelt würden – möchte der andalusische Rabbiner hier in Worms einen kleinen, gut beleuchteten Raum abgrenzen, in dem Parteien und Zeugen gedrängt beieinandersitzen, alle in unmittelbarer Nähe des Schiedsrichters, den es nunmehr aus dem Kreis der in die Synagoge strömenden Juden auszuwählen gilt.

Obwohl der Erwählte, Reb Josef, Sohn des Kalonymos, scheinbar geistesabwesend in einer Ecke sitzt und mit halbem Ohr dem Gerede ringsum lauscht, muß er wohl eine Vorahnung seiner Erwählung gehabt haben, nicht nur nach der Leichtigkeit, mit der er die Kerze an seinen Nebenmann weitergibt und sich rasch von seinem Sitz erhebt, sondern vor allem, da er den Gebetsmantel nach dem letzten Abendgebet umbehalten hat. Womöglich hatte er sich vor seinen Gefährten bereits wegen seiner Erwählung rechtfertigen wollen, als sei der Schiedsrichterstuhl, auf den man ihn berief, nur eine natürliche Entsprechung des Pults, vor dem er als gewöhnlicher alter Mann, im Einklang mit seinen Mitmenschen, vorbetet und das Schofar bläst, komme, was kommen mag.

Enttäuschtes Gemurmel geht durch das treue Publikum, das sofort feinsinnig erfaßt, daß der Gast aus Andalusien einen milden und nicht übermäßig gescheiten Schiedsrichter aus ihrer Mitte zu wählen gewußt hat, den man – obgleich seine Stärke eher in innigem Gesang denn in Weisheit und Gelehrsamkeit liegt – auch wiederum nicht ablehnen kann, denn wer wollte einen, der würdig befunden worden war, die Gemeinde als Vorbeter zu vertreten, nun für unwürdig erklären, in ihrem Auftrag als Schiedsrichter zu fungieren? Einige Leute, darunter natürlich Herr Levitas, verspüren allerdings nagende Sorge eingedenk dessen, daß der Erwählte nicht nur Witwer war und als solcher die Körper zweier Frauen – wenn auch nacheinander, nicht nebeneinander – gekostet hat, sondern einstmals auch noch um die Abscheu hegende Beklagte, Frau Esther-Minna, angehalten hatte und wegen des ihm früher Verwehrten nun streitbar sein könnte.

Deswegen hastet Herr Levitas hinter den Wandschirm, wo Rabbi Elbaz den verlegenen Reb Josef Ben Kalonymos schon an seinen Platz führt und Abulafia und Ben Atar einander gegenüber stellt, bestrebt, in Ausnutzung des selbst geschaffenen Überrumplungsmoments augenblicklich den Prozeß zu eröffnen, der wohl auch ein Blitzprozeß werden würde, allein in der heiligen Sprache verhandelt. Doch Levitas, der erschrocken die plötzliche Lageverschlechterung und damit auch die Möglichkeit erkennt, daß es wegen seiner und seiner Schwester übertriebenen Selbstsicherheit dem findigen Rabbiner aus Sevilla noch gelingen könnte, auch hier, mitten in ihrem Heimatland, das Urteil gegen sie zu wenden, bricht – sei es, um teure Zeit zu sparen, sei es, um den sprachunkundigen Rabbiner zu umgehen – in einen germanischen Redeschwall aus, wobei er dem säuerlich harten örtlichen Dialekt schwache, gequetschte hebräische Brocken beimischt, und wendet sich damit energisch an den Schiedsrichter, der unterdessen ständig sorgenvoll seinen gräulichen Gebetsmantel enger um die Schultern zieht.

Herrn Levitas' ganze erregte Rede gilt indes nur der einen simplen Forderung, auch seine Schwester, Frau Abulafia, zum Prozeß zuzulassen, da sie sich nicht weniger betroffen wähne als ihr Mann. Obwohl der Antrag Reb Josef Ben Kalonymos' Herz höher schlagen läßt, willigt er nicht ein, ohne bei dem fremden Rabbiner, der ihn erwählt hat, nachzufragen, ob man hier auch die Frau hinzuziehen dürfe, die offenbar nicht unmittelbar mit der Partnerschaft zu tun habe. Einen Moment scheint Rabbi Elbaz verlegen, denn er sieht zwar keine Möglichkeit, das Gesuch abzulehnen, will aber auch nichts umsonst zugestehen. Und ohne daß er wüßte, wieso und warum, möchte er ihr Beisein plötzlich durch das der drei ismaelitischen Seefahrer und Kutscher aufwiegen, denn nicht allein dank Gottes Gnade, sondern auch dank ihrer Mühen waren die Prozeßparteien ja wohlbehalten bis hierher gelangt.

Nun erhebt sich das Wormser Publikum schon aufgeregt, um zu sehen, wie die drei Ismaeliten, je von ihrem getrennten Aufenthaltsort ins Bethaus geholt, einer nach dem andern hinter den Wandschirm geführt werden. Und während die ganze Gemeinde angesichts des vorbeihuschenden schwarzen Jünglings ehrfürchtig und andächtig den traditionellen Lobspruch »der du die Geschöpfe mannigfach gebildet« murmelt, ist auch schon Esther-Minna durch die Hintertür herein und hinter den Wandschirm geschlüpft. Herr Levitas, momentan reuigen Herzens, weil er Rabbi Elbaz erlaubt hatte, den kleinen Gerichtsraum mit nichtjüdischen Dienstmännern zu füllen, glaubt doch richtig gehandelt zu haben. Denn schon lange hat seine ältere Schwester nicht mehr so blühend und anziehend ausgesehen wie an diesem Samstagabend, da sie, den Kopf mit einer dünnen weißen Seidenhaube geziert, neben dem Thoraschrein steht.

Nicht nur hatte der Schlaf in dem alten Ehebett die Mühen der Reise und den Ärger über die südlichen Gäste, die in ihr Leben eingebrochen waren, vergehen lassen, sondern die lieblichen Gebete, die die sumpfig feuchte Luft des Landes ihrer Jugend erfüllten, hatten auch ihre Falten geglättet und das rosige Gesicht samt den blauen Augen zum Strahlen gebracht, die jetzt freundlich den errötenden Schiedsrichter anlächeln, der sich sehr wohl daran erinnert, daß ihre seligen Eltern vor zwanzig Jahren die Eheschließung mit ihm vereitelt hatten.

Wieder, wie schon im dämmrigen Winzersaal, fungiert Herr Levitas als eine Art Bühnendirektor und ersucht nun als ersten den ursprünglichen Kläger, Ben Atar, seine so hartnäckig aus dem fernen Maghreb bis hierher gebrachte Klage vorzubringen. Und da der Beklagte diesmal nicht selbst als Übersetzer dienen kann – Abulafia ist auf seinen Geschäftsreisen einstweilen noch nie bis hierher gelangt und daher auch nicht der örtlichen Sprache mächtig –, muß Herr Levitas notgedrungen Rabbi Elbaz aus der Sprache der Ismaeliten in die der Israeliten und umgekehrt übersetzen lassen, obwohl er nur zu gut weiß, daß der wendige Rabbiner jede Gelegenheit nützen würde, die Worte auf ihrem verschlungenen Weg von einer Sprache in die andere kraftvoller und schöner zu gestalten.

Doch als Ben Atar den Mund auftut und zu sprechen beginnt, staunen die Anwesenden, und sogar der dolmetschende Rabbiner ist perplex. Denn an Stelle des aus dem Weinkeller bei Paris sattsam bekannten Jammerlieds über den Schmerz des moslemischen Partners, den Kummer über verlorene Ware und die Treulosigkeit des zurückgescheuten Partners, der angeblich einen Gelehrtenspruch als Vorwand suchte, um seinen Gewinn zu vergrößern, greift der halsstarrige Kaufmann auf einmal zurück, als seien die zwölf Tage beschwerlicher Landreise von der Seine zum Rhein nie gewesen. Ja, als wäre der zweite Prozeß nichts als die direkte rasche Fortsetzung des ersten, sucht der Nordafrikaner jetzt an den schweren, eindringlichen Vorwurf anzuknüpfen, den

Frau Esther-Minna, seine wahre Streitgegnerin, im Dämmerlicht des Winzersaals in Villa-le-juif ausgesprochen hatte – daß nämlich nicht Schmach und Schande wegen des ihrem Schoß entsprungenen Zauberfluches Abulafias bedauernswerte erste Frau veranlaßt hätten, Hände und Füße mit bunten Schleifen zu binden, um den Meereswellen ihr Handwerk zu erleichtern, sondern daß allein die versteckte Bedrohung durch das mögliche Hinzukommen einer zweiten Frau auslösend gewesen sei, eben jene Drohung, die jetzt die volle Anerkennung einer heiligen Gemeinde heische.

Trotz seiner mangelnden Erfahrung vermag Reb Josef Ben Kalonymos Rabbi Elbaz' stürmisch gewundenen, aber genauen Übersetzungen zu entnehmen, daß dieser stämmige, schwarzhaarige Kläger und weither angereiste Partner hier in Worms alles von Anfang an neu aufzurollen gedachte. Ja, koste es ihn auch die Preisgabe eines alten Geheimnisses, würde er nicht nur seine eigene Doppelehe verteidigen, sondern Doppelehen im allgemeinen, gegen die nun die neue Frau zu Felde zog, die unverfroren und ungebeten die verspätete Schirmherrschaft über eine freiwillig aus dem Leben geschiedene Frau übernommen hatte, um sie zu rächen. Und auf einmal stellt sich zur allgemeinen Überraschung heraus, daß Ben Atars Bereitschaft, die zusätzliche Landreise auf sich zu nehmen und zu einem weiteren Prozeß ins Rheinland zu kommen, weder Abulafias Verzweiflung noch des Rabbiners dringendem Wunsch entsprungen war, erneut seine wunderbare Rede zu halten, sondern in allererster Linie dem Verlangen, mitten in der Heimatstadt seiner Prozeßgegnerin die harten Worte zu widerlegen, die sie vor der Versammlung in der Weinkellerei von Villa-le-juif ausgesprochen hatte.

Denn wer anders als Ben Atar könnte die wahre Absicht jener sündigen Frau bezeugen? An jenem Tag bitteren Ungestüms, an dem die Bedauernswerte in den Tuchladen gekommen war, um ihr Baby in Abulafias Obhut zu geben, auf daß sie ein Weilchen frei sei, an den Ständen der Wüstennomaden ein Amulett zu finden, das ihr Segen oder Trost spenden mochte, war sie nämlich nicht, wie alle meinten, sofort mit dem gekauften Elefantenschwanzfischhaken von der Stadtmauer zum Strand hinuntergegangen, sondern zunächst in Ben Atars Laden zurückgekehrt, um dort ihr Kind abzuholen. Als sie dann jedoch sah, daß Abulafia, der Vater, die Nähe seiner kleinen Tochter nicht einmal kurzfristig während ihrer Abwesenheit hatte ertragen können, sie vielmehr allein zwischen den Stoffballen abgelegt hatte, unter dem Vorwand, er werde zum Nachmittagsgebet bei Ben Ghiyyat gebraucht, war sie in derart tiefe Trauer und Verzweiflung verfallen, daß sie sich den Schleier vom Gesicht riß, um vor Ben Atar, dem geliebten Onkel, ihre Tränen zu trocknen. Nun fürchtete diese schöne, junge Frau aber nicht etwa eine zweite Frau, die ihr Mann womöglich nehmen könnte, sondern erbot sich in jenen letzten Stunden sogar, Ben Atars Zweitfrau zu werden, auf daß ihr Mann sie leichter loszuwerden vermöchte, aus Furcht, sie könnte einen weiteren verhexten Dämon gebären. Zwar hatte Ben Atar, wohlwissend, daß Abulafias Liebe sie nie loslassen würde, ihren sonderbaren Antrag schonend zurückgewiesen, ihr aber zur Beruhigung vorgeschlagen, bis ihr Mann vom Beten zurück sei, selbst auf ihre »Verfluchte« aufzupassen, während sie zum Basar zurückgehen und ein besseres Amulett finden könne, denn wie hätte er ahnen sollen, daß sie, statt dem Markt, geradewegs dem Stadttor zustreben würde, um Trost in den Wellen des Meeres zu suchen?

Die letzten Worte des Nordafrikaners sinken auf den Boden des Bethauses und verwandeln sich in kleine Schlangen. Nicht nur die Frau, die den Abscheu ausgerufen hatte, weicht jetzt zurück, sondern auch Levitas, der kluge Bruder. Nur Abulafia, der nun mitten im Sumpfland des Rheins erstmals die furchtbare Geschichte seiner früheren Frau hört, verharrt mit blutleeren Lippen wie gelähmt auf dem Fleck. Der verwirrte Schiedsrichter, unsicher, ob das, was er verstanden hat, auch gesagt worden ist, spürt sehr wohl die neue Lähmung, die der Kläger in dem kleinen Gerichtsraum ausgelöst hat, und erhebt sich ratlos von seinem Platz, um dem Wandschirm zuzustreben, als wolle er den Rat des Publikums einholen, doch Rabbi Elbaz macht hastig seine Absicht zunichte, bemüht, dem verlegenen Mann, der in seinen Augen immer noch der richtige Mann ist, mit wendiger, aber ehrfürchtiger Geste Sicherheit zu verleihen, damit der erste Urteilsspruch hier in Worms nur noch Bekräftigung finde.

Dank der poetischen Ader des kleinen Rabbiners fängt sich Reb Josef, Sohn des Kalomymos, auch tatsächlich und kehrt auf seinen Sitz zurück, und seine geröteten Augen, die zuvor die ihm einst verwehrte Frau kaum anzuschauen wagten, mustern jetzt ihre zitternde Bedrängnis ob der stummen Lähmung, die ihren Mann befallen hat. Eine Lähmung und Sprachlosigkeit, die Rabbi Elbaz sofort zu nutzen beschließt, um das Herz des Schiedsrichters in eine neue, originelle Richtung zu lenken. Denn trotz des mächtig erwachenden Wunsches, die großartige Weinkellerrede, die er damals auch zu Ohren des dickbärtigen Kuriers aus dem Lande Israel, dessen Fehlen ihm jetzt schmerzlich bewußt wird, gehalten hatte, noch einmal zum besten zu geben, weiß er, daß das Bethaus einer strengreligiösen Gemeinde wohl kaum der richtige Ort ist, der Vorstellungskraft eines aufsässigen, sturen Mannes das Wort zu reden, der die Gestalt einer zweiten Frauen derart in seinem Innern zu bewahren weiß, daß keinerlei Rabbinatsentscheidung sie auszulöschen vermöchte. Deshalb wechselt er die Richtung und entsegelt plötzlich zu fernen Horizonten, zu deren Illustration und Greifbarmachung er nunmehr die beiden Ismaeliten und den schwarzen Heiden um sich versammelt, die bisher in völligem Unverständnis still vor dem Schrein des Judengottes gestanden haben.

Sollte es wirklich dermaßen glaubensstarke Juden wie die stumm hinter dem Wandschirm sitzenden geben, denkt der Rabbiner bei sich, Juden, die durch ihre ungeheure Willenskraft noch die Zehenspitzen einer zweiten Frau aus ihrer Phantasie zu löschen vermögen, dann beruht das offenbar einzig auf dem Verlangen, erheblichen Raum für die Gestalt des ersehnten Erlösers, des Königs und Messias zu schaffen, der nicht tausend Jahre braucht, um zu seinen Juden zu kommen, sondern nur mehr gute Taten. »*Aber hier nun*« – beginnt der Rabbiner einen neuen Gedanken auszuspinnen, scheinbar an den staunenden Schiedsrichter vor sich gerichtet, aber seiner Stimmgewalt nach offensichtlich darauf aus, auch hinter den Wandschirm zu der Gemeinde vorzudringen, die den Atem anhält, um jede Silbe mitzubekommen – »*meine Lehrer und Meister, verehrte Mitglieder dieser heiligen Gemeinde, bald werden wir alle ins Gelobte Land zurückkehren, das Land, in dem Milch und Honig fließen, in dem es weder glucksende Sümpfe noch Fröschequaken gibt, sondern reine Flüsse und Nachtigallengesang. Dort werden sich am bevorstehenden Ende der Tage nicht nur ferne Juden wie ihr versammeln, sondern auch, wie in der Schrift verheißen, alle Bewohner der Erde, Angehörige der Völker, die nach des Herrn Wort dürsten. Und als erstes natürlich die nächsten Nachbarn, Ismaeliten und Muslime, die nunmehr, um Gefallen in den Augen der erwählten, erlösten Juden zu finden, die* eine *Frau einzig halten, als wäre sie Gott, womöglich eilfertig ihre überzähligen – zweiten, dritten, vierten – Frauen aus dem Haus werfen könnten.*«

Jetzt stützt sich der Rabbiner ein wenig auf die drei robusten Seeleute, die durch die schwarzen Umhänge und spitzen Hüte, mit denen die einheimischen Juden sie ausstaffiert hatten, weder ansehnlicher noch ruhiger, sondern nur noch wilder geworden waren. Und mit leisem Vorwurf in der Stimme fragt er und gibt sogleich auch die Antwort: »*Sollten wir etwa die Wonne der Erlösung durch Trauer, Schmerz und Schmach so vieler ismaelitischer Frauen trüben, die plötzlich einsam und trostlos daständen? Wie könnten wir gute Nachbarn, die sich sehnlich unserer Erlösung anschließen möchten, davon abhalten, sich vor Eifer zu überschlagen und ihr Wesen zu ändern, wenn wir ihnen nicht vorführen, daß es auch andere Juden gibt, vollgültige, gute Juden, die zwei Frauen haben und deren Glauben und Rechtschaffenheit unabhängig davon bestehen, was andere dazu meinen?*«

Da wackelt der rote Wandschirm ein wenig, und der Elbaz-Junge, der von weitem die laute Stimme seines Vaters gehört hat, klappt behutsam einen Flügel der Trennwand zurück und schlüpft leise in den Gerichtsraum, wo er zwischen seinem Gastgeber Reb Josef Ben Kalonymos und seinem leiblichen Vater stehen bleibt, als wolle er zwischen den beiden vermitteln. Rabbi Elbaz starrt verwundert auf seinen Sohn, der den kleinen Spitzhut jetzt anders, ein wenig schief trägt. Dann blickt er zu dem Schiedsrichter hinüber, den angesichts des Knaben ein leichtes Lächeln überkommt. Na, sagt sich Rabbi Elbaz nun hoffnungsvoll im stillen, vielleicht ist das jetzt genau der richtige Zeitpunkt, alles Reden einzustellen, um dem lächelnden Herzen des aschkenasischen Schiedsrichters einen aufgeklärten und toleranten Urteilsspruch zu entlocken – für den Fortbestand der Partnerschaft, die doch nur natürlich ist, in Anbetracht alter Brüderschaft ebenso wie im Hinblick auf künftige Erlösung.

Tatsächlich bezeugt das leichte Lächeln, das beim Anblick des Rabbinersohns auf Reb Josef Ben Kalonymos' Züge getreten ist, daß Sorge und Nervosität in seinem Innern abflauen und das neue Amt ihm keine Angst mehr verursacht, sondern sogar Gefallen. Denn soviel ist ihm offensichtlich bewußt: Sollte der Beklagte Abulafia auf seinem Schweigen beharren und nichts zu seiner Verteidigung vorbringen, wäre er gezwungen, entgegen seiner eigenen Neigung einen einfachen, logischen Schiedspruch zu verkünden, der nicht anders lauten könnte als der in der Weinkellerei bei Paris ergangene. Deswegen war hier ein neuer Schachzug vonnöten. So weist er denn Herrn Levitas an, ihm Ben Atars beide Frauen, die erste und die zweite, vorzuführen, auf daß er sie im verborgenen als Zeugen vernehme.

Dritter Teil

Die Rückreise
oder
Die einzige Frau

I

Noch zu Winteranfang desselben Jahres, in der Mitte des Monats Schewat, wenige Tage nachdem das Jahr 1000 wirklich und wahrhaftig im christlichen Europa eingezogen war, lag Reb Josef Ben Kalonymos darnieder, und kurze Zeit später schied er aus der Welt. Seine Frau, nun zum zweitenmal Witwe, erklärte wieder und wieder allen, die sie trösten kamen, mit einer Hartnäckigkeit, die schon die Ehre des Toten verletzte, das Unheil habe in ihr Haus Einzug gehalten, als ihr Mann in einem schwachen Moment dem merkwürdigen fremden Rabbiner nachgegeben und sich bereit erklärt habe, als Schiedsrichter in Sachen dieser verfluchten Doppelehe die vom Süden heraufgekommen war, zu dienen. Von jenem Tag an sei ihm alle Seelenruhe abhanden gekommen, sein Geist habe sich verwirrt, und noch Wochen, nachdem die Prozeßführer Worms und das Land Aschkenas verlassen hätten, sei er wie in wundersamer Trance herumgelaufen, bis der Himmel sich seiner Seele erbarmt habe.

Hatte ihn Reue wegen seines Schiedsspruchs befallen? Oder meinte er, zu weit gegangen zu sein in seinem Bemühen, Gefallen zu erregen bei der Frau, die ihm einst versagt wurde und die nun als Prozeßbeteiligte, seiner Gnade ausgeliefert, vor ihm stand und entsprechend gemischte Gefühle bei ihm auslöste, deren er nicht Herr geworden war? Darauf wußte die verzweifelte Witwe keine Antwort, denn er hatte ja weder ihr noch anderen je erzählt, was wirklich bei jener vertraulichen Zeugenvernehmung herausgekommen war, der er die beiden nordafrikanischen Frauen einzeln unterzogen hatte, ja vielleicht war er sich bis zum Tage seines Heimgangs auch selbst nicht sicher gewesen, ob das, was er von ihnen gehört hatte, auch gesagt und das Gesagte richtig verstanden worden war.

Als Rabbi Elbaz, zur Linken und zur Rechten von den kräftigen Ismaeliten und dem schwarzen Sklaven unterstützt, nämlich versucht hatte, Reb Josef, Sohn des Kalonymos, mit einer düsteren Vision messianischer Zeiten voll trauriger, verlassener Ismaelitinnen zu schrecken, hatte der verstörte Schiedsrichter Verbindung zu der Gemeinde hinter dem Wandschirm aufnehmen wollen, um deren innere Reaktion zu erspüren und danach zu wissen, was er tun und sagen sollte. Doch sobald der Knabe Samuel hereingekommen war, der in seiner neuen Kleidung samt Hut, trotz des dunklen Teints, wie ein Urwormser Kind ausgesehen hatte, war Reb Josef Ben Kalonymos sich plötzlich bewußt geworden, daß er gar nicht hinter dem Wandschirm zu suchen brauchte, sondern alle Autorität tief aus sich selbst schöpfen durfte. Von diesem Augenblick an war er etwas sicherer aufgetreten, und sein neugieriges Verlangen, die beiden Frauen mit eigenen Augen zu sehen, hatte sich in dringende Pflicht verwandelt.

Vor allem Pflicht gegenüber Frau Esther-Minna, die ihm bange Schönheit entgegenstrahlt. Wenngleich er nicht weiß, ob die Weigerung, sich mit ihm zu vermählen, allein von ihren Eltern oder auch von ihr selbst ausgegangen war, sieht er ein, daß er sich jetzt ihrer Not nicht versagen darf, die noch gewachsen ist durch das anhaltende Schweigen ihres krausköpfigen jungen Mannes, der den Urteilsspruch womöglich durch eine glatte Untreue umgehen möchte. Deshalb meint er, als unparteiischer Schiedsrichter müsse er der *zurückgescheuten* Frau, die wiedergekehrt ist, um Gerechtigkeit in ihrer Heimatstadt zu suchen, eine Chance geben. Er beabsichtigt nicht, sich auf seine Liebe als junger Mann zu beziehen, will sich aber auch nicht verschließen gegenüber ihren schönen, feinen Zügen, deren reine Blässe ihm schier das Herz zerreißt, und so fordert er Herrn Levitas schließlich auf, sie samt allen anderen zu entlassen und die beiden Frauen des Kaufmanns zur Zeugenvernehmung in den kleinen Gerichtsraum zu bringen, der sich durch die Flammen der großen Kerzen erwärmt.

Die Frauen der Wormser Gemeinde mußten auf diesen Moment gewartet haben, als sie die beiden Maghrebinerinnen schon gleich am ersten Abend, kaum daß sie halb ohnmächtig vom Wagen gestiegen waren, merkwürdig geheim unterbrachten. Denn im Nu werden jetzt die erste und die zweite Frau aus zwei verschiedenen Gassen in die Synagoge geführt, und Ben Atar stockt das Herz beim Anblick seiner Frauen, in grobe schwarze Umhänge gehüllt, die Gesichter unverschleiert und bar von Puder und Kajal, Nasenring und sonstigem Schmuck, als hätten sie absichtlich allen Farbzauber abgelegt, der eine Frau von der andern unterscheidet, und sich in ihrer nackten, nüchternen Weiblichkeit so ähnlich wie möglich gemacht, um ihr Doppeltsein ins Lächerliche zu ziehen. Während jedoch Ben Atar mit klopfendem Herzen auf seine beiden ihres Glanzes entkleideten Frauen zueilt, verwehren ihm die Wormserinnen energisch den Weg und lassen ihn nicht heran, als wolle er die Zeuginnen beeinflussen und nicht nur trösten.

So werden die beiden, ohne daß man ihnen auch nur ein Wörtchen sagt, hinter den Wandschirm des von den Parteien geräumten Gerichtsraums gebracht und nebeneinander vor den Schiedsrichter gestellt, den angesichts der jetzt offen vor ihm stehenden Doppelheit derart bebende Erregung befällt, daß er sich nur mit Mühe davon abhalten kann, von seinem Sitz aufzuspringen und in den Schoß der klugen Gemeinde zu flüchten, die auch hinter dem geschlossenen Wandschirm jede seiner Regungen verfolgt. Und da er nicht weiß, ob das Verbot des Alleinseins mit einer verheirateten Frau auch für ein Frauendoppel gilt, läßt er den kleinen Gast, den Elbaz-Knaben, bei sich, der ihm außerdem als Dolmetscher dienen könnte.

Denn obgleich es schwer ist, eine vertrauliche Vernehmung ohne gemeinsame Sprache vorzunehmen, möchte Reb Josef Ben Kalonymos auf Rabbi Elbaz' fließende Übersetzung verzichten, in dem Verdacht, der schlaue Rabbiner könnte die Antworten der beiden Frauen verdrehen und verbessern und dadurch den Wahrheitsgehalt der Vernehmung beeinträchtigen. Deshalb will er sich lieber mit dem kleinen ungeübten Dolmetscher begnügen, der getreulich, wenn auch nicht vollständig und genau, einfache Fragen und Antworten zwischen Gebetshebräisch und Basarismaelitisch hin und her übersetzen würde. Zumal anzunehmen war, daß die Frauen und der Junge während der langen gemeinsamen Reise einander kennengelernt hatten und man daher auch mittels Gesten und Mienenspiel des Jungen dem einsam und verängstigt dastehenden Doppel ein beschuldigendes Zeugnis abgewinnen könnte, das mit Leichtigkeit Ersatz für das hartnäckige Schweigen des beklagten Abulafia böte.

Obwohl der Vorbeter der Wormser Gemeinde noch nie Zeugen vernommen hat, weiß er doch aus dem Traktat Sanhedrin und anderen Quellen, daß man jeden Menschen erst warm und weich machen muß, um alsdann die äußere Schale mit Leichtigkeit entfernen und an den blanken Kern herankommen zu können. Deshalb fragt er die beiden Frauen zunächst in mildem, warmem Ton nach ihren Namen, erkundigt sich aber, damit nicht genug, auch nach den Namen ihrer Väter und Mütter, Brüder und Schwestern, Söhne und Töchter, Onkel und Tanten, ohne dabei zwischen den Namen von Toten und Lebenden, nahe und ferner Stehenden zu unterscheiden. So füllt sich der Wormser Synagogenraum alsbald mit einer kleinen mediterranen Gemeinde, die die aschkenasische Gemeinde jenseits des Wandschirms gleichzeitig spiegelt und kontrastiert.

Aber Reb Josef Ben Kalonymos begnügt sich nicht mit Namen, sondern will auch das Alter jedes Namensträgers wissen, was nun schon schwieriger ist, weil die richtige Jahreszählung immer im Nebel bleibt und die lange Seereise, gefolgt von einer nicht geringen Fortsetzung zu Lande, diesen Nebel um das sowieso schon Heikle und Zweifelhafte noch verdichtet hat. Schon geraten auch die Zeitrechnungen der beiden Frauen durcheinander, so daß man momentan hätte meinen können, die erste Frau sei jünger als die zweite, wäre der kleine Dolmetscher nicht geistesgegenwärtig genug gewesen, die Dinge sofort richtigzustellen, damit der wißbegierige Wormser Schiedsrichter unbeschadet, wenn auch über die wacklige Brücke der vergessenen heiligen Sprache und des Gefuchtels eines aufgeregten Knaben, an der afrikanischen Mittelmeerküste zwei getrennte Häuser betreten und Hab und Gut, Möbel und Betten betrachten könne, um hinter lieblichen Blüten- und Gewürzdüften und lebhaftem Kindergewimmel das Geheimnis der Schmach und Schande erzwungener Doppelheit zu suchen.

Zu diesem Zweck möchte er die junge Frau ein Weilchen wegschicken, um die erste allein zu hören, die ihm in seiner Naivität und Unerfahrenheit das schwächste und weichste Glied zu sein scheint, so daß man ihr womöglich eine Klage über Trauer, Schmerz und Schmach abgewinnen könnte, auf deren Grundlage der bald erklingende Schiedsspruch nicht nur als natürliche Folge des Gehörten, sondern vielleicht gar als wahre Rettungstat erschiene. Allerdings kommen ihm Bedenken, die zweite Frau fortzuschicken und völlig allein mit der Wut der ersten zu bleiben, deren Alter, wie er jetzt weiß, dem seiner Frau entspricht, und deren Größe, wie er jetzt sieht, auch die ihre ist, und er zaudert nicht nur aus Unsicherheit, ob die Anwesenheit des unmündigen Knaben ausreiche, um sich nicht des verbotenen Alleinseins mit einer verheirateten Frau schuldig zu machen, sondern vor allem in der Befürchtung, die ältere Frau könnte in ihrer Seelenpein einen versteckten oder offenen Todesfluch gegen ihre hochgewachsene, schlanke, braunhäutige Rivalin ausstoßen, deren Gesicht dem eines schönen, zarten Jünglings mit Bernsteinaugen gleicht, die von Zeit zu Zeit smaragdgrün funkeln.

So scheint das Duo, das von Süden heraufgekommen ist, um sich zu verteidigen, jetzt auch Reb Josef Ben Kalonymos im Griff zu haben, da er nicht den Mut aufbringt, die zweite Frau aus der Kammer fortzuschicken, sondern sie lediglich ein bißchen von der ersten Frau zu entfernen sucht. Weil er sie nun aber nicht in den Thoraschrein stecken kann, läßt er den kleinen Dolmetscher ihr mit Gesten bedeuten, sich in eine schmale Nische zwischen Thoraschrein und Ostwand zu drücken und den Kopf mit einem alten Thoravorhang zu bedecken, den er in einer Schublade gefunden hat, damit sie nicht höre, was ihre Rivalin gegen sie aussage.

Doch zu seiner Überraschung gelingt es Reb Josef Ben Kalonymos nicht, der ersten Frau auch nur ein einziges abfälliges Wort über die zweite Frau zu entlocken, obwohl sie genau weiß, daß die andere sie nicht hören kann. Im Gegenteil: hatte sie sie bisher aus der Ferne geliebt, da es ihr ja gar nicht vergönnt gewesen war, sie kennenzulernen, hatten sich während der vierzig gemeinsamen Tage auf dem alten Wachschiff und in den zwölf Tagen gemeinsamer Fahrt in dem engen Wagen ihre Seelen verbunden, weshalb sich durchaus sagen ließ, daß das Duo, das mitten nach Europa gekommen war, um für sein Überleben zu kämpfen, gestärkter und geeinter als zuvor in seine nordafrikanische Heimat zurückkehren würde und nicht einmal mehr zwei separate Häuser brauchte, sondern sich mit einem Haus begnügen könnte. »*Ein Haus?*« verwundert sich der Schiedsrichter, der sofort an sein eigenes Haus denkt, ein Holzhaus mit Strohbündeln auf dem Dach und schwarzen Stützpfeilern für den schiefen Bau, in dessen Räumen womöglich eine weitere, blonde Frau wandeln könnte, die gekommen war, das zu erhalten, was man ihr zwanzig Jahre früher vorenthalten hatte.

Doch an dem Gemurmel draußen hinter dem Wandschirm merkt der unerfahrene Ermittler, daß die Leute ob seines Eifers ungeduldig werden. Denn jedes Gemeindemitglied, und sei es auch zu befremdlicher und dubioser Größe aufgestiegen, mußte ja nach Wesen und Erziehung seine Schranken wahren, und deswegen hofft diese heilige Versammlung, von ihrer heiligen Lade getrennt, der Vorbeter und Schofarbläser möge nicht vergessen, daß Stimmbegabung und Gebetskenntnis noch kein Freibrief seien, mit geistiger Mittelmäßigkeit die Pflicht zu verbiegen.

Und dieser Pflicht gedenkt Reb Josef Ben Kalonymos

zweifellos, als er zwecks Ergänzung der Zeugenvernehmung die eine Frau durch ihre Gefährtin ersetzen möchte. Dabei staunt er, daß sich dieser Pflicht auch Vergnügen zugesellt, als schlössen sich den zwei fremden Jüdinnen, die an diesem Abend in seine Hand gegeben sind, noch andere Frauen an, die in seinem Leben aufgetreten waren, wie etwa die holde Prozeßgegnerin, die draußen neben ihrem Manne wartet, oder die Frau seines Herzens, die daheim seiner Rückkehr harrt – ja, auch seine verstorbene erste Frau, die längst in der lehmigen Erde des kleinen Friedhofs am Rhein begraben liegt, ist unvergessen. Einen Augenblick scheint es gar, als beginne nicht nur eine ferne Doppelbeweibtheit Reb Josef Kalonymos' Fleisch zu beschleichen, sondern wahre Vielweiberei. Das ist ein gefährlicher Moment. Deshalb gibt er dem Knaben einen Wink, der zweiten Frau den verschlissenen alten Thoravorhang vom Kopf zu nehmen. Und trotz des Verdachts verbotenen Alleinseins mit einer verheirateten Frau überwindet er seine Schüchternheit, schickt die erste Frau hinter den Wandschirm und läßt die zweite nähertreten, auf daß sie ihm vielleicht wenigstens ein Quentchen beschuldigenden intimen Zeugnisses gäbe, das es seinem Gewissen erleichtern würde, den Schiedsspruch im Geist der aschkenasischen Weisen zu fällen.

Tatsächlich besteht jetzt Hoffnung. Denn im Gegensatz zu der ersten Frau, die sich mit der Sprache zurückgehalten und jedes Wort bedacht hatte, um nur ja nicht die ihrem Gatten so liebe Doppelbeweibtheit zu verunglimpfen oder in den Schmutz zu ziehen, entspringt dem Munde der zweiten Frau nun ein beschwörender ismaelitischer Redestrom, so lang und schnell, daß der jugendliche Dolmetscher völlig durcheinander gerät und mit seiner kleinen Hand an den Thoraschrein greift, als suche er dort Zuflucht. Bald stellt sich heraus, daß im untersten Teil des Schiffes, neben der Leibesfrucht, die im Schoß der jungen Frau keimte, insgeheim keine bloße Bitte oder Beschwerde entstanden war, sondern eine ganze reiche Traumpredigt, bei der eine einzige knappe Eröffnungsfrage des Wormsers genügt, sie hervorbrechen und die schmale Kammer erfüllen zu lassen, die einen Moment dem gesamten Weltenraum zu gleichen scheint.

Seit ihr Schleier gefallen ist, erkennt sie nämlich an den Blicken der Leute, die nun nicht mehr allein auf ihrer Gestalt, sondern auch ihrem Gesicht ruhen, daß sie nicht allein dasteht, daß viele ihren Traum teilen. Und ungefragt erzählt sie ihn hastig Reb Josef Ben Kalonymos, der alsbald anfängt, die Fassung zu verlieren.

Denn wie die Wormserinnen ihr am Neujahrsabend den dünnen Seidenschleier abnahmen, so erlaubt sie sich jetzt, am Ausgang des Bußsabbats, den schwarzen Umhang von den Schultern zu nehmen, den die frommen Frauen ihr umgelegt hatten, und dem erschrockenen Schiedsrichter schlank und errötend in einem dünnen, farbig bestickten Gewand gegenüberzustehen, das durch das Waschen mit Meerwasser etwas verblichen ist. Und aus dem judeo-arabischen Redestrom, der nunmehr ihrem kleinen Mund entspringt, geht langsam die verblüffende Wahrheit hervor, daß die junge Frau nicht nur bereit ist, *verdoppelt* zu werden, sondern auch ihrerseits *verdoppeln* möchte. Denn hege sie einerseits auch keinerlei Beschwerde gegen ihren Gegenpart, die erste Frau, deren Geduld und Gutherzigkeit sie bei der gemeinsamen See- und Landreise habe kennenlernen dürfen, entflamme in ihrem Innern andererseits doch furchtbarer Neid auf den einzigen Gatten zweier Frauen, die ihrerseits nur einen Mann hätten.

Erkennt der neugierige Schiedsrichter auch in eben diesem Moment, daß er in seiner Schiedsrichterleidenschaft etwas zu weit gegangen sein dürfte, kann er sich nun nicht mehr bremsen. Denn obwohl Reb Josef Ben Kalonymos keineswegs sicher ist, ob sein heftig gestikulierender junger Dolmetscher mit seinem holprigen Hebräisch – einige Brocken und Wortstämme, die ihm aus dem Gebetbuch in Erinnerung sind – die Worte der unverschämten Frau vor ihm auch richtig interpretiert, spürt er an dem erbitterten Zorn, der in der schmalen Kammer aufwallt, daß nicht etwa das Doppeltsein die zweite Frau bedroht, sondern nun gerade das

Einzelnsein. Unfähig, seiner übermächtigen Neugier Einhalt zu gebieten, läßt er sich daraufhin in jähem Leichtsinn zu der merkwürdigen Frage hinreißen: »*Ein zweiter Mann? Wie wer denn zum Beispiel?*« Und während er noch seine überflüssige Frage bereut, hat der junge Dolmetscher schon schleunigst die Antwort parat, sei es aus eigenem Antrieb, sei es aufgrund dessen, was dem ismaelitschen Sturm, der vor ihm tobt, entsprungen ist: »*Wie Ihr, Herr, wie Ihr zum Beispiel …*«

Das ist nun schon ein echter gezielter Pfeil auf ihn, der seine Seele mit fremder Lust verwundet und auch mit neuer Angst vergiftet, als verstehe er erst jetzt, allein und aus eigenen Kräften, den tiefen Ursprung und wahren Grund des neuen Verbots, das die ganze Gemeinde hinter dem Wandschirm ihm zu signalisieren sucht: *Es gibt keine Verdoppelung ohne Vermehrung, und Vermehrung kennt keine Grenze.* Reb Josef Kalonymos erschaudert, und sein Gesicht erblaßt aus Angst, die Frau könnte in dem Versuch, ihre gewagte, aber in sich logische Forderung in die Tat umzusetzen, auch noch ihr mediterranes Gewand ablegen, weshalb er ohne viel Nachdenken rasch den zu Boden gefallenen schwarzen Umhang aufhebt und ihn der jungen Frau sehr mitfühlend, aber energisch um die Schultern legt, als umhülle er den Leib eines einsamen, gefährlichen Kranken, ehe er mit großer Wucht den Wandschirm umwirft, der ihn von seiner Gemeinde scheidet.

Als sei es Zeit für das Hauptgebet, erwacht hinter dem fallenden Wandschirm die ganze Versammlung und kommt mit einem Satz auf die Füße. Rabbi Elbaz eilt schon auf Reb Josef Ben Kalonymos zu, etwas zögernd gefolgt von Ben Atar und Levitas. Nur Abulafia bleibt mit verschlossenem Gesicht an seinem Platz, obwohl auch er keinen Zweifel hegt, daß die Stunde der Entscheidung da ist. Der rothaarige Schiedsrichter bittet den Rabbiner aus Sevilla mit glühendem Gesicht, ihm das kleine schwarze Schofar zu leihen, ehe er sein Urteil verkünde. Und obwohl Elbaz einen Moment zögert, als spüre er bereits das sich anbahnende Unheil, kann er nicht denjenigen abweisen, den er ein Weilchen zuvor eigenhändig zu Größe erhoben hat. Mit ungeheurer Erregung ergreift der Vorbeter das schwärzliche andalusische Steinbockhorn, das aus den Falten des abgewetzten Gewandes zum Vorschein kommt, schließt die Augen und setzt das Schofar an die Lippen, als wolle er seinen nahenden Schiedsspruch durch einen einleitenden himmlischen Posaunenschall bekräftigen. Drei lange traurig-zarte südliche *Tekia*-Stöße erklingen, gefolgt von einem leisen Säuseln, ehe er, die Augen immer noch geschlossen, mit Zittern und Zagen nicht nur *Abscheu* vor dem aus dem Süden angereisten Partner verkündet, sondern auch *Acht und Bann.*

Ja, zum besseren Verständnis benutzt Reb Josef Ben Kalonymos zwei Sprachen. Erst – zur Ermahnung und Ermutigung seiner Gefährten – das örtliche schlampige Germanisch, vermischt mit ein paar kläglich gedehnten hebräischen Brocken, dann die heilige Sprache selbst in unmißverständlicher Klarheit, erneut besiegelt durch ein kurzes, abgehacktes *Schewarim*-Blasen, ehe er das Schofarhorn seinem verstörten Besitzer zurückgibt. Nun erst wird die bedrückende Stille durch zustimmendes Gemurmel gebrochen, in dem auch einige Bewunderung für den bescheidenen Vorbeter mitschwingt, der seine Gemeinde kühn auf einen fernen, aber klaren Horizont zugeführt hat. Und während Rabbi Elbaz noch wütend in hastig getuscheltem Ismaelitisch dem niedergeschlagenen Kaufmann die Bedeutung des Bannspruchs erklärt, schwindelt es Abulafia, und der Kopf sinkt ihm vornüber, als drohe er ohnmächtig zu werden. Doch als Frau Esther-Minna eilig um Hilfe ruft, besteht Herr Levitas im Geist des neuen Dekrets darauf, sie von dem geächteten Onkel zu trennen, ohne noch zu wissen, ob der eben so entschieden ausgesprochene Bann auch die beiden Frauen einschließe, die erneut beieinander stehen.

Ehe jedoch ein wirklich Gelehrter der Gemeinde versuchen würde, diesem traditionell unanfechtbaren Einzelschiedsspruch ganz auf den Grund zu gehen, möchten die Wormser Juden lieber noch jetzt, in der tiefer werdenden

Nacht ringsum, ihren geächteten Gast von aller Welt scheiden. Und einer ihrer Weisen mußte wohl das Kommende vorhergesehen haben, als er in einer unweit des Kirchturms gelegenen Gasse im Haus einer nichtjüdischen Witwe ein kleines Zimmer für die unterlegene Prozeßpartei anmietete. So führt man nun in dunkler Nacht, beim düsteren Schein einer Fackel und dem Quaken des Froschchores vom Fluß, Ben Atar geradewegs dorthin, in Begleitung des schwarzen Sklaven, des jungen Götzendieners, der der Gemeinde die passendste Begleitperson für einen Geächteten zu sein dünkte. Doch Rabbi Elbaz, der wütende, verzweifelte Anwalt – unter keinen Umständen bereit, den Schiffsherrn im Stich zu lassen, der ihn in spanische Lande zurückbringen soll – setzt ihm nach und steigt die wackelige Stiege hinter ihm hinauf, nicht nur, um Trost zu spenden und Rat zu suchen, sondern auch, um allen seine tiefe Verachtung für den hier auferlegten Bann zu demonstrieren, bis hin zu Rachegedanken, nun seinerseits einen *Gegenbann* gegen die ganze Gemeinde zu schleudern.

Doch in dem Kämmerlein der grauhaarigen, blauäugigen Alten, die dem geächteten Juden nur ein Lager und weiches Brot anbietet, spürt der Rabbiner, daß er seinem Auftraggeber aus Tanger, der ihn vertrauensvoll aus Andalusien mitgenommen hatte, damit er ihm helfe, die aufgekündigte Partnerschaft zu erneuern, umgehend größeren Trost als bloße Wutausbrüche und irre Rachephantasien spenden müßte. Obwohl er nicht wissen, nur ahnen kann, was dort hinter dem Wandschirm bei der vertraulichen Zeugenvernehmung der zweiten Frau am Thoraschrein vorgefallen ist, meint er, doch eine echte Lösung für den geächteten Kaufmann zu haben, der mit einem Schiff voll Ware mitten im öden, wilden Europa steckt – eine Lösung, die zwar vorläufig sein mochte, aber trotzdem die Erneuerung der Partnerschaft mit dem geliebten Neffen ermöglichen würde, der von dem Bannspruch wie eine junge Frau niedergeschmettert worden war.

Aber wird der kleine andalusische Rabbiner, der im engen

Dunkel des krummen rheinländischen Zimmers mit seinen nur drei Wänden, an deren einer womöglich noch ein Kruzifix hängt, wirklich wagen, jenen Ratschlag über die Lippen zu bringen, den er im stillen schon als Rettungstür anvisiert hatte, ehe er noch Ben Atar überredete, zu einer zweiten Prozeßrunde an den Rhein aufzubrechen? Tränen der Trauer und des Mitleids, aber auch des geheimen Verlangens brechen nämlich jetzt aus Elbaz' Augen hervor bei dem ebenso verblüffenden wie weitreichenden Gedanken, er selbst könne den Geächteten von der beanstandeten Doppelheit befreien, indem er nicht nur die zweite Frau von ihrem Heiratsschwur entband, sondern sie auch selbst ehelichte und in seinen Hausstand in Sevilla aufnahm, damit sie nicht allein umherirren mußte.

Während Rabbi Elbaz jedoch die Möglichkeit, seinen neuen Vorschlag darzulegen, noch genußvoll erwägt, weist Ben Atar ihn bereits an, augenblicklich loszugehen und von den Juden der Wormser Gemeinde seine beiden Frauen zurückzufordern, die man ihm verborgen hält. Er möchte auf der Stelle beide bei sich haben, und sei es auch nur im Kämmerlein eines nichtjüdischen Hauses. Denn alles Trachten des geächteten Kaufmanns gilt nicht ihm selbst und seiner Ware, sondern nur seinen beiden Frauen, damit sie sich nicht etwa in neuer Sorge verzehrten, er könnte seiner zweifachen Liebe untreu werden. Und der Befehlston, mit dem Ben Atar jetzt den verblüfften, enttäuschten Rabbiner anherrscht, klingt so hart und barsch, daß es den Anschein hat, als werde der Gottesmann, einmal in seiner Mission gescheitert, von dem nordafrikanischen Juden nicht höher geachtet als der schwarze Sklave, der ihm eben die Schuhe auszieht.

2

Zur Zeit der dritten Nachtwache glaubt die zweite Frau, den dumpfen Schofarklang gehört zu haben, was ihr Herz vor Angst stocken läßt, und während sie sich noch in der Stille ihrer neuen nichtjüdischen Umgebung zu sammeln sucht, schweben ihr schon die geröteten Augen des Wormser Schiedsrichters vor, dem sie leichtfertig ihr Herz ausgeschüttet hatte. Wieder plagt sie sich – nicht wegen des Gesagten, sondern wegen dem, was sie nicht mehr hatte sagen können. Zwar hatte Rabbi Elbaz, der zu Beginn der Nacht lange mit den enthusiastischen Gastgebern der beiden südlichen Frauen ringen mußte, um diese ihrem geächteten Gatten wieder zuführen zu können, die junge Frau zu beruhigen und wegen ihrer Aussprüche zu trösten versucht, von denen sein Sohn, der kleine Dolmetscher ihm einiges berichtet hatte, aber der zweiten Frau waren die milden Worte vorgekommen, als seien sie nur halbherzig dahingesagt. Wollte er sie insgeheim als Mitschuldige in einen *Schuldpakt* einbeziehen, wohlwissend, daß auch er würde Rechenschaft ablegen müssen, nicht nur wegen des Versagens seiner *Endzeitpredigt*, sondern auch wegen seiner verfehlten Wahl des Schiedsrichters, der seine Schwäche durch ein schnelles, hartes Urteil vertuscht hatte? Oder war in seinem Herzen der seltsame Wunsch erwacht, die junge Frau mit beruhigenden, versöhnlichen Worten zu ermuntern, am *Gegenrecht auf Doppelheit,* das sie auch für sich selbst beanspruchte, festzuhalten, um zu sehen, wie weit die Dinge rollen könnten?

Jedenfalls hatten seine Trostworte sie nur verwirrt. Jetzt, da sie sich leise von ihrem Strohlager erhebt, das die christliche Wirtin ihren hereingeschneiten Gästen hergerichtet hatte, hüllt sie sich eiligst in den dicken schwarzen Umhang der einheimischen Frauen und huscht lautlos an ihrem Mann vorbei, der sich in der Stellung eines großen Embryos zwischen zwei Holzblöcke gelegt hat, die er sich aus der Ecke herangerollt hatte, springt über die erste Frau hinweg, die totenstill daliegt, die Hände gefaltet, das Gesicht dem langen scharfen Eisenträger zugewandt, der diagonal die Decke der dreieckigen Kammer stützt, und betritt das andere Zimmer. Da die zweite Frau jedoch nicht nur dem Bannfluch entfliehen möchte, sondern auch versuchen will, das mit ihrer kecken Rede Angerichtete wieder gutzumachen, nimmt sie ihre Sandalen in die Hand, statt sie anzuziehen, und schleicht barfuß an der nichtjüdischen Hauswirtin vorbei, die die Nacht auf einem großen Lehnstuhl verbringt, in den schwarzen Pelz eines Bären gehüllt, dessen ausgestopfter Kopf unter dem Bildnis des Gekreuzigten hängt, der sich auch nachts noch martert.

Die alte Frau spürt zwar einen Schatten vorbeihuschen und schlägt kurz die Augen auf, macht sich aber wohl kaum Sorgen wegen des Weggangs der fremden Jüdin, die jetzt die knarrenden, wackligen Holzstiegen hinunterläuft, zu den engen dunklen Gassen der schlafenden Stadt, die noch niemanden erwartet und gewiß keine fremde Frau, die zwar ob der Stille ringsum und der mächtigen Silhouette der in gelblichen Dunst gehüllten Kirche in ängstliche Spannung gerät, aber doch mutig an dem selbstgesteckten Ziel festhält, zwischen den kleinen Häusern dasjenige ihrer freundlichen Gastgeber zu finden, die sich seit ihrer Ankunft in Worms vor vier Tagen so großzügig um sie gekümmert hatten, und sie zu bitten, sie zu dem Schiedsrichter zu führen, damit sie ihn anflehen könnte, sich das anzuhören, was sie nicht mehr zu sagen vermocht hatte, vielleicht würde er dann den ihretwegen ergangenen Bann aufheben. Obwohl sie bei Finsternis und Sumpfnebel die Gassen der kleinen Stadt kaum erkennen kann, findet sie unter all den Haustüren die richtige und klopft unverzüglich an.

Doch weder hier noch in den Nachbarhäusern hört

jemand die zarte Hand der zweiten Frau pochen. Denn die Wormser Juden sind jetzt in den tiefen Schlaf derer versunken, die nach tagelangem Aufruhr ihre Seelenruhe wiedergefunden haben. Als hätten Acht und Bann jene wundersamen sündigen neuen Gedanken aus den Herzen zu kehren vermocht, die die südlichen Prozeßparteien in ihre Stadt gebracht hatten. Deshalb bleibt der zweiten Frau, deren Rufen ebenfalls nicht gehört wird, kein anderer Ausweg, als sich zu dem Bethaus selbst hinzufinden, zuerst zu der bescheidenen kleinen Frauenschul, um dort lange niederzuknien nach Art der Ismaeliten, die völlige Unterwerfung bekunden, bevor sie etwas erbitten. Dann erhebt sie sich und tritt zögernd durch die Westmauer, deren Bau noch nicht abgeschlossen ist, in das Bethaus der Männer, geht zwischen den leeren Reihen hindurch und verschwindet schließlich in der bewußten Nische zwischen dem Thoraschrein und der ihn stützenden Ostwand.

Konnte das gepeinigte Herz der Nordafrikanerin erraten haben, daß auch der Schiedsrichter, Reb Josef Ben Kalonymos, in den Wirren dieser Nacht keinen Schlaf finden, sondern – sei es aufgrund neuer Kräfte, sei es in einem Anflug von Reue – ebenfalls frühzeitig von seinem Lager aufstehen und am zuckenden Schwanzende der dritten Nachtwache zu seinem Gebetspult eilen würde, womöglich, um sich auf das Morgengebet des Gedalja-Fasttags vorzubereiten oder aber mit Leib und Seele den Ort aufzusuchen, an dem am Vortag drei Frauen gestanden und dem Spruch seines Mundes geharrt hatten? Nachdem er dort den umgestürzten roten Wandschirm aufgehoben und zusammengeklappt sowie lange und innig die goldgestickten Lettern auf dem verschlissenen Thoravorhang geküßt hat, ehe er ihn sorgfältig faltete, um ihn an seinen Platz zu legen, entfährt ihm jedenfalls keinerlei Schreckensschrei, als ihm die verborgene Zeugin vom Vorabend plötzlich entgegenkommt. Als sei es selbstverständlich, daß nach einem so harten Schiedsspruch die geschädigten Prozeßbeteiligten flehentlich angelaufen kämen, wie jetzt diese fremde junge Frau, die vor ihm auf die Knie fällt, als wäre sie eine unwissende Götzendienerin.

Während ihre schmalen, flossenförmigen Augen noch die geröteten Augen suchen, die in ihrem nächtlichen Alptraum vor ihr schwankten, hebt sie ohne Zögern zu reden an. Und da sie keinen Dolmetscher zur Seite hat, mischt sie in ihr rasch sprudelndes Ismaelitisch auch zwei, drei in den Neujahrsgebeten häufig wiederkehrende Worte, weshalb sie einen Moment glaubt, der sich mitleidig zu ihr niederbeugende Vorbeter werde in dem Morgendämmer, der an die gelblichen Fenster kratzt, auch Wesen und Geist der umgekehrten Doppelheit verstehen, die sie nicht nur für sich selbst, sondern für die Frau als solche fordert. Während nämlich der Mann Doppelheit des Körpers ersehne, wünsche die Frau sich Doppelheit der Seele, sogar in Gestalt der winzigen zusätzlichen Seele, die sich jetzt in ihrem Schoße berge.

Aber kann denn ein ängstlicher, verwirrter Mensch, und hätte er auch den besten aller Dolmetscher neben sich, am Morgen die Neuauslegung einer rätselhaften Zeugenaussage vom Abend verstehen? In seiner Befürchtung, es könnten ein paar verfrühte Betende hereinkommen, die auch nach drei Feiertagen voller Gottesdienste noch nicht genug hatten, und ihren Vorbeter in ebenso trauter wie verbotener Zweisamkeit mit der Frau eines anderen vor der heiligen Lade vorfinden, versucht Reb Josef Ben Kalonymos gar nicht erst zu begreifen, was die zweite Frau ihm in ihrem Ismaelitisch sagen möchte, sondern macht sich schnellstens daran, behutsam, aber energisch die vor ihm kniende schmale Gestalt aufzurichten und umgehend aus dem ihr verbotenen heiligen Ort zu vertreiben.

Doch die zweite Frau weigert sich aufzustehen und klammert sich mit Armen, die immer noch die starke Bräune langer Tage auf See tragen, mit aller Kraft an sein Gebetspult, so daß der Schiedsrichter, nunmehr gewahr, daß seine Schiedsrichteraufgabe noch nicht abgeschlossen ist, zu seiner Bestürzung ihre Hände mit Gewalt lösen muß. Als er jedoch sieht, daß sie weiter auf ihrem Willen beharrt und auch, obwohl er sie vom Gebetspult fortgedrängt hat, noch vor ihm kniet und seine Kniegelenke umschlingt, packt ihn Entsetzen, und mit hochrotem Gesicht beugt er sich nieder, um freizukommen, aber vergebens. Und erst jetzt, da er spürt, wie stark der Griff der südlichen Frau ist, weiß er, daß er sie aus seinem Bethaus schaffen muß, und beginnt kraftvoll hinauszumarschieren, die junge Frau in den Hinterhof des alten Pferdestalls mitschleifend. Dort unter dem niedrigen Himmel, im stark riechenden Dung, vermag er sich dann endlich aus dem Griff ihrer Hände und dem zähen Halt ihrer vom rauhen Holzboden des Bethauses zerschundenen Beine zu befreien. In stammelndem Hebräisch erbittet er darauf nicht nur des Himmels, sondern auch ihre Vergebung – nicht weil er sie geschleift, sondern weil er sie überhaupt anzufassen gewagt hatte. Und da die Worte von Vergebung und Buße viel in den Gebeten des gerade erst vergangenen Neujahrsfests vorgekommen sind, errät die zweite Frau die Absicht des fremden Mannes, der mit großer Erregung auf sie einspricht. Ihm geht es allein um Vergebung, ohne Reue und ohne jedes Verständnis, als er sie jetzt allein in den Morgennebeln zurückläßt, die bereits mit den kalten Tropfen eines neuen Regenschauers geladen sind.

Erschöpft und verlassen, Hände und Knie von dem rauhen schwarzen Holzboden aufgeschürft, macht die zweite Frau sich auf den Rückweg zwischen den kleinen Holzhäusern, die vor lauter Schiefe fast ein wenig schwindelig scheinen. Obgleich der schwarze Umhang, den die Leute des Städtchens ihr gegeben haben, sie vor dem neuerlich peitschenden Regen schützt, kann er nicht die Schmach des kleinen Embryos lindern, der jetzt mit ihr herumgeschleppt wird und keines Menschen Bitte um Vergebung anzunehmen bereit ist, ja, seine junge Mutter einen Moment sogar aufzufordern scheint, ihn sofort auszuspeien. In einem jähen Schwächeanfall tritt sie zwischen die schwarzen Pfähle, die eines der Häuser stützen, und dort, im Dunkel der Gräser und Büsche auf feuchter, fruchtbarer Erde an einem Bächlein, dessen kühle Wasser zwischen altem Hausrat dahinplätschern, beginnt sie, alles von sich zu geben, was in ihr ist, weigert sich aber mit aller Kraft, die zusätzliche kleine Seele aufzugeben, gezeugt von der Leidenschaft eines Mannes, der nachts pflichtschuldig zwischen Bug und Heck eines alten Wachschiffs gependelt war.

Aber eben dieser Mann, der noch gar nicht weiß, was er gegeben oder nicht gegeben hat, vergräbt sich in tiefem Schlaf, der die lastende Ächtung wenn nicht aufhebt, so doch zumindest abschwächt. Und die erste Frau, die gleich beim Aufwachen die Abwesenheit der zweiten bemerkt hat, zögert, ihren Mann zu wecken, der das Gesicht weiter in dem frischen, aber trockenen Stroh des Lagers birgt. Obwohl schon über zwanzig Jahre seit ihrer ersten gemeinsamen Nacht vergangen sind und sie ihn oft im Schlaf betrachtet hat, ist sie ihm nie so zugeneigt gewesen wie jetzt, da sie sieht, wie er zum ersten Mal im Schlaf das Gesicht bedeckt, um es zu verbergen. Sie späht durch die offene Tür, aufmerksam auf die Schritte der rückkehrenden zweiten Frau horchend, damit sie bei deren Eintreffen den Gatten wecken könnte, ohne der einen Sorge noch eine weitere hinzuzufügen.

Doch die Schritte der zweiten Frau bleiben aus, und die erste Frau erfaßt, daß man sie sofort aufhalten müsse, ehe sie sich an einen Ort ohne Wiederkehr entferne. Mitleidsvoll gönnt sie Ben Atar ein paar weitere Minuten seliger Ahnungslosigkeit, ehe sie anfängt, zart und leise die Strohhalme wegzuziehen, die ihm an Bart und Haar kleben. Einen Moment ähnelt die Röte in den sich öffnenden Augen des nordafrikanischen Kaufmanns der Röte in denen des Schiedsrichters, der ihn so streng verurteilt hatte. Aber er erinnert sich offenbar sehr wohl, wo er sich befindet, und hat auch nicht vergessen, warum er an diesem Ort gelandet ist. Kaum hat er sich vom Lager aufgerichtet, bemerken seine scharfen Augen bereits das Fehlen der zweiten Frau. »*Sie ist weggegangen*«, antwortet die erste Frau sehr sanft, um den Mann nicht zu erschrecken. »*Ich habe auf sie gewartet, aber sie ist noch nicht zurückgekommen.*«

Doch der Kaufmann aus Tanger, der sich sehr wohl des raschen Weggangs einer anderen jungen Frau erinnert, weiß auch, daß man sie schnell aufhalten müsse, ehe sie in die Nähe des Flusses käme. Wegen des Gedalja-Fasttags muß er das Stück Schwarzbrot, das die nichtjüdische Hauswirtin ihm vorsetzt, nicht als koscher betrachten, vielmehr weist er es gleich mit dankendem Nicken zurück, zieht den ortsüblichen schwarzen Umhang über sein helles Gewand und eilt, die vermißte Frau zu suchen. Er muß auch nicht lange laufen, um auf Juden zu treffen, die zum Gottesdienst hasten, ohne zu ahnen, daß sie im ersten Morgenlicht auf den geächteten Gast stoßen würden. Und obwohl sie sich in ihrer Not und Verlegenheit gedrängt fühlen, ihm auszuweichen, können sie doch nicht das ehrliche Entsetzen in den Zügen des Mannes ignorieren, der sie hebräisch radebrechend und heftig gestikulierend um Hilfe angeht.

Da sie aber Bedenken haben, sich mit ihm auf ein Gespräch einzulassen, das die frisch ausgesprochene Ächtung brechen würde, weichen die Juden erschrocken zurück, suchen jedoch nicht das Weite, sondern holen eilends Rabbi Elbaz herbei, auf daß er mit seiner andalusischen Frömmigkeit und Gelehrsamkeit den rheinländischen Bann abfedere und ihnen erkläre, was jetzt die Ruhe des südlichen Juden störe, der ihnen sehr am Herzen liegt. Sobald die Wormser Juden vom Verschwinden der zweiten Frau hören, greift Entsetzen in der ganzen Gemeinde um sich, und es wird die Forderung laut, den Morgengottesdienst zu beschleunigen und gleich danach einen großen Suchtrupp zu bilden, um die zweite Frau zu suchen und ihrem Mann zurückzuführen, auch wenn Acht und Bann ihretwegen ergangen waren. Schon dringt das Gerücht von ihrem Verschwinden zur Synagoge vor, erklimmt das Gebetspult und veranlaßt Reb Josef Ben Kalonymos, seine Hymnen abzukürzen und seinen Gefährten unumwunden einzugestehen, was sich kurz zuvor vor der heiligen Lade abgespielt hatte.

Nun sind die Juden ein wenig ermutigt, denn nach dem Gesagten entfällt der Verdacht auf eine Entführung, die jedes jüdische Herz mit doppeltem Grauen erfüllt, und es bleibt nur der Verdacht auf Verirrung oder Flucht. Und da die morgendliche Begegnung der Frau mit ihrem Schiedsrichter nicht lange zurückliegt, besteht die Hoffnung, daß sie noch nicht weit gekommen ist. Doch bevor sie die Suche aufnehmen, zögern noch ein paar übereifrige Juden, wollen sicher gehen, daß der Bann vom Vorabend allein für den Ehemann, nicht aber auch für seine Frauen gelte, denn andernfalls könnte man sich hier der Suche nach etwas Verbotenem schuldig machen, und jedenfalls sei es ratsamer, Nichtjuden zu beteiligen, wie etwa die ismaelitischen Gäste, die noch nicht zu ihrem eigenen Morgengebet erwacht waren. Sicherheitshalber alarmiert man sie also, holt zuerst die beiden stämmigen Kutscher, Abd el-Schafi und seinen Gefährten, aus ihren Häusern und zerrt danach auch den jungen Heiden herbei, der sofort ohne Zögern die Fährte der Verschwundenen aufnimmt, deren Eigengeruch er in den langen Tagen der Reise tief eingesogen hat. Es dauert auch nicht lange, da hat er den Ort ihres Verstecks und Sturzes gefunden, eine dämmrige Stelle voll Gräser und altem Hausrat zwischen zwei Stützpfählen eines Hauses.

Sofort holt man sie dort hervor, sehr schwach, aber heil, bis auf einige blutige Schrammen an Händen und Füßen. Obwohl das Gedalja-Fasten schon begonnen hat, möchten die Juden nicht nur ihre Wunden verbinden, sondern ihr auch etwas zu trinken geben, und schon kommt seitens der Wormser Frauen die heftige Forderung auf, es dabei nicht bewenden zu lassen, sondern die bedauernswerte Frau in das Haus zu bringen, zwischen dessen Pfählen sie sich versteckt hatte, und ihr Nahrung und Ruhe zu gönnen, bevor sie wieder ihrer Wege gehe. Aber Ben Atar erlaubt niemandem, seine zweite Frau anzurühren, und da man wegen der Ächtung nicht mit ihm sprechen darf, kann man ihn auch nicht überreden. Stolz und energisch steht er da und befiehlt seinen Ismaeliten, die Wagen bereit zu machen und die Pferde anzuschirren. Ja, einen Augenblick scheint es, als hätten nicht die Juden ihn mit Bann belegt, sondern er sie. Denn offenbar weicht er seinerseits den Blicken der Umstehenden aus, sogar den hellen Augen Levitas', dem das ständige feine Lächeln aus dem Gesicht gewichen war, sobald man ihn herbeigerufen hatte. Aber wo sind Abulafia und seine neue Frau? Hat man ihnen wirklich verboten, hierher zu kommen, oder möchten sie sich die Pein des endgültigen Abschieds von dem unterlegenen Onkel ersparen, der zornig entschlossen ist, sofort die Rückreise anzutreten?

Überraschend geschwind und reibungslos gehen die Reisevorbereitungen der kleinen Gesellschaft vor sich. Zwei, drei knappe Befehle des südlichen Juden genügen, um die drei Ismaeliten in rege Tätigkeit zu versetzen und Rabbi Elbaz loszuschicken, schnell seinen kleinen Sohn beizubringen. Die Wormser Juden, schon ein wenig schwach von dem begonnenen Fasten und verwirrt von dem turbulenten Morgen, umstehen derweil die beiden großen Wagen und grämen sich, daß man ihnen die wundersamen, farbenprächtigen Gäste nimmt. Doch obgleich sie im stillen ihre schwarzhaarigen Besucher liebend gern noch für die zehn Bußtage dabehalten, ja womöglich auch noch während des nachfolgenden Laubhütten- und des Thorafreudenfestes gern beobachtet hätten, wissen sie sehr wohl, daß ein Schiedsspruch, und sei er auch überhastet ausgesprochen, unanfechtbar ist und der Geächtete und sein Anhang sich daher wohl lieber auf den Weg machen sollten, um den Abschiedsschmerz zu mildern.

Aber ehe Ben Atar aufbricht und ihre Trauer vergessen ist, beladen die Wormser Juden die beiden Wagen des Nordafrikaners hastig mit Trank und Nahrungsmitteln, Decken und warmer Kleidung, Kerzen und Geschirr, kleinen Silberleuchtern und Wein für Kiddusch und Hawdala. Und so streng der Bann ihnen auch jedes Wort und jede Berührung verbietet, bringen sie um so eifriger kleine Geschenke für die Frauen und schleppen Gerstensäcke für die Pferde herbei, die in ihren breiten Nüstern bereits Reiseluft wittern. Aber wo bleibt Abulafia? fragt Ben Atar sich wehen Herzens. Wo verbirgt sich der geliebte Partner? Und wo steckt die blauäugige Frau, die es fertiggebracht hat, ihren Abscheu in einen endgültigen Bruch zu verwandeln? Wissen sie, daß eben jetzt, in dem Dunst, der vom nahen Fluß aufsteigt und im schwarzen Walde verweht, ihre eigenen Angehörigen für immer Abschied nehmen und alsbald auf ihrer Reise nach Süden zunächst gen Westen entschwinden würden?

Zwar hatte Herr Levitas sich verpflichtet gesehen, seiner Schwester umgehend von Ben Atars und seiner Leute überstürztem Aufbruch Mitteilung zu machen, hatte sogar eilends von dem eminenten Thoragelehrten Kalonymos Bar Kalonymos eine Sondererlaubnis erwirkt, derzufolge Abulafia sich kurz persönlich von seinem geächteten Onkel hätte verabschieden dürfen. Aber Abulafia weist das großmütige Angebot zurück und weigert sich nicht nur, sein Zimmer zu verlassen, sondern bleibt auch im früheren Ehebett seiner Frau liegen, ohne sich also Frau Esther-Minna zuzugesellen, der die Tränen schier die Kehle zuschnüren, als sie von dem kleinen Fenster aus Ben Atar erblickt, der jetzt die Wormser Juden anfleht, bloß nicht weiter alle guten Dinge des Landes auf seine beiden Wagen zu laden, die langsam in den weichen, feuchten Lehmboden des Rheinlands einsinken.

Denn mag Abulafia auch in tiefster Seele begehren, dem teuren Onkel um den Hals zu fallen und Vergebung von dem Partner zu erbitten, der unverrichteter Dinge an die azurblauen Gestade ihrer beider Heimat zurückkehrt, so sträubt sich doch alles in dem krausköpfigen Mann, der diesen Morgen bisher weder Gebetsriemen angelegt noch das Morgengebet gesprochen hat, gegen eine neuerliche Begegnung mit jener zweiten Tante, deren Daseinsgeheimnis er erst dank des düsteren und unerwarteten Bekenntnisses seines Onkels Ben Atar vom Vortag endlich ergründet hat. Auch wenn sie ihr Gesicht wieder hinter dem Schleier verbergen und sich doppelt und dreifach in ortsübliche Umhänge hüllen wollte, könnte sie ihm nicht mehr die in ihrem Innern verborgene Silhouette verheimlichen, die Gestalt jener armen Angebeteten, der geliebten Sünderin, nackt und ertrunken, die ihn mit ihrem rächenden Hinscheiden bestraft und in ein fernes

Land verbannt hatte. Deshalb muß er sich mit aller Kraft in dem knarrenden alten Ehebett verschanzen, wohlwissend, daß er, wollte er hingehen und zum letzten Mal Abschied von dem Onkel nehmen, womöglich nicht mehr an sich halten könnte und so, weich, feinfühlig und trauervoll, wie er war, Ben Atar die zweite Frau wegnehmen und ihr die vage Gestalt im Innern ausreißen würde, um sie, wenn nicht zum salzigen Meer ihrer beider Heimatstadt, doch wenigstens zum süßen Fluß seiner neuen Frau zu tragen.

Deswegen weiß Abulafia, daß er besser wartet, bis sein Onkel fort und das Rattern seiner Wagen endgültig verhallt ist. Eben dieses schwere Rattern beunruhigt wiederum den Kutscherkapitän, Abd el-Schafi, der ein neues Trägheitsmoment an seinen Rädern spürt. In den Nachmittagsstunden auf dem Kirchplatz der Stadt Speyer, in der kein einziger Jude lebt, eingetroffen, beschließen sie daher, die unnatürliche Belastung der Wagen zu erleichtern, und bieten den neugierig herbeidrängenden Einheimischen einen erheblichen Teil der Geschenke, die ihnen eine ganze Gemeinde aus Mitgefühl aufgeladen hatte, zum Verkauf an. Obwohl die Entfernung von Worms nach Speyer nicht mehr als fünfzig Meilen beträgt, erregen die Geschenke des nahen Städtchens lebhaftes Interesse und verwandeln sich im Nu in Waren, so daß Ben Atar schließlich selber staunt, daß es ihm – ohne gemeinsame Sprache und ohne Kenntnis der örtlichen Sitten – gelingt, die alten warmen Kleider der Wormser Juden abzusetzen, wie auch Honiggläser, matt schimmernde Messingleuchter und Flaschen voll Wein für Kiddusch und Hawdala, um dafür, auf Abd el-Schafis Anraten, einen recht alten, aber kräftigen Maulesel zu erwerben, auf den sie sofort den schwarzen Jüngling setzen, damit er ihnen vorausreite und den richtigen Weg erschnüffle, den sie zwei Wochen zuvor in Gegenrichtung entlanggerollt waren.

Denn nun sind sie ja allein auf fremder unvertrauter Flur, ohne Frau Esther-Minnas germanische und fränkische Sprachkenntnisse und ohne Abulafias Reiseerfahrung. Sie haben nur das holprige, abgehackte Latein des Rabbiners aus Sevilla, die wüstengeschulte Spürnase des jungen Sklaven und das Wissen der beiden alten Seebären um Windrichtungen und Sternkreise. Der Versöhnungstag, der wie eine bedrohliche schwarze Fackel vor ihnen flackert, treibt sie dabei zu Hast und Eile an, um noch rechtzeitig die Grenze von Lothringen ins Frankenland zu überqueren und bei den Juden von Reims unterzuschlüpfen, die hoffentlich noch keine Kunde von dem Bann erhalten haben.

Tatsächlich besteht kein Grund, warum der Herr des kleinen Zuges dieses bescheidene Streben nicht sollte erfüllen können, denn das Gewicht der beiden Wagen ist ja weit geringer geworden, nicht nur wegen des Fehlens der beiden ächtenden Passagiere, sondern auch wegen der Geschenke, die geschickt abgesetzt und gegen einen rauschebärtigen Maulesel eingetauscht worden sind, der gewichtig vor den Wagen einherschreitet, auf dem Rücken die leichte Gestalt des Meisterspähers, der glücklich und stolz die Zeichen des rechten Weges wittert. Trotz alledem scheint es Ben Atar, als behindere eine neue verborgene Last die Räder, die jetzt zwischen Feldern und Hügeln dem Silberband des Saartals entgegenrollen. Tatsächlich läßt sich schwer erklären, was und wer sie aufhält. Zuerst hatte man die Herbstwinde verdächtigt, die die Reisenden ab und zu mit sanftem, anhaltendem Regen überschütteten, doch sah es eher aus, als gerieten die Seefahrer auf der Kutschbank bei jedem Regenguß vor Wonne erst richtig in Fahrt, da sie dann die Peitschen auf die feuchten Pferde niedersausen ließen.

Erst beim dritten nächtlichen Halt, vor dem Dörfchen Saarbrücken, unweit der achteckigen Grabkirche, in der Frau Abulafia aufgeregt die Pforte zu ihren heimatlichen Gefilden erkannt hatte, begreift Ben Atar, daß die Verlangsamung der Reise weder auf dem Durchdrehen der Wagenräder in feuchter Erde noch auf einer lascheren Zügelführung beruht, sondern ihren verborgenen Ursprung im spirituellen Bereich hat. Zunächst hatte er überlegt, ob der Grund womöglich in dem bedrückenden Acht- und Bannspruch zu suchen war, der – wenn auch als möglich vorausgesehen –

doch besonders ärgerlich erschien, da er mit einem Handstreich von einem so einfachen Mann verhängt worden war. Doch nach und nach hatte er gemerkt, daß das, was sie aufhielt, nicht über den Wagen schwebte, sondern tief in ihnen verborgen lag – nämlich *das anhaltende Schweigen* der zweiten Frau, die niedergeschlagen in zwei schwarze Umhänge gehüllt an der Wagenwand lehnte und sich Abend für Abend weigerte, das Essen anzurühren, das die erste Frau zubereitete. Zwar ist der Grund ihrer Trübsal auf den ersten Blick einleuchtend – zwei tiefe Schrammen, die kreuz und quer über ihre schmalen Füße laufen, bezeichnet durch Perlenstränge verkrusteten Bluts. Aber hält wirklich nur körperlicher Schmerz sie davon ab, sich dem Abendbrot der übrigen anzuschließen, oder wirken auch Schmach und Wut über das Geschehene mit?

Denn obwohl sie sich noch hütet, ihre geheime Zeugenaussage in der stürmischen Schiedsnacht einzugestehen, fürchtet sie doch, die Wahrheit könnte schon zu ihrem Mann durchgedrungen sein, sei es über Rabbi Elbaz, sei es über seinen Sohn, den kleinen Dolmetscher, der ihr voll Mitleid eine dampfende Schüssel mit einem Fleischgericht von der Feuerstelle bringt. Daher blickt die zweite Frau den kleinen Boten fremd und in sich gekehrt an und hüllt sich nur noch fester ein, zerrt über die beiden Wormser Umhänge, die sie sich genommen hat, noch den schwarzen Umhang der ersten Frau, der neben ihr liegengeblieben ist. Und entschlossen stopft sie sich jetzt die Faust in den Mund, zum einen, um nichts von den Dingen zu kosten, die die erste Frau ihr gekocht hat, zum andern, damit ihr kein Verzweiflungsschrei hinsichtlich dessen entführe, was sie an jenem furchtbaren Abend hinter dem Wandschirm so glänzend gesagt hatte, und über die Worte, die sie bei Morgenanbruch am selben Ort demselben Menschen hinzuzufügen versuchte, der verpflichtet gewesen wäre, sie anzuhören, nicht zu verletzen.

Wem sollte sie jetzt das sagen, was niemals mehr verstanden werden würde? Vielleicht nur dem ozeanischen Embryo, der sich ebenfalls in die Hülle ihres Schoßes kuschelt und Extrawärme von seiner Mutter fordert, die jetzt innerlich fröstelt und mit aller Kraft versucht, neue Wärme zu sammeln, für ihn und für sich selbst. Und wie zu jeder Stunde dieser Reise steigt vor ihrem geistigen Auge wieder das verwunderte Gesicht dessen auf, der in einigen Wochen nicht mehr ihr einziger Sohn sein würde, der liebe Knabe, der in der Obhut ihrer Eltern in Tanger geblieben war und vielleicht noch nicht seine Mutter vergessen hatte, aber gewiß seinen Vater, der jetzt die Wagenplane anhebt, um nachzusehen, wie es seiner Frau gehe und ob sie etwas von dem esse, was man ihr gebracht hatte. Als er jedoch merkt, daß die Schüssel beschämt noch immer dort steht, wo sie hingestellt worden war, wird ihm bang, und all sein Groll und Ärger wegen der *Gegendoppelheit*, die sie sich zu wünschen gewagt hatte – eine körperliche Doppelheit, wie er irrig annimmt, während eine seelische gemeint war –, brechen sich jetzt Bahn angesichts ihrer Weigerung, sich mit der vorgesetzten Kost zu stärken.

Nun erschrickt sie zutiefst, weil sie meint, er wolle sie eigenhändig und gegen ihren Willen füttern, etwas was er noch nie getan hat. Deshalb beginnt sie zu schluchzen, aber sehr leise, damit es das Grüppchen am Feuer nicht hört, vor allem nicht die erste Frau, die Abd el-Schafi bittet, ihr vom Lauf der Sterne am Himmel zu erzählen. Doch der Elbaz-Knabe hört das leise Weinen, das in dem geschlossenen Wagen schwebt, und es wird ihm weh ums Herz, und ehe sein Vater, der Rabbiner, ihn noch zurückhalten kann, hat er schon die Plane gelüftet und sieht den Schiffsherrn und Reisevorsteher seine zweite Frau anheben und mit der Speise füttern, die die – jetzt plötzlich verstummte – erste Frau für sie zubereitet hat.

Mitten in der Nacht, als die anderen Reisenden in tiefen Schlaf versunken sind, erhebt sich die zweite Frau jedoch von ihrem Lager und geht ein wenig abseits zu einem Baum, an dem mit rostiger Eisenkette ein kleiner junger Schakal oder Hund angebunden ist, der am Vortag herbeigelaufen war, um die Essensreste der Reisegruppe zu fressen, worauf der schwarze Sklave ihn mit Ben Atars stillschweigender Einwilligung gefangen und als Haustier an Stelle des an Bord verbliebenen Jungkamels behalten hatte. Das junge Tier, schon an die Reisenden gewöhnt, begrüßt jaulend und schwanzwedelnd die zweite Frau und leckt ohne zu zögern alles auf, was sie von der aufgezwungenen Speise erbricht. Jetzt erst wird es der zweiten Frau leichter ums Herz, so daß sie – sehr blaß und von heißen und kalten Schauern überlaufen – die kühle Luft der Herbstnacht einsaugt und den Blick zum fernen Feuer eines anderen, größeren Handelszugs hebt, der Sklaven von Ost nach West verbringt.

Schließlich kehrt sie auf ihr Lager zurück, hüllt sich wieder in ihre schweißnassen Umhänge und schließt die Augen, um ein wenig Ruhe zu finden, ahnt jedoch nicht, daß ihre Schritte schon den Rabbiner aus Sevilla geweckt haben, der ihr durch die Planenritzen des zweiten Wagens nachsah. Einen Moment zögert Elbaz, ob es richtig sei, den Ehemann zu wecken und ihm von dem fehlgegangenen Mahl zu berichten. Aber er hält sich zurück, als wolle er keinem, und sei es auch dem Ehegemahl, gleich die da in tiefer Nacht aufgetretenen leichten Krankheitssymptome mitteilen, die ihn plötzlich mitten im dunklen Europa mit der alten Sehnsucht nach den letzten Tagen vor seiner Verwitwung erfüllten. Doch als er am Morgen zu dem Bächlein hinuntergeht, um sich den Schlaf aus den Augen zu spülen, und die zweite Frau damit beschäftigt findet, ihr Gewand zu waschen, läßt er es sich nicht nehmen, sie mit scheuem Mitgefühl nach ihrem Befinden zu fragen, und obwohl sie dankend lächelt, als mache sie sich keinerlei Sorgen, merkt er an der Röte ihres unverschleierten Gesichts, daß ihre Körpertemperatur erhöht ist.

Ja, nachdem die Wormser Frauen die Maghrebinerinnen genötigt hatten, ihre Schleier abzulegen, haben diese es nicht eilig, sich wieder zu verhüllen. Nicht nur, weil sie gesehen haben, daß Frauen kühn und offenen Gesichts dem Ewigen höchstpersönlich entgegentreten können, sondern vor allem, weil die Reisegesellschaft auf dem Rückweg noch enger zusammengerückt und praktisch zu einer Familie geworden ist, einschließlich dreier Dienstleute und eines Rabbiners, der als naher Verwandter gelten kann, wenn er sich derart um das Befinden der zweiten Frau sorgt, daß er Ben Atar entschieden auffordert, hier und da die Reise zu unterbrechen, um ihr Ruhe zu gönnen, als hätten sie am nahenden Versöhnungstag kein Bethaus, sondern einen Friedhof zu erwarten.

Daher wird die Fahrt immer schleppender, und am Mittwoch beim Abendgebet kann Ben Atar im rosigen Licht der untergehenden Sonne die Mauern der Stadt Metz, in der er die einbrechende Nacht hatte verbringen wollen, nur am Horizont erblicken. Aber hätte er denn das leichte Fieber ignorieren dürfen? Wo man doch nur beiden Frauen zum Vergleich leicht an die Stirn zu fassen brauchte, um die wachsende Gefahr für die zweite Frau zu erkennen, die sich zwar redlich bemühte, die eigene Not leichthin abzutun und nicht nur ihren Mann, sondern auch jeden anderen, der nach ihrem Befinden fragte, freundlich anzulächeln, aber doch unübersehbar erkennen ließ, daß das Übel, das dem Dung eines alten Pferdestalls entsprungen war und sich dem Blut, das aus den Schrammen ihrer Füße rann, angehängt hatte, jetzt ihrem schönen Antlitz eigenartige Röte verlieh.

Am Morgen des fünften Tages, einen Tag vor dem Vorabend des stetig heranrückenden Tags des Gerichts, fällt Ben Atar daher nach schlaflosen Stunden am Feuer, das seine Liebe mit großer Sorge schwärzte, spontan eine kühne Entscheidung. Statt schamvoll und verlegen bei den Juden des nahen Metz zu sondieren, ob der Bann dem Gebannten vorausgeeilt sei, würde er sich bemühen, in einer Etappe, noch vor Anbruch des heiligen Tages, den nächstgelegenen Grenzort Verdun zu erreichen, damit sie notfalls dem Haus jenes eigenartigen getauften Arztes nahe wären, der auf dem Weg ins Rheinland Interesse an ihnen bekundet hatte. Es könnte doch auch sein, überlegt Ben Atar zur Selbstbestärkung, daß vor seinem einsamen Haus an der Kirche wieder mit zwei verschiedenen, aber harmonisch zusammenklingenden Stimmen jener wunderbare Gesang ertönte, der die zweite Frau seinerzeit so bewegt hatte und vielleicht auch diesmal ihren Mut stärken würde. Da der Nordafrikaner jedoch nicht sicher ist, ob in Verdun Juden leben, die ihn in ihr Gebetsquorum aufnehmen könnten, teilt er sein Trüppchen in zwei. Den kleinen Wagen mit einer fiebernden und einer kühlen Frau wollte er selbst in das Grenzstädtchen lenken, Rabbi Elbaz mit Sohn aber nach Metz entsenden, die Lieblingsstadt Kaiser Karls des Großen, um dort für bare Goldmünze, aber auch der frommen Tat halber, acht gute Juden zur Vervollständigung der erforderlichen Zehn für das Gebet zu sammeln, ähnlich den acht, die Benvenisti zum Neunten Aw in Barcelona zu der verfallenen römischen Herberge hinaufzubringen pflegte. So könnte er den heiligen Tag in einer Privatgemeinde begehen, die er, wenn auch nur vorübergehend, für gutes Geld erworben hatte, ohne daß er sich um irgendeinen Bann sorgen müßte.

Am Mittag das sechsten Tages, dem Vorabend des Versöhnungstags im Jahr 4760 der Erschaffung der Welt nach jüdischer Zählung, im neunten Monat des Jahres 999 nach der Geburt des wundersamen, gemarterten Kindleins, das mit seinem Tode so viele Herzen anziehen sollte, erkennt der nordafrikanische Kaufmann die Steinbrücke über die Maas, die die Stein- und Lehmmauern des Städtchens Verdun an der Ostseite netzt. Selbst wenn das Gerücht von dem Bann dem Gebannten womöglich vorausgeeilt sein sollte, hätte Ben Atar jedenfalls nichts von dem Arzt zu befürchten, der nicht erst abgewartet hatte, bis gestrenge Juden ihn ächteten, sondern vorsorglich selbst aus ihrer Mitte geschieden war. Als die Pferde daher an der Stelle anhalten, an der sie beim letzten Mal haltgemacht hatten, nur wenige Schritte von der lothringischen Wache mit ihren funkelnden Rüstungen und Schwertern entfernt, beauftragt er den Kutscher-Matrosen und den schwarzen Jüngling, gut über die Frauen zu wachen, die sich jetzt, an die Wagenräder gelehnt, niedergesetzt haben, um sich ein wenig von der Fahrt zu erholen und die kühle Herbstluft zu atmen. Dann geht er ohne Aufenthalt durch das Stadttor, überquert das Gräberfeld der Sklaven, die hier ihren Tod gefunden hatten, und hastet zu dem einzelnen Haus bei der Kirche, zu dem Arzt Karl-Otto I., dessen gleichzeitiges Fremd- und Nichtfremdsein ihm jetzt in den Augen des südlichen Juden einen großen Vorzug verleiht, der glaubt, ein paar Worte in der uralten heiligen Sprache würden genügen, um Hilfe beizuholen.

Und Hilfe tut not. Denn an dem Zucken, das der zweiten Frau über den Rücken lief, als er ihr aus dem Wagen half, hatte der bestürzte Ehemann erkannt, daß nicht er allein die letzte Nacht ruhelos verbracht hatte, sondern auch die Krankheit, die gegen ihn kämpfte. Ergo, wenn es hier einen Menschen gibt, der sich Arzt nennt – so trete er bitte gleich auf den Plan, und seien seine Fähigkeiten auch dürftig. Wie beim vorigen Besuch findet er die Haustür offen, und in dem Halbdämmer des Doppelraums, unter dem tönernen Bildnis des beharrlichen Gekreuzigten, betrachtet er wieder die lange Reihe Gläschen voll farbiger Tränke und Pulver nebst den graueisernen Klemmen und Zangen, als stehe hier alles bereit und warte, seine Not zu beheben, mit Ausnahme des getauften Arztes selbst, der noch abwesend ist.

Aber die Frau des Arztes ist da und erkennt unschwer den fremden Mann im weißen Gewand, denn er hatte ja erst zwei Wochen zuvor hier gestanden. Und wieder erschauert Ben Atar angesichts ihrer Ähnlichkeit mit Frau Esther-Minna, die ihm eine vollständige Niederlage bereitet hat. Das hindert ihn jedoch nicht, eine Verbeugung vor ihr zu machen und den Namen des Arztes zu nennen, wie er ihn in Erinnerung hat. Die Frau nickt auch bestätigend, ihr Mann, der Arzt, sei am Leben und wohl, aber ihr Gesicht drückt Trauer aus, als hätte sie sich noch nicht mit der Apostasie abgefunden. Doch Ben Atar hat keine Zeit für Betrachtungen über anderer Leute Reue, sondern nur für seine eigene Not, und er deutet mit der Hand in die Wegrichtung, aus der er gekommen ist, schließt die Augen, neigt den Kopf zu einem imaginären Lager hin und stößt den weichen Seufzer einer kranken Frau aus. Die Arztfrau reißt prompt die

Augen auf und verfolgt erregt seine Gesten, reagiert aber noch nicht. Da tut der nordafrikanische Kaufmann einen weiteren Schritt auf sie zu, zeigt ihr die Sonne, die hoch am Himmel steht, bezeichnet den Ort, an dem sie untergehen wird, und flüstert in klarem Hebräisch, aber mit flehentlichem Ton, »*Jom-Kippur-Abend*«, und wispert wieder und wieder, »*Jom Kippur, Jom Kippur*«, und legt sich die Hand über den Mund, um der Frau zu bedeuten, was bald denen verboten sei, die ihren Glauben nicht gewechselt hätten, falls sie ihr einstiges Wissen vergessen haben sollte. Aber offensichtlich hat sie nichts vergessen, denn sogleich nickt sie, schlägt sich eilig ein Tuch um die Schultern, ruft ihre beiden Kinder vom Spielen ins Haus, schließt mit einem großen Schlüssel die Tür hinter ihnen zu und führt den südlichen Reisenden ins Herz des kleinen Verdun, zu ihrem Mann, dem Arzt.

Ben Atar folgt also der Frau durch die engen Gassen Verduns und über einen großen Sklavenmarkt, auf dem Bewaffnete und Bauern um die Preise für blondhaarige, blauäugige heidnische Slawen feilschen, die an einen großen Stein gekettet sind. Die Einheimischen grüßen die Arztfrau freundlich und verweisen sie auf eines der großen Häuser, das sie, ohne zu zögern, in Begleitung ihres Gastes betritt. Es ist ein hochherrschaftliches Haus, dessen Bewohner die Ankömmlinge mit offener Freundlichkeit empfangen und in einen mit Teppichen ausgelegten und rings mit aufgehängten Schwertern dekorierten Saal komplimentieren, in dessen Mitte auf einem großen, breiten Diwan ein ehrwürdiger alter Christ sitzt, die Arme auf der Brust verschränkt, die Augen geschlossen, und höchst aufmerksam mit leichtem Lächeln den Worten des getauften Arztes lauscht, der ihn unterdessen am Nacken zur Ader läßt.

Ben Atar sagt sich, dies sei es vielleicht, was seine zweite Frau retten könnte, etwas von ihrem Blut abzuzapfen, um ihr Gemüt zu beruhigen, und er tut einen kleinen Schritt auf den Arzt zu, um sein Tun besser beobachten zu können. Aber der Arzt, der seine Frau und ihren Begleiter bemerkt hat, gibt ihnen einen leichten Wink, daß er den dringlichen Hilferuf, der sie zu ihm führt, verstanden habe, beendet rasch sein Werk und tritt zu ihnen. Sofort macht Ben Atar ihm eine tiefe Verbeugung, unterläßt jedoch den Versuch, seine Not in der heiligen Sprache auszudrücken. Statt dessen schließt er die Augen, neigt den Kopf zu einem imaginären Lager, zittert ein wenig und seufzt den Seufzer einer kranken Frau. Dann deutet er mit der Hand in die Richtung, in der bald die Sonne untergeht und sagt erneut: »*Jom Kippur, Jom Kippur*…«

3

Noch kann man nicht wissen, ob der Hinweis auf den nahenden Tag des Gerichts oder bloß die Neugier des Apostaten, der schon bei der vorigen Begegnung über den Anblick so ganz anderer Juden als die, von denen er sich ausgeschlossen hatte, in Erregung geraten war, den Arzt veranlaßten, einen weiteren Aderlaß bei einem anderen hohen Herrn zu vertagen und zu der Kranken vor den Stadtmauern zu eilen. Angesichts der jungen Frau, die an dem Wagenrad lehnte, schien die Sorge ihres Mannes auch tatsächlich nicht übertrieben. Während seiner kurzen Abwesenheit hatte sich ihr Zustand sogar noch verschlechtert, denn neben dem fortdauernden leichten Zittern in den Schultern empfand sie nun selbst das weiche Herbstlicht Europas als derart störend, daß sie die erste Frau hatte bitten müssen, den vergessenen Seidenschleier zu suchen und ihr damit das Gesicht und auch die Augen zu bedecken. Und als Ben Atar sie nun vor dem Arzt aufrichten will, kommt es ihm vor, als versteife sich ihr magerer Körper ein wenig in seinen Händen.

Die Augen des Arztes gelten jedoch noch nicht der Kranken, sondern suchen erst mal den kleinen andalusischen Rabbiner, zum einen, damit dieser ihm die Schmerzen der Nordafrikanerin, die vor Weh den Kopf ein wenig schief hält, in einer Kultursprache schildern möge, zum andern, um von ihm zu erfahren, wie der große Streit mit den rheinischen Juden ausgegangen sei, da sich daraus vielleicht schließen ließe, was der jungen Frau zugestoßen war. Doch der andalusische Rabbiner ist abwesend, auch der große Wagen ist weg, ja es fehlt sogar die *Zurückscheuende*, jene zierliche, aber scharfäugige und strenggesichtige Frau, die ihm das letzte Mal wegen des angenommenen Glaubens Verachtung und wegen dessen, was er abgeworfen, Zorn gezeigt hatte. So kann der Arzt nur versuchen, aus einigen Brocken der alten Gebetssprache seiner Väter zu begreifen, was der jungen Frau wehtut und fehlt, die, nach den stark geröteten Augen zu urteilen, lieber nicht hier draußen am Maasufer, den Blicken der Wachen ausgesetzt, liegen bleiben sollte, sondern in einen geschlossenen, abgedunkelten Raum und ins Bett gehörte, denn es war ja klar, daß irgendwer oder irgendwas ihr Blut vergiftet hatte.

Zwar hätte dieser bekehrte, nicht natürliche Christ sich mit Fug und Recht weigern dürfen, jedwede Juden, und mochten sie auch krank sein, in sein Haus einzulassen, aber der Apostat kann sein Mitgefühl mit dem Leid dieser Frau nicht unterdrücken, zumal er immer noch das brennende Verlangen hegt, diese andersartigen Juden näher kennenzulernen. Deswegen schlägt er Ben Atar vor, die Patientin in sein Haus zu führen, da er dort ihre Krankheit leichter bekämpfen könne, mit Hilfe all jener Tränke, Arzneien und medizinischen Geräte, die bereit ständen, Leben zu retten, das zuweilen gleichgesetzt wird mit einem flüchtigen Schatten oder einem verfliegenden Traum. Ja, nach Ansicht des Arztes sollte am besten auch die erste Frau mitkommen, damit sie ihnen noch ein koscheres Mahl kochen könne, denn in ganz Verdun gäbe es ja keinen einzigen Juden.

Ben Atar, nun in seiner Sorge bestätigt, folgt gern dem Rat des Arztes, denn für sein Dafürhalten hat die Apostasie des Mannes weder seinem Urteil noch seiner Humanität Abbruch getan. Und da er von Anfang an bezweifelt hatte, daß Rabbi Elbaz acht wahrhafte Juden aus der Metzer Gemeinde mit Geld und guten Worten würde bewegen können, zum Jom-Kippur-Abend ihre Familien und ihr Bethaus zu verlassen und an die vierzig Meilen zu dem Grenzstädtchen zu wandern, um dort eine provisorische Weggemeinde für einen fremden Juden zu bilden, dessen eine Frau erkrankt war, ist ihm nun klar, daß es keinen Sinn mehr hat, außerhalb der Mauer zu warten, zumal Elbaz ausdrücklich Order erhalten hatte, er brauche bei Fehlschlag seiner Mission keineswegs wieder zu ihnen zu hasten, sondern solle den Tag des Gerichts lieber mit seinem Sohn inmitten einer großen Gemeinde verbringen, um sich dort redlich durch Fasten zu kasteien und durch Gebet zu heiligen und alle Versammelten ringsum in das Flehen vor dem Herrn der Welt einzubeziehen, auf daß er einer kranken Frau vollständige Genesung und einer gesunden Frau Seelenruhe gewähre, denn das Gebet des Anwalts eines Geächteten sei ja immer noch wirksamer als das des Geächteten selber.

Als die Mittagssonne sich langsam von Lothringen über die Champagne senkt, bekommt auch der Wachoffizier Mitleid mit der kranken jungen Frau und gewährt der fremden Gruppe mit ihrem Wagen Einlaß in die Stadt. Langsam trotten die beiden Pferde zwischen den Grabtafeln slawischer Götzendiener dahin, die ihren Geist in der Sklaverei aufgegeben hatten, und äußerst behutsam lenkt der Kutscher-Matrose den Wagen auf den kleinen Kirchplatz. In der Haustür steht die Arztfrau, blickt den Ankommenden entgegen, links und rechts an den Schürzenzipfeln ihre beiden Kinder, die schon ganz wie Lothringer aussehen, nur ein bißchen trauriger. Ben Atar weist energisch den stämmigen Ismaeliten und den jungen Götzendiener ab, die ihm helfen wollen, die zweite Frau aus dem Wagen zu holen, und läßt sich allein von den warmen, kräftigen Armen der ersten Frau helfen, um gemeinsam die Kranke zu führen, die ein feines, betrübtes Lächeln aufsetzt angesichts des Hauses, das erst vor zwei Wochen eine so anziehende Wirkung auf sie ausgeübt hatte. Einen Augenblick zögern ihre Füße, als hoffe sie, erneut den Gesang zweier verschiedener, aber harmonierender Stimmen zu hören, der hier auf der Schwelle als Lohn für eine vollkommene Heilung erklungen war.

Sehr langsam geleitet man die zweite Frau ins Haus des Arztes, und mit doppelter Behutsamkeit legt man sie auf das schmale Bett und rückt ihr die geräumige Eisenwanne heran, in der große Bachkiesel schimmern. Dann deckt Ben Atar seine Frau mit den beiden schwarzen Umhängen zu, die die Wormser Juden ihnen geschenkt hatten, und auch der Arzt bleibt nicht untätig, sondern streut würzige Heilkräuter um sie aus und reicht ihr einen dottergelben Trank. Die junge Frau, die sich ihrem Arzt nicht widersetzen möchte, trinkt gehorsam den bitteren Trank bis zur Neige, und erstmals seit der Abfahrt in Worms tritt ein freundliches Lächeln auf ihr Gesicht, als versuche sie den Umstehenden zu sagen, *jetzt wird's für alle gut werden.* Ob dieses neuen Lächelns tritt Ben Atar tief bewegt in eine dämmrige Zimmerecke, um sich die strömenden Dankestränen aus den Augen zu wischen. Das gedämpfte Licht und die Ruhe scheinen der Kranken gut zu tun, und vielleicht hat auch der dottergelbe Trank rasch günstige Wirkung gezeitigt, denn das Zittern in den Schultern der zweiten Frau läßt langsam nach. Schon möchte der Kaufmann in seiner Ergriffenheit dem Arzt von Verdun einen Vorschuß in Form eines kleinen Edelsteins geben, doch der Mann, wohlwissend, daß er einen vermögenden, rechtschaffenen Juden vor sich hat, der ihn wohl kaum in ein- oder zweistimmigem Gesang zu entlohnen gedenkt, weist fürs erste mit stillem Lächeln die im Dämmerlicht funkelnde Vorauszahlung zurück, als wolle er sagen, der rechte Zeitpunkt werde noch kommen.

Unterdessen sind der Ismaelit und der Götzendiener nicht faul gewesen, sondern haben auf einem Stückchen freiem Feld hinter der Kirche angefangen, den Juden die Schlußmahlzeit vor ihrem Fastentag zuzubereiten. Schon kräuselt grünlicher Rauch von dem Reisig- und Dornenfeuer empor, auf dem die erste Frau in einem großen Topf ein rötliches Gericht kochen soll. Ben Atar eilt unterdessen zum Stadtmarkt, um weiße Tauben für alle zu holen, auf daß sie mit dem Gurren ihrer winzigen, reinen Seelen die von anderen Seelen begangenen Sünden und Vergehen sühnen möchten. Und wieder schnüren ihm Tränen die Kehle zu bei dem Gedanken an das Lächeln der kranken Frau, die allein im Haus des Arztes ruht, dem er, auch wenn er sich letzten Endes als vermeintlicher Arzt entpuppen sollte, so vertrauen möchte, als gehörte er zur Familie. »*Ja, wie einem Verwandten*«, murmelt Ben Atar überrascht vor sich hin, »*wie einem Verwandten*«, wiederholt er in bitterem Aufbegehren, als mache der Bann, der ihm seit Worms wie ein hartnäckiger Geist auf den Fersen ist, ihn nolens-volens auch ein bißchen zum Apostaten.

Gott bewahre, aber nicht so weit, daß er die Gebote des heiligen und furchtbaren Tages, der sich langsam auf die Welt herniedersenkt, nicht auch unter diesen schwierigen Umständen in aller Strenge befolgen würde. Deshalb befühlt er auf dem Verduner Markt sorgfältig das Fleisch lothringischer Tauben, die ängstlich in seinen Händen flattern. Nachdem er seinen Sack mit einem Dutzend fest aneinander gebundener weißer Sühnevögel gefüllt hat, macht er sich auf den Rückweg zu seinem kleinen Trupp, stockt jedoch einen Moment entsetzt, als er die Deichsel des Wagens auf dem Boden aufliegen und die beiden Pferde fehlen sieht. Konnten die beiden Nichtjuden seine Abwesenheit und Schwäche genutzt haben, um mit den Pferden zu fliehen? Aber beseelt von der Hoffnung und Sicherheit, die ihn umfangen wie ein starker Mutterkuchen das Kind im Mutterleib, beruhigt er sich sogleich mit der Annahme, sein Ismaelit sei nicht mit den Pferden durchgebrannt, sondern habe sie auf eine nahe Weide geführt. Unverzüglich geht er weiter auf den Hinterhof der Kirche, wo er im stählernen Licht eines niedrigen Himmels auf die erste Frau trifft, die einsam und barfuß in einem verschlissenen, verrußten Gewand über einen Kochkessel gebeugt steht und geduldig mit einem langen Holzlöffel den Eintopf rührt, den die Nichtjuden angesetzt haben, ihr ernstes Gesicht stark gerötet von der Feuersglut, die beinah eine lange, herabgefallene Haarsträhne versengt.

Über siebzig Tage sind schon vergangen, seit sie in Tanger ausliefen, um mit einem alten Wachschiff kühn über den großen wilden Ozean hinweg eine entlegene Stadt namens Paris anzusteuern. Doch bei allen Unbilden, die das Unternehmen und die Reisenden zu Wasser und zu Lande befielen, hatte Ben Atar keinen einzigen Moment erlebt, der an

Bitterkeit und Trauer dieser furchtbaren Stunde gleichgekommen wäre, in der er so allein dasteht, ohne Rabbiner und ohne Minjan, ohne Partner und ohne Neffe, ohne Diener und ohne Kapitän, ohne Pferde und ohne Gemeinde, und auch ohne ein Bethaus. Geächtet auf fremder Erde, mit einem fernen Schiff voller Waren, das im Pariser Hafen festliegt. Und all das wenige Stunden vor dem Jom-Kippur-Abend im Hinterhof einer kleinen Kirche, aus grauem Holz errichtet, wo er mit gebrochenem Herzen die Frau seiner Jugend wie eine Magd mit dem Feuer kämpfen sieht, während seine zweite Frau sich in dem dämmrigen Haus eines getauften Arztes quält. Obwohl Ben Atar mit aller Macht wünschte, er könnte sich selbst aufs strengste dessen bezichtigen, was er über sie alle gebracht hatte mit seinem zähen Willen, aller Welt seine große Liebe zu seinen beiden Frauen und auch zu seinem kraushaarigen Neffen zu beweisen, fühlt er sich doch weder in Sieg noch in Niederlage berechtigt, die Macht des Schicksals geringzuschätzen, das ihn vom Tag seiner Geburt auf Gedeih und Verderb begleitet.

Ja, trotz seines Verlangens ist das Herz des nordafrikanischen Kaufmanns nicht derart stolz, daß er alle Schuld und Verantwortung allein auf sich nähme, als wäre er nunmehr der wahre und einzige Herr seiner Taten. Zumal er sehr wohl weiß, wenn er jetzt vor seiner ersten Frau auf die Knie fallen, sich reuig an die Brust schlagen und seine Schuld eingestehen wollte, sie sehr verwirrt und traurig werden würde, da sie nicht wüßte, was sie mit der Schuld und deren Bekenner anfangen sollte. Würde er jedoch immer wieder vom blinden Schicksal reden, das mal schlage und puffe, mal streichele und küsse, würde sie zustimmend nicken und ihren Schicksalsgatten zu trösten wissen. Ohne Vorwurf, Zorn oder Reue würde sie ihn daran erinnern, wie lieblich und schön das Licht dieses heiligen Abends in ihrer beider azurblauer Heimatstadt sei, und wie rein und weiß die Kleider der beiden Söhne wären, wenn sie am Ende der Schlußmahlzeit zur Synagoge des alten Onkels, Ben Ghiyyat, gingen. Und wenn es das Schicksal wollte, wäre es doch gut möglich, daß sie in einigen Tagen im Hafen jenes düsteren Städtchens an Bord gingen und zu ihrer geliebten Stadt zurücksegelten, wobei sie unterwegs mit den Wassern des großen Ozeans gänzlich allen Acht- und Bannfluch abwüschen, mit dem die Juden des schwarzen Waldes sie belegt hatten, die trotz ihrer geringen Zahl dermaßen selbstsicher auftraten.

Mit eben diesen Worten, die seine erste Frau ihm zu sagen vermocht hätte, wenn er nicht zu stolz gewesen wäre, ihren Trost zu erbitten, beschwichtigt er ein wenig die neue Furcht, die ihm seit Verlassen des Rheinlands die Beine zittern macht, tritt dann mit liebevoll pochendem Herzen zu der großen barfüßigen Frau, die über den Kochtopf gebeugt steht, und zieht sie an den üppigen Schultern behutsam vom Feuer weg, das einen Moment den Anschein erweckt, es wolle ihr nachkommen. Danach nimmt er eine weiße Taube aus dem Sack, zerreißt mit den Zähnen das Band, das sie mit den anderen Tauben verbindet, packt sie an ihren beiden roten Beinen und läßt sie über dem wirren Haarschopf der ersten Frau kreisen, die dankend die Augen schließt. »*Dies ist dein Ersatz, dies ist deine Auslösung, dies ist deine Buße. Diese Taube geht in ihren Tod, und du kehrst ein und gehst einem guten, langen Leben in Frieden entgegen.*« Und wie der große Onkel einst sofort ein scharfes Schächtmesser gezückt und das Sühnelamm vor den Augen der gesühnten Familienangehörigen geschächtet hatte, so hackt Ben Atar jetzt mit seinem Messer der Taube den Kopf ab und übergibt den bluttriefenden Körper der ersten Frau, die abwartet, bis das Zucken der kleinen Flügel endet, um sie dann zu rupfen und mit weiteren Tauben, die die übrigen Mitglieder der kleinen Familie sühnen werden, für das Abschlußmahl vor dem Fasten zuzubereiten. Da verschwindet auch schon eine Taube unter Ben Atars Gewand, und eine zweite gesellt sich dazu, denn die kranke Frau, zu der er jetzt hineingeht, bedarf ja doppelter Sühne.

Dort nun, in dem dämmrigen Behandlungszimmer, findet Ben Atar seine zweite Frau da vor, wo er sie gelassen hatte, in tiefen, ruhigen Schlaf versunken, als tue der dottergelbe Trank, den der getaufte Arzt ihr vor nicht allzu langer Zeit eingeflößt hatte, tatsächlich seine richtige Wirkung. Doch Ben Atar zögert, die zur Sühne gedachten Tauben aus den Falten seines Gewandes zu ziehen, denn am Bett findet er zu seiner Verblüffung nicht nur den Arzt vor, sondern auch einen schwarzgekleideten Kirchenmann, den die Nachricht vom Eintreffen der jüdischen Reisenden und ihrer Aufnahme ins Haus seines getauften Schülers hatte herbeieilen lassen, um den Neuchristen vor einem Rückfall oder gar reuiger Umkehr zum Judentum zu warnen. Deshalb muß der Arzt, Karl-Otto I., wie er sich nennt, seinem Lehrer und Bekehrer beweisen, daß er keinerlei heimliche Sehnsucht nach dem alten Glauben verspüre, sondern nichts als einfaches ärztliches Erbarmen für eine leidende junge Frau, die zwar einer Gruppe Juden angehöre, die aber andere Juden seien, die unter dem Schutz ferner Ismaeliten ständen und daher keinerlei Absicht hegten, sich in Verdun oder andernorts niederzulassen, sondern schnellstens aus Europa fortgehen wollten, weit, weit weg von hier.

Doch kein Kirchenmann und gewiß nicht der, der hier Respekt heischend und scharf blickend steht, kann und darf an die Existenz andersartiger Juden glauben, und entstammten sie auch einem fernen schwarzen Kontinent. Nein, da er vielmehr alle Juden für wesensgleich erachtet, muß er gut auf der Hut sein, damit sein Schützling, der aus freien Stücken den Glauben dieser Sekte blinder, irrender Gottesmörder gegen den Glauben des Heils und der Barmherzigkeit eingetauscht hatte, sich nicht zu der Meinung verlocken ließe, es könne Erlösung für irgendeinen Juden geben, und sei er auch von so trauriger dunkler Nobilität wie dieser Nordafrikaner, der eben ins Zimmer tritt und am ergrauenden Licht im Fenster abliest, daß er nur noch Zeit hat, sanft, aber bestimmt seine zweite Frau zu wecken und im Bett aufzurichten, um zuerst über ihrem, dann seinem Kopf, gleich einem wilden Götzendiener, zwei weißflügelige Sühnevögel zu schwingen und den alten Segensspruch zu rezitieren, »*dies ist unser Er-*

satz, dies ist unsere Auslösung, dies ist unsere Buße. Diese Tauben gehen in ihren Tod, und wir kehren ein und gehen einem guten, langen Leben in Frieden entgegen.« Ja, auf keinen Fall darf er sich von dem ängstlich verlegenen Blick des Arztes oder dem verächtlichen kleinen Lächeln auf dem Gesicht des Kirchenmannes davon abschrecken lassen, das Gebot voll zu erfüllen, nämlich eins nach dem andern die beiden neugierigen Auges blinzelnden Federköpfchen abzuhacken und sie bluttriefend auf den schwarzen Lehmboden vors Bett zu werfen, in der Gewißheit, daß sie nicht weniger Heilkraft besäßen als der Inhalt der vielfarbig schimmernden Arzneifläschchen unter dem Abbild des Gekreuzigten.

Die junge Frau sitzt nunmehr hochrot und erschrocken im Bett, ihr goldener Nasenring funkelt wie ein winziger Stern im Dämmerlicht. Noch rätselt sie, ob die gemeinsame Sühne für sich und ihren Mann ein Zeichen der Verzweiflung oder aber der großen Hoffnung sei, faßt unterdessen jedoch gehorsam den Wasserschlauch, den ihr Mann ihr in die Hände drückt, schließt die Augen, trinkt langsam und bestätigt dabei kopfnickend mit leichtem Lächeln die ihr auf arabisch ins Ohr geflüsterte Nachricht, daß die erste Frau draußen auf der Feuerstelle das Fastenmahl koche, das ausersehen sei, nicht nur den Hunger zu stillen und die Seele zu erfreuen, sondern in erster Linie allen und besonders ihr, einer so innig geliebten Frau, die Kräfte wiederzugeben, die sie verloren habe, seit von Worms Acht, Bann und Schmach ergangen waren, theoretisch zwar nur über den doppelten Ehemann, praktisch aber über sie alle.

Danach hält er sich nicht mehr lange am Bett seiner zweiten Frau auf, obwohl er von Herzen gern bei ihr geblieben wäre, um ihre Genesung zu überwachen, sondern geht hinaus, um der ersten Frau die zwei geschächteten Sühnevögel zu übergeben, auf daß sie sie dem Eintopf beifüge, der rötlich in der Feuersglut köchelt. Draußen hat sich der Himmel ein wenig aufgehellt, weicher Nachmittagssonnenschein funkelt ringsum, und auf einmal treten dem nordafrikanischen Kaufmann Tränen in die Augen, als leuchte ihm aus

Trauer und Verzweiflung bereits ein neuer Hoffnungsstrahl, nicht nur im Gedanken an das schwache flüchtige Lächeln auf dem geröteten Gesicht seiner zweiten Frau oder in der Aussicht auf das Fastenmahl, das seine erste Frau kocht, sondern auch beim Anblick der beiden Pferde und des Maulesels, die, von der Weide zurück, gemächlich hinter der grauen Holzkirche hervorkommen. Ja, angesichts seiner beiden Dienstleute, die ihm sein Eigentum zurückbringen, ist der Herr des Reisezugs tief bewegt, als hätte er tatsächlich gefürchtet, sie könnten sich damit aus dem Staube machen. Nun verfällt er blitzartig auf die merkwürdige Idee, auch sie zu entsühnen, um sie für den herabsinkenden Tag des Gerichts zu stärken, falls man sie im Himmel droben fälschlich für Juden halten sollte. Dazu heißt er sie herantreten und den Kopf vor ihm senken, zieht aus dem großen Sack zwei weitere Tauben, faßt sie an den Beinen und läßt sie dreimal über dem schwarzen Eierkopf des jungen Götzendieners und dreimal über dem schmutzigen blauen Turban des Kutscher-Matrosen kreisen, und damit sie ihn nicht womöglich eines geheimen, böswilligen Zaubers verdächtigen, schwingt er dieselben Tauben auch noch über seinem eigenen Schädel, wonach er ihnen die alte Segensformel knapp gefaßt in deftiges Arabisch übersetzt, bevor er mit geübtem Messerhieb die kleinen Federköpfe abhackt und sie dem neuen Schakal hinwirft, der begierig alles verschlingt, was man ihm gibt.

Ja, es ist erstaunlich, daß er bei aller Einsamkeit und Verlassenheit innerlich ruhig bleibt, während die Liebe, die sein Herz überschwenglich allem entgegenbringt, was um ihn ist und zu ihm gehört, ihn tröstet und stärkt für die einzigartige neue Erfahrung, die er in seinen einundvierzig Lebensjahren noch nie durchgemacht hat, nämlich sein eigener Vorbeter bei den Gottesdiensten dieses furchteinflößenden Tages zu sein. Obwohl es noch früh ist und volle drei Stunden verbleiben, bis die Sonne über die Wipfel der Bäume niedersinkt, beginnt er sich nach Herzenslust zu laben, damit er sich mit Speise fülle und seine Seele, frei von Hunger, Herrin ihres Gebetes sei und so bestens für das Wohl der zweiten

Frau zu flehen vermöchte. Neben dem Feuer sitzend, taucht er sein Brot in das kochendheiße Gericht, das seine erste Frau ihm auftut, und kaut gemächlich, eine Portion nach der andern. Dabei befällt ihn leichte Schläfrigkeit, und durch bereits zuckende Lider sieht er den Kirchenmann aus dem Arzthaus treten und in seiner grauen Kirche verschwinden, worauf auch der Arzt herauskommt, mit einem Ledersack. Die Müdigkeit, die einem satten, wohlgefüllten Magen folgt, bemächtigt sich seiner mehr und mehr, der Rauchgeruch des Feuers benebelt ihm die Sinne, und schon legt er sich auf den Boden, streckt die Beine aus und guckt schläfrig, aber dankbar und liebevoll der ersten Frau zu, die kochende Speise in einen Napf füllt und feine Stückchen garer Taube abreißt und hineingibt, um es der zweiten Frau vorzusetzen, die, wer weiß, vielleicht sogar gefüttert werden müßte.

Doch sein Schlaf währt nur kurz. Kaum ist ein Stündchen vergangen, dringt Pferdewiehern in seine Träume ein, und das lustige Geplapper des Rabbinersohns Samuel weckt ihn aus dem Schlummer. Die Augen aufschlagend, findet er sich von neuen Leuten umgeben, die wie Juden aussehen. Ein Stück weiter steht der große Wagen mit hängenden Deichseln, Abd el-Schafi und der schwarze Sklave führen die Pferde auf die Wiese hinter der Kirche. Und ehe er noch ganz auf die Beine kommt, fällt ihm schon Rabbi Elbaz um den Hals und lächelt ihn mit sichtlichem Stolz an. Ben Atars Herz hüpft vor Freude, nicht nur, weil sein Zug nun wieder zusammen ist und sich Juden für eine Betgemeinde gefunden haben, die am Tag des Gerichts vereint vor dem Weltenschöpfer stehen würde, sondern vor allen Dingen, weil er jetzt endlich seinen neuen, schrecklichen Verdacht aufgeben kann, auch der Rabbiner habe vor ihm zurückscheuen wollen.

Es scheint also, als habe das Schicksal sich erneut gewendet und lache nun dem hartnäckigen Reisenden. Die Metzer Juden, zu denen das Gerücht von dem Bannspruch ihrer rheinischen Brüder noch nicht vorgedrungen war, hatten sich allein um den Lohn der frommen Tat bereit erklärt, das

Gebetsquorum des reisenden Juden zu vervollständigen, dessen Schwägerin, die Schwester seiner Frau, krank darniederliege. Wieder also hatte Rabbi Elbaz, wie seinerzeit in Rouen, die beiden Frauen lieber auf etwas normalere und gängigere Weise miteinander verbunden, um keine unnötigen Bedenken zu wecken. Doch ein kleines Wölkchen trübt die Freude. Unterwegs hatte ein Jude seine Entscheidung bereut und war nach Metz zurückgekehrt, so daß an Stelle von acht nur sieben eingetroffen waren, und wenn sich in Verdun nun kein weiterer Jude fand, wie sollten sie dann die Zehnzahl erreichen?

Weil die Sonne am Firmament nun nicht abwarten kann, bis ein weiterer Jude in Verdun geboren und volljährig geworden wäre, da ja von Indien bis Abessinien und von Babylonien bis Spanien die Juden aller Welt dastehen und den Sonnenuntergang erwarten, um den Fastentag zu beginnen, während die sieben Metzer Juden sich eiligst mit den in dem Sack verbliebenen Tauben entsühnen, ihnen dann die Köpfe abschneiden und sie anschließend rupfen, um sie ebenfalls zu dem großen Eintopf zu geben, der im Feuerrauch dampft, ist dem gewieften andalusischen Rabbiner schon klar, mit welcher List er einen weiteren – wenigstens zeitweiligen – Juden für das Festtagsgebet beibringen könnte. Und wie immer, ohne seine Absichten Ben Atar mitzuteilen, der sich jetzt ins Arzthaus begibt, um die erste Frau herauszuholen, die unerwartet lange bei der zweiten Frau verharrt, trennt er sich von den anderen und geht um die Kirche herum zu der Pferdekoppel, um dem klugen Abd el-Schafi, dem berühmten Schiffskapitän, der sich zum forschen Wagenlenker gewandelt hat, zu erklären, daß ihnen, wollten sie dem Bittgebet für das Wohlergehen der kranken Frau an dem heiligen Tag im Himmel Aufnahme verschaffen, nichts anderes übrig bliebe, als den schwarzen Afrikaner für einen einzigen Tag zum Juden zu machen.

Während Ben Atar sich also seiner ersten Frau und der Gattin des getauften Arztes zugesellt, die beide, die eine mit Worten, die andere mit sanften Blicken, die schwache Frau bewegen möchten, wenigstens ein Häppchen von dem rötlichen Eintopf zu kosten, ziehen auf der grünen Wiese Abd el-Schafi und der Rabbiner aus Sevilla dem jungen Sklaven schon das Gewand aus und bringen ihn splitternackt zu einem kleinen Flußarm, den die Maas sogar hierher ausgeschickt hat, und da Abu Lutfi in seiner Vorausschau dem Schwarzen bereits die Vorhaut beschnitten hatte, bevor er an Bord des alten Wachschiffs gegangen war, damit die Seeleute es nicht selbst versuchen würden, braucht Rabbi Elbaz den Heiden nur noch doppelt untertauchen zu lassen, einmal, um ihn innerlich von seinem Götzenwahn zu reinigen, und ein zweites Mal, um ihn für seinen Beitritt zum erwählten Volk abzukühlen. Gleich darauf werden auch die anderen Juden herbeigerufen, um unterzutauchen und einander wirkliche und vermeintliche Sünden zu beichten, ja, sich möglichst auch selbst ein wenig an die Brust zu schlagen, ehe sie das Nachmittagsgebet verrichten und sich alle ums Feuer sammeln, um das letzte Mahl zu sich zu nehmen – acht geborene Juden und ein Proselyt, die jetzt auf den Herrn des Zuges warten, auf daß er das Quorum vollzählig mache.

Aber der Herr des Zuges kann seine zweite Frau noch nicht sich selbst überlassen. Nachdem er die beiden anderen Frauen aus dem dämmrigen Zimmer geschickt hat, versucht er mit Engelszungen der Liebe, sie nicht nur eigenhändig mit dem zarten Fleisch des Täubchens zu füttern, dessen Tod ihre Seele entsühnen sollte, sondern ihr auch immer wieder zuzureden, daß Verzweiflung und Schmach keinen anderen Zweck hätten, als die Welt zu vergiften. In des Nordafrikaners Gemüt regt sich nämlich jetzt neue Hoffnung, daß alles, was ihnen zugestoßen ist, wie Staub verfliegen und der Acht- und Bannfluch, der ihn und sein Gefolge auf ihrem schnellen Weg gen Westen nicht eingeholt hatte, beschämt kehrtmachen und spurlos in der weichen feuchten Erde rings um das Bethaus der Wormser Gemeinde versinken würde. Tatsächlich lauscht die zweite Frau angespannt Ben Atars Worten und gibt auch seinen Bitten nach, etwas von dem rötlichen Bohnengericht mit den gekochten Gliedern ihres zarten

Sühnevogels zu kosten. Zumal ihr Mann, um sie zum Essen zu bewegen, ebenfalls mithält. Ja, obwohl die Rückenmuskeln der Kranken von Zeit zu Zeit ins Zucken geraten, läßt Ben Atar nicht locker, bis sie zusammen den Napf geleert haben.

Als Ben Atar dann in die Abenddämmerung hinaustritt und durch seine Anwesenheit die eigens für ihn gebildete zehnköpfige Gebetsgemeinde vervollständigt, gibt es keinen Grund mehr, den Gottesdienst länger hinauszuzögern, zumal die erste Frau in weiser Voraussicht schon einen Gebetsmantel für den schwarzen Neujuden gefunden hat, dem ganz angst und bange wird bei dem Gedanken, daß man ihn dem Glauben der Juden gerade in deren heiligster und bedrohlichster Stunde angeschlossen hat. Obwohl Abd el-Schafi ihm beruhigend erklärt, daß sein Beitritt nur zeitweise und vorübergehend sei, bebt dem Sklaven doch das Herz, als die fremden Juden ihn von allen Seiten umringen und sich gen Osten wenden. Gleich zu Beginn des Gottesdienstes wird auch klar, daß hier zwei verschiedene Gebetsriten aufeinandertreffen, die im Verlauf des heiligen Tages eine Verbindung werden eingehen müssen – der Ritus der Juden aus den christlichen Fürstentümern, die der kürzeren, aber prägnanten Gebetsordnung des Rabbi Amram Gaon treu geblieben sind, wonach der Abendgottesdienst am Jom Kippur mit den Worten anhebt: »*Unser Gott und Gott unserer Väter! Es komme vor dich unser Gebet, und entziehe dich nicht unserem Flehen, denn wir sind nicht frechen Angesichts und harten Nackens …*«, und der Ritus der Juden des ismaelitischen Kalifats, die an die längere und detailreichere Ordnung des alten Gebetbuchs von Rabbi Saadja Gaon gewöhnt sind, die zu Beginn des Versöhnungstags in sanften Worten sinnt: »*Du kennst die Geheimnisse der Welt und das Verborgenste und Verhüllteste alles dessen, was lebt. Du durchforschst alle Gemächer unseres Innern und prüfst Nieren und Herz. Nichts ist verborgen vor dir und nichts verhüllt deinen Augen …*«

In solch respektvollem Aufeinander-Lauschen verquicken

sich alsbald die beiden Riten, und sogar die Melodien passen sich einander an, alles behutsam, mit leiser Stimme und richtigem Maß, nicht nur, um kein unnötiges Aufsehen bei den Bewohnern Verduns zu erregen, die sich in der grauen Kirche Notre-Dame zum Gebet versammelt haben, sondern auch, um nicht das Gebet der beiden ismaelitischen Seeleute zu stören, die, durch den ringsum ausbrechenden Glaubenseifer angesteckt, ebenfalls auf Knie und Gesicht fallen, um anderen und vor allem sich selbst zu bezeugen, daß auch sie einen Propheten haben, der zwar ein wenig spät aufgetreten, dafür aber jung und frisch ist. Und angesichts des multireligiösen Feuers, das rings um sein Haus entbrennt, eilt der getaufte Arzt, inzwischen von seinen Krankenvisiten und Aderlässen zurück, nicht etwa zur dritten Messe in die Kirche, sondern setzt sich im Finstern auf seine Haustürstufen, umarmt fest seine beiden Kinder und blickt zu den nur schemenhaft sichtbaren Juden hinüber, die das kleine Gehölz bei seinem Hause füllen.

»*Weckt unser Gebet wohl Reue oder Haß bei ihm?*« sinniert Rabbi Elbaz, der, von Ben Atar nach Beendigung des Abendgebets zu der zweiten Frau geschickt, um ihren Mut mit einem besonderen Gebet zu stärken, nun auf den Arzt stößt, der immer noch heimlich auf den Eingangsstufen seines Hauses sitzt, seine beiden kleinen Söhne neben sich, als wolle er den Juden, die sich sein Haus und Hof zu eigen gemacht hatten, den Eingang verwehren. Als er jedoch sieht, daß der Rabbiner demütig den Kopf senkt und vor ihm zurückscheut, bereut er, womöglich die Ehre dieses kleinen Gottesmannes verletzt zu haben, und beeilt sich, aufzustehen, die Kinder wegzuschicken und den Rabbiner in den hinteren Behandlungsraum zu bitten, vielleicht auch in dem Versuch, das Gespräch fortzusetzen, das sie bei ihrer ersten Begegnung, auf dem Weg zum Rhein, begonnen, dann aber unter den mit Abscheu erfüllten Blicken der blauäugigen Frau abgebrochen hatten. Das Behandlungszimmer im Innern ist recht dunkel, denn außer einer kleinen Kerze, die über dem Kopf des gemarterten Gottessohnes an der Wand brennt, gibt es keine Lichtquelle im Raum. Die Arztgattin sitzt am Bett der zweiten Frau, die ruhig liegt, den Kopf ein wenig zurückgelegt, als versuche eine unsichtbare Hand, sie wie die Sehne eines weichen Bogens zu spannen.

Beim Anblick des Rabbiners huscht ein Funken Leben über die schmalen Bernsteinaugen, und sie richtet sich ein wenig im Bett auf, um Elbaz stoßweise in hartem Ismaelitisch anzuflehen, er möchte den Arzt bitten, die Kerze auszublasen, denn das Licht, so gering es auch sei, tue ihren Augen weh. Obwohl er über ihre Bitte erstaunt ist, übersetzt er sie in sein sonderbares Latein für den neben ihm stehenden Hausherrn, aber der wundert sich keineswegs, nickt im Gegenteil zustimmend, als versichere er sich erneut seiner Krankheitsdiagnose, die die Bitte rechtfertigt, wagt jedoch nicht, die Kerze über dem Kruzifix auszublasen, sondern nimmt sie herunter und übergibt sie samt seiner eigenen flackernden Kerze seiner Frau, damit sie sie an einen würdigen Platz im anderen Zimmer stelle. Jetzt, da Dunkel im Zimmer herrscht, wirkt das Mondlicht in dem einzigen kleinen Fenster heller, und die zweite Frau wendet ihm auch gleich verblüfft den Blick zu, als verstehe sie nicht, wieso sie es vorher nicht gesehen hatte, und frage sich nun, ob sie auch dieses Licht, wenn nicht völlig ausschalten, so doch dämpfen könnte. Dann dreht sie das gerötete Gesicht dem Rabbiner aus Sevilla zu, und ein leises Lächeln tritt in ihre blutunterlaufenen Augen, als sänne sie, ob man ihn bitten könnte, das Mondlicht für sie auszulöschen. Darauf lächelt er sie – vielleicht erstmals seit ihrem Kennenlernen auf dem alten Wachschiff – frei und offen an, und der süßliche Geruch des Krankenbetts seiner seligen Frau steigt ihm in die Nase, so daß sich langsam ein Tränenkloß in seiner Kehle bildet. Und auf einmal kann er nicht mehr an sich halten und spricht flüsternd den Apostaten an, versucht es im altehrwürdigen Hebräisch: »*Wird sie leben?*«

Aber der Arzt antwortet nicht, als sei die Sprache, in der seine Vorväter über Generationen gebetet und gefleht hatten, völlig seiner Erinnerung entschwunden. Erst als Rabbi

Elbaz es in sein gebrochenes Latein übersetzt, ist der Arzt bereit zu antworten. »*Ja, sie ist jung. Sie wird leben. Wenn wir eilends etwas von ihrem vergifteten Blut lassen.*« Dem Rabbiner hüpft das Herz vor Erregung, als hätte er eben einen Weg- und Zeitsprung gemacht und käme nun wieder in sein kleines Haus in Sevilla, und seine tote Frau kehre ins Leben zurück. Tränen des Glücks verdunkeln ihm die Augen, und während er noch überlegt, ob er jetzt mit dem Gebet für das Wohlergehen der jungen Frau beginnen oder abwarten solle, bis die flehentlichen Worte den Strom des abgezapften Blutes in Barmherzigkeit zu hüllen vermöchten, kommt schon Tumult von der Tür her, und der aufgeregte, gepeinigte Ehemann drängt die sieben Minjanjuden nebst ihrem neuen Bundesbruder, dem verwirrten Schwarzen, hinein und fordert den angeheuerten Rabbiner energisch auf, augenblicklich und nach allen Regeln und Geboten mit dem vollen Gebet für die Genesung der zweiten Frau anzuheben, um dem Himmel oder den Himmelshimmeln keinerlei Anlaß oder Vorwand zu geben, sich der Pflicht des Erbarmens gegenüber einem Geschöpf zu entziehen, an dem keine Sünde sei.

So findet sich denn der getaufte Arzt, der die Barmherzigkeit seines christlichen Glaubens mit dem uralten Eid des Arztes verquickt hat, um sein Haus einer kranken jüdischen, wenn auch fremden und Zweitfrau zu öffnen, zu seiner größten Bestürzung auf engstem Raum zwischen Juden verschiedenster Art eingekeilt, die gekommen sind, das Gebet des mageren Rabbiners zu unterstützen, der aus der Tiefe seines glühenden Herzens mit einer kleinen Anthologie von Bittgebeten anhebt, die ihm während der langen Krankenjahre seiner Frau in Sevilla schon gut geläufig geworden war. Darauf wendet die Frau, die vor ihm liegt, ihre schönen Bernsteinaugen von Ben Atar zu Rabbi Elbaz, der sich gewissermaßen angekoppelt hat und wie ein zweiter Ehemann geworden ist. Doch der Apostat erlaubt dem Juden aus Sevilla nicht, sich zu weit von seinen innigen Gebeten hinreißen zu lassen, denn es scheint ihm plötzlich, sie wollten nicht nur Zweifel an seinen Fähigkeiten als ärztlicher Retter anmelden, sondern versuchten auf Umwegen auch, seine neugewählte Konfession zu untergraben und ihn wieder dem Schicksal zuzuführen, dem er entflohen war, und deshalb hebt er beide Hände, um die Juden, die sich in seinem Hause breitgemacht haben, zum Schweigen zu bringen, fördert eine lange dicke Nadel und ein kleines Messer zutage und befiehlt allen wegzugehen, da es nun an der Zeit sei zu handeln, nicht zu reden. Zumal alsbald, nachdem das vergiftete Blut der Kranken zur Ader gelassen sei, nur noch Dankgebete angebracht seien.

So schickt er die Juden fort, außer Ben Atar, der darauf besteht, auch den Rabbiner neben sich zu behalten, damit er – notfalls lautlos – seine Bittgebete weitermurmeln könne, während der Arzt die Schulter der zweiten Frau entblößt und beginnt, ihr einen feinen Strahl Blut abzuzapfen, dem der Mond eine merkwürdig graue Farbe verleiht. Die Lider der zweiten Frau schließen sich dabei langsam, als bereite ihr der hervorquellende Blutstrom nicht nur Erleichterung, sondern auch Lust und Entspannung. Ihre schön geschnittenen Züge, die in den letzten Tagen hohl geworden sind, nehmen jetzt in den Schemen des Zimmers eine männlich wirkende Hagerkeit an, die ihre Entschlossenheit unterstreicht, mit aller Kraft am Leben festzuhalten. Und es ist, als vereine ein und derselbe Herzschlag die Seelen der beiden Männer, die an ihrem Bette stehen und das Vorgehen des Arztes beobachten, der das Blut in die Eisenwanne abläßt, bis es die weißen Kieselsteine überflutet. Wird es nicht Zeit, den Blutstrom anzuhalten? denkt Ben Atar ängstlich und tut einen kleinen Schritt auf den Arzt zu, der vom Blutzapfen offenbar nicht weniger fasziniert ist als die Beistehenden. Doch der Arzt scheint warten zu wollen, bis die weißen Kiesel dunkel werden, denn erst dann zieht er behutsam und schmerzlos die große Nadel aus der entblößten Schulter der Frau, die unterdessen in tiefen Schlaf gesunken ist, als hätte das vergiftete Blut, das eben abgezapft wurde, ihr zuvor die Ruhe genommen.

Nun tritt ihr Mann heran, deckt ihren entspannten Körper mit einem karierten Überwurf zu und bittet den andalusischen Rabbiner, jetzt seine Stimme zu erheben, damit auch die schlummernden Engel im Himmel das letzte Flehen um die Gesundung einer so jungen und geliebten Frau hören möchten. Nach Ende des Gebets zerrt er den Rabbiner, der sich nur schwer lösen kann, mit aus dem Zimmer und sieht dabei die getaufte Frau, der die Trübsal der Apostasie deutlicher als ihrem Mann anzumerken ist, den vakanten Platz am Krankenbett einnehmen. »*Wird sie leben?*« fragt Rabbi Elbaz auf Latein erneut den Arzt, der sich den beiden Männern anschließt, um ebenfalls die kühle Luft der Lothringer Nacht zu atmen, und nach einigem Bedenken schließlich leise nickt. »*Ja, sie wird leben*«, antwortet er ernsthaft mit der Sicherheit eines erfahrenen Arztes und stupst mit der Stiefelspitze leicht den Rabbinerssohn, der neben den verglühten Kohlen der Feuerstelle der Juden schlummert, die wegen des heiligen Tages völlig gelöscht worden waren. Unerwartet fügt er dann hinzu: »*Und auch dieser Knabe wird leben...*«, und als er die Verblüffung des Rabbiners spürt, fährt er fort: »*Und auch Ihr werdet leben, und auch der Kaufmann und seine Angehörigen werden leben.*« Dann zögert er lange, ehe er leise hinzusetzt: »*Aber die hier werden nicht leben*«, wobei er mit weiter Geste auf die Schatten der sieben Juden deutet, die im Mondschein ihr Lager neben dem großen Wagen aufschlagen, der sie aus der Metzer Gemeinde hergebracht hat.

»*Wieso werden sie nicht leben?*« fragt der Rabbiner aus Sevilla entsetzt. Und als er sieht, daß der Arzt schweigend wegblickt, als bedaure er seinen unbedachten Ausspruch, verleiht er seinem Entsetzen erneut Ausdruck: »*Warum werden sie nicht leben?*«, so daß dem Arzt schließlich nichts anderes übrigbleibt, als den sturen fremden Rabbiner am Arm zu fassen und ihn die paar Schritte zu der dunklen Kirche mitzuziehen, und dort, auf einem duftenden Stoppelfeld, an einem kleinen Feuer, das seine beiden Söhne emsig entfachen, kann er ihm eine eigenartige, finstere Beichte zuflüstern, der zufolge die Christen – sobald sie am Ende des Jahres 1000 gewahr würden, daß der Gottessohn nicht vom Himmel herabgestiegen war, sie zu erlösen – sich verpflichtet sähen, diejenigen Juden, die sich nicht zu ihrem Glauben bekehren wollten, zu töten. »*Wird er denn am Ende nicht vom Himmel herabsteigen?*« fragt der andalusische Rabbiner halb ängstlich, halb freudig verwundert diesen getauften Juden, der mit derartiger Sicherheit die Zukunft prophezeit, als würden ihm bei den Aderlässen, die er in fürstlichen Häusern vornimmt, auch ungeahnte Geheimnisse offenbart. Der Arzt nickt zustimmend. Ja, da die Gläubigen so zahlreich und verstreut wären, würde jeder Besuch des Heilands nur Zwist und Neid wecken, und so sei es natürlicher und richtiger, daß nicht der Herr zu seinen Anhängern käme, sondern die Anhänger zu ihrem Herrn, an den Ort, an dem man ihn am leichtesten fände, am Grab in einem fernen Land. »*Im Land Israel?*« errät der Rabbiner sofort, wobei die Nachricht, daß die Christen – womöglich noch vor ihm – dorthin zögen, ihm sichtlich Kummer und Enttäuschung bereitet. »*Ja, dort*«, bestätigt der Arzt. »*Und damit Europa nicht einsam und verlassen auf Gedeih und Verderb den zurückbleibenden Juden ausgeliefert wäre, müßten die Gläubigen sie allesamt töten.*«

»*Auch die Kinder?*« entsetzt sich der Rabbiner, bemüht, kein Wort von der düsteren Prognose zu verpassen, die dem Arzt auf den Lippen brennt, während er den Rabbiner stetig weiter zu dem Feuer hinzieht, das seine Söhne anfachen. »*Ja, auch die Kinder*«, sagt der Arzt, »*aber nicht diese*«, er streichelt zärtlich und liebevoll die geschorenen Köpfe seiner beiden kleinen Knaben, die sich an ihn schmiegen, »*und nicht ihre Kinder und Kindeskinder nach ihnen.*« Der Rabbiner erstarrt, bemüht, den Blick von der Flamme zu wenden, die mitten im Dunkel des heiligen Gerichtstages fröhlich flackert. Denn obwohl er sehr wohl weiß, daß weder seine noch die Hand eines anderen Juden den Brand dieses Feuers nährt, überläuft ihn ein leichter Angstschauder, als ziehe die Unterhaltung mit dem Apostaten ein Vergehen nach sich. Deshalb scheidet er höflich und behutsam von ihm und bereitet sein Lager neben dem seines Knaben, den er sanft umarmt, um ein wenig Wärme von ihm zu erhalten. Und vor seinen sich senkenden Lidern schwebt die Gestalt eines neuen, wenn auch nur zeitweiligen Juden, des dunkelhäutigen jungen Barbaren, der wach zwischen den Schlafenden steht, in seinen neuen Gebetsmantel gehüllt und in Gedanken versunken, bemüht zu begreifen, wie sich die alten Götter den neuen anschließen würden.

Tief in der Nacht spürt die zweite Frau einen Krampf in der Wirbelsäule und biegt schnell den Kopf zurück, um ein wenig den Schmerz zu lindern. Ringsum ist es stockdunkel, denn auch der Mond ist schon vom Fenster verschwunden. Nach einem Tag voll Unbilden und Erschütterungen wäre die dunkle Stille um sie her beruhigend, wenn sie nur diesen Krampf loswerden könnte, der sie von hinten packt wie ein winziger hartnäckiger Zwerg, der sie vom geraden Weg abbringen möchte. Noch immer geistern ihr die sieben fremden Juden im Hirn herum, die mit ihren Hirschgeweihhüten auf den Köpfen gekommen waren, den andalusischen Vorbeter zu unterstützen, den es so sehr zu ihrem Bett gezogen hatte. Stimmte wirklich nur das Mitgefühl mit ihrer Schwäche den kleinen Rabbiner traurig, oder wollte er ihr auch eingestehen, daß ihre private kleine Rede über zwei Ehemänner nicht weniger zu Herzen gehe als die zündende Rede, die er zwischen den Weinfässern auf dem Weingut bei Paris gehalten hatte?

Und ergo beginnt das verzweifelte Hirn der zweiten Frau zu phantasieren, angenommen, sie bemühte sich nun, den Juden, die für ihr Wohlergehen gebetet hatten, zu Gefallen zu sein und von ihrem Krankenlager aufzustehen – würde Rabbi Elbaz dann im Gegenzug vielleicht geruhen, zumindest symbolisch ihr zweiter Ehemann zu werden, wobei er nicht nur die neue Botschaft der Südländer an die Nordländer unterstützen, sondern auch dem ersten Mann weiterhin als gelehrter Rabbiner und begnadeter Redner bei jeder neu auftauchenden Frage zu Gebote stehen könnte? Dieser überraschende Gedanke erfreut ihre Seele so sehr, daß sich ihre

Lippen schon zu einem kleinen Lächeln öffnen bei der Phantasiegeschichte, die sie jetzt im Dunkeln ausspinnt – wie sie nämlich auf dem Rückweg alle im Hafen von Cadiz in Andalusien von Bord gingen und gemeinsam zum Haus des Rabbiners nach Sevilla führen, um dort seine Sachen und Kleider und heiligen Bücher abzuholen und auf das alte Wachschiff zu laden, und dann allesamt zu dem gepflegten kleinen Haus in See stächen, das die Nahtstelle zwischen Ozean und Mittelmeer überblickt. Obwohl die üble Hand des Zwergs fortfährt, ihr die Rückenmuskeln zu verkrampfen, bestärken Lächeln und Phantasien bereits den Genesungswillen. Sie steht auf und geht in die Hocke, um ihre Notdurft in die von ihrem vergifteten Blut befleckte Wanne zu verrichten, und sieht die kräftige Gestalt ihres Mannes heimlich ins Zimmer schleichen, um über ihr Wohl zu wachen.

Er hebt sie von der Wanne auf und legt sie äußerst behutsam ins Bett, und obwohl er weiß, daß der Arzt und dessen Frau seine heimlichen Schritte gehört haben könnten, verzichtet er nicht auf sein Recht, das Recht eines liebenden Ehegatten, ihr das Gesicht zu streicheln und die Füße zu küssen, um ihre Seele zu ermutigen und ihre Leiden zu lindern. Ja wäre es nicht dieser heilige Tag, an dem eheliche Beziehungen verboten sind, hätte er ihr vollen Beweis erbracht, daß sie ihm weder als Vergiftete noch als Invalidin gelte, sondern als gesunde und unversehrte Frau, die nach ihrer Kraft und ihrem Stande der Liebe würdig sei.

Trotz der Gewißheit des nordafrikanischen Ehemannes, daß überschwengliche Liebe die Genesung seiner zweiten Frau beschleunigen würde, wird sie noch immer von Krämpfen geschüttelt, und ihr Kopf mit der wirren schwarzen Haarfülle biegt sich mehr und mehr nach hinten, als wollte die zweite Frau mit ihrem mageren Körper eine lebende Brücke über dem dürftigen Lager errichten, das der getaufte Arzt ihr in Verdun bereitet hat. Hätte ihr Gatte ihr jetzt einen zweiten Gatten versprochen, hätte die Hoffnung den gemarterten Leib vielleicht ein bißchen beschwichtigt. Denn diese junge Frau, die in zartem Alter aus ihrem Vaterhaus genommen worden war, glaubt mitten in ihren Leiden genug Liebe zu haben, um zwei Männer zu begeistern und zu versorgen.

Aber bei aller Kraft seiner empfindsamen Liebe kann Ben Atar sich nicht vorstellen, daß seine leidende Frau tatsächlich fähig wäre, wie er zu sein, eine doppelte Gattin. Deshalb verfällt er nicht auf die Idee, ihr einen zweiten Ehemann zu bringen, sondern es kommt nur der Arzt, der vermutlich Ben Atars Küsse im hinteren Zimmer gehört hat und aufgewacht ist, um nach seiner Kranken zu sehen. Als er sie sich in Schmerzen winden sieht, flößt er ihr sofort seinen gelben Trank ein und streut über und um sie heilende Kräuter. Sobald sie sich ein wenig beruhigt hat, eilt er, ihr das Gewand hochzuschlagen und den Bart aufs Herz zu drücken, um das Pochen des vergifteten Blutes in ihren Adern zu hören. Danach tastet er den kleinen Bauch ab und saugt den Geruch ihres Nabels ein, wobei ihm ein mysteriöses neues Lächeln übers Gesicht huscht. Leise geht er ans Fenster, um sich zu vergewissern, daß ihnen draußen kein Fremder auflauert, ehe er notgedrungen versucht, den Winkeln seines Gedächtnisses ein paar Worte der vergessenen alten heiligen Sprache abzuringen, um Ben Atar, der dasteht und die Fäuste ballt, zu bereden, seine Liebe und Sorge für seine junge Frau zu verdoppeln, da sie nicht mehr allein sei, sondern ein weiteres winziges Lebewesen in sich berge.

Wie ein Messer fährt die neue Nachricht Ben Atar in den Leib und verdoppelt, nein verdreifacht seine Schreckensangst. So sehr, daß er sich in der sturen, herben Verzweiflung des Kaufmanns einen Moment sogar des Wunsches fähig glaubt, die Leibesfrucht dem Schoß der in Tiefschlaf versunkenen Kranken zu entnehmen und sie dem Schoß der ersten Frau in Verwahrung zu geben, bis das Schicksal entschieden wäre.

Um nun über derlei Grübeleien nicht den Verstand zu verlieren, bittet er bei Tagesanbruch Rabbi Elbaz, der hereinkommt, um ihm seelischen Beistand zu leisten, man solle eiligst die erste Frau wecken und dazu auch die ganze übrige Betgemeinde herbeiholen, auf daß alle sie eng an eng wie eine Mauer umständen und ihr den Weg ins Jenseits versperrten.

4

Einsam und verlassen ist sie. Das Segel ihres Gewandes
kalt.
Eine zweite Frau und tot. Vor ihres erinnernden Mannes
Gestalt.
Macht das Schiff zum Bette. Zum blanken Ruder das Bein.
Dunkel die Reise ins Weite. Das Ende will noch verborgen
sein.
Langsam neigt sich deine Begehrte zum Staube.
Mit ihr verflogen das Wunschbild, den Winden zum
Raube.
Nicht gesühnt hat sie zu ihrem Wohle. Nicht ward der
Taube vergeben.
Ausgeflogen ist sie, Rache zu nehmen. Gift zu träufeln in
der Wonne Streben.
Vergangen deine Liebe. Die streichelte im verborgenen
Raum.
Ein holdes Bein zu kosen war höchster, edelster Traum.
Auch dort begattet war sie nicht einzeln und allein.
Zweiter Leidenschaft Hauch bebte im Dämmerschein.
Verdun grau um dich her. Seltsame Christenstadt.
Tanger so weit und das sturmwütende Meer dunkelmatt.
Erbitte nur Antwort vom Munde dessen, den Trauer quält.
Der weinet als zweiter Mann. Begehret, doch keine
Aufnahme erhält.
Acht und Bann hängenden Schwanzes machten Bangen.
Hunde gestrenger Halacha dem Herzen Angst entrangen.
Sogleich die alte Verbindung zu spalten für immer.
Deiner und der Gefährtin. Der ersten Frau in lichtem
Schimmer.

Jetzt bist du allein, auf gewundener Weihungsreise unstet.
Umhüllt vom leisen Gebet eines Brennenden, der nicht vergeht.
Witwer einer zweiten Frau. Bedrängendes Spiegelbild voll Not,
Warte und ich folge dir, ein Getreuer im Tod.

5

Schon während des Morgengebets am Versöhnungstag verstanden die sieben Metzer Juden angesichts der tiefen Sorge des nordafrikanischen Juden um das Wohlergehen der jungen Frau, die in dem kleinen Haus darnieder lag, daß es sich um eine Frau von besonderer Bedeutung handeln mußte, eine Frau, die ihm sehr am Herzen lag. Da sie das Verstandene jedoch nicht recht zu deuten wußten, konnten sie sich kaum des leisen Verdachts erwehren, es handle sich um ein unzüchtiges Verhältnis – eine Schwägerin, die insgeheim auch seine Mätresse und Geliebte sei. Sofort gingen sie der Sache nach, und sobald sie dem Elbaz-Jungen die Zunge gelöst hatten, wurde die wahre Stellung der Kranken offenbar – weder Schwägerin noch Mätresse, sondern eine legitime, aber zweite Ehefrau. Doch nicht die aufgedeckte Wahrheit verstörte nun die Gruppe aus Metz, sondern vielmehr die Lüge, die der Rabbiner ihnen bei seiner Einladung aufgetischt hatte. Ehe sie bereit waren, den Gottesdienst mit ihm fortzusetzen und zu der *Tempeldienstordnung* nach seinem Ritus, der ebenso ausführlichen wie vielgestaltigen Fassung des großen babylonischen Gelehrten, überzugehen, standen sie daher erst einmal auf, um sich zur Beratung an den Rand des Gehölzes, unweit der Klostermauer, zurückzuziehen, zu der sie letzten Endes auch den kleinen andalusischen Rabbiner luden, auf daß er Rechenschaft über den Zweck seiner Lüge ablege. Zuerst drehte und wendete sich Rabbi Elbaz ein wenig, fürchtete, den Metzer Juden von der auferlegten Ächtung zu berichten, in dem Bedenken, sie könnten verlockt sein, sich ihren Wormser Brüdern anzuschließen, die Zehnergemeinschaft mitten im Gottesdienst auflösen und samt ihrer mitgebrachten Thorarolle abziehen. Da er jedoch nicht sicher war, ob die am Versöhnungstag gewährte Vergebung auch für Lügen während des Festgottesdienstes galt, verriet er schließlich die ganze Wahrheit, wenn auch nur in knappen, dürren Worten.

Die sieben Juden aus Metz vernahmen zwar mit staunender Überraschung und auch einem Quentchen Vergnügen, welche Entschlossenheit ihre aschkenasischen Brüder in den Sumpfgebieten des Rheins an den Tag gelegt hatten, zögerten aber doch, die in Gesellschaft eines geächteten Juden und eines lügenden Rabbiners bereits verrichteten Gebete für nichtig zu erklären, wohlwissend, daß sie den unaufhaltsam fortschreitenden heiligen Gerichtstag schließlich nicht wiederholen konnten, um bisher Ungültiges nachzuholen. Deshalb taten sie lieber so, als hätten sie das Gesagte nicht richtig verstanden, und setzten die weitere Klärung aus bis nach dem Schlußgebet, dem sie jetzt zügig zustreben wollten. Doch nun fehlt einer des Zehnerquorums, nämlich der Geächtete persönlich, der die kurze Gebetspause dazu genutzt hat, einem sehnlichen inneren Drängen folgend, ans Bett seiner zweiten Frau zu eilen und nach ihrem Wohl zu schauen. Seit Tagesanbruch hatte er seiner ersten Frau die Wache am Krankenbett übertragen, aber nun ist er sich nicht sicher, ob gerade das Gesicht der ersten Frau ihr als letztes vor Augen stehen sollte, wenn der Todesengel zu ihr käme.

Denn seit Mitternacht macht Ben Atar sich keine Illusionen mehr, nennt vielmehr im stillen den Feind beim Namen, der sich heimtückisch seinen Mitreisenden genähert hat. Nur bedrängt ihn seit den Morgenstunden das Gefühl, hier in Verdun schwebe nicht nur ein einzelner böser Engel über ihnen, sondern eine ganze Horde solcher Übelsboten gleite leichthin mit dem kalten grauen Nebel durch Häusergassen und über Flur und Tal, schlösse sich insgeheim der Zehnergemeinde an und umstelle den neuen temporären Juden, der in seinem Gebetsmantel dasteht und tiefernst den fremden Worten lauscht, die den Dienst im Allerheiligsten des später zerstörten Tempels zu Jerusalem schildern und den Hohenpriester, der beide Hände dem Sündenbock auflegte und solchermaßen sprach: »*O Ewiger, ich habe gesündigt, ich habe gefehlt, ich habe vor dir gefrevelt, ich und mein Haus. O mit deinem heiligen Namen sühne doch die Sünden, die Verfehlungen, die Frevel, die ich gesündigt, gefehlt und vor dir gefrevelt, ich und mein Haus. Wie in der Lehre deines Knechtes Mosche auf Ausspruch deiner Herrlichkeit geschrieben: Denn am heutigen Tag sühnt er euch, euch von allen euren Sünden vor dem Ewigen zu reinigen.*«

Ben Atar bringt es jedoch nicht fertig, abzuwarten, bis Rabbi Elbaz mit seiner sanften Stimme das Sündenbekenntnis des Hohenpriesters zu Ende sänge, sondern entschlüpft zum Haus des Arztes, der seine jüdische Patientin sich selbst überlassen und seinen Gang in die Häuser der Bauern und Edelleute angetreten hat, vielleicht um nicht wegen des überaus engen und langen Kontakts mit der Gruppe Juden in Verdacht zu geraten, die nahe seinem Hause ins Gebet vertieft sind. Im Halbdunkel des inneren Zimmers, dessen Fenster mit einem Gebetsmantel verhängt ist, begegnen die Augen des doppelten Ehemanns daher nur den Augen der ersten Frau, die sich hütet, ein Wort der Anklage oder Verzweiflung gegenüber diesem guten, hingebungsvollen Mann zu äußern, der bei Betreten des Zimmers sofort eine weitere Verschlechterung im Zustand der jungen Frau feststellt.

Tatsächlich ist – mit dem schmerzvoll zurückgebogenen Kopf, den gegen das Licht verschleierten Augen und den wachsverstopften Ohren nicht genug – nun auch noch schwerer Atem eingetreten. Grauen erfüllt das Herz Ben Atars, der nicht weiß, was ihrem Vater sagen, wie sich vor ihm, seinem Jugendfreund, rechtfertigen, der ihm vertrauensvoll schon so früh seine zart erblühende Tochter gegeben hatte und dem er jetzt nicht einmal Grab und Grabstein würde geben können, auf denen er sich niederwerfen könnte. Und womit sollte er seinen Sohn trösten? Nicht das Kind im Mutterleib, sondern dessen großen Bruder, der bei den Großeltern in Tanger geblieben war und von seinem Vater Genugtuung für die Schmach der vielen Tage fordern würde, in denen er noch von der Rückkehr seiner Mutter geträumt hatte, als sie gar nicht mehr unter den Lebenden weilte.

Der nordafrikanische Kaufmann mustert die Züge der Frau des Hauses, der Arztgattin, die leise ins Zimmer kommt, vielleicht wisse sie aufgrund ihrer Erfahrung in diesem Haus, ob die furchtbare Verzweiflung, die ihn jetzt befällt, begründet sei. Aber die Augen der blassen kleinen Frau geben ihm keinen klaren Hinweis, erinnern in ihrer Bläue nur an die Augen einer anderen, neuen Frau, deren kränkender Abscheu den Tod zeugte, der nun in Zerstörungsabsicht auf das Bett der zweiten Frau zukommt. Und erstmals, seit Ben Atar am Lagerfeuer über der Bucht von Barcelona von der Existenz dieser Frau hörte, spürt er, welch schweren Haß er schon viele Tage gegen sie im Herzen birgt und wie abgrundtief seine Rache sein würde. Doch wegen der Heiligkeit des Tages der Buße und Vergebung bemüht er sich, die aufwallenden Gefühle zu unterdrücken, und tritt sanft und mitfühlend an das Bett seiner Kranken.

Dort, neben den bunten Arzneifläschchen, hebt er den dünnen Schleier von dem reinen, abgemagerten Gesicht der Kranken, damit sie das Erbarmen und die Traurigkeit in seinen Augen sähe, zieht ihr das weiche Wachs aus beiden Ohren, damit sie das Murmeln des Gebets höre, das in dem kleinen Gehölz neben dem Haus zum Himmel ruft. Und all das, damit sie sicher und gewiß sein möge, daß weder er noch ein anderer der Gruppe daran dächten, sie in ihrer Schreckensstunde zu verlassen, sondern im Gegenteil alle mit Leib und Seele gegen den Todesengel ankämpften, der, obgleich dem Hause schon nahe, noch an der Tür verharrt und gleich den übrigen aschkenasischen Betenden staunend der wunderbar farbigen, feierlich-poetischen Schilderung lauscht, die Rabbi Elbaz' Lippen entströmt, da er singend den Tempeldienst des Hohenpriesters an diesem heiligen und furchtbaren Tage verrichtet.

Um die eigens für ihn zusammengekommene Zehnergemeinde jedoch nicht an der Erfüllung ihrer Pflicht zu hindern, läßt er von den Liebes- und Trostworten ab, mit denen er seine zweite Frau überhäuft, nickt tief dankbar, aber wortlos der ersten Frau zu, die sanft die Augen der Kranken mit dem hauchzarten Schleier bedeckt und ihr wieder die weichen Wachspfropfen in die Ohren stopft, und hastet aus der dämmrigen Kammer zu den Betenden. Und gut, daß er schnell hinausgeeilt ist, denn Rabbi Elbaz bedarf dringend südlicher Unterstützung, die den sieben nördlichen, in Metz zusammengesuchten Juden jetzt bedeutet, sich nicht einfach mit einem galanten kleinen Kniefall nach Art der Christen zu begnügen, sondern sich in inniger Hingabe auf den Boden niederzuwerfen, als liege das Allerheiligste in dem Arzthaus verborgen und das kleine Gehölz habe sich in einen Vorhof des Tempels verwandelt und Verdun in die geliebte Davidsstadt. So könnten sie sich mit Leib und Seele der Erinnerung widmen: *»Und die Priester und das Volk, die im Vorhofe standen, wenn sie hörten, daß der erhabene, ehrfurchtbare Name des Ewigen deutlich ausgesprochen in Heiligkeit und Reinheit aus dem Munde des Hohenpriesters kam, knieten sie nieder, bückten sich, warfen sich huldigend aufs Angesicht nieder und sprachen: Gelobt sei der Name der Ehre seines Reiches immer und ewig.«*

Anfangs tun sich die nördlichen Juden ein wenig schwer mit den langen Kniefällen, die Rabbi Elbaz und sein kleiner Sohn sowie Ben Atar und der junge Barbare ausführen, die sich flink und gelenkig zu Boden werfen wie betende Moslems. Aber nach und nach verfallen auch sie der Pracht und Feierlichkeit der wohlgereimten Zeilen und drücken auf Zeichen des ergriffenen Rabbiners wieder und wieder, wenn auch vorsichtig, die Stirn auf die rötliche Erde Verduns, in der Hoffnung, tiefer Kniefall und demütigendes Zubodenwerfen neben einem geächteten Juden, einem lügnerischen Juden und einem dubiosen schwarzen Juden würden, zusammen mit dem Kasteien durch Fasten, das fromme Verdienst des Gemeinschaftsgebets noch verstärken, ja dieser sonderbare Tag des Gerichts werde auch ihre Reinheit erhöhen und ihnen doppelte Widerstandskraft verleihen für das eben angebrochene neue Jahr, ein sanftes jüdisches Jahr, in dessen Schoß der Drache des furchterregenden Jahres 1000 lauerte.

Gleichsam zur Bekräftigung des neuen Frömmigkeitsgefühls, das die aschkenasischen Juden umgibt, als sie sich nach Beendigung des Zusatzgebets zu kurzem Ausruhen zwischen den Bäumen zerstreuen, bricht plötzlich der graue Himmel auf, und die Herbstsonne entblößt ein liebliches Stückchen Azur, das bei Ben Atar sofort brennende Sehnsucht nach seinen Kindern, Verwandten und Freunden in Tanger weckt, die zu eben dieser Stunde vermutlich die Mittagsruhe des Fastentags genießen, entspannt hingestreckt auf blütenweißen Diwanen in großen ruhigen Zimmern. Nun steigt dem Nordafrikaner der fremde Geruch unreinen Bratens in die Nase, der mit dem Schornsteinrauch aus dem kleinen Haus aufkräuselt. Ob der getaufte Arzt wohl auf dem Heimweg ist und seine Frau ihm bereits das Tagesmahl zubereitet? fragt er sich und eilt ans Ende der Klostermauer, um nach dem sehnlich erwarteten Apostaten Ausschau zu halten. Tatsächlich taucht Karl-Otto I., wie er sich nennt, in der Ferne auf, steuert mit seinem kleinen Arztkasten dem Hause zu, und Ben Atar eilt ihm entgegen, scheinbar, um die Schritte des Arztes zu beschleunigen, aber vielleicht auch unbewußt bemüht, seine eigene Rückkehr in das innere Zimmer hinauszuzögern, sein elendes Allerheiligstes, in dem vielleicht schon die Fron des Sterbens beginnt.

»*Wird die Frau leben?*« flüstert Rabbi Elbaz erneut mit großer Furcht in seinem merkwürdigen Latein. »*Ja, sie wird leben*«, bestätigt der Arzt mit derselben entschiedenen Sicherheit wie am Vortag. »*Aber jene*«, setzt er unbeirrt hinzu und deutet mit der Hand auf die unter den Bäumen dösenden Metzer Juden, »*jene werden nicht leben, weder sie noch ihre Kinder*«, worauf er in düsterer Bestimmtheit die Lippen zusammenpreßt, ins Haus geht und fest seine beiden Söhne in die Arme schließt, vielleicht, um sich darüber hinwegzutrösten, daß er einen so heiligen Tag für einen gewöhnlichen Werktag eingetauscht hat. Danach wäscht er sich den Staub des Weges und das Blut der Edelleute und Bauern, die er den ganzen Morgen zur Ader gelassen hat, von den Händen, trocknet sie mit einem weichen Handtuch ab und möchte sich an das Fleischmahl setzen, das seine Frau ihm zubereitet hat. Doch auf Ben Atars drängende Blicke legt er das Messer nieder, begibt sich in das innere Zimmer und bedeutet der ersten Frau, ihren Platz bei der zweiten Frau zu räumen, die den Kopf noch immer zurückgebogen und den Mund weit offen hält, als fehle ihr Atemluft.

Einen Moment wirkt der Arzt unschlüssig, was er machen solle, dann stöbert er ein bißchen in seinem kleinen Holzkasten, zieht ein weiches Schilfröhrchen hervor, das er der zweiten Frau behutsam in die Kehle einführt, und flößt ihr dadurch etwas von seinem Dottertrank ein, der deutlich schmerzlindernde Wirkung besitzt. Tatsächlich erschlafft der gespannte Bogen unmittelbar, und die Bernsteinaugen öffnen sich weit. Dann sinken die müden Lider langsam herab, und die Lippen teilen sich zu einem leichten Lächeln, als sei ihr jetzt, auf dem Höhepunkt ihres Unglücks, ein Augenblick intensiver Lust vergönnt. Diesen Gnadenmoment nutzt der aufmerksame Arzt, zieht, ehe sie in Schlaf versinkt, das Messer und die große Nadel hervor und entblößt eine schön geschwungene Schulter, um daraus eine neue Portion vergiftetes Blut in die Wanne zu lassen, in der bereits neue weiße Kiesel schimmern.

Der Körper der zweiten Frau scheint wie versöhnt, der scharfe Krampf gelöst und von tiefem Schlaf verschlungen. Und Ben Atar meint, jetzt den Gerüchen des Mittagessens, das die Arztfrau ihrem getauften Mann vorsetzt, entfliehen und sich der Ruhe der anderen Betenden in dem kleinen Gehölz anschließen zu dürfen, bis das Sonnenlicht passend und reif für das Nachmittagsgebet wäre. Als dann Abd el-Schafi und sein Gefährte von der Weide zurückkehren, mit den vier Pferden und dem Maulesel, die stolz mit dem Schweif schlagen, gestriegelt und glänzend nach der Ruhe und der hingebungsvollen Pflege, die sie an dem heiligen Tag genossen haben, und der Arzt das Haus zu einer weiteren

Runde Aderlässe in den Mauern Verduns verläßt, geht Ben Atar zu dem jungen Sklaven, dem temporären Juden, der die ganze Zeit kniend vor der Thorarolle verharrt war, die man zwischen den Zweigen eines Baumes abgelegt hatte, heißt ihn aufstehen und nimmt ihn mit zu dem Rabbiner, der die Betenden bereits zu einer Gemeinschaft versammelt hat, auf daß er ihnen alsbald in bedrücktem Ton das Bußgebet rezitiere, das den Nachmittagsgottesdienst eröffnet und Ben Atar mit neuer Angst durchdringt: »*Die Menschen der Treue sind verschwunden, die ihre Stärke in ihren guten Taten gefunden; Sie besaßen die Kraft, um in die Bresche zu springen und beschlossenes Unheil zum Schweigen zu bringen. Sie umgaben uns wie schützende Mauern als Zuflucht in Zeiten, wo der Zorn schien zu dauern; Sie verlöschten den Zorn mit ihren Gesängen, sie konnten den Grimm durch ihr Beten verdrängen. Sie empfingen – ehe sie riefen – die Antwort, sie konnten beten, kannten das Vergebungswort …*«

Das inbrünstige Murmeln, das vom Nachmittagsgebet der Juden herüberklingt, dringt durch das Fenster des kleinen Arzthauses und ritzt das umnebelte Bewußtsein der zweiten Frau. Damit erwacht auch der Krampf in ihrer Wirbelsäule und zieht ihr erneut den Kopf in straffem Bogen zurück. Und sie öffnet unter großer Anstrengung die Augen, in denen jetzt die Haarmähne des Todesengels blitzt, der sich insgeheim hinter dem Rücken der ersten Frau eingeschlichen und so getan hat, als schlösse er sich ihrem leichten Schlaf an.

Überraschend senkt sich erneut Ruhe über sie, als klinge das ferne, sanft wiegende Gebet der Männer im nahen Gehölz herüber, um das Grauen zu lindern, das ihr den Atem raubt. Und mitten in dem schmerzhaften Krampf, der sich wie ein Vampir an ihren Rücken krallt, keimt in ihrem Innern auf einmal sanfte Sehnsucht nach der Wormser Frauenschul, nach der Kantorin, die dort gestanden hatte, in einen Gebetsmantel gehüllt und mit Gebetsriemen um Kopf und Arm. *Nun, so werde ich dich nicht hindern, mich aus der Welt zu schaffen,* sagt sie sich, von Trauer und Selbstmitleid überflutet, in die sich erstaunlicherweise auch die

Süße feinen Stolzes mischt. Und im Dämmernebel dieses hartnäckigen neuen Gedankens versucht sie immer noch zu verstehen, wen sie mit diesem »Dich« meint – ihren Mann oder womöglich den rothaarigen Schiedsrichter, zu dessen Füßen sie niedergesunken war? Oder etwa den kleinen Rabbiner aus Sevilla, der mit müder, heiserer Stimme die Bußgebete liest, oder vielleicht den dicklichen Todesengel in Gestalt der ersten Frau, die sich jetzt liebevoll über sie beugt und mit dem Kopfe nickt, nicht nur in Erkenntnis des guten neuen Gedankens, der da geboren war, sondern auch im Einvernehmen damit.

Als die zweite Frau nun mit aller Kraft danach ringt, sich der Seele zu entledigen, die sie zu ersticken droht, und ein flugs am Vorhang vorbeihuschender Lichtstrahl in ihren verlöschenden Augen ein Fünkchen Genugtuung über das Schluchzen ihres Todesengels offenbart, treten aus dem Benediktinerkloster zwei junge Nonnen, von der Äbtissin ausgeschickt mit dem Auftrag, dafür Sorge zu tragen, daß die Juden sich nicht zu sehr von ihrem Gebet hinreißen ließen und etwa mit eitlen Gedanken die Welt besudelten, die sich eben auf die Abendmesse am Vorabend des heiligen Sonntags vorbereitete. Und erstaunlicherweise genügt allein das stolze, selbstsichere Auftreten der beiden Frauen, um die Juden ihr Gebet unterbrechen und auf die klare Forderung in der Ortssprache hören zu lassen, ihren Gottesdienst aus dem kleinen Gehölz auf das offene, mit Grabsteinen übersäte Feld zu verlegen und den Klosterfrauen auch den jungen Sklaven auszuleihen, der wegen seiner schlanken Gestalt und dunklen Hautfarbe bestens geeignet sei, sich in den Klosterbrunnen hinabzulassen und einen vergessenen Eimer heraufzuholen. Doch die Metzer Juden, wohlwissend, mit wem sie es zu tun haben, übersetzen dem Rabbiner und Ben Atar gar nicht erst das merkwürdige zweite Ansuchen der beiden Nonnen, sondern weigern sich auf eigene Verantwortung höflich, aber bestimmt, einen zeitweiligen Juden auszuleihen, der mit seiner geduldigen, gefühlvollen Anwesenheit das gebotene Gebetsquorum vervollständigt, und offerieren den beiden Frauen dafür die beiden kräftigen Ismaeliten, die gerade die Wagenräder für die Weiterreise am nächsten Tag fester schrauben.

Da die beiden Nonnen einander bei diesem großzügigen Angebot zwar spontan anlächeln, aber sehr wohl wissen, daß es undenkbar wäre, zwei derart stattliche Männer in ein Frauenkloster einzulassen, dessen Insassinnen ständig gegen Wunschträume und Illusionen ankämpfen, lassen sie ihre unverschämte Forderung fallen und verschwinden im Klostertor, nachdem sie sich zuvor eingehend davon überzeugt haben, daß die Betenden tatsächlich ihre Thorarolle genommen und sich zwischen die Grabsteine begeben haben, um dort ihr Gebet zu beschließen.

Als dann spitze Lichtstrahlen die Baumwipfel des ferner gerückten Gehölzes erblassen lassen, möchten die sieben Metzer Juden, vom Angst- und Wehschauer der Stunde ergriffen, in der sich das himmlische Tor der Vergebung schließt, den südlichen Rabbiner seines Kantoramtes entheben und das wichtige Schlußgebet nun nach Ritus und Weise ihrer geliebten fernen Gemeinde verrichten. Darauf macht Ben Atar dem Rabbiner aus Sevilla heimlich Zeichen, nicht stur zu sein, sondern sein Amt einem einheimischen Juden abzutreten, dessen Flehen vielleicht das schlimme Urteil abzuwenden vermöge, das über ihm schwebe. Und den jungen Afrikaner winkt er herbei, um sich an dem Wüstenduft trösten zu können, der seinem Leib anhaftet, ein Hauch trockener Dornen und Weihrauchs von uraltem Lagerfeuer, den die lange Reise über den Ozean und die stattliche Fortsetzung zu Lande ihm noch nicht hatten nehmen können.

Denn jetzt, da der aschkenasische Vorbeter nach einer beliebten Weise der Metzer Stadtwache, aber in weinerlichem Ton das Gebet anstimmt: »*Was sollen wir vor dir sprechen, der du in der Höhe thronst, und was vor dir erzählen, der du im Himmel wohnst, fürwahr alle Geheimnisse und alles Offenkundige kennst du*«, weiß Ben Atar, der in seiner Not vor und zurück wippt, daß er fortan seinen Gott verdoppeln muß, denn seine erste Frau, die Gefährtin seiner

Jugend, kommt jetzt erschöpft und schwerfällig aus dem Haus des getauften Arztes, sinkt in Trauer auf die Eingangsstufe und bedeutet von weitem, ohne einen Laut, dem im Schlußgebet befangenen Ehemann, daß seine Doppelehe beendet sei.

Obwohl dem nordafrikanischen Kaufmann klar ist, daß das Sündenbekenntnis des Schlußgebetes nicht die Schuld an dem Tod zu tilgen vermag, den er über seine Frau gebracht hat – nicht durch die beharrliche Reise zum Beweis der doppelten Liebe, sondern durch den verzweifelten Versuch ihrer Rechtfertigung –, verläßt er nicht seinen Platz unter den Betenden, um zu seiner toten Frau zu laufen, sondern fleht verbissen den Herrn der Vergebung an, er möge sich erbarmen und die ihm einzig verbliebene Frau ins Buch des Lebens einschreiben, die bald nicht nur Trost wegen des Todes ihrer Gefährtin brauchen würde, sondern auch neue Vergewisserung.

Erst nach Beendigung des Abendgebetes am Festtagsausgang, der gleichzeitig auch Sabbatausgang ist, so daß man eine Kerze entzünden, an wohlduftenden Gewürzen riechen und den Trennsegen über süßen Wein sprechen muß, um sicheren Fußes die Grenze zwischen Heiligem und Profanem zu überqueren, eilt er zu dem kleinen Haus, an dessen Eingang die Arztfrau steht und ihre beiden Kinder abfängt, damit sie nicht hineingehen und im Dunkeln plötzlich vor einer einsamen Toten stehen. In einigem Abstand neben ihr steht Abd el-Schafi, der Schiffs- und Wagenlenker, und wartet mit tränenüberströmten Augen ehrfürchtig auf seinen Herrn. Wohlwissend, wie trauerschwer die Reise ohne die zweite Frau fortan sein wird, umarmt er den jüdischen Kaufmann und überhäuft ihn mit Worten des Trostes, vornehmlich des Inhalts, wie gut und wunderbar doch das Los derjenigen sei, die jetzt mit ihren kleinen bloßen Füßen die goldenen Stufen zur kommenden Welt beschreite, und wie schwer dagegen das Schicksal derer, die auch fürderhin über die Wege dieser Welt stapfen müßten. Und da er den ganzen Tag das anhaltende Fasten der Juden mitangesehen hat, nötigt er Ben Atar, zumindest ein Stückchen von dem warmen Brot zu kosten, das er und sein Gefährte eigens gebacken haben, ehe er dann hingehe, von der Abschied zu nehmen, die sich, ohne um Erlaubnis zu fragen, davongemacht habe.

Danach steht Ben Atar still und in völligem Dunkel vor dem Leichnam seiner jungen Frau, läßt die Augen über die grauen Umrisse eines erstarrten Bogens und die Linien eines erschrocken aufgerissenen Mundes schweifen und bedenkt den endgültigen Abschied am schmalen Bett in fremdem Haus in einer düsteren, traurigen christlichen Grenzstadt, die er auch dann lebenslang in grauenvoller Erinnerung behalten würde, wenn er nie mehr hierher zurückkehren sollte, ja denkt überraschenderweise auch an Abulafia, seinen Neffen und Schützling, der an seinem jetzigen Aufenthaltsort nicht ahnt, daß durch das Scheitern der Leibes- und Herzenspartnerschaft, die der Onkel eingegangen war, um den sündigen Ertrinkungstod der früheren Frau zu sühnen, nun unter Wut und Zorn, aber auch mit doppelter Vehemenz die unterbrochene Geschäftspartnerschaft wieder auflebte, ja kraft der neuen Realität nicht nur der Wormser Acht- und Bannfluch annulliert werden mußte, sondern sogar das Pariser Recht auf Abscheu. Und als Ben Atar plötzlich Rabbi Elbaz neben sich im Dunkeln spürt und ihn den Gebetsmantel vom Fenster nehmen sieht – nicht, um die dunkle Hingeschiedene mit weichem Mondlicht zu ehren, sondern um ihre erbleichenden Züge unter diesem Tuch zu verbergen und so die zweite Frau langsam von ihrem Mann zu trennen –, wendet er sich mit strenger Miene an den voreiligen kleinen Rabbiner und teilt ihm mit, daß er hier in diesem verfluchten Verdun weder Trauerfeier noch Begräbnis abzuhalten gedenke, sondern vielmehr die Absicht habe, den Leichnam seiner geliebten zweiten Frau nach Paris zu überführen, um der halsstarrigen Zurückscheuenden und ihrem Bruder, Herrn Levitas, eindeutig zu beweisen, daß nun ein einwandfreier Partner, Gatte nur einer Frau, vor ihnen stehe und man daher, wenn auch mit Wut und Schmerz, die abgebrochene Partnerschaft erneuern, ja sie sogar mit *Grab und*

Grabstein als Zeugen im Hof ihres Hauses auf ewig befestigen könne.

Ben Atar spürt, daß der Rabbiner wutentbrannt ist, ja womöglich im Begriff, seinem Dienstherrn die Treue aufzukündigen mit der strengen Mahnung, die Überführung der Leiche verletze die Ehre der Verstorbenen, und da Ben Atar kein Widerwort hören möchte, und sei es auch mit einem Schriftvers oder einer religionsgesetzlichen Begründung garniert, nimmt er das Fläschchen mit dem dottergelben Trank vom Bord, schüttet seinen Inhalt in einem Zug hinunter und wankt aus dem kleinen Haus, auf dessen Schwelle er dem getauften Arzt in Gesellschaft seines Täufers, des Kirchenmannes, begegnet, die beiden aber in wortloser Verzweiflung ebenfalls von sich schiebt, dann wie mondsüchtig auf die Metzer Juden zustolpert, die im verborgenen angstvoll ihr dürftiges Mahl im Stehen hinunterschlingen, und weiter tief in das kleine Gehölz hineintaumelt, wo ihm schließlich die Beine versagen und er sich zwischen den Bäumen niederwirft, nicht in dem Verlangen zu sterben, sondern um zu schlafen und noch mal zu schlafen.

»*Sie ist tot*«, sagt der Rabbiner in bitterem Ton zu dem Arzt, der weder verlegen wirkt, noch Reue wegen der falschen Hoffnungen zu empfinden scheint, die er während des letzten Tages hartnäckig genährt hatte, denn er wendet sich in aller Ruhe an den Kirchenmann und übersetzt ihm die Todesnachricht in die Ortssprache, wohl um ihm völlig klar zu machen, daß er allein in Erfüllung seiner Arztespflicht und ohne jede Bevorzugung die jüdischen Reisenden so hingebungsvoll behandelt hatte und, wie man sah, auch Juden bei ihm im Krankenbett sterben konnten, keinesfalls nur Christen.

Zur Bekräftigung seiner Worte bittet er den gelehrten Mann ins Haus, in das von Mondlicht überflutete innere Zimmer, um ihm die Patientin zu zeigen, der der Todesengel Gnade erwiesen und ihre Leiden verkürzt habe. Der kleine andalusische Rabbiner folgt ihnen auf den Fersen, um aufzupassen, daß die beiden nicht etwa die Hilflosigkeit der toten Frau, deren Gesicht jetzt von ihrem Arzt entblößt wird, zu einer unangebrachten oder ehrenrührigen Handlung ausnützen, wie etwa das Schlagen eines Kreuzes oder ein fremdes Totengebet. Doch es steht wohl nicht in der Macht dieses Kirchenmannes, den Glauben eines Toten zu ändern, um ihm das Tor zum Jenseits zu öffnen, denn er interessiert sich gar nicht für die verstockte Seele, die bereits ihrem Schicksal zugeflogen ist, sondern möchte die Geschichte des körperlichen Verfalls hören, die Geheimnisse jenes heftigen Krampfes, den der Arzt in der Gelehrtensprache der alten Griechen *Tetanus* nennt, als verleihe er der schweren Krankheit damit auch Größe und Glanz.

Rabbi Elbaz, dem beim Anblick des reglosen kleinen Fußes der Verschiedenen schier das Herz bricht, beklagt indes erneut mit tränenerstickter Stimme das schmählich falsche Versprechen, diesmal jedoch nicht in dem gebrochenen Latein, das er von den Christen Sevillas gelernt hat, sondern in der uralten Sprache der Juden, die allem ärgerlich und enttäuscht Gesagten besonderen Nachdruck zu verleihen vermag. Der Apostat scheint auch ganz verstört über das altehrwürdige Gewand der Klage, die erneut gegen ihn erhoben wird, und als wollte er den Todesengel in Schutz nehmen, der wohl einen Kunstfehler begangen haben mußte, tritt er ans Fenster, reißt es weit auf, blickt auf die sieben Metzer Juden, die müde und verlegen die erste Frau umstehen, während sie ihnen die von den Ismaeliten gebackenen Brote bricht, deutet mit spitzem Finger auf sie alle und wiederholt, diesmal nicht auf Latein, sondern in eigenartig holprigem Hebräisch den zweiten Teil seiner verfluchten Prophetie: »*Jene werden nicht leben.*«

Obwohl der Rabbiner diese Worte schon mehr als einmal gehört hat, zittert er jetzt am ganzen Leib, als unterstreiche der völlige Fehlschlag des tröstenden Teils der ärztlichen Prophetie nur noch die Gültigkeit des anderen, Zorn und Unheil verheißenden. Sobald er jedoch seinen Sohn verlassen und verwaist an der Zimmertür stehen und mit seinen dunklen Augen die Tote anstarren sieht, vor deren Kabinenwandschirm er an Bord süßen Schlaf gesucht hatte, faßt der Rabbiner sich und sieht zu, daß er mit dem Jungen wegkommt, damit der nicht etwa in Gedanken den Tod der fremden Frau mit dem der eigenen Mutter verquicke, und übergibt ihn der ersten Frau, auf daß sie auch ihm von dem warmen schwarzen Brot gebe, das die guten Ismaeliten gebacken hatten, und obwohl er selbst keinerlei Hunger verspürt, zwingt er sich ebenfalls, ein Stück des warmen Sauerteigbrotes zu kauen, um Kraft zu sammeln, denn jetzt, da der Herr sich dermaßen tiefem Schlaf hingab, würde der Rabbiner aus Andalusien vom Berater zum Partner avancieren müssen, und vielleicht, wer weiß, auch zum neuen Oberhaupt.

Da der nordafrikanische Kaufmann nämlich weder Krämpfe noch Schmerzen hat, die ihm den Schlaf rauben, wirkt der Dottertrank des Verduner Arztes bei ihm doppelt stark, und schon Stunden über Stunden liegt er reglos in dem kleinen Gehölz nahe dem Kloster, daß man meinen könnte, göttlicher Schlummer schotte ihn jetzt ringsum ab. Als Abd el-Schafi am nächsten Morgen, wie versprochen, zwei Pferde vor den großen Wagen spannt, um die sieben Metzer Juden in ihre Gemeinde zurückzubringen, streift Rabbi Elbaz deshalb auf eigenen Antrieb höchst behutsam zwei dünne Goldreife von den glatten, kalten Fesseln der toten Frau und übergibt sie den sieben Minjanjuden – Gott behüte, nicht als Lohn für eine fromme Tat, die allein um ihrer selbst willen erfüllt worden war, sondern nur zu ihrer Versüßung. Und da er sehr gut weiß, wie unverbrüchlich Ben Atars Wille ist, eine Beisetzung der geliebten Frau auf offenem Feld zu verhindern, gebietet er dem schwarzen Juden auf Zeit, der als letzter von dem aufgelösten Zehnerquorum übriggeblieben ist, graue Latten vom Klostervorhof zu sammeln, um daraus einen starken, dichten Sarg zu zimmern, in dem man die zweite Frau würdig und sicher zum Friedhof nach Paris überführen könne.

Erst beim Klang der Hammerschläge am Sonntag nachmittag entsteigt Ben Atar endlich den Tiefen seines gelben Schlafes. Ja, im schweren Nebel süßen Erwachens scheint es ihm, als sei er niemals zu jener Ozeanreise aufgebrochen, weder mit einer ersten noch mit einer zweiten Frau, liege jetzt vielmehr wohlig in seinem großen Bett in seinem hellblauen Haus, während die aus seinem Innenhof herüberschallenden Geräusche ihn lehrten, daß seine großen Söhne eilfertig dem Gebot nachkamen, mit dem Bau der Laubhütte zu beginnen. Doch die Gespinste des großen Schlafes reißen mehr und mehr auf, schon spürt er die Härte seines Lagers, und zwischen den roten Blättern, die vor seinen Augen schwanken, erkennt er den grauen Himmel jenes Europas, das Abscheu in Ächtung und Ächtung in Tod zu verwandeln vermocht hatte.

Mit einem Schlag befällt ihn drückende Erinnerung, der scharfe Schmerz von Hunger und Verlust dröhnt ihm im Kopf, nur mühsam kommt er auf die Beine, tritt an das nahe Wasser, um sich das Gesicht zu waschen, und als ihm dabei der Geruch der Feuerstelle in die Nase steigt, blickt er auf und findet seine lebende Frau, die gewiß die ganze Zeit bei ihm ausgeharrt hatte, um aufzupassen, daß niemand seinen Schlaf störe, dabei aber schließlich selbst eingeschafen war und nun in ihrem zerlegenen Gewand neben den glosenden Holzscheiten liegt, auf denen sein Eßnapf zum Wärmen steht. In dem stillen Gehölz stürzt er sich, ohne erst den Rabbiner oder jemand anders zu suchen, wie ein hungriges Tier auf den Napf und schlingt die leicht angebrannte Nahrung hinunter, die ihm trefflich gewürzt ist durch den zwei Tage gestauten Hunger. Ohne noch die Gefährtin seiner Jugend zu wecken, wendet er sich dann zuerst dem Arzthaus zu, aus dem bläulicher Rauch aufsteigt, um nachzusehen, ob dort vielleicht ein Wunder geschehen und jemand auferstanden sei.

Als Ben Atar das Haus betritt, in dem er die letzten Tage frei aus und ein gegangen ist, als sei es sein eigenes, sieht er am Herd, unter dem Kaminschlot, die Arztfrau mit einem großen Holzlöffel das Abendessen rühren. Ihre kleinen blauen Augen mustern ihn mit leichtem Vorwurf, als wolle sie sagen: Ja, es ist wirklich Zeit aufzuwachen. Er senkt schuldbewußt den Kopf und geht pochenden Herzens in das innere Zimmer, verblüfft, dort seine zweite Frau in Leichenkleider gehüllt zu finden, verschnürt wie ein absendefertiges Paket. Er weiß auch nicht, wer es gewagt haben mochte, ohne ihn zu fragen, sein Liebstes und Teuerstes so zu verpacken. Ob es der Arzt gewesen war, oder womöglich der andalusische Rabbiner, der ungeduldig darauf wartete, die Reise fortzusetzen?

Ohne weiteres Nachdenken schließt er hastig die Zimmertür hinter sich, löst mit fliegenden Fingern die zweite Frau aus ihren Banden und schaut erneut ihre herrlichen Züge, die in der vergangenen Nacht sehr spitz geworden sind, so daß sie jetzt dem Gesicht eines sonderbaren großen Vogels ähnlich sehen. Mit zitternder Hand zieht er zaghaft und behutsam ihre Lider ein wenig hoch, um zum letzten Mal jenen geliebten alten Flossenschimmer zu sehen, der ihm unweigerlich immer wieder das Herz hatte beben lassen. Und während er langsam, mit Küssen und Streicheln von dem Körper Abschied nimmt, der ihm Lust und Freude geschenkt hatte, bemerkt er Rabbi Elbaz hinter sich, der ohne Anklopfen hereingekommen ist und nun freimütig die vor ihm liegende Frau betrachtet, als sei er durch ihren Tod endlich zum zweiten Ehemann avanciert.

Sogleich erzählt er Ben Atar auch, was er tagsüber unternommen hat, ohne jedwede Rechtfertigung oder Entschuldigung, als verstehe es sich von selbst, daß er Verantwortung übernahm, solange der Herr schlief. Wie bei der Entscheidung, zu einem weiteren Prozeß nach Worms zu reisen, staunt Ben Atar über die Unverfrorenheit des kleinen Rabbiners, der eigenhändig und eigenmächtig seiner Frau die Goldreife von den Fesseln gestreift hatte, um damit die Metzer Juden zu erfreuen, deren Untergang vielleicht nahe war, und ebenso eigenmächtig dem Arzt den in Speyer erworbenen Maulesel übergeben hatte, zum Entgelt für Heilkräuter, Pflege, Unterbringung, dottergelben Trank, Aderlässe und auch die Beherbergung der Leiche. Aber Ben Atar äußert kein einziges Wort des Vorwurfs, denn zwischen den Zeilen hört er jetzt mit Freude und Dankbarkeit heraus, daß Rabbi Elbaz seinen Wunsch nach Aufschub der Beerdigung akzeptiert. Da hatte er ja dem Sklaven sogar schon aufgetragen, eiligst einen starken, dichten Sarg zu zimmern.

In der Tat verharrt der nordafrikanische Reisezug nicht länger in den Mauern Verduns. Schon um Mitternacht, kaum daß Abd el-Schafi mit dem großen Wagen aus Metz zurück ist, lädt man den Sarg auf, neben dem Ben Atar und der Rabbiner sich zu beiden Seiten bequeme Sitze einrichten, damit sie die Hingeschiedene unterwegs mit Psalmen geleiten können, um die Seele, die längst ihre letzte Ruhe verdient hätte, zu versöhnen und zu ermutigen. Unterdessen prüfen die beiden ismaelitischen Kutscher die Hufeisen der Pferde, ziehen die Riemen des Zuggeschirrs an, und der Elbaz-Knabe schmiert die Wagenachsen. Der junge Afrikaner, den Abd el-Schafi noch nicht von den Banden des Judentums befreit hat, packt unter der Aufsicht der einzigen Frau Eßgeschirr und Nahrungsmittel zusammen und verstaut sie auf dem kleinen Wagen. Und dem Arzt, der den Maulesel neben seinem Haus an einen Baum gebunden hat, fällt es offenbar schwer, Ruhe zu finden und von den jüdischen Reisenden Abschied zu nehmen. Ständig läuft er zwischen ihnen umher, ritzt immer noch einmal den besten und sichersten Weg nach Paris in den Boden, und in seinen Augen scheinen einen Moment Tränen zu schimmern. Als dann im frühen Morgenlicht der erste Peitschenknall ertönt, ruft der Arzt plötzlich in heller Erregung: »*Ihr werdet leben.*« Ja, in fließendem Latein verheißt er den Reisenden: »*Ihr werdet zu euren Ismaeliten zurückkehren, und dort werdet ihr leben.*« Und zur Bekräftigung wiederholt er die letzten Worte in der heiligen Sprache: »*Dort ist Leben.*«

Beim langsamen Anrollen der westwärts gerichteten Wagens spürt Ben Atar tief drinnen die Trauer endgültigen Abschieds von dem Ort, an dem seine zweite Frau zum letzten Mal gelächelt hatte. Und bei den Worten des Rabbiners, der mit dem für die Reise Nötigsten beginnt, rinnen ihm die ersten Tränen aus den Augen. »*Stufenlied. Ich erhebe meine Augen zu den Bergen, von wannen wird mir Beistand kommen? Mein Beistand kommt vom Ewigen, dem Schöpfer des Himmels und der Erde. Er wird nicht lassen wanken deinen Fuß, nicht schlummert dein Hüter. Siehe, nicht schlummert und nicht schläft der Hüter Israels. Der Ewige ist dein Hüter, der Ewige dein Schatten zu deiner rechten Hand. Tages trifft dich die Sonne nicht, und nicht der Mond bei Nacht. Der Ewige wird dich behüten vor allem Bösen, behüten deine Seele. Der Ewige wird behüten deinen Ausgang und deinen Eingang, von nun an bis in Ewigkeit.*«

So fahren sie von Verdun nach Châlons und von Châlons nach Reims und von Reims nach Meaux und von Meaux nach Paris. Auf dem Weg, der sich dem Gedächtnis der Kutscher und der Nase des Götzendieners tief eingeprägt hatte. Da die Nächte kühl sind und gelegentlich auch ein Herbstschauer niederprasselt, übernachten sie lieber in Herbergen oder Bauernhäusern. Aber niemals lassen sie den Sarg der zweiten Frau allein in Obhut der Ismaeliten, immer bleibt ein Jude an ihrer Seite, Ben Atar oder der Rabbiner, die erste Frau oder der Elbaz-Junge. Am dritten Tag, dem Vorabend des Laubhüttenfestes, entsteigt bereits schwerer, süßlicher Geruch dem verschlossenen Sarg, und wer das Gesicht gen Himmel hebt, kann seit Stunden einen schwarzen Geier über ihnen kreisen sehen. Deshalb beschließt der Rabbiner aus Sevilla mit Rücksicht auf die Ehre der geliebten Toten, die zu ihrem Staube zurückkehren möchte, altüberkommene rabbinische Autorität auszuüben und das Festland als Meer und die Kutschfahrt als Schiffsfahrt zu betrachten, so daß sie am Laubhüttenfest nicht von jeglicher Fahrt ruhen müssen, sondern die Festtagsgebete und die mit der Laubhütte verbundenen Gebote im Fahren verrichten können. So kommen sie erheblich schneller zur Île-de-France, zumal sie auch ihre Essenspausen verkürzen und sich mit wenig Schlaf begnügen. Selbst als Abd el-Schafi bei einem Bauern unterwegs einen neuartigen Pflug mit einer zusätzlichen gebogenen Pflugschar entdeckt, die das Erdreich seitlich auswirft und daher breitere und tiefere Furchen zieht, läßt Ben Atar nicht anhalten, um die Neuheit zu studieren und zum Wohl der Bauern von Tanger und Umgebung eine Skizze davon anzufertigen, sondern befiehlt, den Pferden die Peitsche zu geben, um ihren Gang zu beschleunigen.

Als sie am zweiten Tag des Laubhüttenfests beim Morgengebet die Marnebrücke überqueren und gen Westen biegen, um dem belebten Nordufer der Seine zu folgen, müssen sie bereits die schwarze Plane des großen Wagens zurückschlagen und ihn der Welt entblößen, damit der frische Duft der Flußvegetation ein wenig die üble Luft aus dem Wageninnern verdünne. Sind sie wegen dieser Freilegung auch gezwungen, hin und wieder einen auf dem Sarg gelandeten Geier oder Raben zu verscheuchen, gewinnen sie doch Zuversicht beim Anblick der vertrauten kleinen fränkischen Stadtinsel, die mit ihrem Gewirr von Dächern und Türmen anmutig neben ihrem kleinen weißschimmernden öden Zwilling mitten im Flusse liegt. Anheimelnde Wärme umfängt die Nordafrikaner bei der Einfahrt in Paris, als hätte ihr kurzer Aufenthalt vor dreißig Tagen schon Heimatgefühle entstehen lassen. Je näher sie der untergehenden Sonne kommen, desto inniger sehnen sie sich, zwischen den enggedrängten Schiffen im Hafen die grüne Fahne des alten Wachschiffes zu entdecken.

Aber ehe die Pferde nicht wirklich davor anhalten, können die Rückkehrer es kaum erkennen. Auch die Miene des Kapitäns trübt sich angesichts der großen Veränderung, die mit seinem Schiff vorgegangen ist. In den dreißig Tagen ihrer Abwesenheit hatte der untätig zurückgebliebene Partner Abu Lutfi nämlich versucht, sich vom Einkäufer zum Verkäufer zu wandeln, um zu prüfen, welchen Wert die Wüstenware bei den Einheimischen haben mochte. Zu diesem Zweck hatte er das alte Wachschiff mit bunten Lumpen dekoriert und seine fünf Matrosen in Feststaat gesteckt, um die Pariser anzulocken. Tatsächlich laufen die fünf kräftigen Matrosen jetzt wie Ladenschwengel zwischen Olivenkrügen und Trockenfrüchten, weißlichen Honigwaben und kupfernen Kesseln umher, in Seidentücher gehüllt, farbenprächtige Turbane auf dem Kopf und wohl auch schon ein paar glattzüngige Worte in der Ortssprache auf der Zunge.

Offenbar hat auch Abu Lutfi Mühe, seinen jüdischen Partner zu erkennen, der bleich, verhärmt und in abgerissener Kleidung mit seinem Gefolge am Pariser Flußufer steht, denn noch ignoriert er ihn und setzt seine gestenreichen Verhandlungen mit einem einheimischen Kunden fort. Aber als der flink an Bord gekletterte schwarze Sklave ihn mit warmer Hand berührt, hält er den Atem an, läßt den eben noch zum Verkauf angebotenen Messingkrug fallen, sinkt auf die Knie und legt die Stirn auf den Boden, um dem Gott der Juden dafür zu danken, daß er den großen Allah nicht gestört habe, seine Lieben – Juden wie Ismaeliten – heil aus dem schwarzen aschkenasischen Walde zurückzuführen. Und nach Abschluß aller Verbeugungen, Umarmungen, Küsse und begeisterten Lobeshymnen für das Schicksal, das den Abenteurern seine Schläge erspart habe, scheint Abu Lutfi sich gar nicht dafür zu interessieren, wie ihre Mission ausgegangen war und ob sein jüdischer Partner seine Gegner bei dem weiteren Prozeß am Rhein mit Hilfe des Rabbiners hatte besiegen können. Vermutlich hält der Ismaelit nach wie vor an seiner Überzeugung fest, daß diese ganze große Reise zur See und zu Lande von vornherein unnütz war, da Juden ihrem Wesen nach unfähig seien, jemals eine endgültige Entscheidung zu fällen.

Um Abu Lutfi aber die gleichwohl – wenn auch nicht durch Worte – gefallene Entscheidung mitzuteilen, nimmt Ben Atar ihn mit ans Heck, und dort zwischen Gewürzsäcken und Dörrobstkisten vor der Luke, die zur versteckten Kabine der nicht zurückgekehrten Frau hinabführt, erzählt er ihm umständlich von der Hand des Todesengels, die über sie gekommen war, deutet auch auf den verschlossenen Sarg, der einsam auf dem Kai steht, und den Elbaz-Jungen, der wie ein kleiner Wachsoldat daneben postiert. Obgleich Ben Atar vermutet hatte, daß die Nachricht vom Tod der jungen Frau sehr schmerzlich für seinen Partner sein würde, der Jahr für Jahr keine Mühe gescheut hatte, um ein ausgefallenes und passendes Geschenk in der Wüste für sie ausfindig zu machen, hatte er nicht gedacht, daß Abu Lutfi dermaßen in Erregung geraten würde, daß er auf einmal beide Hände hebt und sich verzweifelt den Kopf hält, als sei der Tod, der es gewagt hatte, eine derart geliebte Reisende aus der Welt zu schaffen, auch imstande, einen so großen haarigen Kopf abzuhacken. Und als Ben Atar die Trauer des Arabers bemerkt, der einen kleinen Dolch aus dem Gürtel zieht, um zum Zeichen seines Beileids nach Art der Juden sein Gewand zu zerreißen, entringt sich auch seiner Brust, vielleicht erstmals, der bisher unterdrückte furchtbare Wehschrei.

Aber die angenehme Pariser Herbstsonne bleibt nicht am Himmel stehen, um zu warten, bis all die gemischten Gefühle von Trauer und Schmerz, Freude und Hoffnung bei dieser großen Begegnung an Bord des Schiffes sich klären und beruhigen. Schon reißt Rabbi Elbaz der Geduldsfaden angesichts der beiden Partner, die einander wieder und wieder trösten, als seien sie zwei Ehemänner ein und derselben Frau, und deshalb annulliert er alle Genehmigungen, die er seit dem Aufbruch in Verdun für den Aufschub der Beerdigung erteilt hatte, und tritt forsch vor Ben Atar hin, um sofortige Bestattung zu fordern. Dazu muß man sich augenblicklich zu dem Haus auf dem Gegenufer des Flusses begeben und den auf Abscheu und Acht beharrenden Verwandten mitteilen, daß alles, was ihnen abgeschlossen und besiegelt erschienen war, sich gewandelt habe, und sie nun aufgefordert seien, noch diese Nacht eine Grabstätte für die hingeschiedene Frau bereitzustellen.

Sogleich erhebt sich allerdings die Frage, ob diese Verwandten schon nach Paris zurückgekehrt oder womöglich noch am Rhein geblieben waren, um Versöhnungstag und Laubhüttenfest in Worms zu begehen und mit ihrer heiligen Gemeinde den erteilten Bannspruch zu feiern. Doch während der Rabbiner noch erwägt, insgeheim den verständigen Jungen in Begleitung eines Matrosen auszuschicken, um festzustellen, wer sich in dem Haus auf dem Gegenufer befinde, erklärt Abu Lutfi, daß es dessen schon nicht mehr bedürfe, denn vor zwei Tagen habe er unter den an Deck flanierenden Parisern Abulafias Gestalt entdeckt, blaß und traurig und als alte Dörflerin verkleidet.

Na, sagt Abu Lutfi, der sich der täuschenden Verkleidungen des jungen Partners aus der Spanischen Mark noch gut erinnert , dann besteht ja kein Grund zum Warten, man soll sich sofort auf den Weg machen. Es wird beschlossen, daß der Rabbiner persönlich den Trauerzug anführen, der geächtete Ehemann aber versteckt im Hintergrund bleiben solle, um ein neues, unwiderrufliches Zurückscheuen zu vermeiden. Sofort ruft man auch die fünf zu Ladenschwengeln gewandelten Matrosen und heißt sie ihre bunten Kleider ablegen und schwere saubere Mäntel anziehen, damit sie den grauen Holzsarg würdig durch die Gassen der Cité zu dem Haus der Juden auf dem südlichen, linken Ufer tragen könnten. In der Rue de la Harpe, der Harfengasse nahe der Davidstatue, die die Quelle Saint-Michel überblickt, geht der andalusische Rabbiner im letzten Abendlicht allein durch das schwere Eisentor – er erinnert sich noch sehr wohl, wie schwer er es seinerzeit aufbekommen hatte. Und am Ende des Hofes, neben dem Brunnen, entdeckt er eine kleine Reisighütte, in der seine Prozeßgegner beim Schein einer kleinen Lampe ihr Festmahl einnehmen. Doch er tritt nicht ein, räuspert sich nur, um seine Anwesenheit anzuzeigen. Als erste hört ihn Frau Esther-Minna, die aus dem Laubhütteneingang lugt, den Gast aber nicht erkennt und daher Abulafia ruft, der nunmehr erscheint, auf dem Kopf die Wormser Kappe mit dem samtenen Hirschgeweih und ganz in Schwarz gekleidet, als hätte er die auf ihn zukommende Trauer vorausgeahnt. Trotz der Dunkelheit erkennt Abulafia in dem ungebetenen Fremden den andalusischen Rabbiner, und ein Zittern ergreift seinen Körper, als erfasse er, daß etwas geschehen sein müsse. Ohne Zögern eilt er auf den kleinen Rabbiner zu, um ihn zur Begrüßung zu umarmen. Aber Elbaz wünscht diesmal weder Umarmung noch Gruß, sondern nur Auskunft, wo in der Nähe ein jüdischer Friedhof liege, in dem man den mitgebrachten Sarg beisetzen könne. »*Sarg?*« fragt Abulafia bestürzt, »*wieso Sarg?*« Darauf zieht der Rabbiner ihn auf die Gasse hinaus, zu den fünf Seeleuten, die den auf den Pflastersteinen ruhenden Sarg umstehen.

»*Was ist darin?*« flüstert Abulafia entsetzt mit brechender Stimme – auch ihm war wohl bereits der furchtbare süßliche Geruch in die Nase gestiegen. Der Rabbiner verspürt jetzt Mitleid mit dem schwachen Partner, der zitternd vor dem großen Sarg steht, voll Angst, sein geächteter Onkel könnte darin liegen. Doch da kommt die neue Frau, Frau Abulafia, aus dem Haus, um nachzusehen, was ihren jungen Mann denn aufhalte. Zunächst sieht sie wohl weder den Sarg noch die Matrosen mitten auf der Gasse, sondern nur Rabbi Elbaz, denn ihr feines kleines Gesicht errötet vor stiller Wonne angesichts des listenreichen Rabbiners aus Sevilla, der sie einmal besiegt hatte, schließlich aber selbst unterlegen war, und sie neigt respektvoll das Haupt und fragt mit freundlichem Lächeln: »*Ihr seid zurückgekehrt?*«

Doch jetzt schnellt bereits der nordafrikanische Kaufmann aus seiner Nische hervor, Haar und Bart zerzaust, das Gewand zerrissen, die Augen tief in den Höhlen versunken. Ehe Frau Esther-Minna noch zurückweichen kann, beantwortet er klar ihre Frage: »*Wir sind zurückgekehrt, aber nicht alle.*« Und mit einer dumpfen Verzweiflung, bei der auch ein wenig irre Freude mitschwingt, stürzt er sich auf den Sarg und reißt eine Latte auf, um klaren Beweis zu erbringen, daß man hinfort die alte Partnerschaft erneuern könne, ohne gegen jedwedes neue Dekret zu verstoßen. Während Abulafia sich noch an der Wand abstützt, um nicht wegzusacken, heftet Ben Atar sodann seine schwarzen Augen geradewegs auf die weit aufgerissenen blauen und fragt äußerst feindselig: »*Ist die neue Frau zufrieden?*«

6

Die Entschiedenheit des Rabbiners aus Sevilla bewirkte, daß die zweite Frau noch in derselben Nacht in einem kleinen Friedhof zur Ruhe gebettet wurde, der zwischen einem schönen Weingarten des Grafen Galand und einer kleinen, dem bedauernswerten heiligen Markus geweihten Kapelle eingeklemmt lag. Eigentlich hatte Ben Atar seine zweite Frau im Hof seines Neffen begraben wollen, damit die Verwandten das Grab hätten hüten und pflegen können. Abulafia war auch gleich mehr als bereit, auf den Wunsch seines Onkels einzugehen, aber Levitas hatte die Forderung, die ihm rein durch Rache motiviert zu sein schien, taktvoll zurückgewiesen und den Kaufmann sowie vor allem den andalusischen Rabbiner überredet, die Tote nicht einsam auf dem Hof einer jüdischen Familie zu belassen, die heute hier und morgen womöglich dort sei, sondern sie in einem richtigen Friedhof neben anderen zu begraben, damit sie bei der Auferstehung der Toten nicht vergessen würde. Nun, da die zu Totengräbern gewandelten Seeleute wucherndes Buschwerk roden und ein schönes geräumiges Grab ausheben, steht Ben Atar finster und erschöpft dabei und lauscht, halb abwesend vor Kummer und Müdigkeit, den Worten Levitas', der den Wert des Ortes zu preisen sucht, dem der Nordafrikaner seine Frau anvertraut. Dabei verwundert es, daß Levitas als klardenkender Jude, der sonst kaum jüdische Ammenmärchen und gewiß keine christlichen ertragen kann, dem Nordafrikaner doch tatsächlich die Geschichte des Jägers Markus erzählt, der grausam ein Reh und ein Kitz vor den entsetzten Augen des Hirschs erlegte, worauf dieser den Mund auftat und in menschlicher Sprache eine bittere Prophetie für die Zukunft verkündete, die besagte, wer Mutter und Sohn nicht geschont habe, werde letzten Endes ungewollt auch seine eigene Frau und seinen eigenen Sohn töten. Um nun das Eintreffen dieser schrecklichen Voraussage zu verhindern, kerkerte er sich für immer in einem kleinen Haus zwischen alten Merowingergräbern ein, brachte eine starke Eisentür mit Riegeln an, vergitterte das Fenster und ernährte sich von den Almosen der Pilger, die auf dem Jakobsweg in die heiligen Länder im Süden aufbrachen. Und da es ihm gelang, eine klare, schreckliche Weissagung allein durch Willenskraft am Eintreten zu hindern, verwandelte sich seine Niederlage in Sieg und seine Sünde in Heiligkeit, und sein Haus wurde zur Kapelle, die den Wallfahrern einen reinen Ausgangspunkt für ihren langen Weg bot.

Noch kommt der trauernde Ehemann Levitas' sonderbarer Geschichte nicht recht auf den Grund, aber eines wird ihm seit Beginn des nächtlichen Trauerzuges zunehmend deutlich – daß nämlich das Hinscheiden seiner zweiten Frau den Acht- und Bannspruch null und nichtig gemacht hat, mit dem jener rothaarige Schiedsrichter und lyrische, aber grausame Vorbeter ihn in Worms belegt hatte. Denn nicht nur hängt Abulafia, dem der Tod der jungen Frau das Herz mit Trauer und Schuld geschlagen hat, jetzt seinem trübsinnigen Onkel an wie ein Sklave seinem Herrn, sondern sogar der zurückhaltende Levitas kann das Unglück der moralisch wie religionsgesetzlich unterlegenen Partei nicht ignorieren und lauscht daher aufmerksam und mitfühlend der Geschichte ihres Siechens und Sterbens, die Rabbi Elbaz ihm nun höchst erregt vorträgt.

Esther-Minnas hübsches Gesicht zeigt dabei jedoch nicht nur Trauer und Mitgefühl, sondern auch erste Anzeichen neuerlichen Erschreckens. Als ihre Füße noch in der losen Erde versinken, die sich am Grubenrand häuft, und sie dem Totengebet des Rabbiners zuhört, kommt ihr blitzartig die Erkenntnis, daß die kühne Hindernistour des nordafrikanischen Onkels doch ihr Ziel erreicht habe. Mit der schmalen Leiche, die – in grünliche Seide gewickelt – wie von selbst zu ihrer letzten Ruhe zwischen Reben und Kirche glitt, fiel jetzt ja auch die letzte Schranke, die ihren wanderlustigen Mann davon abgehalten hatte, erneut auf Reisen zu gehen.

Und wenn sie nun entschlossen selbst den Wanderstab in die Hand nähme und sich ihrem Mann anschlösse – würde er sie als Begleiterin mitnehmen? erwägt sie rasch. Oder würde er sie verpflichten, daheim zu bleiben, um getreu ihrem Versprechen seine arme Tochter zu versorgen, die sie in einem schwachen Moment selbst ihrer ismaelitischen Kindermagd abgerungen und in ihre Obhut genommen hatte? Und wenn ja, quält sich Frau Abulafia in Gedanken, wer würde ihr dann nachts die kalten Füße wärmen, jetzt, da sie sich an die zärtlichen Hände des südlichen Mannes gewöhnt hatte? Wer würde ihr ein Fünkchen Hoffnung geben, daß mit warmem Samen jene Unfruchtbarkeit befruchtet werde, und sei es nur, um ihrer energischen Schwiegermutter in Worms zu beweisen, daß die Schuld nicht bei ihr gelegen hatte? Doch ehe die neue Kampfrichtung klar wird, bemüht sie sich, Ben Atar zu versöhnen, bei dem selbst das Dunkel der Nacht nicht den immensen Haß auf sie zu kaschieren vermag. Am Ende der Beerdigung nimmt sie allen Mut zusammen, um hinzutreten und ihm Worte des Trostes zu sagen, ja ihn sogar nachdrücklich anzuflehen, die erste, einzige Frau vom Schiff zu holen, die auch ihr eine liebe und teure Tante sei, auf daß sie beide, gemeinsam mit dem ehrenwerten Rabbiner und seinem Sohn, behaglich und ehrenvoll in ihrem Hause zu Gast sein und das Gebot des Wohnens in der Laubhütte erfüllen könnten. Denn wenn sie in der Vergangenheit nicht einmal davor zurückgescheut sei, eine doppelte Familie gastlich aufzunehmen, dann gelte das jetzt ja erst recht.

Doch Ben Atar, dem der kleine Rabbiner zum altüberkommenen Zeichen der Trauer rigoros einen langen Riß ins Gewand gemacht hat, winkt ab und weigert sich, ihr Haus zu betreten. Er will unbedingt sofort an Bord gehen und sich in seinem Trauerschmerz in eben jene kleine Kabine am Heck zurückziehen, die seiner wunderbaren Dahingeschiedenen letzte Wohnstätte gewesen war. Weder das Flehen der blonden Frau noch die Bitten des Neffen haben Aussicht, ihn von seinem Vorsatz abzubringen. Deshalb weist er seine Matrosen kühl und bestimmt an, den nunmehr leeren Sarg aufzuheben und ihn auf das alte Wachschiff zu tragen, mit der Erklärung, nur dort sei er bereit, jeden zu empfangen, der die mit der Tröstung der Trauernden verbundenen Gebote erfüllen wolle.

Esther-Minna packt denn auch schon im Morgengrauen nach langer, fast schlaflos verbrachter Nacht erlesene Lebensmittel und Getränke zusammen, lädt sie der germanischen Kinder- und Hausmagd auf und begleitet Abulafia zu einem morgendlichen Besuch auf das Schiff, das Trauer angelegt hat, obwohl es nur einen einzigen Trauernden beherbergt. Denn die erste Frau kann ja, obwohl sie willens ist, nicht als eigentliche Trauernde beim Hinscheiden der zweiten Frau gelten, denn schließlich ist sie ja keine Blutsverwandte. So treffen Abulafia und seine Frau zwischen den erwachenden Matrosen am Bug auch gleich die erste Frau, die – das klare Gesicht sehr ernst – dasteht und äußerst behutsam die beiden dünnen Seidengewänder der toten Frau wäscht, die Ben Atar dem frisch verwaisten Jungen bringen möchte, damit er zu gegebener Zeit seine Braut darein kleide und darin vielleicht geringen Trost dafür fände, daß er weder Mutter noch Grab oder Grabstein hatte. Abu Lutfi empfängt die frühen Beileidsbesucher mit einer Verbeugung, nimmt der nichtjüdischen Magd den großen Lederbeutel mit den Speisen und Getränken ab und führt den altneuen Partner nebst seiner aufgeregten Gemahlin zum Heck. Da es Esther-Minnas erster Besuch auf dem maghrebinischen Schiff ist, sind ihre Schritte klein und unsicher, vor allem als man ihr langsam die Strickleiter zum düsteren Schiffsbauch hinabhilft, in dem feine Morgenflimmer schweben, vermischt mit den Gerüchen vielfältiger Wüstenwaren, die wegen ihres, Esther-Minnas, energischen Zurückscheuens lange zwischen Süden und Norden steckengeblieben waren. Während die neue Besucherin noch den tiefen Bauch des kleinen Schiffes bestaunt, erstarrt sie plötzlich beim Gurgeln des Jungkamels, das sacht und gravitätisch auf seine langen Beine kommt, um sie mit seinem kleinen Kopf willkommen zu heißen. Für eine Frau, die mit Fröschequaken und Wolfsgeheul aufgewachsen ist, liegt etwas angenehm Beruhigendes in dem geduldigen, hochbeinigen Wüstentier, dessen kleiner Schädel zwar von geringer Weisheit zeugen mag, aber nicht von schlechtem Charakter.

So betritt denn die nördliche Frau endlich in gebeugter Haltung die Kabine der zweiten Frau, wo deren Geist wohl noch schwebt und wo ihr Mann, Ben Atar, gerade in dieser dunklen Ecke Trost empfangen will, während unten, zwischen Balken, die in einer alten Seeschlacht lose geworden, für die jetzige Reise von dem Kapitän und seinen Matrosen aber wieder neu vertäut worden waren, das Flußwasser plätschert. Da Frau Esther-Minna in dem Monat des Disputs, während der gemeinsamen Reise nach Villa-le-juif und Worms schon ein paar Worte Ismaelitisch aufgeschnappt hatte, merkt sie, daß Onkel und Neffe jetzt nicht etwa den schmerzlichen Tod oder die vorzüglichen Eigenschaften der verstorbenen Frau erörtern, sondern gleich die künftigen Hoffnungen auf eine schwungvolle Erneuerung der Partnerschaft ansprechen. Sogar Abu Lutfi, der stille ismaelitische Partner, gerät in Erregung und beschreibt mit gemessenen Gesten Art und Menge all der Waren, die fast schon drei Monate darauf warten, aus dem dunklen Schiffsbauch hervorgeholt und in die lichte Welt ringsum zerstreut zu werden. Angesichts des regen arabischen Handelsgesprächs trüben sich Esther-Minnas blaue Augen vor Trauer, und sie schlüpft aus der kleinen Kabine, um zwischen den Reihen großer Krüge und schwellender Gewürzsäcke umherzugehen, sanft die Hand auf einen Stapel Felle und Stoffe zu legen und mit der Schuhspitze die blitzenden Messingtöpfe klingeln zu lassen, ehe sie leise bei dem Elbaz-Jungen und dem pechschwarzen Götzendiener stehenbleibt, die das Jungkamel mit einem ihrer mitgebrachten Brotlaibe füttern.

Vielleicht war das die Geburtsstunde eines Gedankens,

der nach dem Thorafreudenfest und dem Ende der Trauerwoche bei aller Merkwürdigkeit doch eine neue Realität ins Auge faßte. Denn seit dem Vortag suchte Esther-Minna ja unentwegt Rat, wie sie ihre späte Ehe gegen die neuerlichen langen Reisen ihres Mannes schützen könnte. Dies nicht nur, um ihrem rechthaberischen Bruder die Freude zu versagen, recht behalten zu haben mit seiner bereits im Jahre 4756 ausgesprochenen Warnung vor der aberwitzigen Verbindung einer älteren Witwe mit einem dubiosen umherreisenden Südländer, sondern vor allem, weil es ihr um jede Nacht leid tat, die für die Beförderung jener Hoffnung verloren wäre, die sie immer noch im Herzen trug. Nachdem sie in die Trauerkabine zurückgekehrt war und sich von Ben Atar verabschiedet hatte, der ihr diesmal weniger abweisend erschien, erhielt sie Genehmigung von ihrem Mann, allein nach Hause zurückzukehren und ihn mit seinen altneuen Partnern zurückzulassen, damit sie nach Herzenslust verhandeln könnten.

Aber Esther-Minna möchte keineswegs still in ihr Eckchen verschwinden und abwarten, bis ihr Mann auf Reisen geht, sondern lieber prüfen, ob ein Funke einen Brand auszulösen vermöchte. Deshalb entschließt sie sich am Nachmittag, als ihr Mann immer noch ausbleibt, erneut an Bord zu gehen, mit Speise und Trank, wie es sich bei einem Beileidsbesuch ziemt. Aber diesmal nimmt sie auch das arme Mädchen mit, frisch gewaschen und gekämmt, in einem hübschen weiten Gewand. Obwohl die verblüffte Kleine schwerfällig mit leichtem Schrägdrall dahinstapft, dirigiert Esther-Minna sie heil durch die winkligen Gassen der Insel, zwischen Parisern, die ihrem Abendessen zuhasten, und bringt sie unversehrt bis zu jenem neuen Steg, der auf das am Nordufer ankernde Schiff führt. Wie sie hört, ist Abulafia jedoch mit Abu Lutfi ausgegangen, um die Ware auf dem Markt von Saint-Denis zu vertreiben, und so bleibt ihr nichts anderes übrig, als den Heiden, der allein auf der Kommandobrücke steht und wie ein Admiral gen Osten Ausschau hält, mit energischem Fuchteln herbeizurufen, damit er ihr helfe, das schwere Kind an Bord zu bringen und es langsam in den Schiffsbauch hinabzulassen, in dem Vertrauen, die Begegnung mit dem edlen, traurigen Wüstentier werde die verzweifelte Seele des Mädchens zumindest ein wenig beruhigen.

Obwohl das Kind sich zitternd am Rock der Stiefmutter festhält, spürt Esther-Minna dank ihrer Einsicht und Erfahrung, daß es trotz der Angst den Duft seiner südlichen Kindheit aufsaugt und beim Anblick des jungen Kamels erkennt, was es verloren hat. Denn das Zittern legt sich, und ihre großen schwarzen Augen starren auf den kleinen Schwanz, der zur Begrüßung wedelt. *Vielleicht liegt hier die Lösung für die Frage, die mich peinigt,* durchzuckt es plötzlich die neue Frau, ohne daß sie noch recht wüßte, was diese Lösung wäre oder was überhaupt die Frage sei, die einer Lösung bedürfe. Nun hört sie an Deck die arabischen Worte Abulafias, der mit Abu Lutfi zurückgekehrt ist, wobei das Lachen und die Lebensfreude, die seine laute Rede begleiten, davon zeugen, daß der Tod der zweiten Frau seine alte Traurigkeit keinesfalls verdoppelt, sondern ihn eher davon befreit hat, so daß es scheint, dieses neue Glück wirke schlicht und einfach belebend auf den jungen Ehemann, der sich fortan, dessen ist sie sicher, vor jedem neuen Angriff auf die ihm so liebe Partnerschaft zu schützen wissen würde.

Als die beiden dann in den Schiffsbauch hinuntersteigen und Abulafia seine Tochter entdeckt, die still bei dem jungen Kamel steht und es mit einem Stück Schwarzbrot aus ihrer pummeligen Hand zu füttern versucht, entringt sich seinem Mund ein Schrei der Freude über die kühne Einfallsgabe seiner geliebten Frau, die sicher – wie er glaubt – den verfluchten Zauberbann, der seiner Tochter anhängt, verlocken will, von der Kinderseele in die Seele des Kamels überzuwechseln. Auch wenn man noch nicht wissen kann, ob der hartnäckige Dämon sich wirklich verlocken lassen würde, den weichen Mädchenkörper mit dem runden kleinen Hökker eines geduldigen Wüstentiers zu vertauschen, ist ihm zumindest schon eine neue Schwäche anzumerken, denn zum ersten Mal seit Entlassung der alten ismaelitischen Amme, die an seiner, Abulafias, Stelle nach Barcelona geschickt worden war, um der Partnerschaft ein Ende zu setzen, nimmt er wieder ein flüchtiges, anziehendes Lächeln auf den Zügen des Mädchens wahr, die schön wie die ihrer leiblichen Mutter hätten werden sollen, es aber nicht vermocht hatten.

Tatsächlich erstrahlt im dämmrigen Bauch des alten Wachschiffs, zwischen Gewürzsäcken und Ölkrügen ein neues Gefühl, nicht nur zwischen dem jungen Kamel und dem sonderbaren Kind, sondern auch zwischen Abulafia und seiner Frau, die seit dem Einfall der nordafrikanischen Reisegesellschaft in ihr Haus einander sogar im Augenblick größter Intimität kaum gerade in die Augen gesehen hatten. Deshalb nimmt Abulafia am nächsten Tag selbst das Mädchen bei der Hand, bringt es in den Schiffsbauch hinunter, der nach und nach seiner Ladung entleert wird, und bittet den Elbaz-Jungen und den Sklaven, auf das Kind aufzupassen, damit es bei der wachsenden Freundschaft zu dem Tier keinen Schaden nehme.

Unterdessen sitzt der trauernde Ehemann in seinem zerrissenen Gewand in der verborgenen Kabine am Boden des Schiffes und führt insgeheim seine stille Trauer fort, entgegen dem Verbot, an Feiertagen Trauerriten einzuhalten. Von Zeit zu Zeit steigt die erste Frau zu ihm hinab, um ihm etwas zu essen oder zu trinken zu bringen, ihm Hände und Füße mit Nußöl einzureiben und lobend von der toten Frau zu sprechen. Auch der Rabbiner, dem nicht wohl ist bei dieser Untergrundtrauer, die der Freude des Erntefestes und dem Gebot der Laubhütte zuwiderläuft, kommt zuweilen herein, um mahnende Worte zu sprechen. Ben Atar hört es und nickt, die Augen trübe, den Kopf gesenkt, ganz wie jemand, dem ein wenig nach Sterben zumute ist. Treten jedoch seine Partner, Abulafia und Abu Lutfi, ein, erwacht er aus seiner Trübsal, um einen knappen, präzisen Satz zu äußern, sei es über den Preis eines Kupferkessels oder über die dringende Notwendigkeit, in der Hauptstadt des Kapetingerreiches jemanden aufzutun, der ihnen das Kamel abnehmen würde.

Ehe man das Jungkamel jedoch zum Verkauf anbietet, muß man es zur Stärkung ans Tageslicht bringen, am besten gleich zum Weiden in die schönen Felder und Grüngärten des Herzogs de la Teulerie, unmittelbar neben einem dichten Wald, den die Einheimischen – nach den Wolfsrudeln, die ihn seiner verschwiegenen Gänge und Höhlen wegen gern aufsuchen – Lupara nennen. So sitzt denn gegen Ende der Mittelfeiertage, am Vorabend des Hoschana Raba, ein Matrose in einem Garten, um die Hand einen langen Strick geschlungen, an dem die langhalsige Ware sacht frische Pariser Gräser rupft und gelegentlich neugierig die Ohren spitzt, um dem Geplauder eines jüdischen Knaben und eines jungen Götzendieners in der Sprache der Wüste zu lauschen, und auch dem Wimmern eines verstörten Mädchens, bei dem die arabischen Laute Sehnsucht nach der ihm geraubten Amme wecken.

Es ist Herbst geworden, ein kühler Wind streicht gelegentlich über die Île-de-France, und die beiden Jungen, wohlwissend, daß man sie in wenigen Tagen zur Abreise an Bord rufen würde, wo sie Tage und Nächte im eintönigen Knattern des Windes im Segel mitwiegen würden, möchten sich vorerst noch und noch am Rascheln der ersten roten Blätter auf der Erde freuen. Und da der Rabbinerssohn völliges Vertrauen in die Fähigkeit des Wüstensohnes setzt, immer wieder heil zum Ausgangspunkt zurückzufinden, besonders wenn es sich klar und einfach um das rechte Flußufer handelt, möchte er seine Gefährten auf einen kurzen Landausflug zu der kleinen Anhöhe da vorn führen, von der er meint, es müsse jener bogenbestückte Hügel sein, von dem Ben Atar und er als erste von allen auf dem Schiff die ersehnte Stadt erspäht hatten.

Nur merkt er nicht, daß er sich in der Himmelsrichtung irrt und den bogengeschmückten westlichen Hügel mit einem nördlichen verwechselt, der ihm nur deshalb niedrig aussieht, weil sich ein weißer Fleck auf seiner Kuppe ausbreitet. Und da das stumme Mädchen, das sie mitgenommen haben, immer mit leichtem Schrägdrall geht, der ständige

Korrektur erfordert, fragt sich der andalusische Knabe, nun plötzlich Führer eines kleinen Zuges, ob sie wirklich weiter die Anhöhe erklimmen sollten, deren Steilheit sie in ihren jungen Beinen spüren, oder ob man nicht besser kehrtmachte und zum Schiff zurückeilte, ehe das anhaltende Nieseln in einen wahren Sturzregen umschlüge. Während er noch überlegt, nimmt der Regen zu und verwandelt Kleidung und Körper in eine einzige weiche Masse, so daß sie notgedrungen Schutz bei einer großen Hütte suchen, von der sie vorher bewußt Abstand gehalten hatten, weil ihrem Schornstein schwarzer Rauch entstieg. Während sie sich lautlos unter das überhängende Strohdach drängen, bricht der Dämon in der Seele des Mädchens in sein altes Wimmern aus, das den rauschenden Regen übertönt und aus dem stillen Haus zwei lächelnde Frauen herbeiruft, die zur Verblüffung des Jungen Kittel aus eben dem grünen Seidenstoff tragen, der mit dem Schiff gekommen und unterwegs nach Worms gegen Eier und Käse getauscht worden war.

Als nun die Frauen die jungen Gäste erblicken, die sich an die Wand ihrer Hütte drücken, sind sie voll der Wonne, wie Jägerinnen, denen eine fette Beute zugefallen ist. Und während der Knabe und der schwarze Sklave noch an Flucht denken, haben die Frauen schon das Mädchen geschnappt und schieben es in die Hütte, so daß den Gefährten nichts übrigbleibt, als ihm zu folgen, um es vielleicht doch zu retten. So finden sie sich in einer großen Stube wieder, deren Boden mit grobem Stroh bedeckt ist, und in einer Ecke brennt ein Feuerchen, über dem ein köstlich duftendes Ferkel am Spieße hängt, die Augen selbstgefällig geschlossen. Dem Knaben wird ganz angst und bange angesichts der bevorstehenden Berührung mit dem unreinen und verbotenen Tier, während der Afrikaner sich erregt der Reihe grellfarbiger Holzfiguren zuwendet, die alle unter nur geringen Abweichungen die Gestalt ein und desselben Jünglings mit starren Zügen und kurzem Bart darstellen, der die Arme so weit ausbreitet, daß man nicht weiß, will er sein Leben verteidigen oder die ganze Welt umarmen. Als die beiden

Frauen angesichts der Verlegenheit ihrer jungen Gäste herzlich, aber auch etwas ungezügelt loslachen, geht die Tür einer inneren Kammer auf, und eine dritte Frau erscheint mit einem mageren Säugling auf dem Arm, gefolgt von einem hageren Mann, ziemlich alt, aber mit flinken, wachen Bewegungen, die Kleidung schlampig und farbverschmiert, dessen Namen, Pigealle, sich die jungen Gäste schwer merken können.

Steht der Heide staunend der Figurenreihe gegenüber, so wirkt der Hausherr nicht weniger erregt ob des schwarzen Wüstensohns, der ihm ins Haus geschneit ist, ja, er fühlt sich gedrängt, ihn mit fester Hand ans Fenster zu zerren, um seine Gesichtszüge besser studieren zu können. Schon erfassen die Frauen intuitiv den übermächtigen Wunsch des flinken alten Mannes, lächeln wie auf stille Absprache die Gäste an und umgeben sie mit energischer Gastfreundlichkeit. Sogleich nehmen sie ihnen die nassen Gewänder ab, bedeuten ihnen, lieber auch die weiten Hosen auszuziehen, um sie am Feuer zu trocknen, und schneiden ihnen unterdessen eilig dünne Scheiben vom Hinterschinken des über dem Feuer dösenden Spanferkels ab.

Der einzige Sohn des Rabbiners aus Sevilla hält die schmähliche Situation, in die er geraten ist, nicht länger aus und springt daher auf, um stürmisch erregt die Scheibe unreinen Fleisches zurückzustoßen, die ihm auf einer Messerspitze dargereicht wird. Aber er vermag nicht das Mädchen, dessen Blöße nun ein Schafsfellmantel bedeckt, daran zu hindern, die abgewiesene Scheibe zu schnappen und in den Mund zu schieben. Auch der Afrikaner, bei dem man nicht recht weiß, ob er von seinem zeitweisen Judentum schon wieder zu seinem angestammten Götterglauben zurückgekehrt sei, wird von Freßsucht, ja sogar Trinksucht befallen, denn der hagere Alte, der kein Auge von dem jungen Mann läßt, der beim Ablegen der Hose seine schwarze Blöße gezeigt hat, gibt ihm roten Wein zu trinken, wohl in der Absicht, seinen Geist zu benebeln und den Widerstand seines Körpers zu mildern. Tatsächlich scheint der Frankenwein seine Wirkung zu tun, denn nachdem der Jüngling sein »Tischgebet« nach dem Essen durch eine tiefe, demütige Verbeugung vor einer der Figuren verrichtet hat, gibt er sich den Frauen hin, die ihn in die hintere Kammer führen, dort aufs Bett legen, mit charmantem Schwung eines seiner Beine anwinkeln und mit zarter Hand seine junge Männlichkeit streicheln, damit sie sich ein wenig aufrichte und mit ihrem schmalen Auge den enthusiastischen Meister anblicke, der schon die Augen zusammenkneift und eine erste leuchtend rote Linie auf eine Holztafel malt.

So sitzen die jungen Leute bei sonderbaren, aber energischen Gastgebern gefangen, die die Hüttentür geschlossen halten, bis der alte Künstler sich mit Strich und Farbe vergewissert hätte, was von dem nackten Körper des Angehörigen einer fremden Rasse, der da vor ihm lag, Neues zu lernen sei. Doch mitten in die Stille der langsam vergehenden Stunden platzt das altvertraute Wimmern der armen Kleinen, das wohl in Schreien umgeschlagen wäre, wenn die herbeieilenden Frauen sie nicht mit wohlduftenden dünnen Scheiben vom Hinterschinken des Spanferkels beruhigt hätten, das noch immer einen traurig versonnenen Gesichtsausdruck bewahrt. Der Junge aus Sevilla, der sich gut genug kennt, um zu wissen, daß der aufflammende Hunger in seinem Innern ihn um den Verstand bringen könnte, schließt unterdessen die Augen, birgt den Kopf in den Armen und versucht mit all seiner Vorstellungskraft zu klären, wie sein Vater, der Rabbiner, an seiner Stelle denken würde. Alsbald gelangt er auch zu einem einfachen Schluß, im Geiste jener Logik, der sein Vater in seinen kühnen Predigten folgt. Wenn der Himmel, der über alles wachte und den Lohn jeder Tat eintrieb, nicht schleunigst die Seele eines jüdischen Mädchens kassierte, das unaufhörlich und begierig verbotenes, unreines Fleisch verzehrte, so geschah das vielleicht nur zum klaren Zeichen für ihn, daß er, statt dem Hunger, der ihn bald ohnmächtig machen würde, zu erliegen, sich lieber stärken sollte, um fliehen und Hilfe holen zu können.

So entsteht ein Plan in seinem gelockten Kopf, den er langsam von den Armen hebt, als er die Augen aufschlägt, findet er, ringsum große Stille, denn das satte Mädchen ist zu Füßen einer Frau eingeschlafen, und aus der kleinen Kammer hört man nur den Laut des Meißels, der auf Holz einschlägt. Er kommt auf die Füße, schlendert gespielt geistesabwesend in der großen Stube umher und errötet angesichts des fränkischen Säuglings an der runden weißen Brust der jungen Frau, die das Kind beim Stillen ruhig anblickt. Dann wendet er sich, wie zufällig, dem Rest des Ferkels zu, das immer noch über dem verlöschenden Feuer schwebt. Mutig betrachtet er das Gesicht des gerösteten Tieres, als wollt er das Geheimnis seines verstockten Festhaltens an seinem unreinen Wesen lüften. Plötzlich erglühen seine Züge, denn er beschließt, es für seine Verstocktheit zu strafen, reißt ihm daher mit eigener Hand ein rötliches Stück Fleisch ab, das er vorsichtig an die Lippen führt und mit der Zungenspitze anleckt, verwundert über den Geschmack, der mehr an gesalzene Butter denn an Fleisch erinnert. Bevor ihm womöglich übel wird, steckt er das Stück in den Mund und kaut vehement, und ehe er die Wirkung seiner Unreinheit ermessen könnte, reißt er schon ein weiteres Stück ab und schiebt es hinein, und dann noch eines und ein letztes, um seinen Mut ob der eben begangenen schlimmen Tat zu stärken. Erst dann geht er zur Tür, hebt den Riegel und läuft um sein Leben, ungeachtet der Rufe der erschrockenen Frauen, die ihn aufhalten möchten.

Nach dem rosigen Licht am mittlerweile aufgeklarten Himmel scheint die Haft lange gewährt zu haben und die erste Abendstunde nicht fern zu sein. Deshalb lenkt er seine Schritte zum Fluß, den er vor sich vermutet. Zum ersten Mal seit seinem Reiseantritt ist er nun völlig allein, inmitten leerer Felder, die die kleine Pariser Insel umgeben. Da er sich hütet, den einsamen Hütten am Weg nahezukommen, besonders einer großen, fensterreichen Hütte, aus der jetzt lauter Gesang dröhnt, macht er einen weiten Bogen, wobei es scheint, als habe der junge Elbaz sich den trügerischen Schrägdrall des Mädchens zugezogen, denn seine kleinen

Füße verirren sich auf schmale westlich statt südlich verlaufende Pfade, so daß er sich im Abenddämmer nicht am ersehnten Flußufer wiederfindet, sondern auf der Kuppe des kleinen Sternenhügels, bei dem verfallenen römischen Bogen, an dem er an jenem ersten Abend mit dem Herrn des Zuges gestanden hatte. Nun durchzuckt ihn ein Schluchzen der Dankbarkeit über die Gnade der Wegweisung, die ihm zuteil geworden. Und da er das Gegessene nicht auszuspeien vermag, fällt er auf die Knie, wie er es von dem schwarzen Heiden gelernt hat, und gelobt, die begangene Sünde durch Fasten und Beten zu sühnen. Als dann die Dämmerung die grandiosen letzten Flimmer der Sonne tilgt und die Bewohner der Pariser Insel inmitten des Flusses die Nachtlaternen zu entzünden beginnen, die dem jungen Wanderer die genaue Richtung weisen, wählt er erneut die Allee, die ihn zu dem großen Platz am Flußufer führt, in dessen Zentrum er zu seiner Überraschung die kleine Steinsäule entdeckt, die er an jenem fernen Abend eigenhändig errichtet hatte und die nun immer noch dasteht, um ihm den Rückweg zu zeigen.

Auf dem Schiff eingetroffen, wundert er sich nicht über die Nachricht, daß der schwarze Sklave und das Mädchen schon vor ihm zurückgekehrt waren und mit Abulafia zu dem Haus auf dem Gegenufer gegangen sind, staunt aber, daß sein leiblicher Vater nicht besorgt seiner Rückkehr geharrt hat, sondern Abulafias Einladung gefolgt ist, das Abendgebet in der Laubhütte zu verrichten. Hatte das stumme Mädchen es fertiggebracht, von seinem sündigen Fleischgenuß zu erzählen, und hatte sein Vater ihn deshalb aufgegeben? Tiefe Traurigkeit bemächtigt sich des Knaben, der mit Dörrfeigen und einer Prise Zimt die Unreinheit aus seinem Innern auszutreiben versucht. Aber die würzige neue Süße in seinem Mund läßt die Seele nicht zur Ruhe kommen, und so beschließt er, bei Abu Lutfi und Abd el-Schafi Trost zu suchen, deren nichtjüdisches Wesen, das schuldlos seine natürliche Unreinheit bewahrt, vielleicht die ihm im Innern brennende Sünde besänftigen könnte. Zu seiner Verwunderung sieht er die beiden auf der alten Kommandobrücke mit einem dritten, unbekannten Mann in der Kleidung der Einheimischen zusammensitzen und tuscheln. Als sie den Jungen kommen sehen, verstummen sie abrupt, und auch er hält inne in der jähen Erkenntnis, daß ihre Unreinheit, und sei sie auch so weit wie das Meer, mitnichten das Schwein einschloß, an dem er sich versündigt hatte, und sie, wenn ihnen erst der Geruch dieses Greuels in die Nase stiege, womöglich doppelt erzürnt wären ob des doppelten Affronts gegen zwei Religionen. Deshalb geht er ans Heck und läßt sich in den Bauch des Schiffes hinab, der im Laufe des Tages seine Ladung ausgespien und über alle Welt verteilt hat und ihm nun einen großen dämmrigen Raum von ganz neuem Antlitz darbietet, in dem das gelbliche Jungkamel wie in der Wüste umherstolziert.

In diesem dämmrigen Raum wird seine Seele plötzlich von schmerzlicher Sehnsucht nach der zweiten Frau überflutet, vor deren Kabinenwandschirm allein er sich langen Stunden süßen Schlummers hatte hingeben können. So tastet er sich zum Boden des Schiffes vor, um wieder den Geruch der verlassenen Kabine zu spüren. Und dort, beim Licht einer Lampe, umhüllt vom Duft würziger Kräuter und Narde, die auf einem kleinen Kohlenbrenner rösten, entdeckt er den trauernden Schiffsherrn in Gesellschaft der ersten Frau auf einer Decke am Boden sitzen und schweigend speisen. Auf dem tiefen Grund des Schiffes wirken Ben Atar und seine Frau, die dem leisen Strom des Flusses unter ihnen lauschen, nicht nur gesondert und abgeschieden vom Leben der Stadt Paris, sondern auch von dem, was sich auf Deck über ihnen anspinnt.

Als sie den jungen Beileidsbesucher kommen sehen, lächeln sie ihm allerdings freundlich zu und laden ihn ein, mitzuhalten und das gekochte Fleisch in der Kasserolle zu kosten. Zuerst möchte er ablehnen, nicht nur, weil er kein bißchen hungrig ist, sondern auch, weil er Bedenken hat, mit seinen Fingern, die vor nicht allzu langer Zeit Unreines berührt haben, ein koscheres Geschirr zu berühren. Doch er fürchtet auch, den Eindruck zu erwecken, er wolle das Essen deshalb nicht anrühren, weil Tränen der Trauer hineingefallen sein könnten, oder wegen des Geistes der Toten, der noch in der Kabine schwebte. Um also nicht die Ehre des Schiffsherrn zu verletzen, von dem das Schicksal ihrer Rückkehr nach Sevilla abhängt, steckt er vorsichtig die Fingerspitzen in den Topf und zieht ein Stück Fleisch hervor, dem noch der Geruch der Kotkugeln eines fügsamen und schmutzigen Schafs anhaftet. Als er es in den Mund schiebt und die Augen schließt, steigen in seiner Phantasie, widerwärtig und anziehend zugleich, die mysteriösen Gesichter der Frauen in der Hütte auf, die in ihren grünlichen Kitteln vor dem verbliebenen Kopf des Ferkels stehen, um ihm die Ohren abzutrennen. Der Brechreiz, der zunächst durch die freundlichen Blicke der fremden Frauen gebremst worden war, setzt dann doch mächtig ein, der Junge wird sehr blaß, wippt angstvoll und möchte dem Ort entfliehen, hat aber nicht mehr die Kraft, und so beugt er sich über die rußigen Planken und erbricht Unreines und Reines durcheinander. Sobald er sieht, was er in der Kabine der geliebten Frau angerichtet hat, wallt ein wildes Wimmern in ihm auf, als habe der heulende kleine Dämon des Mädchens sich insgeheim verdoppelt und sei auch in ihn gefahren.

Es wundert ihn, daß der Schiffsherr und seine einzige Frau weder vor ihm zurückscheuen noch böse sind, daß er die Kabine ihrer Erinnerungen verschmutzt hat, sondern nur Angst bekommen. Als könnte der Tod, der einmal in ihrem Kreis zugeschlagen hat, sich verleiten lassen, ein zweites Mal zuzuschlagen. Da sie mit ihren kindererfahrenen Händen spüren, daß sich hinter der Blässe des Knaben ein neues Fieber verbirgt, wickeln sie den kleinen Körper schnell in eine Decke und legen ihm einen feuchten Lappen auf die schuldbewußt dreinschauenden Augen. Danach hastet Ben Atar an Deck, um zunächst einmal Abd el-Schafi anzuweisen, einen Matrosen zur Reinigung der Kabine zu schicken. Und den jungen Heiden, der gerade erst aus dem Haus jenseits des Flusses zurückgekehrt ist, schickt er gleich wieder dorthin zurück, um Rabbi Elbaz aus Levitas' Laubhütte zu holen, deren Wunderlieblichkeit ihn das Ausbleiben seines einzigen Sohnes hatte vergessen lassen.

Doch bevor Elbaz da ist und bestimmt, was mit dem erkrankten Jungen geschehen soll, nutzt Ben Atar die vom Zufall gewährte Pause dazu, wenigstens kurz von seiner selbstauferlegten Untergrundtrauersitzung auf dem Boden des Schiffes auszuruhen, die Waren zu mustern, die in Begriff stehen, von Bord des Schiffes zu gehen, das sie heil und sicher bis hierher gebracht hat, und dankbar die kühle Nachtluft um die Pariser Insel einzuatmen, von der Lagerfeuerrauch und lachende Stimmen herüberwehen. Angestrengt versucht er, an dem schemenhaft sichtbaren anderen Ufer den Ort zwischen Reben und Kapelle auszumachen, an dem seine junge Frau ruht und den endgültigen Abschied von ihrem Ehemann beim Setzen des Grabsteins erwartet.

Er erschauert ein wenig. Die Hand der Frau berührt ihn im Nacken.

Obwohl ihm ihr Griff fester als gewöhnlich erscheint, ist er nicht sicher. Denn seit ihrem Einzug in Worms hatten sie es vermieden, einander anzufassen. Er blickt eingehend in das liebe Gesicht, das ihn seit seiner Jugend begleitet und ihn jetzt einlädt, in die Kabine hinabzugehen, die für seine Rückkehr bereitet ist, sauber und ordentlich und mit Lavendel ausgeräuchert, dessen Duft wirksam jeden üblen Geruch vertreibt. Nur der fiebernde Junge ist noch dort. Soll man ihn woanders hinbringen oder die Rückkehr des Vaters abwarten? Ben Atar beschließt, das Kind nicht anzurühren, sondern auf Rabbi Elbaz zu warten, der auch tatsächlich nach kurzer Zeit eintrifft, bestürzt und atemlos die Strickleiter hinunterstolpert, sich hastig über den Jungen beugt, der zusammengerollt auf dem Boden liegt, und angstvoll seinen Namen ruft. Da tun sich die geröteten Kinderaugen langsam auf und mustern trotz ihrer Müdigkeit eingehend das Gesicht des Vaters. *Hat er schon von seiner Sünde erfahren? Und wenn ja, kann er ihn vor dem harten Urteil bewahren?*

Zumindest ist es nicht der kalte Krampf, der den Kopf im Bogen seinem Tode zureckt, bricht sich jetzt eine eigenartige Hoffnung in der Seele des andalusischen Rabbiners Bahn, da er seinen Sohn wie ein weiches Knäuel eingewickelt auf dem Kabinenboden liegen sieht. Schickte die fehlende Frau jetzt womöglich einen bösen Geist nach dem Rabbiner aus, der Erlaubnis erteilt hatte, sie unbestattet von Verdun bis nach Paris zu bringen? *Mich, nicht ihn*, ruft er erbittert dem bösen Geist zu und nimmt hastig das fiebernde Kind auf die Arme, um es schnellstens von dem Schiff in die Laubhütte der Juden zu retten.

Ja, plötzlich verliert der Rabbiner aus Sevilla das Vertrauen in den Schiffsherrn, weist sogar grob die mitleidige erste Frau ab, die ihm helfen will, den Jungen zuzudecken. Derart verfällt Elbaz seinen schlimmen Phantasien, daß er Ben Atar verdächtigt, er suche Vergeltung für sein gescheitertes Plädoyer in der Wormser Synagoge. Da Ben Atar jedoch weiß, daß man einen Menschen in Not weder zur Verantwortung ziehen noch in seiner Verzweiflung aufhalten darf, weist er sofort Abd el-Schafi an, seine Matrosen eine Tragbahre knüpfen zu lassen, um das kranke Kind heil ans Gegenufer zu bringen. Und da die Tore der Île-de-Paris schon geschlossen sind, lösen sie ein Beiboot vom Schiff, lassen vorsichtig die Bahre mit dem daraufgebundenen Jungen hinunter, setzen den besorgten Vater dazu und schicken für alle Fälle und Eventualitäten auch noch den schwarzen Sklaven mit, der an diesem Tage nun zum dritten Mal die Ufer wechselt. Dabei ist etwas Wundermildes an dem ruhigen mondbeschienenen Fluß, auf dem von Süd nach Nord ein kleines, aus dem bunten, bauchigen moslemischen Schiff geborenes Boot gleitet und fast ohne Wellenschlag auf das Kloster Saint-Germain-des-Prés zurudert, das gerade wieder aufgebaut wird.

Gegen Mitternacht pocht es hart an die Eisentür des Hauses der Juden, und der Partner und Neffe nebst seiner Frau, die notgedrungen ebenfalls Partnerin geworden ist, werden gebeten, ihr Haus dringend einem kranken Jungen zu öffnen, dem das in seinem Innern fiebernde Geheimnis des verbotenen Fleischgenusses tiefe, trügerische Schatten auf die Augen malt – wie die Lidschatten einer Frau – und seine Wangen ferkelrosa färbt. Esther-Minna nimmt das kranke Kind mit großer Erregung auf, in die sich trotz offensichtlicher Sorge auch Anzeichen versteckter Freude mischen. Als könnte sie über den kranken Jungen, der in ihrem Hause Genesung sucht, wieder Verbindung zu den Reisenden und vor allem zu dem Schiffsherrn bekommen, dessen Niederlage auch ihre ist. Deswegen schont sie trotz der mitternächtlichen Stunde weder ihre Magd noch den Schlaf ihres Mannes, der wieder ins Bett gesunken ist, ja scheut nicht einmal das Wimmern des Mädchens, das aufgeregt und erschrokken, aber nicht niedergeschlagen von dem Ausflug zurückgekehrt war. Esther-Minna möchte nämlich jetzt schlicht und großzügig sein, nicht nur rechthaberisch und raffiniert. Deswegen stellt sie für den kleinen Gast mitten in der Nacht die Schlafordnung auf den Kopf. Zuerst drängt sie Levitas in die Ecke der kleinen Laubhütte und plaziert Rabbi Elbaz neben ihn, damit auch er das Gebot, in der Laubhütte zu nächtigen, erfüllen könne, danach bittet sie Abulafia, eine Decke zu nehmen und in der Kammer des Mädchens zu verschwinden, um neben ihr Ruhe zu finden, und all das, damit sie den Jungen ins Bett ihres Mannes neben sich legen und so bis zum Morgen mit aller Kraft behüten könne.

Neben dem mutterlosen Jungen aus Sevilla liegt also Frau Abulafia wach und angespannt, entschlossen, keinen Atemzug oder Murmellaut, kein Seufzen oder Stöhnen in Schmerz oder Traum zu versäumen. Draußen ist inzwischen der gute Mond untergegangen, und schwarzer Samt segelt langsam über die Seine, die mit zwei anmutigen, doppelten Ufern das Herz des kleinen Paris umfängt. Eine furchtbare neue Sorge, vermischt mit unerklärlichem, zartem Glück, erfüllt die Seele der nicht mehr jungen, kinderlosen Frau, die sich schwört, den Todesengel nicht ein zweites Mal die dunkelhaarigen Südländer schlagen zu lassen, die sie mit ihrem Zurückscheuen nach Europa geholt hatte, sondern all ihre Frömmigkeit und Geistesgegenwart für den kranken Jungen einzusetzen, bei dem es ihr Pflicht, aber auch Begehren war, ihm eine zweite Mutter zu sein.

Immer wacher und feuriger werdend, verzichtet Esther-Minna nicht nur auf Schlaf, sondern auch auf das leichteste Dösen. Ja, sie steht auf und bezieht wie ein Wachsoldat Stellung am Bett des kranken Jungen, der sich in wechselnden Sündenangstträumen auf seinem Lager wälzt. Ringsum herrscht derart tiefe Stille, daß Esther-Minna meint, jeden Laut in ihrem Hause nicht nur zu hören, sondern auch richtig deuten zu können. Jenseits der Wand gehen die raschen Atemzüge Abulafias, der den wirren, stürmischen Geist seiner neben ihm liegenden Tochter zu ignorieren sucht. Und unten in der kleinen Laubhütte erklingt in inbrünstigem Wispern das Gebet des Rabbiners, der sich hütet, Levitas' Schlaf zu stören, den der süße Duft frommer Gebotserfüllung durchweht. Ja, so wunderbar ist die Stille ringsum, daß es ihr scheint, wenn sie das Fenster öffnete und die Ohren spitzte, würde sie nicht nur das Dümpeln des am Schiff vertäuten Bootes hören, sondern auch die Schritte des Götzendieners, der sich begierig den Weg zurück zur Hütte des Holzschnitzers bahnt. Und wenn sie verharrte und auch die Augen schlösse und den Kopf senkte und jeden Willen und Gedanken in ihrem Innern löschte, klänge womöglich auch hauchzart das Schluchzen der ersten Frau herüber, die auf dem Grund des Schiffes Liebe begehrt.

7

Sie zerbröckelt die glosende Glut des Lavendels und breitet ein weiteres Mal die Matte auf dem Boden aus, um die Stätte für den Schlaf zu bereiten, der schon darauf wartet, den Trauernden in seinen Schoß aufzunehmen. Doch damit nicht genug, möchte die erste Frau vor ihrem Weggehen auch die Kerzenflamme löschen, damit die tanzenden Schatten auf den Holzbalken des kleinen Kabinenraums ihrem Mann, dessen Augen jetzt jede ihrer Bewegungen verfolgen, nicht den Sinn verwirrten. Aber ehe sie nach der Kerze greifen kann, gebieten zwei eindeutig zusammenhängende Befehle ihr ernergisch Einhalt: »*Lösche nicht und gehe nicht.*« Als spüre der nordafrikanische Jude bereits, daß seine erste und nunmehr einzige Frau ein neues Wesensmerkmal hinzubekommen hat, das sich nicht im Dunkeln ergründen läßt, sondern der vollen Flamme bedarf, um alles darin Verborgene ans Licht zu bringen. Deshalb ist es kein Wunder, daß allein diese fünf Worte, traurig und sanft, aber auch bestimmt ausgesprochen, die große stille Frau derart in Beben versetzen, daß ihre Lider sich langsam senken.

Obgleich sie sehr wohl weiß, daß man an Festtagen nicht trauern darf, Ben Atar aber hier auf dem Grund des Schiffes eine rebellische, private Trauer hält, deretwegen der andalusische Rabbiner schon gemahnt hat, der Himmel werde sie nicht anerkennen, erschrickt sie doch ein wenig vor dem plötzlichen Verlangen, das religionsgesetzlich zwar unbedenklich ist, aber nicht nur einem Abgrund von Trauer und Gram zu entspringen scheint, sondern möglicherweise auch den sonderbaren Wunsch verfolgt, die tote Frau mit der lebendigen Frau im Liebesakt auf ein und derselben Matte zu vereinen. Deshalb hebt sie flehend den Blick zu ihrem Mann und versucht ihm mit zaghaft leichter Geste zu bedeuten, wenn das hier Erwachende nur Bedürfnis des Körpers und nicht des Herzens sei, sollte man vielleicht lieber noch ein paar Tage warten, bis das Schiff wieder ablege, auf daß sein sanftes Wiegen den Körper zu erweichen helfe, der während der Unbilden der noch unbeendeten Reise steif und hart geworden war.

Aber Ben Atars Gedanken richten sich gar nicht auf seinen Körper, sondern auf den seiner Frau, dessen Wärme jetzt jede Pore seines Fleisches umkost. Obwohl er seit jenem traumwandlerischen Einzug in die nächtlichen Wormser Gassen, da man ihm mit einem Handstreich seine beiden Frauen wegnahm, sie nicht mehr als Mann berührt hat, weiß er auf einen Blick, daß die lebende Frau auf dem Todeszug vom lothringischen zum fränkischen Fluß weder steif noch hart geworden ist, sondern im Gegenteil weicher und breiter, ja daß sich in ihrem Innern womöglich sogar ein neuer Raum aufgetan hat, den er nicht nur mit dem Ernst des Liebesakts zu entdecken sucht, sondern auch mit einem Anflug von Groll, der ihn durch seine Ungewohntheit und Stärke überrascht.

Ist es auch kein Groll gegen die anwesende Frau, der seine Lippen und Hände schon sehnlich zustreben, sondern gegen die fehlende Frau, die so schnell an ihrer Zweitstellung verzweifelt war, daß sie nicht mehr auf der Erde weilen, sondern sich nur noch darein verkriechen wollte, spürt die einzige Frau doch, daß dieser Groll auch auf sie ausstrahlt, und zum ersten Mal, seit sie sich ihrer Weiblichkeit bewußt ist, empfindet sie *Abscheu* vor ihrem Mann, als habe der schwere Weg, den sie zwischen den beiden großen europäischen Flüssen hin und zurück gereist ist, auch sie zu einer *neuen* Frau gemacht. Obwohl der Abscheu auf dem kleinen Raum der Kabine, eingezwängt zwischen Holzbalken, die das Feuer einer längst vergangenen Seeschlacht einst schwärzte, nur seelisch, nicht real wirken kann, muß Ben Atar seine Frau doch packen und festhalten, als er beginnt, ihr jetzt eigenhändig eine Hülle nach der andern abzustreifen, was er noch niemals hatte tun müssen, denn ihre Nacktheit samt all ihren Geheimnissen war ihm immer großzügig und in Gänze dargereicht worden, ohne Mühe und Aufenthalt.

Dieses sonderbare glühende Ringen zwischen ihnen bestätigt sie in ihrem geheimen Verdacht, daß der Gemahl, der sie jetzt fieberhaft entkleidet, nicht nur dem zustrebt, was sie als nunmehr einzige Frau hinzugewonnen hat, sondern bei ihr auch nach Resten der zweiten Frau sucht. Und diese Gewißheit, die ihre Seele vor Trauer und Schmerz beben macht, weckt in ihrem Innern merkwürdigerweise auch eine ungekannt starke Lust, so daß ihr einen Augenblick dünkt, ihre beiden Brüste, die jetzt aus dem ungestüm aufgerissenen Gewand hervorquellen, seien nicht nur ihre eigenen, sondern auch die einer anderen Frau, die mit dem Liebreiz ihrer Brustknospen und ihres Nabels auch ihre Leidenschaft wecke und belebe.

Ja, im tanzenden Kerzenschein auf üppig glatten Körperpartien, die bei ausgedehnten Mahlzeiten an nächtlichen Lagerfeuern zwischen der Île-de-France und Lothringen noch molligere Rundungen bekommen haben, merkt der immer stürmischer werdende Gemahl, daß sein Herz ihn nicht getäuscht hat. Daß nämlich in jenen traurigen und verfluchten Tagen, in denen die zweite Frau mehr und mehr dahinschwand, die erste Frau im verborgenen aufblühte, weshalb Ben Atar in seiner Erregung hastig einen der gelblichen Stricke losbindet, mit denen Abd el-Schafi Balken an Balken gebunden hatte, diesmal aber nicht in der Absicht, sich selbst zu fesseln, wie er es zuvor in den Nächten auf See getan hatte, um die junge Frau darüber hinwegzutrösten, daß sie zweite, nicht erste war, sondern ein wenig die Hände der schweren und großen einzigen Frau zu binden, die jetzt aufgerufen ist, die sehnliche Leidenschaft zu lindern und zu versöhnen, und die trotz allem, was geschehen ist, noch nicht die Stärke ihrer Doppelheit aufgibt.

Versucht der junge Götzendiener kraft eben derselben

Leidenschaft, die jetzt den Grund des Schiffes durchflutet, sich auf den dunklen Pfaden des nördlichen Ufers seinen Weg zu der Hütte voller Figuren zurückzubahnen, in der er am Mittag mit den beiden jüdischen Kindern eingesperrt war? Denn neben dem eigenartigen Verlangen, sich endlich einmal nicht nur vor fremden Bildnissen, sondern auch vor einem Abbild seiner selbst zu verneigen, zieht ihn das unvergessene Lachen der drei fremden Frauen dorthin, die nicht zauderten, seine Schamteile zu berühren, die seither voll und prall geblieben sind. Obwohl das Verlangen des jungen Schwarzen noch jungfräulich ist, vage in Grenze und Ziel, birgt diese Pariser Herbstnacht, die ihre Sterne hinter dünnem Nebel versteckt, doch genug Wonne und Sehnen, um den Wüstensohn, auch unter Einsatz der Spähertalente seiner Vorfahren, zwischen dunklen Hütten und Feldern, Fröschequaken und dem Geheul von Füchsen und Schakalen geradewegs zu der Hütte des Figurenschnitzers zu lenken, in der zu seiner Freude noch ein Lichtlein brennt.

Das Gesicht im offenen Fenster war so dunkel, daß der Hausherr den Jüngling gar nicht bemerkt, der aus so kurzer Entfernung zuschaut, obwohl er doch eben jetzt seine Gestalt heraufzubeschwören versucht. Ja, auch mitten in der Nacht, während die drei Frauen zu Füßen der verstreut stehenden Figuren schlafen, weicht der Schaffensdrang nicht von dem alten Künstler. Denn ehe sich der Gottessohn im nahen Jahr 1000 in seiner letzten und endgültigen Gestalt offenbaren würde, möchte der Bildhauer die Vision *seines* Heilands eilends mit den Gesichtszügen einer anderen Rasse würzen. Mit seinem kupferroten Meißel schnitzt und höhlt er das weiße Fleisch des Holzblocks vor sich, emsig bemüht, das schwarze Antlitz dem Dämmer der Erinnerung zu entreißen, ohne zu spüren, daß eben dieses stumm neben ihm im Fenster hängt. Doch die älteste der drei Frauen, die sich jetzt auf ihrem Lager umdreht, bemerkt den schwarzen Gast, der staunend sein Ebenbild aus dem weißen Fleisch des Baumes entstehen sieht. Ohne dem ganz in sein Werk vertieften Künstler ein Wort zu sagen, steht sie auf, schlüpft barfuß ins Freie und streckt ihre warme Hand nach dem bloßen Nacken des Afrikaners aus, der ob dieser erneuten Berührung seines Körpers derart verdattert und erregt ist, daß er nicht einmal das Gesicht zu wenden wagt.

Aber die zierliche ältere Frau, die trotz ihrer weißen Haare voll Lebenslust steckt, ist nicht bereit, von der hübschen Beute zu lassen, die aus der Tiefe der Nacht ans Licht gekommen ist. Halb kosend, halb zupackend zieht sie ihn in die Hütte, übergibt ihn aber nicht gleich dem überraschten Künstler, sondern führt ihn erst mal an die nachglühenden Kohlen des erloschenen Feuers, um seinen Körper zu wärmen, ehe man ihm die Kleiderfetzen abnimmt. Obgleich der junge Mann nicht weiß, ob sie ihn jetzt, mitten zur Zeit der zweiten Nachtwache, als Modell für die Holzfigur des Hausherrn oder für ihre eigene Phantasie enthüllen möchte, entblößt er ungezwungen selbst seine Lendenpartie, um sowohl dem Künstler als auch der freundlich lächelnden Frau seine beschnittene Männlichkeit zu zeigen, die, schmerzlich gedehnt, schon seit Stunden keine Befriedigung findet.

Eben das gleiche Abbild beschnittener Männlichkeit, wenn auch kindlich weich und noch ohne Schmerz oder Feindseligkeit, entblößt sich zwischen den Beinen des Elbaz-Jungen, der sich in Fieberqualen auf Abulafias Bett wälzt und mit den kleinen Händen Hemd und Hose abzustreifen sucht. Und obwohl Esther-Minna sich bemüht, ihn sanft zuzudecken und seine Schamteile ihren Blicken zu entziehen, versucht der Junge die Decke wieder und wieder wegzuziehen, als sei es keine einfache Decke, sondern eine abscheuliche, haarige Bestie, die sich an ihn klammere. Aber Frau Abulafia geht nicht ihren Mann wecken, um ihre Angst um den Jungen mit ihm zu teilen, hat es auch nicht eilig, Rabbi Elbaz zu rufen, auf daß er aus der Laubhütte heraufkäme und sich dem Gebet anschlösse, das sie jetzt für das Wohlergehen des kleinen Andalusiers spricht. Denn diese Frau hat so viel Selbstvertrauen, daß sie lieber allein den Himmel anruft, ohne Partner, deren Gebete womöglich zurückgewiesen werden würden.

Da sie jedoch nicht so naiv ist, es mit Beten allein bewenden zu lassen, weckt sie die alte lothringische Kindermagd, damit sie auf dem Herd Wasser wärme, um dem Kind mit einem lauwarmen feuchten und weichen Handtuch nicht nur den Schweiß und die Reste von Erbrochenem abwischen zu können, die an seinen mageren Gliedern kleben, sondern auch die Tränen, die ihm über die Wangen gelaufen sind. Und da sie energisch jeden Versuch ablehnt, das Geschehen der Welt mit Zauberwerk und Teufelsspuk zu erklären, getreu ihrem Vater, Rabbi Levitas, der in jedem Individuum und an jedem Ort, und seien es die vergessensten und verächtlichsten, den *heiligen Geist* zu finden suchte, auf den es zu hören gelte, versucht sie jetzt beim Waschen des Rabbinersohns, dessen dichte Locken sie plötzlich an die ihres Mannes erinnern, seinem Gemurmel das Geheimnis um den vortägigen Ausflug der jungen Leute auf dem rechten Flußufer abzulauschen. Eine merkwürdige Exkursion, von der der verständige Junge fiebernd und verwirrt zurückgekehrt war, während das arme Mädchen nun gerade seine Schwermut abgelegt hatte.

Als der Junge dann jedoch mit den brennenden Augen zwinkert und die hellen Augen der neuen Frau erblickt, deren Abscheu wahres Unheil über den Schiffsherrn gebracht und seinem Vater, dem Rabbiner, eine Niederlage bereitet hat, preßt er die Lippen zusammen. Denn obwohl diese weise und hübsche Frau sich mit großer Mütterlichkeit über ihn beugt und ihm gegenüber nicht den geringsten Abscheu empfindet, sondern im Gegenteil starke Zuneigung, weiß er sehr wohl, daß, wollte er das Geheimnis des Spanferkelfleisches in seinen Eingeweiden preisgeben, dieses offene Geheimnis sich in ein zweischneidiges Schwert verwandeln würde, das ihm wiederum in den Bauch gestoßen würde. Doch Esther-Minna, die sich schon Jahr und Tag über das Schweigen des heiligen Geistes grämt, der dem stummen Mädchen innewohnt, ist unter keinen Umständen gewillt, dem heiligen Geist, der sich jetzt in dem fremden Jungen verbirgt, weiteres Schweigerecht einzuräumen, zumal der braunhäutige, krausköpfige Knabe ihr im Dämmerlicht der zweiten Nachtwache wie ein kleiner Abulafia erscheint, der auf wundersame Weise in ihrem Haus gelandet ist, damit man ihn von Anfang an formen und erziehen könne. Daher beschließt sie, den heiligen Geist aus Sevilla auf Umwegen zum Reden zu bringen. Sie nimmt ihren Stuhl und stellt ihn ans Kopfende des Bettes, hinter den Kopf des Jungen, der schon duftend mit frisch gewaschenem Haar auf dem Rücken liegt, so daß er ihr nicht ins Gesicht blicken und ihre Reaktionen fürchten muß, sondern das Gefühl hat, vor sich hin zu denken und im Traum zu sprechen. Tatsächlich bewegen die leisen Fragen einer verborgenen Frau das junge naive Herz sofort, Antwort zu geben, wenn auch nicht in der Sprache der Fragen, sondern in ungestümem, abgehacktem andalusischen Arabisch. Und versteht Esther-Minna auch kein Wort der glühenden arabischen Beichte, in der ihr das durch Verzehr verbotenen Fleisches begangene Vergehen anvertraut wird, unterbricht sie den Redestrom doch nicht, sondern hört aufmerksam zu, in der Hoffnung und Annahme, daß das, was in ismaelitischer Sprache begann, schließlich in jüdischer Zunge enden werde.

Zunächst durchdringt die arabische Beichte jedoch den Wandschirm zwischen Zimmer und Kammer und regt mit ihrem altvertrauten Klang das Gemüt des jungen Mädchens an, bei dem der Anblick der Figuren, das Lachen der Frauen und der Geschmack des Spanferkelfleisches am Vortag wie mit Zauberstab Schwermut in Staunen und Verschlossenheit in Angst verwandelt haben. Statt nämlich wie gewohnt aufzustehen und zu wimmern, um wieder und wieder nach der Mutter in den Tiefen des Meeres zu rufen, die ihre Tochter für immer verlassen hat, kriecht sie vorsichtig aus dem Bett, um aufmerksam ihren Vater Abulafia zu betrachten, der völlig ruhig neben ihr schlummert. Und statt wie gewohnt wild fordernd an seinen Händen zu zerren, damit er ja nicht vergesse, ihr die Mutter wiederzubringen, die sie im Stich gelassen hatte, streckt sie nur eine kleine, aber starke Hand aus, um sein krauses Kopfhaar zu berühren und sein Gesicht zu streicheln, damit er die Augen aufschlage und ihr aus der sich mit leichtem Nebel füllenden Nacht nicht mehr die verlorene Mutter hole, sondern den jungen Götzendiener, der sie wieder zu der Wunderhütte auf dem Gegenufer des Flusses führen würde.

Aber die ismaelitischen Beichtworte des jungen Elbaz bringen es fertig, nicht nur den Wandschirm zu durchdringen und den Traum eines staunenden Mädchens in der Kammer zu beleben, sondern auch die krummen Holztreppen hinabzugelangen und, schwach im Klang, aber immer noch klar und deutlich, durch das Zweigdach von Herrn Levitas' kleiner Laubhütte zu schweben, die ja ausersehen ist, das flüchtige Dasein des Menschen, und erst recht das des Juden, auf Erden zu versinnbildlichen. Dort nun, neben Palmwedel, Myrten und Weidenzweigen, die, zum Strauß gebunden, wie eine schlanke und frische zweite Frau auf Herrn Levitas' Lager ruhen, ist jetzt jemand, der die wirre ismaelitische Beichte des fiebernden Jungen nicht nur hört, sondern auch versteht. Doch der Rabbiner, dem das abscheuliche Fleisch, das sein einziger Sohn gegessen hat, schon den Mund besudelt, hütet sich noch, eine Bewegung zu machen oder ein Wort zu sagen, um dem geliebten jungen Bekenner kein Zeichen zu geben, daß sein Vater mit ihm leide.

In der kleinen Kabine auf dem Grund des alten Wachschiffes, das im Pariser Hafen ankert, kursiert indes jetzt, in der traumwandlerischen Atmosphäre einer dunstigen Nacht, ein anderer, neuer Gedanke über Sünde und Strafe. Denn der nordafrikanische Ehemann, dessen Augen aufgeregt über die üppige, Mitgefühl weckende Blöße der großen, stillen Frau schweifen, die auf dem Kabinenboden schimmert, glaubt plötzlich, die hingeschiedene junge Kabinenbewohnerin mit der vor ihm liegenden ersten Frau vereinen zu können. Ehe er daher der in seinen Adern pulsenden Begierde nachgibt, die ihn auf die Knie zwingen möchte, zum Kosen Streicheln Küssen Lecken und Knabbern der reinen gerundeten Glieder seiner Frau, die sich ihre Anziehungskraft auch unter den Unbilden eben jener Reise zu wahren gewußt, welche ihrer Gefährtin einen so grausamen Tod bescherte, schließt er einen Moment die Augen und läßt kraft seiner amourösen Phantasie auch Gesicht und Körper der zweiten Frau erstehen. Da blickt er schon in die schmalen Bernsteinaugen, in denen ein gelblicher Funke tanzt, mustert die langen braunen Beine, die Beine eines Mädchens, das verheiratet worden war, ehe es sich noch ausgelebt hatte, spürt mit ausgebreiteten Händen den flachen Bauch, die festen gazellenhaften Mädchenbrüste, das Stechen der lustvoll versteiften roten Nippel. Und beim glucksenden Wellenschlag der unter ihm dahinfließenden Seine ist er sehnlich entschlossen, zwei Begierden in einem einzigen Liebesakt zu vereinen. Aber während er noch dahinschmilzt in seinem schwellenden doppelten Verlangen und seine Hand tastend das Gewand zu lösen sucht, um mit erregter Nacktheit der schrankenlosen, vielverheißenden Vereinigung nachzuhelfen, spürt er, wie seine steife Männlichkeit, die nach Ziel und Befriedigung sucht, ihm zuvorkommt und, noch gegen den Trauerriß seines Gewandes klopfend, nicht mehr innehält, sondern sich, sich allein, mit samtigem heißem Samen überzieht.

Ist das die Vereinigung, die ich ersehne, denkt Ben Atar im Schock bitterer Enttäuschung über den vergeblich in den dunklen Kabinenraum vergossenen Samen. *Wenn ja, wäre es ja keine Vereinigung, sondern eine Strafe, die ich nicht nur mir auferlegen will, sondern auch der mir Verbliebenen.* Und die erste Frau, die seit ihrer Hochzeitsnacht gelernt hat, jede kleinste Regung ihres Mannes zu deuten, wittert tatsächlich bereits den Geruch des unnütz vergossenen Samens im Dunkel der Kabine. Ihre schweren Lenden, die sich schon erregt der bevorstehenden Vereinigung entgegenreckten, sinken enttäuscht auf den Bettüberwurf der anderen Frau zurück, die auch im Tod nicht verschwunden ist. Die Hände, die mit zartem Streicheln den müden, wehen Körper des geliebten Mannes zu trösten begehrten, lösen sich still. Ja, obwohl sie jetzt praktisch frei und ledig ist, versteckt oder bedeckt sie nicht einmal die Blöße ihres enttäuschten Körpers, sondern atmet nur schwer, löscht auf eigenen Antrieb die nunmehr überflüssige Kerzenflamme und igelt sich zu einem großen weißen Embryo ein, in dem Wunsch, ihre Schmach nicht nur der Schmach der fehlenden Frau anzufügen, die ihre Leichenschleier abwerfen und sich wider Willen vereinigen sollte, sondern auch der Schmach der Männlichkeit, die Kopf und Ziel verlor.

Tatsächlich liegt die Männlichkeit jetzt schlaff und beschämt, weich und tränend da. Und hat sie auch Angst, sich so der einzigen Frau zu nähern, die womöglich schon an ihr verzweifelt ist, weiß sie, daß es für sie keine Sühne gibt, außer durch wirkliche Berührung, die doch Trost bringt, wenn sie auch nicht zum Ziele führen mag. So kniet der Schiffsherr leise im Dunkeln nieder und flattert behutsam mit den Lippen über die Blöße der Frau, um die richtige, passende Stelle zu finden, an der er sein schambedecktes Gesicht bergen kann und darf. Ja, dort in dem breiten Busen zwischen den Brüsten spürt Ben Atar seine Barthaare feucht werden, so daß er einen Moment verblüfft meint, die an der Männlichkeit des Mannes verzweifelte Frau wolle ihn womöglich stillen. Vorsichtig streckt er die Hände aus und führt ihre beiden Nippel an seine Ohren, vielleicht um dem Sprudel des neuen Quells zu lauschen. Aber die süßen Kuppen, die sanft seine Ohrläppchen kitzeln, sind trocken, und nach ihrer weichen Schlaffheit ist ihnen die Lust noch fern. Da erst ist der Herr der beschwerlichen Reise von Süd nach Nord einzugestehen bereit, daß es die viele Tage gewaltsam zurückgehaltenen Tränen sind, die ihm jetzt unaufhörlich aus den Augen rinnen.

Ben Atar kann nicht ahnen, wie wunderbar und süß die Frau die Tränen des Mannes findet, die zwischen ihre Brüste rollen. Sie hält still, bemüht, keinerlei Regung zu zeigen, die ihn erschrocken innehalten lassen könnte. Denn gerade, wo die Männlichkeit versagend zusammensackt, hat das Mannestum manchmal süße Anziehungskraft. Und obwohl sie weiß, daß die Tränen der für immer verlorenen Frau gelten, für die fortan auch kein Ersatz gefunden werden darf, ist sie weder gekränkt noch ärgerlich, ja im Gegenteil sogar stolz, daß die Tränen selbst nicht im Raum verloren sind, sondern zwischen ihre Brüste rinnen und auf ihren Nabel tropfen, so daß sie zu hoffen beginnt, der zweiten Frau Tränen möchten auch ihre Scham benetzen und rein und lauter in ihren Mutterschoß gelangen. Den Schoß, der jetzt ein wenig die Lippen auftut, um mit seiner kleinen Zunge die Botschaft der einzigen Frau zu flüstern, die nicht die phantastischen Traumbilder des Mannes will, sondern nur ihn selbst und seine Liebe.

Denn der Geist der Einbildung kann nicht nur um sich greifen, er kann auch ausufern, wie jetzt bei den Frauen in der Holzschnitzerhütte, die sich gegenseitig hochschaukeln angesichts des jungen Gastes, den es mitten in der Nacht gelüstet, nackt vor seinem Ebenbild niederzuknien. Zuerst kichern sie ein wenig und schwatzen in ihrer Sprache beim Anblick der schwarzen Ebenholzgestalt, die still dasteht und die eigenen ringenden Gesichtszüge im weißen Fleisch des Baumes sucht, aber langsam weiten sich ihre Augen in süßem Bangen angesichts der sauberen Trennlinie zwischen zwei glänzenden dunklen Pobacken, von Meisterhand geformt, bis die Weißhaarige einen tiefen Seufzer ausstößt und ihre kleine Hand an den Mund bringt, um darauf zu beißen.

Das offensichtliche Verlangen der Frau löst nun nicht etwa verlegenes Lachen oder auch leichten Spott bei ihren Gefährtinnen aus, sondern fegt im Gegenteil angesichts der nächtlichen Versuchung, die jetzt im vollen Glanz jugendfrischer Männlichkeit dasteht, alle Furcht vor der Lust fort. Ja, die unschuldige Hingabe, mit der der fremde Afrikaner sich vor dem alten Künstler entblößt, bohrt jetzt in den erotischen Phantasien nicht nur einer, sondern dreier Frauen einen dunklen Durchbruch zu neuen, erregenden, aber auch unendlich verderbten Horizonten.

Schon springt ein verschwörerisches Augenblitzen von Frau zu Frau über und fällt stumm auf den alten Hausherrn, um zu prüfen, ob er wohl noch des realen Modells bedürfe, das reglos vor ihm steht, oder ob man den jungen Mann schon für einen anderen Zweck requirieren könne, der zwar weder künstlerischer noch religiöser Art war, dafür aber voll wunderbar lebendiger Regung. Und der alte Holzschnitzer – derart amüsiert über die Leidenschaft der Frauen, die da mitten in der Nacht losbricht und seine Hütte überflutet, daß man fast meinen könnte, er lasse sich davon anstekken – legt den Meißel aus der Hand, fegt die Späne von dem um seine verletzte Identität ringenden Baumstumpf, verhängt ihn mit einem Tuch, als wolle er ihm die anwallende Sittenlosigkeit verbergen, und zieht sich auf sein Lager in dem kleinen dunklen Alkoven zurück, bedeckt sein Gesicht aber nicht, ehe er weiß, welcher der drei Frauen das Schicksal als erste lachen würde.

Nur sind die drei Frauen nicht willens und vielleicht auch nicht fähig, abzuwarten, bis das Schicksal zwischen ihnen entscheide, sie gründen lieber eine liderliche Schicksalsgemeinschaft. Ehe sie noch die Hüllen ablegen können, nähern sie sich dem Jüngling, dessen schwarzes Fleisch sie allein schon durch seinen Anblick dermaßen löst und enthemmt, daß sie ihn von Hand zu Hand, Mund zu Mund, Scham zu Scham weiterreichen, als sei er nicht Mensch, sondern Tier. Und je mehr die dreifache Begierde, die während der dritten Nachtwache tobt, an Wildheit und Kühnheit gewinnt, desto mehr mischen sich in die wundervolle Lust, die die bröckelnde Jungfräulichkeit des Wüstensohns bestürmt, auch Trauer und Schmerz. Ja, bei dem wonnevollen Stöhnen, das sich jetzt seinem Mund entringt, ähnlich den Schreien eines wilden Kamels, weiß und spürt er bereits, daß er von nun an bis ans Lebensende keine Ruhe vor der wütenden Sehnsucht mehr fände, die ihn und seine Nachkommen stets von Süd nach Nord ziehen würde.

Erstaunlicherweise weben sich beim ersten Morgendunst am Horizont dieselben Trauer- und Angstgespinste auch in die Gedanken Esther-Minnas ein, der ein feines neues Sehnen das Herz zusammenschnürt. Doch anders als bei dem Sklaven, der in der Hütte des alten Bildhauers auf dem rechten Ufer unter den Küssen und Bissen dreier loser Frauen herumgereicht wird, geht die keimende Sehnsucht im Haus der Juden in der Harfengasse bei der St. Michaelsquelle mit ihrer Sanftheit und Barmherzigkeit in die Gegenrichtung, von Nord nach Süd. Obwohl Frau Abulafia seit jener Nacht, in der Ben Atar erstmals mit dem Knaben in ihrem Haus erschien, scheinbar nur auf den Moment gewartet hat, in dem der Alptraum vorüber wäre und die südliche Reisegruppe, die ihre Welt durcheinanderbringen wollte, wieder Abschied nähme, ist sie jetzt, kurz vor der nahenden Abreise, fast traurig über den Aufbruch ihrer unterlegenen Gäste, vielleicht vor allem wegen der neuen Sorge um den andalusischen Knaben, der im Bett ihres Mannes Abulafia endlich in tiefen Schlaf gesunken ist. Nachdem der Junge sein Sündenbekenntnis nämlich schluchzend und stockend, wenn auch in der fremden und unverständlichen ismaelitischen Sprache, beendet hatte, war er dazu übergegangen, diesmal in der bekannten heiligen Sprache Israels, seine bangen Ängste vor der bevorstehenden Seereise zu klagen.

Noch nie hatte Esther-Minna ja ein heiles und ganzes Kind zur Verfügung gehabt, das man tagsüber mit guten Taten erziehen und nachts im Schlaf behüten konnte. Daher eilt sie, kaum daß Rabbi Elbaz' Silhouette beim ersten Morgenlüftchen in der Tür ihres Schlafzimmers erscheint, ihm auch schon entgegen, damit er ihr ja nicht den anmutigen gelockten Knaben wegnähme, der endlich Ruhe gefunden hatte. Daher übertreibt sie bei ihrem Bericht über das Fieber der vergangenen Nacht und beschwört den Vater, sie mit hingebungsvoller Pflege und angemessener Aufsicht sühnen zu lassen, was sie verbrochen habe. Ja, jetzt empfindet sie Reue wegen der *Sturheit ihres Abscheus*, aber nicht wegen ihrer Sünde. Der Rabbiner aus Sevilla reibt sich staunend den Schlaf aus den Augen, denn seit er im Pariser Hafen von Bord des alten Wachschiffs gegangen war, hatte er kein Wort der Reue aus dem Mund seiner zierlichen Gegnerin gehört, deren blaue Augen jetzt in seinem Herzen den fernen andalusischen Himmel aufsteigen lassen, bei dem er nicht mehr sicher ist, ob er ihn je wieder wird schauen dürfen.

Frau Abulafia eilt indessen, ihren Bruder aus dem nächtlichen Schlaf zu wecken, der durch das gebotene Wohnen in der Laubhütte, das Rascheln des Windes in deren Laub und den Duft des Etrogs, der neben seinem Lager ruhte, umso süßer war. Merkwürdig forsch bittet sie den verstörten Levitas, dem Rabbiner an diesem letzten Tag des Laubhüttenfestes den Vortritt einzuräumen, damit er am Ende des großen Hoschana-Singens als erster und mit aller Kraft die Weidenzweige abklopfen könne, in Erinnerung an den einstigen Dienst im nunmehr zerstörten Tempel. Und so geschieht es. Beim Rauschen der Regentropfen, die seit dem Morgen auf die Seine hüpfen, und dem Wortgeplänkel der fränkischen Flußschiffer, das die Luft erfüllt, beginnt Rabbi Elbaz als erster mit dem Lesen der Hoschanot: »*Möget ihr errettet und erlöst sein von Schwert und Hunger, von Gefangenschaft und Plagen und von allerlei Zerstörern und allerlei Unheil, die in der Welt wüten. Und möget ihr alle in das reine Jerusalem hinaufziehen und eure Füße auf den Hals eurer Hasser setzen, und mögen eure Füße in dem heiligen Hofe tanzen, und nehmet in die Hände die Frucht des Etrogbaumes, einen Palmwedel, Myrten und Bachweidenzweige und sprechet – Hoschana, hilf doch.*«

Aber zum Grund des alten Wachschiffes, das am rechten Ufer vertäut liegt und jetzt nur so schwankt unter den Füßen der ismaelitischen Seeleute, die der Regen aus dem Schlafe weckt, dringt Rabbi Elbaz' *Hoschana*-Ruf noch nicht durch. Und gewiß kann der Ruf, der die Laubhütte am linken Ufer erschüttert, nicht bis zu der Hütte des alten Künstlers am Fuß des Hügels mit dem weißen Fleck dringen. Doch während der Körper des Götzendieners noch müde zwischen den Figuren, zu Füßen seines abgedeckten Ebenbildes liegt, gebissen vom Lusthunger der gallischen Frauen und befleckt von seinem unendlichen Samenerguß, erwacht mit den Regentropfen auch Ben Atar aus seiner Schlaffheit, und bei dem Trappeln des Jungkamels im Bauch des Schiffes und dem neuen Duft der Gewürzreste, die aus den Säcken gerieselt sind und sich miteinander vermischt haben, streichelt kost küßt und drückt er nun mit aller Macht die einzig bei ihm gebliebene Frau. Und die erste Frau erwidert auch eilig mit aller Kraft die Liebe des erwachenden Mannes zur Vollendung eines einzigen, vollkommenen Akts, der frei von jedem, selbst vom Schatten eines fremden Gedankens war.

8

Ist es nicht endlich Zeit, das dreieckige Lateinersegel am hoch aufragenden Mast in der Mitte des alten Wachschiffes zu hissen und entschieden den Anker aus dem Grund des Pariser Flusses zu heben? Ist nicht der Moment gekommen, von Europa, dessen Himmel sich zunehmend verdüstert, Abschied zu nehmen und an den sicheren Ausgangspunkt zurückzukehren? Sogar einen hartgesottenen und erfahrenen Kapitän wie Abd el-Schafi verläßt die Geduld angesichts der Winde und Regenschauer, die in der Nacht des Thorafreudenfests über die Île-de-France fegen, denn wer weiß besser als er, daß man eiligst in See stechen muß, ehe die Nordwinde auf dem Ozean auffrischen. Ja, derart besorgt ist der arabische Kapitän, daß er sogar dem ruhigen Geist des ismaelitischen Fatums, das Allah die unendliche Welt nach seinem verborgenen Ratschluß regieren läßt, zu trotzen bereit ist und Abu Lutfi energisch auffordert, seinen jüdischen Partner aus seiner Trauer und Zögerlichkeit aufzurütteln, ihn zu zwingen, das zerrissene Gewand mit einem heilen zu vertauschen, und ihn aus dem Innern des Schiffes auf die alte Kommandobrücke heraufzuholen, damit er dort den einzig passenden Befehl gebe, auf den alle Ismaeliten sehnlich warten – das öde Europa zu verlassen und in das blühende Afrika zurückzukehren, um wieder den süß klingenden Ruf des Muezzins zu hören.

Vielleicht ist es das Blut jenes vor über hundert Jahren in die Hände der Wikinger geratenen und lange in ihrer Gefangenschaft verbliebenen Urahns, das Abd el-Schafis Sinne schärft und ihn die krankhafte und gefährliche Unentschlossenheit erkennen läßt, die gleich einer zähen Kletterpflanze des Schiffsherrn Tun und Denken überrankt. Es ist ja nicht nur Sorge um die Schiffsreise selbst, die längst den Zauber des Neuen und Abenteuerlichen eingebüßt hat und vor allem ihrer Nöte und Unbilden wegen im Gedächtnis bleiben wird, sondern ein tieferes Zaudern, weniger ob der *Abfahrt* als ob des *Abschieds* – sowohl von dem Neffen, dessen Partnerschaft mit Blut und Leid erneuert worden ist, als auch von dessen blauäugiger Frau, deren feines, aber energisches Wesen ihren alten *Abscheu* plötzlich in starkes neues *Hingezogensein* umschlagen läßt.

Tatsächlich strahlt diese Frau eigenartige *Anziehung* auf den betrübten, trauernden Onkel aus, dessen *annullierte Doppelheit* einen vagen Leerraum um oder auch in ihm hinterlassen hat, wie das Fehlen eines amputierten Arms oder Beins. Doch noch ist nicht ersichtlich, ob Esther-Minna ihre neue Anziehungskraft auf den Onkel zu steuern oder zumindest zu erkennen vermag, der anläßlich der beiden Schlußfeiertage, Schemini Azeret und Thorafreudenfest, geruht, aus seiner Trauer am Schiffsboden aufzusteigen, sich zu waschen, Haar und Bart zu stutzen und das zerrissene Gewand gegen ein neues zu tauschen, um in Heiligkeit und Reinheit die kleine, weiche aschkenasische Thorarolle umfangen zu können, die Levitas ihm für den gebotenen kurzen Festtagstanz mit der Thora übergibt.

Aber was genau ist das Geheimnis der eigenartigen Anziehungkraft, die jetzt zwischen der nördlichen Frau und dem südlichen Mann derart strahlt, daß sie, der wütenden Ungeduld der ismaelitischen Seeleute zum Trotz, die Abschiedsstunde noch weiter hinauszuzögern vermag? Schließlich ist des Nordafrikaners Feindschaft gegenüber Abulafias neuer Frau keineswegs verflogen, sondern brennt weiterhin in seinem Innern, und hätte seine junge Frau sich nicht in eine, wie es heißt, bessere Welt davongemacht, wäre es Ben Atar gar nicht eingefallen, den selbsteröffneten Feldzug aufzugeben, sondern er hätte, ungeachtet des Acht- und Bannspruchs, den der rothaarige Vorbeter ihm in Worms auferlegt hatte, einen weiteren Fluß auf dem europäischen

Kontinent ausfindig gemacht und die Wormserin zu einer dritten Streitrunde verlockt. Und dort, am Süd-, Nord-, West- oder Ostufer hätte er den Rabbiner aus Sevilla nicht Gericht oder Schiedsrichter benennen lassen, sondern wäre der sturen Frau allein entgegengetreten, von Angesicht zu Angesicht, bis er ihren Abscheu mit einer Rede überwunden hätte, die auf Lebensweisheit, nicht auf Gelehrtensprüchen fußte.

Allerdings hat das überraschende Hinscheiden der zweiten Frau ihm mittelbar einen Sieg eingetragen, aber einen bitteren und schalen Sieg, der keine Feindschaft aufhebt. Daher sind Art und Wesen der neuen Anziehung, die hier zwischen zwei Gegnern herrscht, unklar. Denn es kann doch nicht sein, daß jetzt, kurz vor der Abreise aus Europa und dem Abschied zwischen Nord und Süd, der ebenso sonderbare wie empörende Verdacht aufkommt, das erzwungene lange und enge Beisammensein der beiden bei Tag, aber auch bei Nacht während der gewundenen Reise von Paris nach Worms habe bei einem oder womöglich beiden eine wahnwitzige, verbotene Phantasie entzündet und die Hoffnung auf deren Verwirklichung verzögere nun den Abschied. Es ist ja schon ein Termin für das Sommertreffen der erneuerten Partnerschaft in der Bucht von Barcelona vereinbart, und Ben Atar braucht den ismaelitischen Seeleuten am Ausgang des zweiten Feiertags nur noch Befehl zu geben, die Segel zu hissen, den Anker zu lichten und flußabwärts der Mündung in den großen Ozean zuzugleiten, der, wer weiß, vielleicht auch schon lange sehnlich darauf wartet, das alte Wachschiff auf seinen Wellen zu schaukeln und zu wiegen.

Scheinbar werden sie durch die Krankheit des Elbaz-Knaben aufgehalten. Frau Abulafia bauscht sie ja mit besonders düsteren Symptomen auf, um nicht nur Rabbi Elbaz, sondern vor allem Ben Atar, den Reisevorstand, bestürmen zu können, Mitleid und Erbarmen mit dem kleinen Patienten zu haben und ihn nicht gleich Wind und Regen auszusetzen, sondern vorerst lieber abzuwarten und ihn in ihren Federn enesen zu lassen. Doch der Kaufmann aus Tanger erfaßt mit seinem feinen Gespür, daß sich hinter dem Flehen der neuen Nichte, kurz vor dem großen Abschied, ein kühner Wunschtraum verbirgt, aus dem auch er, Ben Atar, womöglich Nutzen ziehen könnte. Deshalb schickt er, ehe er über seine Antwort entscheidet, seine einzige Frau zu dem kranken Kind, um durch Befragen und Abtasten festzustellen, was an seiner körperlichen und seelischen Verfassung echt und was eingebildet sei. Und die erfahrene, feinfühlige Frau überbringt ihrem Mann auch Nachricht. Zwar habe hier sehr wahrscheinlich ein tatsächlicher, nicht nur phantasierter Verzehr verbotenen Fleisches stattgefunden, der das Herz des Knaben in Sturm versetzt und sein Schuldgefühl ins Wallen gebracht habe, aber all das berühre nur seine Seele, nicht den Leib. Das heißt, die Krankheit selbst sei gänzlich eingebildet.

Ben Atar enthält sich jedoch immer noch jeder abschätzigen Bemerkung über den *eingebildeten Kranken*, der hier unter sanfte, aber begeisterte Obhut genommen worden ist. Und da er das plötzliche Verlangen nach einem Kind, das da im Herzen seiner nicht mehr jungen kinderlosen Gegnerin erwacht ist, sogar teilnahmsvoll nachempfinden kann, versucht er neu zu überdenken, wie sich die eingebildete Krankheit in ein weiteres Faustpfand zur Stärkung seiner Partnerschaft verwandeln ließe. Denn es wäre ja durchaus möglich, daß die erneuerte Partnerschaft, gerade wegen ihres vorherigen dramatischen Zusammenbruchs, noch ein paar verborgene Risse aufwiese, aus denen wieder jener verfluchte *Abscheu* hervorbrechen könnte, etwa mit dem raffinierten Schachzug, nicht Abulafia zu dem sommerlichen Treffen nach Barcelona zu entsenden, sondern einen fremden Vertreter, einen einheimischen Privatpartner, der den Nordafrikanern den Ertrag der verkauften Ware überbrächte und die neue Ware entgegennähme.

Obwohl Ben Atar gar nicht daran denkt, das Auslaufen eines ganzen Schiffes wegen weiblicher Vernarrtheit in einen lockigen Knaben zu verzögern, wäre er daher bereit, auf den jungen Passagier zu verzichten und ihn bis zum nächsten Sommer zur körperlichen und geistigen Stärkung in Paris zu belassen, vorausgesetzt, Abulafia leiste ein klares Versprechen, bestärkt durch einen Eid auf die Seele seiner Frau – nicht der neuen, lebenden, sondern der ersten, ertrunkenen –, diesen Jungen nicht nur wie seinen Augapfel zu hüten, sondern ihn auch samt dem Geldbeutel eigenhändig zu der antiken Herberge zu bringen, die die azurne Bucht der Spanischen Mark überblickt. Erst nachdem sie dann gemeinsam das Klagelied der Zerstörung des Tempels zu Ende gesungen hätten, würden sie den Knaben Abu Lutfi übergeben, der bei Benvenisti schon ein junges Pferd für ihn ausgesucht hätte, um ihn in nächtlichem Ritt über Tortosa, Toledo und Cordoba in die väterlichen Arme nach Sevilla zurückzubringen.

Dabei überrascht, daß Ben Atar – innerlich schon freudig erregt ob der zu erwartenden Begeisterung Esther-Minnas, die schmerzlos und ohne die Mühen der Säuglingspflege einen fertigen, verständigen schwarzgelockten Knaben in Obhut bekommen würde, den man an die Hand nehmen und ohne Schimpf und Schande auf den Pfaden der kleinen Insel spazierenführen könnte – sich noch gar nicht um Rabbi Elbaz' Zustimmung zur Requirierung seines Sohnes bemüht, der mit seiner frischen Knabenhaftigkeit eine Partnerschaft zwischen Nord und Süd festigen soll, die allein durch Tod erneuert worden ist. Doch aufgrund hinlänglicher Bekanntschaft während der beschwerlichen Reise hegt der Kaufmann den Verdacht, daß der in Andalusien angeworbene Rabbiner nicht nur froh wäre, seinem Einzigen die Unbilden und Gefahren der Rückreise zur See zu ersparen, sondern sich seinem Sohn womöglich gern als weiterer Freund anschließen wolle. Da Ben Atar jedoch keineswegs der Sinn danach steht, auf den Ozeanwogen die Gesellschaft und Lehre des Rabbiners zu entbehren und mit seiner einzigen Partnerin allein unter Ismaeliten zu bleiben, enthält er sich vorerst noch jeden Wortes gegenüber den Juden, die auf seinen Spruch warten, und geht zunächst an Bord seines Schiffes, um seinen neuen Plan mit seinem treuen alten ismaelitischen Partner zu besprechen.

Doch Abu Lutfi scheint gar nicht mehr so treu zu sein, wenn er in Abwesenheit des Schiffsherrn dem Kapitän eigenmächtig erlaubt hat, nicht nur Mast und Takelage seefertig zu machen, sondern auch neue Ware an Stelle der gelöschten an Bord zu nehmen, um das Schiff für die Ozeanwellen zu *stabilisieren*. »*Neue Ware?*« fragt verwundert der Jude, dessen sonst wacher Handelssinn seit dem Tod seiner zweiten Frau erlahmt ist. »*Gibt es hier, in diesem entlegenen Land, denn etwas Gutes und Wertes, das auch bei den Menschen des Südens Gefallen finden könnte?*« Doch Abu Lutfi gibt keine Antwort, zwinkert nur geheimnisvoll und führt seinen Partner in den Bauch des Schiffes, aus dem ein merkwürdig unvertrauter Geruch aufsteigt, verbunden mit einem nicht weniger ungewohnten Murmeln. Und dort, in dem dunklen Laderaum, sieht Ben Atar Menschen an die Streben des alten Wachschiffes gefesselt.

»*Sklaven?*« haucht der Jude entsetzt angesichts der neuen Ware, die insgeheim auf sein Schiff verbracht worden ist, und fragt sich sogleich, ob dies kein bedenkliches Omen sei, denn bisher hatte Abu Lutfi, ursprünglich ein einfacher Ladendiener in dem Tuchladen in Tanger, nicht gewagt, auf eigene Initiative zu handeln, ohne Erlaubnis und Segen seines jüdischen Herrn. Ist das der Preis, den der Ismaelit jetzt für seine Teilnahme an den Mühsalen des innerjüdischen Streits erhebt, der bei all seinen Leiden doch indirekt auch den Geist und vielleicht zudem die Seele des Arabers erweitert und gestärkt haben dürfte? Oder ist das hier nur ein Zeichen der neuen Geringschätzung oder gar Wut des Ismaeliten gegenüber der Schwäche des Ehemanns, der seine blühende junge Zweitfrau aus der Welt scheiden ließ, nur um Gefallen in den Augen einer hellhaarigen, blauäugigen neuen Frau mit bleichen, traurigen Zügen zu finden?

»*Schau aus der Nähe …*«, flüstert Abu Lutfi dem Partner zu, der zaudert, weiter in die Tiefen seines Schiffes hinabzusteigen, das plötzlich eine neuartige Bedrohlichkeit ausstrahlt. Doch der Ismaelit läßt nicht locker, drängt den Juden, die sich schemenhaft abzeichnende, bestürzende neue menschliche Ware von nahem zu begutachten, die angesichts des neuen Herrn erstarrt, der nicht nur über ihr Wesen, sondern auch über ihren Wert rätselt. Sobald Ben Atars Pupillen sich genug geweitet haben, um klarer zu sehen, tauchen die Sklaven aus dem Halbdämmer auf und nehmen einzeln Konturen an. Pochenden Herzens erkennt der nordafrikanische Jude fünf schlanke, hochgewachsene Männer in langen Lederhemden. Der Atem stockt ihm, als er die Lichtflitter, die durch die Balkenritzen fallen, auf gelbblondem Haar tanzen und in hellen Augen blinken sieht, deren tiefe Trauer und Ergebenheit die Dunkelheit nicht zu überdecken vermag. Und in jäher Erregung, deren Vehemenz Ben Atar zutiefst bedrückt, schließt er seufzend die Augen, ehe er Abu Lutfi, der ihn stolz anlächelt, mit strenger Miene nicht nur nach dem Preis der bestürzenden Ware fragt, die im Schiffsraum angekettet liegt, sondern auch nach ihrem Glauben.

Erstaunlich, wie der natürliche, angeborene Handelssinn dieses Juden, der sich noch nicht gehörig in das Problem des Sklavenhandels vertieft hat, ihn zwei absolut angemessene knappe, treffende Fragen kombinieren ließ. Abu Lutfi erzählt nämlich nun stolz, daß Abd el-Schafi zu eben jener Zeit, als die Juden in Verdun für die Vergebung ihrer Sünden beteten, ersten Kontakt zu einem Sklavenhändler aufgenommen hatte, und daß man nach dem Heimgang der zweiten Frau insgeheim übereingekommen war, im Austausch gegen fünf Sack duftender Kräuter und zehn Kupferkessel fünf nordische Sklaven zu erwerben, deren niedriger Preis, Gott behüte, nicht etwa auf einer geistigen oder körperlichen Schwäche beruhte, sondern allein auf einem Defekt in ihrem Glauben, oder richtiger auf ihrem *Mangel* an Glauben. Denn sie entstammten einer wilden, entlegenen Gegend im Norden dieses trübseligen Kontinents, in die selbst nach tausend Jahren noch nicht die Botschaft von Geburt, Tod und Wiederauferstehung des gekreuzigten Gottes vorgedrungen sei. Einfach ausgedrückt, seien auch sie Götzendiener, wenn auch nördliche, nicht südliche, hellhäutig, nicht schwarz, deren mysteriöses, erratisches Denken und Handeln sie unberechenbar und daher auch gefährlich mache, so daß ihr niedriger Preis auf dem örtlichen Sklavenmarkt nicht weiter verwundere.

»*Götzendiener?*« flüstert Ben Atar erschrocken Abu Lutfi zu, der strahlend nickt. »*Was sollen wir ihnen denn zu essen geben? Und wer soll sie bewachen?*« Doch der Ismaelit ist derart glücklich über seinen selbst getroffenen Handel, daß er seinem jüdischen Gefährten verspricht, allein die Mühe und Verantwortung für das Wohl der neuen Ware zu übernehmen, ja er werde nicht nur persönlich bei ihnen weilen, um aufzupassen, daß sie keinerlei Schaden anrichteten, sondern auch versuchen, sie während der langen Fahrt ein wenig Ismaelitisch zu lehren, damit sie Befehle in dieser Sprache verstehen könnten, was ihren Wert und Preis bei den potentiellen Käufern erhöhen würde. Denn Abu Lutfi hegt keinen Zweifel daran, daß ihre helle oder rötliche Haut- und Haarfarbe sowie das Grün oder Blau ihrer Augen die Einwohner Andalusiens und Nordafrikas so verlocken und begeistern müßten, daß sie sofort Nachschub verlangen würden.

Ben Atar schweigt, aber seltsame Trauer überkommt ihn so, daß er fliehen möchte. Er hastet an Deck, wo Abd el-Schafi und einige kräftige Seeleute, die ihm sonst immer mit Respekt begegneten, ihn hart am Gewand packen und mit groben Worten barsch auffordern, sofort abzulegen, ehe die Nordwinde auffrischten und das Schiff in eine Todesfalle verwandelten. Wieder spürt Ben Atar, daß die ungewohnte Grobheit und freche Rede nicht nur Folge seines unerklärlichen Zögerns sind, sondern auch auf dem Fehlen der zweiten Frau beruhen, für deren Tod die Ismaeliten ihn indirekt verantwortlich machen. Hastig stammelt er ein neues Versprechen. Aber die Versprechungen des Juden scheinen ihnen wohl wertlos geworden zu sein, wenn sie ihm nun ausdrücklich drohen, falls er nicht auf der Stelle die jüdischen

Passagiere beihole, würden sie im Morgengrauen den Anker lichten und nicht nur ohne die anderen, sondern auch ohne ihn in See stechen.

Der Schiffsherr weiß, daß die Drohung echt ist und man ihm, so er dem Auslaufen nicht zustimmte, das Schiff wegnehmen würde. Und auf einmal ist ihm irgendwie leichter, als sei es den Ismaeliten gelungen, mit ihren derben Sandalen ein für allemal das Zaudern zu zertrampeln, das seit dem Einlaufen in Paris an ihm gezehrt hatte. Schon eilt er zu Abulafias Haus auf dem linken Ufer, um seine Frau und den Rabbiner an Bord zu holen und mit Abulafia und seiner neuen Frau nicht nur über die Bedingungen zu verhandeln, unter denen der kleine eingebildete Kranke in ihrem Hause verbliebe, sondern vor allem über seine Rückführung im nächsten Sommer.

Noch vermag Ben Atar sich nämlich seiner Zweifel und Bedenken gegenüber der geflickten Partnerschaft nicht zu erwehren. Als sei das gegen ihn geführte Bannschwert beim Tod der zweiten Frau nicht verschwunden, ja nicht einmal in seine Scheide zurückgesteckt, sondern nur in weiches altes Tuch gewickelt worden, und bei seinem Weggang aus Europa werde sich schon ein Vorwand finden, es ein zweites Mal gegen seine Gestalt zu schleudern, die hier wie ein Gespenst durch die Zimmer des düsteren Hauses geistern würde. Denn er hegt den Verdacht, daß Esther-Minna keineswegs ihre alte Abneigung gegen diese Partnerschaft aufgegeben habe, die Abulafia erneut ihrer Herrschaft entziehen und auf die fernen Wege des Südens führen würde, wo er dann mit dem Onkel zusammenkäme, und wer wollte sich dafür verbürgen, daß Ben Atar nicht raffiniert genug war, um auf dem fernen schwarzen Kontinent, und sei es nur im geheimen, die üblen Wege seiner mehrfachen Liebe wieder aufzunehmen.

Deswegen wäre es besser, grübelt Ben Atar, der eiligst durch die malerischen Gassen der kleinen Insel von Ufer zu Ufer strebt, *dem plötzlichen Verlangen einer kinderlosen Frau nach einem zeitweiligen Adoptivsohn nachzugeben, um mittelbar die erneuerte Partnerschaft zu stärken.* Erstaunlicherweise ist der Kaufmann jedoch immer noch nicht besorgt, daß Elbaz jeden Versuch abweisen könnte, seinen einzigen Sohn von ihm zu trennen und als Faustpfand zu benutzen. Meint der jüdische Kaufmann wirklich, daß man bei der Bestellung eines Rabbiners nicht nur Anrecht auf seine Weisheit und Gelehrsamkeit erwarb, sondern auch auf seine Seele und seine Gefühle? Oder spielt hier insgeheim der Wunsch mit, den Andalusier für die Selbstsicherheit und Debattierfreude zu bestrafen, durch die sie sich zu einem zweiten Gerichtsverfahren in den grundlosen Rheinsümpfen hatten verlocken lassen?

Als Ben Atar dann jedoch mit den anderen Juden am Bett des kleinen Passagiers steht, der in Erwartung der Entscheidung über sein Schicksal ängstlich die schwarzen Augen aufreißt, und sich bereit erklärt, auf ihn zu verzichten, begreift er, daß seine Autorität nicht nur unter den Ismaeliten schwindet, sondern auch unter den Juden. Denn Rabbi Elbaz braucht keineswegs die Einwilligung des Reiseführers, um seinen Sohn zur Kräftigung und Genesung Frau Abulafias Obhut anzuvertrauen, ja hat sogar beschlossen, als zusätzlicher Gast und späterer Begleiter seines Sohnes zu Lande dazubleiben.

Da überkommt den afrikanischen Juden erstmals und mit einem Schlag eine starke, neue Angst, die, wie er verzweifelt meint, fortan sein Leben begleiten würde, als sei sie seine zweite Frau geworden. Sein Gesicht läuft rot an, und er bebt vor Wut über die Untreue dieses Rabbi Elbaz, der ihn und seine einzige Frau – die still und unverschleiert in der Zimmerecke sitzt und ihren Mann mit ihren sanften Augen mustert – einfach sich selbst überlassen mag, allein und ohne den Schutz von Heiligkeit und Gebet auf einem alten Wachschiff, an dessen Deck dreiste Ismaeliten herumlaufen und in dessen Bauch Götzendiener angekettet sind, bei denen man nicht weiß, was sie hinter ihren hellen Blicken im Schilde führen. Wenn der Rabbiner es wagte, auf diese Weise seine Autorität und Ehre zu verletzen, so mochte diese Fahnenflucht nicht nur auf ein trübes Los der Heimreise zur See hindeuten, sondern auch auf einen möglicherweise insgeheim geschmiedeten Plan, die erneuerte Partnerschaft durch eine weitere tückische Untreue zu sabotieren, nämlich den Rabbiner, der im nächsten Frühjahr mit seinem Sohn nach Andalusien zurückkehren würde, als Kurier Abulafias zu benutzen, der vielleicht immer noch von seiner Frau zurückgehalten werden würde.

Wenn dem so war, durchfährt ein Rachegedanke den nordafrikanischen Juden, müßte man dem Rabbiner, der ihn derart im Stich ließ, vielleicht androhen, daß er sich damit um den Lohn brächte, den man ihm für seine Weisheit und Gelehrsamkeit versprochen hatte, zumal diese letzten Endes zu nichts nütze gewesen waren. Aber eine weitere Überlegung hält den alterfahrenen Kaufmann davon ab, die Drohung, die ihm im Halse steckt, auch auszusprechen, zum einen, weil er sicher ist, daß Abulafia und seine Frau einen Weg finden würden, den Rabbiner für das verlorene Honorar zu entschädigen, und zum andern in der Erkenntnis, daß es jetzt, in dieser trübseligen Dämmerstunde am Festtagsausgang nicht der Drohung bedurfte, die die Kluft nur vertiefen und die Einsamkeit der ängstlich erwarteten Heimreise verschärfen würde, sondern allein der sensiblen Weisheit, um zu gewährleisten, daß die bevorstehende Trennung zwischen südlichem und nördlichem Partner ein weiteres Pfand im Schoße trüge, als sicherer Garant dafür, daß in der alten verfallenen Römerherberge, die die Bucht von Barcelona überblickt, zu Beginn des Monats Aw tatsächlich das herzliche Treffen des liebenden Onkels mit dem geliebten Neffen zustandekäme.

Ben Atar blickt tief in die Augen der hübschen Füchsin, um zu ergründen, welches Pfand es von dieser energischen Prozeßgegnerin zu nehmen gelte, damit das Blut seiner jungen Frau nicht vergebens auf dem Altar der neuerstehenden Partnerschaft vergossen wäre. Esther-Minna erschrickt keineswegs unter dem eindringlichen Blick des Mannes, senkt auch nicht die strahlenden Augen, sondern verengt sie nur in mild tadelndem Warnruf, der den argwöhnischen Südländer lautlos auffordert, zu lauschen statt zu schauen. Tatsächlich haben die langen gemeinsam verbrachten Stunden diese beiden kühnen und starken Gegner gelehrt, einander richtig zu verstehen, zumal der Nordafrikaner noch nicht zu vergessen vermag, wie eben diese Frau in der Nacht ihrer Niederlage beim Prozeß in der Weinkellerei von Villa-lejuif ohnmächtig niedergesunken war und wie er sich nach ihr gebückt und sie aus dem Dickicht aufgehoben und auf Händen ein gutes Stück bis zum Lagerfeuer getragen hatte. Deswegen wundert es nicht, daß er ihren Wink versteht und ihrer Aufforderung folgt, die Augen von ihr zu wenden und dafür die Ohren zu spitzen und *ihrem* Pfand zu lauschen, das jetzt hinter dem Wandschirm zu wimmern beginnt.

Wenn nämlich alle übereingekommen sind, im Herzen Europas, in dem sich bereits die düsteren Wolken des nahenden Jahres 1000 zusammenballen, einen andalusischen Knaben als Faustpfand für das Sommertreffen der Partner in der Bucht von Barcelona zurückzulassen, ist es nur recht und billig, ihn mit einem Gegenpfand abzusichern, also ihm einen weiteren Knaben zuzugesellen, der aus dem Norden in den Süden mitgenommen würde, und wenn kein Knabe vorhanden wäre, könnte auch ein Mädchen diesem Zweck dienen, und sei es nur, um den kraushaarigen jungen Ehemann dazu zu bringen, jeder List zu widerstehen, die eine kinderlose und energische, stolze und mißtrauische Frau im nächsten Frühling erfinden könnte, um seine erneute Verbindung mit seinem Urgrund zu hintertreiben. So könnte Ben Atar sicher sein, daß Abulafia wirklich selbst in die Spanische Mark käme, um seine Tochter vom Kontinent des Zaubers zum Kontinent der Armseligkeit zurückzuholen.

Ja, das ist der eigenartige Gedanke, der jetzt überraschend gleichzeitig in den Herzen der beiden Prozeßparteien aufblitzt, harten Gegnern, die sich zunächst aus der Distanz von zwei Kontinenten, dann in Nahkämpfen geschlagen haben, und nun beim Abschied, im Zeichen der argwöhnischen Bedenken, die sie gegen die erneuerte Partnerschaft hegen, vor Angst und Müdigkeit in einer *neuen* Idee zusammenfinden, die Kind gegen Kind stellen möchte – und das nicht nur, um das *Zustandekommen* des Sommertreffens in der azurnen Bucht von Barcelona zu garantieren, wie Ben Atar es wünscht, sondern, auf Esther-Minnas Wunsch, auch dessen *Sittlichkeit*.

Denn wer immer bereit ist, aufmerksam auf das erneute Wimmern des Mädchens zu hören, wird merken, daß seit ihrem Zusammentreffen mit den Kindern des Südens ihr bedrücktes Wimmern in sehnliches Wimmern umgeschlagen ist. Und gerade wer wie Esther-Minna nicht glaubt, daß Zauber und Dämonen bei ihrer Geburt am Werke waren, wird sich freuen, sie wieder, und sei es auch nur für kurze Zeit, an die blauen Gestade ihrer Heimatstadt zu bringen, damit sie sich an den halb vergessenen Farben und Düften laben und den Sehnsuchtsschmerz in süße Realität versenken möge. Zumal Frau Abulafia, von der Sorge für das Mädchen befreit, sich der Frühjahrsreise ihres Mannes anschließen könnte, nicht nur, um das Treffen der Partner in der lauschigen, versteckt gelegenen Herberge über der Bucht von Barcelona zu genießen, sondern auch, um aus der Nähe zu prüfen, wie das christliche Jahr 1000 ohne jüdische Doppelbeweibtheit in den Ländern der Ismaeliten verging, und mit eigenen Augen zu sehen, wie der kluge Onkel die Ausbeute der verkauften Ware verteilte.

So verfliegt an diesem Pariser Herbstabend beim Glokkenklang des Klosters Saint-Germain-des-Prés am Ufer des Flusses der alte *Abscheu*, und die Partnerschaft, wiedergeboren aus dem Staub des nahen Grabes der zweiten Frau, weitet und festigt sich im flackernden Kerzenschein mit solcher Macht, daß man einen Augenblick meinen könnte, sie würde hinfort sogar noch stärker und stabiler sein als vor Abulafias erster Begegnung mit seiner Frau in der Herberge in Orléans. Und während Abulafia noch versucht, den vereinten Absichten seiner Frau und seines Onkels auf den Grund zu kommen, ergeht hinter dem Wandschirm bereits leiser Befehl an die germanische Kindermagd, das Mädchen für die Seereise fertig zu machen und die Kammer dem kleinen eingebildeten Kranken herzurichten, der seine Füße jetzt, statt an der Spitze des Großmasts, an den Decken reibt. Auch Levitas, der aus jedem neuen Gedanken einen weiteren zu entwickeln vermag, hält sich nicht mit unnötigem Staunen über die Handlungen seiner älteren Schwester auf, sondern überlegt schon, welcher Nutzen sich der Weisheit des Rabbiners aus Sevilla abgewinnen ließe, damit er hier bis Frühlingsanfang sein Brot nicht umsonst äße.

Dann bedeutet Ben Atar seiner Frau müde und ausgelaugt, sich von ihrem Sitz zu erheben und mitzukommen, und ohne den Rabbiner oder Abulafia anzusehen, eilt er aus dem Haus, als fürchte er einen weiteren Versuch der neuen Frau, die Partnerschaft mit ihm bis zum Ersticken festzuzurren. Er tritt an die frische Abendluft hinaus, überquert den Fluß auf der schwankenden Fährbrücke und findet sich flink durch das Gassengewirr der Pariser Insel, die ihm im letzten Monat eine Art zweite Heimat geworden ist, eilig bedacht, Abu Lutfi und Abd el-Schafi mitzuteilen, daß der ersehnte Befehl ihm bereits auf der Zunge liege. Aber als er dem Anlegeplatz am rechten Ufer näherkommt und die eng nebeneinander schwankenden Masten und Segel im Dunkel des kleinen Hafens überblickt, stockt ihm einen Moment der Atem bei dem Gedanken, die Ismaeliten könnten schon ihre Drohung wahrgemacht und ohne ihn abgelegt haben. Doch das alte Wachschiff dümpelt noch, und trotz der langen Zeit, die es schon im Hafen der Île-de-Paris vor Anker liegt, hat es sich seiner Umgebung nicht angeglichen, sondern hebt sich nach wie vor von den christlichen Schiffen und Booten ringsum ab.

Das Deck ist leer, nur eine einsame Laterne schimmert dort. Auch scheint niemand ihr Kommen zu bemerken, denn es wird kein Boot ausgeschickt und keine Strickleiter herabgelassen. Ja, da Ben Atar noch nicht weiß, daß der schwarze Sklave, der seine Herren allein an ihrem Geruch zu erkennen vermag, nicht von seinem Lustwandel am rechten Ufer aufs

Schiff zurückgekehrt ist, kommt ihm der Gedanke, es könnte eine Verschwörung gegen ihn im Gang sein. Während er noch mit den Füßen im Uferschlamm steht und das Gesicht seiner Frau wieder hinter einem dichten Schleier verschwindet, merkt Ben Atar, wie tief die Enttäuschung und Verzweiflung über den Ausstieg des andalusischen Rabbiners ihn erschüttern, und er läßt einen ismaelitischen Schrei ertönen, der zwar die fränkischen Matrosen ringsum aufschreckt, nicht jedoch jene, die ihn an Bord hören sollten. Als er noch einmal schreien will, nimmt seine Frau den Schleier ab und kommt ihm mit einem wilden, lauten Schrei zuvor, dessen er sie nie für fähig gehalten hätte. Gerade der durchdringende Frauenschrei holt die Matrosen nun aus dem Schiffsbauch herauf, und schon hastet auch Abd el-Schafi persönlich ins Boot hinunter, um seinen Herrn und dessen einzige Frau auf seinen starken Armen an Deck ihres Schiffes zu bringen.

»*Morgen segeln wir nach Afrika*«, gibt Ben Atar seine Entscheidung dem Kapitän kund, als liege Afrika nicht Tausende von Meilen entfernt, sondern gleich dort hinter dem rosigen Horizont. Abd el-Schafi sagt kein Wort, nickt nur lächelnd und sieht aus, als bedürfe er nicht mehr der Auslaufgenehmigung des Juden, sondern warte nur noch, bis Abu Lutfi seine Sklavengeschäfte beende. Tatsächlich scheint es, nach dem regen Auf und Ab der Seeleute in und aus dem Schiffsbauch zu urteilen, als sei die *Stabilisierung* des Schiffes in den letzten Stunden verstärkt und neue lebende Ware, die zusätzlichen Platz erforderte, in die Tiefen des Schiffes hinabgeschafft worden. Daher wundern weder die Zufriedenheit, mit der Ben Atars Nachricht vom Fernbleiben des Rabbiners und seines Sohns aufgenommen wird, noch die Bedenken bei dem Zusatz, daß eine junge, verwünschte Passagierin mitkomme. Doch als man Abu Lutfi daran erinnert, daß sie schon vor zehn Jahren als kleines Mädchen in dem ersten Boot, das nach Barcelona segelte, zwischen den Warenbergen umhergekrabbelt war, willigt er ein, sie erneut auf Fahrt mitzunehmen.

Überhaupt scheint dieser Ismaelit, der während der ganzen Reise geduldige Zurückhaltung geübt hatte, nun zunehmend Herrschaft über das Schiff zu ergreifen, so daß Ben Atar schon Angst hat, in den Schiffsbauch hinabzusteigen, um nachzusehen, was zu der wimmelnden, gefesselten Ware hinzugekommen war. In der Trübsal, die mehr und mehr seine Seele ergreift, schließt er sich nicht der ersten und einzigen Frau an, die ihre Kabine am Bug eingenommen hat, sondern macht sich zunächst auf die Suche nach dem jungen Götzendiener, damit der ihm seinen geliebten starken Kräutertrank koche. Doch zu seiner Verblüffung hat die Stadt Paris den jungen Schwarzen verschlungen, auch Abu Lutfi weiß nicht, wohin er verschwunden ist, ja gibt sich nicht mal Mühe, ihn zu suchen, als brauche er nun, da er sich mit neuen Sklaven eingedeckt hat, den alten nicht mehr. Unterdessen wird es tiefere Nacht ringsum, und der jüdische Kaufmann, dessen Angst von Stunde zu Stunde wächst, steht an die Reling gelehnt, umgeben von Seeleuten, die das Schiff fieberhaft seeklar machen, und betrachtet mit sehnlich wehem Blick die sinkenden Lichter der kleinen Stadt, als versuche er, die Grabstätte seiner zweiten Frau zu erkennen, in dem plötzlichen Verlangen, sich ihr zuzugesellen und sich in ihrem Staub zu wärmen, statt alsbald den kalten Tiefen eines wilden Ozeans anheim gegeben zu sein.

Am Ende der dritten Nachtwache geht das dreieckige Lateinersegel in voller Pracht am Mast hoch, und es sieht nicht so aus, als könnte irgendwer oder irgendwas das alte Wachschiff daran hindern, flußabwärts dem Ozean zuzusegeln und den Rückweg in die warme Heimat anzutreten. Im milchig trüben Morgenlicht weckt Abu Lutfi sodann seinen jüdischen Partner, der verzweifelt, in leere Kräutersäcke vermummt, auf der alten Kommandobrücke hingesunken war, und meldet ihm die Ankunft der jungen Passagierin, die schon wie ein Wollknäuel am Flußufer steht, flankiert von ihrem leiblichen Vater und dessen neuer Frau, das Gesicht glühend rot, verpackt in warme neue Kleider, um sie gegen jeden Sturm zu schützen.

Doch sie wird nicht als einzige das unter Segel stehende Schiff besteigen, denn in den dünnen Streifen ersten Morgenlichts erkennt Ben Atar staunend Rabbi Elbaz' vertraute kleine Gestalt. Wie sich herausstellt, ist der andalusische Rabbiner zwar nach wie vor entschlossen, seinen Sohn, auch wenn er nur ein eingebildeter Kranker ist, nicht den Gefahren einer Seereise auszusetzen und lieber Abulafias und seiner Frau Versprechen zu trauen, ihn auf dem Landweg nach Sevilla zurückzuschicken, um dafür ihr bedauernswertes Mädchen wiederzubekommen, aber was ihn persönlich betrifft, hat er sich doch entschieden, wieder an Bord des alten Wachschiffs zu gehen, nicht nur, um so schnell wie möglich nach Sevilla zurückzugelangen und sein versprochenes Honorar zu erhalten, sondern vor allem, um seinem jüdischen Auftraggeber aus Nordafrika ein treuer, beständiger Mitreisender zu sein und damit zu beweisen, daß er nicht etwa den einmal übernommenen Auftrag niederlege oder gar Verrat an seiner Mission übe, Stand und Rechtmäßigkeit einer zweiten Frau zu verteidigen. Mochte es auch Gottes Ratschluß gewesen sein, sie zu sich zu nehmen und sie am linken Ufer dieser entlegenen Stadt Paris zu begraben, so hatte sich ihre edle, aufrechte Gestalt doch der Seele des Rabbiners tief eingeprägt, und ihr Gewand und Schleier wehen immer noch wie wonneholde Geister durch seine Phantasie. Ja, Elbaz hat und wird sie nicht vergessen, und alle Worte, die für sie und ihr Wohl gesprochen wurden, sei es in der Weinkellerei von Villa-le-juif, sei es in der Wormser Synagoge, glitzern und glänzen wie Diamanten in seinem Bewußtsein, neben den Gesetzes- und Moralsprüchen, die er in seine Reden nicht mehr hatte einflechten können, die ihm aber ausgefeilt zu Gebote stehen, für den Fall, daß man ihn zu einem neuem Gelehrtenstreit über eine zweite Zweitfrau beizöge.

So geht Elbaz, verwirrt, erregt und sogar etwas ängstlich, mit seinem Sack an Bord und fällt Ben Atar um den Hals, um ihn seiner Treue zu versichern und ihm seine Besorgnis wegen des baldigen Auslaufens anzuvertrauen. Einen Moment scheint es, als tauschten sie insgeheim Tränen. Da er allein seine Kabine am Bug bezieht und auch gar nicht daran zu denken ist, die junge Mitreisende in den Schiffsbauch hinabzubringen, quartiert man das verhexte Kind bei ihm ein, nachdem man einen dünnen hölzernen Wandschirm aufgestellt hat. Unterdessen ist Esther-Minna schon eilig dabei, sein Lager und das des am ganzen Leib zitternden Mädchens mit dicken Decken zu polstern, umarmt die Kleine auch immer wieder fest, um ihre Furcht zu lindern, während Abulafia auf Abu Lutfis Bitte in den Schiffsbauch hinabsteigt, um einen Blick auf die Ladung Sklaven zu werfen, die ungeduldig rumorend auf das Auslaufen warten. Doch als Abulafia, hochrot und verwirrt von dem, was seine Augen sahen, wieder aus dem Schiffsbauch heraufkommt, sagt er kein Wort, weder zu seiner neuen Frau noch zu seinem Onkel, um den ersehnten Abfahrtsmoment nicht erneut zu verzögern.

Dieser Moment tritt denn auch ein, nicht etwa leise, sondern singend, denn ehe man die nicht Mitreisenden von Bord schickt und den Anker hebt, legt Abd el-Schafi beide Hände über die Ohren, um nur die Stille seines Gottes zu hören, und hebt an, gleich dem Muezzin der großen Moschee in Tanger, den Aufruf des Propheten an seine Mohammedaner zu intonieren, aufs Gesicht zu fallen und Allah zu bitten, üble Winde in gute zu verkehren, und obwohl die Juden den acht niederknienden Ismaeliten kein Zehnerquorum entgegensetzen können, haben sie doch ein nettes Grüppchen, nicht nur von dreien, sondern von vieren, denn Levitas hat es sich nicht nehmen lassen, in gebotener Weise Abschied zu nehmen, sondern ist früh aufgestanden, um die Kommandobrücke zu besteigen und das Reisegebet der südlichen Juden zu bestärken. Nach Beendigung der beiden Gebete, des moslemischen wie des jüdischen, und der Segensrufe der christlichen Seeleute ringsum, kann dann nichts mehr auf der Welt das Schiff davon abhalten, zu wenden und Kurs auf seinen Ausgangsort zu nehmen.

Wieder setzt das leichte Wiegen ein, das in den vierzig Tagen zu Lande schon vergessen schien. Ist es auch noch das sanfte weiche Wiegen des Flußwassers, nicht das Wogen mächtiger Ozeanbrecher, besitzt es doch ein überraschendes neues Tempo, sei es wegen der Strömungsrichtung, sei es wegen der Herbstwinde. Denn ehe die Reisenden noch daran denken, zurückzuschauen, um von der kleinen Pariser Insel Abschied zu nehmen, ist sie schon weg, hinter der ersten Biegung verschwunden und vom Glanz der östlichen Sonne verschlungen, die rasch und energisch hinter ihnen entflammt, um alsbald vor dem Bug des Geschwindigkeit gewinnenden Schiffes zu tanzen. Doch die stille herrliche Natur zu beiden Gestaden vermag den jüdischen Passagieren, die stumm an den Stricken der Reling lehnen, keine Ruhe mehr zu spenden, flößt ihnen nur leises Grauen ein, das sie drängt, im Uferdickicht nach einer männlichen oder weiblichen Gestalt zu spähen, mit der man zumindest ein Abschiedswinken tauschen könnte.

Aber die trübe Kälte des europäischen Herbstes hat die Stille der Welt offenbar vertieft, und da kein Kind, an die Mastspitze geklammert, in die Ferne schaut und über das Dickicht hinausblickt, bleibt jedem, der sich nach mitmenschlichem Kontakt sehnt, nichts anderes übrig, als ein Lebenszeichen in den wunderhübschen purpurroten Blättern zu suchen, die langsam und lautlos von den großen traurigen Bäumen fallen, die ihre tiefen Schatten auf das fließende Wasser werfen. Und obwohl der Kapitän, der sich wieder an den Mast gebunden und seine Matrosen an die Kandare genommen hat, um genau lavieren zu können, fest entschlossen ist, in starkem ausdauerndem Schwung Tag und Nacht dem großen Ozean zuzustreben, muß er angesichts der von Stunde zu Stunde wachsenden Autorität Abu Lutfis dessen entschiedener Forderung nachgeben, kurz im Hafen von Rouen haltzumachen, um festzustellen, ob dem Herzog, der ihnen vierzig Tage zuvor das weibliche Jungkamel abgekauft hatte, schon bewußt geworden war, daß er zum Wohl des jungen Wüstentiers in seinem Besitz besser daran täte, ihm einen männlichen Partner zum verbilligten Preis beizugeben.

So wird denn im Abenddämmer des zweiten Tages seit Auslaufen des braunen Schiffes aus dem Pariser Hafen schon erneut Anker geworfen, unweit der kleinen Häuser von Rouen. Und Abd el-Schafi, unter keinen Umständen bereit, das Schiff bis zum Morgenanbruch aufzuhalten, gibt Anweisung, ein kleines Boot in das dunkle Wasser zu lassen, und entsendet den ismaelitischen Kaufmann mit dem andalusischen Rabbiner als Dolmetscher, um noch diese Nacht den Herzog oder seinen jüdischen Berater ausfindig zu machen und ihnen den vernünftigen Vorschlag zu unterbreiten. Doch wenig später kehrt Abu Lutfi düster und traurig zu Ben Atar zurück, in den Händen gelbliche Lappen. Wie sich herausstellt, hat die junge Kamelstute bei ihren neuen Eigentümern nicht lange durchgehalten, ist aus Fahrlässigkeit oder mangelnder Pflege oder vielleicht aus Sehnsucht nach ihrem Partner im Hinterhof der Kirche zusammengebrochen und hat ihre Seele ausgehaucht. Aber statt das edle Wüstentier in Leichentücher zu hüllen und unversehrt zu begraben bis zum Anbruch des Jahres 1000, das ja die Auferstehung aller Toten bringen sollte, hatte der christliche Herzog es der Neugier und Raffgier der Ortsansässigen preisgegeben, die es eiligst in kleine Stücke zerlegten, um so viel wie möglich herauszuschlagen und sich wenigstens teilweise für den gezahlten Preis schadlos zu halten. Nicht einmal die Haut hatten sie geschont, sondern vielmehr abgezogen und gegerbt und dadurch deren wunderbare Fähigkeit entdeckt, matt gewordenem Gold und Kupfer wieder Schimmer und Glanz zu verleihen.

Aber Ben Atar ist mit den Gedanken nicht bei der Klage des alten Partners, der seit Verschwinden des schwarzen Heiden herrschsüchtig und verbittert geworden ist. Wortlos zieht er aus den Resten der jungen Kamelstute, die aus Rouen herbeigebracht worden sind, ein weiches gelbliches Lederstück und führt es ans Gesicht, um festzustellen, ob der Geruch, der ihm im Schiffsbauch, auf dem Weg zur Kabine der zweiten Frau, in die Nase gestiegen war, noch an dem kleinen Lappen hafte. Und während der Kapitän in der nächtlichen Stille Befehl erteilt, den Anker zu lichten, eine große Laterne am Bug zu entzünden und die Fahrt fortzusetzen, wird der nordafrikanische Jude von traurig-süßem Verlangen nach der verschiedenen Frau befallen, derart, daß er sich nicht enthalten kann, in die Tiefe des Schiffes abzusteigen, um wenigstens einen kurzen Blick in die verlassene Kabine zu werfen.

Im Halbdämmer, neben dem Schatten des Jungkamels, dessen Schicksal nach dem Tode seiner Partnerin in Rouen besiegelt sein dürfte, entdeckt der jüdische Schiffsherr, daß der Kapitän seinen neuen Sklaven bereits Ruder in die Hand gedrückt hat, die durch wieder geöffnete versteckte alte Schlitze in der Schiffswand hinausragen. Während er sich unter Ruderknarren und Wasserschlag vorsichtig weitertastet, merkt er an der Zahl der ringsum schwankenden Schatten, daß sein Partner die *Stabilität* des Schiffes noch erheblich verstärkt hat.

Und sobald er nähertritt, um die zuletzt hinzugekommenen Sklaven zu mustern, die sich in seiner alten Trauerkabine drängen, wallt neue stürmische Erregung in ihm auf, die ihn bis ins Mark erschüttert. Denn ehe er noch die Augen niederschlagen kann, durchbohren ihn bereits die ängstlichen und neugierigen Blicke dreier hellhaariger, blauäugiger Frauen, die an ihren langen Beinen aneinander gefesselt sind. Als Abu Lutfi nun mit schelmischem Lächeln zu erklären versucht, welch schönes Geschäft da noch kurz vor dem Auslaufen zustande gekommen sei, stößt der Jude ihn mit einem Schlag zur Seite und eilt an Deck, wo er feststellt, daß trotz tiefer Nacht alle wach sind, nicht nur der Kapitän und seine Leute, sondern sogar seine Frau, die in zahlreiche Gewänder gehüllt auf der alten Kommandobrücke sitzt und Rabbi Elbaz lauscht, der immer noch erörtert, ob es richtig gewesen sei, einer fremden Frau, hartnäkkigen Prozeßpartei und kinderlosen Gegnerin seinen halb verwaisten einzigen Sohn zu überlassen.

Obgleich Ben Atar weiß, daß er weder seiner Frau noch gar dem Rabbiner verheimlichen kann, was er eben mit eigenen Augen im Bauch des Schiffes gesehen hat, versucht er, mit der Kunde noch zurückzuhalten, und bedeutet der ersten Frau nur wortlos, mit sanfter, müder Geste, den Rabbiner aus Sevilla zu verlassen und in ihre Kabine zurückzugehen, denn gerade jetzt, da ihm aus den Tiefen des Schiffes das seichte und unsittliche Angebot entgegenwallt, eine einzelne, spezifische Sehnsucht gegen vielgestaltige Wirklichkeit einzutauschen, muß er angstbebenden Leibes erneut prüfen, wie weit sich die Grenzen einer einzigen Frau erweitern ließen – mit Körperkenntnis, die stets auch Seelenkenntnis enthält.

Aber als er mitten in der dritten Nachtwache die Kabine verläßt und der eifrige, ganz vom Segeleifer ergriffene Abd el-Schafi hoch vom Mast auf ihn niederblickt, weiß er das, was er immer gewußt hat – daß nämlich eine Frau niemals die Verheißung einer andern erfüllen kann. Immer noch halten seine Augen vergeblich nach dem schwarzen Sklaven Ausschau, der sonst stets aus einer Ecke hervorgekommen war und sich zwischen einer Nachtwache zur andern, zwischen erster und zweiter Frau, vor ihm verbeugt und demütig seinen Mantelsaum berührt hatte, bevor er ihm den kochendheißen Kräuterextrakt servierte. Wo ist dieser Götzendiener? fragt der Jude sich sehnlich. Wer hat ihn gefangen? Lebt er noch? Hatten die neuen Sklaven und Sklavinnen Abu Lutfi wirklich derart den Kopf verdreht, daß er seinen treuen Diener so schnell aufgab?

Denn auch bei aller Anstrengung seiner Phantasie verfiele Ben Atar nie auf den Gedanken, daß er ihm nie und nimmer auf die Spur käme, selbst wenn es ihm jetzt unter Einsatz seiner gesamten einstigen Autorität gelänge, das der Flußmündung zustrebende Schiff anzuhalten und zu wenden, um erneut die Île-de-France nach dem verlorenen Afrikaner abzusuchen. Einerseits ist der schwarze Jüngling nämlich gut in jener fernen Hütte versteckt, umschlungen von den Armen dreier Frauen, die angesichts des nahenden Jahres 1000 entschlossen sind, das Begehren des alten Holzschnitzers zu erfüllen, seiner Vision die Züge einer andern Rasse beizugeben, und andererseits hat sich auch der Gefangene selbst, eben der glänzend schwarze Jüngling, bereits in jene Gefangenschaft verliebt, der seine Leidenschaft wie ein mächtiger Quell entspringt.

Ben Atar geht düster und traurig umher, auf der Suche nach einem Bundesgenossen, der ihm gegen dieses neue, nie gekannte Einsamkeitsgefühl beistände, das jetzt sein ganzes Gemüt überflutet. Da der Rabbiner in tiefen Schlaf versunken ist, schiebt er den dünnen Wandschirm zur Seite, um die blutsverwandte Kleine zu mustern, die als Gegenpfand in ihre alte Heimatstadt zurücksegelt. Und erst jetzt, als das Mondlicht still und stumm mit dem Morgengrauen ringt, erkennt er, daß jenes Kleinkind, das einst auf dem ersten Boot nach Barcelona gekrabbelt war, an Größe, Breite und Fülle zugenommen hat. Nun packt ihn der seltsame Gedanke, Abulafia und Frau zu überraschen und ihnen bei dem sommerlichen Treffen in der Spanischen Mark ein verheiratetes oder zumindest verlobtes Kind zurückzubringen. Denn bei einiger Beharrlichkeit würde er zweifellos trotz ihrer Verhexung, ja vielleicht, wer weiß, sogar mit deren Hilfe, jemanden finden, der die schwere, aber auch blühend frische Gestalt des Mädchens lieben wollte, das da eingezwängt und zusammengerollt in der kleinen Kabine lag und trotz Elend und Verhexung hartnäckig an die Schönheit einer jungen Frau erinnerte, die ihr in Meerestiefen entschwunden war.

Jetzt erhebt er sich, derart über die neu geborene Idee in seinem Innern verblüfft, daß er weder Ruhe finden noch auf sein Lager zurückkehren kann, ehe er nicht in den Bauch des Schiffes hinabgestiegen ist, als dessen einziger Herr er sich immer noch betrachtet, und geprüft hat, ob Abu Lutfi auch wirklich auf seinem Posten steht und ob die drei hellhäutigen Frauen noch immer an ihren langen Beinen aneinander gefesselt sind. Dort, auf dem Grund des Schiffes, stellt sich dann heraus, daß eine Frau, plötzlich erkrankt, ihrer Fesseln befreit worden ist und nun bleich und zitternd in einer Ecke liegt, der Kopf zurückgebogen, der Körper bedeckt mit einem fleckigen, zerrissenen Seidengewand, das sich zwischen den rußigen Streben gefunden hat. Ben Atar, der wehen Herzens den Ursprung des zerrissenen Gewandes erkennt, steht schweigend da und blickt wütend in die hellen Augen, die sich zu seinen Füßen auf dem Grund des Schiffes besiegt rollend öffnen, und auf die dünnen Hände der Götzendienerin, die eine Tierfigur umklammern. Und da er weiß, daß er weder sie noch ihre Gefährtinnen je anrühren würde, geht er zurück an Deck.

Das also wollen die neue Frau und all ihre gelehrten Gefährten am Rhein, sinnt der nordafrikanische Jude. Daß ich mir hinfort jeden Tag, allein in der Phantasie, Bruchstückchen einer unsichtbaren zweiten Frau zusammenfüge. Und in der tiefen Trauer, die ihn überkommt, weckt er Rabbi Elbaz, um ihm geraden Blicks zu sagen, wie groß und tief die erlittene Niederlage sei, denn niemals würde die erneuerte Partnerschaft zwischen Nord und Süd ihm Sühne und Trost für das bringen können, was er auf dieser Reise für immer verloren habe.

Aber der Rabbiner aus Sevilla, in seinen eigenen tristen Schlafgrübeleien befangen, hört nur die Worte des Schiffsherrn, der das Verlorene beklagt, als seien damit alle Nöte abgetan. Als drohten ihnen nicht alsbald, an der Mündung des Flusses ins Meer, dort wo, einem großen Vogel gleich, das alte gestrandete Wikingerschiff aufragt, stürmische Ozeanwellen und harte Nordwinde, die das Schicksal der zweiten Frau in ein leichtes verwandeln würden, verglichen mit dem, was ihren Gemahl und sein Gefolge erwartete. Und auf einmal ist der kleine Rabbiner überglücklich, seinen Sohn bei Frau Abulafia gelassen zu haben, auf daß er trotz des Jahres 1000 heil über Land nach Hause zurückkehre. Ja, er stellt sich schon vor, wie Levitas und seine Frau dem Jungen die schwarzen Wormser Kleider anziehen, ihm den Hut mit dem Hirschgeweih aufsetzen und ihn des Morgens, leicht fiebernd, wecken, damit er sich hinsetze, um einen alten

Schriftvers und eine neue Gesetzesauslegung zu lernen. D. kommen ihm die Tränen über den geretteten Sohn, und wieder erwacht sein lyrischer Trieb, ein neues, viertes Gedicht zu verfassen. Er tastet um sich, ob zwischen den Balken der Kabine noch der alte Federkiel samt Tintenfaß sei. Doch er findet nichts. Und so muß er, unter Ben Atars anhaltendem Klagen, die erste Zeile im Gedächtnis bewahren, die sich bereits in seinem Innern zum Reime gefügt: *Liegt zwischen dir und mir ein Meer, das ich nicht querte, dich zu besuchen immermehr…*

Haifa, 1994-1996